ANDREA SCHACHT
Rheines Gold

blanvalet

Zehn Jahre blanvalet – zehn Jahre Bücher mit Format!

Dieses Jubiläum feiern wir mit Spitzentiteln von ganz besonderem Format – und unsere Spitzenautorinnen feiern mit!

Catherine Alliott, Heute ist nicht mein Tag
Sandra Brown, Im Haus meines Feindes
Meg Cabot, Darf's ein bisschen mehr sein?
Waris Dirie, Nomadentochter
Diana Gabaldon, Das Meer der Lügen
Linda Howard, Die Doppelgängerin
Charlotte Link, Wilde Lupinen
Susan Elizabeth Phillips, Mitternachtsspitzen
J. D. Robb, Rendezvous mit einem Mörder
Nora Roberts, Das Leuchten des Himmels
Andrea Schacht, Rheines Gold
Lynne Wilding, Land meiner Sehnsucht

»Das schlanke Jubiläums-Buchformat ist wie für Frauenhände geschaffen!«
Silvia Kuttny-Walser, Verlegerin Blanvalet

www.blanvalet.de

Andrea Schacht

Rheines Gold

Roman

blanvalet

Verlagsgruppe Random House FSC-DEU-0100
Das für dieses Buch verwendete FSC-zertifizierte Papier
Holmen Book Cream
liefert Holmen Paper, Hallstavik, Schweden.

Einmalige Sonderausgabe Juni 2008 bei Blanvalet,
einem Unternehmen der Verlagsgruppe
Random House GmbH, München.
Copyright © 2005 by Verlagsgruppe Random House GmbH
Umschlaggestaltung: HildenDesign, München
Umschlagmotiv: John William Waterhouse/Christie's
Images/The Bridgeman Art Library Berlin
ES · Herstellung: HN
Uhl+Massopust, Aalen
Druck und Einband: GGP Media GmbH, Pößneck
Printed in Germany
ISBN 978-3-442-37016-0

www.blanvalet.de

Aurea sunt vere nunc saecula;
plurimus auro venit honos,
auro conciliatur amor.

Wir haben jetzt wahrhaft goldene Zeiten;
für Gold werden die höchsten Ehrenstellen ver-
kauft,
mit Gold gewinnt man Liebe.

OVID, ARS AMATORIA

Dramatis Personae

Römische Bürger der Colonia

Aurelia Rufina: eine junge Witwe, sehr rothaarig und gelegentlich aufflammend, die eine Pacht-Therme in der Colonia mit geschäftlichem Geschick führt und nicht nur diese Sache recht gut macht.

Tiberius Fulcinius Maurus: ihr jüngst verstorbener Ehemann, der Sohn des Olivenöl-Händlers Crassus, der gerne den trotteligen Freigelassenen spielte, aber auch ganz andere Qualitäten hatte.

Fulcinia Maura und **Fulcinius Crispus**: ihre beiden Kinder, die nicht alles glauben, was man ihnen einreden will.

Publius Fulcinius Crassus: Aurelias Schwiegervater, ein alter, hagerer Schwerenöter, noch immer hinter den jungen Frauen her, wenngleich mit mäßigem Erfolg. Er ist zutiefst von seinem missratenen Sohn Maurus enttäuscht.

Fulcinia maior: Crassus' Cousine aus dem vornehmen Zweig der Familie, unverheiratet, menschenscheu und so würdevoll wie ein kaiserlicher Triumphzug.

Aulus Lucillius Silvian: römischer Baumeister der Eifel-Wasserleitung, und trotz seiner innigen Verbundenheit zum kühlen Nass leicht entflammbar durch rothaarige Frauen.

Quintus Lampronius Meles: ein wohlhabender und gutaussehender Bürger der Colonia mit großen Ambitionen und kostspieligen Freundinnen.

Gaius Maenius Claudus: Statthalter der Germania inferior, ein ehrenwerter Mann, der nichts von Korruption und Bestechung hält, sich aber auf seltsamen Umwegen Informationen zu beschaffen weiß.

Sabina Gallina: seine Frau, die ihrem Beinamen »Hühnchen« alle Ehre macht und zum Objekt der Begierde wird.

Regulus: ein Freigelassener und Vertrauter des Claudus, der seine Botschaft nicht abliefern kann.

Decimus Hirtius Sidonius: einer der beiden Duumviri der Colonia, ein Veteran mit Vergangenheit und einer kleinen, kindischen Vorliebe für schöne Figuren.

Titus Valerius Corvus: der Zweite der Duumviri, ebenfalls ein Veteran mit Vergangenheit, doch einer völlig anderen. Und kindisch ist er bestimmt nicht.

Burrus: ein Gladiator im Ruhestand, einst Kampflehrer von Maurus, jetzt so etwas wie ein Leibwächter Rufinas.

Sonstige römische Bürger

Lucius Aurelius Falco, Legionskommandant, **Valeria Gratia**, seine Verlobte, **Camilla Donatia**, eine nicht sehr intelligente Dame, **Faustillius**, der Haushofmeister vom Maenius Claudus, **Acacius**, ein toter Sklave.

Germanen und Gallier

Halvor: ein gestandener Clanchef, der im Wald seinen Geschäften nachgeht.

Oda: die in der Colonia ihren Geschäften nachgeht.

Wolfrune: die mit dem Wolf raunt und dabei erstaunliche Erkenntnisse gewinnt.

Aswin, Holdger, Thorolf und Erkmar: vier Betrogene.

Swidger: der Goldschmied, der auf eine schnelle Sesterz aus ist.

Dorovitrix: ein Goldschmied mit väterlichen Gefühlen.

Personen in Therme und Haus

Paula, die Kassiererin, **Bella,** die Masseurin, **Barbaria,** die Badeaufseherin, **Erla,** die Salbenhändlerin, **Mona,** ihre Tochter, **Tertius,** ihr Sohn, **Cyprianus,** der Weinhändler, **Viatronix,** der Arzt, **Eghild,** die Gymnastin, **Irene,** die Köchin, **Marius,** Aufseher der Arbeiter, **Nasus,** der Badeaufseher, **Hosidius,** der Pachteintreiber, Laufburschen, Reinigungspersonal und Heizer.

Die Göttlichen

Mercurius – der Gott der Händler, der Reisenden und natürlich auch der Diebe.

Juno Lucina – die mütterliche Göttin, die über Ehe, Gesundheit und Geburten wacht.

Venus – die schöne Göttin der Harmonie und der Liebe, die sich durch aufrichtige Bitten schon mal zu tatkräftigem Eingreifen verleiten lässt.

Vesta – die heilige Flamme.

Vorwort

Er führt wirklich reines Gold, der breite Strom, der in den Alpen entspringt und seinen Weg von Süden bis zur Nordsee sucht. Bis 1943 wurde es im Rhein noch professionell gewaschen, und sogar heute noch kann man es in seinem Oberlauf in geringen Mengen finden. Zu Zeiten der römischen Besiedlung war es wohl noch ergiebiger. Auch die Bäche und Flüsschen der Eifel enthalten Waschgold in Form feiner Flitterchen und Plättchen.

Doch nicht nur sein Goldgehalt machte den Rhein samt den Eifelgewässern für die Anwohner wichtig, der Fluss war Handelsweg und vor allem Grenze – zwischen römischem Gallien und den germanischen Ländern. Das Eifelwasser aber war vor allem den Bewohnern der Colonia ein Herzensanliegen. Gesundheitsbewusst wie die Römer nun einmal waren, legten sie höchsten Wert auf reines Wasser. Darum scheuten sie sich nicht, eine fast einhundert Kilometer lange Wasserleitung quer durch die Eifel bis in die Stadt zu errichten. Ein Meisterwerk der Baukunst, denn es versorgte alle Haushalte der Stadt mit fließendem, sauberem Wasser.

Und nicht nur mit Trinkwasser, nein, man liebte auch den Luxus des Badens, und öffentliche Thermen gab es selbstverständlich auch in Köln, wie in jeder römischen Ansiedlung.

Ob wirklich eine davon allerdings von einer temperamentvollen Thermenpächterin geführt wurde, ist nicht überliefert.

Aber annehmen darf man es ja...

Colonia Claudia
Ara Agrippinensium,
im dritten Regierungsjahr
des Caesars
Marcus Ulpius Traianus

(Köln im Jahre 101 der
christlichen Zeitrechnung)

1. Kapitel

Pridie Idus Feburarias

Immer hält der Beginn Zeichen der Zukunft bereit.
Ängstlich aufs erste Wort
sind bei euch die Ohren gerichtet.

OVID, DE FASTI

Seit Tagen schon pfiff unablässig ein eisiger Wind
von Osten her über das Land, und die Natur fiel in
eine frostige Starre. Trocken knisterte das alte Laub
am Boden unter einer harschigen Schneedecke, und
die Tiere des Waldes gruben mühsam nach den letzten essbaren Wurzeln. Mehr als ein Reh war schon
den mageren Wölfen zum Opfer gefallen, die sich in
diesem Hungerwinter näher und näher an das von
Menschen bewohnte Gebiet wagten.

Die letzten Arbeiten an der eben vollendeten Wasserleitung, die sich viele Meilen durch den dichten
germanischen Wald zog, ruhten in diesen Tagen, und
aus den Siedlungen wagten sich die Holzschläger,
Köhler, Jäger und Pechsieder nur noch gruppenweise
hervor, um ihren Geschäften nachzugehen. Wer nicht
ohne Not sein Heim verlassen musste, blieb in der
rauchgeschwängerten Hütte, um die allfälligen Win-
terarbeiten beim flackernden Licht der Kienfackeln
zu erledigen. Dann und wann zuckten die Bewohner
schaudernd zusammen, wenn in der Dunkelheit das
Heulen eines einsamen Wolfes erklang.

In der ummauerten Stadt hingegen fühlten sich die
Bürger sicherer. Man hatte Vorräte angelegt – Holz,

Öl, Getreide, Fleisch, allerlei getrocknete oder eingelegte Gemüse und Früchte. Der gewürzte Wein wurde in den Krügen an den Herdfeuern gewärmt und versüßte die lange Dunkelheit des Wintermonats. Wenngleich die lebhaften Geselligkeiten der Sommerzeit eingeschlafen waren, so ließen es sich dennoch die umtriebigen Einwohner der Colonia Claudia Ara Agrippinensium nicht nehmen, einer ihrer Lieblingsbeschäftigungen nachzugehen. Die Therme im Westen, nahe dem Wasserkastell, warm, hell erleuchtet von zahllosen Lampen, duftend von Salböl und würzigem Räucherwerk, war gut besucht. Die Nische, in der sich die Statue der Juturna, der Göttin der heilenden Quellen, befand, wurde hier mit besonderer Achtung geschmückt, denn das köstliche, frische Quellwasser aus der Eifel sprudelte aus den Leitungen. Außerdem bot die Badeanlage den Luxus einer dauerhaft warmen Fußbodenheizung, einem schön angelegten Warmwasserbecken, einem heißen Schwitzraum, mehreren kühlen Becken und natürlich einer mit poliertem Marmor ausgestatteten Latrine, unter deren acht Sitzen ständig das Wasser gurgelte.

An diesem späten Nachmittag hatte sich die Therme bereits geleert, und derzeit benutzten nur noch zwei Männer den intimen Raum hinter dem schweren Vorhang, um sich ihren Geschäften zu widmen. Dass ein dritter wie ein dunkler Schatten in einer Nische hinter der Säule stand und ihrer Unterhaltung lauschte, bemerkten sie nicht.

»Vergiss nicht, ich habe dir vor sieben Jahren einen beträchtlichen Gefallen getan. Jetzt verlange ich nur eine kleine Gegenleistung.«

»Ich stimme nicht alleine darüber ab, wie du sehr wohl weißt.«

»Sicher. Aber das lass meine Sorge sein.«

Ein leises Lachen erklang.

»Meinen Partner wirst du weder mit Gold noch mit spitzfindigen Hinweisen auf gewährte Gefallen überreden können. Er hat den Ruf, völlig unbestechlich zu sein, und ist ein so verdammt ehrenhafter Mann. Du wirst selbst in seiner tiefsten Vergangenheit kein schwarzes Fleckchen finden.« Es folgte ein kurzes Schweigen, während dem nur das Wasser plätscherte. Dieselbe Stimme fuhr dann aber fort: »Oh, nimm dieses Grinsen aus deinem Gesicht.«

Der andere erwiderte in nüchternem Tonfall: »In der Nische vor der Latrine steht eine kleine Statue. Merkur, wie es dem Anlass entspricht.«

Wieder ertönte ein leises Lachen und die Frage: »In bewährter Qualität?«

»Selbstredend!«

»Nun gut, ich werde sehen, was ich für dich tun kann. Alles andere musst du selbst in die Wege leiten.«

Der Vorhang bewegte sich, zwei Männer mit ihren Handtüchern über den Armen und nur mit einfachen weißen Leinenschurzen bekleidet, wie sie gewöhnlich in der Therme getragen wurden, traten in kurzem Abstand voneinander heraus. Der Erste winkte zwei hochgewachsene Begleiter herbei, der andere wandte sich der Nische zu, in der eine kleine, weiße Statuette auf einem hohen Sockel unauffällig auf ihre Abholung wartete.

Der Mann im Schatten drückte sich hinter die Säule. Doch unglücklicherweise stieß sein Fuß an einen versehentlich vergessenen Zinnbecher, der klappernd umfiel.

»Ein Lauscher!«, zischte der eine Redner und drehte sich zu seinen Begleitern um. »Bringt ihn zum Schweigen!«

Die zwei Männer sprangen hinter ihm vor, bereit, den Mann zu ergreifen. Es gab einen kurzen, heftigen Kampf, bei dem die Figur aus der Nische umkippte, zu Boden fiel, hinter den Vorhang rollte und in einem Spalt des Mauerwerks verschwand.

Die beiden Latrinenbenutzer hingegen hatten sich geflissentlich vom Ort der Vollstreckung entfernt.

2. Kapitel

Tote Hasen, Gold und Leichen

Welcher Unstern, soll ich denken,
steht meinem Schicksal im Wege?
Welche Götter soll ich anklagen,
dass sie Krieg gegen mich anzetteln?
OVID, AMORES

Drei Monate später war der April ins Land gezogen.

Aurelia Rufina schob die Schüssel mit gesüßtem Hirsebrei halb leer gegessen zur Seite. Sie hatte schon lange keinen Appetit mehr.

»Ich gehe die Becken kontrollieren«, tat sie ihrem Schwiegervater kund, der mit großem Behagen eine zweite Portion Honig über seinen Brei goss.

»Du bist ein mageres Huhn geworden, Rufina. Du solltest mehr essen, sonst findest du nie einen neuen Mann!«

»Hat irgendjemand dich um deine Meinung gefragt, Crassus?«

»Und Gift hast du auch unter der Zunge.«

»Du kippst dir genug Honig in die Schüssel, da muss ich dir ja nicht noch welchen um den Bart schmieren!«

Die junge Frau stand von der Bank auf, zog sich mit einem energischen Ruck die Stola zurecht und steckte sich noch einmal die widerspenstigen Locken fest. Ein Sonnenstrahl, der durch das geöffnete Fenster fiel, ließ sie kupferrot aufleuchten.

Crassus stellte den Honigtopf hin und schüttelte

resigniert den Kopf: »Dabei könntest du wirklich ganz niedlich aussehen!«

»Mit Niedlichkeit verdiene ich nicht mein Geld.«

»Mit der Therme auch nicht.«

»Ach, stopf dir doch endlich den Brei in den Mund, du alter Nörgler!«

Sie rauschte aus dem Raum und nahm den privaten Zugang über das Peristyl des Innenhofes zum Apodyterium, dem Auskleideraum im Eingangsbereich der Therme. Er war am frühen Morgen noch unbelebt. Ein prüfender Blick zeigte ihr jedoch, dass die Diener ihn aufgeräumt und gefegt hatten.

Die Fächer in den Regalen an den Wänden waren leer, an keinem der Haken hing eine vergessene Tunika, nur zwei Kindersandalen störten das Bild der von ihr gewünschten Ordnung. »Crispus!«, murrte Rufina unwillig, hob sie auf, stellte sie vor die Tür und begann ihren Rundgang aufs Neue. Sie warf einen Blick in das Gymnasium, in dem die Gäste sich dem Spiel oder der Körperertüchtigung hingeben konnten. Eiserne Hanteln lagen aufgereiht auf einem Gestell, und lederne Bälle in unterschiedlicher Größe waren in einer Ecke aufgestapelt. Ein paar lange Holzstecken lehnten an der Wand, mit ihnen wurde Gymnastik getrieben oder Stockfechten geübt. Für ganz martialische Besucher gab es auch Holzschwerter und hölzerne Messer. Rufina betrachtete das alles zufrieden und wandte sich der Eingangshalle zu. Das Tor war noch geschlossen, Paula noch nicht an ihrem Platz, um das Eintrittsgeld zu kassieren. Aber es war ja auch noch früh am Morgen. Durch den hohen Bogen, der zum Innenhof führte, blickte sie auf den Schatten, den ein kleiner Obelisk warf. Die Sonnenuhr war eigentlich nur eine Spielerei, launisch war das Wetter in den germanischen

Landen, und Helios verbarg viel zu oft sein leuchtendes Antlitz hinter trüben Wolken. Immerhin, an diesem Aprilmorgen war es frühlingshaft warm, und der Himmel wölbte sich strahlend blau über die Stadt. Helles Licht fiel durch die grünlichen Glasscheiben der Fenster und machte eine Beleuchtung durch die vielen von den Decken hängenden Öllampen unnötig. Die verlässlichere Zeit gab die Wasseruhr an, die neben Paulas Kassenpult stetig die Stunden vertropfte. An ihr orientierte sie sich auch, wenn es darum ging, den Gong zu schlagen, der die Öffnungs- und Schließungszeiten bekannt gab.

Rufina setzte ihren Rundgang fort und durchquerte das Tepidarium, den Vorwärmraum mit seinen Sitzgruppen, den kleinen Wasserbecken in den Nischen. Im anschließenden Salbraum mit den Klinen entlang der schön bemalten Wände würde Bella, die Masseurin, später ihrer Arbeit nachgehen. Abgetrennt von den eigentlichen Baderäumen befanden sich dahinter eine Reihe kleinerer Läden, die an Händler und Dienstleister verpachtet waren. Wenn sie ihre Stände eröffnet hatten, würde man allerlei Badezubehör erstehen können, etwa hübsch verzierte Sandalen, Strigilis, die bronzenen Schaber, und feinen Bimsstein aus der Eifel zum Reinigen der Haut, aber auch Kämme, Bürsten, kosmetisches Gerät, Haarschmuck und Fibeln. Andere verkauften Wein, Gebäck oder Pasteten an die hungrigen Gäste. Ein Arzt bot an drei Tagen seine Dienste an, ein Barbier an den anderen. Rufina schob den trennenden Vorhang zur Seite und grüßte freundlich Cyprianus, den Weinhändler, der seine Amphoren überprüfte und die Becher auf der Theke ordnete. Dann betrat sie das Frigidarium und stutzte.

Das Becken war trocken.

Zwar wurde jeden Abend das Wasser abgelassen und die Fliesen wurden gereinigt, aber morgens sollte es frisch gefüllt sein. Mit wunderbar kristallklarem Wasser, das aus den sauberen, gesundheitsfördernden Quellen der Eifel stammte und nichts mit dem sumpfigen Grundwasser der Stadt gemein hatte.

Wenn es denn floss.

Ein Blick in das Caldarium sagte Rufina, dass an diesem Morgen kein Tropfen kristallklaren Wassers in die Therme geflossen war. Dafür aber war der Boden schon recht heiß.

»Fulcinia, nehmt das Feuer zurück!«, rief sie ungehalten ins Praefurnium, wo die Heizer das Holzfeuer in Gang gebracht hatten. »Wir haben mal wieder kein Wasser!«

Sie bekam zwar keine Antwort, aber in diesem Fall konnte sie sich auf sofortiges Befolgen ihrer Befehle verlassen. Fulcinia war einmalig darin, die Heizer zu beaufsichtigen.

»Marius!«

Die Antwort des Aufsehers hingegen ließ auf sich warten.

»Marius!«

Rufina stürmte in den kleinen Raum, der ihm, der die Knechte und Heizer einzuteilen und zu überwachen hatte, zustand. Marius war noch mit einem Brotfladen beschäftigt, kaute gründlich, schluckte und hob dann träge seine massige Figur aus dem Sessel, als seine Herrin ihn mit eindringlichen Worten aufforderte, so zügig wie möglich zum Wasserkastell zu marschieren und nachzufragen, wann denn wohl die Leitungen wieder in Betrieb seien.

»Ich lauf ja schon, Patrona, ich lauf ja schon!«

»Laufen, flügelfüßiger Merkur, laufen nennt er das!«, grollte Rufina leise vor sich hin, als sie den behäbigen Gang beobachtete, mit dem Marius sich zu dem zwei Straßenzüge entfernt gelegenen Kastell bewegte. Sie fuhr mit ihren Kontrollen fort und lugte im Vorbeigehen hinter den Vorhang zwischen zwei Säulen, der den Latrinenbereich abtrennte. Das gewohnte Gurgeln des Wassers unter den Marmorsitzen war verstummt, die Schwämmchen zur intimen Reinigung jedoch lagen sauber aufgereiht neben den marmornen Sitzen. Unwillig rümpfte sie die Nase und inspizierte dann das Sudatorium, das Schwitzbad, den wärmsten Raum der Therme, bei dem die heiße Luft aus dem Praefurnium nicht nur den Boden heizte, sondern auch durch ein ausgeklügeltes Belüftungssystem die Wände erwärmte. Zusätzlich würden später noch zwei Kohlebecken angezündet werden. Sie waren bereits gerichtet, und Bündel mit duftenden, getrockneten Kräutern und Späne von wohlriechendem, harzigem Holz lagen bereit. Ein weiteres kreisrundes Kaltwasserbecken würde nach dem schweißtreibenden Aufenthalt den Besuchern Erfrischung bringen – wenn das Wasser wieder floss. Dahinter gab es einen abgeschlossenen Ruheraum mit Liegen und geflochtenen Sesseln, von dem man auf den Innenhof blicken konnte und durch dessen Türen man auf das umlaufende Peristyl gelangte. Der Säulengang führte rings um den beinahe quadratischen Hof und bot den Gästen ebenfalls Sitzgelegenheiten oder die Möglichkeit, plaudernd auf und ab zu laufen. Der Hof selbst, die Palaestra, war mit weißem Kies bestreut und wurde oft zu Ballspielen benutzt.

Das eigentliche Bad befand sich in dem östlichen und nördlichen Flügel des Gebäudes, der westliche diente im unteren Bereich als Lagerhaus und die oberen Räume den Arbeitern als Unterkunft. Der

Südriegel war zum Wohnhaus der Thermenpächter ausgestaltet.

Rufina jedoch blieb im Gebäude, und als sie das Lager überprüft hatte, in dem all die für den Betrieb notwendigen Materialien untergebracht waren, kam Marius von seinem Gang zurück. Er schnaufte vernehmlich und wischte sich die schweißnasse Stirn.

»Sie werden sich heute Nacht drum kümmern, Patrona!«

»Sie werden sich *wann* darum kümmern?«

»Heute Nacht. Es heißt, man könne nicht die ganze Stadt trockenfallen lassen, nur weil ein Rohr verstopft ist.«

»Wer ist man, der das sagt?«

»Der Aquarius, der Röhrenmeister.«

»Ach ja. Der Aquarius!«

»Außerdem sei der Baumeister Aulus Lucillius Silvian mit zwei Besuchern da und verlange seine Aufmerksamkeit.«

»Verlangt er! Nun, und ich verlange die Aufmerksamkeit des Aulus Lucillius Silvian. Und zwar augenblicklich. Sag Paula, sie soll den Frauen, die heute Morgen kommen, erklären, das Bad sei geschlossen. Morgen haben wir wieder geöffnet. Ich bin in Kürze zurück!«

»Du siehst sehr zornig aus, Patrona!«

»Ich bin überaus zornig, Marius. Ich will die Becken bis zur Mittagsstunde wieder gefüllt sehen.«

»Beleidige den Baumeister nicht …«

Doch Marius' warnende Worte verhallten ungehört zwischen den Säulen des Caldariums.

Rufina nahm sich nicht die Zeit, sich die Palla überzuwerfen, die sie gewöhnlich trug, wenn sie das Haus verließ, sondern lief mit eiligen Schritten Richtung Wasserkastell, wobei sich die Haarsträhnen aus ihrer hochgesteckten Frisur lösten. Sie erreichte kurz darauf das mächtige, runde Gebäude an der Stadtmauer, in das der Kanal aus der Eifel mündete und von dem aus die Verteilung der Wasserströme in die unterschiedlichen Stadtteile vorgenommen wurde. Durch die angelehnte Tür trat sie ein und rief nach dem Röhrenmeister, der hier seinen Dienst versah. Er kam die Treppe hinunter, erkannte sie und schüttelte unwillig den Kopf.

»Nein, Aurelia Rufina, ich habe deinem Aufseher schon gesagt, wie sich die Lage darstellt.«

»Aquarius, das ist mir herzlich gleichgültig. Ich will den Baumeister sprechen.«

»Er hat Besucher!«

»Jetzt hat er zusätzlich noch eine Besucherin. Lass mich zu ihm.«

»Aurelia Rufina, ich bitte dich, er…«

Gedämpftes Gebrüll klang aus dem Inneren des Gebäudes.

»Scheint kein ganz friedlicher Besuch zu sein. Nun, das passt zu meiner Stimmung.«

Sie drückte sich an dem Mann vorbei und erklomm die Treppen, die zu dem Verteilerraum führten. Um das kreisrunde Sammelbecken verlief ein schmaler Gang, auf dem drei Männer standen. Lucillius Silvian war ein breitschultriger Mann von ansehnlicher Größe, doch er wurde von dem blonden Hünen an seiner Seite noch um fast eine Kopflänge überragt. An Lautstärke jedoch waren sie einander ebenbürtig!

»Meine Leute haben heute Nacht dein verdammtes Wehr nicht angerührt!«, blaffte der Germane.

»Wer sonst wohl? Ihr habt das schon oft genug getan.«

»Dummejungenstreiche. Sie lassen jetzt die Finger davon.«

»Wer das wohl glaubt. Wer hat denn neulich die Sträucher in den Schacht gestopft, Halvor?

»Dazu waren sie nicht am Wehr!«

Der Baumeister grinste plötzlich und hob die Schultern. Etwas ruhiger fuhr Halvor, der Germane, fort: »Silvian, deine Wasserleitung ist leider eine verdammte Versuchung. Weiter im Süden lässt sie unsere Quellen und Brunnen austrocknen. Ihr zieht das ganze Wasser in die Stadt ab! Enorix kann davon auch ein Lied singen!«

»Richtig, darum bin ich hier! Wir haben da im Hinterland ein Problem, Baumeister Silvian«, mischte sich der dritte Mann ein.

»Dann müssen wir das Problem vor Ort lösen. Aber es geht einfach nicht, dass ihr euch an den Wehren vergreift! Wir wollten heute früh den Kanalabschnitt reparieren. Der Arbeiter wäre beinahe ersoffen, als er in den Schacht gestiegen ist!«

»WIR HABEN DAS WEHR NICHT ANGERÜHRT!«

Rufina hatte das Becken umrundet und drängte sich zwischen die beiden Männer, die sich wütend anstarrten.

»Habt ihr nichts Besseres zu tun, als euch anzuschreien? In der Zeit, die ihr mit eurem Gebell verbringt, hättest du die Leitung schon freibekommen können, die in die Therme führt, Baumeister Silvian!«

Der Angesprochene verstummte und blickte einen Moment lang irritiert auf die aufgelöste junge Frau.

»Aurelia Rufina!«

»Stimmt, so heiße ich! Und nun sei so gut und gib deinem Röhrenmeister den Auftrag, die Leitung frei zu machen.«

»Das geht nicht, Aurelia Rufina. Dazu muss das Becken leer laufen, und dann hat die ganze Stadt kein Wasser.«

»Das weiß ich wohl, aber es dauert so lange nicht. Es wäre ja auch nicht das erste Mal.«

Rufina hatte sich vorgenommen, ihre Bitte in ruhigem Ton vorzutragen, doch die Erbitterung brach wieder durch, als der Baumeister geduldig versuchte, ihr sein Vorgehen noch einmal zu erläutern. Ihre Laune war seit dem frühen Morgen schon nicht die beste, und sie spuckte Gift und Galle.

Mit unerwartetem Erfolg. Der blonde Hüne betrachtete sie achtungsvoll, und als sie zwischendurch nach Luft schnappte, grinste er ihr anerkennend zu: »Du bist ein rechter Feuerbrand, kleine Domina.«

»Ich sollte sie zum Abkühlen in das Becken werfen!«, knurrte Silvian und machte Anstalten, auf sie zuzugehen.

»Tu es nicht, sie würde nur das Wasser zum Sieden bringen!« Enorix, der Gallier aus der Eifel, war an ihre Seite getreten und sah zu ihr hinunter. Er war genauso groß wie der blonde Germane, doch seine wilde Mähne und sein dichter, lockiger Vollbart waren ebenso flammend rot wie Rufinas Haare. »Aurelia Rufina, was regst du dich so auf? Die edlen Bürger dieser Stadt werden es schon überleben, wenn sie einen Tag mal kein Bad nehmen können.«

Seine Stimme war tief und freundlich, und Rufina zog hilflos die Schultern hoch.

»Die Bürger schon, ich nicht! Schon dreimal in diesem Monat hat es Wasserprobleme gegeben. Einmal kam gar keins, ein andermal eine schlammige, stinkende Jauche, und letzte Woche schwamm ein toter Hase im Caldarium …«

Rufinas Stimme hatte sich überschlagen, und sie biss sich auf die Knöchel ihrer rechten Hand, um nicht in Tränen auszubrechen. Doch der Baumeister war augenscheinlich ebenfalls an die Grenzen seiner

Belastbarkeit gestoßen. Er tobte los: »Und wir haben, verdammt noch mal, diese verdammte Leitung fertig zu kriegen, und das ist ein verdammt schwieriger Teil, den wir zu erledigen haben. Und ich will, verdammt noch mal, nicht mit derartigen Kleinigkeiten wie toten Hasen belästigt werden!«

Rufina ließ ihre Hand los, und ihre Augen sprühten Funken. Doch bevor sie mit der geballten Energie einer Feuersbrunst zur Antwort schreiten konnte, legte ihr Enorix seine schwere Hand auf die Schulter.

»Da steckt doch noch mehr dahinter, kleine rote Füchsin!«, sagte er sanft. »Vielleicht gibt es Gründe, die den Baumeister doch überzeugen können, die Leitung zu prüfen?«

Rufina presste die Lippen zusammen, aber dann brach es plötzlich aus ihr heraus.

»Morgen kommt der Pachteintreiber, und ich kann mir keinen Tag Verlust mehr leisten. Seit Maurus tot ist…«

Silvian sah sie mit einem Mal betreten an, dann rief er einen der Arbeiter und befahl ihm, das Wehr am Zulauf aus dem Eifelkanal zu schließen. Geschrei und Gebrüll konnte er ertragen, Gezeter auch, aber die letzten Worte hatten ihn plötzlich betroffen gemacht. Nur zu gut wusste er, was Maurus, Rufinas Mann, geschehen war.

»Die halbe Stadt wird gleich hier sein!«, murrte er, als der Wasserspiegel in dem Verteilerbecken langsam zu sinken begann und die Leitungseinmündungen sichtbar wurden, durch die das Wasser in die Stadt verteilt wurde. Es dauerte eine geraume Weile, bis es so weit abgelaufen war, dass man in das Becken steigen konnte, und in der Zwischenzeit fachsimpelten Enorix, Halvor und Silvian über die Lösung ihres

Brunnenproblems. Rufina stand stumm dabei und gewann allmählich ihre Fassung wieder. Sie hatte sich in den Griff bekommen, als Silvian zwei Arbeiter des Aquarius' aufforderte, die Zuleitung zu dem Stadtviertel zu prüfen, in dem die Therme lag. Der Zulaufkanal, aus dem die Ströme aus der Eifel kamen, war mannshoch und begehbar, die Verteilerleitungen hier im Wasserkastell noch immer von so großem Durchmesser, der einem schmächtigen Mann erlaubte, bis zur Absperreinrichtung hineinzukriechen. Der Arbeiter, der sich der betroffenen Röhre annahm, kam langsam rückwärts wieder heraus.

»Baumeister, wir haben ein Problem.«

»Das dachte ich mir. Welcher Art?«

»Ein großes Problem, Lucillius Silvian. Es – nun ja – es scheint ein menschlicher Körper vor dem Wehr zu stecken.«

Silvian ergriff wortlos eine der brennenden Lampen und kletterte die Sprossen in das Sammelbecken hinunter. Er war zu breit in den Schultern, um in die Leitung zu kriechen, aber er leuchtete hinein und rief dann nach einer Hakenstange. Man reichte sie ihm, und mit einem kräftigen Ruck zog er das Hindernis aus der Röhre.

»Großer Jupiter!«

Ein Mann lag auf dem Boden zu seinen Füßen, tot, ohne jeden Zweifel. Sein Körper bot ein grausiges Bild, der Weg durch den gemauerten Kanal hatte ihn bis fast zur Unkenntlichkeit entstellt. Doch man sah, er trug Lederhosen, wie es gewöhnlich die Einheimischen taten, feste Stiefel und eine gegürtete Tunika.

»Das ist keiner von meinen Arbeitern. Kennt jemand von euch diesen Mann?«

Halvor und Enorix schüttelten den Kopf, auch die Arbeiter verneinten. Der Aquarius aber beugte sich

hinunter und löste den Gürtel des Mannes. Nachdenklich wog er den nassen Lederbeutel, der daran
hing.

»Wenn das sein Geldbeutel ist, war er ein reicher
Mann.«

»Rufen wir den Ädilen. Und der Arbeiter soll noch
einmal nachsehen, ob sich sonst noch irgendwas in
der Leitung befindet.«

Rufina hatte das Ganze vom oberen Beckenrand beobachtet und fragte jetzt nach: »Wie kann ein Mann
denn da hineinkommen, Baumeister Silvian?«

»Genauso wie der tote Hase, vermutlich. Wenn er
durch einen der Inspektionsschächte in den Zulaufkanal gefallen oder gestiegen ist, wird ihn das Wasser mitgerissen haben. Wahrscheinlich wäre er noch
am Leben, wenn sich nicht irgend so ein Trottel an
den Wehren zu schaffen gemacht hätte!«

»Aber warum steigt jemand in den Kanal? Das
verstehe ich nicht.«

»Vielleicht ist er ja nicht freiwillig hineingeklet-
tert!«, bemerkte Halvor vorsichtig. »Einer eurer treff-
lichen Ärzte sollte ihn untersuchen und herausfinden, ob er ertrunken ist, oder ob er vielleicht schon
zuvor auf andere Weise zu Tode gekommen war.«

»Das aufzuklären überlassen wir besser dem Ädilen.«

Der Arbeiter kam mit der Meldung aus der Leitung zurück, es habe sich nichts weiter darin be-
funden, und gemeinsam schafften der Aquarius und
Silvian die Leiche nach oben auf die Umgehung des
Beckens.

»Lasst das Wasser wieder einlaufen, sonst beschwert sich die ganze Colonia!«

Als der Zulauf geöffnet wurde und das Eifelwasser
wieder sprudelnd das Becken zu füllen begann, traf

der Ädil mit zwei Helfern ein. Er warf einen kurzen Blick auf den Toten und schüttelte den Kopf. Doch als sie einen Blick in den Lederbeutel getan hatten und die Goldmünzen sahen, stöhnte er leise auf.

»Kein armer Mann. Das riecht nach Ärger!«

»Nicht nach meinem!«, stellte Rufina fest und nickte dem Baumeister und den beiden Barbaren kurz zu. »Ich kümmere mich jetzt wieder um meine Suppe. Danke, Baumeister Silvian.«

Der Baumeister, noch immer mürrisch, zuckte mit den Schultern und meinte: »Vielleicht war es gar nicht so schlecht, so penetrant darauf zu bestehen, die Leitung zu prüfen!«

Ungehobelter Klotz, beschied ihn Rufina innerlich.

Als sie in der Therme angekommen war, hörte sie schon das Plätschern des Wassers. Die Becken füllten sich langsam, doch Paula, die am Eingang mit ihrer Geldkiste saß, wirkte ein wenig gereizt.

»Patrona, die Camilla Donatia und ihre hochnäsige Gefolgschaft haben gesagt, sie kämen nicht wieder, weil es hier ständig Probleme gibt. Sie haben ein ziemliches Gezänk veranstaltet.«

Dass auch Paula nicht ohne Einfluss auf besagtes Gezänk war, konnte sich Rufina vorstellen, die Capsaria zeichnete sich nicht durch ein langmütiges Wesen aus. Sie zuckte dennoch nur mit den Schultern und meinte: »Tja, da ihnen die öffentliche Therme zu vulgär ist, werden sie wohl im Rhein baden müssen.«

»Vielleicht auch nicht, es gibt noch genügend kleine Privatbäder, und wenn sie sich mit den Männern über die Zeiten einigen ...«

»... dann sieht es schlecht für uns aus. Da hast du

Recht, Paula. Aber was soll ich machen? Es ist doch nicht meine Schuld, dass ausgerechnet der Zulauf zu dieser Therme verstopft war.«

»Sie haben auch die anderen Frauen, die baden wollten, auf der Straße abgefangen. Sie verbreiten das Gerücht, du würdest zumachen, weil du kein Geld mehr hast, um das Wasser zu bezahlen.«

»Ich kann es bezahlen, und ich werde es auch.«

»Du könntest mir auch meinen Lohn auszahlen, Patrona!«

»Die Kalenden des Mai sind erst in fünf Tagen, Paula, so lange wirst du dich noch gedulden müssen!«

»Wirst du ihn dann zahlen?«

Rufina wischte sich eine Strähne aus der Stirn und seufzte.

»Ja, es wird schon irgendwie gehen.«

Paula war nicht die Einzige, die misstrauisch der Zukunft entgegensah. Auch bei den Händlern gab es Gemurre, und die Kosmetikerin und die Masseurin klagten über den Verdienstausfall an diesem Vormittag. Immerhin waren alle Becken gefüllt, bevor die nachmittägliche Badezeit der Männer begann. Noch einmal ging Rufina mit kritischem Blick an ihnen vorbei, um zu prüfen, ob nicht doch etwas Unappetitliches aus den Rohren geschwemmt worden war. Aber das Wasser schimmerte rein und klar, und auf dem Beckenboden schienen die Mosaikfische wie belebt in den kleinen Wellen zu schwimmen. Nur in einem der Kaltwasserbecken störte ein dunkler Flecken das leuchtende Blau der Fliesen. Es war kein sehr tiefes Becken, und Rufina raffte ihr Gewand bis über die Knie, stieg die drei Stufen hinab und bückte sich nach dem Gegenstand. Sie hielt einen kleinen Lederbeutel in der Hand, voll gesogen mit Wasser und mit einem verknoteten Band geschlossen. Um ihn genauer zu untersuchen, trug sie ihn zu ihrer Wohnung.

Es erwies sich als kniffelig, das nasse Lederband aufzuknoten, und nach einigen fruchtlosen Versuchen griff Rufina nach einem Messerchen und schnitt es ungeduldig auf. Es klirrte leise, als aus dem Beutel zwei zierliche Gegenstände auf die Tischplatte fielen. Mit spitzen Fingern hob Rufina sie auf und trug sie zum offenen Fenster, um sie im hellen Sonnenlicht zu untersuchen. Fein geflochtener dünner Golddraht bildete einen Halbmond, an dessen Rundung zarte, lanzettförmige Goldplättchen hingen. Nach oben schlossen sich die Drähtchen, eng miteinander verzwirnt, zu einem offenen Ring mit einer Öse.

»Ohrringe!«, flüsterte Rufina leise. Sie legte sie auf die Handfläche und betrachtete sie lange. Trauer legte sich um ihr Herz.

Die Ohrringe waren in derselben Art gefertigt wie das Halsband, das ihr Maurus vor acht Jahren zur Geburt ihres ersten Kindes geschenkt hatte. Zwei passende Reifen aus Goldfiligran, die sie an den Oberarmen tragen konnte, hatte sie dann bei der Geburt von Crispus erhalten.

Weitere Geschenke dieser Art würde sie nie wieder erhalten, Maurus war vor über zwei Monaten, im bittersten Winter ihres Lebens, gestorben.

Fulcinius Crassus war, entgegen seines Zunamens »der Fette«, zeitlebens ein ausgesprochen hagerer Mann geblieben, der zur Überraschung aller, die ihn kannten, in der Lage war, üppigste Mahlzeiten zu sich zu nehmen, ohne auch nur einen Ansatz von Fett auf seinem knochigen Körper zu bilden. Inzwischen hatte er die sechzig bereits um einige Jahre überschritten, sein Haar und sein Bart waren grau und ziemlich struppig, außer zu den Zeiten, in denen er es sich angelegentlich sein ließ, jüngeren Frauen imponieren zu wollen. Seiner Schwiegertochter Rufina gegenüber hatte er selten derartige Anwandlungen.

Er betrat den Raum, als sie gerade die Ohrringe zurück in den feuchten Beutel steckte.

»Was ist nun schon wieder los, Mädchen? Mit einer solchen Leidensmiene wirst du vielleicht Mitleid erregen, aber dadurch kommen auch nicht mehr Gäste in die Therme. Hat ein ganz schönes Gegacker heute Vormittag gegeben. Warum warst du nicht da und hast die Frauen selbst empfangen? Die Paula ist ein dummes Huhn, kaum in der Lage, die Asse und Sesterzen richtig herauszugeben.«

»Ich habe dafür gesorgt, dass wenigstens die Männer heute Nachmittag sauberes Wasser haben.«

»So, hast du! Warum hast du das nicht deinen verschlafenen Aufseher regeln lassen? Dafür bezahlst du deine Angestellten doch teuer genug!«

»Hör auf zu nörgeln, Crassus.«

»Ich nörgele nicht, ich stelle nur ein paar praktische Fragen!«

»Praktisch, wie? Auf der einen Seite soll ich Paulas Arbeit machen und auf der anderen darf ich die von Marius nicht übernehmen.«

»Mach du die Frauenarbeit und überlass den Männern die ihre.«

»Nur zu gerne, Schwiegervater. Welche Männerarbeit würdest du jetzt gerne übernehmen?«

»Keine. Ich bin doch nicht so ein schäbiger Latrinenpächter wie mein missratener Sohn. Mir ist noch immer ein Rätsel, warum er diese Arbeit angenommen hat. Er hätte den Olivenhandel übernehmen sollen.«

»Er hat aber nun mal die Therme gepachtet. Und nicht die Latrine, um das wieder einmal klarzustellen. Immerhin hat er damit ganz gut unseren Lebensunterhalt verdient.«

»Hat er, du hingegen bist schon wieder mit den Einnahmen im Rückstand.«

»Das hat seine Gründe, wie du sehr wohl weißt.«

»Ich sehe schon, demnächst kommen hier ungesüßter Bohnenbrei und Essigwasser auf den Tisch!«

»Wenn dir das nicht passt, dann kannst du ja etwas zum Haushalt beisteuern, Schwiegervater. Du brüstest dich doch immer damit, wie gut deine Geschäfte gehen!«

Es hatte sich wieder ein giftiger Ton in Rufinas Stimme geschlichen, und ihre dunklen Augen blitzten den alten Mann herausfordernd an. Er schaffte es regelmäßig, sie zu reizen.

»Warum sollte ich in diese Latrine investieren? Gib den Laden auf, Rufina. Es schickt sich nicht für eine Frau, ein solches Geschäft zu führen. Es gibt zu Gerede Anlass!«

»Unsinn. Wenn ich die Therme aufgebe, verdiene ich überhaupt nichts mehr und liege dir mit den Kindern auf der Tasche. Das ist das Letzte, was ich will.«

»Ich auch nicht, davor schütze mich Merkur. Du musst wieder heiraten, das ist alles.«

»Dazu habe ich dir meinen Standpunkt bereits mehrmals klar gemacht. Und wenn du nichts dagegen hast, dann werde ich mich jetzt um meine Abrechnungen kümmern. Morgen kommt der Pachteinnehmer!«

»Tu das, Rufina, tu das. Aber bitte sei vorher so nett und schick mir die süße kleine Masseurin ins Zimmer. Solange keine Gäste deine leeren Becken besuchen, kann sie mir ihre Dienste widmen.«

»Schön, wenn du den üblichen Satz bezahlst. An mich, wohlgemerkt. Ich gebe ihr dann schon ihren Anteil.«

»Rufina, ich gehöre zur Familie!«

»Ich muss an meine Einnahmen denken, Schwiegervater, sonst gerate ich in Rückstand! Du zahlst zukünftig für alle Leistungen. Oder du hilfst mit. Eins von beidem.«

»Ich bin ein alter Mann!«

»Du bist ein alter Bock, und zukünftig wirst du sogar für die Benutzung der Latrine bezahlen!«

»Kommt nicht in Frage. Dann pinkle ich eher in die Ecken.«

»Wenn du das tust, wische ich die Schweinerei eigenhändig mit deiner besten Toga auf!«

Rufina nahm das feuchte Lederbeutelchen an sich und verließ mit energischen Schritten das Zimmer. In dem Raum, den sie sich für ihre Verwaltungsarbeiten vorbehalten hatte, nahm sie sich die Wachstäfelchen vor, auf denen sie ihre Abrechnungen zu machen pflegte, und stellte das Rechenbrett bereit.

Es war ein deprimierendes Geschäft, und es wollte ihr nicht recht von der Hand gehen. Mehrmals ertappte sie sich, wie sie mutlos aus dem Fenster starrte. Möglicherweise hatte ihr Schwiegervater Recht, und sie würde über kurz oder lang die Therme aufgeben müssen. Sie nahm ihm seine spitzen Bemerkungen nicht besonders übel, auch wenn sie ihnen nicht mit Langmut begegnete. Er war vor zwei Wochen in die Colonia gekommen, und sie musste zugeben, er hatte sie mit seiner ständigen Nörgelei aus ihrer Lethargie gerissen. Sie kannte ihn nun schon seit fast neun Jahren. Es war seine Art, an allem herumzukritisieren, vor allem aber an seinem Sohn Maurus, der so gar nicht seine Erwartungen erfüllt hatte. Fulcinius

Crassus betrieb ein blühendes Handelsgeschäft, das er in die Hände seines Partners gelegt hatte, um nach Erhalt der Nachricht vom Tode seines Sohnes in die Colonia zu reisen. Seine Spezialität waren das feinste Olivenöl und die delikatesten eingelegten Oliven, die sie bei den Bauern aufkauften und mit einem satten Gewinn in jene römischen Provinzen lieferten, die nicht mit dem Anbau von Olivenbäumen gesegnet waren. Hin und wieder hatte Maurus, als er alt genug war, Reisen für ihn unternommen und Geschäftsbeziehungen geknüpft, aber kaum hatte er sich einmal eine ordentliche Provision verdient, war er seinen eigenen Interessen nachgegangen. Einen Faulenzer, einen ehrgeizlosen Tagedieb und einen vergnügungssüchtigen Leichtfuß hatte Crassus ihn geschimpft, weil er wochenlang mit seinen Freunden umhergezogen war. Einen ausgemachten Dummkopf nannte er ihn, der weder Geldverstand noch Bildung besaß, obwohl er die besten Lehrer für ihn eingestellt hatte. Verschwendungssucht warf er ihm vor, doch es waren nicht Crassus' Sesterzen, die Maurus so großzügig ausgab. Das wusste Rufina nur zu genau, denn sie hatte es schon wenige Monate nach ihrer Hochzeit übernommen, für Crassus die Bücher zu führen. Obwohl Maurus immer Geld bei der Hand hatte, wusste sie nie genau, woher es stammte. Die anderen Vorwürfe mochten stimmen, doch Rufina vertrat trotz allem eine eigene Meinung zu Maurus. Vielleicht war er nur von geringem Ehrgeiz geplagt, was das Geschäftemachen anbelangte, er war sicher auch nicht der verantwortungsvollste Ehemann gewesen, aber über die Geburt der beiden Kinder hatte er sich aufrichtig gefreut, und ihnen war er, wenn er denn mal anwesend war, ein hingebungsvoller Vater. Maura und Crispus liebten ihn vorbehaltlos. Und sie selbst?

Wieder sah sie aus dem offenen Fenster. Auf den ziegelgedeckten Dächern der Nachbarhäuser saßen gurrende Tauben und tschilpende Spatzen. Die Äste einer hohen Buche neigten ihre Zweige in der sanften Brise des Frühlings, und ihre kleinen hellgrünen Blattfächer begannen sich eben zu entfalten. Aber Rufina bemerkte das alles nicht. Sie sah Maurus' Gesicht vor ihren Augen.

Sie würde nicht mehr heiraten. Genauso wenig, wie Fulcinia maior es getan hatte.

Dann aber riss sie sich zusammen und begann mit der Aufstellung der Ausgaben. Das Holz für die Beheizung des Bades musste bezahlt werden, die Wassergebühr war fällig, der Vorrat an Salben und Parfüms musste ergänzt und das Lampenöl nachbestellt werden. Eine Reihe Tiegel waren zerbrochen, auch die tönernen Öllampen hielten nicht ewig. Zudem waren die Löhne zu zahlen. Beinahe fünfzig Leute waren nötig, um den Betrieb aufrechtzuerhalten. Die Heizer und das Reinigungspersonal machten den größten Anteil aus, aber auch Garderobenwärter, Bademeister, Masseure und andere Dienstleister mussten für das anspruchsvolle Publikum bereitstehen. In Rom hätte man Sklaven zur Verfügung gehabt – nicht, dass die viel billiger gewesen wären –, hier in der Provinz waren es vornehmlich Einheimische oder Freigelassene, die sich für Lohn verdingten.

Der Betrag summierte sich, und Rufina seufzte leise. Dann nahm sie sich die Einnahmen vor. Zum einen war da das Eintrittsgeld – die Frauen zahlten morgens, wenn das Wasser frisch war, das Doppelte von dem, was die Männer in den für sie reservierten Nachmittags- und Abendstunden zu zahlen hatten. Die Summe deckte knapp die Ausgaben. Für die

Pacht war noch keine Sesterze eingebracht. Sie sollte im Prinzip durch die Untervermietung an die Händler abgedeckt werden, die ihre kleinen Geschäfte und Stände innerhalb der Therme oder im Hof führten. Auch der Verkauf von weißer Holzasche aus der Heizanlage brachte ein paar Münzen ein.

Rufina zählte und rechnete und rechnete und zählte – es wollte nicht stimmen. Nach dem, was ihr die Mieter schuldeten, hätte die Summe nicht gereicht, um die Pacht zu zahlen. Und dennoch war mehr Geld in der Kasse, als die nüchternen Zahlen sagten.

»Schon wieder!«, murmelte sie leise. »Er hat schon wieder zu viel gezahlt. Was will Cyprianus damit nur erreichen?«

Sie zählte sorgsam die überschüssigen Denare und Sesterzen ab und legte sie beiseite. Der Rest – nun, es würde nicht reichen. Vielleicht, wenn sie mit dem Salbenhändler noch einmal reden könnte. Er musste eben noch ein paar Tage auf sein Geld warten. Oder Barbaria, die Badeaufseherin, bekam ihren Lohn erst im nächsten Monat. Sie war sowieso ziemlich unzuverlässig.

Noch einmal seufzte Rufina auf. Die Pacht würde bezahlt, das Wasser und das Holz auch. Aber ihr blieb für den Haushalt nichts mehr übrig.

»Rufina, störe ich?«, fragte eine leise, beinahe scheue Stimme.

Eine schlanke Dame mittleren Alters trat über die Schwelle. Ihre Haltung war würdevoll und aufrecht, ihre unauffälligen Züge ruhig und gelassen. Sie war in eine nüchterne, dunkle Stola über einer weißen Tunika gewandet, ihre schwarzen Haare waren glatt in der Mitte gescheitelt, und zwei graue Strähnen zogen sich rechts und links von den Schläfen nach hinten, wo sie zu einem schlichten Knoten zusammengefasst waren.

»Fulcinia, komm herein. Nein, du störst nicht. Ich bin eben mit den Abrechnungen fertig geworden.«

»Und wie sieht es aus?«

»Nicht gut. Cyprianus hat wieder zu viel gezahlt. Das ist mir so unangenehm.«

»Hat er irgendwelche Absichten?«

»Ich weiß es nicht. Er ist nicht mehr als freundlich, Andeutungen hat er bisher nie gemacht. Aber er hat jetzt schon das dritte Mal mehr bezahlt, als in der Vereinbarung steht.«

»Hast du ihn gefragt, warum?«

»Er sagt, die Geschäfte laufen so gut. Aber das stimmt nicht. Unsere Besucher sind nicht zahlreicher geworden, im Gegenteil. Und mehr trinken tun sie auch nicht. Ich werde ihm die Münzen zurückgeben. Ich will mich nicht zu irgendwas verpflichten.«

»Das mag klug sein. Wir werden einen anderen Weg finden. Die Haushaltskosten übernehme ich im nächsten Monat.«

»Ach, Fulcinia …«

»Natürlich tue ich das. Schließlich wohne und esse ich hier.«

»Und du arbeitest hier.«

»Was sollte ich denn ansonsten tun? Mir die Fingernägel polieren lassen? Ich bin froh, dass Maurus mir die Möglichkeit gegeben hat, mit euch zu kommen. Und nun erzähl mir, was heute Morgen los war!«

Fulcinia ließ sich in einem der aus Weidenruten geflochtenen Sessel nieder und hörte sich die Geschichte von dem Toten in der Wasserleitung an.

»Das könnte Ärger bedeuten«, sagte sie und nickte, als Rufina geendet hatte.

»Warten wir es ab. Ich nehme an, inzwischen haben die Heizer wieder ihre Arbeit aufgenommen?«

»Natürlich. Ich habe sie heute Morgen dazu überreden können, das Holz bei den Holzschlägern abzuholen, so sparen wir zumindest die Lieferkosten.«

Rufina lächelte kaum merklich. Es verblüffte sie auch nach drei Jahren gemeinsamen Lebens immer wieder, wie die vornehme Fulcinia es fertig brachte, die ungehobelten Männer zur Arbeit anzuhalten. Es war schon ein Anblick, wenn sie mit sanfter, höflicher Stimme inmitten der halb nackten, rußverschmierten, schwitzenden Gesellen, die vor den Glutlöchern des Praefurniums schufteten, ihre Anweisungen gab. Jedes ihrer leisen Worte wurde sofort ohne jede Frage und ohne jedes Zögern befolgt. Hier zeigte sie Autorität, doch sowie sie sich Fremden gegenüber fand, wurde sie schüchtern und versank in eine geradezu magische Unscheinbarkeit.

»Wo sind eigentlich deine Kinder, Rufina? Sollten sie nicht ihren Unterricht beendet haben?«

»Sie haben so lange gebettelt, bis ich ihnen erlaubt habe, an den Rhein hinunterzugehen. Aber du hast Recht«, sagte sie mit einem Blick auf die inzwischen schon weit nach Westen gewanderte Sonne, »sie sollten allmählich nach Hause finden.«

»Ich denke, du musst dir um sie keine Sorgen machen, sie sind sehr vernünftig für ihr Alter.«

»Ich sollte mir keine Sorgen machen, aber ich mache sie mir. Ich hasse das Warten. Seit diesen Tagen im Februar…«

»Ich weiß. Sie werden gleich kommen, Rufina. Besser gesagt, dieses Trampeln auf dem Gang scheint mir sogar ihr sofortiges Eintreffen zu bedeuten.«

In der Tat näherten sich Schritte. Genagelte Sandalensohlen klopften auf den Holzboden, Gekicher und ein Quietschen ertönten, und dann stürmten zwei Kinder, ein achtjähriges Mädchen und ihr um ein Jahr jüngerer Bruder, in das Zimmer.

»Maura! Crispus! Bona Dea, wie seht ihr aus!«

»Schlammig, Mama. Crispus ist ins Wasser gefallen, und ich habe ihn herausgezogen.«

»Ich sagte doch, sie sind vernünftig, Rufina!«, stellte Fulcinia trocken fest.

»Natürlich sind wir das, Tante Dignitas. Und die Sonne ist auch schon ganz warm, uns ist gar nicht kalt gewesen.«

»Außerdem haben wir etwas gefunden, Mama. Also, deswegen bin ich ja ins Wasser gefallen. Wir haben nämlich den Männern zugesehen.«

»Den Männern?«

»Ja, die das hier aus dem Sand waschen!«

Eine schmutzige Faust öffnete sich, und ein Glitzern darin versetzte Rufina in Erstaunen.

»Ist das Gold?«

»Ja, Mama. Die Legionäre waschen es aus dem Sand. Mit Sieben. Aber Crispus hat das hier einfach so zwischen den Kieseln gefunden.«

»Wo wart ihr denn nur?«

»Hinter dem Hafen, da, wo die Auen beginnen!«

»Ihr wart außerhalb der Stadtmauern? Hört mal, ihr zwei, das macht ihr mir nicht noch einmal! Ich habe euch erlaubt, zum Wasser hinunterzugehen, aber die Stadt dürft ihr nicht verlassen. Das ist viel zu gefährlich! Ich habe es euch schon so oft untersagt!«

»Aber Mama…!«

»Keine Widerrede, Maura. Ich verbiete es.«

»Aber da sind die Wäscherinnen und die Goldsucher und die Fischer und die…«

»Maura!«

»Und keine Wölfe!«, fügte das Mädchen trotzig hinzu.

»Womit sie Recht hat, Rufina.«

»Fulcinia, ist das nicht meine Sache?«

»Doch, aber sie haben Recht, Rufina. Ich denke, ich weiß auch den Grund, warum sie in die Auen gehen.« Rufina sandte der Älteren einen zornigen Blick. »Und du weißt es ebenfalls!«, schloss Fulcinia ihre Rede.

»Ja, Mama. Es ist besser so. Wenn wir uns raufen, magst du das auch nicht!«

Rufinas Zorn löste sich in feinen Rauch auf, und sie fuhr Crispus liebevoll durch die kurzen, krausen Haare, die seinen Kopf wie ein wolliges, rotes, und derzeit ein wenig schlammiges, Fell bedeckten.

»Ja, ich weiß. Aber euer Vater ist nun mal vor den Mauern von wilden Tieren angefallen worden. Ich habe Angst um euch beide.«

»Das sagst du immer wieder, Mama. Aber es ist Sommer, und die wildesten Tiere, die wir je in den Auwiesen angetroffen haben, sind ein paar glitschige Frösche.«

Rufina zog auch ihre Tochter in die Arme. Ihre Haare waren nicht kraus, sondern nur lockig und tiefschwarz und hatten sich ungebärdig aus den Zöpfen gelöst. Beide Kinder aber besaßen die gleiche seidige Haut, deren Farbe an Haselnüsse denken ließ. Bedauerlicherweise machte dieses matte, warme Braun sie oft genug zum Gespött der Gleichaltrigen.

»Schon gut, Maura. Aber bleibt immer zusammen, ja? Versprecht ihr mir das?«

»Natürlich, Mama. Ich passe auf Crispus auf!«

»Blödsinn, Mama, ich passe auf Maura auf. Sie ist ja bloß ein Mädchen!«

»Ach, bloß ein Mädchen? Und wer hat dich vorhin aus dem Wasser gezogen?«

»Das war doch nicht tief, nur weil ich ausgerutscht bin ...«

»Schluss, ihr beiden!«

»Ist doch wahr!«, murrte Crispus leise, aber gab dann doch mit einem schelmischen Grinsen nach. »Darf ich das behalten, Mama?«, fragte er und wies auf das Goldklümpchen.

Fulcinia nahm es in die Hand, betrachtete das unregelmäßige, glitzernde Stück Metall und belehrte ihn mit sanfter Stimme: »Das Gold, Kinder, gehört, wie alle Schätze des römischen Bodens, dem Kaiser Traian. Die Leute, die es aus dem Rhein waschen, liefern es an die staatlichen Sammelstellen ab. Es dient dazu, Münzen zu prägen, mit denen der Caesar seine Magistrate, Legionen und Feldherren bezahlt, um uns zu schützen.«

»Und um sich goldene Rüstungen machen zu lassen.«

»Das auch.«

»Und Schmuck für Plotina Pompeia.«

»Auch das.«

Fulcinia legte das Goldklümpchen wieder auf den Tisch.

»Kann er nicht auf das kleine Stückchen verzichten?«

»Er könnte es, wenn ihr die Einzigen wäret, die so denken. Aber wenn alle so handelten, gäbe es bald gar kein Gold mehr für ihn.«

»Und alle Leute wären reich und könnten sich goldene Rüstungen machen.«

»Und niemand hätte mehr Münzen, um sich Brot zu kaufen.«

»Dann müssen wir das Gold also abgeben?«

»Im Prinzip ja.«

»Da.«

Crispus nahm das Gold und drückte es Fulcinia in die Hand. Diese nickte zustimmend, schränkte aber dann mit einem kleinen Lächeln ein: »Aber manchmal muss man wohl abwägen. Es ist ein sehr kleines Stück, eher so etwas wie ein Andenken an einen schönen, sonnigen Aprilnachmittag, würde ich sagen. Behaltet es, Kinder.«

»Oh, danke, Tante Dignitas.«

Crispus schloss seine schmutzige Faust glücklich um das Klümpchen, Maura hingegen hatte das inzwischen getrocknete Lederbeutelchen in die Hand genommen, betrachtete es neugierig und zupfte dann an dem Bändchen.

»Was ist da denn drin, Mama? Hoppla, das ist ja Schmuck! Oh, und ist genauso gemacht wie deine Halskette!«

»Leg es hin, Maura. Es gehört nicht mir. Es ist aus den Wasserleitungen gespült worden.«

»Wie der Hase?«

»Wie der Hase!«

»Wann?«

Rufina erzählte ihren Kindern die Geschichte von der verstopften Wasserleitung und hatte gebannte Zuhörer. Maura hielt die ganze Zeit über die zierlichen Ohrringe in der Hand und sah sie mit leuchtenden Augen an.

»O Mann, eine tote Leiche im Kanal. Wie ist der da reingekommen? Ist der umgebracht worden?«

Crispus war höchst angetan von der Vorstellung und entwickelte aus dem Stegreif einige äußerst gruselige Szenarien, die von wilden Verfolgungsjagden, Meuchelmördern und Golddiebstählen handelten.

»Lass es gut sein, mein Junge. Ihr habt gehört, was eure Mutter dazu weiß. Wenn sich etwas Neues ergibt, werden wir es erfahren. Nun seht zu, dass ihr saubere Kleider findet, und wascht euch gründlich!«

»Ja, Tante Dignitas!«

Beide Kinder gaben Rufina einen schnellen Kuss auf die Wange und hüpften aus dem Raum. Sie sah ihnen kopfschüttelnd nach und meinte: »Sie sollten dich nicht immer Tante Dignitas nennen.«

»Warum nicht? Ich bin nun mal eine würdevolle Person.«

»Das bist du wirklich.«

»Was wirst du mit den Ohrringen machen?«

»Vermutlich sollte ich sie dem Magistrat überbringen. Ich könnte mir denken, dass dieser Tote sie irgendwie bei sich trug. Mag sein, sie waren für ihn von Bedeutung.«

Fulcinia betrachtete die kleinen Schmuckstücke ebenso nachdenklich wie Maura zuvor.

»Ja, möglicherweise.«

»Was mich daran erinnert, dass ich wohl meinen Schmuck verkaufen muss, wenn sich nicht ein Wunder ereignet.«

»Nein, Rufina!«

Fulcinia konnte, wenn sie wollte, sehr bestimmend sein, auch wenn sie nie ihre Stimme hob oder anders als nur leise und ruhig sprach.

»Die Lehrer für die Kinder, die Bücher und Schriftrollen ...«

»Ihr Großvater wird ab jetzt so glücklich sein, das alles zu bezahlen. Ich werde ihn darauf hinweisen.«

Einen wundervollen Augenblick lang genoss Rufina die Vorstellung, wie Fulcinia maior den knurrigen Crassus mit milder Strenge davon überzeugte, die Ausbildungskosten für seine Enkel übernehmen zu dürfen. Sie zweifelte keinen Augenblick daran, dass es ihr gelingen würde.

»Einer der Heizer hat einen Bruder, der uns das Holz billiger liefern kann. Vielleicht solltest du dir mal die Konditionen nennen lassen.«

»Ja, das werde ich, und ich könnte vormittags auch selbst das Bad beaufsichtigen, Barbaria ist so nachlässig. Vielleicht könnte man auch noch einen zusätzlichen Händler finden und ihm den kleinen Stand gegenüber dem Salbraum verpachten. Ach, ich muss einfach weiter über Möglichkeiten nachdenken, um Ausgaben einzusparen und zusätzliches Geld einzunehmen.«

Fulcinia nickte. »Ich werde gleichfalls darüber nachdenken, Rufina.« Dann, mit einem milden Anflug von Humor, schloss sie: »Nicht zuletzt können wir ja im Rhein Gold waschen gehen!«

3. Kapitel

Goldsucher

Siehe, das verschwiegene Bett
hat die beiden Liebenden aufgenommen.
OVID, ARS AMATORIA

Der Februarnachmittag war in eine frühe Dunkelheit übergegangen, und es herrschte tiefe Stille in dem Haus am Waldrand. Müßig drehte sich der Besitzer des Anwesens von dem warmen Körper an seiner Seite weg und betrachtete die blonde Gestalt mit etwas Abstand. Sie schlief den Schlaf einer zutiefst befriedigten Frau. Er hatte das Seine zu diesem erquicklichen Zustand beigetragen. Nicht ohne davon einen ähnlichen Genuss gehabt zu haben. Doch der Müßiggang musste nun bald ein Ende haben, es galt, die Dinge voranzutreiben, die er begonnen hatte.

Als er zum Fenster trat, den Laden einen Spaltbreit aufschob und in den verschneiten Wald hinausschaute, fröstelte er. Noch konnte er seine neue Unterkunft nur als provisorisch betrachten. Zwar lagen dicke Felle auf dem Bett, und Öllampen warfen ihr flackerndes Licht in die schattigen Ecken, aber städtischen Komfort bot die Behausung nicht. Das würde sich bald ändern. Mit Gold ließ sich alles ändern. Und das Gold floss – im wahrsten Sinne des Wortes – in seine Taschen. Es gab verschiedene Quellen, und er hatte die besten ausfindig gemacht. Vor allem aber hatte er Männer, die ihn unterstützten. Zwei von ihnen wollten an diesem Abend zu ihm kommen und die

Ausbeute vorlegen. Er selbst hatte bei seinen Streifzügen durch die Wälder, die er unternommen hatte,
um sich nach dem Vorankommen der Arbeiten am
Wasserkanal zu erkundigen, einen echten Topf voll
Gold entdeckt.

Noch einmal warf er einen Blick auf die Schlum-
mernde, dann warf er sich warme Kleider über und
streifte die Pelzstiefel über die Füße. Es gab hier
draußen kein Hypocaustum, das den Boden erwärmte, nur Kohlepfannen heizten den Raum. Und diese
Frau seine Bettstatt. Immerhin.

Er brauchte nicht lange auf seine Handlanger zu
warten, Fußtrappeln und heftiges Keuchen kündeten sie an. Geräuschvoll klopften sie an die Tür. Er
öffnete ihnen und blickte in zwei panikverzerrte Gesichter.

»Meister, schließ die Tür, sie sind hinter uns her!«

»Rasch!«, keuchte auch der andere.

»Wer ist hinter euch her?«, fragte der Angesprochene kühl und zog die schwere Holztür zu.

»Die Wölfe!«

»Mh.«

»Wirklich. Sieh!«

Der eine zeigte eine zerfetzte Tunika vor und eine
halb entblößte, blutende Wade.

»Fast hätten sie uns erwischt.«

»Sieht so aus. Verbindet die Wunde. Dort drüben
gibt es Tücher und Salben. Wo haben sie euch erwischt?«

»Am Quelltopf.«

Beide Männer, hartgesottene Burschen, die den
Wald und seine Geheimnisse kannten, zitterten noch
immer wie Espenlaub. Er sah keinen Anlass, ihnen
nicht zu glauben. Ärgerlich war es dennoch, denn
jener Quelltopf war reich an dem edlen Metall, das

das Wasser in Flimmer und Körnchen aus einem unterirdischen Lager ausgewaschen hatte. Erstaunlich war nur, dass sich bisher noch niemand an dem Reichtum bedient hatte.

»Sucht die Quelle morgen bei Tageslicht auf. Dann trauen die Wölfe sich nicht heraus, sie jagen lieber in der Dämmerung.«

»Nein, Meister. Wir gehen nie wieder dorthin!«

»Ihr tut, was ich sage!«

»Nein!«

»Muss ich nachhelfen?«

Eine lange Peitsche knallte durch die Luft.

»Selbst wenn du uns das Fleisch von den Knochen prügelst, wir gehen nicht wieder zur Quelle.«

Auch der andere schloss sich der Weigerung an.

»Genau. Denn es sind nicht nur die Wölfe, sondern auch die Alte, die sie befehligt.«

»Wer?«

»Ein altes Weib. Sie hat die Wölfe auf uns gehetzt!«

»Ihr habt Gespenster gesehen!«

»Ja, aber welche mit scharfen Zähnen.«

Es war hoffnungslos. Diese einfältigen Trottel würden durch nichts zu bewegen sein, den Ort noch einmal aufzusuchen. Er schickte sie hinter das Haus, wo sie in einem Verschlag die Nacht verbringen konnten, und kehrte in den behaglichen, warmen Raum zurück, in dem sich die pelzbedeckte Lagerstatt befand. Ärgerlich war er zwar über den Vorfall, aber nicht sonderlich beunruhigt. Die Quelle würde nicht von einem Tag auf den anderen versiegen, die Wölfe im Frühjahr genügend Beute finden, um die Nähe der Menschen zu meiden. Dann wollte er selbst den Topf plündern. In der Zwischenzeit gab es Abwechslung genug. Er entledigte sich seiner Stiefel und der wollenen Überkleider und setzte sich auf die

Bettkante. Vorsichtig schob er eine Decke aus weichem Marderfell beiseite und betrachtete das goldene Vlies, das sich zwischen den Schenkeln seiner Geliebten ausbreitete. Sie frönte nicht, wie die vornehmen Römerinnen, der Sitte, sich alle Körperhärchen sorgsam auszuzupfen, und zur Abwechslung empfand er das an ihr als überaus erregend. Er würde ihr ein goldenes Geschmeide schenken, beschloss er. Es würde sie noch williger machen.

Sie schlummerte ruhig, doch als er sacht mit den Fingern die blonden Locken teilte und das zarte, noch von den Spielen des langen Nachmittags rosige Fleisch rieb, stöhnte sie wollüstig auf.

4. Kapitel

Nichts als Ärger

Halte nun durch und sei hart!
Der Schmerz kommt dir einmal zustatten.
Oft hat bitterer Trank Leidenden Stärkung gebracht.
OVID, AMORES

Der Haushalt erwachte mit dem Krähen des Hahnes zum Sonnenaufgang. Rufina schlug die weichen Decken zur Seite und stand ein wenig schlaftrunken auf, um die Läden vor den Fenstern zu öffnen. Der Morgen war noch kühl, und feuchter Nebel verhüllte die Gebäude der Nachbarschaft. Aber die Bewohner der Colonia machten sich bereit, das neue Tagwerk zu beginnen. Schritte schlurften über die Steine, Türen knarrten und klappten, gegenüber schob der Bäcker einen Tisch auf die Straße, auf dem er bald seine Backwaren aufschichten würde. Der Geruch von Holzfeuer und frischem Brot wurde herangeweht und verdrängte den zarten Duft der taufeuchten Veilchen, die die Blumenhändlerin auf Moos gebettet in flachen Körben in ihrem Hof stehen hatte. Der musikalische Esel des Fischhändlers sang seine morgendliche Arie, die in einem atemlosen Ahh-i-Ahhh endete. Gutmütig ließ er sich von seinem Herren dann vor den Karren spannen. Er brachte ihn zum Rheinhafen, um den frischen Fang abzuholen. Zwei Elstern zankten sich beredt um etwas, das die Nacht auf dem Pflaster hinterlassen hatte, vielleicht eine tote Maus oder einen aus dem Nest gefallenen Jungvogel.

Die kühlfeuchte Luft ließ Rufina schaudern, und eilig machte sie mit kaltem Wasser Toilette. Das Wohnhaus hatte ein eigenes, kleines Bad, nur eine Wanne, ein Becken und zwei Latrinen. Manchmal benutzte sie die Einrichtungen des Badehauses vor den Besuchern, aber an diesem Morgen hatte sie es eilig. Sie warf sich eine frische Tunika über und legte eine warme, braune Wollstola an. Ihre Haare entwirrte sie energisch mit der Bürste. Im Februar hatte sie die langen Flechten abgeschnitten und am Grab ihres Mannes geopfert. Ihre Locken reichten ihr nun wieder bis auf die Schultern, doch für einen fraulichen Knoten tief im Nacken waren sie noch bei Weitem zu kurz. Mit einigen Wollbändern, die sie so hineinflocht, wie Fulcinia es ihr gezeigt hatte, bändigte sie die Haare schließlich, sodass sie ihr nicht in die Stirn fielen. Bis zum Abend würde diese adrette Frisur zwar nicht halten, aber am Vormittag kam der Pachteintreiber, und ihm wollte sie mit dem gebührenden Auftreten begegnen. Bevor sie jedoch ihre üblichen Pflichten im Haus in Angriff nahm, war ihr erster Gang in die Thermen. Sie musste einfach sicher sein, dass die Becken heute gesäubert und rechtzeitig gefüllt wurden.

Die drei Frauen, die die Räume in Ordnung zu halten hatten, waren bei der Arbeit und reinigten die Liegebänke im Tepidarium. Höflich grüßten sie die Patrona und versicherten, alles gehe seinen gewohnten Gang. Die blauen Fliesen des Kaltwasserbeckens glänzten sauber und leuchteten wie das Meer im Sonnenschein, sprudelnd ergoss sich das klare Wasser aus den Rohren. Auch das große Warmbadebecken war schon halb gefüllt, wenn auch das Wasser noch kalt war, denn die Heizer würden ihre Arbeit erst beginnen, wenn sie die Asche vom Vortag ausgeräumt und den Holzvorrat des Tages griffbereit vor dem Praefurnium aufgestapelt hatten. Dass sie damit beschäftigt waren, ließ sich aus dem Rumpeln und den dumpfen Schlägen der Äxte entnehmen, die die Scheite in handliche Stücke spalteten.

In dem großen Becken allerdings befanden sich wieder einmal Fremdkörper. Diesmal auf dem Wasser.

»Phönizier greifen die Colonia an?«

»Barbaren aus dem Norden, Mama!«

Maura und Crispus ließen zwei hübsch geschnitzte Holzschiffchen segeln, sie selbst mit geschürzten Tuniken bis zu den Knien im Wasser. Rufina setzte sich an den Rand des Beckens und sah den beiden eine Weile zu. Wieder überkam sie die Trauer. Die Schiffchen waren das letzte Geschenk, das die Kinder von Maurus erhalten hatten. Er hatte sie von seiner Reise nach Lugdunum im Süden Galliens mitgebracht, die er im vergangenen Jahr unternommen hatte.

Maura gab ihrem Schiff einen letzten Schubs und plantschte dann ebenfalls zum Beckenrand.

»Was ist, Mama? Du siehst so unglücklich aus.«

»Ja. Na ja. Ich bin es auch, Maura. Ich vermisse euren Vater, weißt du.«

»Ja, aber warum denn? Es ist doch auch früher schon oft auf Reisen gegangen, und da hast du nie so traurig ausgesehen.«

»Kleine, wie oft soll ich euch das noch sagen, er ist tot. Die Wölfe …«

»Aber Mama, das ist doch nur Gerede. Er kommt bestimmt wieder. Er hat dir doch sogar eine Botschaft geschickt!«

»Wovon sprichst du nur, Maura?«

»Na, die Ohrringe in dem Beutelchen!«

»Die hat der tote Mann bei sich gehabt. Maura,

euer Vater wandert seit drei Monaten in den Schatten. Ich weiß, es fällt einem schwer, das zu glauben, aber wir müssen es akzeptieren. Er kommt nicht mehr zurück.«

Das Mädchen hatte sich neben Rufina auf den Beckenrand gesetzt und machte ein störrisches Gesicht.

»Das stimmt nicht!«, beharrte sie.

»Ich wünsche es mir auch, Liebling. Aber wir haben ihn begraben. Und aus dem Grab kehrt niemand zurück.«

»Unser Vater schon!«

Bevor Rufina den festen Glauben ihrer Kinder erschüttern konnte, näherten sich Schritte von hinten, und Marius, der Aufseher, kündigte an: »Patrona, der Ädil und der Pachteintreiber des Thermenbesitzers sind eingetroffen.«

»Oh ja.« Rufina schob die trüben Gedanken zur Seite und stand auf. »Nun, dann will ich mich mal mit ihnen auseinander setzen. Crispus, die Schiffe müssen jetzt in den heimischen Hafen einlaufen, und die beiden Kapitäne haben sich zum Morgenmahl zu begeben! Und danach ganz hurtig ihre Lektionen aufzunehmen.«

Sowohl der Ädil wie auch der Pachteinnehmer waren junge, hochgewachsene Männer, die Amt und Aufgabe gebührend ernst nahmen. Ihre Mienen drückten zwar höfliche Herablassung aus, aber man sah ihnen deutlich an, wie vollständig sie sich ihrer Amtsgewalt bewusst waren.

»Nun, Aurelia Rufina, wie gehen die Geschäfte?«

»So gut, dass ich dir, wenn du mir folgen willst, den Pachtbetrag sogleich aushändigen werde, Hosidius.«

»Wickelt eure Geschäfte ab, ich nehme inzwischen

die Überprüfung der Therme vor. Du gestattest, Aurelia Rufina?«

Es war eine rhetorische Frage, die zu verneinen ihr gar nicht möglich gewesen wäre. Der Ädil hatte nun mal die Aufgabe, auf die Ordnung und die Sauberkeit der öffentlich genutzten Gebäude zu achten. Er war darin, wie sie wusste, sehr akribisch. Darum nickte sie nur zustimmend und führte den Pachteinnehmer in ihr kleines Arbeitszimmer, wo sie schon am Vortag die betreffende Summe in einem Kästchen bereitgelegt hatte. Hosidius zählte die Geldstücke einzeln ab und quittierte ihr sodann den Empfang.

»Man hört, du hättest Schwierigkeiten, Aurelia Rufina.«

»Hört man das? Und, glaubst du es?«

»Ja, ich glaube das. Du zahlst mit vielen sehr kleinen Münzen.«

»Legt der Eigentümer jetzt Wert auf Goldstücke?«

»Er legt lediglich Wert darauf, pünktlich und korrekt bezahlt zu werden!«

»Das wird er, Hosidius. Mehr braucht ihn nicht zu interessieren!«

»Nun, ich hoffe denn auch im nächsten Monat, Aurelia Rufina!«

Rufina knirschte leise mit den Zähnen.

»Selbstverständlich auch im nächsten Monat!«

»Es gibt zwei Interessenten, die die Therme gerne übernehmen würden, hört man ebenfalls.«

»Noch läuft der Pachtvertrag!«

»Auf den Namen deines Mannes.«

»Wie du sehr genau weißt, bin ich berechtigt, sein Geschäft weiterzuführen. Wir haben das Dreikinderrecht schon vor unserer Ankunft in der Colonia erhalten. Also unterlass deine versteckten Drohungen.«

»Ich drohe dir nicht, ich habe dich nur auf einen Sachverhalt hingewiesen.«

»Ich tat desgleichen, Hosidius!«

»Nun gut. Wir sehen uns dann kurz vor den Kalenden des Juni wieder.«

Rufina geleitete den Pachteintreiber durch die große Eingangshalle hinaus und sah sich dann suchend nach dem Ädilen um. Sie war sich zwar sicher, die Therme wurde reinlich gehalten und wies keine baulichen Mängel auf, aber schon mehrfach hatte der junge Mann Anstoß an verschiedenen Kleinigkeiten genommen. Vermutlich kratzte er auch heute wieder an irgendeiner Stelle herum, die ihm verdächtig erschien. Wie nicht anders zu erwarten, fand sie ihn an den Säulen vor den Latrinen. Da gab es einen Schwachpunkt, natürlich. Die dauernde Feuchtigkeit des fließenden Wassers und der warme Dampf aus dem daneben liegenden Schwitzbad setzte dem Putz und dem Mörtel zu. Es gab ein paar Stellen, in denen die Bemalung abblätterte und sich Fugen zwischen den Steinplatten bildeten. Im Januar noch hatten sie Maurer kommen lassen, die alles überarbeitet hatten, aber schon bekam der Gips wieder Risse, und kleine Bröckchen fielen dann und wann auf den Boden. Es hatte keine Bedeutung für die Sicherheit des Gebäudes, denn es handelte sich lediglich um eine Verkleidung des eigentlichen Mauerwerks, aber es sah nachlässig aus. Doch die Reparatur kostete Geld.

»Aurelia Rufina, ich habe schon im vergangenen Monat beanstandet, dass die Säulen vor der Latrine brüchig sind. Du hast sie nicht richten lassen!«

»Ich habe dir im vergangenen Monat erklärt, nicht

die Säulen sind brüchig, sondern nur der Verputz ist ein wenig angegriffen. Der Handwerker hatte bisher noch keine Zeit gefunden, diese Kleinigkeit zu beheben.«

»Morsche Säulen, Aurelia Rufina, sind keine Kleinigkeit.«

»Die Therme wird nicht einstürzen, wenn etwas Putz von der Wand fällt.«

»Sie werden einstürzen, wenn die Säulen das Gewölbe nicht mehr tragen.«

Es nützte nichts, dem ehrgeizigen Ädilen zu widersprechen, das wusste Rufina zu gut. Sie schalt sich selbst, nicht eigenhändig mit ein wenig Wandfarbe die Stellen übermalt zu haben. Der junge Mann war kein Baumeister, er hatte von solchen Dingen weder Ahnung noch die Neigung, sich fundierte Kenntnisse anzueignen. Er wollte nur etwas zu beanstanden haben.

»Ich kümmere mich morgen darum!«, sagte sie deshalb ohne weitere Kommentare.

»Tu das, ich werde es nächsten Monat überprüfen. Sollte sich der Zustand nicht verändert haben, wirst du eine Strafe zahlen müssen. Und wenn sich zusätzlich die Klagen über die Qualität des Wassers weiter häufen, Aurelia Rufina, werde ich dafür sorgen, dass dir die Erlaubnis zum Betrieb der Therme entzogen wird.«

»Die Wasserqualität, Ädil, wird nicht von mir beeinflusst, das Wasser stellt der Staat zur Verfügung. Das weißt du ganz genau!«

»Tote Tiere im Warmwasserbecken stellt nicht der Staat zur Verfügung.«

»Ja glaubst du denn, ich hätte den Hasen eigenhändig hineingeworfen? Du hast es doch gestern selbst gesehen, sogar ein Mensch kann durch die Zuleitungen angeschwemmt werden!«

Das allerdings konnte selbst der Ädil nicht leugnen, und mit einer weiteren Ermahnung, für Sauberkeit und Sicherheit der Baulichkeiten zu sorgen, verließ er die Therme.

»Arrogante Schnösel!«, murmelte Rufina vor sich hin, als sie wieder alleine war. Dann betrachtete sie noch einmal die Stelle, an der sich der Putz von der Wand löste. Ja, es war immer dieselbe. Anfang des Jahres hatten sie einen tiefen Spalt dort entdeckt, und Maurus selbst hatte noch einen Mann kommen lassen, der ihn sachkundig gefüllt und neu verputzt hatte. Das war einen Tag nach Maurus' Verschwinden gewesen, erinnerte sie sich jetzt. Mit einem leichten Gefühl der Erheiterung erinnerte sie sich ebenfalls daran, wie der Duumvir Hirtius Sidonius höchstselbst davor auf Knien herumgekrochen war, um die Reparatur zu prüfen. Er hatte mit seinem dicken Bauch, der über den kurzen Leinenschurz hing, ein äußerst befremdliches Bild geboten. Dass sogar der Bürgermeister selbst die Mängel der Therme in Augenschein nahm, fand sie, milde gesagt, absurd. Aber manche Menschen brauchten derartige Kleinigkeiten, um sich daran aufzubauen. Sie war sich sicher, der Ädil ließ sich von Sidonius' Bedenken über die Sicherheit der Therme beeinflussen. Den Duumvir wollte sie sich eigentlich nicht verärgern, auch wenn sie ihn nicht sonderlich schätzte. Immerhin war er ihr prominentester Gast, und in seiner Gesellschaft kamen zahlreiche weitere Besucher, die ihre halb geschäftlichen, halb privaten Gespräche zwischen Warm- und Kaltbad und auf den Klinen der Ruheräume führten.

Der Vormittag verlief ungewöhnlich ruhig, nur wenige Frauen hatten sich an diesem Morgen eingefun-

den, um sich ihrer Körperpflege zu widmen. Camilla
Donatia hatte ihre Drohung wahr gemacht und mit-
samt ihren Freundinnen das Badehaus gemieden.
Rufina ging zusammen mit einer Dienerin verschiedenen Besorgungen auf dem Markt nach, und als
sie zurückkehrte, sprach sie vor dem Eingang zum
Wohnhaus Burrus an, der narbengesichtige Gladiator, der bis zu Beginn des Jahres in der Männerbadezeit im Gymnasium gearbeitet hatte. Er war nicht
aufdringlich, nein. Höflich fragte er nach, ob seine
Dienste benötigt würden. Nicht ganz so höflich beschied Rufina ihm, sie habe keine Aufgaben für ihn.
Er sah sie mit einem traurigen Hundeblick an, der
so gar nicht zu seinem von Kämpfen gezeichneten
Gesicht passen wollte. Doch einerseits hatte Rufina
bei der derzeitigen schlechten Geschäftslage wirklich keine Verwendung für ihn, und andererseits – er
war Maurus' persönlicher Kampflehrer gewesen. Sie
wollte nicht ständig durch Burrus an ihren verstorbenen Mann erinnert werden.

Sorgenvoll wandte sie sich ihren sonstigen Tätig-
keiten zu und hoffte, die Missstimmung unter den
Frauen möge sich in einigen Tagen wieder legen.
Aber bis dahin entfielen die Einnahmen.

Belebter wurde hingegen der Nachmittag. Angenehmer allerdings nicht.

Die Colonia wurde, wie alle Städte im römischen
Reich, von zwei Bürgermeistern verwaltet, die von
den Bürgern der Stadt gewählt wurden. Derzeit waren es die Duumviri Decimus Hirtius Sidonius und
Titus Valerius Corvus. Letzterer besuchte die öffent-
lichen Thermen nicht. Es hieß, seine Villa sei mit einer prächtigen Badeanlage ausgestattet. Er galt als
unnahbarer Mann, der wenig Gefallen an öffent-

lichen Auftritten hatte. Im Gegensatz zu Sidonius, der zwar ebenfalls ein luxuriöses Haus besaß, es jedoch vorzog, sich häufig in der Öffentlichkeit zu zeigen. Er hatte ein breites Klientel, mit dem er sich ständig umgab. Entfernte Verwandte, Freigelassene und langjährige Freunde der Familie begleiteten ihn auf seinen Gängen durch die Stadt und leisteten ihm mancherlei Dienste. Vor allem aber spendeten sie ihm regelmäßig Beifall, wenn er eine seiner Reden hielt. Alle zwei, drei Tage erschein Sidonius in der Therme, meist zusammen mit zehn oder zwanzig weiteren Männern. Sie entrichteten zwar klaglos das Eintrittsgeld, nahmen auch gerne alle gebotenen Dienstleistungen in Anspruch und zahlten großzügig dafür, aber oft genug kam es vor, dass sich vor allem die jüngeren Frauen bei Rufina über Belästigungen beschwerten.

Sidonius und seine Gefolgschaft trafen in den späteren Mittagsstunden ein, und es schien, als ob sie schon beim Mittagsmahl reichlich schweren Wein genossen hätten. Die Stimmung war ausgelassen, die Unterhaltung laut und von grölendem Gelächter unterbrochen. Nasus, der nachmittags als Bademeister arbeitete, hatte Rufina bereits gewarnt, es könne zu Problemen kommen. Sie war daher aus ihrer Wohnung gekommen, um sich vorsichtig einen Überblick zu verschaffen. Die eigentliche Therme betrat sie während der Männerbadezeit nicht gerne, doch konnte sie von einem kleinen Kabäuschen neben dem Lager vor den Ständen der Händler aus die große Halle überblicken, ohne aufzufallen. Sie nahm in dem winzigen Raum Platz und beobachtete das Geschehen. Zunächst schien es so, als ob die heißen und kühlen Bäder die Männer allmählich wieder ernüchterten, doch als die Sonne langsam sank, und sie die Anweisung gab, die Öllampen zu entzünden, bemerkte Cyprianus, der Weinhändler: »Die scheinen sich heute in Falerner baden zu wollen. Pass nur auf, Aurelia Rufina, dass es keinen Ärger gibt!«

»Sie sind schrecklich, ich weiß, aber wenn ich sie rauswerfe, kann ich die Therme wirklich zumachen. Cyprianus, du hast mir wieder zu viel bezahlt. Ich bringe dir morgen früh das Geld.«

»Betrachte es als Gewinnbeteiligung an meinem Handel. Du siehst doch, wie gut das Geschäft bei mir läuft!«

»Das geht nicht, wir haben …«

Ein protestierendes Kreischen schrillte durch die Säulen, und Bella kam mit aufgelösten Haaren und verrutschter Tunika auf sie zugelaufen.

»Ich weigere mich, dieses Tier auch nur anzufassen! Ich lasse mir so etwas doch nicht gefallen! Patrona, das war der letzte Tag, an dem ich hier arbeite!«

»Beruhige dich, Bella, beruhige dich doch. Was ist passiert?«

»Dieses Schwein von Sidonius ist passiert. Er wollte mich vergewaltigen, vor seinen Leuten, dieses dreckige Ekel. Duumvir hin oder her, besoffen hin oder her, das geht zu weit.«

»Das stimmt allerdings.« Rufina seufzte. »Wir sollten nachmittags nur noch Männer als Masseure beschäftigen. Aber woher soll ich die nehmen?«

»Für die Meute reichen die Heizer aus!«, giftete Bella weiter und versuchte, sich die Haare wieder aufzustecken. »Am besten gleich mit ihren Äxten!«

»Ich versuche eine Lösung zu finden, Bella. Geh für heute nach Hause. Aber bitte komm morgen zum Frauenbad wieder. Du bist sehr beliebt, ich möchte nicht auf dich verzichten.«

Bella murrte noch eine Weile, stimmte dann aber zu.

Kurz nachdem sie gegangen war und Rufina wieder in ihrem Zimmerchen saß, tauchte Sidonius selbst bei ihr auf. Er war rot im Gesicht, vom Wein und vor Ärger. Ganz sicher stand er nicht mehr auf den Beinen, als er sie anfuhr: »Wo ist die verfluchte Masseurin?«

»Sie steht nicht mehr für dich zur Verfügung, Hirtius Sidonius. Auch meine Angestellten haben ein Recht darauf, anständig behandelt zu werden. Zudringlichkeiten sind im Preis nicht inbegriffen.«

»Das kleine Flittchen buhlte doch um Zudringlichkeiten!«

»Dies hier, Duumvir, ist eine Therme und kein Freudenhaus!«

»Hochnäsige kleine Ziege, die du bist! Es wär besser, du schaffst dir ein paar willige Mädchen an. Dann würde der Laden hier brummen!«

»Du wirst dich mit den Leistungen zufrieden geben müssen, die ich für mein Geschäft für richtig erachte.«

»Du selbst könntest auch etwas entgegenkommender sein!« Sidonius war ein kräftiger Mann, und mit seiner Leibesfülle drängte er Rufina bald bis in die äußerste Ecke des kleinen Raumes. Sein weingeschwängerter Atem verursachte ihr Ekel, seine ölige Haut schimmerte klebrig, und sie versuchte, sich an ihm vorbeizudrücken. »Rotschopf, du hast es doch sogar mit diesem einfältigen Freigelassenen getrieben und dir von ihm diese beiden hässlichen braunen Kinder andrehen lassen. Sollen wir nicht mal versuchen, ob wir ein hübsches hellhäutiges hinkriegen?«

»Du bist nicht mehr recht bei Verstand, Duumvir. Verlass den Raum!«

»Ein bisschen eng hier, da hast du Recht. Komm mit, Kleine, wir finden ein passenderes Plätzchen!«

Er ergriff ihre Hand und zog sie aus der Tür. Rufina ließ es ohne sich zu wehren zu, aber als sie auf den Fliesen im Gang stand, machte sie eine schnelle Drehung mit dem Arm und befreite sich so aus dem nicht sehr energischen Griff des Trunkenen. Gewandt entwischte sie ihm und fand Zuflucht in der Eingangshalle. Hier war ein ständiges Kommen und Gehen, der Duumvir würde wohl noch so viel Verstand besitzen, ihr nicht bis hierhin zu folgen.

»Patrona, du siehst wütend aus«, stellte Paula fest.

»Ich wünschte, ich könnte auf den Besuch dieses schleimigen Sidonius verzichten.«

Paula zuckte mit den Schultern.

»Können wir aber nicht. Die Hälfte unserer Einnahmen kommt aus seiner Tasche. Leg dir ein dickeres Fell zu, Patrona.«

»Ja, ja«, sagte Rufina und rieb sich die Augen.

»Jetzt geh in deine Wohnung und bring Gesicht und Haare in Ordnung. Die Schminke hast du mal wieder gründlich verschmiert.«

»Ja, ja.«

Vor ihrem Bronzespiegel betrachtete sich Rufina leise knurrend. Ihre Frisur hatte sich aufgelöst, und ihre Wangen glühten noch vor Ärger. Mit kaltem Wasser kühlte sie ihr Gesicht und bürstete sich dann die Haare. Auf weitere Verschönerungen verzichtete sie allerdings, auch wenn sie, wie viele modebewusste Römerinnen, ansonsten mit einem dunklen Puder ihre braunen Augen betonte und auch ihre Lippen zu röten pflegte. Doch im Laufe des Tages brachten es ihre vielfältigen Tätigkeiten oft mit sich, dass sich die kunstvolle Bemalung, genau wie ihre Frisur, auflöste.

Sie zog sich selbst eine Grimasse. Paula war vielleicht ein dummes Huhn, manchmal ungeschickt im Umgang mit den Gästen, und viel Vertrauen hatte sie auch nicht in Rufinas Geschäftstüchtigkeit, aber wenn es hart auf hart kam, entwickelte sie eine Art versteckter Fürsorglichkeit, die sie schon ein paarmal überrascht hatte. Rufina nahm sich vor, ihr ein paar freundliche Worte zu sagen. Mehr konnte sie im Moment nicht geben. Bella hingegen würde nicht nur Mitgefühl von ihr ernten, wenn sie wieder auftauchte. Sie selbst hatte darum gebeten, nachmittags zur Männerbadezeit ihre Dienste anbieten zu dürfen. Rufina hatte sie vor möglichen Zudringlichkeiten gewarnt, aber die Trinkgelder, die die Männer gaben, und vielleicht auch die weiteren Aufmerksamkeiten, die sie ihr schenkten, waren für sie ein zu großer Anreiz gewesen. Ein ernster Verweis war hier notwendig.

Als Rufina sich wieder nach unten in die Therme begab, fand sie eine ungewöhnliche Gesellschaft im Eingangsbereich versammelt. Da war zum einen der Baumeister Lucillius Silvian, der einen zugedeckten Korb bei sich trug, unter dessen festgesteckter Decke irgendeine rege Bewegung festzustellen war. Zum anderen traten drei hünenhafte Begleiter verlegen von einem Fuß auf den anderen. Rufina erkannte Halvor und vermutete in den beiden anderen Männern Angehörige seines Clans.

»Ah, Aurelia Rufina, da bist du ja!«, rief Silvian aus.

Rufina war nicht sonderlich begeistert, den barschen Baumeister wiederzutreffen, aber sie riss sich zusammen und schaffte es mit einiger Höflichkeit, seinen Gruß zu erwidern.

»Baumeister Silvian, ich grüße dich. Kommst du, um ein Bad zu nehmen?«

»Das auch, aber als Erstes wollte ich dir das für deine Kinder geben.«

Er deutete auf den Korb, und ein wenig erstaunt sah Rufina ihn an. Eine solche Geste hatte sie von ihm nicht erwartet.

»Du kennst Maura und Crispus doch gar nicht.«

»Ich weiß aber, du hast einen Jungen und ein Mädchen.«

»Dann will ich sie holen lassen.«

Einer der kleinen Jungen, die immer darauf warteten, Botengänge zu erledigen, wurde ins Wohnhaus geschickt, um die Kinder zu holen. Kurz darauf trafen sie in Begleitung von Fulcinia ein. Maura und Crispus starrten neugierig auf den Korb, Fulcinia hingegen stand, wie es ihre seltsame Art war, unauffällig im Hintergrund und hielt die Lider züchtig gesenkt. Wenn sie auch im engen Kreis der Familie selbstsicher auftreten konnte, so scheute sie jetzt doch wieder den Kontakt mit Fremden, vor allem mit Männern. Sie wagte weder Blicke noch Worte mit ihnen zu wechseln. Es schien, als würden die Besucher sie nicht bemerken.

»Diese beiden hier sind es?«, fragte Silvian freundlich, und Rufina legte den beiden Kindern die Hände auf die Schultern, um sie vorzustellen.

»Das ist der Baumeister, der für die Wasserleitung zuständig ist, Lucillius Silvian. Die anderen sind Halvor und seine Freunde.«

Höflich begrüßten beide Kinder die Männer, und wenn die drei Germanen auch von ihrem Aussehen überrascht waren, so zeigten sie es nicht. Dann aber konnte Crispus seine Neugier nicht mehr unterdrücken.

»Was ist in dem Korb?«, wollte er wissen und beugte sich über die zappelnde Decke.

»Zwei kleine Waldkatzen, die ihre Mutter verloren haben. Wir haben sie heute Mittag in einem hohlen Baumstamm gefunden. Sie haben so jämmerlich geweint. Wir haben es nicht über uns gebracht, sie zu ersäufen«, erklärte Halvor. »Der Baumeister meinte, sie würden euch Freude bereiten.«

»Oh, Mama, dürfen wir die behalten?«

»›Ich fürchte die Danaer auch dann, wenn sie Geschenke bringen.‹«

Begeistert klang Rufina nicht, aber Silvian grinste sie zustimmend an.

»Ja, ja, es ist ein Geschenk, das Verantwortung von euch verlangt, Kinder. Ihr werdet sie füttern müssen. Mit klein geschnittenem Fleisch vielleicht oder mit einem Ei.«

»Und bedenkt«, fügte Halvor mit einem breiten Lächeln hinzu, »die Katzen sind heilige Tiere. Unsere Göttin Freia, die eurer Venus gleicht, liebt sie sehr. Sie ziehen den Wagen, mit dem sie durch die obere Welt reist.«

»Oh, das ist hübsch, das will ich mir merken!«, antwortete Maura und schenkte dem großen Germanen einen strahlenden Blick, der ahnen ließ, dass sie dereinst die Männer zu ihren Füßen liegen haben würde.

Rufina zuckte mit den Schultern, die Freude wollte sie den Kindern nicht nehmen. »Behaltet sie, aber ihr müsst auch für sie sorgen. Ich habe keine Zeit, auch noch zwei Katzenkinder aufzuziehen. Ihr beide reicht mir! Und jetzt verschwindet.«

Mit einem Jubellaut ergriff Maura den Korb und zerrte Crispus hinter sich her.

Rufina verwandelte sich von der gestrengen Mutter wieder in die freundliche Geschäftsfrau und fragte die Einheimischen: »Ihr seid ebenfalls gekommen, um die Annehmlichkeiten des Bades zu genießen?«

Silvian antwortete für sie: »Ja, Aurelia Rufina, das sind sie. Doch Halvor und seine beiden Freunde besuchen das erste Mal eine solch kultivierte Stätte.«

»Dann will ich Nasus bitten, ihnen die einzelnen Räumlichkeiten und ihre Nutzung zu erklären. Wenn ihr Leintücher und Schaber benötigt, findet ihr alles an den Verkaufsständen. Auch wenn ihr Hunger und Durst verspürt, wird euch Erfrischung geboten. Wenn es irgendwelche Unklarheiten gibt, scheut euch nicht, mich rufen zu lassen.«

Sie winkte den Bademeister herbei und wandte sich dann an Silvian.

»Noch einmal möchte ich dir danken, Baumeister, dass du gestern so zuvorkommend warst.«

Silvian schien die triefende Ironie ihres Tonfalls nicht zu bemerken, sondern blieb gelassen stehen. Rufina riss sich zusammen und fuhr fort: »Ich habe übrigens in den Becken noch eine Kleinigkeit gefunden, die aus den Rohren gespült wurde. Ich würde es dir gerne zeigen.«

»Tu das, Aurelia Rufina. Ich warte hier auf dich.«

Rufina eilte davon, um das Lederbeutelchen zu holen.

»Dieses lag im Kaltwasserbecken. Möglicherweise hatte es der Tote bei sich. Es enthält zwei goldene Ohrringe.«

Silvian betrachtete den Schmuck sorgfältig.

»Vielleicht trug er den Beutel bei sich. Wir haben nicht viel bei ihm gefunden. Nur eine kleine Pergamentrolle, doch sie war durch das Wasser unleserlich geworden, und eine leere Dolchscheide. Aber der Beutel mit den Münzen bedeutet, er ist nicht Opfer eines Raubmordes geworden.«

»Gibt es Hinweise auf einen Mord?«

»Das kann ich dir nicht sagen. Sein Weg durch den Kanal macht es nicht eben leicht, Verletzungen, die von einem Kampf herrühren, zu erkennen. Aber was der Arzt herausgefunden hat, weiß ich nicht.«

»Kennt man inzwischen seinen Namen?«

»Oh ja. An seinem Gürtel und dem Ring, den er trug, wurde er erkannt. Es war ein Freigelassener des Statthalters Maenius Claudus und wurde Regulus gerufen. Kanntest du ihn?«

»Nein. Aber ich kenne auch nicht alle Männer, die hier in die Therme kommen, selbst wenn er Gast bei uns gewesen wäre.«

Silvian nickte, und Rufina fragte ihn: »Was soll ich nun mit den Ohrringen machen?«

»Nun, am besten, du bringst sie dem Statthalter. Oder, wenn du mir vertrauen willst, übergebe ich sie ihm. Ich muss mich morgen ohnehin mit ihm treffen. Vielleicht weiß er, warum Regulus sie bei sich trug.«

»Ja, das wird wohl das Beste sein. Danke, Lucillius Silvian. Nun will ich dich nicht länger von deinem Bad abhalten.«

Sie verabschiedeten sich, und Rufina kehrte, nachdem sie bei dem Pastetenbäcker noch einen Imbiss erstanden hatte, in ihre Wohnung zurück. Hier fand sie im Essraum Crispus, Maura und zwei kleine, graue Waldkatzen vor, die sich mit klein geschnittenen Stückchen von einem Fisch vergnügten.

»Ich habe meine Silvestra genannt, Mama, weil sie aus dem Wald kommt«, berichtete Maura.

»Und meiner heißt Tigris. Er hat schon ganz scharfe Zähne«, fügte Crispus hinzu.

»Sind es denn eine Kätzin und ein Kater?«

»Na ja … Sie sind noch sehr klein, nicht wahr?«

»Dann solltet ihr mit der Namensgebung wohl noch etwas warten.«

Rufina setzte sich auf eine der Klinen, aß ihre Pastete und schaute den spielenden Kindern zu. Fulcinia gesellte sich nach einer Weile zu ihr.

»Wie lief es heute?«

»Ärgerlich. Der Duumvir Sidonius hat für Unruhe gesorgt, und Bella will ihren Dienst nicht mehr ausüben. Der Pachteintreiber hat unverhüllte Drohungen ausgestoßen, es gäbe Interessenten für die Therme, und der Ädil hat am Verputz herumgemäkelt. Burrus hat schon wieder nach Arbeit gefragt. Alles in allem kein guter Tag.«

»Nein, alles in allem nicht, aber Crassus wird zukünftig die Lehrer der Kinder bezahlen.«

»Oh.«

»Es sind seine Enkel. Er rief sich diesen Umstand ins Gedächtnis zurück.«

»Ah!«

»Er wird sich zukünftig auch um die Beschaffung von Lampenöl, Salben und Duftwässern kümmern. Es kam ihm in den Sinn, dass er sich auf dieses Geschäft im Grunde ausgezeichnet versteht.«

»Es kam ihm in den Sinn. Erstaunlich.« Rufina sah ihre ältere Verwandte mit einem müden Lächeln an. »Du erreichst eine Menge bei den Menschen. Viel mehr als ich.«

»Nein, meine Liebe, so darfst du das nicht sehen. Du führst diese Therme ganz ausgezeichnet. Ich bin sicher, du würdest auch weiterhin Gewinn machen, hätten wir im Februar nicht schließen müssen.«

»Ja, der eine Monat hat uns großen Verlust gebracht. Aber das ist nun nicht mehr zu ändern. Ich danke dir, dass du mir zur Seite stehst, Fulcinia. Du bist die Einzige, die nicht andauernd darauf drängt, ich solle das Geschäft aufgeben und den nächstbesten vermögenden Mann heiraten.«

»Warum sollte ich? Ich ziehe es doch auch vor, ledig zu bleiben.«

Rufina nickte und verzehrte den letzten Bissen ihrer Pastete. Dann leckte sie sich die Krümel von den Fingern und meinte: »Dieser Baumeister, du weißt schon, der grobe, unhöfliche Kerl, hat den Kindern die Katzen mitgebracht. Ich war recht verblüfft darüber.«

»Vielleicht war das seine Art von Entschuldigung.«

»Möglich. Übrigens hat er erzählt, der Tote sei ein Freigelassener des Statthalters. Hoffentlich gibt das keinen Ärger für die Colonia.«

»Ich denke, nein. Maenius Claudus hat auf mich den Eindruck eines Mannes von Überlegung gemacht.«

»Hast du den Statthalter denn schon einmal getroffen? Das wusste ich nicht.«

»Es ist schon lange her. Ich muss gestehen, ich war nicht unglücklich darüber, als er vor zwei Jahren die Position von Traianus übernommen hat. Er wird die Ruhe in der Provinz gewährleisten. Aber wenn man einen seiner Freigelassenen ermordet haben sollte, denke ich, wird er schon versuchen, den Fall aufzuklären. Wir werden sicher davon hören.« Nachdenklich sah Fulcinia Rufina an. Dann schlug sie vor: »Lass uns zum Herdfeuer gehen und den Laren und Penaten ein Opfer bringen. Du hast schon lange nicht mehr zu den Göttern gesprochen.«

»Wie könnte ich, Fulcinia?«

»Ich weiß, du haderst mit ihnen. Dann lass mich zu ihnen sprechen und bleibe einfach dabei, wenn ich den Weihrauch verbrenne.«

»Nun gut.«

Rufina begleitete Fulcinia in die Küche, wo der gemauerte Herd stand, auf dem gewöhnlich das Küchenfeuer brannte. Für heute hatte die Köchin ihr Werk getan, und der Topf mit kaltem Brei stand bereit, um für die Morgenmahlzeit gewärmt zu werden. Doch der Herd hatte nicht nur seinen praktischen Wert, er war auch das Herzstück des Hauses, die Stätte, an der wohlwollende Geister über die Vorräte und das Wohlergehen der Bewohner wachten. Er war ein Altar, auf dem das lebendige Feuer brannte, das Sinnbild der Hüterin des Heimes.

Es war dunkel geworden, und sie hatten die Läden vor dem Fenster geschlossen. Nur das tönerne Handlämpchen, das Rufina trug, spendete Licht. Sie stellte es auf ein Bord und beobachtete dann, wie Fulcinia mit vollendeter Anmut ihre Palla über ihr Haupt zog und mit sicheren, achtungsvollen Bewegungen das Feuer mitten auf dem Herd entzündete. Schweigend beobachtete sie, wie die Ältere den Weihrauch richtete und das kleine Opfer aus Getreidekörnern bereitlegte. Sie strahlte eine seltsame Ruhe aus in ihren stillen Handlungen, und das flackernde Herdfeuer beleuchtete ihr friedvolles Gesicht. Sie summte leise mit ihrer tiefen Stimme vor sich hin.

Rufina wurde eingesponnen in diese sanfte Melodie, das aufgewühlte Meer ihrer Gedanken glättete sich, und Wärme breitete sich in ihrem Körper aus. Während sie Fulcinia das Ritual vollziehen ließ, schweiften ihre Gedanken ab, zurück in ihre Erinnerung.

Seit drei Jahren weilte die Cousine ihres Schwiegervaters nun bei ihnen…

Sie lebten damals nahe bei Ostia, dem Hafenort vor Rom, in der Villa von Fulcinius Crassus, da sein Sohn

Maurus nie das Verlangen geäußert hatte, in ein eigenes Heim zu ziehen. Er hatte sein Bleiben im elterlichen Haus damit begründet, er wolle seiner sehr jungen Frau nicht zumuten, einen großen Haushalt zu führen. Das Arrangement war so unbequem nicht, denn Crassus war immerhin ein reicher Olivenölhändler, der sich einen geräumigen Landsitz und unzählige Dienstboten leisten konnte. Seine Gemahlin war schon seit etlichen Jahren verstorben, und auch Maurus' leibliche Mutter lebte nicht mehr. So fand er es, wenn auch hinter seinem üblichen Murren und Nörgeln versteckt, ganz angenehm, Aurelia Rufina um sich zu haben, zumal Maurus oft und viel unterwegs war. Er hatte auch nichts dagegen, seine beiden Enkelkinder bei sich aufwachsen zu sehen.

Rufinas drittes Kind kam in einer Zeit zur Welt, in der Maurus in Geschäften für seinen Vater eine lange Reise unternommen hatte. Es war ein weiterer Junge, der da mühevoll das Licht der Welt erblickte und seine Mutter durch die Anstrengungen der Geburt über die Maßen geschwächt hatte. Das Kind war vom ersten Tag an kränklich und litt oft an Koliken und unberechenbaren Fieberanfällen. Doch Rufina schenkte ihm große Aufmerksamkeit und Liebe, in der Hoffnung, ihm durch ihre reine Willenskraft zum Überleben zu helfen. Es gelang ihr nicht. In einer warmen Julinacht starb der Säugling in ihren Armen.

Es war eine Zeit, an die Rufina nur undeutliche Erinnerungen hatte, und sie scheute sich auch, das zu wecken, was sich unter dem alles verhüllenden Nebel des Schmerzes verbarg. Sie nahm einige Zeit später wieder ihre verschiedenen Pflichten wahr, die sie sich im Haus ihres Schwiegervaters gesucht hatte, aber die ihr eigene Heiterkeit war von ihr gewichen. Erst als sie Mitte August die Nachricht erreichte, Maurus würde in Kürze nach Hause kommen, belebte sich ihr bis dahin geisterhaft blasses Gesicht wieder.

Es war zu den Kalenden des Septembers, als er dann wirklich eintraf. Ihn begleitete eine hagere, beherrschte Frau, die er als Fulcinia maior vorstellte. Crassus musterte die zurückhaltende Dame mit abschätzender Neugier und schloss dann: »Du musst die Tochter meines Onkels Gaius Fulcinius Arpinas sein. Er war seinerzeit ein Senator, wenn ich mich nicht täusche.«

»Er war es, Cousin, doch seit über zehn Jahren wandert er bei den Schatten.«

Fulcinias Stimme war so leise, dass man sie nur als Flüstern bezeichnen konnte, und erstaunlich tief für eine Frau.

»Stehst du alleine in der Welt?«, wollte Crassus barsch wissen. Er hatte für verschüchterte Frauenzimmer wenig übrig.

»Ich habe sie auf dem Gut von Gnaeus Fulcinius Gallus bei Massilia[1] getroffen, Vater. Er ist zwar ihr Großonkel, aber sie hat sich dort unglücklich gefühlt und wie in der Verbannung gelebt. Sie zieht es vor, in der Stadt zu wohnen«, antwortete Maurus.

»Es war eine goldene Verbannung bei Gallus, würde ich annehmen. Was hast du bei der noblen Verwandtschaft zu suchen, Junge?«

»Das Gut lag auf dem Weg. Ich habe ihn nur besucht.«

»Besucht? Nur besucht? Geschnorrt hast du!«

Maurus hatte gegrinst und Rufina angesehen.

»Tja, es hat sich aber gelohnt! Da Füchschen, kauf dir und den Kindern was Schönes!«

---

[1] Marseille

Er warf Rufina einen schweren Beutel zu, den sie geschickt aus der Luft fing. Als sie ihn öffnete, glänzten ihr Goldmünzen entgegen.

»Maurus! Das ist ja ein Vermögen!«

»Ach nein, nur Geld! Jedenfalls, Vater, Fulcinia möchte in der Stadt wohnen, und sie hat sich entschlossen, mit mir in die Colonia Claudia Ara Agrippinensium zu ziehen.«

Rufina war in diesem Augenblick ein wenig schwindelig geworden, da sie eine kalte Furcht wie ein Faustschlag traf. Wollte Maurus sie wegen dieser Frau verlassen? Doch die Antwort auf Crassus' harsche Frage was er da wolle, nahm ihr zumindest diese Angst, denn sein Sohn antwortete gelassen: »Ich habe ein Angebot der Familie der Petronii angenommen.«

»Woher kennst du die denn?«

»Ach, die habe ich unterwegs getroffen.«

»Und angeschnorrt?«

»Aber sicher. Du kennst mich doch, Vater!«

»Und was ist das für eine Stelle?«

»Oh, Pächter einer Therme!«

Crassus fiel buchstäblich der Unterkiefer herunter. Als er sich wieder gefasst hatte, troff seine Stimme vor Verachtung.

»Bewundernswert – mein Sohn, der Bademeister. Eine steile Karriere!«

»Ach, weißt du, sie sollen auch sehr schöne Latrinen haben, Vater. Die bringen angeblich einen netten Verdienst ein.«

»Latrinenpächter!«, spuckte Crassus.

»Na und? Hat nicht schon unser über alles verehrter Kaiser Vespasian in diesem Zusammenhang erwähnt, Geld stinke nicht?«

Rufina verlor etwas den Faden der Auseinandersetzung, denn die Fremde, die sich bisher stumm im

Hintergrund gehalten hatte, war zu ihr getreten und hatte sich mit einer fließenden Bewegung neben sie gesetzt.

»Du bist Aurelia Rufina, nicht wahr?«, fragte sie in ihrer verhuschten Stimme.

»Ja, die bin ich. Willkommen, Cousine Fulcinia maior. Es tut mir Leid, dass du Zeugin dieser Streitereien wirst. Vater und Sohn kommen nicht immer gut miteinander aus.«

»Das gibt es. Auch ich bin mit meinem Großonkel nicht gut ausgekommen. Aber du, Aurelia Rufina, trägst eine große Trauer in dir, und es scheint, ich komme sehr ungelegen.«

»Nein, nein, es ist schon gut, Cousine Fulcinia maior. Darf ich dich so nennen?«

»Nenne mich einfach Fulcinia.«

»Noch einmal, du bist willkommen, Fulcinia. Maurus wird dir gesagt haben, wir haben zwei Kinder.«

»Ja, er sprach sehr stolz von Maura und Crispus.«

»Du bist nicht verheiratet?«

Fulcinia lachte sehr leise, und ihr Gesicht nahm dabei einen überraschend anziehenden Ausdruck an. »Oh nein, ich bin noch immer eine Jungfrau.«

Es klang seltsamerweise stolz, was Rufina irritierte. Die Frau neben ihr mochte Ende dreißig, vielleicht sogar schon vierzig sein. Ein Triumph war es für eine römische Bürgerin aus einer Seantorenfamilie gewiss nicht, bis in dieses Alter hinein unverheiratet geblieben zu sein. Ehen wurden früh geschlossen, fast immer durch die Eltern vermittelt und nicht selten unter machtpolitischen oder wirtschaftlichen Überlegungen. Eine so schlechte Partie konnte die Senatorentochter Fulcinia doch nicht gewesen sein. Aber sicher gab es Gründe, und Rufina war taktvoll genug, nicht weiter nachzufragen.

»Maurus war beinahe ein Jahr fort von hier. Wann hast du ihn kennen gelernt?«

»Vor drei Monaten erst. Er kam auf dem Rückweg bei meinem Großonkel Gallus vorbei, und – nun, ich bin sicher schuld, dass er länger weilte, als er eigentlich wollte. Sieh, ich … ich bin es nicht sehr gewöhnt, mit Fremden zu sprechen. Aber – nun, die Lage war nicht glücklich. Gallus hat mich zwar aufgenommen, wie es einem Verwandten ansteht, aber er verlangte von mir, ich müsse doch noch eine Ehe eingehen. Er hatte zwei, drei Kandidaten aus seinem Klientel, die er mir beständig anempfahl. Es war mir sehr peinlich. Dein Gatte bekam eine dieser Auseinandersetzungen mit und versuchte, mich daraufhin anzusprechen. Ich muss gestehen, ich schätzte die Lage ziemlich falsch ein. Ich bin sehr ungeschickt in solchen Dingen.«

»Hat er dir einen Antrag gemacht, Fulcinia? Ich könnte es verstehen. Du bist eine gut aussehende Frau von großer Anmut.«

Fulcinia wirkte milde überrascht.

»Aber nein, Rufina. Nein, er hat mir keinen solchen Antrag gemacht, wie du befürchtest. Wie kommst du darauf? Er hat doch mit dir eine außergewöhnlich schöne Ehefrau. Nein, nachdem ich eine Woche lang nachgedacht hatte, sah ich seine Worte in dem Licht, in dem er sie gemacht hatte – als ein Hilfsangebot, mich aus der verzwickten Lage zu befreien, in der ich mich befand. Ich überwand mich also und sprach ihn darauf noch einmal an, als er sich verabschieden wollte. Das verzögerte seine Abreise leider. Denn es gab da Schwierigkeiten, Gallus davon zu überzeugen, dass ich mich seiner Fürsorge zu entziehen wünschte. Fulcinius Maurus hat das wundervoll und diplomatisch in die Wege geleitet, aber es dauerte eben seine Zeit, zumal er es auch geschafft hat, eine günstige Regelung bezüglich meines Vermögens herbeizuführen.« Fulcinia stand ein feines Lächeln in den Augenwinkeln. »Gallus hätte gerne die Hände darauf gehalten.«

»Jetzt hältst du deine Hände darauf.«

»Oh ja.«

Ein wenig verblüfft von der wunderlichen Art dieser Fremden, fragte Rufina dann neugierig nach: »Du ... du hast recht lange Zeit benötigt, um Maurus' Angebot anzunehmen. Hat er damals schon von der Stelle in der Colonia gewusst?«

»Aber nein, die Petronii besuchten wir erst nach meinem Auszug, auf dem Weg zurück nach Rom. Aber dazu habe ich mich schnell entschließen können. Sieh, das Leben auf dem Gut war so erschreckend langweilig. Ich hatte nichts zu tun, nicht einmal das Herdfeuer durfte ich entzünden. Maurus gab mir zu verstehen, hier gäbe es zumindest eine junge Frau mit Kindern, der ich zur Hand gehen könnte, aber als er mir dann von der Therme berichtete, sah ich noch viel weitergehende Aufgaben. Darum entschied ich mich sehr schnell. Eigentlich direkt in dem Augenblick, als er mir davon erzählte. Ich hoffe, du hältst mich jetzt nicht für eine Abenteurerin!«

Rufina konnte nur staunen. Diese würdevolle Dame neben ihr hatte offensichtlich ein ausgesprochen verqueres Bild von sich selbst.

»Aber nein, bestimmt nicht.«

Maurus hatte die Auseinandersetzung mit seinem Vater beendet, und Crassus hatte sich mürrisch damit abgefunden, dass sein Sohn zukünftig Wohnung im Barbarenland nehmen würde.

»Habt ihr euch miteinander bekannt gemacht, Füchschen? Ich hätte es in aller Form tun sollen, aber ihr habt ja gesehen, wie sehr ich meinen Vater wieder enttäuscht habe.«

Rufina sah ihren Mann an und entdeckte keine Spur von schlechtem Gewissen in seinem Gesicht.

»Ich habe Rufina von deinen großmütigen Taten bei Gallus berichtet, Maurus. Aber nun überlasse ich dir den Platz an ihrer Seite. Es scheint, als benötige sie dringend deinen Trost.«

»Aber nein, nicht doch. Rufina ist stets von heiterem Gemüt, Fulcinia.«

»Maurus, du bist ein eigensüchtiger Mann. Siehst du die Trauer nicht, die sie umgibt?«

»Füchschen, hat Fulcinia Recht? Ist etwas passiert? Ich war lange fort, ich weiß. Du wirst dich doch nicht etwa nach mir gegrämt haben?«

»Ein wenig schon, denn ich habe … nun ja, ich habe wieder ein Kind geboren.«

»Rufina!« Maurus setzte sich neben sie auf die Bank und legte den Arm um sie. »Oh Juno Lucina! Eine Folge jener Nacht, in der du mir geholfen hast, den Schatten zu entfliehen? Ich habe ein unheimliches Talent, dir immer wieder aufs Neue Schmerzen zuzufügen, Kleine.«

»Das ist es nicht, Maurus. Nur, weißt du, es war so ein schwacher kleiner Junge. Und … und ich konnte ihn nicht am Leben halten.«

Fulcinia sah, wie sich Maurus' Miene versteinerte. Sie stand auf und legte ihm leicht die Hand auf die Schulter, dann verließ sie die beiden und gesellte sich zu Crassus, um ihn in ein leises Gespräch zu verwickeln.

Seit jenem Tag vor drei Jahren war Fulcinia maior, die jetzt vierzigjährige Jungfrau, fester Bestandteil der Familie.

Rufina löste ihren Blick von den Flammen des Herdes und beobachtete, wie Fulcinia mit erhobenen Händen stumm zu den Göttern sprach. Sie war froh, sie bei sich zu haben. Ohne sie hätte sie die letzten Monate nicht ertragen.

Damals jedoch war es in der Tat Maurus gewesen, der ihr über den Tod des Kindes hinweggeholfen hatte. Nicht unbedingt mit sanftem Trost und Zärtlichkeit, sondern weil er es ihr zur Aufgabe machte, sich an ein neues Leben zu gewöhnen. Zwar hatte er es ihr freigestellt, in Rom zu bleiben und weiterhin im Hause seines Vater zu wohnen. Aber sie nahm, wie Fulcinia auch, umgehend die Herausforderung an, mit ihm in die Colonia zu ziehen, um dort eine Therme zu betreiben. Er hatte sich sogar darum bemüht, das Dreikinderrecht zu erhalten, das mit gewissen Privilegien für ihn und vor allem sein Weib verbunden war. Rufina hatte mit Verblüffung darauf reagiert, da ihr drittes Kind doch verstorben war, aber Crassus hatte es missmutig gutgeheißen und bemerkt, sein Sohn verstehe es, mit seinem geschmierten Mundwerk immer wieder irgendwelche Vergünstigungen zu ergattern.

Einen Monat später machten sie sich auf die Reise in das Land der Germanen, und Rufina lernte Fulcinia mehr und mehr schätzen. Sie erwies sich als überaus gebildete und belesene Frau, und in Gegenwart der Kinder verlor sie alle Schüchternheit. Maura und Crispus verehrten sie innig und waren von geradezu unnatürlicher Folgsamkeit ihr gegenüber.

Doch das Geheimnis, das ihre Herkunft und Vergangenheit umgab, war Rufina erst sehr viel später in der Lage zu lüften.

5. Kapitel

Lupercalia,
das Fest der Wölfin

Sie, die Göttinnen sah ich … und erschrak;
ich verriet meine Angst, weil ich stumm und blass war.
Aber die Furcht, die sie mir einflößte, nahm sie mir selbst.

OVID, DE FASTI

Der Februarwind pfiff eisig über das Land. Sie trugen die dicken Umhänge aus Wolfspelzen, die Kapuzen tief über die Köpfe gezogen. Ihre schweren, fellgefütterten Stiefel hinterließen auf dem hart gefrorenen Waldboden keine Spuren. Beide Männer hatten weiße Atemwolken vor den Gesichtern, als sie sich mühsam durch das Unterholz kämpften. Die ausgetretenen Wege der Einheimischen wagten sie nicht zu benutzen, und erst recht nicht den befestigten Pfad entlang der Wasserleitung. Dennoch blieben sie immer ganz in der Nähe des Kanals. Er war ihre Orientierungshilfe.

Am ersten Tag schafften sie lediglich fünf Meilen ihrer beschwerlichen Reise. Nicht nur das unwegsame Gelände machte ihnen zu schaffen, auch die dauernde Wachsamkeit forderte ihren Tribut. Ihr Aufbruch stand unter dem Zeichen größter Geheimhaltung, und es war nicht wünschenswert, auch nur von einem Paar Augen beobachtet zu werden. Doch nicht nur menschliche Blicke hatten sie zu fürchten. In der frühen Dämmerung schlichen graupelzige Gestalten näher, und dann und wann ertönte das lang gezogene Heulen eines Wolfes. Sie mussten ein sicheres Lager für die Nacht finden, und erst, als sie einen ausreichend hohen Felsbrocken entdeckten, machten sie Rast. Ein Feuer anzuzünden wagten sie nicht, als Nahrung musste das kalte Fleisch und das schwere, dunkle Brot reichen, das sie bei sich trugen. Sie hüllten sich fester in ihre Pelze und versuchten, einander mit ihren Körpern Wärme zu spenden. Doch ihr Schlaf war leicht, und die Geräusche des tiefen Waldes ließen sie immer wieder wachsam aufschrecken.

Einige Tage lang bahnten sie sich auf diese Weise ihren Weg durch den germanischen Wald, wortkarg, mit dem Messer in der pelzumhüllten Hand, wachsam. Am dritten Tag begann es heftig zu schneien.

»Gut so, nun werden sie uns nicht folgen können. Lass uns den Pfad am Kanal nehmen.«

»Nein, sie können sich ausrechnen, welche Route wir wählen. Noch ein paar Tage, mein Freund.«

Mühsam humpelte der Angesprochene, gestützt auf einen schweren Stecken, weiter. Am folgenden Tag wagten sie es dann aber doch, einen der ausgetretenen Wege zu benutzen. Das Schneetreiben hatte etwas nachgelassen, aber die Wolken hingen noch immer tief und schwer über dem Land. Als sie eine kleine Ansiedlung erreichten, bat der Mann: »Geh du und sieh, ob du etwas zu essen für uns bekommen kannst. Du sprichst die hiesige Sprache besser als ich.«

»Das stimmt zwar nicht, aber ich verstehe schon, was du meinst. Wo treffen wir uns?«

»Ich warte hier, und anschließend suchen wir uns einen Unterschlupf, bevor die Dämmerung hereinbricht.«

Als sein Begleiter mit einem Beutel voll Lebensmittel zurückkehrte, sahen sie sich nach einem Nachtlager um. Sie fanden eine windschiefe, anscheinend verlassene Hütte und rüttelten an der Tür. Sie ließ sich mühelos öffnen, und zu ihrem Erstaunen erkannten sie, dass sie nicht so unbenutzt war, wie sie vermutet hatten, sondern ganz offensichtlich bewohnt wurde. Vorräte in Krügen und Töpfen standen neben einem einfachen Herdstein, auf dem ein Bronzekessel in einem Dreifuß Halt fand. Ein Pelzlager daneben mochte wohl als Bett dienen, schlichtes Tongeschirr stand auf einem Bord, und ein grauer Wollumhang hing an einem Haken an der Wand. Es war eine Verlockung – vier Tage lang hatten sie kein Feuer anzumachen gewagt, die Kälte war ihnen tief in die Knochen gedrungen, und der Wunsch nach einem heißen Essen wurde beinahe übermächtig. Wer immer hier wohnte, würde Gold vorfinden, wenn sie das Haus am nächsten Tag verlassen hatten. Die Männer hofften nur, der Besitzer würde nicht allzu bald zurückkehren.

Sie hatten das Herdfeuer entfacht, und in dem Kessel köchelte ein Getreidebrei mit etwas geräuchertem Fleisch. Von den getrockneten Kräutern, die angenehm rochen, hatten sie sich einen Aufguss gebrüht und ihn mit dem Honig gesüßt, der sich in einem der Töpfe befand.

»Willkommen in meinem Heim, Reisende!«, sagte eine heisere, tiefe Stimme von der Tür her, und mit einem Schwall kalter Luft trat eine vermummte Gestalt ein, die von einem mächtigen grauen Wolf begleitet wurde.

Die beiden Männer drehten sich gleichzeitig herum, beide hatten die langen Messer abwehrbereit in den Händen.

»Tut sie weg, die Wölfin hört auf mich. Sollte sie es nicht tun, nützen euch diese Messer auch nichts mehr.«

Nicht sehr eilig ließen sie ihre Waffen sinken.

»Wir müssen um Verzeihung bitten für unser Eindringen, Herr.«

Ein krächzendes Lachen war die Antwort.

»Herr – na, wenn ihr meint. Ich werde euch nicht nach euren Namen und eurem Weg fragen, Reisende, aber mich dürft ihr Wolfrune nennen.« Sie warf ihren Umhang ab und entpuppte sich als eine ältere Frau, kräftig von Gestalt, mit graublonden Zöpfen und einem wettergegerbten Gesicht. Sie betrachtete ihre Besucher mit dem eindringlichen Blick ihrer grünen Augen, und ebenso tat es die Wölfin, die noch immer wachsam neben ihr stand. »Möglicherweise seid ihr nicht harmlos, aber ich denke, hier wollt ihr keine Untat verüben. Ich will mit euch essen!«

Die Wölfin legte sich auf ihren Wink hin an die andere Seite des Herdes, und sie holte einen Korb von dem Bord.

»Getrocknete Pilze, sie werden den Brei würzen.«

Wolfrune rührte eine Weile in dem Kessel, dann setzte sie sich neben den Wolf zu den Männern und trank auch von dem heißen Kräutertrank. Dann stellte sie den Becher ab, zog ein rotes Lederbeutelchen aus den Tiefen ihres Gewandes und schüttelte es. Dann griff sie hinein und warf den Inhalt auf den Boden vor sich. Es sah aus wie eine Hand voll kleiner, rotmarkierter Ästchen, doch für sie schienen sie einen tieferen Sinn zu ergeben. Sie nahm eines heraus, legte ein zweites daneben und griff dann zögernd zu einem dritten. Doch unschlüssig schwebte ihre Hand schließlich über einem vierten. Die Wölfin hob ihr Haupt und gab einen leisen, winselnden Laut von sich. Mit einem Seufzer nahm sie das Stäbchen auf und legte es ebenfalls an die dritte Position.

Die beiden Männer sahen gebannt zu, wie die rauen Finger der Frau die übrigen Runen zurück in ihren Beutel legte. Dann deutete sie auf die erste und sagte: »Fehu!«

»Ja, Wolfrune?«

»Geld ist ein Trost für jedermann,
obwohl jeder es freigebig verteilen sollte, wenn er das Wohlwollen des Herren erlangen will.«

»Kein schlechter Rat.«

Wolfrune lachte heiser.

»Nein, kein schlechter Rat, wenn man zu Macht und Einfluss kommen will. Vor allem, wenn es an innerer Macht fehlt.« Sie grinste den Sprecher an. »Du hast das nicht nötig, also wird wohl jemand anderes versucht haben, Macht zu kaufen.«

Die beiden Männer sahen sie mit ausdruckslosen Gesichtern an, aber die Runenwerferin nickte wie zur Bestätigung. Dann wies sie auf die zweite Rune.

»Raido!«

»Wenn du es sagst.«

»Reiten ist in der Halle jedem Krieger ein Leichtes,
doch sehr schwierig für jenen,
der auf einem kräftigen Pferd aufrecht sitzt
auf meilenlangem Wege.«

»Das ist eine schlichte Wahrheit.«

»Euer Weg ist lang, und er wird anstrengend. Aber er führt zum Ziel – welches auch immer das ist.«

»Hoffentlich.«

»Gewiss!«

Wolfrune nahm die beiden letzten Stäbe in die Hand und betrachtete sie stirnrunzelnd. Dann sah sie zu der Wölfin hin, die sie mit einem langen Blick aus ihren goldenen Augen bedachte. Schließlich meinte Wolfrune: »Es scheint, eure Wege trennen sich in Zukunft.«

»Sicher, warum nicht? Wir sind nicht aneinander gekettet.«

»Dem einen gilt Kenaz, dem anderen Laguz. Dem einen begegnet das Feuer, dem anderen das Wasser.«

»Wem?«

»Findet es selbst heraus.«

»Wie lauten die Worte?«

»›Die Fackel ist jedem Lebenden durch ihr Feuer vertraut,

sie ist klar und hell, sie brennt meistens,

wenn die Gemeinen im Saale ruhen.‹«

»Deine Worte sind weder klar noch hell!«

»Nein? Hat die Fackel des Ehrgeizes noch nie in dir gebrannt? Hast du dich noch nie vor Leidenschaft verzehrt wie das trockene Holz auf dem Herd?«

Der Mann hielt ihrem fragenden Blick stand, aber einen Lidschlag lang zuckte ein Hauch des Schmerzes über seine Züge.

»Der andere Spruch, Weise!«, forderte er dann. Sie lachte noch einmal leise auf und rezitierte dann:

»Wasser erscheint den Menschen endlos,

wenn sie sich hinauswagen auf unsicherem Schiff

und die Meereswogen sie sehr erschrecken

und der Wogenhengst seinem Zaume nicht gehorcht.«

»Eine gute Warnung, denn wenn wir das Meer erreichen, werden die Frühjahrsstürme drohen.«

»Mehr als das, Reisender, fürchte ich. Doch vier Runen hätte ich eigentlich nicht ziehen sollen. Nun, die Zeichen bestimmen nicht euer Schicksal, sie weisen nur die Möglichkeiten auf. Seid gewarnt und handelt entsprechend. Und jetzt lasst uns essen.«

Sie bedienten sich aus dem Kessel, und später fanden die Besucher um den warmen Herd einen friedlichen Schlafplatz. Einer von ihnen jedoch schlief nicht, sondern führte ein seltsames Zwiegespräch mit der Wölfin.

Und als die Nacht am kältesten war, erhob sich das wilde Tier.

6. Kapitel

Freundinnen

Es ist nützlich, dass es Götter gibt,
und da es nützlich ist, wollen wir auch daran glauben.
OVID, ARS AMATORIA

Ob es Fulcinias Bittgebet zu den Göttern war oder
reiner Zufall, das wollte Rufina nicht zu genau er-
gründen. Aber tatsächlich wendete sich die Lage
zwei Tage nach der stillen Zeremonie am Herdfeuer
zum Besseren.

Sie verbrachte den Vormittag mit Eghild im Gymnasium. Die stämmige Germanin schwang die eisernen Hanteln, als wären es Blumensträußchen. Rufina, bei weitem zierlicher und einen guten Kopf kleiner als Eghild, schnaufte etwas mehr, aber auch sie
hatte sich im Laufe der letzten drei Jahre eine zähe,
kräftige Ausdauer antrainiert. Sie trug eine kniekur-
ze Tunika über einem festen Brustband und einem
Leinenschurz. Ihre kurzen roten Haare ringelten sich
schon feucht im Nacken, ihre helle Haut war zart gerötet und hatte einen feuchten Schimmer. Zwei weitere Frauen warfen sich müßig Bälle zu und kicher-
ten immer, wenn ein Wurf fehlging. Es gingen viele
Würfe fehl.

Eghild sah missbilligend zu ihnen hin und forderte
Rufina dann auf, mit ihr eine Runde Ringen zu ab-
solvieren. Trotz ihrer geringen Körpergröße hielt sie
sich nicht schlecht gegen die kampferprobte Germanin, und als sie ihr mit Wendigkeit und Geschick die

Beine unter dem Körper wegfegte, plumpste Eghild mit einem Laut der Verblüffung auf den Boden.

»Scheint, als hättest du doch etwas gelernt!«

»War vielleicht nur Glück.«

»Zeig es mir noch einmal!«

Auch diesmal gelang es Rufina, die schwerere Eghild zum Straucheln zu bringen.

»Mh. Nehmen wir die Stöcke!«

Die Ballspielerinnen beobachteten die beiden Kämpferinnen mit wachsendem Staunen. Für derartig raue Sportarten hatten sie wenig übrig. Sie ließen sich von Eghild meist einfache gymnastische Übungen und Spiele zeigen, denn es galt allgemein als kultiviert, sich körperlich zu betätigen. Rufina hatte es früher auch so gesehen, aber als sie die Therme übernahmen, hatte Maurus ihr vorgeschlagen, sich einige Kenntnisse anzueignen, mit denen sie sich unerwünschten Zudringlichkeiten erwehren konnte. Sie hatte nach kurzem Nachdenken eingewilligt. Sie erwartete zwar keine besonderen Schwierigkeiten mit den Besuchern des Bades, aber es war Barbarenland, und sie wusste, ihr Mann war ein unsteter Geist, den es nie lange an einem Ort hielt. Er würde früher oder später wieder verschwinden und sie vermutlich monatelang die Therme alleine bewirtschaften lassen. Dass er das Dreikinderrecht erworben hatte, mochte ebenfalls in diese Richtung zielen, denn es ermöglichte ihr, die Geschäfte auch ohne seine Vormundschaft zu führen. Maurus selbst hatte auch täglich einige Zeit mit Burrus, dem alten, narbigen Gladiator im Gymnasium verbracht. Für Rufina hatte er eine Germanin gesucht, die ihr die Grundzüge des Kämpfens beibringen sollte. Es hieß, die Frauen der Einheimischen beteiligten sich an den Kriegen ihrer Stämme und konnten mit den Waffen genauso

gut umgehen wie die Männer. So fand sie dann eines
Morgens Maurus, der sich in enger Umarmung mit
einer blonden Walküre auf dem Boden des Gymna-
siums wälzte. Es sah eigentlich nicht besonders nach
einem Kampf aus. Doch als Maurus sie bemerkte,
drehte er der Frau mit einer geschickten Bewegung
den Arm auf den Rücken und befreite sich aus der
Umklammerung.

»Verzeih, Oda, aber ich glaube, du bist nicht die
richtige Lehrerin für meine Frau.«

»Nein, für sie wahrscheinlich nicht. Aber du, Maurus, könntest durchaus noch etwas von mir lernen.«

Er hatte sie herzlich angelächelt und genickt.

»Möglich. Aber ich ziehe Burrus vor, sein Stil gefällt mir besser.«

»Ach, so einer bist du? Dein armes Weib!«

Mit hocherhobenem Kopf war Oda aus dem Gymnasium gerauscht. Ihre silberblonde Mähne warf sie
dabei herausfordernd in den Nacken.

»Tut mir Leid, Füchschen, so hatte ich mir die
Proberunde nicht vorgestellt.«

»Nein? Sie ist aber sehr schön, diese Barbarin.«

Rufina war ein wenig verschnupft. Immerhin hatte er sich aus der Umarmung erst befreit, als sie den
Raum betreten hatte. Doch sie bemühte sich, es Maurus nicht zu zeigen.

»Ja, ein prächtiges Weib, stark und schnell. Aber
als Lehrerin scheint mir eine, die sich nicht so sehr
ihrer Reize bewusst ist, wesentlich geeigneter.«

Zwei Tage später hatte er sie mit der stämmigen
Eghild bekannt gemacht. Diese war einige Jahre
älter als Rufina, hatte ein von Falten durchzogenes,
sonnengebräuntes Gesicht und einen langen grauen
Zopf, den sie mit Lederbändern durchflochten trug.
Sie war wortkarg, beherrschte die römische Spra-

che nicht besonders gut, aber sie war geduldig und schien es sich wirklich zur Aufgabe zu machen, ihrer Schülerin ein paar brauchbare Methoden beizubringen, wie sie sich gegen Rüpel zu wehren hatte.

Sie übte sich gerade darin, Stockschläge abzuwehren, als Paula aufgeregt in das Gymnasium gelaufen kam.

»Patrona, wir haben hohen Besuch. Ich glaube, du solltest sie selbst begrüßen.«

»So, wen denn? Wenn es diese Camilla Donatia ist, habe ich keine große Lust, Kniefälle vor ihr zu machen, nur weil sie uns wieder beehrt.«

»Die Schnepfe ist es nicht. Es ist die Sabina Gallina, die Frau des Statthalters. Mit ihren Freundinnen.«

»Aha, keine Schnepfe, dafür ein Huhn.« Rufina kicherte. Gallina war ein gängiges Kosewort, offensichtlich der Sabina von ihrem Gatten verliehen. Immerhin war es wirklich ein hoher Besuch. »Gut, ich komme sofort, Paula.«

»Ja, aber nicht, bevor du dich nicht schicklich angezogen und zurechtgemacht hast. So viel Zeit muss noch sein.«

»Es ist nett von dir, dich so mütterlich um mich zu kümmern, Paula! Ohne dich würde ich mich vermutlich ständig blamieren.«

Rufina legte der Kassiererin lächelnd die Hand auf den Arm und huschte dann an ihr vorbei in ihre Wohnung. Sie brauchte nicht lange, um sich zu waschen und zu kämmen, auf das Schminken verzichtete sie und warf sich nur eine frische, lange Tunika und eine grüne Stola über, die sie mit schlichten, beinernen Fibeln schloss. Was mochte die Gemahlin des Maenius Claudus dazu gebracht haben, eine öffentliche Pachttherme aufzusuchen? Sie hatte gehört, das Haus des Statthalters besäße eine exquisite Badeanlage. Hoffentlich würde der Besuch nicht zu neuerlichem Ärger führen. Es gab wenig, was sie über Sabina Gallina wusste. Man sagte lediglich, die Dame sei zurückhaltend und ihrem Mann sehr ergeben.

Die Besucherinnen befanden sich bereits im Tepidarium. Es war eine Gruppe von sechs Frauen, von denen sich zwei an den mit lauwarmem Wasser gefüllten Becken aufhielten, drei andere saßen plaudernd in ihren dünnen Tuniken in den Sesseln, und die sechste kniete auf dem Boden und gab begeisterte, gurrende Laute von sich. Als Rufina eintrat, wandte sie lediglich kurz den Kopf, ließ aber nicht von ihrer Tätigkeit ab. Sie war eine mollige, nicht mehr ganz junge Frau mit sehr dunklen Augen und glänzendem schwarzem Haar. Sie widmete sich einem flauschigen Graupelz, der sich, Bauch nach oben, vor ihr mit ekstatischem Schielen und Schnurren auf dem Boden wälzte.

»Ist die süß!«, zwitscherte Sabina Gallina. »Wie niedlich! Au, du kleines Tigerchen, nicht beißen!«

»Das ist Silvestra, fürchte ich. Die Katze meiner Kinder, und sie hat hier nichts zu suchen. Ich werde sofort dafür sorgen, dass sie verschwindet.«

»Aber nein, nein. Das ist ja so ein goldiges Schätzchen, schaut nur, wie sie meine Finger umklammert! Du bist die Aurelia Rufina, nehme ich an?«

»Ja, Domina. Ich bin die Pächterin dieser Therme. Verzeih, wenn ich dir dennoch das Tier abnehme und fortbringen lasse. Nicht alle Gäste lieben Tiere, und die Becken sind tief…«

»Oh, ja, da hast du sicher Recht.«

»Paula, bring diese Katze in unsere Küche.«

Resolut packte Rufina das strampelnde Tier und drückte es Paula in die Arme.

»Nun, Domina, ich hoffe, du findet alles zu deiner Zufriedenheit vor?«

Die Angesprochene sah aus, als wolle sie ein wenig schmollen, weil ihr das Spielzeug fortgenommen worden war, aber unter Rufinas freundlichem Lächeln gab sie dann diese Haltung doch auf, und auch ihre Stimme wandelte sich vom verzückten Zwitschern in gesetztes Flöten.

»Nenn mich Sabina Gallina. Und ja, was ich bisher gesehen habe, ist sehr hübsch und sauber gehalten. Wirklich ein angenehmer Ort, Aurelia Rufina. Es ist ja so ein lästiger Umstand, weißt du, aber das Hypocaustum in unserem eigenen Bad muss dringend erneuert werden. Der Custus sagt, irgendwelche Ziegelsäulen seien zusammengebrochen, und es besteht die Gefahr, dass der Fußboden einbricht. Ich verstehe ja nichts davon, aber man möchte doch nicht Gefahr laufen, seine Gäste, wenn sie baden wollen, plötzlich im Keller verschwinden zu sehen, nicht wahr? Er sagt, es seien diese kleinen Erdstöße Schuld, die wir im letzten Jahr hatten.«

Rufina erinnerte sich an ein paar leichte Erschütterungen im vergangenen Winter. Einige Tonschalen hatten auf den Borden getanzt, aber größere Schäden hatte es nicht gegeben. Nichtsdestotrotz alarmierte Rufina diese Bemerkung. Wer konnte schon wissen, was sich in den unteren Gefilden des Hauses dabei verändert hatte? Mit Grauen dachte sie an den Ädilen, der schon die kleinsten Risse mit Akribie beanstandete. Sabina Gallina gegenüber aber setzte sie ein zuversichtliches Gesicht auf und meinte: »Nun, wir haben bis jetzt dererlei Sorgen noch nicht gehabt. Wollt ihr euch mit mir zusammen die Anlage anschauen?«

Sabina Gallina stimmte zu, und so führte Rufina

sie und ihre Begleiterinnen durch die verschiedenen Räume. Ihre neue Besucherin war überschwänglich und kommentierte mit hoher, schilpender Stimme Wandmalereien, Statuen und Mosaike. Rufina erheiterte sich an ihrer Begeisterung und verglich sie im Stillen weniger mit einem Huhn als mit einem aufgeregten, aufgeplusterten Spätzchen.

»Ja, es ist hübsch geworden. Mein Mann und ich haben die Therme neu ausstatten lassen, als wir sie vor drei Jahren übernommen haben.«

Sie kehrten durch das Peristyl zurück in den Wärmeraum, wo Sabina Gallina sich, erschöpft von dem Rundgang, auf eine Liege fallen ließ und seufzend bemerkte: »Ach ja, nun schick mir deine Masseurin. Ich will mich ein wenig ausruhen, bevor ich in die Becken steige.«

Rufina sandte Bella einen unausgesprochenen Fluch hinterher. Sie war, trotz ihres Versprechens, nach dem Vorfall mit Sidonius nicht wieder in der Therme erschienen.

»Bedauerlicherweise hat mich meine Masseurin seit vorgestern im Stich gelassen, und es ist mir noch nicht gelungen, einen Ersatz zu finden. Aber wenn du mit meinen Diensten einverstanden bist, werde ich dich salben und die Muskeln lockern.«

»Du kannst so etwas auch?«

»Man lernt vieles, Sabina Gallina, wenn man eine Therme betreibt.«

Die Gattin des Statthalters legte ihre Tunika ab und bettete sich bequem auf die Liege. Rufina wollte eine Auswahl an feinen Duftölen holen, fand aber nur ein Tiegelchen mit Salbe. Besorgt stellte sie fest, auch diese Vorräte gingen zu Ende. Immerhin hatte Sabina Gallina keine Einwände und ließ sich von Rufinas kräftigen Händen durchkneten. Dabei gab sie gelegentlich leise Laute des Wohlbehagens von sich. Schließlich aber räkelte sie sich, wickelte ein großes Leinentuch geschickt um ihren jetzt leicht geröteten Körper und setzte sich wieder auf. Es stand so etwas wie Neugier in ihrem sanften Gesicht.

»Du machst das bewundernswert, Aurelia Rufina. Habe ich es eigentlich richtig verstanden, du führst die Therme ganz alleine?«

»Notgedrungen, ja.«

»Warum notgedrungen?«

»Du hast vielleicht auch gehört, dass mein Mann, Fulcinius Maurus, im Februar umgekommen ist.«

»Ach, meine Liebe! Ach, wie entsetzlich! Ach, mein armes Herzchen!« Rufina sah sich plötzlich von warmem Mitgefühl überwältigt. »Wie musst du leiden, liebste Rufina. Gütige Juno, wenn ich denke, ich würde meinen Gatten verlieren!«

»Es ist schwer, Sabina Gallina. Aber was soll ich machen, ich habe zwei Kinder und muss weiterleben.«

»Ja, aber hilft dir denn deine Familie nicht?«

»Ein wenig, ich könnte vielleicht sogar zurückgehen nach Rom, aber weißt du, die Arbeit lenkt mich von meinem Schmerz ab.«

»Du bist so tapfer! Ich glaube, ich müsste mich in einem solchen Fall in ein dunkles Zimmer verkriechen. Sag, wie ist es geschehen? War es ein Unfall, der dir deinen Gatten raubte?«

Rufina, die gewöhnlich nicht über das sprechen mochte, was in jenen bitteren Tagen geschehen war, fühlte plötzlich das unbezähmbare Bedürfnis, sich dieser geistig vielleicht schlichten, aber aufrichtig liebevollen Frau anzuvertrauen.

»Du erinnerst dich, der Winter war entsetzlich kalt. Bevor es so heftig zu schneien begann, Mitte Februar, wollte mein Mann mit den Holzschlägern und den Köhlern verhandeln. Sie betreiben ihr Geschäft vor den Toren der Stadt. Wir benötigen viel Brennstoff, um die angenehme Temperatur des Wassers und der Räume aufrechtzuerhalten. Maurus verließ die Therme in den Nachmittagsstunden. Als es dunkel wurde, war er noch nicht zurück, und ich begann mir Sorgen zu machen. Nicht viele, denn es war seine Art, sich häufig mit Freunden zu treffen und manchmal auch die Nacht mit ihnen zu verbringen. Doch morgens kam er gewöhnlich immer wieder zurück, um seiner Arbeit in der Therme nachzukommen.«

»Du nimmst das so gelassen, Rufina. Hast du nie Angst gehabt, dass er die Nacht bei einer anderen Frau verbringen könnte?«

»Vielleicht hat er das. Ich habe ihn nie gefragt.« Rufinas Stimme war tonlos geworden, als sie fortfuhr. »Jedenfalls hatte Maurus an jenem Abend keinen seiner Bekannten aufgesucht, und auch die Holzschläger hatten ihn nicht gesehen. Ich wartete sechs Tage auf seine Rückkehr.«

»Wie schrecklich!«

Sabina Gallina zog Rufina in eine weiche Umarmung, und ihre Stimme war zu einem leisen, zärtlichen Gurren geworden. Rufina seufzte.

»Nach diesen sechs Tagen endlich kam eine Nachricht. Der Baumeister Lucillius Silvianus, der den Bau des Wasserkanals leitet, brachte mir die zerfetzten, blutigen Kleider und eine silberne Fibel, die ich einst Maurus geschenkt hatte. Diese Reste hatte er in der Nähe seiner Baustelle tief im Wald gefunden. Auch er hatte die Fibel erkannt, denn Maurus hat ihn häufig im Kastell aufgesucht, um irgendwelche Dinge wegen des Wassers zu regeln. Er sagte, es seien hungrige Wölfe nahe an die Stadt gekommen.«

Ein Schluchzen hinderte sie am Weitersprechen.

»Herzchen, Liebes!«

Sabina streichelte Rufinas Rücken, und diese Liebkosung brachte endlich die Dämme zum Brechen. Als damals die Todesbotschaft eintraf, war sie wie erstarrt gewesen. Dann hatte sie mit großer Kraft versucht, ihre Trauer zu betäuben. Geweint hatte sie nie, nur müde ausgesehen. Jetzt aber flossen die Tränen heiß und unaufhörlich über ihre Wangen, während die Frau des Statthalters sie sachte in ihren Armen wiegte und Trostworte murmelte.

Doch nach einer Weile fasste Rufina sich wieder und wischte sich mit dem Tunikazipfel über das Gesicht.

»Ich benehme mich ungehörig, Sabina Gallina. Bitte vergib mir. Es ist nicht meine Art, andere Menschen mit meinem Kummer zu belästigen.«

»Ich bin kein anderer Mensch, Aurelia Rufina. Wenn du möchtest, will ich deine Freundin sein. Ich habe wenig genug Kontakt zu den Leuten hier in der Colonia. Ich bin nicht so mutig wie du. Ich könnte nie ein Geschäft führen.«

Mit einem schiefen Lächeln antwortete Rufina: »Ich scheine mich auch nicht besonders gut darauf zu verstehen. Maurus hat es weit besser gemacht als ich.«

»Ich bin Maenius Claudus sehr dankbar, dass er mir geraten hat, zum Bad hierher zu kommen. Wir werden sehen, welchen Einfluss es auf die Damen in der Colonia hat, wenn ich verbreite, wie hübsch diese Anlage ist. Was meinst du?«

»Es könnte den Gerüchten entgegenwirken, ich könne die Pacht nicht mehr bezahlen.«

»Nun, dann lass mich nur machen. Kümmere dich lieber darum, wieder eine gute Masseurin zu bekommen, damit du nicht ständig selbst Hand an deine Besucher legen musst! Und jetzt will ich in das Schwitzbad gehen.«

Sabina Gallina erhob sich und gab ihrem Gefolge, das sich dezent im Hintergrund gehalten hatte, einen Wink. Rufina aber huschte aus der Therme und widmete sich einige Zeit in ihrem Zimmer der eigenen Schönheitspflege. Kaltes Wasser, ein wenig Kosmetik und eine sorgfältig geflochtene Frisur stellten ihre Haltung und ihr Selbstbewusstsein wieder her. Sie ging um die Mittagszeit noch einmal in die Eingangshalle hinunter, um sich von Sabina Gallina zu verabschieden und wurde dabei Zeuge, wie ihr Schwiegervater einen zerlumpten Straßenjungen am Ohr zerrte und ihn beschimpfte.

»Was geht denn hier vor?«

»Dieser Bengel wollte sich hier einschleichen und seinen Schund anpreisen.«

»Meine Pastillen sind kein Schund!«, fauchte der Junge und wand sich unter dem harten Griff.

Rufina betrachtete ihn einen Moment und stellte fest, dass er zwar eine vielfach geflickte Tunika trug und auch die Riemen seiner Sandalen an manchen Stellen durchgescheuert und neu verknotet waren, aber sonst einen sauberen Eindruck machte.

»Lass ihn los, Crassus!«

»Was willst du von dem kleinen Gauner? Dieses Gesindel vertreibt doch nur die Gäste!«

»Ich will eine seiner Pastillen probieren. Lass ihn also los!«

Widerstrebend gab Crassus das gerötete Ohr frei, und der Junge machte einen Kniefall vor Rufina.

»Danke, Patrona. Bitte, hier sind die Pastillen. Sie sind aus Honig und Salbei. Meine Mutter macht sie. Sie sind wirklich gut.«

»Steh auf, Junge!«

Sie nahm ein klebriges, bernsteinfarbenes Kügelchen aus dem Beutel, den er ihr offerierte, und roch dran. Dann steckte sie es sich mutig in den Mund.

»Ei, das ist wirklich gut, da hast du Recht. Wie heißt du?«

»Tertius ruft mich meine Mutter.«

»Und du bist ihr dritter Sohn?«

»Ja, Patrona.«

»Crassus, probier auch eine der Pastillen.«

»Ich werd' mir gewiss nichts aus diesen schmuddeligen Händen in den Mund stecken!«

»Mir scheint, so schmuddelig sind sie gar nicht.«

»Vergnüg du dich mit den Gassenjungen, ich gehe meinen Geschäften nach.«

»Eine wunderbare Idee, Schwiegervater. Ich habe gerade festgestellt, unser Vorrat an Salben und Duftölen geht zu Ende. Fulcinia hat mir gesagt, du wolltest dich darum kümmern.«

Crassus knurrte ungehalten: »Fulcinia ist ein aufdringliches, rechthaberisches Weib!«

»Verzeih, Patrona, aber meine Mutter versteht sich auch auf das Zubereiten von Salben und Ölen. Wenn du …«

»Misch dich nicht ein, Bengel!«

Rufina sah ihren Schwiegervater mit milder Nachsicht an.

»Was regst du dich so auf, Crassus? Wenn das stimmt, ersparst du dir den Gang zu unseren Händlern. Also, Tertius, erzähl mir von deiner Mutter.«

Der Junge sah ein wenig ängstlich zu dem alten Mann hin, der ihn so barsch behandelte und stotterte etwas.

»S …s …sie sammelt Kräuter, P …Patrona. Das h … hat sie von ihrer Mutter gelernt. Seit unser Vater da-

von ist, muss sie damit ihr Geld verdienen. Ich w…
wollte ihr nur helfen, P…Patrona.«

»Crassus, ich möchte mich mit Tertius alleine unterhalten. Ich wäre dir sehr verbunden, wenn du dich wenigstens um das Lampenöl kümmern würdest. Versuche bitte, den Händler auf eine Bezahlung in der nächsten Woche zu vertrösten.«

»Bist schon wieder nicht flüssig, was?«

»Es wird reichen, aber nicht diese Woche!«

Sie drehte ihrem Schwiegervater den Rücken zu und konzentrierte sich auf Tertius, der schwankend zwischen Hoffnung und Verlegenheit von einem Fuß auf den anderen trat.

»Komm mit, mein Junge. Ich habe heute noch keine Zeit gefunden, etwas zu essen, und ein Brot wird auch dir nicht schaden.«

Sie führte den Jungen in die Küche, wo die Köchin eifrig Fleisch klein hackte, um daraus scharf gewürzte Bällchen zu formen.

»Irene, hast du etwas zu essen für uns?«

»Natürlich, hier im Topf ist noch von dem Hühnerfleisch, das wir gestern Abend hatten. Ich habe es mit Oliven und Lauch ziehen lassen. Füllt euch das Brot damit.« Sie wies auf die goldbraunen Fladen hin und widmete sich dann wieder ihrem Fleischermesser.

Rufina machte zwei Brote zurecht und goss auch von dem dünnen Wein, dem Mulsum, etwas in zwei Becher.

»Danke, Patrona. Du bist sehr gütig.«

»Und du sehr hungrig, was?«

»N…na ja…!«

Sie aßen schweigend, dann setzte Rufina ihre Befragung fort und bekam heraus, dass Tertius' Mutter Erla eine Ubierin war, die mit einem römischen Legionär zusammengelebt hatte. Der allerdings war nach dem Ende seiner Dienstzeit unbeweibt in die Heimat zurückgekehrt und hatte sie mit fünf Kindern alleine gelassen. Kein ungewöhnliches Schicksal, für Erla jedoch bedauerlich. Sie hatte immerhin so viel Geschäftstüchtigkeit bewiesen, von dem Geld, das ihr der Mann zurückgelassen hatte, die Grundstoffe und Werkzeuge für die Salbenbereitung zu erstehen. Mit der Kenntnis heilsamer und duftender Kräuter stellte sie ein paar Tiegel voll Balsam her. Doch es war schwer, als Neuling einen Absatzmarkt zu finden. Es gab einige größere Händler, bei denen man gewöhnlich diese kosmetischen Mittel bezog. Sie verfügten zudem über die teuren Importwaren aus dem Orient und den südlichen Ländern. Erla begnügte sich überwiegend mit den heimischen Produkten, die von den voreingenommenen Bürgern mit gerümpfter Nase betrachtet wurden. Doch sie waren erheblich preisgünstiger als die exotischen Mittelchen, und so hatte Tertius vorgeschlagen, sein Glück bei den Barbieren, den Kosmetikerinnen, vor allem aber in den Thermen zu versuchen. Viel Erfolg hatte er bisher nicht gehabt.

»Hast du denn etwas dabei, Tertius, damit ich mir ein Bild von der Qualität der Salben machen kann?«

Eifrig nickte der Junge, zog aus einem weiteren Beutel an seinem Gürtel einen Holztiegel hervor und stellte ihn auf den Tisch. Rufina öffnete ihn und betrachtete den Inhalt. Die Salbe war hellgelb, von zarter Konsistenz und duftete nach süßen Kräutern.«

»Soll sie eine bestimmte Wirkung haben?«

»Diese hier macht die Haut geschmeidig, sagt meine Mutter. Es sind Ringelblumen darin verarbeitet und Honigwachs. Sie duftet hübsch, nicht wahr? Aber sie hat auch Salben, die kühlen oder solche, die die Haut heiß machen. Solche, die Wunden heilen lassen oder Narben wohl tun.«

Rufina strich sich etwas von der Salbe auf den Arm und verrieb sie. Verschiedene Ideen gingen ihr durch den Kopf. Schließlich sagte sie: »Tertius, ich habe in der Therme einen kleinen Stand frei. Sag deiner Mutter, sie kann dort versuchen, ihre Waren zu verkaufen. Einen Monat lang probieren wir es aus. Die Hälfte des Erlöses bekomme ich, die andere kann sie behalten. Wenn es sich für beide Seiten lohnt, können wir über einen Pachtvertrag sprechen.«

»P...Patrona, meinst du das ernst?«

»Natürlich. Übrigens, hast du zufällig eine Schwester, die sich auf das Massieren und Salben versteht?«

Als ob er sein Glück kaum glauben konnte, schluckte der Junge und nickte dann eifrig.

»Gut, dann schick sie vorbei, ich brauche eine Hilfe im Tepidarium.«

Als Tertius, der vor Tatendrang beinahe über seine Füße stolperte, verschwunden war, lehnte sich Rufina zufrieden zurück. Das erste Mal seit Wochen hatte sie das Gefühl, dass nicht alles nur schief ging.

Es war wirklich einer der guten Tage, stellte sie später am Abend fest. Die Vereinbarung mit Erla war getroffen, ihre älteste Tochter Mona musste vielleicht noch ein wenig lernen, aber was nötig war, konnte sie ihr selbst schnell beibringen. Sie war ein intelligentes Mädchen von knapp sechzehn Jahren, nicht gerade eine Schönheit, aber gepflegt und eifrig. Und dann war am Nachmittag ein Bote des Statthalters zu ihr gekommen und hatte ihr das Beutelchen mit den goldenen Ohrringen übergeben. Maenius Claudus ließ ihr ausrichten, sie solle die Schmuckstücke behalten als Ersatz für die Schwierigkeiten, die ihr durch das Auffinden seines Dieners Regulus entstanden waren.

Der Mai begann auch in den nördlichen Provinzen Roms mit dem Erwachen der Blüten und Blätter. Die Birke, die im Nachbarhof stand, prangte nun in ihrem lichtgrünen Gewand, blühende Obstbäume schickten kleine Wolken weißer und rosa Blütenblätter durch die Gassen, und die Blumenfrau brachte jeden Morgen große Körbe wilder Hyazinthen, Veilchen, Buschwindröschen, Waldanemonen und sogar erste Maiglöckchen von ihren Streifzügen mit, um sie zu Sträußen zu binden oder mit Efeu und Reben zu Kränzen zu flechten. Die Göttin Flora segnete das Land, und die Frühlingssonne ergoss sich verschwenderisch über das Rheintal.

Eine Freundin Sabina Gallinas hatte Rufina gebeten, ein Frauenfest zu den Floralia, den Feiertagen zu Ehren der Göttin Flora, in der Therme abhalten zu dürfen. Badbesuch, Festessen, Spiele, Musik und Tanz waren zur Unterhaltung der Matronen, Jungfrauen und Mädchen vorgesehen, und das Haus sollte an diesem Tag für die Männer geschlossen bleiben. Zunächst hatte Rufina skeptisch reagiert. Die männlichen Besucher würden nicht besonders erfreut sein, wenn ihnen die Therme nachmittags nicht zur Verfügung stand, aber die Veranstalterin nannte ihr einen so großzügigen Betrag für die Nutzung der Räumlichkeiten, dass sie schließlich einwilligte. Sie selbst brauchte sich nicht um die Gestaltung des Festes zu kümmern, versicherte ihr die Dame, im Gegenteil, sie sei herzlich eingeladen, als geehrter Gast daran teilzunehmen.

Die Blumenfrau hatte reichlich zu tun an jenem zweiten Maitag. Girlanden wanden sich um die Säulen, Vasen mit Frühlingsblumen und jungem Laub standen in den Nischen, Kränze für die Feiernden lagen bereit, gelb-blaue Buketts aus Vergissmeinnicht und Dotterblumen schmückten die Tische, auf denen das Gastmahl serviert werden sollte, und Körbchen mit den traditionellen Bohnen standen bereit. Auch Erla und ihre Kinder waren nicht müßig. Parfüms und zart schmelzende Salben wetteiferten mit dem Duft der Blumen, die köstlichen Pastillen, geformt wie die Bohnen, lagen in kleinen Schälchen aufgehäuft und warteten auf die Naschkatzen, und die älteste Tochter rieb sich die Hände ein, damit sie geschmeidig und doch fest zupacken konnte, wenn ihre Dienste benötigt wurden. Alles in allem verbreitete sich eine festliche Stimmung in der Therme, der sich auch Rufina nicht entziehen konnte. Sie hatte zwar höflich abgelehnt, als Gast an dem Fest teilzunehmen, doch sie legte ihre schönste Stola an, ein jadegrünes Gewand mit zarter, goldener Stickerei, und drapierte eine um einige Schattierungen dunklere Palla darüber. Auch den Goldschmuck holte sie nach langer Besinnung aus seinem Kästchen. Wehmütig schlang sie die Kette um ihren Hals, befestigte das Gewand mit den Fibeln und hing sich die Ohrringe ein. So empfing sie am Morgen die Frauen und Mädchen, zeigte ihnen die Räumlichkeiten und verwies sie an ihre Bediensteten. Nachmittags machte sie einen weiteren Rundgang, um ein Auge darauf zu haben, ob alles zur Zufriedenheit der Gäste gerichtet war. Natürlich wollte sie sich auch vergewissern, ob das Fest nicht zu ausgelassen wurde, doch das schien nicht zu befürchten zu sein. Es herrschte eine heitere, gelöste Stimmung. Drei Musikantinnen spielten mit Lyra, Handtrommel und Flöten zu einem Tanz auf, bei dem sich die Tänzerinnen mit Zimbeln begleiteten. Glockenkettchen an Hand- und Fußgelenken klingelten rhythmisch, wenn sie aufstampften oder die Arme schüttelten.

Rufina beobachtete das farbenfrohe Treiben eine Weile. Einige der Frauen hatte sie schon zuvor gesehen, Sabina Gallina hatte ihr Versprechen wahr gemacht und die Therme ihren Freundinnen weiterempfohlen. Sabina selbst war natürlich ebenfalls anwesend und stellte ihr die Frau des zweiten Bürgermeisters vor. Ulpia Rosina war eine zierliche Schwarzhaarige, die mit ihrer Stieftochter Valeria Gratia gekommen war, einem aparten Mädchen mit einem willensstarken Gesicht. Ulpia Rosina bewunderte die Mosaike aus farbigen Glassteinen und äußerte einige sehr fachkundige Kommentare.

»Du scheinst etwas davon zu verstehen«, meinte Rufina, ein wenig erstaunt, die Bürgermeistergattin über Glasfluss und Schlifftechniken sprechen zu hören.

»Ich betreibe selbst ein wenig das Glaser-Handwerk. Auf unserem Gut bei Waslicia hat mir mein Gatte eine Werkstatt eingerichtet.«

»Früher hat sie sich sogar als Künstlerin bezeichnet«, warf ihre Stieftochter ein. »Meiner Meinung nach ist sie das auch.«

»Ich würde mich noch immer so bezeichnen, wenn nicht eine Barbarin mich Demut gelehrt hätte, Aurelia Rufina!«, antwortete Ulpia Rosina. »Doch seit ich weiß, dass sich eine gallische Fürstin nicht zu schade war, auf unserem Hof nicht nur Ziegel, sondern auch arretinische Keramik zu brennen, betrachte ich mich wie sie nur noch als Handwerkerin.«

Gratia Valeria nickte zustimmend und fügte hinzu: »Oh ja, Annik hat erlesenes Geschirr geschaffen. Doch lass uns von heitereren Dingen sprechen, Rosina, der Tag ist zu schön, um der Vergangenheit nachzuhängen.«

»Meine Tochter hat allen Grund, entzückt in die Zukunft zu schauen. Wir werden im Sommer ihre Hochzeit mit Aurelius Lucius Falco feiern. Ach, könnte er zufällig mit deiner Familie verwandt sein, Aurelia Rufina?«

»Ich habe hier in der Stadt von ihm gehört, er soll ein erfolgreicher Mann in der Legion sein. Doch wenn wir miteinander verwandt sind, dann sicher nur in einem sehr weitläufigen Sinne. Mein Vater besaß ein Gut nördlich von Rom und baute Olivenbäume an. Wir lebten sehr ländlich, Ulpia Rosina. Meine Eltern waren nicht sehr begütert.«

»Ich werde ihm, wenn er wieder in der Stadt ist, vorschlagen, demnächst die Therme aufzusuchen und deine Bekanntschaft zu machen.«

»Ich möchte mich nicht aufdrängen, Valeria Gratia.«

»Das wirst du nicht. Aber es kann nicht schaden, einen Mann wie ihn zu kennen.«

Rufina musste über Gratias Eifer lächeln.

»Dir scheint es wahrlich nicht zu schaden. Du siehst sehr glücklich aus, Valeria Gratia. Nicht alle Ehen werden unter solchen Voraussetzungen geschlossen. Möge euer Glück von Dauer sein.«

Sie nickten einander mit Herzlichkeit zu, und Rufina schlenderte weiter durch die Gruppen von plaudernden Frauen. Dabei fand sie sich plötzlich der blonden Germanin gegenüber, die sie damals mit Maurus im Gymnasium angetroffen hatte. Sie erinnerte sich, dass ihr Name Oda war, grüßte sie freundlich, ging ihr aber dann doch aus dem Weg. Nichtsdestotrotz konnte sie nicht umhin, den prunkvollen, schweren Goldschmuck zu bewundern, der Hals, Arme und Finger der Barbarin schmückte. Er war so ganz anders als das delikate Filigran ihrer Ketten, Fibeln und Ohrringe. Sein Gewicht musste beträchtlich sein, doch die hochgewachsene, breitschultrige Blondine schien es nicht zu spüren. Ihre Haltung war majestätisch und ihr Blick herausfordernd. In dieser reinen Frauengesellschaft ging ihre Ausstrahlung natürlich unter, wären jedoch Männer anwesend gewesen, würde wohl die brodelnde Sinnlichkeit kaum zu bändigen sein, die von ihr ausging.

Mit einem halben Ohr hörte Rufina, wie sie sich gegenüber einer anderen Frau damit brüstete, den goldenen Schmuck von ihrem reichen Gönner geschenkt bekommen zu haben.

Als die Dämmerung hereinbrach, verließ die Festgesellschaft die Therme. Rufina, nun wieder in der schlichten Arbeitstunika, machte die letzte Runde durch die Räume. An ihrer Seite tauchte leise Fulcinia auf, die sich ebenfalls umsah.

»Solche Veranstaltungen sollten wir häufiger haben«, bemerkte sie und sammelte eine Hand voll glückbringender Bohnen auf, die in der Menge verstreut worden waren.

»Ja, es hat mir eine gute Einnahme beschert. Und möglicherweise wird es die eine oder andere Dame veranlassen, demnächst regelmäßig ihr Bad hier zu nehmen.«

»Wer waren die Frauen?«

Fulcinia setzte sich auf eine der gepolsterten Liegen, die für das Festmahl herbeigeschafft worden waren.

»Eine handverlesene Auswahl der besseren Gesellschaft. Mehrere Gattinnen oder Schwestern der Decurionen, die beiden Töchter eines Legionskommandeurs, Ehefrau und Tochter des Bürgermeisters und mindestens eine Konkubine eines sehr reichen Mannes.«

»Sabina Gallina scheint eine verlässliche Freundin zu sein.«

»Ein Glücksfall, Fulcinia. Ein wirklicher Glücksfall, genau wie Erla mit ihren Salben und Parfümölen.«

Nachdenklich spielte Fulcinia mit den zerdrückten, aber dennoch stark duftenden Maiglöckchen, die verstreut auf den Polstern lagen.

»Vielleicht solltest du den Göttern ein Dankopfer bringen.«

»Ich habe keine Herrin so wie du, Fulcinia. Das weißt du doch. Ich bringe den Göttern keine Opfer mehr. Sie hören ja doch nicht auf meine Bitten.«

»Weiß man es?« Sie ließ die Blütenrispen durch die Finger gleiten. »Flora ist sicher nicht diejenige, der du Weihrauch darbringen solltest. Die schöne, verschwenderische Frühlingsgöttin passt nicht zu dir. Aber auch du wirst eine Göttin finden, die dir geneigt ist. Jede Frau erkennt die eine, wenn die Zeit dafür reif ist.«

»Meine Zeit ist wohl noch nicht so weit gediehen. Und ich habe auch kein Bedürfnis, mich einer solch fordernden Herrin zu unterwerfen, wie du es getan hast.«

»Gedient habe ich ihr. Unterworfen habe ich mich nie.«

Sachte löschte Fulcinia eine der heruntergebrannten Kerzen aus.

»Nein, wahrscheinlich nicht. Doch lass uns das Thema wechseln.«

»Es behagt dir nicht, ich weiß. Dann soll es jetzt ruhen. Nimm einen von diesen Kuchen, du hast heute noch nicht viel gegessen.«

»Das stimmt.«

Rufina biss in das weiche Gebäck, das mit Honig und Pistazien gewürzt war, und kaute versonnen.

»Du hast etwas erfahren, das dich nachdenklich gemacht hat, stimmt es?«

»Du durchschaust mich leider immer viel zu gut, Fulcinia.«

»Es ist nicht schwer, wenn man dich ein wenig kennt. Aber du musst dich mir nicht anvertrauen, wenn es dir unangenehm ist.«

Rufina seufzte tief.

»Unangenehm? Nein, das ist es nicht. Beunruhigend eher.«

»Was beunruhigt dich?«

»Ich habe mich mit Sabina Gallina unterhalten und sie nach diesem Freigelassenen ihres Mannes gefragt. Jenen Regulus, den wir in den Kanälen gefunden haben. Du, Fulcinia – sie sagt, Maenius Claudus hat ihn im Februar, genauer gesagt drei Tage vor den Iden, auf eine Reise nach Ancona geschickt, um dort dem Verwalter seiner Güter Nachrichten und Dokumente zu schicken.«

»Nun, das ist sicher eine äußerst beschwerliche Reise gewesen. Mitten im Winter wird man nur jemanden losschicken, wenn es sich um sehr dringliche Angelegenheiten handelt. Aber was beunruhigt dich daran?«

»Maurus ist an jenem Tag nicht nach Hause gekommen.«

»Zufall.«

»Oder auch nicht. Was, wenn nicht die Wölfe, sondern vielleicht Regulus ihn überfallen und ermordet hat? Die Wölfe sind ihm danach nur zupass gekommen.«

»Bei der heiligen Flamme, warum sollte Regulus deinen Mann umbringen?«

»Auf Claudus' Geheiß?«

Fulcinia legte die Maiglöckchen auf den Tisch.

»Als Gedankenspiel eine Möglichkeit. Aber was könnte ihm daran liegen?«

»Maurus ging oft seine eigenen Wege. Er hätte sich Feinde machen können.«

»Im Prinzip ja, aber er verstand es, die Menschen zu behandeln. Und Claudus hat nicht den Ruf, Meuchelmörder auszusenden, um eventuelle Streitigkeiten zu bereinigen.«

»Dann war es vielleicht Regulus' eigene Idee.«

»Er trifft Maurus alleine im Wald, überfällt ihn und raubt ihn aus. Meinst du das?«

»Ist doch auch denkbar, oder?«

»Rufina, man raubt jemanden aus, wenn man die Mittel benötigt. Claudus wird seinen Diener jedoch mit ausreichenden Geldern versehen haben, um die lange Reise zu finanzieren. Er brauchte sicher keine zusätzlichen Münzen. Zumal Maurus ja kein Vermögen bei sich getragen haben wird, als er zu den Köhlern oder Holzschlägern unterwegs war.«

»Eher ist es umgekehrt denkbar, willst du damit andeuten? Maurus überfiel Regulus, um an seinen Geldbeutel zu kommen, und unterlag dabei im Kampf?«

»Das scheint mir zumindest von der materiellen

Seite glaubhafter. Aber ich halte Maurus nicht für so skrupellos.«

»Er hatte oftmals Geld, viel Geld sogar, von dem er nie sagte, woher es stammte.«

»Crassus warf ihm vor, ein Spieler zu sein.«

»Aber auch ein gemeiner Räuber?«

Rufina strich sich die Haare aus der Stirn.

»Nein, ich mag nicht so schlecht von ihm denken. Ich habe ihn neun Jahre lang gekannt, und wenn er mir auch nur wenig von seinen Gedanken offenbart hat, so habe ich ihn doch immer als anständigen Mann eingeschätzt. Ein bisschen weich vielleicht, ohne große Ambitionen, aber weder grausam noch gewalttätig.«

»Was ist mit Burrus?«

»Du meinst, weil er Stunden um Stunden mit dem alten Gladiator im Gymnasium verbracht hat?« Rufina lachte leise auf. »Maurus war ein bisschen eitel. Er wollte seine Figur straff und muskulös erhalten. Darum die Hanteln und das Ringen.«

Fulcinia nahm die Erklärung ohne Antwort hin.

»Du denkst etwas anderes?«

»Ich denke, dein Gatte war ein gefährlicher Mann, Rufina. Viel gefährlicher, als du je geahnt hast. Ich gebe dir Recht in der Vermutung, dass er vielleicht nicht das Opfer der hungrigen Wölfe war. Nicht jener Wölfe, die auf vier Beinen herumlaufen.«

»Er ist ermordet worden, nicht wahr?«

»Nicht auszuschließen. Aber wer immer es getan hat, dem wird nichts daran liegen, die schöne Geschichte von den Wölfen hinterfragt zu sehen. Vergiss das nicht, Rufina.«

Rufina nickte. Der Tote war begraben, der Mann, der am selben Tag denselben Weg gegangen war, ebenfalls.

»Nur, Fulcinia – Regulus hatte diese Ohrringe bei sich.« Sie deutete auf die zarten, goldenen Ohrgehänge. »Ob Maurus sie wohl an seinem Todestag erworben hat...?«

Fulcinia nahm Rufinas Hände in die ihren, und in ihrer sanften Stimme schwang tief gefühltes Bedauern, als sie sagte: »Du trägst eine schwere Bürde mit dir, kleine Freundin.«

Rufina lehnte müde ihre Stirn an die Schulter der Älteren.

7. Kapitel

Münzhandel

Kleines Geschenk,
mach dich auf den Weg.
OVID, AMORES

Er sah zu, wie der Goldschmied sorgfältig einen Abdruck von dem Aureus machte, auf dem das hakennasige Profil des Caesars Galba eingeprägt war. Dann nahm er sich der Rückseite des Goldstücks an und verfuhr auf die nämliche Art damit.

»Hast du noch eine andere Münze, Meister?«

»Eine frisch geprägte, natürlich. Ich achtete darauf, sie von dem Wechsler zu erhalten. Es ist nicht leicht, solche wenig abgenutzten Exemplare in die Finger zu bekommen.«

»Wer ist das? Die habe ich noch nie gesehen.«

»Der derzeitige Kaiser, Traianus.«

Der Goldschmied nickte zufrieden und nahm auch davon einen Abdruck.

»Und nun das Rohmaterial!«

Ein Ledersäckchen wurde auf den Tisch gelegt, der glitzernde Inhalt in eine Waagschale geschüttet. Der Handwerker rechnete mit flinken Fingern auf dem Rechenbrett die Anzahl der daraus zu prägenden Münzen aus und nannte dem Kunden eine stattliche Summe.

»Zwanzig Prozent für mich, Meister.«

»Wucher!«, fauchte der ihn an. »Bisher hast du zwölf Prozent genommen.«

»Du vergisst das Risiko! Seit letztem Winter haben mich seine Ädilen schon zweimal aufgesucht. Wenn die bei mir die Prägestöcke finden, bin ich dran.« Dann zeigte er ein zahnlückiges Grinsen. »Und du auch, Meister!«

Ehe er sich's versah, hatte der Kunde ihn an der Gurgel gepackt und drückte zu.

»Wenn aus dir ein einziges Wort herauskommt, du Barbarenhund, dann werden meine Leute dir das Fell bei lebendigem Leib abziehen.«

Das Grinsen war gänzlich aus des Goldschmieds Gesicht verschwunden, er schnappte keuchend nach Luft, und als der Mann ihn losließ, fiel er gegen seinen Arbeitstisch.

Leise klirrten die Goldmünzen. Die Drohung war nicht zu unterschätzen. Er wusste, wer die harthändigen Männer seines Auftraggebers waren, und er hatte schon Resultate ihrer Behandlungsmethoden gesehen. Außerordentlich unterwürfig stammelte er eine Entschuldigung und erklärte seine Bereitschaft, in jedem Fall zu schweigen. Er war auch mit einem Anteil von zwölf Prozent einverstanden. Immerhin hatte er ja zwei sehr exakte Münzstempel durch diesen Kunden erhalten, und es gab noch andere, die verstohlen mit ihren goldgefüllten Beutelchen zu ihm kamen. Vor allem jetzt, da das Tauwetter eingesetzt hatte und die Bäche fröhlich plätscherten.

Mochte er auch darüber zufrieden gestellt sein – sein jetziger Kunde war es nicht, und für seinen nächsten Auftrag suchte er einen anderen Goldschmied auf, mit dem er schon zuvor einige Geschäfte abgewickelt hatte. Doch sie waren anderer Art, denn seine Spezialität war die Herstellung zierlicher Götterstatuen und eleganten Schmucks, mit dem man die

Herzen der Frauen erobern konnte. Oder wenigstens ihr Bett.

Da er sich ohnehin in der Stadt aufhielt, besuchte er anschließend auch noch die Therme, wo er ein ausgiebiges und entspannendes Bad genoss.

8. Kapitel

Bewerber

*Besonders wenn er gepflegt ist
und mit dem Spiegel auf freundschaftlichem Fuß steht,
wird er glauben, dass selbst Göttinnen von Liebe
zu ihm ergriffen werden können.*

OVID, ARS AMATORIA

Das Esszimmer des Wohntraktes war von mehreren Öllampen erhellt, die in einem eisernen Leuchterkranz von der Decke hingen. Noch drang die blaue Dämmerung durch die offenen Fenster, und die Vögel füllten flötend und tirilierend den Raum mit ihrem Abendgesang. Es war ein herrschaftliches Gemach, die Wände rot getüncht und von aufgemalten schwarzen Säulen in gleichmäßige Rechtecke unterteilt. Oben, unter der Decke, lief ein sorgfältig gearbeiteter Palmettenfries entlang. Der Boden hingegen war mit einem geometrischen schwarz-weißen Mosaik belegt. Um einen niedrigen quadratischen Tisch standen drei gepolsterte Liegebänke, die jeweils Platz für zwei Personen boten. Crassus lag den beiden Frauen gegenüber, die sich die zweite Kline teilten. Früher hatten Maurus und Rufina gemeinsam darauf gelagert, und Fulcinia hatte die für Gäste bestimmte dritte Liege benutzt. Diese Bank war jetzt unbesetzt, denn seit einigen Wochen lag sie nun beim Essen hinter Rufina, und diese war ihr dankbar dafür.

Sie speisten nicht jeden Tag in der aufwändigen Art, doch das Ende der Floralia hatte Rufina zum

Anlass genommen, Irene ein kleines Festmahl für die Familie bereiten zu lassen. Früher hatten sie zu derartigen Essen auch Gäste eingeladen, vor allem Maurus' Freunde und Bekannte. Doch seit dem Februar hatten sie ein zurückgezogenes Leben geführt. Immerhin unterhielt Crassus die beiden Frauen mit den Neuigkeiten aus der Stadt. Da er ein passionierter Besucher des Forums und der dort befindlichen Tavernen und Gasthäuser war und sich ausgiebig an den Gesprächen der Männer beteiligte, wusste er bestens Bescheid über die gesellschaftlichen und politischen Entwicklungen in der Colonia.

»Die Wahlen für die Neubesetzung der Magistrate sind abgeschlossen, und nächsten Monat, heißt es, werden die Duumviri vier neue Stadträte ernennen.«

»Ich weiß, Crassus. Vier Dekurionen sind in den letzten Monaten an Altersschwäche gestorben. Es wird Zeit, dass jüngere und ehrgeizigere Männer die Ämter führen.«

Rufina reichte Fulcinia eine Schale mit Leckerbissen und stützte sich dann wieder mit dem linken Arm auf dem Polsterkissen ab. Sie amüsierte sich ein wenig über Crassus' unzufriedene Miene. Als gebürtiger Römer war ihm das Leben in der Provinzstadt, und sei es auch eine, die vom Kaiser persönlich ausgezeichnet und zur Colonia erhoben worden war, ein Dorn im Auge. Zu allem Überfluss war er nur zu Besuch in der Stadt und nicht als Bürger gemeldet, weswegen er nicht stimmberechtigt bei den Wahlen war. Er brachte seinen Unmut zwischen zwei Schlucken Wein zum Ausdruck.

»Eine Schande ist das, was heute so in das Decurium ernannt wird. Dadurch werden sogar Barbaren und Freigelassene quasi in den Rang von Senatoren erhoben.«

»Warum nicht, Schwiegervater? Ich finde nichts Falsches daran, wenn wohlhabende und ehrbare Ubier die Verantwortung für die Stadt übernehmen. Sie wohnen hier, führen ihre Geschäfte und zahlen ihre Steuern. Ihre Anzahl ist ungefähr so groß wie die der römischen Bürger.«

»Ungebildete Barbaren sind sie!«

»Du willst doch wohl nicht behaupten, ein altgedienter Centurio der Legion, der sein Lebtag nicht mehr geleistet hat, als seine Untergebenen anzubrüllen, könne die Stadt besser verwalten als ein eingesessener Germane, dessen Familie seit Jahren hier Handel treibt?«

»Was weiß eine wie du schon von Centurionen?«

»Was weiß einer wie du schon von Barbaren!«

»Du bist ein Zankteufel, Rufina. Wird Zeit, dass dir ein Mann wieder Zucht beibringt!«

»Das muss ein weit fähigerer Mann sein als du, Schwiegervater.«

»Giftschlange!«

Rufina lachte leise auf.

»Reiz mich nicht, dann beiße ich dich auch nicht. Wen willst du denn in den Stadtrat gewählt sehen? Wirklich die alten Veteranen, die nichts lieber wollen, als sich auf ihren Landgütern einen ruhigen Lebensabend zu machen?«

»Es gibt Würdigere als die. Da magst du Recht haben. Aber ich bin trotzdem dagegen, Freigelassene mit derartig hohen Rängen zu belohnen.«

»Cousin Crassus, die Mutter deines Sohnes war auch eine Freigelassene ...«

Fulcinia ließ diese Feststellung im Raume stehen, und Crassus hatte den Anstand, verlegen auf den Happen Wachtel zu blicken, den er gerade zum Mund führen wollte.

118

»Hirtius Sidonius und Valerius Corvus, unsere beiden Bürgermeister, werden schon eine rechte Wahl treffen«, meinte Rufina. »Obwohl ich von Sidonius nicht die beste Meinung habe. Es ist gut, dass sie immer zu zweit dieses Amt innehaben.«

»Dieser Valerius Corvus ist aber auch eine seltsame Gestalt, wenn du mich fragst. Der hat ein sonderbares Klientel um sich geschart – freigelassene Barbaren, Künstler, alte gallische Veteranen. Aber immerhin ist er unbestechlich, und es heißt, er sei ein Freund Traians.«

»Sidonius dagegen hat zu viele Gecken in seiner Gefolgschaft und kümmert sich zu wenig um die Geschäfte«, schnaubte Rufina.

»Das mag wohl sein. Auf jeden Fall denke ich, sie werden diesen Lampronius Meles mit in den Rat aufnehmen. Er hat sich recht beliebt bei den Leuten gemacht.«

»Er hat Pferderennen finanziert, ja. Damit macht man sich beliebt«, stellte Fulcinia trocken fest.

»Er ist ein Mann von selbstbewusstem Auftreten. Außerdem ist er unverheiratet.«

»Eine Qualität, die ihn unbedingt zum Decurio machen wird«, spottete Rufina.

»Mädchen, du weißt nie, wie du so etwas anpacken musst.«

»Er ist schon lange nicht mehr in der Therme gewesen, Crassus, da war nichts anzupacken, selbst, wenn ich es gewollt hätte.«

»Das wird sich bald ändern, ich hörte, er ist seit vorgestern wieder in der Stadt. Soweit ich weiß, hat er kurz vor der Jahreswende ein Landgut erworben.«

Rufina hob die Schultern. »Nun, dann hat er ja alle Voraussetzungen, in den Rat aufgenommen zu werden. Warum nicht? Er machte auf mich keinen schlechten Eindruck, auch wenn er gerne ein wenig protzig auftritt. Er ist übrigens einer der wenigen, die sich sogar hier in der Provinz Sklaven halten. Er bringt immer zwei oder drei von ihnen mit ins Bad, und sie sind die Einzigen, die ihm den Rücken ölen dürfen.« Sie grinste ein wenig. »Nun ja, das entlastet unseren Bademeister.«

Sie wechselten das Thema, und Crassus berichtete über eine Delegation von Germanen, die sich über die hohen Tributzahlungen beim Statthalter beschwert haben sollen. Wie üblich fanden die Einheimischen keine Gnade vor seinen Augen.

»Wir haben sie besiegt, aber wir haben sie nicht ausgerottet. Im Gegenteil, wir haben ihnen Straßen gebaut, wir lehren sie den Weinanbau, wir handeln mit ihnen, wir bringen ihnen unsere Kultur bei. Das Mindeste ist doch wohl, dass sie dafür angemessen zahlen!«

»Genau wie du ihnen angemessenen Tribut zollen würdest, wenn sie dir dein Geschäft wegnehmen würden, dir dann aber erlauben würden, deine eigenen Oliven kaufen zu dürfen. Crassus, wir leben in ihrem Land – freiwillig haben sie uns nicht hergebeten.«

»Was für verrückte Ideen du hast, Weib!«

»Ach, so verrückt sind sie nicht. Du hast ja Recht, sie profitieren durchaus von uns. Aber Klagen über die Höhe der Tributzahlungen sollte man zumindest prüfen. Es soll ja Steuereintreiber geben, die eigenmächtige Zuschläge erheben.«

Fulcinia fügte hinzu: »Nicht nur Steuereintreiber. Es gibt auch Statthalter, die so etwas tun. Manch einer, der eine Provinz verwaltet hat, ist als unsagbar reicher Mann heimgekehrt.«

Diese Bemerkung führte in die ägyptischen und asiatischen Provinzen, mit denen Crassus Handel führte, und schließlich zu einem Vortrag über die geistige, kulturelle und wirtschaftliche Überlegenheit der Römer als solche, und die eines bestimmten Olivenölhändlers im Besonderen, über die Bewohner barbarischer Gefilde.

Rufina hatte schon am nächsten Tag Gelegenheit, ihre Bekanntschaft mit Lampronius Meles zu erneuern. Es war noch immer ungewöhnlich warm für den Mai, aber eine dünne Wolkenschicht verhängte die Sonne und kündete einen Wetterwechsel an. Um die Mittagszeit waren Crispus und Maura von ihren Lektionen zurückgekommen, sie spielten jetzt im Hof mit einem Ball. Darüber hatten sie die Zeit vergessen, und Rufina sah sich gezwungen, ihre beiden Kinder zu ihren nachmittäglichen Pflichten anzuhalten. Sie trat in die Palaestra und fand sich einem Jubelruf und einem hart geworfenen Ball ausgesetzt. Ihre Reflexe retteten die Fensterscheiben.

»Ein guter Wurf, und ein noch besserer Fang«, sagte eine Männerstimme vom Peristyl aus. Der Sprecher erhob sich aus dem Sessel, in dem er die warmen Sonnenstrahlen genossen hatte. »Meinen Glückwunsch, Aurelia Rufina!«

»Sei gegrüßt, Lampronius Meles. Du bist also wieder in die Stadt zurückgekehrt. Es freut mich, dass du mein Bad nicht vergessen hast.« Rufina warf Crispus den Ball wieder zu.

»Wie könnte ich? Nicht jede Therme hat eine so hübsche Pächterin. Und schon gar keine hat so gewandte Kinder wie du. Wirf, Junge!«

Meles war ein attraktiver Mann Mitte dreißig. Jetzt, nur in den kurzen Schurz gekleidet, zeigte er breite Schultern und einen flachen, muskulösen Bauch. Er war schwarzhaarig, doch durch sorgfältige Pflege war sein Körper von allen überflüssigen Haaren befreit. Seine Wangen waren glatt rasiert und sein lockiges Haupthaar modisch kurz geschnitten. Den Ball, den Crispus mit Geschick auf ihn schleuderte, fing er mit Leichtigkeit ein und gab ihn mit einem flachen Wurf zurück.

»Verwöhne die Kinder nicht, Lampronius Meles, sie haben sich ihrem Unterricht zu widmen, auch wenn es noch so ein schöner Tag ist.«

»Da hat eure Mutter wohl Recht!« Er schnappte den Ball und hielt ihn fest. »Lauft, ihr beiden. Es geziemt sich, eurer Mutter auf das Wort zu gehorchen.«

Mit einem versteckten Grinsen zogen Maura und Crispus von dannen. Als Rufina sich anschickte, ihnen zu folgen, hielt Meles sie mit einem Wort auf.

»Ja, Lampronius Meles? Hast du noch irgendwelche Wünsche?«

»Nun ja, Aurelia Rufina, das könnte wohl sein. Komm und trink einen Becher kühlen Wein mit mir. Ich bin einige Zeit nicht in der Colonia gewesen, und du könntest mir ein wenig berichten, was ich versäumt habe.«

Die beiden Sklaven schoben auf seinen Wink hin einen weiteren Sessel neben den seinen und gossen Wein ein.

»Ich glaube, du hast schon alles Wissenswerte erfahren. In dieser Stadt wird doch unablässig geredet, und deine Freunde sind sicher gerne bereit, dich umfassend zu informieren.«

»Setz dich dennoch eine kleine Weile. Natürlich sind alle möglichen Gerüchte zu mir getragen worden. Eines hat mich allerdings tief erschüttert, liebe Aurelia Rufina. Es heißt, du seiest ein wenig in... finanziellen Schwierigkeiten?«

Rufina hatte notgedrungen Platz genommen und nippte an ihrem Wein. Vornehme und vor allem wohlhabende Kunden mussten sorgfältig behandelt werden.

»Gerüchte pflegen zwar immer einen gewissen Wahrheitsgehalt zu haben, aber meist übertreiben sie doch. Es gab Schwierigkeiten, aber die sind jetzt behoben. Du brauchst nicht um dein nachmittägliches Bad zu fürchten.«

»Das freut mich zu hören.«

»Immerhin gibt es auch zu deiner Person einige Gerüchte, nicht wahr?«, lenkte sie mit einem liebenswürdigen Lächeln ab.

»Ja, es wird sich zeigen, Aurelia Rufina. Die Kalenden des Julius rücken näher.«

»Und damit der Rang des Decurio. Du bist ein bedeutender Mann, Lampronius Meles. Ich wünsche dir viel Erfolg. Aber verzeih mir, wenn ich mich jetzt zurückziehe. Auf die arme Thermenpächterin warten nie enden wollende Aufgaben.«

Sie erhob sich, bevor er Einspruch einlegen konnte, und entfernte sich mit beschwingten Schritten. Meles sah ihr mit unverhohlener Bewunderung nach.

Rufina war sich nicht ganz sicher, was sie von Lampronius Meles zu halten hatte. Er war zwar schon früher ein regelmäßiger Badbesucher, hatte sie aber kaum wahrgenommen. Gut, damals lebte Maurus noch. Vielleicht betrachtete er sie jetzt, da sie Witwe war, mit anderen Augen. Ganz konnte sie sich dem angenehmen Gefühl, beachtet und bewundert zu werden, nicht erwehren. Auch wenn sie eine leise Stimme vor ihm warnte, denn Lampronius Meles war ein glattzüngiger Herr.

Andererseits war er auch ein glatthäutiger Herr

123

von gebräuntem Teint. Er erinnerte sie schmerzlich an Maurus.

Erheblich weniger glattzüngig, und erst recht nicht glatthäutig, war der zweite Mann, der an diesem Tag ihre Aufmerksamkeit auf sich lenkte. Und der sie, wie sie im Verlaufe des Zusammentreffens feststellen konnte, ebenfalls mit anderen Augen als bisher betrachtete.

Der Gong hatte vor geraumer Zeit die Schließung des Bades verkündet, und der Himmel hatte sich mit dichten grauen Wolken bezogen. Es war schon dunkel geworden, als Rufina ihre abendliche Inspektionsrunde durch die Therme durchführte. Langsam kühlte der Boden ab. Die Heizer hatten die Feuer im Praefurnium gelöscht, und die Kohlebecken im Schwitzraum waren niedergebrannt. Aus den Becken lief gurgelnd das Wasser in die Kanäle, die zum Rhein führten. Bald würde die Reinigungsmannschaft kommen und das Bad für den nächsten Tag säubern.

Im Apodyterium hing noch eine Tunika und grobe Braces, die Hosen, wie sie die Germanen trugen. Auch ein Paar Stiefel stand noch herum. Rufina fragte sich, ob wohl einer der Einheimischen nicht mit den Schließungszeiten vertraut wäre, und machte sich auf die Suche nach dem Besitzer der Kleidungsstücke. Sie hörte ihn, bevor sie ihn sah. Ein sonores Schnarchen erklang aus dem Wärmeraum. Hier lag, nur von einem Leinentuch bedeckt, der Baumeister Silvian auf einer Liege in tiefstem Schlummer. Seine Haare waren wirr, sein Kinn mit dunklen Bartstoppeln bedeckt, sein breiter Brustkorb mit krausen, schwarzen Locken hob und senkte sich gleichmäßig in seinen Atemzügen. Einen Moment lang betrachte-

124

te Rufina das Bild, das sich ihr bot, mit Nachsicht. Der Baumeister musste reichlich erschöpft gewesen sein, und auch wenn sie nicht die größten Sympathien für ihn empfand, tat es ihr Leid, ihn wecken zu müssen. Leicht legte sie ihm die Hand auf die Schulter und rüttelte ihn.

Ein unwilliges Stöhnen war die einzige Reaktion.

»Lucillius Silvian! Du kannst die Nacht nicht im Bad verbringen. Wach auf!«

Sie hätte auch gegen die Wand reden können. Der Mann regte sich nicht.

»Baumeister Silvian!«

Sie schubste ihn etwas nachhaltiger in die Rippen. Ohne sichtbaren Erfolg. Kopfschüttelnd sah sie ihn an und hielt ihm dann beherzt die Nase zu. Das Schnarchen wurde zu einem Grunzen, aber wach wurde der Schläfer nicht.

»Na gut, Lucillius Silvian. Anders geht es offensichtlich nicht!«

Rufina füllte einen Krug mit kaltem Wasser und goss den Inhalt mit Schwung über sein Gesicht.

»Verdammt noch mal! Was soll das? Oh!« Silvian setzte sich auf, schüttelte das Wasser aus den Haaren und sah Rufina verdutzt an. »Feine Methoden hast du, deine Gäste zu behandeln!«

»Ich habe, Jupiter sei mein Zeuge, mit einigen wirklich subtileren Methoden versucht, dich aus Morpheus Armen zu locken, Baumeister. Doch er hielt dich zu fest umklammert.«

Silvian sah zum Fenster hin und schüttelte noch einmal den Kopf.

»Es ist ja schon dunkel!«

»Richtig. Der Gong hat schon vor langer Zeit geläutet. Hier ist ein frisches Handtuch. Trockne dich ab. Im Apodyterium hängen noch deine Kleider.«

Er grinste sie mutwillig an, und Rufina musste wider Willen ebenfalls lächeln.

»Sehr rücksichtsvoll, mich nicht einfach mit dem Besen hinauszukehren!« Er rubbelte sich die Haare trocken und entschuldigte sich: »Wir haben die halbe Nacht ein Wehr am Quellfang reparieren müssen. Diese verfluchten Barbaren legen ihre Felle wieder aus, jetzt, wo die Bäche reichlich Wasser führen. Eines hatte sich in der Winde verwickelt und den Abfluss blockiert.«

»Was für Felle meint Ihr?«

»Schöne langhaarige Schafsfelle.«

»Waschen die Barbaren sie in den Bächen?«

Rufina sah ihn irritiert an, und er lachte auf.

»O nein, Aurelia Rufina, o nein. Sie legen sie in die Strömung, damit sich die Goldflimmer in ihnen absetzen, die hier manche Flussläufe führen.«

Sie verstand noch immer nicht, und er erklärte ihr die primitive, aber wirkungsvolle Methode des Goldwaschens, wie sie in den Wäldern praktiziert wurde.

»Das ist vermutlich strafbar, oder?«

»Sicher, aber weise das denen, die in den unwegsamen Wäldern leben, mal nach. Ich frage nicht so genau nach, wenn ich ein Fell voller Glitzerstaub finde. Aber lästig ist es schon, wenn sie in den Kanal gespült werden.«

Er stand auf und wickelte das Tuch um seine Hüften.

»Ah, nun, dann will ich mich mal nach Hause aufmachen. Tut mir Leid, dass ich dir hier im Wege war.«

»Lass nur. Aber …« Rufina, die seit einigen Tagen ihren Grübeleien nachgehangen hatte, wollte sich wenigstens eine gewisse Klarheit verschaffen. Und der Baumeister war der richtige Mann dafür.

»Ja, Aurelia Rufina?«

»Dieser Freigelassene Regulus… Hast du inzwischen herausgefunden, wie er in die Leitung gekommen ist?«

»Nein, wir können es nur vermuten. Aber der Arzt hat bestätigt, dass er eindeutig ertrunken ist. Also muss er wohl aus eigenem Antrieb hineingestiegen sein. Dann hat jemand das Wehr geöffnet. Vermutlich hatte er keine Chance mehr, hinauszukommen. Das Wasser strömt mit großer Gewalt durch die Leitung.«

»Kannst du dir vorstellen, warum er in den Kanal gestiegen ist?«

»Genauso wenig wie du. Menschen kommen manchmal auf seltsame Ideen. Er mag dort Schutz vor der Witterung gesucht haben oder es ist ihm irgendwas hineingefallen, das er herausholen wollte. Oder er war einfach neugierig.«

»Er war auf der Heimreise. Er ist übrigens zum gleichen Tag aufgebrochen, an dem Maurus verschwand.«

»Ist das wichtig?«

Interessiert sah Silvian Rufina an.

»Claudus hat ihn nach Ancona geschickt. Wegen irgendwelcher Gutsverwaltungsangelegenheiten.«

»Mitten im Winter? Ungewöhnlich. Aber wenn es dringend war…«

»Ja, wenn es dringend war. Baumeister, hast du in jenen Tagen irgendwo im Wald vielleicht Spuren eines Kampfes gesehen?«

»Nein, Aurelia Rufina. Es hatte geschneit, der frische Schnee war knietief. Wir haben, verzeih, Maurus' Kleider nur gefunden, weil sie unter einem kleinen Felsvorsprung lagen, der den Schnee abgehalten hat. Später hat das Tauwetter alle Spuren beseitigt, sollte es je welche gegeben haben.«

»Ja, danke.«

»Aurelia Rufina, hegst du einen bestimmten Verdacht?«

»Muss ich den nicht haben?«

»Nein. Es gab wirklich dreiste Wölfe in diesem Winter. Sie kamen in Rudeln, und sie waren hungrig. Ein Mann kann sich nicht gegen einen solchen Angriff wehren. Auch ein kampferfahrener wie Maurus nicht. Mach dir das Leben nicht noch schwerer mit solchen Vermutungen. Bitte.«

Rufina ließ den Kopf hängen. Silvian war der Zweite, der ihr riet, an die Wölfe zu glauben. Aber dann klang ein Wort in ihren Ohren nach.

»Kampferfahren? Maurus?«, fragte sie plötzlich mit harter Stimme. Verstört sah sie Silvian an. »Baumeister Lucillius Silvian, was verheimlichst du mir?«

»Nichts, ehrlich. Es ist nur … Ich habe einmal gesehen, wie er sich gegen zwei Männer wehrte, die auf seinen Geldbeutel aus waren. An manchen Wegen im Wald lauert übles Gesindel, weißt du. Es war im vorletzten Sommer. Ich inspizierte die Leitung und hörte damals einen Schrei. Ich wollte zu Hilfe eilen, aber dein Mann hatte die Situation im Griff. Die beiden Halsabschneider haben prächtige Prügel eingesteckt.«

»Er hat mir nie etwas davon erzählt.«

»Er wollte dich sicher nicht beunruhigen.«

»Ja.«

»Rufina … du bist noch immer so traurig. Und du bist so schön.« Er machte einen Schritt auf sie zu, aber als sie die Augen zu ihm hob und er den Schmerz in ihren Tiefen sah, blieb er stehen. »Verzeih. Bitte verzeih, ich bin ein Narr.«

In die Stille, die zwischen ihnen plötzlich herrschte, klang eine leise Stimme. »Rufina! Hier bist du! Oh …«

Fulcinia stand mit einer Lampe in der Hand in der Tür. Silvians Anwesenheit schien sie zu verstören. Rufina fand ihre Haltung wieder.

»Schon gut, Fulcinia. Baumeister Silvian war eingenickt, und ich musste ihn etwas unsanft in das Land der Wachen zurückholen. Ich komme gleich ins Haus.«

»Schon gut.«

»Ja, und ich werde jetzt wirklich aufbrechen. Die nächsten Tage kann ich mir den Luxus eines warmen Bades wohl nicht gönnen. Ich muss wieder auf die Baustelle. Leb wohl, Aurelia Rufina. Und mach dir nicht so viele Gedanken.«

»Nein. Oder doch. Silvian – hast du das Gepäck von Regulus gefunden?«

»Was für ein Gepäck?«

»Wenn er auf der Heimreise war, dann wird er mehr als nur die Kleider an seinem Leib bei sich getragen haben. Ein Bündel, einen Mantel – und wahrscheinlich auch Dokumente für seinen Herrn. Glaubst du nicht?«

»Das ist doch nicht deine Sorge, Rufina. Bitte kümmere dich nicht mehr darum.«

Sie nickte und verließ den Raum. Aber innerlich murrte sie.

9. Kapitel

Matronalia, das Fest der Juno Lucina

Es freut sich an blühenden Pflanzen diese Göttin.
Ums Haupt legt zarte Blumen herum!
Sprecht dabei dann:
»Lucina, du hast uns das Licht einst gegeben.«

OVID, DE FASTI

Der Herr und sein Diener konnten sich als eilige Kuriere ausweisen, als sie bei Marcomagus[1] die gut ausgebaute Straße erreichten. So erhielten sie an den Wechselstationen immer frische Pferde, und ihre Reise setzten sie nun mit hoher Geschwindigkeit fort. Auch das Wetter wurde milder, je weiter sie nach Süden kamen. Hinter Augusta Treverum[2] hörte bald der Schnee auf, in Divio[3] benötigten sie ihre Pelze nicht mehr, und in Lugdunum[4] blühten bereits die ersten Mimosen. Viel sprachen sie noch immer nicht miteinander, der Gewaltritt verlangte ihre ganze Konzentration. Und abends, wenn sie in einem der Rasthäuser Station machten, waren sie für lange Gespräche zu müde. Keiner von ihnen erwähnte je die Nacht der Lupercalia, bis sie am letzten Tag des Februars

---

[1] Marmagan in der Eifel
[2] Trier
[3] Dijon
[4] Lyon

Massilia erreichten. Hier planten sie eine Rast ein, nicht nur, um sich nach einem geeigneten Schiff umzusehen, das sie nach Rom bringen würde, sondern auch, um die ersten Spuren aufzunehmen und Boten auszusenden. In diesem Hafenort am Mittelmeer gab es ein buntes Völkergemisch, darunter auch viele ehemalige Legionäre, die nun in dem milden Klima ihren Ruhestand genossen oder verschiedenen kleinen Geschäften nachgingen. Nicht immer nur ganz legalen, aber vielfach sehr gewinnbringenden. Der Diener zeigte sich geschickt darin, einige alte Veteranen ausfindig zu machen, die einst in der Legio III, der Cyrenaica, gedient hatten. Schon am nächsten Tag hatte er eine Fährte gefunden. Sie führte nach Ägypten, und bei Wein und Würfelspiel in der Taverne wurden die Erinnerungen der Soldaten lebendig. Manches davon war Geschwätz und vieles Gerücht, aber ein, zwei Hinweise waren brauchbar. Etwa dass man sich damals bei seinem Tribun mit Gold von Strafen hatte freikaufen können. Auch hatte dieser immer dafür gesorgt, dass bestimmte Händler für die Versorgung der Legion bevorzugt wurden. Diese Exklusiv-Verträge hatte er sich ebenfalls entgelten lassen, sagte man. Die Veteranen sahen keinen Anlass zur Klage darin, noch empfanden sie moralische Bedenken. In fremden Ländern musste man sehen, wie man zurecht kam, und wenn sich die Chance bot, Reichtümer zu erwerben, dann sollte man sie nutzen. Einer erinnerte sich jedoch daran, dass die Goldgier dem Militärtribun einmal ernsthaften Ärger eingehandelt habe, und er vermutete, seine Konkubine, eine schöne, dunkelhäutige Frau, habe ihn deswegen empört verlassen. Man munkelte etwas von einem Grabschatz, den ihm ein schlitzohriger Händler angedreht hatte, und einer der alten Kämpen sprach von Usheptis und den goldenen Göttinnen, die den Sarg eines hohen Würdenträgers bewachten. Aber was aus dem Tribun geworden war, wusste hier niemand. Doch das war erklärlich. Die einfachen Soldaten konnten die Wege der Offiziere nicht immer verfolgen. Ob sein Verhalten entdeckt worden war oder ob er unentdeckt seine bedenklichen Besitztümer außer Landes hatte bringen können, war ihnen nicht bekannt. Aber es gab neue Ansatzpunkte, mit denen man in Rom weitere Fragen stellen konnte.

Zum Glück fand sich ein Kapitän, der zwei Tage später die Fahrt nach Ostia antreten würde. Der Handelsfahrer, der Pelze und Leinenstoffe aus dem Norden geladen hatte, nahm auch Passagiere mit, die bereit waren, zu zahlen.

»Wir können auch den Landweg über die Via Aurelia nehmen«, meinte der Herr zu seinem Diener.

»Du denkst an die Runenwerferin?«

»Du nicht?«

»Doch, aber sie war sich sicher, wir würden unser Ziel erreichen, mein Freund. Erst dann drohen uns Wasser oder Feuer.«

»Du glaubst ihr?«

»Es gibt wenige, deren Vorhersagen ich bedingungslos glauben würde. Den Scharlatanen nicht und den Auguren und der Sybille nicht. Sie aber war eine Weise. Sie und die Wölfin.«

»Sie war mir unheimlich. Bist du sicher, dass dieses Tier kein Werwolf war?«

»Weil sie sich mit der Wölfin verständigte?«

Der Diener lächelte seinen Herrn an.

»Jupiter tonans, tat sie das?«

»Die ganze Zeit über, denke ich. Ja, es war eine seltsame Beziehung, die die beiden pflegten. Aber ich glaube, es verbarg sich kein größeres Geheimnis dahinter, als dass Frau und Tier einander tief vertrauten. Sie war eine Frau von großen Gaben, mein Freund. Eine seltene Frau.«

»Du bist normalerweise ein kühl berechnender Mann. Nehmen wir also das Schiff.«

»Gut. Dann will ich den Kapitän aufsuchen und unsere Überfahrt mit ihm festmachen.«

»Hast du genug Geld, oder soll ich dir das Siegel mitgeben?«

»Ich habe bei Petronius bereits meinen Beutel gefüllt, aber vielleicht ist die Idee nicht schlecht. Wir werden hohe Auslagen haben.«

Der Herr überreichte seinem Diener das Siegel und nickte ihm dann zu.

»Kümmere dich darum, ich will noch mal sehen, ob sich dieser Strabo nicht doch noch an Einzelheiten über die Konkubine des Tribuns erinnert.«

»Verzeih, mein Freund, aber das scheint mir ein Umweg zu sein. Unsere Spur führt nach Rom, nicht nach Ägypten. Unser Tribun hat dieses Land vor sieben Jahren verlassen, und ich bin mir sicher, er ist nach Hause zurückgekehrt.«

»Möglich. Dennoch, ein, zwei Becher Wein mit dem Alten können nicht schaden. Wir könnten diese Frau als Zeugin benötigen. Ich will zumindest versuchen, ihren Namen herauszufinden. Anschließend werde ich dem Neptunus opfern.«

»Im Tempel oder auf der Rennbahn?«, fragte der Diener mit einem Grinsen.

Der Herr lachte auf.

»Du durchschaust mich zu gut. Nein, nein, diesmal will ich für eine glückliche Überfahrt beten. Als dem Patron der Rennbahnen werde ich ihm erst wieder opfern, wenn wir in Rom sind.«

Ihre Wege trennten sich für eine Weile, und später,

als die Frauen der Stadt ihre Feiern zu den Matrona-
lien beendet hatten, ging auch der Diener in den nun
wieder verlassenen Tempel, um dort der Göttin Blumen und Weiheküchlein zu opfern und, wie es Sitte
war, für die Gesundheit seiner Domina zu beten. Er
tat es mit tiefer Andacht und Innigkeit, und Juno Lucina, die Herrin der Frauen, der Ehe und der glück-
lichen Geburten bekam ein seltsames Geständnis zu
hören. Es bewegte sie tief, und fast – aber nur fast
– wäre sie von ihrem Podest gestiegen und hätte dem
Mann tröstend über das krause Haar gestrichen.

10. Kapitel

Erkenntnisse und Erdbeben

Es gibt so vielerlei Charaktere wie Gesichter.
Wer klug ist, wird sich unzähligen Wesen
anpassen können.

OVID, ARS AMATORIA

»Ich verstehe das nicht! Fulcinia, erst behauptest du,
Maurus sei ein gefährlicher Mann gewesen, und nun
erzählt mir Silvian, er sei kampferfahren. Was weiß
ich alles nicht von meinem Gemahl? Was hat man
ihm angetan? Speise mich nicht mit den Wölfen ab.
Und versuch gar nicht erst, mich daran zu hindern,
Fragen zu stellen!«

»Du bist aufgebracht, Rufina.«

»Natürlich bin ich aufgebracht.«

»Bedenke, du kannst nichts, aber auch gar nichts
mehr ändern. Ob es Wölfe oder Menschen waren,
das Resultat ist dasselbe. Maurus ist tot!«

»Wölfe sind keine Mörder! Ich muss wissen, was
mir Maurus verheimlicht hat!«

Fulcinia bedachte das eine Weile und ging schweigend neben Rufina her. Erst als sie im Wohnhaus
die Treppen emporstiegen, sagte sie: »Komm mit in
mein Zimmer.«

Der Raum, den Fulcinia bewohnte, war sehr schlicht
eingerichtet. Es gab ein bequemes Bett, zwei Sessel,
aus hellen Weidenruten geflochten und mit roten Le-
derkissen belegt, einen kleinen runden Tisch, zwei
Truhen und ein Wandbord. Extravagant war ledig-

lich der Lar, der in einer Nische neben der Tür tanzte, und der Ständer mit einer kostbaren Bronzeschale.

Sie setzten sich nieder, und Rufinas brodelnde Wut, von der Stille des Zimmers und Fulcinias ruhevollem Wesen besänftigt, verflog nach und nach.

»Wenn es Menschen waren, die Maurus umgebracht haben, dann war es Mord, Fulcinia. Und Mord muss gesühnt werden.«

»Du hast keinerlei Anhaltspunkte. Du weißt weder, wie er zu Tode kam, noch wo oder wann genau. Und du weißt nicht warum.«

»Weil er ein gefährlicher Mann war und kampferprobt. Das lässt zumindest einige Schlüsse zu. Ich habe irgendwie den Eindruck, du kennst Maurus besser als ich.«

»Nein, das tue ich nicht.«

»Fulcinia, mir gegenüber hat er nie den Eindruck erweckt, es könne von ihm irgendeine Art von Gefahr ausgehen.«

»Vermutlich beurteile ich Männer anders als du. Du weißt, wie verkehrt ich ihn anfangs eingeschätzt habe. Wahrscheinlich sind Männer eben so, und ich bewerte ein ganz normales Verhalten ganz falsch. Das solltest du dabei bedenken.«

»Fulcinia, du kannst dich nicht immer auf deine jungfräuliche Unschuld berufen. Ich habe dich im Verdacht, über eine tiefgründige Menschenkenntnis zu verfügen.«

»Du verfügst auch darüber, Rufina!« Fulcinia lächelte sie plötzlich an. »Aber wenn ich richtig urteile, dann ist Maurus ein Mann mit vielen Facetten gewesen. Ein Diplomat ist auch immer ein Schauspieler.«

»Ich wünschte, ich hätte mir mehr Mühe gegeben, ihn richtig kennen zu lernen.«

»Wie hast du ihn überhaupt kennen gelernt, Rufina?«

Rufina seufzte tief auf. Es gab da vieles, worüber sie nicht sprechen mochte. Vor allem Fulcinia gegenüber nicht, von der sie vermutete, diese Dinge könnten sie unangenehm berühren.

»Aurelia Rufina?«

Fulcinia war aufgestanden, legte sich die Palla um und zog sie sich über den Kopf. Mit raschen, geübten Bewegungen entzündete sie das Feuer in der Bronzeschale. Die Flamme loderte auf, und aus harzigen Holzspänen schlängelte sich weißer Rauch. Mit weit ausgebreiteten Armen stand Fulcinia hinter dem Feuerbecken. Beleuchtet durch ein flackerndes Licht schien sie plötzlich eine andere zu werden. Verschwunden war die sanfte, scheue Frau, und eine Aura von Macht umgab sie, die so bezwingend war, dass Rufina den Blick nicht von ihr wenden konnte. Erst einmal, im Februar, zu Maurus' Begräbnis, hatte sie diese Verwandlung erlebt, und sie erschütterte sie auch jetzt zutiefst. Doch damals, als Fulcinia die Rolle der Priesterin übernommen hatte, war es im Kreise einer großen Gemeinschaft gewesen. Nun aber war sie alleine mit jener, die dreißig Jahre lang der Herrin der Flammen gedient hatte. Die Ausstrahlung, die von ihr ausging, machte Rufina willenlos. Die Stimme, mit der Fulcinia sprach, stand in keinem Zusammenhang mit der leisen Redeweise, die sie ansonsten an den Tag legte. Sie war nichts anderes mehr als gebieterisch.

»Wenn du den Mörder deines Mannes finden willst, werde ich dir beistehen. Aber du musst dich eurer Vergangenheit stellen. Du musst hinter die Masken schauen. Aber das kann wehtun, Rufina.«

»Ja, Domina!«

Rufina klang nun leise und scheu, und ihre Hände zitterten. Sie senkte den Kopf und suchte nach Worten. Dann hob sie den Blick wieder zu der Gestalt im Halbdunkel, die nur von den flackernden Flammen beleuchtet war.

»Ich will es versuchen, Domina.« Eine Weile schwieg Rufina noch, um die Worte für den Anfang zu finden. Dann berichtete sie: »Unsere Ehe war zwischen meinem Vater und Crassus vereinbart worden. Sie waren Geschäftspartner, Vater baute Olivenbäume an, Crassus nahm ihm die Ernte ab. Ich war vierzehn, als Vater mir sagte, ich solle Maurus heiraten. Damals kannte ich ihn nicht, und auch Vater hatte ihn nie zu Gesicht bekommen. Aber er war im rechten Alter, zehn Jahre älter als ich und dazu ausersehen, das Geschäft seines Vaters zu übernehmen. Doch die Hochzeit musste verschoben werden, Maurus war auf einer langen Auslandsreise, und seine Rückkehr verzögerte sich. So hatte ich denn meinen sechzehnten Geburtstag bereits hinter mir, als es endlich zur Eheschließung kam. Ich hatte ein wenig Angst davor, Domina. Denn ich träumte, wie jedes Mädchen, von einer großen Liebe. Was, wenn er mir nun nicht gefiele? Oder wenn er mich abstoßend fände? Etwas zögernd nur legte ich den roten Schleier schließlich an, und durch ihn sah ich Maurus zum ersten Mal, als wir vor dem Flamen standen und den Opferkuchen darbrachten. Ich war von seinem Anblick nur überrascht, meine Eltern hingegen waren sprachlos vor Wut. Die Zeremonie litt etwas durch ihre zornigen Mienen. Domina, wir erfuhren erst an jenem Tag, dass Maurus der Sohn einer freigelassenen Afrikanerin war, den Crassus mit allen Rechten adoptiert hatte. Seine dunkle Hautfarbe hatte Crassus uns verschwiegen. Dennoch, andere Frauen wären vielleicht entsetzt gewesen – ich war es nicht. In meinen Augen war Maurus ein schöner Mann. Aber … ich war in seinen Augen nichts weiter als ein kleines Mädchen. Er behandelte mich wie ein Kind – freundlich und sanft. Und er war überaus rücksichtsvoll, als wir die Ehe vollziehen mussten. Danach jedoch hat er mein Bett nicht wieder aufgesucht, und ich weinte mich viele Nächte lang in den Schlaf.

Meine Eltern machten es mir auch nicht leichter. Sie beschuldigten Crassus, sie bei dem Handel betrogen zu haben, und mein Vater ließ Maurus nur Verachtung spüren. Ich war froh, als wir in Crassus' Villa zogen, aber Maurus hielt es nicht lange dort. Er ging wieder auf eine weite Reise. Obwohl er nur ein einziges Mal mein Lager aufgesucht hatte, war ich schwanger geworden. Er kam erst zurück, als Maura schon geboren war. Ich glaube, er hat sich gefreut, denn er hat mir eine goldene Kette geschenkt. Dennoch hielt er sich weiterhin von mir fern, bis er eines Nachts nach einem Gelage mit Freunden nach Hause kam. Er war betrunken, und diesmal war er alles andere als rücksichtsvoll. Fünfzehn Monate nach Maura kam Crispus zur Welt, und wieder war Maurus beinahe die ganze Zeit unterwegs gewesen. Er kam nach Hause, als ich in den Wehen lag. Ich fürchte, es hat ihn betroffen gemacht, er stammelte etwas davon, mir nie wieder derartige Schmerzen bereiten zu wollen. Aber auch über seinen Sohn war er recht glücklich und schenkte mir goldene Armreifen. Er blieb diesmal ein halbes Jahr zu Hause, aber dann reiste er nach Germanien, und als er zurückkam, war er nicht mehr derselbe. Er hatte eine böse Verwundung erlitten. Sie waren überfallen worden, und die Räuber hatten ihm nicht nur den Arm gebrochen, sondern auch eine Wunde in der Brust zugefügt, die nicht heilen wollte. Aber es schien mir, als ob noch etwas anderes auf seiner Seele lag, was ihn daran hinderte, wirklich zu genesen. Ich glaube, es hatte etwas mit einer Frau zu tun. Er hat niemals eine Andeutung gemacht – aber, Domina –, so etwas spürt man.«

»Vertrau auf dein Gefühl.«

Rufina nickte, und die Erinnerung tat weh. Dann aber fuhr sie fort: »Er sprach selten mit uns, und nie über seine Reise. Die Einzigen, zu denen er gleichbleibend liebevoll und aufmerksam war, waren die Kinder. Domina, es war eine furchtbare Zeit. Ich wollte ihm so gerne helfen, aber es war, als habe er eine feste Mauer um sich gezogen. Es dauerte viele Monate an, und dann war ich es, die eines Nachts, als er im Schlaf mit den Dämonen rang, zu ihm ging und ihm meine Zärtlichkeit aufdrängte. Ich weiß nicht, warum, aber danach wurde es ein wenig einfacher. Er … es war eine Zeit, in der er mich brauchte. Und ich konnte ihm geben, wonach er verlangte. Im Herbst war er dann wieder geheilt und machte sich auf die Reise nach Hispania.«

»Auf dem Rückweg fand er mich und brachte mich zu euch.« Fulcinia wurde wieder die sanfte Frau mit der leisen Stimme und setzte sich neben Rufina in den anderen Sessel. Sie sah die Jüngere an und fragte: »Aurelia Rufina, ist dir nie der Gedanke gekommen, ein Mann, der derartig oft solche weiten Reisen macht, müsse großen Mut besitzen?«

»Ich muss dir wohl sehr dumm und verblendet vorkommen. Darüber habe ich mir nie Gedanken gemacht. Aber du hast Recht, es erfordert Mut. Und er hat sich auf der Fahrt von Rom hierhin als ausgesprochen fähiger Reiseführer gezeigt.«

»Richtig, er kannte die Routen und die Stationen,

und er wusste wohl auch, welches die sichersten Wege waren. Mir fiel es schon auf, als ich mit ihm reiste, dass er sehr sorgsam vorging.«

»Aber Fulcinia – sein Vater hat ihn immer nur einen Weichling und Verschwender genannt. Seltsam, warum hat er sich nicht gefragt, was sein Sohn wirklich leistet?«

»Sind sie je gemeinsam gereist?«

»Ich weiß es nicht. Nicht in der Zeit, in der ich mit Maurus zusammen war. Crassus überließ die Fahrten in die Provinzen immer seinen Leuten und Maurus.«

»Maurus war immer in Geschäften seines Vaters unterwegs?«

»Ja, aber Crassus war mit seinen Erfolgen nie ganz zufrieden. Er warf ihm vor, die Zeit zu verbummeln. Ich glaube, das hat er auch getan. Er war nicht gerne zu Hause. Ich denke, er hat deswegen oft Umwege genommen oder so. Wie beispielsweise den zu Gallus.«

Fulcinia nickte.

»Stimmt, er ist ja auch von dort nicht direkt nach Ostia heimgereist, sondern hat erst noch die Petronii besucht. Hast du eigentlich seine Freunde kennen gelernt?«

»Ein paar, ja. Ich mochte sie nicht besonders. Sie waren so, wie Crassus ihn immer nannte – eitle, eingebildete Tagediebe, die ihre Zeit in Tavernen und Bordellen verbrachten und häufig mit hohen Einsätzen spielten. Er hat ihnen oft Geld abgewonnen«, fügte sie mit einem traurigen kleinen Lachen hinzu. »Er gab diese Gewinne immer mir.«

»Seltsam, dass er sich mit derartigen Gesellen abgegeben hat. Er schien mir ein ernsthafter Mann zu sein, als ich ihn traf. Aber vielleicht habe ich ihn auch mit meiner Würde erschlagen!«

Ein winziges Lächeln kräuselte die feine Haut um Fulcinias Augen. Rufina sah es und nickte.

»Das könnte tatsächlich möglich sein. Er hatte großen Respekt vor dir.«

»Und was empfand er für dich, Rufina?«

»Er mochte mich wohl, ich war nicht lästig und habe immer getan, was er sich wünschte.« Leise fügte sie hinzu: »Aber meine Liebe hat er nicht erwidert.«

»Liebtest du ihn?«

Rufina legte das Gesicht in die Handflächen.

»Anfangs war es wohl so etwas wie Schwärmerei, dann war es Begehren und schließlich, als er so krank war, wahrscheinlich Mitleid und Sorge. Hier in Germanien, als wir begonnen haben, gemeinsam zu arbeiten, war es Freundschaft. Und jetzt – jetzt ist er nicht mehr da … Und jetzt glaube ich, ich liebe ihn.« Sie rieb sich die trockenen Augen. »Er fehlt mir so, Fulcinia!«

»Ich weiß. Aber es ist nicht gut, seine Seele gefesselt halten zu wollen. Wenn du wirklich seinen Mörder entlarven willst, dann darfst du dich nicht ablenken lassen. Wer immer es war, hat sich mit einem gefährlichen Mann eingelassen. Derjenige kann auch dir gefährlich werden, und darum musst du dich ganz auf dein Tun und Lassen konzentrieren.«

»Wo soll ich nur anfangen …?«

»Indem du herausfindest, mit wem Maurus hier bekannt war. Er muss sich einen Feind gemacht haben, denn an jenen bitterkalten Wintertagen sind bestimmt nicht viele Menschen freiwillig durch die Wälder gewandert. Es muss jemand von seinem Gang zu den Holzschlägern gewusst und ihn verfolgt haben, meinst du nicht auch?«

»Es gibt Germanensiedlungen im Wald.«

»Hatte er Beziehungen zu den Einheimischen?«

Rufina sah plötzlich auf. Sie erinnerte sich an etwas.

»Da gab es diese blonde Frau, Oda. Er hat sie, glaube ich, damals, als wir die Therme übernahmen, ziemlich beleidigt. Sie hätte wohl gerne ein Verhältnis mit ihm angefangen, er hat sie aber zurückgewiesen, in meinem Beisein. Sie scheint mir sehr stolz zu sein. Wer weiß, was für einen Groll sie gegen ihn hegte.«

»Groß genug, um ihn über zwei Jahre später in einer eisigen Nacht im Wald zu ermorden?«

»Vielleicht ist zwischen ihnen noch mehr vorgefallen.«

»Dann solltest du ein Auge auf jene Oda haben. Wer ist sie?«

»Ich weiß nichts von ihr. Oder doch – sie hat sich mit einem reichen Gönner gebrüstet, der ihr Goldschmuck geschenkt hat.«

»Finde den Gönner heraus.«

»Ja, das könnte interessant sein. Zumindest hat Oda wohl Maurus nicht für einen Schwächling gehalten. Eine wie sie sucht sich ebenbürtige Männer.«

»Hat er auch einheimische Männer gekannt?«

»Sicher die, mit denen er Geschäfte machte. Ich werde Silvian – oder noch besser Halvor fragen. Andererseits... andererseits kann sich angeblich niemand von den Holzschlägern und Köhlern daran erinnern, ihn im Wald angetroffen zu haben.«

»Was ist dir eingefallen, Rufina?«

»Wenn er nicht im Wald ermordet worden ist... Man hat ja nur seine Kleider dort gefunden. Er hätte auch in der Stadt getötet und dann hinausgeschafft worden sein können. Den gefälligen Wölfen zum Opfer.«

»Ja, auch so hätte es geschehen können. Also sollten wir auch wissen, wer ihm sonst noch übel gesonnen war. Eine schwierige Aufgabe, Rufina.« Fulcinia starrte nachdenklich in die niedergebrannten Flammen in der Bronzeschale. Nur rote Glut lag noch darin, und geistesabwesend zündete sie zwei weitere Öllampen an. »Ich habe Maurus viel zu verdanken«, murmelte sie. »Ich bin für dich keine Hilfe, wenn ich mich immer nur im Haus verkrieche. Es scheint, ich muss meine Menschenscheu endlich ablegen.«

»Fulcinia, du darfst tun, was du möchtest. Du bist mir schon deswegen eine Hilfe, weil du mir zuhörst.«

Fulcinia aber stand auf und hob den Kopf. Wieder wirkte sie majestätisch. Mit großer Bestimmtheit sagte sie: »Ich habe vor über drei Jahren eine Aufgabe in meinem Leben beendet. Es wird Zeit, mich einer neuen zu stellen!«

In diesem Moment trat eine geradezu unheimliche Stille ein. Es war, als hielte die Welt den Atem an, Bewegungslosigkeit ergriff alles Leben, es verharrte in erwartungsvoller Ruhe auf das, was kommen sollte. Und es kam – das tonlose Brummen, das tiefe, kaum hörbare Vibrieren, der Schauder, der das Blut in den Adern stocken ließ.

Dann folgte das Knirschen und Krachen. Der Lar tanzte in seiner Nische, das Feuer in der Bronzeschale loderte noch einmal auf und die Sessel rutschten gegen die Wand. Rufina hielt sich mit weit aufgerissenen Augen an den Lehnen fest, Fulcinia hingegen stand weiter aufrecht und würdevoll da. Noch während die Erdbebenwellen das Haus erschütterten, begann sie einen wundersamen, laut hallenden Gesang.

Sie hatten die Scherben in der Küche aufgelesen, den verschütteten Brei aufgewischt, die Laren und Penaten wieder an ihre Plätze gestellt und ihnen ein kleines Dankopfer gebracht, weil sie das Haus vor weiteren Schäden beschützt hatten. Crassus war reichlich blass gewesen und hatte mit seltener Inbrunst seine Gebete gesprochen. Crispus hingegen hatte das ganze Gewackel als einen Spaß betrachtet, und Maura war noch immer voll Bewunderung für Fulcinia.

»Mama, sie beherrscht ja wirklich die Zaubergesänge, die Carmen, die die Erde spalten und die Flüsse aufhalten, den Lauf der Gestirne ändern und die Manen aus den Gräbern ziehen.«

»Ja, eure Tante ist eine Frau von vielen Gaben. Nun, aber für heute war das genug Aufregung. Zu Bett jetzt.« Und zu Fulcinia gewandt, erklärte Rufina: »Morgen bleibt die Therme geschlossen. Mich hat neulich schon die Bemerkung von Sabina Gallina in Schrecken versetzt, die sagte, das Hypocaustum in ihrem Haus habe bei den leichten Erdstößen im vergangenen Jahr gelitten. Wir werden in der Frühe eine ausgiebige Inspektion durchführen müssen. Sind unter den Heizern ein paar klein gewachsene Männer? Es ist sehr niedrig unter den Böden.«

»Mama, ich bin ziemlich klein gewachsen!« Crispus glühte vor Begeisterung. »Ich werde ins Hypocaustum kriechen.«

»Oh, nein, mein Junge. Das ist mir viel zu gefährlich. Es könnten sich ein paar Stützen verschoben haben. Die Götter mögen es zwar verhüten, aber es ist durchaus denkbar, dass ein Teil einsturzgefährdet ist.«

»Es gibt zwei, die schon öfter mal den Kontrollgang gemacht haben«, meinte Fulcinia. »Ich glaube auch, es ist besser, wenn sie sich darum kümmern.«

Die beiden schmächtigen Heizer waren bereit, Fulcinias Bitte zu folgen, und krochen, mit Handlampen ausgestattet, zwischen den Ziegelsäulen entlang, die den Fußboden der Therme trugen. Gewöhnlich strömte die heiße Luft des Praefurniums hier hindurch und entwich durch die Röhren in den Wänden nach oben, was eine gleichmäßige Wärme in dem gesamten Bereich erzeugte. Rufina war zunächst eine Weile da geblieben, um sich die Meldungen anzuhören, die die beiden ihnen zuriefen, überließ dann aber Fulcinia die Aufsicht, um sich nach Schäden in den oberen Bereichen umzusehen. Ein besonderes Augenmerk legte sie dabei auf die Säulen vor der Latrine. Und natürlich, hier hatte der Erdstoß mal wieder den größten Schaden angerichtet. Eine der Fliesen, mit denen die Wand verkleidet war, war heruntergefallen und zerborsten, der Gips war aus den Fugen gebrochen, und ein Spalt klaffte am Fuß der Säule, dort, wo sich die Bodenplatten verschoben hatten. Rufina hoffte, schnellstmöglich einen Handwerker finden zu können, der die Reparaturen vornahm. Aber besonders zuversichtlich war sie nicht. Überall würde es derartige Schäden gegeben haben. Der Einzige, der sie vielleicht aus gutem Willen bevorzugt behandelt hätte, Baumeister Silvian, war zu seiner Kanalbaustelle im Wald zurückgekehrt. Aber auch die Wasserleitung mochte durch die Erdstöße in Mitleidenschaft gezogen worden sein, und mit Schrecken stellte sie sich vor, es könnte die nächsten Tage kein frisches Wasser geben. Das wäre fatal, denn gerade jetzt schien sich das Geschäft merklich zu beleben. Sabina Gallinas Besuch hatte das Bad bei den Frauen der besseren Gesellschaft beliebt gemacht, und auch Camilla Donata hatte sich mit ihrem Gefolge wieder eingefunden.

Sie notierte die Schäden auf einem Wachstäfelchen und setzte den Rundgang fort. Viel mehr war nicht geschehen. Cyprianus hatte zwei angeschlagene Amphoren zu beklagen, wischte aber bereits gut gelaunt pfeifend den verschütteten Wein fort.

»Sie waren sowieso fast leer, Patrona. Willst du zur Stärkung einen Becher von meinem leichten Roten?«

»Danke, nein, ich muss mich weiter umsehen. Ich hoffe, wir können morgen den Betrieb wieder aufnehmen.« Der Aufseher Marius hingegen nahm den angebotenen Becher an und schnalzte kennerisch mit der Zunge, nachdem er einen tiefen Schluck genommen hatte.

»Sauf aus!«

»Ja, Patrona.«

Er grinste. Sie sah ihn kopfschüttelnd an und fragte: »Hat man etwas aus dem Wasserkastell gehört? Sind die Leitungen intakt?«

»Im Südviertel, heißt es, fließt das Wasser schon wieder. Ich denke, wir könnten die Ventile an den Kaltwasserbecken vor den Latrinen probeweise mal öffnen. Dann wissen wir mehr.«

Rufina begleitete Marius zu dem Gebäudeteil, in dem sich die Latrinen befanden, und gemeinsam drehten sie an der Bronzearmatur. Das Wasser kam mit einem kräftigen Schwall herausgelaufen und füllte das Kaltbad, das dann sein gebrauchtes Wasser an die Rinne unter den Latrinensitzen direkt in die Abwasserkanäle leitete.

»Na also!«

Marius nickte zufrieden, und auch Rufina fühlte die Anspannung von sich abfallen, als ein stygischer Schrei sie aufschrecken ließ!

»Wasser!«, quiekte es. »Hier kommt Wasser rein!«

»Das ist doch Crispus! Bei den Lemuren, dieser ver-
flixte Junge ist ins Hypocaustum gekrochen!«

Mit wehender Tunika und klappernden Sandalen
schoss Rufina zum Praefurnium.

»Fulcinia!«

»Die Domina ist zum Holzlager gegangen«, beschied sie einer der Heizer.

»Dann müsst ihr mir helfen. Mein Sohn hat sich
hier unten eingeschlichen. Ich habe Angst! Es kann
ihm dort etwas passieren.«

»Beruhige dich, Patrona. Da unten hat es keine
Schäden gegeben. Den Schlingel kriegen wir gleich.
Murinius!«

»Bin schon unterwegs!«

Der von Asche und Ruß verschmierte, schmäch-
tige Mann kroch in erstaunlich schneller Manier in
das Hypocaustum.

»Keine Schäden? Alle Säulen intakt?«

»Die Säulen ja, aber an zwei Stellen gibt es ver-
schobene Bodenplatten. Kein großes Problem, kann
man einfach wieder an ihren Platz rücken und den
gerissenen Estrich ausbessern, Patrona.«

»Richtig, irgendwo hinten an den Latrinen. Es
fließt Wasser von oben hinein.«

»Und neben dem Tepidarium. Aber – keine Sorge,
das richten wir nachher schon. Haben heute ja sowieso nichts anderes zu tun!«

»Da ist der Lausbub. Schwärzer als die Nacht,
Patrona.«

»Mama, sieh mal, was ich gefunden…«

»Crispus!«

»Autsch!«

Rufina war die Hand ausgerutscht, und nun klebte
feuchter Ruß an ihrer Innenfläche.

»Was habe ich dir gesagt, Crispus?«

»Dass ich nicht da unten rein darf. Aber, Mama, ich muss doch wissen, wie die Heizung funktioniert, wenn ich mal die Therme übernehme. Noch bin ich klein genug, um da durchzukriechen.«

»Da hat er Recht, Patrona.«

»Unterstützt ihr ihn nur noch!«

Aber Rufina musste doch schon wieder lächeln. Sie verstand durchaus, welchen geradezu überwältigenden Reiz die Unterwelt des Gebäudes auf einen wissbegierigen Siebenjährigen ausübte.

»Schau mal, das lag da unten!«

Schwarze Fingerabdrücke zierten die weiße Statue, die sie jetzt aus Crispus' Hand entgegennahm. Sie war erstaunlich schwer, schien aber aus Gips zu bestehen und machte, bis auf den feinen, goldenen Ring um seinen Hals, einen etwas schluderig gearbeiteten Eindruck, so als ob die Form, in die sie gegossen worden war, schon recht abgenutzt gewesen sei. Rufina fragte sich, welchen der Götter oder Helden sie wohl darstellen mochte. Sie platzierte die gut eine Handspanne hohe Figur auf einen Holzblock, der den Heizern zum Sitzen diente, und gemeinsam betrachteten sie sie.

»Könnte Merkur sein. Mit dem geflügelten Helm und dem Geldbeutel und so.«

»Ja, aber der Halsreif? Ich habe noch nie einen Merkur mit Weiberschmuck gesehen.«

»Das ist kein Weiberschmuck. Das ist so'n Barbaren-Ring.«

»Dann isses auch kein Merkur.«

»Könnte einer von deinen sein, Goswin. Dieser Spitzbube, der den Zwergen das Halsband geklaut hat.«

»Loki, meinst du? Ich weiß nicht....«

»Sagen wir ganz einfach, es ist ein gallischer Merkur! Die Gallier haben Götter, die unseren ziemlich ähnlich sind«, beendete Rufina die Diskussion und nahm die fragliche Statue an sich. »Ich werde ihm einen ehrenvollen Platz geben. Allerdings wundere ich mich wirklich, wie er unter den Boden geraten ist.«

»Vielleicht ist es ja doch Pluto!«, krähte Crispus dazwischen und bekundete damit, wie gut auch er sich in der Mythologie der Unterwelt auskannte.

11. Kapitel

Umwege

Nein, du hast keinen Namen,
du Sammelbecken hinfälliger Rinnsale ...
OVID, AMORES

Nach dem Erdbeben war er sofort hinausgeritten, um zu prüfen, ob sich Schäden ergeben hatten. Es wäre ein Unglück, wenn es zu Verwerfungen an gewissen Stellen gekommen wäre, denn das bedrohte seine Arbeit und seine Einkommensquelle. Als er am Fuße der Hochleitung angekommen war, sprang er vom Pferd und warf einen kritischen Blick auf das Mauerwerk. Er kannte sich außerordentlich gut aus in den Kanälen. Es war ihm wie ein Geschenk Jupiters erschienen, als er vor einiger Zeit auf die alten, stillgelegten Wasserleitungen stieß. Dort, vor der Stadtmauer, bei dem alten Sammelbecken, verfielen sie langsam, niemand kümmerte sich mehr darum. Schon in jenen ersten Tagen seines Eintreffens hatte er sich mit ihnen befasst, war hineingekrochen, soweit es möglich war, hatte Ausschlüpfe entdeckt und an Stellen, wo die Gewölbe eingebrochen waren, das Geröll eigenhändig entfernt.

Dann hatte er sie in seine Planungen mit einbezogen.

Ebenso wie die Männer, die einen Großteil ihres Lebens im Wald verbrachten. Es war ihm nach einigen anfänglichen Machtkämpfen gelungen, sich ihrer Dienste rückhaltlos zu versichern. Sie sahen ihn nun wirklich als ihren Anführer an und nannten ihn achtungsvoll Meister. Dafür entlohnte er sie großzügig, wenn sie ihre Arbeit gut machten. Er war sich darüber im Klaren, dass sie sich gelegentlich einen kleinen Nebenverdienst in die Taschen steckten, aber darüber sah er meistens hinweg.

Er hatte auch die Sprache der Eingeborenen gelernt und sich Freunde unter ihnen gemacht. Freundschaften, die auf dem Glanz des Goldes beruhten. Seit er über ausreichend geprägte Münzen verfügte, war das alles sehr leicht geworden.

Nun ja, nicht alles. Es gab wahrhaftig einige Leute, die sich nicht damit umwerben ließen. Doch auch da war Geld und Gold nützlich, wenn man andere Wege einschlagen musste, um ihre Gunst zu erringen. Der unersättliche Hunger seiner Geliebten nach Schmuck und schönen Kleidern beispielsweise hatte es ihm leicht gemacht, vier anstellige Männer zu finden, die ihm helfen würden, seinem Ziel näher zu kommen.

Jetzt inspizierte er wieder die Kanäle und war erleichtert darüber, keine Schäden vorzufinden. Ja, er entdeckte sogar den Sack darin, der die Tributzahlungen des vergangenen Monats enthielt. Pünktliche Arbeit hatten seine Leute geleistet. Er zerrte ihn hinter sich hinaus ans Tageslicht. Mit den Händen klopfte er den Staub aus seinen Kleidern, der das Durchkriechen des weitesten Kanals hinterlassen hatte. Er war verdammt eng, und man konnte schon Beklemmungen darin bekommen. Andererseits machte gerade diese Tatsache ihn zu einem sicheren Versteck.

Am Ufer des Baches, der jetzt wieder das Wasser führte, das früher durch die Leitungen in die Stadt geflossen war, setzte er sich nieder und schüttete den

Inhalt des Säckchens aus. Kupfer- und Silbermünzen waren es überwiegend, mit Aurei zahlten nur die wirklich Reichen. Doch auch Goldschmuck schimmerte darunter. Eine schwere Fibel, geformt wie ein Adler mit roten, glitzernden Augen, war bei Weitem das wertvollste Teil. Derartige Pretiosen liebten die barbarischen Germanen, und er wog sie eine Weile in der Hand. Ja, das Stück würde überzeugen.

Ein Beutel mit unbearbeiteten Goldkörnchen war ebenfalls dabei, und mit Bedauern überlegte er, dass er diese wohl zu dem Goldschmied bringen musste, der die Figuren herstellte. Auch einer der Umwege, die nötig waren, um das gesetzte Ziel zu erreichen.

Aber als Erstes wollte er sich jetzt dem kapriziösen Rotschopf annehmen. So gänzlich abgeneigt schien sie ihm nicht, und ihr Entgegenkommen lohnte es zu fördern.

Zumal sie in der letzten Zeit sehr seltsame Fragen zu stellen begonnen hatte.

12. Kapitel

Eine Orgie

Eine Frau, die, obwohl sie ein Geschenk empfing,
die Liebesfreuden verweigert, ist auch fähig,
die niemals schlummernden Flammen
der Vesta auszulöschen.

OVID, ARS AMATORIA

»Du bist eine dumme kleine Ziege, Aurelia Rufina. Der Mann liegt dir förmlich zu Füßen, und du ziehst nur deine kleine, arrogante Nase hoch und lehnst ab.«

»Fulcinius Crassus, wer führt die Therme? Du oder ich?«

Crassus warf sich den mit einer Quaste besetzten Zipfel seiner Toga ungehalten über die Schulter. Er hatte einer Versammlung auf dem Forum beigewohnt und dazu dieses offizielle Gewand angelegt. Bei jener Veranstaltung war er unseligerweise, wie Rufina fand, Lampronius Meles begegnet, der sich bei ihm beklagte, sie habe sein Ansinnen endgültig abgelehnt.

»Ja, ja, du maßt dir an, die Thermen zu führen. Und du hast den Edelschnepfen erlaubt, ihre Floralia hier zu feiern, während die Männer sich im Rhein waschen konnten.«

»Hoffentlich haben sie sich keinen Schnupfen geholt!«

»Du kannst es dir nicht erlauben, sarkastisch zu

sein. Wenn du wirklich etwas vom Geschäft verstehen würdest, hättest du dieses lukrative Angebot nicht ausgeschlagen.«

»Mein lieber Schwiegervater, auch du wirst zugeben, ein Gastmahl unter Frauen läuft nach gesitteteren Formen ab als eine Orgie unter Männern. Ich möchte nicht, dass meine Therme als Ort bacchantischer Saufereien oder wüster Hurerei bekannt wird. Das ist mein Geschäftsprinzip.«

»Lampronius Meles ist ein kultivierter Mann, es wird nicht zu Ausschreitungen kommen.«

»Sicher trägt Meles eine Tünche von Kultur, seinem Klientel und seinen Bekannten mangelt es aber daran.«

»Jupiter fulgur! Wenn sie zu ausgelassen werden, dann lass sie die Schäden bezahlen. Aber sorg endlich dafür, dass wieder Geld in der Kasse klingelt!«

»Sie wollen in die Nacht hinein feiern, Schwiegervater, und das heißt, ich kann auch den folgenden Tag nicht öffnen.«

»Und? Lass sie auch dafür zahlen. So macht man Geschäfte.«

Rufina schwankte. Meles hatte ein generöses Angebot gemacht. Er hatte es auch auf sehr charmante Weise getan. Sie war sicher, er würde sogar mehr zahlen, wenn sie die Schwierigkeiten schilderte, die seine Feier im normalen Betrieb verursachte. Er war ein reicher und großzügiger Mann. Andrerseits wollte sie den Ruf, eine anständige Badeanlage zu führen, nicht ohne Not aufgeben. Mit Gewissheit würde es bei dem Fest nicht beim Essen und Trinken bleiben. Außerdem war es ihr, anders als bei der Feier der Frauen, hier nicht möglich, hin und wieder nach dem Rechten zu sehen. Obwohl...

»Na, gut, Crassus, ich werde es mir noch mal

überlegen. Aber wenn ich zustimme, dann wirst du meine Aufgabe übernehmen und darauf achten, dass es zu keinen Ausschreitungen kommt.«

Crassus grinste sie an.

»Natürlich werde ich das tun, meine Liebe. Ich werde sogar kostenlos für dich arbeiten.«

»Ja, aber nur, weil du kostenlos Meles' Wein saufen kannst.«

»Giftzunge!«

Als Lampronius Meles am kommenden Tag wieder vorsprach, erklärte sich Rufina bereit, ihm die Thermenanlage für seine Veranstaltung zur Verfügung zu stellen, und, wie erwartet, war er auch bereit, den Verdienstausfall am Folgetag und alle eventuell auftretenden Schäden zu bezahlen.

Mit einer gewissen Genugtuung machte Rufina am Abend Kassensturz und fand nun schon nach einem Drittel des Monats Mai einen Überschuss vor. Sie legte die nötigen Münzen für den Pachteintreiber beiseite und achtete darauf, diesmal wenigstens einige größere Geldstücke dafür zu wählen. Die Löhne würde sie diesmal pünktlich zahlen können, und sie rechnete für Paula ein kleines Extra hinzu.

Doch das Unbehagen bezüglich des Festmahls legte sich nicht – und ihr Gefühl sollte sich bestätigen.

Zwar fing es am späten Nachmittag recht friedlich an. Köche und Bäcker brachten Körbe voll Speisen herbei, die im zum Triklinium umgestalteten Ruheraum aufgetischt werden sollten, Cyprianus hatte mehrere Fässer ausgezeichneten Importwein auf den Gestellen hinter seiner Theke aufgebaut und füllte ihn in zweihenklige Krater ab, um ihn darin mit Kräutern und Honig zu mischen. Die Blumenfrau hatte Efeukränze geflochten, die aufgesetzt die Kopfschmerzen in Folge der Trunkenheit verhindern sollten, Musikanten hatten sich eingefunden und stimmten ihre Instrumente, und zwei von Meles' Sklaven schoben die Liegebänke um die rechteckigen Tische. Die Gäste, in legerer Tunika und Sandalen, trafen nach und nach ein. Einige sah Rufina zum ersten Mal in dieser Therme, andere kannte sie, so etwa den Duumvir Sidonius mit einigen seiner Freunde. Rufina begrüßte sie in der Eingangshalle, und Crassus, durchdrungen von seiner Wichtigkeit, führte die Gäste durch die Räumlichkeiten. Später zog sie sich dann zurück und beobachtete das Treiben nur noch von dem Fenster im oberen Stockwerk ihres Wohntraktes aus. Viel sehen konnte sie nicht, doch der Lärm war letztlich ein ausreichender Maßstab für Erfolg und Werdegang der Feier. Er schwoll mit zunehmender Stunde an. Vor allem mischten sich unter die tiefen Stimmen der Männer mehr und mehr Frauenstimmen, was ihre Befürchtung bestätigte, Meles habe die Freudenmädchen kommen lassen. Da Crassus sich seit dem Nachmittag nicht mehr hatte blicken lassen, nahm sie an, er gab sich, statt auf Ordnung und Mäßigkeit zu achten, mit großem Vergnügen der Ausschweifung hin.

Wie Recht sie mit dieser Vermutung hatte, zeigte sich am nächsten Morgen. Sie war früh aufgestanden und begann ihre Inspektionsrunde, bevor Diener und Heizer mit ihren Arbeiten begannen. Es sah entsetzlich aus! In den Becken schwammen die Reste der Mahlzeit, zerrissene Kleidungsstücke lagen in den Ecken, es roch nach vergossenem Wein und Urin, ein halb nacktes Mädchen mit einem verschmierten Gesicht und wirren Haaren hatte sich auf den klebrigen Polstern einer Kline zusammengerollt und schnarchte leise. Eine zerbrochene Lyra kündete von wüsten Liedern, zerbrochene Becher von derben

Tischsitten, zerbrochene Fensterscheiben von trunkener Unbeherrschtheit.

Crassus lag auf dem halb heruntergerissenen Vorhang vor der Latrine, seine Tunika war unzüchtig weit hochgeschoben, und über seinem Ohr hing schief ein Efeukranz. Rufina stieß ihm die Fußspitze in die Seite.

»Steh auf, ehrenwerter Schwiegervater! Die Orgie ist zu Ende, der Arbeitstag hat begonnen.«

»Hä?« Seine Augen waren gerötet, und mit einer fassungslosen Handbewegung berührte er seine Stirn. Ein qualvolles Stöhnen entrang sich ihm.

»Tja, die Wirkung von Efeukränzen wird offensichtlich weit überschätzt, mein Lieber. Aber das geschieht dir nur recht. Glaub nicht, ich würde dir einen Aufguss gegen Kopfschmerzen zubereiten. Und jetzt heb deinen Hintern hoch und geh in dein Bett. Ich gebe dir heute auf Grund deiner vorzüglichen Leistungen am gestrigen Tag frei.«

»Vipernzunge!«, knurrte Crassus leise, und Rufina fuhr ihn mit äußerster Lautstärke an: »Und wag es nicht, mir heute noch einmal unter die Augen zu kommen!«

»Nicht so laut ... Ohhhh!«

Ihr Schwiegervater erhob sich mühsam und schlich über den Hof zum Wohnhaus. Rufina rüttelte auch die kleine Hure wach, die ohne Murren sofort verschwand.

»Reichlich Arbeit für alle«, sagte Fulcinia, die ebenfalls ihre Runde machte. Sie hatte die Truppe der Heizer mitgebracht und wies sie auf ihre stille Art an, die gröbste Unordnung zu beseitigen.

Am Nachmittag war die Therme weitgehend in einem ordentlichen Zustand, doch die Becken hatten sie nicht gefüllt. Lampronius Meles sprach vor, und

Rufina empfing ihn in ihren Wohnräumen. Einer seiner Sklaven begleitete ihn und hielt sich stumm im Hintergrund.

»Meinen Gästen hat es ausgezeichnet in deinem Bad gefallen, Aurelia Rufina. Ich hoffe, wir haben dir nicht zu viele Ungelegenheiten bereitet.«

Er sah weder so übernächtigt aus wie Crassus, noch schien er an ähnlich bohrenden Kopfschmerzen zu leiden. Genau genommen sah er frisch und ausgeruht aus und machte einen gepflegten Eindruck. Seine dunklen Augen hatten das Lächeln aufgenommen, das seinen Mund umspielte, als er auf Rufinas einladende Geste Platz nahm. Doch ihre Reaktion war kühl und zurückhaltend. Eine Wachstafel lag vor ihr auf dem Tisch, und sie antwortete mit nüchterner Stimme: »Ich habe die – Ungelegenheiten – aufgelistet, Lampronius Meles, und die Kosten berechnet, die notwendig sind, um sie zu beheben.«

»So streng mit mir, Patrona?«

»Wir hatten eine Vereinbarung, erinnerst du dich?«

»Aber natürlich. Glaubst du, ich wollte mich darum drücken? Gib mir die Aufstellung.«

Sie reichte ihm das Täfelchen, er warf einen beiläufigen Blick auf den Endbetrag, nickte und übergab es dem Sklaven mit den Worten: »Regle das.«

Der Sklave griff zum Geldbeutel an seinem Gürtel und zahlte Rufina die gewünschte Summe aus. Ihr Besucher hingegen betrachtete sie mit Wohlwollen.

»Du wärst eine Zierde meiner Feier gewesen, schöne Rufina.«

»Fulcinius Crassus zierte deine Feier ausreichend, möchte ich meinen.«

»Oh ja, das tat er natürlich. Dein trefflicher Schwiegervater spielt gerne den Possenreißer. Er hat uns mit seinen Geschichten auf das Amüsanteste unterhalten. Richte ihm meine Grüße aus.«

»Er hat sich auf deine Kosten ebenfalls unterhalten und liegt jammernd mit einem dicken Kopf zu Bett.«

Leise lachte Meles auf.

»Spring nicht zu hart mit ihm um, Aurelia Rufina. Er ist ein beklagenswerter Mann, dem ein wenig Spaß vergönnt sein sollte.«

»Ja, im Klagen ist er großartig, ich weiß.«

»Jeder Mann, der keinen Sohn mehr hat, ist beklagenswert. Selbst ein Mann, der einen Faulpelz zum Erben hatte.«

»Maurus war nicht nur sein Sohn, sondern auch mein Gatte. Mäßige also bitte deine Worte, Lampronius Meles.«

»Verzeih, Aurelia Rufina. Ich wollte nicht an deinem Kummer rühren.« Er stand auf und trat dicht neben sie. »Trägst du denn noch Trauer um deinen dunklen Gemahl, Rufina? Mag es wohl sein, dass diese kleine Gabe deinen Verlust ein wenig mildert?«

Rufina spürte, wie er etwas Kühles um ihren Hals legte und dabei zärtlich ihren Nacken streichelte.

»Was tust du da, Lampronius Meles?«

»Der Liebreiz einer Frau wie der deine kann nur durch reines Gold noch erhöht werden. Ein kleines Geschmeide, Rufina. Als Zeichen meiner Wertschätzung.«

Sie griff in den Nacken und löste den Haken aus der Öse. Schwer glitt die Kette in ihre Hand.

»Ich werde es nicht annehmen, Lampronius Meles.«

»Doch, meine Schöne. Es ist wie für dich geschaffen«, flüsterte er in ihr Haar. »In deinen Locken gibt es goldene Lichter.«

»Bitte …«

Er strich ihr zärtlich mit dem Zeigefinger über die Wange.

»Zart wie Seide ist deine Haut, Rufina. Du solltest in seidenen Gewändern gehen und Gold soll deine Glieder schmücken. Ich wäre nur zu gerne bereit, dafür zu sorgen.«

Seine Stimme an ihrem Ohr war sanft und samtig geworden, und ein kleiner Schauer durchlief Rufina. Aber dann gab sie sich einen Ruck und richtete sich auf.

»Tut mir Leid, Lampronius Meles. Ich habe hier meine Aufgabe.«

»Ich kann warten, bis du deine Meinung änderst. Ich werde bald wieder vorbeikommen.«

»Verstehst du nicht – auch wenn ich diese Therme alleine führe, bin ich doch nicht für jedermann zu haben.«

»Aber du verstehst mich vollkommen falsch, Aurelia Rufina. Ich suche eine Herrin für mein Haus.«

»Du schmeichelst mir, doch auch das möchte ich nicht. Bitte lass uns nicht mehr darüber sprechen, Lampronius Meles.«

»Ich gehorche deinen Wünschen natürlich. Für eine Weile. Leb wohl, Aurelia Rufina.«

Er verließ sie, seinen stummen Sklaven im Gefolge, und Rufina setzte sich mit einem Seufzen nieder. Vor ihr auf dem Tisch lagen die Münzen und das schwere Goldhalsband, das sie ihm nun doch nicht zurückgegeben hatte. Es war eine gallische Arbeit, wie es schien, gepunztes Goldblech in sich miteinander verwindenden Ranken und Spiralen. Auf seine ungewöhnliche Art erschien es ihr anmutig und elegant. Sie ließ es durch die Finger gleiten. Meles bemühte sich um sie. Sie hatte schon mehrmals bemerkt, dass er sie begehrend anschaute, wann immer sie in seine Nähe kam. Auf der einen Seite, das gestand sie sich zu, war sie wirklich geschmeichelt. Er hatte unleugbar eine gewisse Anziehungskraft – sie selbst wusste nur zu gut, dass sie gerade dadurch angefangen hatte, sich wieder nach Zärtlichkeit zu sehnen. Andererseits störte sie aber die Selbstverständlichkeit, mit der Meles annahm, sie würde ihm entgegenkommen.

Sie legte die Kette zur Seite, zählte die Münzen und stand dann auf, um das Abendessen einzunehmen.

Vier Tage später summte die Therme von Frauenstimmen, als Rufina morgens durch die Räume ging. Erla, die ihren Stand gegenüber dem Salbraum mit Erfolg betrieb, nickte ihr freundlich zu und bot ihr ein Schälchen Honigpastillen an. Rufina nahm eine und betrachtete dann neugierig die roten, dunkelbraunen und weißen Kugeln, die sie in Holzschalen zu kleinen Pyramiden aufgeschichtet hatte.

»Was ist das hier? Auch eine Leckerei?«

»Oh, nein. Das sind Seifenkugeln, die ich hergestellt habe. Nach dem Rezept meiner Mutter. Sie eignen sich gut zum Haarewaschen, Patrona. Diese roten enthalten Henna und würden deine Haare in Feuer aufglühen lassen. Die Weißen verwenden jene, die blondes Haar haben, um es noch heller zu machen, und die dunklen hier sind mit Walnussextrakt versetzt, der die weißen und grauen Haare wieder schwarz macht.«

Rufina lauschte mit Interesse, aber sie stellte Erlas verhärmtes Aussehen an diesem Morgen fest.

»Du siehst müde aus, Erla. Ich hoffe, du wirst nicht noch krank.«

»Nein, nein, es geht schon. Nur eine schlechte

Nacht, Patrona. Meiner Tochter geht es jedoch nicht gut. Sie hat sich zu elend gefühlt, um zur Arbeit erscheinen zu können.«

»Mach dir keine Sorgen, Erla. Es wird auch mal einen Tag ohne Mona gehen. Ich werde mich selbst um Sabina Gallina kümmern.«

Die Gattin des Statthalters war inzwischen zum Stammgast geworden, und Rufina erkannte in ihrem Umkreis auch die junge Valeria Gratia und die silberblonde Oda. Die Tochter des Stadtrates ließ sich im warmen Wasser des Beckens treiben, der Germanin bürstete eine Dienerin die Haare aus, während Sabina noch unschlüssig am Beckenrand stand. Rufina wusste inzwischen, wie gerne sie an ihren Gewohnheiten festhielt, und dazu gehörte, dass sie sich, bevor sie das Caldarium nutzte, regelmäßig massieren ließ. Jede Abweichung vom geregelten Ablauf machte die Gattin des Statthalters unsicher. Darum winkte sie Rufina freudig zu, was wegen der Tücher, die sie um sich drapiert hatte, aussah, als ob ein junges Vögelchen mit den Flügeln schlug.

»Wie schön, dass du vorbeikommst, Rufina! Bitte, bitte kümmere dich um mich, ich hörte eben, deine Masseurin sei erkrankt.«

»Ich erfuhr es eben erst, Sabina. Natürlich werde ich für sie einspringen.«

»Schön, schön, Rufina«, zwitscherte sie, scheuchte ihre Dienerin fort und flatterte in den Salbraum voran. Dort streifte sie die Tücher ab und bettete sich gemütlich auf eine Liege. Die meisten Frauen waren auf ihrem Badrundgang schon bis zum Schwitzraum vorgedrungen, und so waren sie alleine im Tepidarium. Rufina nahm ein Tiegelchen mit duftender Salbe und verteilte sie auf dem Rücken der molligen Frau. Mit gleichmäßigen, sanften, aber dennoch festen Be-

wegungen massierte sie ihr Nacken und Schultern,
während Sabina genussvoll die Augen schloss.

Und dann war da plötzlich ein kühler Luftzug –
ein jäher Schmerz, Funken vor den Augen – und dann
Dunkelheit.

13. Kapitel

Böses Erwachen

Du hast freilich kein Recht,
ein frei geborenes Mädchen unter Verschluss zu halten;
diese Furcht möge auf Völker fremder Herkunft
beschränkt sein.

OVID, AMORES

Rufina wachte auf und fühlte sich entsetzlich. Es dauerte einige Zeit, bis sie die Gründe dafür herausfand. Das eine war ein schmerzender Kopf, das andere ein Knebel in ihrem Mund, ein scheußlicher, rauer Stofffetzen. Dann drückten sie kratzige Seile, die ihre Füße zusammengebunden hielten, und auch ihre Hände, stellte sie fest, waren gefesselt. Zu allem Überfluss lag sie auch ungemütlich zusammengerollt in einem schwankenden Korb, der mit einer Lage Stroh ausgelegt war. Sie schloss wieder die Lider, denn jede Bewegung verursachte ihr Übelkeit und Flimmern vor den Augen. Doch nach und nach gelang es ihr, das Unwohlsein zu besiegen, und sie fing an, sich in der ungewohnten Situation zu orientieren.

Ich muss einen Schlag auf den Kopf bekommen haben, überlegte sie. Das Letzte, woran sie sich erinnerte, war der Salbraum. Den hatte sie auf jeden Fall unfreiwillig verlassen, denn als sie sich bemühte, durch das grobe Flechtwerk hindurchzuspähen, erkannte sie grüne Blätter, die vorbeizogen. Sie lauschte auch intensiv und nahm Vogelstimmen wahr. Dazu regelmäßige Schritte und gelegentlich ein lei-

165

ses Schnaufen. Vorsichtig bewegte sie sich etwas und fand eine Stelle, von wo aus sie den in braunes Tuch gehüllten Rücken eines Mannes erkennen konnte. Auf der anderen Seite gab es ein ledernes Wams, das eine kräftige Brust bedeckte. Daraus schloss sie, der Korb müsse an zwei Stangen hängen, die die beiden Männer geschultert hatten. Das war eine gängige Methode, um Jagdbeute und schwere Lasten zu transportieren.

Dutzende von Gedanken gingen Rufina durch den schmerzenden Kopf, keiner davon war sonderlich klar. Sie hatten wohl die Stadt verlassen. Aber es war noch heller Tag, die Sonne schien hoch zu stehen. Sehr lange konnte sie nicht ohne Besinnung gewesen sein. Eine Weile ließ sie sich schaukeln und bemühte sich, weiter nachzudenken. Ob Meles sie hatte entführen lassen, um sie auf sein Landgut zu bringen? Er hatte am Tag zuvor noch einmal seine Werbung vorgebracht, und sie hatte unmissverständlich abgelehnt. Irgendwie erschien ihr diese Idee absurd. Er war mit Sicherheit nicht in heißer Liebe zu ihr entbrannt, dazu hatte er zu sehr den Ruf, ein Lebemann zu sein. Es gefiel ihm womöglich, jetzt, da er über eine Villa vor der Stadt verfügte, sie dort als fähige Herrin zu sehen. Denn dass sie ein großes Haus führen konnte, hatte sie mit der Therme ja bewiesen. Aber das rechtfertigte gewiss nicht den Aufwand, sie mit Gewalt dorthin schleppen zu lassen. Ein paar andere wirre Ideen lohnten nicht der Verfolgung, aber dann plötzlich kam Rufina ein furchtbarer Gedanke. Er war grauenhaft, und es fröstelte sie plötzlich. Mit einem Stöhnen versuchte sie, tiefer in das Stroh zu sinken.

Sie hatten sie gewarnt! Alle hatten sie gewarnt. Aber sie hatte nicht darauf gehört.

Diese Entführung – sie musste irgendwie im Zusammenhang mit Maurus' Verschwinden stehen.
Wer immer für seinen Tod verantwortlich war, hatte
inzwischen gemerkt, dass sie an der Geschichte mit
den Wölfen zu zweifeln begonnen hatte.

Entsetzen würgte sie. Sie hatte Fragen gestellt. Jemandem war das zu Ohren gekommen, und dieser
jemand wollte sie daran hindern, weitere Fragen zu
stellen.

Mühsam versuchte sie zu sortieren, mit wem sie in
den letzten Tagen gesprochen hatte. Da war zuerst
Eghild, die Ausbilderin im Gymnasium. Die Germanin, die vormittags in der Therme die Frauen zu Lei-
besertüchtigungen anhielt und mit ihr gelegentlich
Ringen und Kämpfen übte, lebte vor der Stadtmauer, wo sie ihrem Bruder, einem Seilmacher, das Haus
führte. Rufina hatte sie nach der blonden Oda gefragt. Eghild kannte sie nur vom Sehen. Sie sei nicht
von ihrer Sippe, meinte sie, und bezeichnete sie dann
verächtlich als Römerliebchen. Aber sie war bereit,
bei ihren eigenen Leuten Erkundigungen über sie
einzuholen. Maurus hatte gelegentlich bei ihnen vor-
beigeschaut, um Seile und Schnüre zu kaufen, und
immer pünktlich und ohne zu handeln bezahlt. Soweit sie wusste, hatte er sich bei den Handwerkern
vor der Stadt keine Feinde gemacht, sondern war im
Gegenteil immer freundlich aufgenommen worden,
weil er ein umgänglicher Mann war. Aber auch da
wollte sie sich umhören.

Seit jenem Tag hatte Rufina Eghild aber nicht mehr
gesprochen. Unter Umständen hatten aber deren
Fragen etwas aufgerührt.

Des Weiteren hatte sie mit Cyprianus gesprochen.
Der Weinhändler hatte schon in der Therme seinen
Stand gepachtet, bevor Maurus sie übernahm, und

kannte die Kundschaft besser als jeder andere. Er hatte sie nachdenklich angesehen und in seiner liebenswürdigen Art gemeint, sie solle sich keine Sorgen machen. Aber sie hatte weiter insistiert und auch ihn gefragt, ob er jemanden wüsste, der Maurus hätte schaden wollen.

»Er war zu jedermann freundlich, Patrona. Warum sollte jemand einem Thermenpächter schaden wollen. Es war ein Unfall, bedauerlich zwar, sehr bedauerlich, und ein großer Verlust für dich, Aurelia Rufina. Aber Fulcinius Maurus hatte keine Feinde.«

»Hat sich vielleicht jemand an seiner Hautfarbe gestört? Cyprianus, es gibt Menschen, die einen Hass auf solche entwickeln, die anders sind als sie. Maura und Crispus haben das auch schon zu spüren bekommen.«

»Das ist wahr, und es ist schrecklich. Aber ich wüsste niemanden von denen, die hier ein und aus gehen, der sich so unkultiviert verhalten würde.«

Sie war bei Cyprianus nicht weitergekommen, doch irgendwie hatte sie den Eindruck, er verschwieg ihr etwas, denn gegen seine sonstige offene Art hatte er während des ganzen Gesprächs höchst sorgfältig seine Becher poliert und ihr nicht in die Augen gesehen. Was wusste der Weinhändler? Mit wem hatte er über ihren Verdacht gesprochen?

Sie hatte danach Nasus, den Badaufseher, befragt. Auch er war vom ersten Tag an in der Therme beschäftigt und kannte die Kundschaft. Er wusste vor allem, mit wem Maurus sich angefreundet hatte.

»Ja, Patrona, es gab einige, mit denen ist er abends noch in die Tavernen gegangen.«

Er nannte ihr etliche Namen, aber die jungen Männer waren ihr bekannt. Es war genau die Art von Bekanntschaften, die auch in Rom zu seinen bevorzugten Freunden gehört hatte und die Crassus als Müßiggänger und Tagediebe bezeichnete. Rufina fragte Nasus, ob er etwas von einem Streit zwischen ihnen bemerkt hätte, aber auch hier bekam sie nur die Auskunft, Maurus sei allseits beliebt gewesen und hatte in seiner einnehmenden Art eher dafür gesorgt, keinen Streit aufkommen zu lassen.

»Manchmal haben sie ihn übel gefoppt, Patrona. Ich habe mich oft gewundert, wie langmütig der Patron war. Aber ihm ernstlich schaden wollten sie nicht. Sie hielten ihn, glaube ich, für einen gutmütigen Tölpel. Aber, Patrona, das war er nicht.«

»Nein, das war er nicht.«

Nasus hatte sie mitleidig angesehen, und auch er hatte ihr geraten, sich mit dem abzufinden, was ihr offiziell berichtet worden war.

»Gerade läuft der Laden hier wieder richtig an, Patrona. Es wäre jetzt nicht gut, zu viele Erkundigungen einzuziehen.«

Hatte Nasus einen jener Tagediebe gewarnt, weil ihre störrische Miene gezeigt hatte, wie unzufrieden sie mit dieser Antwort war?

Zu gerne hätte sie auch von Halvor Erkundigungen eingezogen oder von den Männern im Wasserkastell. Aber Halvor war im Wald verschwunden und ging seinen eigenen Beschäftigungen nach. Den Aquarius und seine Leute hingegen wollte sie nicht ohne Beisein von Silvian befragen. Und mit Sabina Gallina wollte sie eigentlich noch einmal über Oda sprechen, denn die Germanin war schon zweimal in ihrer Gesellschaft erschienen. Aber an dieser Unterhaltung war sie ja nun gehindert worden.

Mit Bangen fragte sie sich, wer die Männer waren, die sie hier verschleppten. Irgendwann würden sie wohl eine Rast machen müssen. Rufina spähte noch einmal zwischen den Weidenzweigen hindurch und sah den Weg nun durch die Felder führen. Der Korb schwankte gleichmäßig im Schritt der Träger, und mit einem Mal hatte sie eine Idee, wie sie sie zum Anhalten bringen konnte. Mit ihrer ganzen Körperkraft begann sie, sich in das Schaukeln hineinzulegen, wodurch der Korb immer heftiger anfing, an den Tragstangen zu schwingen. Das musste den Männern auf den Schultern unangenehm werden, und richtig, schon nach wenigen Schritten wurde der Korb abgesetzt.

»Aufhören, Kleine, sonst dich fester schnüren!«, sagte eine tiefe Stimme, in der ein amüsiertes Lachen mitschwang. Es war ein fehlerhaftes Latein, das der Mann sprach, und sein Akzent verriet den Germanen.

Rufina hatte zumindest diese eine Antwort erhalten. Fortan hielt sie sich ruhig und versuchte, so gut wie möglich herauszufinden, wohin sie gebracht wurde. Das war nicht einfach, denn sie war nicht oft außerhalb der Stadtmauern gewesen. Nur etwa ein halb Dutzend Mal vielleicht, zusammen mit Maurus, wenn er die Holzschläger aufgesucht hatte oder die Ziegelbrenner und Glasbläser vor den Mauern. Einmal hatte er sie und die Kinder auch mitgenommen, um ihnen den Wasserkanal zu zeigen, der über das großartige Aquädukt in die Stadt führte. Aber es waren immer nur kurze Ausflüge gewesen. Immerhin schienen sie nun die Felder verlassen zu haben. Die Gangart der beiden Träger wurde langsamer, der Korb schwankte stärker, der Weg war uneben geworden. Außerdem raschelte es mehr und mehr, belaubte Zweige streiften das Flechtwerk, und es wurde schattiger um sie herum. Tiefer und tiefer wurde sie in den Wald hineingetragen, und jede Hoffnung, alleine zurückzufinden, verließ Rufina. In stiller Verzweiflung legte sie den Kopf auf ihre gefesselten Hände, und ihre Gedanken wanderten zu ihrem Mann.

»Warum tut man uns das an, Maurus? Was ist in deiner Vergangenheit passiert? Wessen unversöhnlichen Hass hast du auf dich gezogen? Ach, Maurus, du wanderst bei den Schatten. Warum kannst du mir keine Antwort mehr geben?«

Es wurde kühler und dunkler, und endlich wurde der Korb abgesetzt. Jemand nestelte an den Lederriemen, die den Deckel befestigt hatten, und nahm ihn ab. Rufina hob ihr tränenverschmiertes Gesicht und blinzelte. Eine halbdunkle Hütte, zwei bärtige Gesichter, die sie – nicht unfreundlich – betrachteten.

»Komm raus!«, forderte sie der eine auf, und sie erkannte die Stimme wieder, die schon einmal zuvor mit ihr gesprochen hatte. Sie hätte ihm gerne Folge geleistet, doch ihre Glieder waren verkrampft, es war ihr nicht möglich, sich zu rühren. Der Mann machte eine Bemerkung in seiner Sprache, und der andere gab einen zustimmenden Laut von sich. Ein scharfer Dolch befand sich plötzlich in seiner Hand und näherte sich ihr. Verschreckt zuckte sie zurück, aber der Germane schüttelte den Kopf und deutete auf ihren Mund.

»Nicht schreien. Wegmachen!«

Rufina zitterte zwar noch, deutete aber die Geste und die Worte so, dass er sie wohl von dem Knebel befreien wollte. Es wurde dann auch das Stück Stoff hinten an ihrem Hals durchgeschnitten. Sie war sich völlig darüber im Klaren, es würde ihr niemand, selbst wenn sie mit ihrem ausgetrockneten Mund hätte schreien können, zu Hilfe eilen. Also schluckte sie nur dankbar und holte tief Luft. Der bärtige

Riese griff dann in den Korb und hob sie mit einem Schwung hinaus.

»Eine Kleine! So leicht!«

Er wollte sie auf die Beine stellen, aber ihr knickten die Knie ein, und sie landete auf dem Boden zu seinen Füßen. Wieder hob er sie auf und setzte sie vorsichtig auf eine Bank an der Wand. Dort entfernte er auch die anderen Fesseln an den Gelenken.

»Wasser!«, stieß Rufina heiser hervor.

Er nickte und füllte einen Becher aus einem Krug. Es war kein Wasser, sondern ein süßlich schmeckendes Getränk, fremd, aber durchaus würzig.

»Met!«, erklärte der Mann.

»Wer seid ihr?« Rufina hatte endlich die Gewalt über ihre Zunge wiedererlangt. »Warum habt ihr mich entführt? Was wollt ihr von mir?«

Der Germane schüttelte nur wieder den Kopf und wies auf die beiden Männer, die nun einen weiteren Korb hineintrugen. Aus ihm wurde ein in einen dunklen, haarigen Umhang gewickeltes Bündel gehoben und auf den Boden gelegt.

»Sabina Gallina!«, stieß Rufina fassungslos aus. »Habt ihr sie umgebracht?«

Sie wollte aufspringen, fiel aber der Länge nach hin und landete mit dem Kinn auf Sabinas weichem Busen. Zumindest gab ihr das die Gewissheit, dass die Gattin des Statthalters noch lebte, denn sie fühlte einen regelmäßigen Herzschlag und den flachen Atem der Bewusstlosen.

Einer der Männer schleppte Strohsäcke und Decken in die kahle Hütte, half Rufina aufzustehen und legte Sabina auf die Polster. Ein anderer brachte Brot und Fleisch und einen weiteren Krug Met. Außerdem ließen sie einige Kleidungsstücke auf die Bank fallen. Dann verließen sie wortlos die Hütte, schlossen die Tür hinter sich und legten einen Riegel vor.

»Sabina!«

Rufina ruckte leicht an ihrer Begleiterin.

»Mh …«

»Sabina, wach auf. Wir müssen reden.«

Sie gab einen Jammerlaut von sich und stöhnte dann leise: »Mir tut alles weh!«

»Mir tut auch alles Mögliche weh, Sabina. Komm trotzdem zu dir. Ich weiß nicht, wie lange sie uns alleine lassen. Wir müssen reden.«

Sabina sah sich mit steigendem Entsetzen um.

»Du? Warum hast du das getan? Wo sind wir? Was ist geschehen?« Ihre Stimme überschlug sich, und sie wollte mit den gefesselten Händen auf Rufina losgehen. Rufina wehrte sie vorsichtig ab und redete mit beruhigender Stimme auf sie ein.

»Ich habe gar nichts getan, Sabina. Ich bin genauso unfreiwillig hier wie du auch. Wir befinden uns irgendwo in den germanischen Wäldern. Das ist alles, was ich herausgefunden habe. Man hat uns entführt. Ich weiß nicht, warum, Sabina.«

»Entführt? Entführt???«

Sabina begann hysterisch zu schluchzen. Rufina aber war trotz der prekären Lage, in der sie sich befanden, ein kleiner Stein vom Herzen gefallen. Sie war nicht alleine verschleppt worden, und wenn auch Sabina Gallina nur eine zusätzliche Belastung bedeutete, so war es wohl sehr viel wahrscheinlicher, dass die Gattin des Statthalters das eigentliche Opfer der Entführung war und sie selbst nur die zufällige Draufgabe. Maenius Claudus war ein mächtiger und einflussreicher Mann. Eine Lösegeldforderung mochte hinter dem ganzen Streich liegen. Das bedeutete für sie, zunächst einmal in Sicherheit zu sein.

»Ist ja gut, Sabina, ist ja gut. Es ist nicht so schlimm, wie es sein könnte. Beruhige dich doch!« Es kostete Rufina eine ganze Weile, bis sie die Aufgelöste so weit hatte, ihr die Situation erklären zu können. Erschöpft lehnte Sabina an der Wand und flüsterte einigermaßen gefasst: »Ja, Claudus wird uns freikaufen.«

»Ich denke auch, entweder das, oder er wird uns befreien. Komm, wir wollen essen und trinken, damit wir bei Kräften bleiben.«

»Ich kann nicht!«

»Du musst! Aber zuerst werden wir versuchen, dich von diesen Fesseln zu befreien. Komm, reich mir deine Hände.«

Sie brauchte eine geraume Zeit, um die Knoten an den Handgelenken zu lösen und die Fußfesseln abzustreifen. Dann half Rufina Sabina, die nur in den Umhang gehüllt war, das grobe Leinenhemd anzuziehen und die ledernen Bundschuhe über die Füße zu streifen. Sie selbst tastete ihren Kopf ab und fand eine Beule als Quelle ihrer Schmerzen. Mit den Fingern entwirrte sie ihre zerzausten Haare und band sie mit den darin verbliebenen Bändern zu zwei Zöpfen zusammen.

»Mir hat man einen Schlag auf den Kopf gegeben. Ich habe eine Beule über der Schläfe. Du scheinst irgendwie anders betäubt worden zu sein. Kannst du dich an irgendetwas erinnern, Sabina Gallina?«

»Nein, du massiertest mir die Schultern und den Nacken. Schön fest und angenehm, und plötzlich war alles dunkel. Erst dachte ich, ich sei eingeschlafen, aber dann steckte ich plötzlich in diesem entsetzlichen Korb! Oh, Rufina, ich fühlte mich so elend. Und ich dachte, du hättest das eingefädelt.«

»Das kann ich dir nicht verdenken. Es hat dich

jemand bewusstlos gemacht, der die empfindlichen Stellen am Hals kennt. Wenn man dort mit der richtigen Kraft zudrückt, schwinden die Sinne für eine gewisse Zeit. Wenn man zu heftig drückt – nun, dann ist es vorbei. Es scheint, derjenige, der uns wehrlos gemacht hat, wusste sehr genau, was er tat.«

»Wer, Rufina?«

»Wenn ich nur eine Idee hätte! Sag, hat sich dein Gemahl irgendwie mit den Einheimischen angelegt? Hast du etwas dieser Art mitbekommen?«

»Claudus spricht mit mir nicht über seine Geschäfte. Er will nicht, dass ich mir Gedanken darüber mache.«

»Ah ja. Nun komm, essen wir, was man uns gebracht hat. Es schmeckt so schlecht nicht, und diesen Met kann man auch trinken.«

»Iss du, ich kann nicht, Rufina.«

»Du musst. Es hilft wenig, wenn du vor Schwäche umfällst.«

Es gelang Rufina, sie zu überreden, wenigstens einige Bissen zu sich zu nehmen. Sabina pickte wie ein Vögelchen an ihren Brotkrumen und würzte das trockene Gebäck mit gelegentlichen Schluchzern. Rufina hingegen zwang sich, so viel zu essen, wie ihr möglich war. Vage war ihr der Gedanke an eine mögliche Flucht gekommen. Wenn nicht sie selbst die Hauptperson war, die man entführen wollte, dann würde die Bewachung vielleicht nicht so streng sein. Es war schon ein gutes Zeichen, dass sie sich in der Hütte frei bewegen konnten. Sie sah sich intensiv um, doch ein Fluchtweg tat sich auf den ersten Blick nicht auf. Die Hütte war sehr einfach, ein Raum mit gestampftem Lehmboden, die Wände aus lehmverschmiertem Flechtwerk, darin aber nur ein kleines Fenster mit einem hölzernen Laden davor, eine kalte Feuerstelle

und, in einer Ecke abgetrennt, ein primitiver Abtritt.
Noch fiel das Abendlicht durch die Fensterluke, aber
bald würde es dunkel werden. Rufina versuchte, im
Dämmerlicht etwas von ihrer Umgebung zu erkennen. Es schien sich um eine abgelegene Hütte am
Rande einer kleinen Ansiedlung zu handeln. Sie
sah die Ecke eines weiteren, strohgedeckten Hauses
und hörte Stimmengemurmel. Viele Menschen
mochten indes nicht hier leben, aber selbst, wenn es
ihr gelang, sich durch das Fensterchen zu zwängen,
würde sie anschließend nicht davonlaufen können,
ohne von einem der vier Männer bemerkt zu werden. Resigniert wandte sie sich an Sabina Gallina,
die ihre Bewegungen mit kugelrunden Augen verfolgte.

»Leg dich hin, Sabina, und versuch zu schlafen.
Wir können im Augenblick ohnehin nichts tun, und
ich vermute, uns steht morgen eine weitere Wande-
rung bevor.«

»Aber das können sie doch nicht verlangen. Ich
kann in diesen Schuhen nicht laufen. Und in den
Korb bekommen sie mich nicht mehr.«

»Ich fürchte, sie bekommen uns sehr leicht in die
Körbe«, meinte Rufina mit einem Schulterzucken.
»Es sind sehr kräftige Männer, diese Germanen!«

»Ich will fort von hier. Es ist so hässlich und schmutzig!«

Sabina war aufgesprungen und hämmerte an die
Tür. Rufina schüttelte nur den Kopf und zog sie zu
dem Deckenlager.

»Lass es, es ist nutzlos. Du schrammst dir nur die
Hände auf. Wenn du nicht schlafen kannst, dann
wollen wir uns gemeinsam überlegen, wer hinter dieser Sache stehen könnte.«

»Aber ich weiß es doch nicht!«, schluchzte sie.

Rufina verschränkte die Finger ineinander und drückte zu, bis die Knöchel weiß wurden. Sabina zerrte an ihren Nerven.

»Wer hatte alles Kenntnis von deinem heutigen Besuch in der Therme?«, fragte sie dann.

»Alle!«

»Alle. Wer sind alle? Dein Mann, deine Dienerinnen, der Gärtner, der Kutscher, der Fischhändler…«

»Der Fischhändler? Wieso der Fischhändler? Welcher Fischhändler?«

»Also doch nicht alle.«

»Doch, Claudus wusste es, ich sage ihm immer alles, was ich vorhabe. Und meine Dienerinnen natürlich auch.«

»Hast du Germaninnen unter deinen Dienerinnen?«

»Nein. Sie sprechen unsere Sprache so schlecht. Ich habe zwei Griechinnen für die Gewänder und die Frisuren. Und zwei Freigelassene für all die anderen Handreichungen.«

»Hat Claudus germanische Diener?«

»Der Kutscher und ein paar Leute in den Ställen.«

»Köche, Kammerdiener, Haushofmeister, Putzfrauen, Näherinnen…?«

»Ich kenn' doch nicht alle. Warum fragst du mich so etwas?«

»Weil ich herausfinden möchte, wer dich entführt hat.«

»Das ist doch dumm. Du bist genauso entführt worden.«

Rufina unterdrückte ein Seufzen, erwiderte aber nichts darauf. Es war wirklich einer Vielzahl von Leuten bekannt, wann Sabina in die Therme ging. Demnach ein Leichtes, diejenigen zu informieren, die ihrer habhaft werden wollten. Dieser Weg führte also im Augenblick nicht weiter. Sie versuchte es also auf eine andere Weise.

»Diese blonde, große Germanin, die Oda gerufen wird, kennst du die näher?«

»Die so protzigen Schmuck trägt?«

»Genau die meine ich.«

»Nein, sie scheint mit Camilla befreundet zu sein, die hat sie zumindest zu den Floralia mitgebracht. Warum fragst du nach ihr, Rufina?«

Rufina zuckte mit den Schultern.

»Eine winzige kleine Verbindung – weil wir von Germanen entführt werden.«

»Was sollte die Frau für ein Interesse an uns haben?«

»Sie vielleicht nicht selbst. Aber ich hörte, sie hat einen reichen Gönner. Ich wüsste gerne, wer das ist.«

»Keine Ahnung. Ich mag die Frau nicht, sie sieht mich immer so hochmütig an. Dabei bin ich die Gattin des Statthalters.«

»Tja, sie fühlt sich sehr wichtig. Na gut. Wer wird dich als Erstes vermisst haben, als du um die Mittagszeit nicht nach Hause gekommen bist, Sabina?«

»Die Köchin vielleicht?«

»Dein Gemahl?«

»Er natürlich. Aber er ist letzte Woche nach Novaesium[1] aufgebrochen.«

Nach weiteren Befragungen konnte sich Rufina ungefähr ein Bild davon machen, was im Haushalt des Statthalters passieren würde, wenn Sabina Gallina nicht von ihrem morgendlichen Bad zurückkehrte. Einigermaßen zuverlässig schien der Haushofmeister zu sein, und wenn die aufgeregten Dienerinnen das

---

[1] Neuss

Verschwinden ihrer Herrin gemeldet hatten, würde er wohl einen reitenden Boten seinem Herren hinterherschicken. Ob er aber selbst die Suche einleiten würde, war wohl fraglich. Mit Sicherheit aber würde er die Therme aufsuchen und dort auf Crassus und Fulcinia treffen.

Sabina war inzwischen doch ihrer Erschöpfung erlegen und hatte sich unter der Decke zusammengerollt. Ihr gleichmäßiger Atem ließ auf einen tiefen Schlaf schließen. Rufina hätte es ihr gerne gleichgetan, war aber inzwischen hellwach, und ihre Gedanken ratterten wie Kutschräder in ihrem Kopf.

Ja, auch in ihrem Haus würde man sie spätestens am Nachmittag vermissen – wenn die Kinder von ihren Lektionen zurückkehrten. Sie fragte sich, wie ihre Mitbewohner wohl reagieren würden. Crassus, vermutete sie, würde versuchen, sich einzureden, sie sei einfach nur eine Bekannte besuchen gegangen und habe nach Frauenart die Zeit verschwatzt. Irene, die Köchin, würde lustvoll Schreckensszenarien entwerfen. Hoffentlich nicht vor den Ohren von Maura und Crispus. Die beiden würden vermutlich darauf vertrauen, sie würde am Abend wieder zurück sein. Rufina tat das Herz weh, als sie an ihre beiden Kinder dachte. Sie hatten den Tod ihres Vaters noch immer nicht verkraftet. Nach wie vor glaubten sie fest daran, er sei nur auf eine lange Reise gegangen, wie schon so oft zuvor. Sie erwarteten, ihn eines Tages mit Geschenken beladen wieder in der Türe stehen zu sehen. Nur Maura hatte hin und wieder einen seltsamen Blick in den Augen, wenn sie von ihm sprach. Rufina nahm an, sie könne allmählich an ihrer Überzeugung zu zweifeln beginnen. Nun war auch sie so ohne Abschied verschwunden – mochten die Götter wissen, welche Ängste und Zweifel ihre Tochter und ihren Sohn nun beutelten. Fulcinia war vermutlich die Einzige, die sich realistische Gedanken machen würde. Sie würde auch die Kinder trösten. Und sie würde ebenfalls anfangen, Fragen zu stellen. Was würde sie zu hören bekommen, überlegte Rufina und ließ die letzten Momente in der Therme in ihrer Erinnerung entstehen.

Mit Erla hatte sie zuletzt an diesem Morgen gesprochen. Die Salbenhändlerin wusste von ihrer Absicht, Sabina massieren zu wollen. Erla – irgendetwas hatte mit ihr nicht gestimmt. Ihre Tochter, die ansonsten die Aufgabe als Masseurin übernommen hatte, war nicht zur Arbeit erschienen. Konnte das Absicht gewesen sein? Oder war es Zufall? Wenn es Absicht war, dann hatte derjenige, der Sabina entführen wollte, auch sie selbst haben wollen. Aber das war doch absurd! Nein, hier lag ein seltsamer Zufall vor. Wer immer Sabina aus der Therme verschleppen wollte, hatte auf einen Augenblick gewartet, in dem sie möglichst alleine war. Das war eben gewöhnlich der Fall, wenn sie sich massieren ließ. Wäre Erlas Tochter da gewesen, hätte man vermutlich sie mitgeschleppt. Oder einfach bewusstlos liegen lassen? Nein, wahrscheinlich nicht. Sie wäre zu schnell aufgewacht und hätte Alarm geschlagen.

Das warf die nächste Frage auf – wer hatte sie überwältigt? Rufina konnte sich nicht vorstellen, wie einer der vier Germanen unbeobachtet in die Therme hatte eindringen können. Nicht vormittags, wenn das Bad den Frauen vorbehalten war. Andererseits hielt sie sich selbst für durchaus in der Lage, sowohl jemanden mit einem gezielten Schlag auf die Schläfen bewusstlos zu machen, als auch den richtigen Griff am Hals einzusetzen. Beides hatte Eghild ihr beigebracht. Das wiederum ließ vielleicht doch wieder auf Oda schließen. Sie war zumindest am Morgen ebenfalls im Caldarium gewesen. Aber wie hatte sie sie dann aus dem Salbraum in die Körbe geschafft? Es muss Helfer gegeben haben. Vielleicht hatten sie Spuren hinterlassen.

Rufina überlegte, welche Schlüsse Fulcinia wohl ziehen würde. Wie würde sie sich vor allem dem Vertreter aus dem Haus des Statthalters gegenüber verhalten, so schüchtern wie sie war?

An dieser Stelle angekommen, wurden die Schmerzen in ihrem Kopf so heftig, dass sie aufstand und zu dem Fensterchen ging, um frische Luft zu schnappen. Als es ihr wieder besser ging, lehnte sie sich vor, um hinauszuschauen. Man sah einen winzigen Himmelsausschnitt zwischen den hohen Bäumen und den Schein eines Holzfeuers, um den die vier Männer saßen.

Das Feuer bannte ihren Blick.

Das zumindest wusste sie – Fulcinia würde den Schutz ihrer Herrin für sie erbitten, und sie würde es mit den wahren und richtigen Worten tun. Auf Fulcinia war unbedingt Verlass. Nicht nur deswegen. Denn sie war drei Jahrzehnte lang eine der sechs mächtigsten Frauen des römischen Reiches gewesen. Sie wusste, was zu tun war. Und wenn nötig, hatte sie Einfluss!

Mit dem Wissen darum, dass sie für ihre Sicherheit betete, kehrte Ruhe in Rufinas Gemüt ein. Es würde einen Weg geben. Und sie würde ihn finden.

Langsam ging sie zu dem Strohsack zurück und wickelte sich in die Decke. Sehr sauber war sie nicht, sie roch nach Rauch und Schweiß und feuchtem Tier. Aber sie hielt warm.

Während sie die Augen schloss, um auf den Schlaf

zu warten, erinnerte sie sich, wie sie herausgefunden hatte, wer Fulcinia maior wirklich war.

Es war auf der langen Fahrt zur Colonia. Sie hatten einen Wagen dabei, in dem ihre Habe verstaut war. Seltsamerweise hatte Fulcinia sich erboten, ihn zu fahren.

»Du bist eine Frau von ungewöhnlichen Gaben«, hatte Rufina festgestellt. »Es gibt nicht viele Frauen, die ein Gespann lenken können.«

Aber sie hatte sich noch nichts dabei gedacht. Fulcinia hatte ihr nur ein scheues Lächeln geschenkt und die Zügel in die Hand genommen. Rufina selbst hatte sich dafür entschieden, zu reiten, und Maurus besorgte ihr ein kleines, stämmiges Pferd. Auch Maura bekam ein Pferdchen, obwohl sie erst gut fünf Jahre alt war. Crispus hingegen musste grollend bei Fulcinia sitzen, doch dann und wann hatte Maurus ihn vor sich auf seinen Hengst gesetzt. Maura hingegen schien es gelegentlich zu gefallen, bei Fulcinia zu sitzen, und einmal hörte Rufina das Gespräch, das die beiden miteinander führten, mit an, als sie langsam neben dem Wagen auf der Reitspur der Straße ritt.

»Aber muss ich wirklich Buchstaben lernen? Und Zahlen? Und all diese alten, vertrockneten Geschichten?«

»Ja, Maura, das solltest du.«

»Aber ich kann das nicht. Und Mama ist immer so ungeduldig, wenn ich die Krakel nicht lesen kann.«

»Deine Mama hat viel zu tun. Wenn du möchtest, erkläre ich sie dir noch einmal. Ich bin bekannt für meine Geduld, Maura.«

»Ja, das bist du, Tante Dignitas. Sehr geduldig und sehr würdig.«

Fulcinia hatte ihr leises, sanftes Lachen erklingen

lassen und angefangen, Maura eine Fabel zu erzählen.

»Du kennst so viele Geschichten. Hast du sie alle
auswendig lernen müssen?«

»Ja, ich habe viele Geschichten gelernt. Und viele
Lieder, Hymnen und Gedichte.«

»Hast du lange dafür gebraucht?«

»Nun ja, ich habe angefangen damit, als ich ungefähr so alt war wie du. Mit sechs Jahren.«

»Wer hat dir das beigebracht? Auch deine Mama?«

»Nein, ich hatte Lehrerinnen. Sehr gute Lehrerinnen.«

»Wie lange hast du gebraucht, um das alles zu lernen?«

»Zehn Jahre hat man mich unterrichtet.«

»Ooooch, das ist aber lange.«

»Ich fand es nicht. Ich bin nämlich sehr neugierig,
musst du wissen. Mir hat das Lernen Spaß gemacht.
Ich war richtig traurig, als die Zeit vorbei war und
ich meinen Dienst antreten musste.«

»Dienst? Was für einen Dienst? Du bist doch keine
Magd oder so.«

»Den Dienst im Tempel, Maura.«

»Uh, und was hast du im Tempel gemacht? Schafe
getötet?«

Maura hatte kurz vor der Abreise an einem Opfer-
ritual teilgenommen, und das hatte sie tief erschüttert.

»Nein, Maura. Wir haben die Carmen gesungen,
das Opferschrot zubereitet, die mola salsa, die Opferkuchen, gebacken und verteilt, wir haben die Feier-
lichkeiten der Bona Dea und der Ops geleitet und
die Parentalia, die Argei, die Parilia und die Fordi-
cidia.«

In diesem Moment wäre Rufina fast von ihrem

Pferd gefallen. Doch dann fasste sie sich, ritt etwas näher heran und fügte zur Erklärung ihrer Tochter hinzu: »Und das Lenken eines Gespannes hat sie auch gelernt, denn sie gehörte zu den wenigen Frauen, denen es gestattet ist, mit dem Wagen durch die Stadt zu fahren. Vor allem aber, Maura, hat Fulcinia maior das heilige Feuer der Vesta gehütet.«

»Nun ja, das taten wir auch.«

»Du bist eine der sechs vestalischen Jungfrauen gewesen?«

Maura kugelten fast die Augen aus den Höhlen.

»Ich bin es eigentlich noch, weißt du. Zehn Jahre habe ich ihre Wege gelernt, zehn Jahre ihrem Kult gedient und die letzten zehn Jahre die Novizinnen unterrichtet. Ich habe dann den Tempel verlassen, aber ich habe nicht aufgehört, meiner Herrin zu dienen.«

Diese Offenbarung hatte nicht nur Rufina tief beeindruckt, auch ihre Kinder sahen ihre würdevolle Tante plötzlich mit ganz anderen Augen und Gefühlen. Aber später, als sie mit Maurus alleine war, hatte sie ihn vorwurfsvoll gefragt: »Du hast gewusst, dass Fulcinia eine Vestalin war?«

Er hatte sie angelächelt und genickt.

»Warum hast du mir das nicht gleich gesagt?«

»Ich dachte, du würdest schnell von selbst darauf kommen, Füchschen. Du bist nämlich ziemlich schlau. Und sie spricht nicht gerne darüber.«

»Warum eigentlich nicht?«

»Ich vermute mal, sie ist einer dieser ganz seltenen Menschen, die große Macht mit großer Demut zu verbinden wissen.«

Rufina hatte lange darüber nachgedacht und war zu dem Schluss gekommen, sie würde auf gleiche Weise Fulcinias Geheimnis hüten, wie Maurus es auch getan hatte. Wenn sie sich mit einem Leben in ihren bescheidenen Verhältnissen wohlfühlte, dann war sie die Letzte, die ihr ständig vorhalten würde, welche ihrer einflussreichen Beziehungen sie besser nutzen sollte. Diese Beziehungen hatte eine Vestalin selbstverständlich – zu Caesaren, Hohepriestern, Würdenträgern aller Art. Und zu der Herrin der Flammen natürlich.

Ja, Fulcinia würde zu Vesta sprechen, wahrscheinlich gerade jetzt, an dem Herdfeuer in ihrer Küche. Getröstet sank Rufina in einen ruhigen Schlummer.

Am nächsten Tag hatte sie dann den Namen des Mannes herausgefunden, der ein paar Brocken der römischen Sprache beherrschte. Er hieß Erkmar. Er musste wohl auch so etwas wie der Anführer sein, ihr fiel die kostbare goldene Fibel auf, die seinen Umhang zusammenhielt. Er hatte sie gefragt, ob sie lieber laufen oder in den Körben getragen werden wollten. Mit einem Blick auf ihre dünnen Sandalen hatte sich Rufina für den Korb entschieden, hatte aber nachdrücklich klar gemacht, den Deckel über ihrem Kopf nicht zu dulden. Sabina hatte ein wenig gegreint, fügte sich aber schließlich mürrisch in ihr Schicksal. Ihnen wurden auch nicht mehr Hände und Füße gefesselt, ein Entkommen war auf den Wegen, die sie nun entlangzogen, sowieso nicht vorstellbar. Die vier Männer kämpften sich auf schmalen Wildpfaden voran, die ihnen wohl bekannt schienen, für Rufina jedoch nur den labyrinthartigen Charakter des Waldes deutlich machten. Dicht belaubt wölbten sich die Kronen der Eichen und Buchen über ihnen. Darunter war es schattig und immer ein wenig feucht. Es gab sumpfige Stellen, von Wildschweinen aufgewühlt, manchmal Felsen, selten Lichtungen. Sie kamen nur langsam voran. Doch einmal weckte etwas Rufinas Aufmerksamkeit. An einer Stelle sah sie von ferne eine ausgebaute römische Straße, die sich im Tal entlangzog. Diese Erkenntnis belebte sie, und danach versuchte sie, sich die Gegend einzuprägen und auf bestimmte Landmarken zu achten – auffällige Bäume, einen alten, moosbewachsenen Dolmen, eine Quelle.

Als sie um die Mittagszeit eine Rast machten, fragte sie Erkmar nach den Namen der drei anderen und erfuhr, dass der Mann im Lederwams Aswin hieß und Sabinas Träger Holdger und Thorolf genannt wurden. Sie machten den Eindruck, keinen Brocken ihrer Sprache zu verstehen. Zudem stellten sie sich als ausnehmend wortkarg dar. Aber sie trugen scharfe Dolche an ihren Gürteln, Thorolf dazu noch eine schwere Axt und Aswin einen Bogen. Mit ihm ging er für sie auf die Jagd und kehrte kurz darauf mit drei Hühnervögeln wieder, die er den beiden Frauen zum Rupfen vorwarf. Doch Sabina wich mit einem Entsetzenslaut zurück, und Rufina, auch wenn sie mutig den toten Vogel ergriff, wusste nicht so recht etwas damit anzufangen. Derartige Tätigkeiten waren von ihr noch nie im Leben verlangt worden. So waren es schließlich die Männer, die kopfschüttelnd die Tiere rupften und für den Spieß vorbereiteten.

Das gebratene Fleisch war zäh und ungewürzt, aber es stillte ihren Hunger. Rufinas Kopfschmerzen, die von dem Schlag herrührten, waren inzwischen erträglich geworden, und allmählich keimte eine Idee in ihr auf. Sorgfältig beobachtete sie die Männer. Thorolf und Holdger waren schwerfällige Gestalten, nicht nur von Bewegung und Körperbau, sondern auch von Geist. Aswin hingegen schien mehr zu verstehen, als er vorgab, und verfolgte sie mit aufmerksamen Blicken. Vor ihm würde sie sich zu hüten haben. Erkmar machte einen gutmütigen Eindruck. Er schien sogar Gefallen an ihr gefunden zu haben und richtete ihr eigenhändig ein Lager aus trockenem Laub, auf dem sie ruhen konnte. Er blieb allerdings in ihrer Nähe sitzen, und da sie am lichten Tag nicht schlafen konnte, versuchte sie ein Gespräch mit ihm zu führen. Sie hatte von Eghild und den anderen Bediensteten in der Therme einige Brocken der einheimischen Sprache aufgeschnappt, etwa so viele, wie der Germane an römischen Ausdrücken kannte. Sie vermied es jedoch, ihm Fragen zu stellen, die er sowieso nicht beantworten würde, und so blieb es bei Belanglosigkeiten, die die Pflanzen des Waldes und die Tiere betrafen. Entzückt aber war Rufina, als es Erkmar gelang, ein rotes Eichhörnchen mit ein paar Getreidekörnern herbeizulocken. Das possierliche Tierchen blieb zwar in vorsichtiger Entfernung sitzen, nahm die Körner aber in seine Pfötchen und knabberte vergnügt daran. Dabei wölbte sich sein buschiger Schweif anmutig über seinem Kopf, und die schwarzen Äuglein glitzerten unbekümmert zu ihnen hin. Dann verschwand es mit den wellenartigen Sprüngen seiner Art wieder auf seinem Baum.

»Raratoskr, auf Yggdrasil. Wir kennen Weltenbaum. Du auch?«

Rufina verneinte, und Erkmar strich mit einem Lächeln über Rufinas rote Haare.

»Wie Eichhörnchen, Kleine!«

»Wie eine Füchsin, hat mein Mann gesagt.«

»Ja, auch das. Aber Füchse gefährlich. Du nur niedlich.«

Schön, dachte Rufina. Glaub das nur. Sie lächelte den hünenhaften Germanen mit großer Süße an.

Gegen Abend erreichten sie eine weitere Hütte.

Doch diesmal diente ihnen ein Verschlag voll Stroh und dem strengen Geruch nach Ziegen als Unterkunft. Später brachte Erkmar ihnen Gerstenbrei und gebratenes Wildbret, dazu einen Krug mit Wasser. Der Verschlag aber wurde verriegelt, und Licht drang nur durch die Ritzen zwischen den rohen Brettern herein, als sie sich auf den Decken niederließen. Sabina hatte inzwischen ihre Verzweiflung einigermaßen überwunden und nährte die Hoffnung auf eine baldige Befreiung. Rufina teilte diese Hoffnung jedoch nicht. Die Dinge würden Zeit brauchen, denn wenn es eine Lösegeldforderung gab, würde sie erst ausgesprochen werden, wenn sie weit genug von der Colonia entfernt waren, um ein einfaches Aufspüren unmöglich zu machen. Dann würde es Verhandlungen geben, die sicher ebenfalls ihre Zeit kosten würden. Aber sie behielt ihre Überlegungen für sich und sagte nichts, was Sabinas Vorstellung erschüttern konnte. Es war besser, sie glaubte, Maenius Claudus würde schon am nächsten Tag mit vollen Geldbeuteln herbeipreschen, um sie auszulösen. Sie selbst hatte einen anderen Plan. Denn ob auch sie im Preis mit inbegriffen war, schien ihr fraglich. Wer könnte für sie schon Lösegeld aufbringen? Solange es noch hell war, versuchte sie, so viel wie möglich von der Umgebung zu erspähen. Einige Astlöcher halfen ihr, ein paar Spalten und morsche Stellen gaben den Blick auf die Umgebung frei. Auch auf den Weg in den Wald, den sie gekommen waren. Soweit sie erkennen konnte, befand sich die Hütte auf einer kleinen Lichtung, und sie stand ganz alleine. Die Unterkunft eines Jägers, eines Pechsammlers, eines Köhlers, eines Zeitlers vielleicht? Unwichtig. Wie es schien, waren die Bewohner der Hütte irgendwo im Wald unterwegs, vielleicht war es auch nur ein gelegentlich genutztes Zwischenquartier. Sie würden mit Sicherheit am nächsten Tag weiterziehen. Für Rufinas Pläne schien die abgelegene Lage günstig. Wenn nur die vier Männer hier übernachteten, dann gelang ihr vielleicht wirklich die Flucht. Aus dem Verschlag entkam sie zwar heimlich nicht, aber bisher war es immer Erkmar gewesen, der sie mit Essen versorgt hatte. Wahrscheinlich war er am Morgen der Erste, der in die Hütte kam. Und er hielt sie für harmlos. Es war einen Versuch wert. Sie würde alles daransetzen, ihn zu überrumpeln.

»Ich würde mich so gerne baden«, murrte Sabina und rümpfte über die fleckigen Decken die Nase.

»Ich auch, aber hier wäre es jetzt keine gute Idee. Die Männer verhalten sich zwar einigermaßen höflich, aber wir sollten sie nicht auf dumme Gedanken bringen.«

»Oh nein, nein. Da hast du völlig Recht. Es darf uns keinesfalls so ergehen wie Marcillia.«

»Marcillia?«

»Ja, hast du die Geschichte nicht gehört? Seit heute Morgen muss ich ständig an sie denken!«

»Nein, ich habe die Geschichte nicht gehört. Lohnt es sich, sie zu kennen?«

»Nun ja, sie wurde auch entführt.«

»Dann erzähle sie mir, vielleicht lernen wir etwas daraus.«

»Oh nein, nein. Sie endete so furchtbar.«

»Wir werden nicht furchtbar enden. Aber wir haben eine lange Nacht vor uns, und Geschichten können die Zeit vertreiben. Erzähl sie mir, Sabina.«

Eine gute Erzählerin war die Gattin des Statthalters nicht. Ihre Gedanken flogen wie junge Vögelchen hin und her, auf jedem Ästchen ließen sie sich nieder, jede Blüte umflatterten sie, doch nach und nach gelang es Rufina mit sachtem Nachfragen, aus den wirren, bunten Fäden ein Muster zu weben.

Die schreckliche Affäre hatte sich vor ungefähr sechs Jahren abgespielt. Marcillia war ein junges Mädchen, das mit dem Flamen Dialis, dem höchsten Jupiterpriester in Niedergermanien, verheiratet werden sollte. Sie hatte die lange Reise von Rom in Begleitung eines Trosses von Dienerinnen und Leibwächtern unternommen, doch es gelang einem Widersacher des Flamen, sie kurz vor der Colonia zu entführen. Sabina wusste allerdings nicht, worin die Feindschaft zwischen den beiden Männern bestand. Jedenfalls war die junge Braut offensichtlich von dem Entführer gezwungen worden, ihm zu Willen zu sein. Vielleicht hatte er sie sogar zur Ehe gezwungen, auch das wusste Sabina nicht genau. Jedenfalls muss sich das Mädchen völlig entehrt gefühlt haben, denn sie hatte sich einige Monate später erhängt. Besonders grauenvoll war dieses Schicksal deshalb, weil sie just in dem Augenblick in den Tod gegangen war, als ihre Rettung erfolgte.

»Es heißt, der eine der Leibwächter, ein vernarbter alter Gladiator, und ein afrikanischer Sklave, der ihr als Kutscher gedient hatte, hätten sie auf eigene Faust befreien wollen. Sie taten es unter Einsatz ihres Lebens. Angeblich brachten sie den Entführer in einem erbarmungslosen Kampf um.«

»Das arme Mädchen! Aber der Flame hätte sie nach dieser Schande nicht mehr heiraten können.«

»Ja, aber sie hätte gelebt. Ich hoffe, uns droht nicht ein derartiges Los.«

»Du bist bereits verheiratet, und ich bin verwitwet. Glaubst du, dein Gatte würde dich verstoßen, wenn dir so etwas geschieht?«

Sabina schüttelte vehement den Kopf.

»Maenius Claudus liebt mich. Ich bin sicher, er würde den Mann töten, der mir so etwas antut.«

Maenius Claudus galt als ein hochintelligenter, pragmatischer Mann von großer Zielstrebigkeit, was seine Karriere anbelangte. Wie weit er zu inniger Liebe zu einem derart hohlköpfigen, wenn auch gutmütigen Geschöpf wie Sabina Gallina fähig war, verschloss sich Rufina in gewisser Weise.

Sie plauderten noch eine Zeit lang, dann verstummte Sabina allmählich und schlief ein. Auch Rufina döste vor sich hin, bis sie plötzlich ein vollkommen verrückter Gedanke durchfuhr.

Vor sechs Jahren war Maurus auf eine lange Reise nach Germanien gegangen. Als er zurückgekehrt war, hatte er Wunden an Körper und Seele getragen. Ein Überfall, hatte er gesagt. Ein narbiger alter Gladiator und ein dunkelhäutiger Sklave hatten das Mädchen begleitet und später gerettet. War das Zufall? Einen narbigen, alten Gladiator kannte sie nur zu gut. Burrus, der immer wieder um Arbeit bei ihr nachfragte. Auf ihn passte genau diese Beschreibung. Kannte er Maurus schon von damals her? Was trieb Maurus auf seinen langen Reisen? Hatte er sich etwa als Kutscher ausgegeben? Aber warum? Hatte diese Marcillia ihm derart viel bedeutet? War er im Kampf um ihre Befreiung verwundet worden? Hatte er ihren Verlust nicht ertragen und war deshalb in die dunkle Nacht der Seele entflohen? War sie die Frau, die sie hinter seinem Leid vermutet hatte?

Ruhelos wälzte sich Rufina auf dem Stroh. Ein gefährlicher Mann, der den Leuten gegenüber, wenn es ihm gelegen kam, den Trottel spielte. Aber keiner war. Ein kampferprobter Mann, der mit zwei Buschräubern spielend fertig wurde. Ein verschlossener Mann, der in der Lage war, jeder Frage auszuweichen. Der immer aus unerwarteten Quellen zu Geld kam. Der Fulcinia, die Vestalin, aus den Händen ihres betrügerischen Onkels gerettet hatte – nicht mit Gewalt, sondern mit sehr viel Gewandtheit und Geschick.

Dass sie in die Colonia gezogen waren, mochte mit jenen Ereignissen zusammenhängen. Was versuchte Maurus herauszufinden? Was hatte er herausgefunden? Wem war er in die Quere gekommen? Wer hatte seinen Tod gewollt?

»Warum hast du dich mir nie anvertraut, Maurus?«, fragte Rufina leise in die Finsternis hinaus. »Ich hätte dir doch keine Vorwürfe gemacht. Auch wenn du diese Marcillia mir vorgezogen hast. Aber du siehst doch, in was für Schwierigkeiten mich dein Schweigen jetzt bringt. Ach, Maurus…«

Sie drehte sich zur Wand und drückte die Stirn an das raue Holz.

Rufina wurde wach, als die Vögel des Waldes ihren Morgengesang anstimmten. Sie reckte und dehnte sich und nahm noch etwas von dem Brot und dem Wasser zu sich, das vom Abend übrig geblieben war. Dann spähte sie wieder durch die Ritzen, um zu sehen, was die Germanen vorhatten. Holdger lag in seinen Umhang gerollt vor der Tür des Verschlages, aber auch er regte sich jetzt. Sie musste nicht allzu lange warten, bis die Männer sich aufgerappelt hatten. Wie sie es erwartet hatte, war es Erkmar, der auf den Verschlag zuging. Rufina machte sich bereit, das auszuführen, was sie geplant hatte.

Der Germane öffnete die Tür, und sie sprang ihn an.

Es gab einen heftigen Aufprall, und mit einer schnellen Bewegung hatte sie ihm den Dolch an seinem

Gürtel aus der Scheide gezogen. Sie wollte ihm das Messer an die Kehle setzen, doch mit einem brüllenden Auflachen schob der Mann ihre Hand beiseite.

Sie hatte alles Mögliche erwartet, aber dieses Lachen machte sie einen Augenblick völlig fassungslos.

»Kleine, nicht!«, keuchte Erkmar unter Lachsalven. »Tut dir weh!«

Rufina versuchte es mit einem der Tricks, die sie von Eghild gelernt hatte, aber mit seinen großen Pranken wehrte er sie mit Leichtigkeit ab.

»Lauf, Sabina, lauf!«, kreischte sie, und Sabina stolperte von ihrem Lager. Aber auch hier war Erkmar schneller und stellte ihr ein Bein in den Weg. Sabina fiel hin und begann zu schreien. Entmutigt ließ Rufina die Arme hängen. So funktionierte das also nicht.

»Tapferer Versuch, Kleine!«, grinste Erkmar sie an, nahm ihr den Dolch ab und hob Sabina auf.

»Mein Fuß!«, jammerte diese.

An Händen und Füßen gebunden, verbrachte Rufina den Tag in dem Tragekorb und grollte mit sich selbst. Aber sie achtete weiter auf die Landschaft und versuchte, sich den Weg durch den Wald und später auch durch einige Felder zu merken. Der Gedanke, noch tagelang auf eine Art von Rettung warten zu müssen, machte sie unruhig. Sie dachte an ihre Kinder und wurde beinahe krank vor Sorge. Einmal hielten die Männer an und befestigten die Deckel wieder auf den Körben. Offenbar wurden sie ein Stück entlang einer belebteren Straße getragen, wie sie den Geräuschen entnehmen konnte. Später, wieder im Schutz des Waldes, machten sie Rast, und die Deckel wurden abgehoben. Rufina verfolgte anschließend aufmerksam die Landschaft. Diesmal war sie sich sicher, den Weg zur Straße zurückzufinden.

Es würde sich dort mit großer Wahrscheinlichkeit Hilfe finden lassen.

Am frühen Nachmittag erreichten sie eine kleine Ansiedlung. Vier Häuser nur und ein paar Scheunen und Ställe bildeten ein Karree am Waldrand. Sabina und sie erhielten diesmal eine Kammer in einem der Häuser. Von den Bewohnern sahen sie zwar nichts, aber sie konnten sich sogar mit einem Eimer kalten Brunnenwassers waschen und bekamen ein warmes Essen vorgesetzt. Aber als der Tag sich neigte, fesselte Erkmar sie beide wieder, diesmal mit den Händen auf dem Rücken.

Als er sie verlassen und die Tür verriegelt hatte, drehte sich Rufina zu Sabina um.

»Versuch, die Knoten aufzubekommen! Ich komme hier, glaube ich, heraus.«

»Du vielleicht, aber ich nicht. Ich kann doch nicht auftreten.«

»Ich weiß. Sie sind sowieso mehr an dir als an mir interessiert. Ich habe unterwegs eine Möglichkeit gefunden, Hilfe zu holen. Und ich glaube, hier werden sie erst einmal bleiben.«

»Aber du kannst mich doch nicht alleine lassen, Rufina.« Angst bebte in Sabinas Stimme.

»Doch. Sie werden dich nicht misshandeln, keine Angst. Du bist bares Geld wert.«

Sabina klagte noch ein wenig, schaffte es dann aber doch, ohne hinzusehen, nur nach Gefühl, die Fesseln aufzubinden.

»Das war fantastisch, Sabina.«

»Ich bin geschickt in Handarbeiten, weißt du. Wirst du meine Hände auch befreien?«

»Besser nicht. Es wäre gut, wenn es so aussehen würde, als hätte ich es alleine geschafft und wäre, während du schliefst, ausgebrochen.«

»Was hast du vor?«

»Davon hast du am besten auch keine Ahnung. Aber verlass dich drauf, ich weiß, wo ich Hilfe finde.«

Als es völlig dunkel geworden war, gelang es Rufina, sich durch das Fenster des Raumes zu zwängen und unbemerkt wie ein lautloser Schatten durch die kleine Siedlung Richtung Wald zu schleichen.

Doch damit hörte ihr Glück auch auf.

Noch nie hatte sie sich so alleine und verängstigt gefühlt. Der Wald bei Nacht war unheimlich. Unheimlicher als jeder Albtraum, den sie je erlebt hatte. Zwar schimmerte gelegentlich der volle Mond durch das Laubdach, aber es war kaum hell genug, auch nur einige Schritte weit zu sehen. Rufina stolperte über Wurzeln, trat in Mulden, verfing sich in Ranken und Geäst. Ihre leichten Sandalen waren nicht eben das richtige Schuhwerk, aber wenigstens schützte sie die haarige Decke, die sie über ihre dünnen Kleider gewickelt hatte. Dennoch waren ihre Arme, Beine und auch ihr Gesicht bald von scharfen Brombeerdornen und den Blättern der Stechpalmen zerkratzt und brannten von den Peitschenschlägen der Brennnesseln. Langsam tastete sie sich voran und warf immer wieder furchtsame Blicke zurück. Es schien jedoch niemand ihre Flucht bemerkt zu haben. Trotzdem ließ sie jedes Geräusch, jedes Knacken und Knistern angstvoll zusammenzucken. Natürlich hatte sie nicht nur vor den menschlichen Verfolgern Angst, auch die Vorstellung, gefährlichen wilden Tieren zu begegnen, ließ sie immer wieder schaudern. Doch außer den jagenden Käuzchen mit ihrem unheimlichen Ruf und dem gelegentlichen Todesschrei ihrer Beute begegnete sie keinem der nächtlich aktiven Tiere. Noch erkannte sie den Pfad, den sie gekommen waren, noch war er breit und ausgetreten. Aber sie wusste, er würde bald schmaler und unkenntlicher werden. Außerdem – am frühen Morgen, wenn ihr Verschwinden entdeckt worden war, würden sich ihre Entführer sicher zuallererst auf diesen Weg machen, um sie wieder einzufangen. Also musste sie ihn irgendwann verlassen. Sie hatte auf dem Hinweg aufmerksam darauf geachtet, welche Möglichkeiten es gab, und sie erinnerte sich auch an eine Stelle, wo sie einen kleinen Wasserlauf überquert hatten. Dem wollte sie ein Stück folgen, in der Hoffnung, dadurch ihre Spuren zu verwischen. Doch es dauerte fast bis zur Morgendämmerung, bis sie das Bächlein erreichte. Ein kleines Rudel Rehe starrte sie dort mit dunklen, glänzenden Augen an und schreckte auf, als sie näher kam. Verblüfft sah sie ihnen nach, wie sie mit lautlosen, graziösen Sprüngen in dem dunstigen Wald verschwanden. Dann aber beugte sie sich nieder und trank dankbar von dem kalten Wasser. Es schmeckte köstlich genug, um ihr das Morgenmahl zu ersetzen. Dennoch hoffte sie, bald auf eine menschliche Ansiedlung zu stoßen. Sie zog die Sandalen aus und watete im Bachbett so lange, wie sie es aushielt. Das eisige Wasser machte ihre Füße allmählich gefühllos, und mehrmals stolperte sie und wäre fast gefallen. Als es schließlich hell geworden war, erstieg sie das Ufer und setzte sich erschöpft nieder. Die Haut an ihren Füßen war ganz weiß geworden, und sie wackelte kräftig mit den Zehen, um etwas Wärme hineinzubringen.

Es war zwar Tag geworden, aber die Sonne schien nicht. Dicke Wolken hatten sich am Himmel versammelt, und ein leichter Nieselregen legte seine durchdringende Feuchtigkeit über das Land. Rufina fröstelte, zog ihre Sandalen wieder an und wanderte weiter am Ufer des Baches entlang. Irgendwann aber fühlten sich ihre Glieder so bleiern an, dass sie sich unter einem Busch zusammenrollte, um zu schlafen. Sie fühlte sich so elend, sie hatte noch nicht einmal mehr Angst vor einer Entdeckung durch Mensch oder Tier.

Später am Tag erwachte sie, ein wenig ausgeruhter, aber hungrig und zweifelnd. Wäre es nicht einfacher gewesen, in Sabinas Gesellschaft auf die Befreiung zu warten? Warum hatte sie sich nur mit diesem idiotischen Heldenmut in den unwegsamen und unheimlichen Wald gewagt? Der Regen hatte zwar aufgehört, aber es tropfte noch von den Blättern, und der Boden war matschig geworden. Mühsam stand sie auf und reckte sich. Sie musste weiter, eine andere Alternative gab es nicht. Umkehren war ausgeschlossen, und einfach liegen bleiben konnte sie auch nicht. Also stapfte sie weiter entlang dem Wasserlauf, doch mit schwindender Hoffnung, noch an diesem Tag auf die Straße zu stoßen.

Sie fand sie auch am folgenden Tag nicht. Am Nachmittag war sie so erschöpft, ihre Füße waren so wund und blutig, dass sie sich einfach in das Laub legte und sich die Decke über den Kopf zog.

Sie erwachte, weil ein warmer Atem ihr Ohr streifte. Ein Atem, der nicht besonders vertrauenerweckend roch. Sie schlug die Augen auf und sah in die goldenen Augen eines großen, grauen Wolfes, der sein mörderisches Gebiss zeigte.

14. Kapitel

Veneralia, das Fest der Venus

*Ich aber klatsche dir Beifall, schmeichelnde Venus,
und deinen bogenkundigen Söhnen;
Göttin, nicke zustimmend zu meinem Vorhaben
und lass meine neue Gebieterin ein Einsehen haben
und sich lieben lassen.*

OVID, AMORES

Der Herr und sein Diener hatten Rom Ende März nach einer stürmischen Überfahrt erreicht. Doch die Rollen waren nun vertauscht, was bei jenen, die sie kannten, weniger Verwirrung hervorrief. Wie die Jagdhunde verfolgten sie die Fährte, die sie in Massilia aufgenommen hatten. Ein paar gefällige Damen, nicht gerade Dirnen, sondern gelangweilte Ehegattinnen, die durchaus einen schönen Männerkörper zu schätzen wussten, konnten, bei vorsichtiger Befragung, schon weiterhelfen. So zeigte es sich, dass jener Militärtribun, der mit seinem Gold in Schwierigkeiten geraten war, tatsächlich nach Rom zurückgekehrt war. Nach schicklicher Zeit hatte er das Amt eines Ädilen übernommen und sich dabei mehr durch Freigebigkeit und allgemein gewährte Gefälligkeiten ausgezeichnet als durch Kompetenz.

Eine weitere interessante Spur führte zu einem Goldschmied, der ebenfalls für seine Gefälligkeit bekannt war. Er hatte eine luxuriös eingerichtete Hinterstube für besondere Geschäftsanbahnungen.

»Ja, ich habe natürlich eine kleine Auswahl ägyptischer Skarabäen hier, wenn der Herr an so etwas interessiert ist. Sehr hübsch, aus blauem Stein. Ich importiere sie von einem Edelsteinschnitzer in Alexandria.«

»In Gold hast du keine?«

»Nein, Herr. Goldschmuck aus Ägypten ist zu teuer. Und wird hier auch nicht nachgefragt.«

»Obwohl es einige sehr ansprechende Arbeiten geben soll, habe ich mir sagen lassen. Ich sah unlängst ein paar sehr hübscher Statuen.«

»Geschmackssache. Götter, die Katzen- oder Krokodilsköpfe tragen, wirken doch recht ungewöhnlich.«

»Das ist allerdings wahr. Diese Ausländer hängen einer wunderlichen Religion an. Ich hörte, sie glauben sogar, der Mensch lebe nach dem Tode weiter, und sie bewahren daher seinen Leichnam auf.«

»Sie konservieren ihn, das ist richtig. Morbides Verhalten, wenn du mich fragst, Herr.«

»Sicher eine recht kindliche Vorstellung, nicht?«

»Könnte man so sagen. Vor allem, weil sie den Gräbern ja auch noch allerlei Hausrat mitgeben, damit die Verstorbenen im Jenseits nicht auf ihre gewohnte Bequemlichkeit verzichten müssen.«

Der Herr lachte wissend.

»Ja, ja, die Bequemlichkeit. Stell dir vor, sie sollen ihnen sogar Rufer mitgeben, die an Stelle der Toten ›Hier!‹ schreien, wenn die Götter sie zu den fälligen Arbeiten aufrufen.«

»Ja, ja, die Usheptis. Ich habe auch davon gehört. Wirklich ein lustiges Völkchen, die Ägypter.«

»Ich denke, sie finden es sehr wenig lustig, wenn jemand diese Figuren aus den Gräbern entfernt, nicht wahr?«

»Die Angehörigen würden sicher sehr ungehalten darauf reagieren.«

»Vermutlich weniger wegen des Materialwertes als wegen der Aufgabe der Usheptis, denke ich.«

»Da denkst du richtig, Herr. Jeder, der in den Besitz derartiger Figuren gelangt, sollte sie tunlichst den Blicken der Öffentlichkeit entziehen.«

Ein paar Goldstücke lagen unter der Hand des Herrn, auch den Blicken der Öffentlichkeit, nicht aber denen des Goldschmieds entzogen.

»Sehr hübsch allerdings sind die geflügelten Frauengestalten, die die Särge bewachen, nicht wahr?«

»Die ägyptischen Frauen sollen wahre Schönheiten sein, sagt man. Ihre Göttinnen werden sie noch übertreffen.«

»Daher formt man sie wohl aus Gold. Ich habe mal von einer Gruppe von vier Göttinnen gehört...«

»Ja, Selket, Nephthys, Neith und Isis sind es angeblich, die sich um den Toten versammeln.«

»Was würdest du mit derartigen Figuren machen, sollte der Zufall sie in deine Hände fallen lassen?«

»Oh, auch wir haben schöne Frauen, Herr. Und noch schönere Göttinnen. Da gibt es wunderhübsche Figürchen der frühlingsbringenden Flora oder der Fortuna mit ihrem Füllhorn. Zu welcher der Göttinnen ziehst denn du es vor, deine Gebete zu richten, Herr?«

»Zur Venus, mein Lieber«, sagte der Herr lächelnd, und nachdem einige weitere Münzen die Finger des Goldschmieds gewärmt hatten, kramte er aus seinem geräumigen Gedächtnis die eine oder andere Einzelheit zu den Goldwaren hervor, die er vor sechs Jahren eingeschmolzen und umgearbeitet hatte. Wunder nahm indes den Herrn, dass die Beschreibung des Kunden nicht mit der des von ihm Gesuchten übereinstimmte, wenngleich die Schmuckstücke die nämlichen zu sein schienen, von denen ihm berichtet worden war. Bedauerlicherweise hatte der Goldschmied aber kein besonders gutes Personengedächtnis.

Immerhin, das Gespräch war ergiebig für beide Seiten, und zu guter Letzt erstand der Herr noch ein Paar zierlicher Ohrringe, die ihm der Goldschmied zu einem echten Vorzugspreis überließ.

Herr und Diener trafen am Feiertag der Venus wieder zusammen. Die Veneralien wurden in der ganzen Stadt festlich begangen. Geschmückte, singende Frauen badeten die Statue der Göttin, wanden sich Myrtenkränze um die Haare und tranken mit Honig gesüßte Milch. In den Thermen badeten die Frauen gemeinsam mit den Männern, und Venus war bereit, für eine kleine Weihrauchgabe an ihrem Altar einer jeden Frau die ihr eigene Schönheit zu schenken.

»In deinem Blick liegt Sehnsucht, Herr«, sagte der Diener, als sie durch die Straßen zu ihrem Quartier gingen.

»In meinem Herzen hat sie ihre Wurzel.«

Sein Begleiter nickte verstehend.

»Bald, Herr.«

»Ja, wir sind weit gekommen, mein Freund. Du wirst übermorgen den Rückweg antreten und die erste Nachricht überbringen. Ich habe einen Bericht geschrieben. Achte auf ihn, damit er nicht in falsche Hände gelangt.«

»Ich nähe das Pergament in meinen Umhang ein. Das hat sich bewährt. Was hast du geschrieben?«

»Nun, der Militärtribun und spätere Ädil sind identisch mit dem Mann, über den unser Auftraggeber Informationen haben wollte. Ich kann ihm nicht viel Schlimmeres nachweisen als eine gewisse dümmliche Bestechlichkeit, Prunksucht, eine etwas kindische Vorliebe für Götterstatuen und eine geradezu groteske Inkompetenz in allen Sachfragen. Aber ich will noch etwas weiter unseren zwielichtigen Goldwäscher verfolgen. Die Lesart, die wir bislang gehört haben, ist mir zu glatt.«

»Nun ja, möglicherweise verließ er vor vier Jahren die Stadt wirklich gramgebeugt, als sein Bruder unerwartet starb. Aber er habe es unter der Aufgabe seines Senatorenstatus getan, finde auch ich ein wenig weit hergeholt.«

»Ich fürchte nur, die Familie wird sich in keiner anderen Version äußern.«

»Oh nein. Aber vielleicht könntest du dich an das Klientel halten. Deine Rolle als törichter Freigelassener wäre dabei wieder mal ganz dienlich.«

Sein Herr setzte einen leicht dämlichen Gesichtsausdruck auf und fragte: »Hä?«

Der Diener lachte und schlug ihm auf die Schulter.

»Oder noch besser, beginn mit meinem ehemaligen Herrn, dem Antonius Sextus. Der ist von ihm seinerzeit ruiniert worden. Vermutlich fühlt er sich nicht an irgendwelche Schweigepflichten gebunden.«

»Das werde ich tun. Und du, mein Freund, wirst diesmal zu Lande reisen.«

»Warum?«

»Weil du das Wasser zu fürchten hast.«

In den Abendstunden trennten sie sich, und der Herr betrat auf leisen Sohlen den Tempel der frisch gebadeten Venus. In den Händen trug auch er Myrtenzweige und goldgepuderten ägyptischen Weihrauch. Er war alleine, die Feiernden genossen nun in ihren Häusern die festlichen Mahlzeiten. Lange verweilte er vor dem Altar und betete zu der Herrin der Liebe. Demütig hielt er das Haupt gebeugt, und seine Worte kamen tief aus seinem Herzen. Denn er hatte erkannt, dass ihm, und nur ihm, das Feuer bestimmt war. Die Flamme einer großen Liebe brannte in ihm, und das Feuer der Leidenschaft, die er so lange zu unterdrücken versucht hatte, begann ihn zu verzehren. Sein Geständnis rührte die Göttin zutiefst, und in der schattigen Dämmerung stieg sie von ihrem Podest und streichelte, einem Schmetterlingsflügel gleich, die dunkle Wange des Betenden.

Als er aufstand, um ihr seine letzte Referenz zu erweisen, lächelte Venus ihm...

15. Kapitel

Fragen über Fragen

Dass sie geraubt worden ist, will ich hinnehmen,
wenn er sie mir nur zurückgibt.

OVID, METAMORPHOSEN

In der Therme wurde das Verschwinden von Sabina
Gallina und Rufina erst in den Nachmittagsstunden
bemerkt, als ein Bote aus dem Hause des Statthalters die Thermenpächterin zu sprechen wünschte.
Er traf auf Paula, die Capsaria, die im Eingangsbereich saß und sich nur daran erinnern konnte, die
Frauen hätten um die Mittagszeit in sehr heiterer
Stimmung das Bad verlassen. Ob Sabina unter ihnen war, vermochte sie nicht zu sagen. Aber beflissen schickte sie den Laufjungen aus, die Patrona zu
holen.

Sie war unauffindbar, und statt ihrer erschien Fulcinia, der man ihre Unruhe jedoch nicht anmerkte.
Sie bat den Mann, sich einen Moment zu gedulden
und in einem der Sessel Platz zu nehmen. Ein schneller Rundgang bei den Händlern und die Befragung
der Aufseher brachte ihr nur die Erkenntnis, beide
Frauen seien am Vormittag gesehen worden. Fulcinias Unruhe wuchs. Sie eilte zurück in das Wohnhaus und warf einen Blick in die Räume, die Rufina
zu benutzen pflegte. Doch auch hier gab es nur die
Spuren ihres morgendlichen Aufbruchs, und weder
ihre Dienerin noch die Köchin Irene hatten sie nach
dem Morgenmahl gesehen. Crassus hingegen, das

wusste sie, war alleine zum Forum gegangen. Fulcinia zog die Palla über den Kopf und atmete tief ein, um die Angst zu bannen, die in ihr aufstieg. Gefasst trat sie dem Boten des Statthalters gegenüber und berichtete ihm, was sie herausgefunden hatte.

»Könnten sie gemeinsam ausgegangen sein? Meine Herrin begibt sich zwar nur in Begleitung ihrer Frauen in die Öffentlichkeit, aber möglicherweise hat die Patrona sie überredet, einen Spaziergang mit ihr zu machen. Die Thermenpächterin hat den Ruf, eine sehr selbstständige Frau zu sein.«

Es schwang ein leiser Vorwurf in seinen Worten mit, und Fulcinia antwortete mit ihrer sanften Stimme erstaunlich kühl: »Aurelia Rufina erledigt sehr selbstständig ihre Geschäfte. Sollte sich deine Herrin in ihrer Gesellschaft befinden, ist sie gut aufgehoben. Ich würde vorschlagen, wir warten noch eine Weile, üblicherweise findet sich Rufina immer dann ein, wenn ihre beiden Kinder von ihren Lektionen zurückkehren.«

»Ich würde es vorziehen, die Räumlichkeiten hier noch einmal zu überprüfen.«

»Es ist die Badezeit der Männer, und ich kann mir schwerlich vorstellen, dass die beiden sich jetzt noch im Bad befinden.«

»So?«

»Deine Meinung über deine Herrin sollte wohl besser nicht zu ihren Ohren gelangen!«

Der Bote zuckte ein wenig zusammen und änderte seinen Tonfall.

»Würdest du mir gestatten, einen kurzen Blick in die Therme zu werfen?«

»Natürlich. Ich erwarte dich hier zurück.«

Fulcinia gab Paula einen Wink, und sie ließ den Mann passieren. Er brauchte nicht lange, schon nach kurzer Zeit kam er zurück, jetzt auch sichtlich beunruhigt.

»Sie ist nicht im Bad, aber im Apodyterium vor dem Salbraum hängen Frauenkleider. Ich weiß zwar nicht, was meine Herrin heute Morgen getragen hat, aber möglicherweise sind es die ihren.«

»Ich kümmere mich darum. Holt eine ihrer Dienerinnen.«

Der Bote verabschiedete sich, und Fulcinia betrat mit scheu über die Stirn gezogener Palla den Umkleideraum. Tatsächlich hing an einem Haken zwischen den Männertuniken eine feine Seidentunika und eine kostbare Stola. Mit Perlen bestickte Sandalen standen auf dem Bord darunter. Sie nahm die Kleidungsstücke an sich und trug sie in den Eingangsbereich. Ihre Gedanken rasten. Rufina nicht auffindbar, Sabina Gallina verschwunden. Unbekleidet, was vollkommen absurd erschien. Niemand hatte die beiden gesehen. Es musste etwas höchst Ungewöhnliches vorgefallen sein, und der Verdacht lag entsetzlich nahe, es könne zumindest die Gattin des Statthalters Opfer einer Entführung geworden sein. Rufina hingegen mochte wirklich noch einen Gang in die Stadt gemacht haben, obwohl es seltsam schien, denn sie hatte niemandem etwas davon gesagt.

Es kehrte nicht der Bote zurück, sondern es erschien der Haushofmeister selbst, im Gefolge die beiden Dienerinnen, die Sabina morgens begleitet hatten. Er stellte sich als Faustillius vor und bat, die Gewänder sehen zu dürfen. Die Dienerinnen schrien auf, als sie die Stola sahen, und eine von ihnen begann, hysterisch zu schluchzen.

»Man hat ihr ein Leid getan. Unsere Herrin ist in der Therme ermordet worden!«

»Sei still, Marina!«, fuhr Faustillius sie an, scheuchte sie fort und wandte sich an Fulcinia.

»Es sieht ernst aus, würde ich sagen.«

»Ja, für deine Herrin fürchte ich das auch!«, meinte Fulcinia leise. »Dennoch, in Kürze kommen Aurelia Rufinas Kinder nach Hause. Ihre Mutter pflegt immer hier zu sein, wenn sie eintreffen. Vielleicht hat sie eine Erklärung.«

»Hoffen wir es für sie.«

»Gehen wir ins Haus und warten wir dort auf sie.«

Faustillius schickte die Dienerinnen mit einer strengen Mahnung, Ruhe zu bewahren, nach Hause und folgte Fulcinia in die angrenzende Wohnung.

Lange mussten sie nicht warten, Maura und Crispus polterten herein und fragten nach ihrer Mutter, etwas zu Essen und dem Verbleib ihrer beiden Katzen.

»Geht schon mal in die Küche zu Irene, sie hat eure Mahlzeit fertig.«

»Aber wo ist Mama? Sie hatte uns versprochen, heute Nachmittag mit uns auf den Markt zu gehen!«

»Sie hat noch zu tun, Crispus, sie kommt bald.«

»Aber sag es ihr, sie hat es versprochen!«

»Natürlich, und nun ab mit euch!«

Die beiden verschwanden, und Fulcinia und Faustillius sahen einander bedrückt an.

»Wir sollten die Therme noch einmal gründlich durchsuchen. Sabina Gallina kann nicht ohne Spuren verschwunden sein.«

»Ich gebe dir Recht, Faustillius. Geh du durch die Baderäume, ich widme mich noch einmal den Händlern.«

Sie gingen gemeinsam zur Therme und fanden im Eingangsbereich Lampronius Meles vor. Der hielt den

Haushofmeister fest und fragte mit gesenkter Stimme: »Ist es richtig, was ich gehört habe?«

»Was hast du gehört?«, fragte Faustillius ungehalten zurück.

»Deiner Herrin sei ein Unglück widerfahren?«

»Daran ist nichts Wahres.«

»Nicht? Die heulenden Mädchen, die mir draußen begegnet sind, haben aber etwas anderes gesagt.«

»Dummes Weibervolk, das immer übertreiben muss!«

»Nun gut, aber wo finde ich Aurelia Rufina? Ich würde sie gerne sprechen. Wir haben noch eine kleine private Angelegenheit zu klären!«, wandte sich Lampronius Meles an Fulcinia.

»Wir warten auf sie.«

»Ist sie in das Unglück etwa mit verwickelt? Jupiter tonans! Faustillius, ich habe ein persönliches Interesse an dem Wohlergehen der schönen Patrona. Was geht hier vor?«

Lampronius Meles war ein bekannter Mann, der bald in den Rang eines Decurionen erhoben werden sollte, und der Haushofmeister wollte ihm nicht ungefällig sein. Darum erklärte er: »Wir sind in der Tat ein wenig beunruhigt über ihre Verspätung, Lampronius Meles.«

»Also befürchtet ihr vielleicht eine Entführung. Faustillius, du solltest doch wissen, deine Herrin ist ein geeignetes Opfer für derartige Verbrechen. Es scheint, als ob ihr nicht recht in der Lage seid, sie zu schützen.«

Die Anschuldigung entbehrte nicht einer gewissen Wahrheit. Faustillius sah betroffen aus und holte zum Gegenschlag aus.

»Wenn das so ist, dann muss Aurelia Rufina mit den Entführern gemeinsame Sache gemacht haben.

Bislang haben wir die Therme immer noch für einen sicheren Ort gehalten. Aber wie sich die Dinge darstellen…«

Fulcinia vermeinte nicht recht zu hören.

»Faustillius, ich glaube, die Sorge hat dir die Sicht verstellt.«

»Wo ist sie denn? Wer außer ihr kann sie denn aus der Therme gelockt haben?«

Lampronius Meles mischte sich ein und meinte: »Es wäre besser, nach ihnen zu suchen, als zu streiten. Vielleicht sind beide entführt worden. Auch Rufina ist nur eine schöne, aber schutzlose Frau.«

Fulcinia nickte und sagte ruhig: »Faustillius, ich werde, wie vorgesehen, noch einmal die Leute befragen, geh du durch die Therme.«

»Ich begleite dich, Faustillius. Vier Augen sehen mehr als zwei.«

Lampronius und Faustillius betraten das Bad. Fulcinia ging noch einmal an Erlas Stand zurück und ließ sich die Vorfälle des Morgens schildern.

»Doch, sie ging mit Sabina in den Salbraum. Das sah ich noch. Dann nahm ich meine Salben und Duftöle, um sie im Ruheraum am anderen Ende der Therme zu präsentieren. Die Damen wollten in Muße und in der Wärme die Düfte ausprobieren, denn hier zieht es doch immer so.«

»Wer hat dich denn nach hinten gebeten?«

»Eine der Dienerinnen. Frag mich nicht, zu welcher Herrin sie gehört. Ich bin noch nicht lange genug hier, um jedes Gesicht zu kennen.«

»Wie lange warst du bei den Frauen?«

»Oh, lange. Sie haben sich Zeit gelassen und Wein kommen lassen, aber sie haben auch viel gekauft. Später wurden sie sehr ausgelassen. Der Wein hat seine Wirkung getan, denke ich.«

»Aber weder Sabina noch Rufina kamen hinzu?«

»Nein, aber ich weiß, Sabina Gallina ist eine sehr anspruchsvolle Frau und genießt es, sich gründlich massieren zu lassen. Meine Tochter übernimmt gewöhnlich diese Aufgabe. Und anschließend will sie immer noch eine Weile im Sudatorium sitzen und dann ein warmes Bad nehmen. Wahrscheinlich war sie erst mit ihrem Rundgang fertig, als die anderen sich schon zum Aufbruch fertig machten. Ob und wann sie das Bad verlassen haben, weiß ich nicht.«

Fulcinia wurde immer nachdenklicher. Noch nachdenklicher wurde sie, als der Haushofmeister und Lampronius Meles zurückkamen und außergewöhnlich ernste Gesichter machten.

»Du machst dir viel zu viele Sorgen. Sie wird bei irgendeiner Freundin sitzen und die Zeit verschwatzen!«

Crassus bestätigte, ohne es zu wissen, Rufinas Einschätzung seiner Haltung. Als er in den frühen Abendstunden nach Hause kam, fand er Fulcinia mit besorgter Miene vor und musste die Frage verneinen, ob er seine Schwiegertochter in der Stadt getroffen habe.

»Es ist nicht ihre Art, die Zeit zu verschwatzen, das weißt du ganz genau!«

»Frauen verschwatzen immer die Zeit. Warte ab, wenn es dunkel wird, kommt sie angekrochen. Wenn nicht – na, vielleicht hat sie endlich einen Mann gefunden, der ihr etwas mehr Aufmerksamkeit schenkt. Dieser Meles hat doch ein Auge auf sie geworfen.«

Maura, die ihren Großvater hatte kommen hören, stand jetzt in der Tür, und auch Crispus schlüpfte in den Raum.

»Mama mag den öligen Lampronius aber nicht, Großvater«, stellte er fest.

»Wenn sich Erwachsene unterhalten, haben Kinder nichts zu melden!«, fuhr Crassus ihn an. Und Fulcinia bat in ruhigem Ton: »Geht zu euren Büchern, Kinder.«

Doch diesmal wirkte ihre Autorität nicht, denn Maura war auf das Höchste verängstigt.

»Bitte, Tante Fulcinia, wo ist Mama? Der Lampronius hat doch gesagt, er habe einen Dolch gefunden. Bitte sag uns doch, was passiert ist!«

»Raus jetzt!«, blaffte Crassus noch einmal, aber Fulcinia schüttelte den Kopf.

»Nein, es ist besser, sie erfahren, was geschehen ist. Nichts ist schlimmer als Vermutungen und Halbwissen.«

»Ist Mama tot? Tante Fulcinia, hat man Mama umgebracht?« Maura hatte kugelrunde Augen und zitterte am ganzen Leib. »Unser Vater ist doch auch tot, nicht wahr? Er ist nicht auf eine Reise gegangen, stimmt das? Und nun ist auch Mama ohne Abschied fortgegangen. Warum, Tante Fulcinia? Warum sind sie gestorben?«

Fulcinia wollte Maura in die Arme ziehen, aber das Mädchen machte sich ganz steif und beharrte: »Sagt mir die Wahrheit. Sagt mir doch endlich die Wahrheit!«

»Maura, euer Vater ist tot, das ist richtig. Das haben wir euch nie verheimlicht, aber ihr habt euch geweigert, das zu glauben. Eure Mama aber ist, aller Wahrscheinlichkeit nach, zusammen mit Sabina Gallina entführt worden. Sie lebt noch, und es ist gut möglich, dass es schon bald eine Nachricht von ihr gibt.«

»Ich glaube dir nicht. Sie geht nicht ohne Abschied von uns weg. Sie ist tot!«

Maura begann jetzt, haltlos zu weinen.

»Du bist eine dumme Ziege, Maura!«, schrie sie Crispus plötzlich an. »Sie ist nicht tot, Mama stirbt nicht. Hör mit dem Geflenne auf!«

»Sie haben sie mit dem Dolch erstochen!«, kreischte Maura jetzt auch.

»Blödsinn. Dann wäre der doch voller Blut gewesen!«

»Sie haben sie in den Abwasserkanal geworfen!«

»Quatsch, du Heulsuse. Sie will nur, dass wir sie richtig suchen. Los, wir finden sie. Sie legt immer Spuren, wenn sie Verstecken mit uns spielt!«

Seltsamerweise beruhigte Crispus' unerschütterliche Überzeugung in Rufinas »Spiel« seine Schwester. Sie ließ sich willig mitziehen und schniefte nur noch ein paarmal heftig auf.

»Lass sie, Crassus. Es lenkt sie ab«, murmelte Fulcinia, als er versuchte, sie zurückzuhalten.

»Wenn du meinst. Was ist das mit dem Dolch?«

»Lampronius Meles und der Haushofmeister des Statthalters haben im Ruheraum einen Dolch gefunden. Er scheint einem Germanen zu gehören, denn in seinen Griff sind diese Runen eingeritzt. Das passt in etwa zu dem, was die Salbenhändlerin erzählt. Sabina ist erst nach den anderen mit dem Bad fertig geworden. Rufina muss sie in den Ruheraum begleitet haben, und dort hat man sie überfallen und aus der Therme gebracht. Angeblich hat einer der Heizer um die Mittagszeit zwei große Körbe vor dem Holzlager gesehen. In denen könnten sie fortgetragen worden sein.«

»Aber warum Rufina? Diese Sabina Gallina, das macht mir Sinn. Für sie wird man Lösegeld bekommen, aber unsere Rufina ist eine nutzlose Geisel. Die kann sich doch nicht mal eine neue Stola kaufen.«

»Rufina, und da hat Lampronius recht, ist aber eine hübsche Geisel.«

»Ein mageres Huhn.«

»Ja, lieber Crassus, aber nicht alle mögen so fette Hühnchen wie Gallina. In einer Sache stimme ich dir jedoch zu. Sie wird nur deswegen entführt worden sein, weil sie zufällig mit Sabina zusammen war.«

»Dann wird man sie vermutlich umbringen. Sie hat keinen Wert.«

»Oder Faustillius hat Recht, und sie steckt mit den Entführern unter einer Decke.«

Jetzt war Crassus doch empört. »Glaubst du das, Fulcinia? Dann bist du genauso blöd wie er.«

»Rufina leidet sehr unter Maurus' Tod, Crassus. Ich weiß nicht, wozu sie fähig ist. Ich weiß nicht, was in ihrem Kopf vorgeht.«

Aber Fulcinia hatte noch immer Rufinas trostlose Überlegung im Kopf, es könne vielleicht Regulus gewesen sein, der auf Maenius Claudus' Geheiß ihren Mann umgebracht hatte.

War sie auf Beweise gestoßen? Hatte sie deshalb Rache an Sabina Gallina nehmen wollen?

»Was leidet sie unter dem Tod meines Sohnes!«, polterte Crassus unterdessen wieder los. »Sie sollte froh sein, sich jetzt einen vernünftigen Mann nehmen zu können.«

»Das meinst du selbst nicht ernst, Crassus. Rufina liebt Maurus, genau wie du.«

Crassus machte den Mund auf, hielt ihn einen Moment offen und schloss ihn wieder. Er sagte nichts.

»Wir wollen lieber überlegen, wer ein Interesse an Sabina Gallina haben könnte. Du bist doch auf dem Laufenden mit allen Gerüchten in der Stadt.«

Sie gingen in ungewohnter Eintracht alle möglichen Motive durch, bis die Kinder wieder zurückkamen.

»Guck mal, Tante Fulcinia, was wir gefunden haben!«

Crispus hielt ihr ein braunes Wollband entgegen, in das sich noch ein rotes Haar verwickelt hatte.

16. Kapitel

Die mit dem Wolf raunt

Ein Wald steht da, uralt und viele Jahre
von der Axt unberührt;
es ist glaubhaft, dass diesem Ort
eine Gottheit innewohnt.
Mitten darin: eine heilige Quelle...

OVID, AMORES

Rufina hatte noch nicht einmal mehr die Luft zum Atmen, geschweige denn zum Schreien. Mit unendlich langsamen Bewegungen versuchte sie, sich aus der direkten Reichweite des Wolfes zu bewegen. Das Tier blieb stehen und sah sie ruhig an.

»Du tust mir nichts. Bitte tu mir nichts«, flüsterte sie heiser und schalt sich vollständig verrückt, weil sie mit einer wilden Bestie sprach.

Seltsamerweise setzte der Wolf sich und folgte ihr nicht, als sie sich weiter von ihm zurückzog. Vielleicht gefiel ihm ja doch ihre Stimme. Sie versuchte es noch einmal.

»Du bist ein schöner Wolf, ein friedlicher Wolf. Ich tue dir nichts, ich kann mich sowieso nicht gegen dich wehren. Bleib sitzen, schöner Wolf.«

Sie kroch noch langsamer und vorsichtiger rückwärts und stieß plötzlich mit dem Rücken an ein Hindernis. Unwillkürlich entfuhr ihr ein erschrockenes Keuchen. Sie wagte nicht, den Wolf aus den Augen zu lassen, aber sie tastete mit einer Hand hinter sich und bekam Stoff zu fassen.

»Er ist satt und zufrieden. Er ist kein Menschen-
fresser. Steh auf, Römerin.«

Es war eine raue, gebieterische Stimme, die diesen
Befehl erteilte. Hastig rappelte Rufina sich auf und
sah sich einer hoch gewachsenen Frau gegenüber, die
in eine wunderliche Mischung von Kleidern gehüllt
war. Sie hatte Hosen an, wie die Männer sie trugen,
derbe Stiefel und einen langen, weiten Rock, den sie
an den Seiten hochgesteckt hatte. Darüber eine kurze Tunika und einen Umhang aus unterschiedlichen
Fellen. Über ihren Schultern lagen von Grau durch-
zogene blonde Zöpfe, und ihr Gesicht war braun
und wettergegerbt. Aber sie hatte schöne weiße Zähne, die sie zeigte, als sie Rufina anlächelte.

»Die Wölfin findet oft seltsame Dinge im Wald. Du
bist eines der seltsamsten. Folge mir, Feuerbrand.«

»Ja … ja natürlich.«

Die Frau sprach ihre Sprache, doch etwas mühse-
lig und mit schwerem Akzent. Aber Rufina war bereit, jeder ihrer Bitten Folge zu leisten, wenn sie nur
aus der Reichweite des Wolfes kam. Das Tier aber
erhob sich und stellte sich an ihre Seite.

»Die Wölfin begleitet uns.«

Es schien zumindest keine direkte Gefahr von ihr
auszugehen, also humpelte Rufina hinter der Frau
her. Sie musste nicht weit gehen, eine Holzhütte
tauchte hinter einer Hecke aus Haselbüschen auf.

»Hungrig?«

»Sehr.«

»Und deine Füße sind wund.«

»Ja.«

»Ich heile. Aber erst essen wir. Ich bin Wolfrune.«

»Ich heiße Aurelia Rufina!«

»Die Rote, natürlich.«

Wolfrune nickte und wies auf ein Stroh- und Felllager an der Wand. Erschöpft ließ sich Rufina darauf nieder und sah zu, wie die Frau das Herdfeuer entfachte. Die sparsamen Gesten erinnerten sie seltsamerweise an Fulcinia, obwohl zwischen der gepflegten Vestalin und dieser wilden Gestalt keinerlei Ähnlichkeit bestand. Der Wolf ließ sich zu Rufinas Füßen nieder und legte den Kopf auf die Vorderpfoten.

Aus dem aufgesteckten Rock holte ihre Gastgeberin nun allerlei Sammelgut – Wurzeln, Knollen, grüne Schösslinge und ein paar kleine Zwiebeln. Flink zerkleinerte sie das Gemüse und legte es in den Kessel, der auf seinem Dreifuß über dem Feuer stand. Sie gab etwas Wasser hinzu und schnitt dann von einem geräucherten Stück Fleisch ein paar Stücke ab. Dann strich sie auf einen Fladen Brot braunes Fett aus einer Schüssel und reichte ihn Rufina. Appetitlich sah es nicht aus, doch es roch nach gebratenem Fleisch, und sie war so hungrig, dass es ihr gleichgültig war, was sie in den Magen bekam. Dankbar biss sie hinein und wunderte sich darüber, wie angenehm würzig es schmeckte.

»Gänseschmalz, mit Kräutern. Gut, nicht?«

Rufina konnte nur nicken.

Die Wölfin sah zu ihr hoch und gab einen winzigen Laut von sich. Die Frau lachte heiser.

»Gib ihr ein Stückchen, dann bist du ihre Freundin.«

»Wie geben?«

»Abreißen, auf die Hand legen und ihr vor das Maul halten.«

Es kostete Rufina eine nicht unbeträchtliche Überwindung, aber dann wagte sie es, dem Tier ein Stück Schmalzbrot zu reichen. Es gelang ihr sogar, die Hand ganz ruhig zu halten. Die Wölfin verschlang die Gabe mit einem Bissen und leckte dann einmal über Rufinas Handfläche. Erst jetzt zuckte sie fort. Aber gleich darauf musste sie lächeln.

»Das gefällt dir, Wolf? Was für ein freundlicher Wolf du bist, frisst lieber Brot als Menschenfinger, ja?«

Sie gab ihm noch ein Stück.

»Sie ist freundlich, wenn man freundlich zu ihr ist. Du hast jetzt keine Angst mehr vor ihr?«

»Doch.«

»Gut. Trotzdem, ich werde dich mit ihr alleine lassen. Kräuter für deine Füße holen. Achte auf den Kessel!«

Entspannt fühlte Rufina sich nicht in der Gegenwart der Wölfin, doch die Panik war gebannt. Sie wagte es sogar, ganz vorsichtig aufzustehen und in dem Kessel zu rühren, aus dem es aromatisch duftete.

»Du bist ein seltsames Tier«, sagte sie dann zu der Wölfin. »Meine Kinder haben zwei kleine Waldkatzen, die auch ganz zutraulich sind.«

»Du hast Kinder?«, fragte Wolfrune von der Tür her.

»Ja, zwei.«

Sie kam mit einem Schaff voll Wasser und stellte es vor Rufina hin.

»Füße da hinein!«

Die Wunden brannten im kalten Wasser, aber dann wurde es allmählich besser. Schweigend machte sich Wolfrune daran, die Kräuter auszusortieren und zu zerstampfen und zwei Streifen Leder zurechtzuschneiden. Dann nahm sie Rufinas Füße einen nach dem anderen in die Hand, bestrich sie mit dem Kräuterbrei und wickelte das Leder fest darum.

»Feine Füße, das Laufen in der Wildnis sind sie

218

nicht gewöhnt. Nun werden sie heilen.« Dann sah sie hoch und direkt in Rufinas Augen. »Alles andere wird auch heilen«, murmelte sie dann. »Bald.«

Sie wandte sich ab, füllte zwei hölzerne Schüsseln mit der Suppe, und gemeinsam verzehrten sie sie schweigend. Draußen wurde es dunkel, und der Nieselregen setzte wieder ein. Doch gesättigt und warm fühlte Rufina eine seltsame Leichtigkeit in sich aufsteigen. Sie hätte Wolfrune gerne von ihren Erlebnissen erzählt, aber die Frau schien vollkommen frei von jeder Neugier zu sein. Und ganz außergewöhnlich schweigsam. Still saß sie neben dem Herdfeuer, die Wölfin nun an ihrer Seite, wachsam, doch ebenfalls vollkommen ruhig. Schließlich aber stand Wolfrune auf, zündete einen Moosdocht in einer Tonschale voll Fett an, der ein gespenstisch blaues Licht verbreitete. Dann holte sie aus den zahlreichen Falten und Taschen ihres Gewandes ein rotes Beutelchen hervor und wog es in den Händen.

»Du bringst Kunde von Unglück, rote Füchsin!«, sagte sie leise.

Rufina zog sich ein kalter Schauder über den Rücken.

»Ich habe Unglück erlebt.«

»Ich weiß. Aber die Kunde, die du bringst, betrifft nicht dein eigenes Unglück.«

Sie zog das Band des Beutels auf und langte hinein. Mit einer schnellen Handbewegung warf sie die geritzten Stöckchen vor sich auf den Boden. Die Ohren der Wölfin richteten sich auf, und ihr Blick wandte sich zu den Runen. Wolfrune legte ihr die linke Hand in den Nacken. Die rechte erhob sie, um jene Zeichen aufzunehmen, die ihr die Verflechtungen von Vergangenheit, Gegenwart und Zukunft bedeuten würden.

Drei Hölzchen wählte sie, doch dann gab die Wölfin ein unheimliches Winseln von sich, und die Runenraterin starrte Rufina plötzlich durchdringend an. Dann ergriff sie ohne zu zögern die vierte Rune.

Rufina verhielt sich ganz still. Sie hatte schon von den weisen Frauen der Germanen gehört, die wie die Auguren Rat aus den geheimen Zeichen lasen. Diese Frau hier aber schien mehr als nur eine Zeichendeuterin zu sein. Sie war eine, die wusste. Ehrfürchtig faltete sie die Hände im Schoß und wagte kaum zu atmen.

»Thurisaz«, sagte Wolfrune nach einer Weile des Schweigens. »Thurisaz, der Dorn. Kein gutes Zeichen. Und so singen die Alten:

›Der Dorn ist spitz für jeden, der ihn ergreift;
Er ist schadenbringend und grausam
für jeden Mann, der sich darauf legt.‹«

Sie blickte Rufina an, die sich auf die Unterlippe biss.

»Es ist Schaden angerichtet worden, ja!«, flüsterte sie. »Es kann nicht gut ausgehen.«

»Nein, es kann nicht gut ausgehen, wenn man sich selbst überschätzt. Wenn man blind ist gegenüber den wirklichen Absichten der Mächtigen und Verräter.«

Rufina wurde mit einem Mal bewusst, dass ihre Entführer nicht aus eigenem Antrieb gehandelt hatten. Erkmar und seine drei Begleiter konnten nichts über die Gepflogenheiten in der Therme wissen. Jemand musste sie beauftragt haben, und dieser Jemand spielte mit ihnen ein Spiel.

Die Wölfin sah sie an, und in ihren Augen glomm ein seltsames Licht. Rufina war sich in diesem Moment nicht sicher, ob sie ein Tier oder einen Geist vor sich hatte.

»Fürchte dich nicht vor ihr, sie schätzt dich als ih- resgleichen, Füchsin!«, sagte Wolfrune und griff zum nächsten Stöckchen.

»Mannaz, die Menschlichkeit. Höre:
›Der Mann ist in seiner Freude seiner Sippschaft lieb,
auch wenn beide voneinander scheiden werden;
denn der Herr will durch sein Gebot
dies schwache Fleisch der Erde übergeben.‹«

»Menschlichkeit? Es hört sich nach Tod an.«

»Richtig, rote Füchsin. Du wirst einem guten Mann den Tod bringen.«

»Aber ich will niemandem den Tod bringen.«

Ein müdes Lächeln flog über Wolfrunes Gesicht.

»Den Tod zu bringen, kann der größte Akt der Menschlichkeit sein. Und du kannst töten.«

»Ich kann nicht.«

»Doch, du kannst, wenn du musst.«

»Wolfrune, was weißt du von mir?«

»Was ich in deinen Augen lese. Und das, scheint mir, ist mehr, als du weißt. Aber du wirst lernen.«

Nachdenklich hob sie die dritte Rune auf und be- nannte sie Gebo.

»Das Geschenk heißen wir sie. Betrachte es als ein solches. Die Alten singen:
›Das Geschenk ist für jeden Mann Stolz
und Lob, Hilfe und Edeltum,
und jedem heimatlosen Abenteurer ist es Gut und Nahrung.‹«

»Aber ...«

»Du bist ein Weib, du schenkst Tod und Leben.«

»Aber ...«

»Du hast Kindern das Leben geschenkt.«

»Aber ...«

»Werde dir deines Wertes bewusst, rote Aurelia.

Dies ist deine Zukunft. Und noch etwas mehr. Erst einmal in meinem Leben zuvor habe ich eine zweite Rune für die Zukunft gefunden, und beide Male war es Kenaz, die Flamme.

›Die Fackel ist jedem Lebenden durch ihr Feuer vertraut,

sie ist klar und hell, sie brennt meistens,

wenn die Gemeinen im Saale ruhen.‹

Jener, dem ich diese Rune mitgab, ist mit deinem Leben verwoben. In Licht und Klarheit. Und vermutlich auch in großer Leidenschaft.«

»Wer war es?«

Auf Wolfrunes Gesicht malte sich tiefste Befriedigung ab, und ein inneres Leuchten verschönte ihre herben Züge, als sie mit großer Genugtuung antwortete: »Ein heimatloser Abenteurer.«

Sie schob die Runen zusammen, eine Bewegung, die Rufina so deutete, dass sie nun nichts mehr zu sagen hatte.

»Wir wollen schlafen. Morgen zeige ich dir den Weg, den du suchst. Das Ziel aber musst du selbst erreichen.« Dann fügte sie ganz unerwartet eine kleine Schilderung hinzu, die mit all dem, was sie bisher gesagt hatte, nichts, aber auch gar nichts zu tun hatte. »Ich habe ein paar Füchse beobachtet. Ein Rüde und eine Fähe. Sie lebten vier Jahre zusammen. Oder länger. Ich fand ihn. Ein Pfeil hatte ihn getroffen. Die Fähe wartete auf ihn. Den ganzen Sommer lang. Sie ging immer denselben Weg. Hin und her, hin und her. Sie rupfte sich das rote Fell aus. Sie hungerte. Schließlich starb sie. Aus Trauer und Einsamkeit.«

»Wolfrune …«

Die weise Frau aber stand auf, strich Rufina wie zufällig über die kurzen, wirren Haare und richtete ihr dann schweigend das Lager.

Rufina hatte nicht geglaubt, einschlafen zu können, doch kaum hatte sie sich auf dem Felllager ausgestreckt, war sie in tiefen, traumlosen Schlummer versunken.

Wolfrune aber befragte noch einmal die Zeichen und betrachtete dann lange nachdenklich ihr stilles Gesicht.

Als sie aufgewacht war, schien eine unbekannte, neue Kraft sie zu durchströmen. Es war nicht nur die Nahrung und der erholsame Schlaf, nicht nur die Erleichterung, ohne Angst dem Morgen begegnen zu können. Rufina hatte das Gefühl, als sei über Nacht in ihr ein Pflänzchen gekeimt, das nun austrieb, kräftig und bestrebt, zur Sonne zu gelangen. Es schien ihr auch, als ob ihre Trauer plötzlich erträglicher geworden wäre, und als sie noch einmal die Augen schloss, sah sie Maurus' Gesicht so deutlich vor sich, als säße er neben ihr auf dem Lager. Sie wunderte sich nur über den dicken Fellumhang, den er trug. Dann verschwand das Bild, und sie stand auf.

Als sie aus der Hütte trat, fand sie sich alleine. Der Nieselregen hatte sich in der Nacht verzogen, und über den Baumwipfeln ging eine rote Sonne auf. Rufina folgte dem ausgetretenen Pfad hinter das Haus und hörte ein melodisches Singen, doch die Stimme war rau und tief. Gleich darauf entdeckte sie Wolfrune, die sich in der Quellfassung eines der vielen klaren Bächlein des Waldes wusch. Sie war nackt, und ihr muskulöser Körper schimmerte im Licht der Morgensonne golden. Sie war vielleicht nach römischen Maßstäben keine schöne Frau, aber es umgab sie eine Aura vibrierender Vitalität.

Rufina lächelte ihr zu.

»Ich betreibe eine Therme in der Colonia. Wenn

du einmal ein wirklich luxuriöses Bad nehmen willst, dann bist du herzlich eingeladen, Wolfrune.«

Wolfrune lachte auf und meinte: »Ich komme nicht in die Stadt, doch ich danke dir. Hier habe ich allen Luxus, den ich brauche. Komm her!«

Rufina trat an die von einigen unbehauenen Steinen eingefasste Quelle, die so ein Becken bildete. Ein Sonnenstrahl beleuchtete den Grund, und es blitzten tausend Funken auf. Der Boden war über und über bedeckt mit Goldflimmer.

»Ja, das kann ich mir vorstellen.« Rufina war fasziniert von dem Bild, aber sie wagte nicht, ihre Hand ins Wasser zu tauchen. Befriedigt betrachtete Wolfrune sie und nickte.

»Ich erfreue mich daran, aber ich lasse es, wo es ist.«

»Das würde ich auch tun. Es ist schön, so wie es ist.« Dann fügte sie mit einem kleinen Lächeln hinzu: »Du erinnerst mich sehr an Fulcinia. Sie ist meine Freundin, und auch sie findet Genüge an den kleinen Dingen.«

Wolfrune zog ihre Tunika über den feuchten Körper.

»Fulcinia muss eine weise Frau sein.«

»Eine sehr weise. Ich wünschte…« Rufina sann plötzlich über eine eigenwillige Verbindung nach. »Ja, ich wünschte, ihr beide würdet euch kennen lernen.«

»Was sein soll, wird geschehen.«

»Es ist seltsam, ihr seid einander ansonsten überhaupt nicht ähnlich, und doch gleicht ihr euch.«

Zum ersten Mal zeigte Wolfrune eine Spur von Neugier.

»Worin?«

»Sie war eine der vestalischen Jungfrauen. Und sie behauptet, sie sei es noch.«

Mit kaum unterdrückter Verblüffung sah die Germanin Rufina an. »Du machst dir recht außergewöhnliche Freunde, Füchsin. Die eine hütet das Feuer, die andere das Wasser.« Dann aber bemerkte sie mit einem seltsamen Unterton: »Na ja, eine Jungfrau bin ich allerdings nicht.«

»Nein, auch du hast Kinder geboren.« Ein Blick auf Wolfrunes Bauch hatte ihr diese Vermutung eingegeben.

»Ja, zwei, mehr wollte ich nicht.«

Rufina schüttelte den Kopf.

»Mehr wolltest du nicht?«

Wolfrune begann zu lachen.

»Komm mit, ich kann dir wenigstens dafür deutlichere Weisung geben, als den geraunten Rat der Runen.«

Die Wölfin kam aus dem Unterholz herbei und legte Wolfrune einen Hasen vor die Füße. Die Frau murmelte einige Worte, die wie Lob klangen, dann sah sie hoch.

»Du wirst jetzt noch etwas essen. Dann machst du dich auf den Weg.«

»Ja, das sollte ich wohl.«

Wolfrune hatte am Abend Körner in den Rest der Suppe geworfen, die nun zu einem dicken, schmackhaften Brei aufgequollen waren. Sie erschien an diesem Morgen viel weniger geheimnisvoll. Sie war eine Frau von großen Kenntnissen, was Kräuter und Pflanzen anbelangte, und auch was den weiblichen Körper und seinen mit dem Mond verbundenen Rhythmus betraf. Rufina hörte ihr mit Wissbegierde zu und lernte einige erstaunliche Zusammenhänge. Nachdem sie gegessen hatten, stand sie auf und sagte: »Wolfrune, ich bin dir sehr dankbar. Ich kann dir nicht sagen, wie sehr.« Sie war über einen Kopf kleiner als die

Germanin und stand vor ihr, die haarige Decke fest um sich gewickelt. »Ich hoffe wirklich, ich kann das Unglück von euch abwenden. Auch wenn ich nicht weiß, was es bedeutet.«

»Ich weiß es auch nicht. Die Zeichen sind selten klar. Sie zeigen die Richtung, die das Schicksal nimmt. Wer klug ist und die Muster erkennt, kann es wenden. Ich habe die Runen noch einmal befragt. Als du schliefst, kleine Füchsin. Sie gaben mir einen Hinweis. Er ist auch mir nicht ganz klar, doch höre auch ihn. Wer weiß, vielleicht kannst du wirklich dieses Missgeschick abwenden. ›Auf des Rheines Gold liegt ein Fluch, und verflucht ist der Vater, der sein eigen Fleisch vernichtet‹.«

Eine leichte Gänsehaut überzog Rufinas Arme.

»Ich werde deine Worte bewahren, Wolfrune. Ich werde zu dir zurückkehren, wenn ich die Wahrheit herausgefunden habe.«

Sie hatte ihr fettbestrichenes Brot mitgegeben und ihr die Füße mit weiteren Lederstreifen umwickelt. Den Weg hatte sie ihr so gut wie möglich beschrieben und der Wölfin den Befehl erteilt, sie bis zu jener geborstenen Eiche zu begleiten, an der sich der Pfad gabelte.

»Wenn du nach Osten gehst, kannst du den Römerweg des Wassers nicht verfehlen«, riet sie ihr. »Wenn du ihn entlanggehst, kommst du zu der Straßenkreuzung bei Belgica vicus[1] Dort wirst du Hilfe von deinesgleichen finden.«

Zwar hatte Rufina nun einige Anhaltspunkte, an denen sie sich orientieren konnte, aber der Weg war alles andere als einfach. Es ging bergauf, manchmal

[1] Billig bei Euskirchen

recht steil, dann wieder abwärts, und sie rutschte oft genug auf dem feuchten, glitschigen Lehmboden aus. Später wurde es drückend warm, als die Sonne hoch am Himmel stand und die Feuchtigkeit der letzten Tage verdunstete. Der Pfad war meist kaum erkennbar, und sie hoffte verzweifelt, noch in der richtigen Richtung zu wandern. Einmal blieb sie erleichtert stehen, als sie einen alten, moosbewachsenen Dolmen fand, den Wolfrune ihr genannt hatte. Sie hielt sich östlich, aber möglicherweise hatte sie eine Abzweigung verfehlt, denn der Kanal wollte und wollte nicht erscheinen. Rufina war müde geworden und setzte sich auf einen umgestürzten Baumstamm, um die Reste ihres Proviantes zu verzehren. Sie fühlte sich mutlos und verlassen. Aber schließlich, überlegte sie, blieb ihr wohl nichts anderes übrig, als den Weg wieder bis zu jenem Dolmen zurückzugehen und nach einem besseren Pfad zu suchen. Sie war alleine auf sich gestellt, eine andere Lösung gab es nicht.

Seufzend raffte sie sich auf und wanderte mit schmerzenden Füßen zurück.

Vielleicht hatte sie nicht genau darauf geachtet, wohin sie ging, wahrscheinlich war sie sogar ein Stück im Kreis gegangen, jedenfalls erblickte sie bald darauf den Dolmen, doch von einer anderen Seite aus.

Und dann stolperte sie über die Leiche.

Sie musste nachlässig unter dem Laub und etwas Geröll vergraben worden sein, jetzt von neugierigen Tieren hervorgescharrt, zerrissen und verwest. Doch es war ein Mensch. Fetzen von Kleidung hingen noch an seinen Knochen.

Rufina klammerte sich starr vor Grauen an einen Baum und würgte. Aber wieder wurde ihr ihre Einsamkeit bewusst, und auch, dass ihr niemand helfen konnte. Sie wandte sich ab und atmete ein paarmal tief durch. Gefahr ging von dem Leichnam nicht mehr aus, und jene, die möglicherweise seinen Tod verursacht hatten, waren schon lange vom Ort der Tat verschwunden. So weit kam sie mit ihrer nüchternen Bestandsaufnahme. Dann ging sie zum Dolmen zurück und versuchte erneut, den Weg zur Wasserleitung zu finden.

Diesmal gelang es ihr. Als die Sonne lange Schatten warf, erreichte sie den gepflasterten Weg, der entlang dem Kanal gebaut war. Sie brauchte ihm auch nicht mehr sehr weit zu folgen, bis sie die Zelte der Arbeiter sah, die hier einige Schäden zu beheben hatten.

Ungläubige Blicke begegneten ihr, als sie in das Lager trat.

»Der Baumeister Silvian, ist er hier?«, fragte sie und ließ sich auf einem Steinquader nieder. Ihre wunden Füße schmerzten erbärmlich.

Zwei vierschrötige Männer betrachteten sie noch immer mit offenem Mund, aber ein dritter schien sie nicht für einen Waldgeist zu halten und nickte schließlich.

»Klar!«

Aber die Eingebung, den Vorgesetzten zu holen, hatte auch er nicht.

»Wo finde ich ihn?«

»In seiner Hütte!«

»Und welche ist das?«

»Na, die große da.«

Rufina wollte sich gerade aufraffen, um die letzten Schritte dorthin zu machen, als der Gesuchte selbst aus dem Eingang trat.

»Da isser!«, sagte einer der Arbeiter. Der andere hatte seinen Grips inzwischen weit genug zusammen, um zu rufen: »Baumeister, hier is 'n Mädchen oder so. Die sucht dich.«

Lucillius Silvian war augenblicklich beunruhigt. Frauen, und erst recht Mädchen, duldete er auf seiner Baustelle nicht. Er kam mit großen Schritten herbei und blieb dann verblüfft stehen.

»Jupiter fulgur! Aurelia Rufina. Was machst du denn hier?«

»Das ist eine lange Geschichte«, seufzte sie und machte den Versuch aufzustehen. Sie schwankte, und geistesgegenwärtig fing Silvian sie auf.

»Du bist verletzt und vollkommen erschöpft, will mir scheinen.«

»Die Füße!«

»Schon gut, ich bringe dich in meine Hütte. Dann sehen wir weiter.«

Zur ungeteilten Freude seiner Arbeiter trug er sie mit Leichtigkeit zu seiner Behausung, die erstaunlich gemütlich eingerichtet war. Es gab einige Klappstühle, einen Tisch mit den Resten eines Mahls, einen weiteren mit Pergamentrollen und eine Liege mit weichen Decken. Auf dem Boden waren Lederdecken ausgebreitet, mehrflammige Leuchter hingen von den unbehauenen Dachbalken.

Er bettete Rufina auf die Lagerstatt und sah sie dann kopfschüttelnd an.

»Was ist passiert? Ach, vergessen wir das erst einmal. Etwas Wein wird dir gut tun.«

Sie nahm dankbar den Becher an und trank mit kleinen Schlucken.

»Hinter dem Dolmen liegt eine Leiche.«

Sie fand, es sprach für Silvian, höchst sachlich darauf zu reagieren.

»Der Dolmen, der bergan zwischen den Kiefern liegt?«

»Ja, wenn die Nadelbäume dort Kiefern sind. Gibt es noch mehr davon?«

»Natürlich. Was für eine Leiche?«

»Ein Mensch, mehr kann man nicht erkennen. Oder besser, mehr wollte ich nicht erkennen. Es sind nur noch Knochen und etwas Stoff oder Leder.«

»Ich werde mich morgen darum kümmern.«

»Kannst du mir etwas Wasser für meine Füße besorgen?«

»Aber natürlich.« Er betrachtete die zerschlissenen Sandalen und die sich allmählich lösenden Verbände. »Zu meinen nicht unbeträchtlichen Fähigkeiten als Baumeister gehören auch Grundkenntnisse in ärztlicher Versorgung. Es kommen oft genug Verletzungen bei den Arbeitern vor. Willst du dich mir anvertrauen?«

»Sicher.« Ein winziges Lächeln zuckte um Rufinas Mundwinkel. »Lieber dir als den Holzköpfen da draußen.«

»Ja, ich bin die einzige Alternative!«

Er grinste auch, dann rief er ein paar Befehle nach draußen, und bald darauf kam einer der Arbeiter mit einem Eimer Wasser. Während Rufina die Füße darin einweichte, erzählte sie ihm in kurzen Worten, was in den vergangenen vier Tagen geschehen war. Silvian hörte ohne eine Zwischenfrage zu. Erst als sie geendet hatte, bemerkte er: »So hast du Wolfrune getroffen.«

»Du kennst sie?«

»Kennen? Ich bin ihr begegnet. Sie ist eine unheimliche Frau, und die Arbeiter fürchten sie wie eine der Parzen.«

»Sie ist hilfsbereit und gütig. Aber sie lebt alleine, und da mag der Ruf, ein wenig unheimlich zu sein, sich als ganz nützlich erweisen.«

»Wohl wahr.« Er strich ihr Salbe auf die Schrammen und Blasen und verband sie mit sauberen Leinentüchern. »Hast du eine Ahnung, wer euch entführt hat?«

Sie nannte ihm die Namen der Männer und fragte: »Kennst du sie zufällig, Silvian? Du begegnest den Germanen doch häufiger.«

Ein weiterer Arbeiter brachte Essen für sie, und Silvian half ihr, sich an den Tisch zu setzen. Als der Mann gegangen war, bat er: »Beschreib mir die vier genauer.«

Als sie es getan hatte, nickte er.

»Ja, ich weiß, wer sie sind. Ich kenne sogar die Siedlung am Wald. Sie ist eigentlich gar nicht so weit von hier entfernt. Wenn man den richtigen Weg kennt. Aber vermutlich haben sie euch über verborgene Pfade dorthin gebracht, damit sie nicht verfolgt werden konnten.« Er sah nachdenklich zur Türöffnung hinaus. »Es sind im Grunde ganz anständige Menschen. Sie bauen ihr Getreide an, halten ein wenig Vieh und handeln mit den verschiedensten Gebrauchsgütern. Wir kaufen ihnen manches an Werkzeug und Lebensmitteln ab, und ihre Frauen ziehen einmal in der Woche nach Belgica vicus auf die Märkte. An der Römerstraße lohnt sich offensichtlich das Geschäft.«

»Und in der Colonia?«

»Auch gelegentlich.«

»Gehören sie zu Halvors Sippe?«

»Ich weiß es nicht.«

»Können wir zu ihnen gehen und Sabina Gallina retten?«

Silvian hob die Arme in den Nacken und verschränkte die Finger hinter dem Kopf.

»Schwer zu sagen. Aus eigenem Antrieb werden sie die Frau des Statthalters von Niedergermanien nicht entführt haben. Das halte auch ich, genau wie du, für unwahrscheinlich. Aber es könnte trotzdem möglich sein. Dann werden sie sie nicht kampflos freigeben. Auf einen Kampf mit ihnen möchte ich es aber lieber nicht ankommen lassen.«

»Das verstehe ich.«

Rufina wurde von einem ausgedehnten Gähnen gepackt, und Silvian stand auf, um zu ihr zu gehen.

»Du musst todmüde sein, Rufina!«, sagte er mit sanfter Stimme. »Ich denke, du legst dich am besten in mein Bett. Ich werde heute Nacht ein anderes Lager finden.«

»Du kannst mir eine Decke geben. Der Boden reicht mir. Ich bin nicht mehr besonders anspruchsvoll.«

»Kommt nicht in Frage.«

Sie war zu erschöpft, um lange zu diskutieren; wenig später lag sie in Silvians Bett und bekam kaum noch mit, wie er die Lichter löschte.

17. Kapitel

Runenrat: Mannaz

Kannst du diese Hand anfassen,
die einem Menschen das Leben nahm?
OVID, AMORES

Es war schon heller Tag, als sie wieder erwachte. Sie war alleine, und die Geräusche, die von draußen hereinklangen, meldeten ihr, dass es geschäftiges Arbeiten gab. Interessanterweise hatte sich dieses Gefühl wieder eingestellt, das sie auch am Morgen zuvor gespürt hatte. Eine wachsende Kraft in ihr, die sie mit einem ruhigen Gleichmut auf die Belastungen der vergangenen Tage reagieren ließ. Sie erhob sich und fand auf dem Hocker neben dem Bett saubere Kleidung. Männerkleidung allerdings. Sie lächelte. Ihre Meinung über Baumeister Silvian hatte eine Wandlung erfahren. Er mochte zwar ungeschliffen sein und gelegentlich ein rechter Polterer, aber er hatte sich am gestrigen Tag wirklich als Freund erwiesen. Sie konnte nicht umhin, ihn mit Maurus zu vergleichen. Er war gewiss das ausgemachte Gegenteil zu ihrem leichtherzigen, redegewandten Mann, der mit schnellem Witz und bezaubernder Unverbindlichkeit die Herzen gewann. Wenn er sich ärgerte, merkte man es ihm selten an, nur einmal hatte sie erlebt, wie er seinem Unmut in ein paar ausgesucht verletzenden Worten Luft verschaffte. Auch das allerdings leise und höflich. Aber vernichtend. Silvian war bedächtig, wenn er nicht gerade in Wut geriet. Er war aufrichtig und fürsorglich. Weder das eine noch das andere konnte Rufina von dem Mann sagen, von dem sie inzwischen mehr und mehr den Eindruck gewann, er habe beständig eine Maske getragen. Auch ihr gegenüber.

Aber sie schüttelte die Erinnerungen ab und zog sich an. Als sie die leinenen Beinkleider mit dem Strick in der Taille befestigt, die weite Tunika übergezogen hatte und in die weichen Lederstiefel geschlüpft war, stellte sie mit gewisser Heiterkeit fest, darin Wolfrune gar nicht so unähnlich zu sehen. Aber auch, dass diese Art von Bekleidung durchaus Vorteile bot.

Ein Junge saß vor der Hütte und grinste sie breit mit einer Zahnlücke an.

»Ich bin Quintus. Der Baumeister hat gesagt, ich soll auf dich aufpassen.«

»Hat er gesagt? Und wo ist der Baumeister?«

»Mit zwei Arbeitern zum Dolmen gegangen. Willst du essen?«

»Das wäre keine schlechte Idee.«

»Dann komm mit.«

Bald danach kam Silvian zurück und betrachtete sie mit einem leisen Lachen.

»Du siehst aus, als wolltest du als Botenjunge bei mir anfangen.«

»Wenn ich schon eine Therme führen kann, dann ist das wohl auch noch drin.«

Aber dann wurde Silvians Miene ernst.

»Wir haben die Leiche gefunden und untersucht. Schau, was in der Nähe gelegen hat.«

Er zeigte ihr einen eisernen Reif, in den einige Worte eingraviert waren.

»Ein Sklavenring«, stellte Rufina erstaunt fest. »Ein entlaufener Sklave, der im Wald den Tod gefunden hat?«

»So wie es aussieht, ja. Vor mindestens einem Monat. Der Wald kann mörderisch sein.«

»Ich weiß. Geht aus dem Ring hervor, wer er war?«

»Ja, er hieß Acacius und gehörte einem Antonius Sextus.«

»Kennst du einen Mann dieses Namens?«

»Nein, aber das muss nichts heißen. Es gibt viele Römer, die in der Umgebung ihre Güter haben. Wer weiß, von wo er ausgerissen ist.«

»Es gibt hier aber nur wenige Römer, die Sklaven halten.«

»Das ist richtig. Ich werde mich beim Magistrat erkundigen.«

Aber der Baumeister blieb nachdenklich.

»Was ist, Silvian? Hast du noch einen anderen Verdacht?«

»Das nicht. Es macht mich nur nervös, jetzt schon den dritten Toten in der Nähe des Kanals zu finden. Die Arbeiter sind abergläubisch…«

»Was baut ihr hier eigentlich?«

»Eine weitere Zuleitung zum Hauptkanal, nur knapp zwei Meilen lang. Aber der Besitzer des Landgutes, das an dem Bach liegt, wünscht einen Anschluss in sein Wohnhaus gelegt zu bekommen.«

»Eine schwierige Arbeit?«

»Nicht mehr als sonst auch.«

»Ich muss gestehen, ich habe mich nie darum gekümmert, woher das Wasser kommt.«

»Du wirst es bald sehen. Rufina, ich habe mir vorgenommen, dich auf dem schnellsten Weg nach Hause zu begleiten. Aber ich will dir nicht zumuten, auf deinen wunden Füßen gehen zu müssen. Leider habe ich keinen Wagen hier, sondern nur Pferde. Kannst du reiten?«

»Es ist mir gelungen, mich von Rom bis nach Germanien auf einem Pferd zu halten. Da wird es mir auf dieser kurzen Strecke wohl auch möglich sein.«

»Oh.«

»Wie mein Schwiegervater sagt, ich bin ein zähes, mageres Huhn.«

Silvian betrachtete sie äußerst ernsthaft, schüttelte dann den Kopf und stellte fest: »Nein, kein Huhn.«

Klugerweise sagte er nicht mehr, und Rufina merkte, wie sich ihr Gesicht rötete.

»Wann wollen wir aufbrechen?«, fragte sie. »Ich mache mir seit Tagen Gedanken um meine Kinder. Sie werden außer sich vor Sorge sein.«

»Ich muss noch drei, vier Dinge regeln, aber das wird nicht lange dauern.«

»Gut, dann bis gleich.«

Die Schatten waren kaum länger geworden, als er mit zwei kräftigen Braunen am Zügel wiederkam. Doch in der Zwischenzeit war Rufina wieder ins Grübeln geraten und fragte ihn: »Kommen wir an dem Germanendörfchen vorbei?«

»Eigentlich wollte ich die Trasse der Wasserleitung nutzen.«

»Aber es ist nicht weit von hier, hast du gesagt.«

»Nein, das ist es nicht. Aber ich möchte keine Konflikte heraufbeschwören.«

»Wir müssen uns ja nicht zeigen. Ich möchte nur wissen, ob sie Sabina Gallina noch dort gefangen halten.«

»Und dann?«

»Vielleicht ergibt sich eine Möglichkeit, sie zu befreien.«

»Und wenn nicht?«

»Können wir ihrem Mann wenigstens sagen, wo sie zu finden ist.«

Silvian überlegte einen Moment, dann nickte er.

»Gut, aber wir halten uns zurück. Solange wir nicht wissen, was wirklich dahinter steckt, werden wir nichts unternehmen.«

Sie saßen auf, und über einen Karrenweg, der durch den lichten Wald führte, erreichten sie schon bald die kleine Ansiedlung.

»Ich muss in eine völlig andere Richtung gelaufen sein!«, überlegte Rufina laut. »Hätte ich gewusst, dass es so nahe ist…«

»Du hast vermutlich den Weg eingeschlagen, auf dem ihr gekommen seid.«

»Ja. Alles andere erschien mir zu gewagt. Aber ich hatte die Straße unterwegs gesehen und gehofft, wieder auf sie zu stoßen.«

»Der Wald ist tückisch, wenn man ihn nicht kennt!«

»Die Ansiedlung sieht so unbewohnt aus, findest du nicht auch?«

»Die Bewohner werden auf den Feldern sein oder auf dem Markt. Bleiben wir dennoch im Schutz der Bäume. In welchem Haus hatten sie euch untergebracht?«

»In dem neben dem Brunnen.«

»Mh.« Silvian stieg ab und sah sich um. »Bleib du auf jeden Fall hier. Sollte sich irgendetwas Unerwartetes ergeben, reite sofort ins Lager zurück. Mit dem Pferd kannst du ihnen entkommen.«

Rufina verfolgte von ihrer geschützten Stelle aus, wie sich Silvian dem Haus von hinten näherte und versuchte, einen Blick hineinzuwerfen. Er tauchte auf der anderen Seite wieder auf, und ein paar Hühner flohen gackernd vor ihm her. Die Tür eines Stalles öffnete sich, und eine hochschwangere Frau zerrte eine Ziege hinaus. Ihr folgten zwei kleine Kinder. Sie blieb stehen, als sie Silvian sah, und wirkte erschrocken. Doch er sprach beruhigend auf sie ein, und aus ihren Gesten entnahm Rufina, dass sie ihm wohl eine Richtung wies. Er bedankte sich und drückte dem einen Kind ein Geldstück in die Hand. Dann kam er zurück zu den Pferden.

»Sie sind heute Morgen aufgebrochen. Kurz nachdem sie fort waren, kamen Berittene, die angeblich mit ihnen verhandeln wollten. Sie sind ihnen dort entlang gefolgt. Wenn wir Glück haben, ist deine Freundin schon befreit und sitzt wohlbehalten zu Hause.«

»Hoffentlich. Reiten wir dennoch in diese Richtung.«

»Das sollten wir ohnehin, denn es ist der schnellste, wenn auch nicht der bequemste Weg zur Straße.«

Sie nahmen den schmalen Pfad, auf dem sie nur hintereinander reiten konnten und beständig Ästen und Ranken ausweichen mussten, aber sie kamen gut voran. Plötzlich zügelte Silvian sein Pferd.

»Ihr Götter!«, stieß er entsetzt hervor.

Rufina versuchte zu erkennen, was ihn so bestürzte, und dann sah sie es auch.

Es hatte ein Kampf stattgefunden. Ein tödlicher Kampf, eigentlich mehr ein Gemetzel. Zwischen den Bäumen lagen vier blutüberströmte Leichen. Holdger, Aswin, Thorolf und Erkmar. Von Sabina Gallina fehlte jede Spur. Der Korb lag umgestürzt auf dem Boden.

Silvian glitt von seinem Pferd und näherte sich der Kampfstätte. Rufina drückte sich die Faust auf den revoltierenden Magen. Doch dann tat sie es ihm nach. Gemeinsam standen sie schweigend vor den Männern.

»Wir müssen zurück und es ihnen sagen«, flüsterte sie heiser.

»Ja. Das müssen wir wohl.«

»Das haben sie trotz allem nicht verdient. Sie haben uns gut behandelt.«

Ein Stöhnen ließ sie beide zusammenfahren. Rufina erkannte als Erste den Ursprung.

»Erkmar!«, rief sie und kniete neben dem Verwundeten nieder.

Der von Schmerz umwölkte Blick des Mannes fand ihr Gesicht, und er stöhnte noch einmal.

»Die Füchsin.« Dann sagte er etwas in seiner Sprache, und Rufina drehte sich zu Silvian um.

Der war schon neben sie getreten und beugte sich jetzt auch nieder.

»Du kennst seine Sprache, Silvian. Sag ihm, wir sind als Freunde gekommen. Vielleicht können wir ihm noch helfen.«

Silvian redete auf den Mann ein, und eine leichte, verneinende Bewegung erübrigte die Übersetzung. Er hatte eine klaffende Wunde über der Brust, und blutiger Schaum hatte sich bereits in seinen Mundwinkeln gebildet. Das Sprechen machte ihm Mühe, aber er sagte noch einige leise Worte.

»Was ist, Silvian?«

»Nichts.«

»Sag – es – mir!«

Der Baumeister zögerte, doch Rufinas flammender Blick ließ ihn schließlich antworten.

»Er möchte, dass ich ihm mit dem Dolch den Tod bringe. Aber das kann ich nicht.«

Rufina fühlte wieder diese seltsame Ruhe in sich aufsteigen.

»Wolfrune!«, flüsterte sie. Noch einmal traf sie Erkmars Blick.

»Ja, sie weiß. Du auch. Nicht harmlos.«

»Nein, nicht harmlos. Und wenn es sein muss …«

»Es muss. Schmerz, Füchsin.«

»Wer hat euch beauftragt?«

Silvian, jetzt völlig erschüttert, übersetzte ihre Worte.

»Aswin wusste, wir nicht.«

»Gut, ich werde tun, was ich kann. Erkmar, du warst gut zu mir. Ich…«

Tränen liefen Rufina über das Gesicht, als sie ihn zärtlich streichelte.

»Nimm die Fibel, kleine Füchsin. Ausgleich. Und mach schnell.«

»Ja, Erkmar. Möge deine Reise glücklich sein.«

Er schloss die Augen, und sein gequältes Gesicht wurde ruhig.

Sie schob ihm den linken Arm unter den Nacken, beugte sich über ihn und küsste ihn ganz leicht auf die blutigen Lippen. Mit der rechten Hand fand sie die Stelle an seinem Hals und drückte beherzt zu.

Er hatte viel Blut verloren, es war nur noch wenig Leben in ihm. Aber auch das wenige bäumte sich noch einmal auf, dann fiel sein Kopf zur Seite.

»Jupiter soter!«, flüsterte Silvian, als Rufina mit gebeugtem Haupt über dem Germanen kauerte und ihre Finger in die Erde krallte. Er verharrte lange Zeit mit ihr zusammen still vor dem Germanen. Schließlich aber bewegte er sich und löste vorsichtig die goldene Fibel von der Schulter des Toten. Ein Adlerkopf schmückte sie, und die roten Juwelen seiner Augen funkelten.

»Steh auf, Rufina. Es ist vorbei.«

Er half ihr auf die Füße und stützte sie, als sie schwankte.

»Wasser.«

»Ja, ich verstehe. Es gibt in der Nähe einen Bach. Ich führe dich.«

Es war nur ein Rinnsal, nicht wert, eingefasst und zum Kanal geführt zu werden. Aber Rufina reichte es. Sie zog ihre Kleider aus, ohne auf Silvian zu achten, und wusch sich von Kopf bis Fuß in dem kalten, klaren Nass. Sie wusch das Blut fort und ihre Tränen und die Erde an ihren Händen, und sie dachte an Wolfrune. Sie hatte einem guten Mann den Tod gebracht. Dieses Unglück hatte sie nicht abwenden können. Sie hoffte, es möge kein noch größeres auf die Germanen warten.

Mit klammen Fingern zog sie sich wieder an, doch ihr Gesicht blieb starr. Silvian versuchte, mit ihr zu reden, aber eine Antwort konnte sie ihm noch nicht geben. So blieb auch er stumm, und erst als sie zurück zu der Ansiedlung ritten, sagte sie: »Nicht der Schwangeren. Sag es nicht der Schwangeren, Silvian.«

Da sich der Nachmittag schon dem Abend entgegenneigte, hatten sich die Dorfbewohner wieder eingefunden. Rauch stieg aus den Kaminen auf, und Kinder spielten zwischen den Häusern. Ihre Ankunft löste Überraschung aus, und ein älterer Mann, klein, aber überaus stämmig, trat ihnen entgegen. Er hatte nur noch ein Auge, das andere lag geschlossen unter vernarbtem Gewebe. Doch schien er nur allzu gut zu erkennen, mit welch furchtbarer Kunde sie kamen. Auch die Schwangere war hinzugetreten, sah Rufina an und begann zu schreien.

Rufina stieg ab und ging auf sie zu, doch die Frau wich vor ihr zurück. Weitere Frauen kamen hinzu, und der Einäugige gebot ihnen zu schweigen. Stumm hörten sie Silvian an, der ihnen schilderte, was sich im Wald abgespielt hatte.

»Holdger!«, schluchzte die Schwangere. Und stieß dann einen Schwall Verwünschungen und Anklagen hervor. Silvian, der sich schützend neben Rufina gestellt hatte, sagte leise: »Sie klagt uns an, die Männer ermordet zu haben. Und sie klagt sich selbst an, uns den Weg gewiesen zu haben.«

»Aber ...«

Der Einäugige befahl den Frauen, sie wegzuführen, und murmelte, zu Silvian gewandt: »Der Schmerz macht sie blind.«

»Sarolf, wir sind unbewaffnet, nur zu zweit. Wir hätten nie vier Kämpfer wie sie überwältigen können.«

»Ich weiß. Aber ihr seid die Künder des Unglücks. Darum verschwindet jetzt von hier.«

»Selbstverständlich. Nur eine Frage noch. Ich glaube nicht, dass sie die beiden Frauen aus eigenem Antrieb entführt haben. Erkmar sagte noch, Aswin habe mit jemandem verhandelt. Weißt du, mit wem die Männer ein Geschäft gemacht haben?«

Sarolf hob die Schultern.

»Sie haben mich nicht eingeweiht. Verführung ist überall.«

»Das ist richtig. Dennoch, versuch dich zu erinnern. Waren sie mit Römern zusammen?«

»Vielleicht. Ich habe ihre Wege nicht verfolgt. Warum wollt ihr das wissen? Wollt auch ihr Rache nehmen?«

»Nein, nur uns vor weiteren Gefahren schützen.«

Es war eindeutig, der Einäugige war nicht bereit, selbst wenn er etwas gewusst hätte, weitere Auskunft zu geben. So verabschiedete sich Silvian von ihm.

Rufina hatte die ganze Zeit unbeachtet daneben gestanden und hatte, mehr ratend als verstehend, doch der Unterhaltung folgen können.

»Wir kehren zurück ins Lager, Rufina. Es ist zu spät, um jetzt noch in die Colonia zu reiten.«

»Ja, ist recht.«

Sie nahmen die Pferde an den Zügeln und durchquerten die Siedlung. Doch als sie am Waldrand aufsteigen wollten, trat eine ältere Frau auf sie zu. Sie zog Rufina am Ärmel.

»Aswin«, sagte sie, und Bitterkeit schwang in ihren Worten mit. »Er traf sich mit Halvors Tochter.« Dann ging sie mit schnellen Schritten zurück zu den Häusern.

Rufina sah ihr nach, dann stieg auch sie auf ihr Pferd.

Die Arbeiter im Lager waren überrascht, die beiden so bald wiederzusehen, stellten aber keine Fragen. Silvian führte Rufina in seine Hütte, und sie setzte sich auf einen der Stühle.

»Es war ein furchtbarer Tag, Rufina. Lass uns darüber sprechen. Du kannst nicht alles herunterschlucken.«

»Nein, ich weiß. Aber – ich fühle mich, als sei in mir alles ganz taub und leer. Und dann wieder geht alles durcheinander.«

Er reichte ihr einen Becher Wein.

»Mir geht es ähnlich. Trotzdem, es mag ganz nützlich sein, das Geschehen mit etwas Abstand zu betrachten.«

Rufina war ihm dankbar dafür. Zu viel hatte sie in der letzten Zeit alleine verarbeiten müssen.

»Du hast Recht, natürlich. Aber Silvian, war es falsch? Sag mir, war es falsch?«

»Nein. Es war die einzige Hilfe, die du ihm noch bringen konntest. Es war die mutigste Tat, die ich je erlebt habe. Ich wäre nicht fähig gewesen, es zu tun.«

»Wolfrune hat es mir vorhergesagt.«

»Wolfrune?«

»Sie hat die Runen geworfen. Sie kann die Zeichen

deuten. Ich glaube, sie sieht viel mehr als andere, und sie liest nicht nur in den Hölzchen.«

»Sie ist mir unheimlich. Sie und der graue Wolf, mit dem sie umherstreift. Als wir die Gegend hier erkundeten, hat sie den Geomanten entsetzliche Angst eingejagt. Als wir uns der Quelle näherten, tauchte ein ganzes Rudel Wölfe aus dem Nebel auf. Ich weiß heute noch nicht, ob es Tiere oder Warge waren. Aber wahrscheinlich waren es nur in Wolfspelze gekleidete Männer.«

»Sie ist die Hüterin der Quelle. Sie verfügt wohl über vielfältige Beziehungen. Ich habe große Achtung vor ihr gewonnen, Silvian.«

Rufina verschwieg Silvian, was sie im Quellbecken gesehen hatte. Gold, so hatte Wolfrune gesagt, war ihr Unglück. Ganz sicher war auch das ein Grund, warum die Germanin Fremde nicht an ihre Quelle kommen lassen wollte.

»Wolfrune wird niemandem schaden, der sie in Ruhe lässt. Aber vielleicht solltet ihr hier an der Wasserleitung einen kleinen Tempel bauen. Zum Beispiel der Feronia zu Ehren, der Mutter der Wölfe. Das könnte den Männern das Gefühl der Sicherheit geben.«

»Keine ganz schlechte Idee.«

Silvian zog die Adlerfibel aus seiner Gürteltasche und schob sie Rufina zu.

»Ich will sie nicht, Silvian.«

»Nimm sie. Es war sein Wunsch.«

»Er hatte nichts wieder gutzumachen.«

»Vielleicht doch. Nimm sie, wer weiß, wofür es einmal nützlich ist.«

Rufina nahm das Schmuckstück in die Hand und betrachtete es genau. Es war eine Arbeit aus massivem Gold, nicht so leicht und zierlich wie der römische Schmuck, nicht so elegant wie der gallische mit seinen verschlungenen Ornamenten. Die Fibel war schwer, fast klobig, aber der Adler war kunstvoll gestaltet und außerordentlich fein graviert.

»Na gut. Ich behalte sie. Als Erinnerung an einen gutherzigen Mann.«

»Vielleicht war er nur gutherzig dir gegenüber? Immerhin hat er bei einer Entführung mitgewirkt, und mögen die Götter wissen, was sie mit euch angestellt hätten, wenn kein Lösegeld gezahlt worden wäre.«

»Silvian, was hat die verbitterte Frau zu mir gesagt? Ich habe den Namen Halvor verstanden.«

»Aswin hat sich mit Halvors Tochter getroffen. Ich nehme an, sie war seine Frau, und sie war eifersüchtig. Es muss nichts zu bedeuten haben.«

»Kennst du Halvors Tochter?«

»Ich kenne zwei seiner Töchter und einen seiner Söhne. Die Mädchen sind noch jung, kaum über zehn Jahre alt. Aber das will nichts heißen. Er wird nicht noch mehr Kinder haben.«

»Halvor hat die Therme besucht, er kennt die Räume und die Ausgänge.«

»Ja, das spricht gegen ihn.«

»Er muss Tribut zahlen, nicht wahr?«

»Ja, das muss er, wie alle.«

»Es heißt, vor einigen Tagen sei eine Abordnung beim Statthalter gewesen, die sich über die Höhe der Zahlungen beschwert hat.«

»Davon habe ich nichts gehört. Aber es ist durchaus denkbar. Auch, dass er dabei war.«

»Möglicherweise hat Maenius Claudus ihre Klage abgewiesen.«

»Und sie haben dafür sein Weib entführt. Ja, man könnte sich so etwas vorstellen. Aber ich kenne Halvor schon sehr lange. Es ist nicht seine Art.«

»Seine nicht, aber ein anderer… Und er hat mit-
gemacht.«

»Ich weiß nicht. Halvor ist ein gradliniger, ehrenwerter Mann.«

»Ohne Fehler? Ohne Schwächen? Und die Felle?«
Silvian lachte ein wenig unbehaglich.

»Nun ja, er betreibt ein wenig Schwarzhandel mit
dem Gold, das sie aus dem Rhein und den Flüsschen
waschen. Bisher haben noch alle, die ich kenne, ein
Auge zugedrückt. Es ist ihr Land, sie kennen es bei
weitem besser als wir.«

»Waschen denn nicht auch die Legionäre Gold
aus dem Rhein?«

»An manchen Stellen. Aber es lohnt sich nicht
überall. Für sie, für die Einheimischen schon.«

»Wolfrune sagt, das Gold sei die Ursache des Unglücks.«

»Tja, eine alte Weisheit, wahrlich nicht neu. Gold
macht gierig. Es gibt nicht viele, die es unberührt
lässt.«

»Wo lebt Halvor?«

»Vor den Mauern der Colonia, nördlich von Waslicia.«

»Ich möchte mit ihm sprechen.«
Silvian seufzte.

»Nun gut, wenn du meinst. Wir kommen morgen
an seinem Dorf vorbei.«

Rufina erhob sich, ging zur Türöffnung und sah
eine Weile hinaus in die langen Schatten des Abends.
Sie spürte Silvians Körperwärme, als er sich hinter
sie stellte.

»Es war ein furchtbarer Tag, Silvian.«

»Ja, meine Kleine, das war er. Und deine Last war
bei Weitem die größte.«

Er legte die Arme um sie und hielt sie fest. Rufina

wehrte sich nicht dagegen. Sie lehnte sogar leicht den Kopf an seine Brust und ließ es sich gefallen, dass sein Mund ihr Haar liebkoste. Sie ließ es sich auch gefallen, als er sie sacht zu sich umdrehte und ihr mit den Fingern zärtlich die Züge ihres Gesichts nachzog.

»Ich würde dich gerne vor solchen Erlebnissen beschützen, Rufina«, flüsterte er und strich leicht über ihre Augenbrauen.

»Das liegt außerhalb deiner Möglichkeiten, Baumeister Silvian.«

»Bist du sicher?«

»Deine Aufgabe befindet sich hier, bei deinem Kanal. Meine am Ende der Wasserleitung, in der Therme.«

»Eine große Gemeinsamkeit, finde ich zumindest.«

»Du am Anfang, ich am Ende?«

»Und dazwischen das Wasser, das seinen Weg immer zu dir sucht.«

»Silvian, du Poet.«

»Nein, Rufina, das bin ich nicht. Nur ein Mann.«

Sie sah zu ihm hoch. Auch er wirkte erschöpft, und ein dunkler Bartschatten lag auf Kinn und Wangen. Aber seine Augen blickten klar und liebevoll. Plötzlich entstand jener Funken, den Rufina schon seit Monaten erloschen geglaubt hatte. Ja, er war ein Mann. Ein attraktiver, fürsorglicher, aufrichtiger Mann. Ein Mann mit starken, verlässlichen Armen. Und einem harten, begehrenswerten Körper. Ein Mann, in dessen Umarmung sie Trost finden konnte. Trost, vielleicht sogar Heilung.

Sie machte sich sacht los, aber ihre Entscheidung war gefallen.

18. Kapitel

Waldesruh

*Was soll sie tun? Der Mann ist abwesend,
und ein Fremder ist da, der kein Bauerntölpel ist,
und sie hat Angst, allein im herrenlosen Bett zu liegen.*
OVID, ARS AMATORIA

Sie hatten sich Zeit gelassen. Silvian verband ihre
Füße neu, sie nahmen ein spätes Mahl zu sich, tranken Wein und tauschten dabei kleine, flüchtige Zärtlichkeiten aus. Doch als der Mond, der nun schon
ein Viertel seiner Rundung verloren hatte, über den
Bäumen aufging, war es Rufina, die die Initiative ergriff. Er atmete heftig ein, als sie ihren Körper an
den seinen schmiegte. Sie fühlte sich klein und zierlich an, er wagte kaum, sie fester an sich zu ziehen.
Aber sein Verlangen wuchs, und ihre Arme um-
schlangen fest seinen Nacken. Ihre Haare glühten
im Licht der Öllampen rotgolden auf, und ihre Lippen schimmerten feucht und verlockend. Rufina erwiderte seinen Kuss mit einem unerwarteten Hunger. Als sie sich voneinander lösten, rangen sie beide
um Atem. Aber ihre Hände ließen ihn nicht los, ihre
Finger klammerten sich in die Muskeln seiner Arme,
und ein wenig zitterte sie in seiner Umarmung.

»Du brauchst keine Angst zu haben, ich zerbreche
nicht. Du weißt doch, ich bin ein zähes ...«

»Nein, das bist du nicht, Rufina. Du bist eine unsagbar süße kleine Frau. Ich möchte dich in meinen
Armen halten, deine weiche Haut berühren, diese

wunderbaren, warmen Lippen küssen. Ich bezweifle, dass ich es fertig bringe, heute Nacht wieder auf dem Boden vor der Hütte zu schlafen.«

»Das wirst du nicht müssen.«

Seine Haare fielen ihm etwas wirr in die Stirn, und Rufina strich sie ihm zurück. Dann löste sie den Gürtel, der ihre Tunika zusammenhielt, und er half ihr, das viel zu große Gewand über den Kopf zu ziehen. Mit einem leisen Aufstöhnen berührte er ihren bloßen Oberkörper, umfasste ihre vollen Brüste mit den Händen und küsste ihre Halsbeuge. Es kratzte sie ein wenig sein Bart, aber gleichzeitig genoss sie dieses ungewohnte Gefühl. Silvians Hände strichen weiter abwärts über ihren Bauch und lösten das Band, das die Hosen in der Taille hielt. Sie fielen um ihre Füße, und sie stieg hinaus. Sie streifte auch den schmalen Schurz ab, den sie unter ihrer Kleidung trug, und drehte sich zu ihm herum. Auch er schlüpfte aus einen Kleidern, hastig, fast ein wenig unbeholfen.

Mit einem schnellen Schwung hatte er sie auf die Arme gehoben und trug sie zu der Liege. Und Rufina, die seit neun Jahren verheiratet war und drei Kinder geboren hatte, lernte zum ersten Mal in ihrem Leben die langsam sich steigernde Ekstase kennen, die ein zärtliches, geduldiges Liebesspiel erzeugen konnte. Keuchend vor Ungeduld und Lust wand sie sich schließlich in Silvians Armen und verlangte, ihn in sich zu spüren.

Er war noch lange danach wach gewesen und hielt sie in den Armen. Die Leidenschaft hatte sie erschöpft, mit einem wohlligen Seufzer hatte sie sich an seine Schulter gekuschelt und sich von ihm die Decke überziehen lassen. Nun schlief sie, und ihr Gesicht war jung und gelöst. Silvian verspürte ein heftiges Ziehen in seiner Brust. Vierzig Jahre war er alt geworden, ohne jemals ein derartiges Gefühl in sich gespürt zu haben. Ja, er hatte sich schon früher verliebt, und ja, er hatte Affären mit Frauen gehabt. Aber geheiratet hatte er nicht, auch wenn seine Familie es sich immer gewünscht hatte. Denn er liebte vor allem seine Arbeit, und die war ihm immer Ausrede genug gewesen, um jede formale Bindung abzulehnen. Jetzt aber schien sich alles verändert zu haben. Diese seltsame, tapfere junge Frau nötigte ihm nicht nur Respekt ab, sie hatte auch den starken Wunsch in ihm geweckt, sie beschützen zu wollen. Natürlich hatte sie Recht, es würde sicher nicht ganz einfach sein. Rufina war selbstständig in vielerlei Hinsicht.

Sie bewegte sich ein wenig unruhig, und er streichelte ihre Wange.

»Maurus!«, flüsterte sie. »Geliebter! Maurus…!«

Es lag so viel Sehnsucht in ihrer Stimme, dass er sich auf die Lippen beißen musste, um sie nicht mit einem unbedachten Laut zu wecken.

Nein, es würde nicht einfach werden.

Am Morgen nahmen sie den Weg entlang der Wasserleitung und ließen ihre Pferde in mäßigem Schritt nebeneinander hergehen. Silvian erklärte Rufina, wie sie es geschafft hatten, das natürliche Gefälle der Landschaft so auszunutzen, damit das Wasser aus den Bergen der Eifel ohne Hindernis bis in die Colonia fließen konnte. Durch geschickte Geländewahl hatten sie es umgehen können, lange, hohe Aquädukte oder gar Tunnel bauen zu müssen.

»Lediglich die letzten sechs Meilen haben wir den Kanal über eine Brücke gelegt, denn um alle Bereiche zu versorgen, brauchen wir ein starkes Gefälle kurz vor der Stadt.«

»Seit wann bist du eigentlich mit dieser Leitung beschäftigt, Silvian?«

»Es ist jetzt schon bald zehn Jahre her. Ich bin von Anfang an dabei. Zuerst als Gehilfe des Geometers, der die Trasse vermessen hat. Dann habe ich mit den Ingenieuren das Gefälle ausgetafelt, mich später um die Beschaffung der Steine und den opus caementicum gekümmert, aus dem der Kanal besteht. Dann habe ich den Brückenbau geleitet und beaufsichtigt und die Umleitung der alten Gerinne organisiert. Ich glaube, ich gehöre inzwischen zu den Leuten, die den Kanal wirklich am besten kennen.«

»Das scheint mir so. Sag mal, wie ist denn die Stadt früher mit Wasser versorgt worden, bevor es diese Leitung gab?«

»Durch die Quellen aus dem nahen Umland. Aber sie lieferten nicht genug Wasser, abgesehen davon auch noch schlechtes. Es war nicht sauber genug. Die Bäche aus dem Vorgebirge führten Oberflächenwasser mit sich. Vor allem wenn es geregnet hatte, brachten sie oft Schlamm mit sich. Immerhin, man hatte die Gewässer aus dem Umland alle in einem Sammelbecken zusammengeführt, wo sich die Verunreinigung absetzen konnte, und von dort in einer niedrigeren Leitung zum Wasserkastell geführt. Diese alte Leitung ist jetzt schon seit Jahren stillgelegt, wir nutzen lediglich einen Teil von ihr als Fundament für die Stützpfeiler der Hochtrasse.«

»Sie ist also nicht mehr in Betrieb?«

»Nein, die alten Kanäle sind jetzt trocken.«

»Wohin fließt das Wasser, das man darin in die Stadt geleitet hat, jetzt?«

»In die alten Bachbetten. Die Kanäle verfallen allmählich. Wir warten sie nicht mehr.«

»Wie ist man denn ausgerechnet auf diese entfernten Quellen gekommen? Hätte man nicht näher an der Stadt auch ausreichend frisches Wasser gefunden?«

»Das Wasser aus der Eifel ist klar und kalkhaltig, und die Menschen, die dort leben, sind außergewöhnlich gesund. Das sprach dafür, diese entfernten Quellen zu nutzen.«

»Na ja, trotzdem erinnere ich mich auch an eine ziemlich schlammige Brühe, die vor einigen Wochen in die Becken der Therme floss.«

»Ich weiß, ich weiß, das kann schon mal passieren. Es hat eine undichte Stelle gegeben, durch die Grundwasser in den Kanal eingesickert ist. Einer der kleinen Erdstöße hat eine Verwerfung verursacht. Wir haben die Stelle gesucht und repariert.«

»Ich verstehe. Das ist also jetzt deine Arbeit.«

»Richtig. Solche Vorkommnisse sind ziemlich lästig und verursachen großen Aufwand. Aber wir haben bisher nicht zu viele Pannen gehabt, sieht man mal von dem einen oder anderen toten Hasen im Warmwasserbecken einer mir bekannten Therme ab.«

»Oh, mh... ja, ich verstehe.«

»Ja, jedes Mal, wenn wir den Kanal begehen, müssen wir die Wehre des Zulaufs eine Zeit lang schließen, und die Stadt ist ohne Wasser. Bisher ist es uns meist gelungen, das über Nacht zu schaffen.«

»In einer solchen Situation ist Regulus in den Kanal gestiegen.«

»Genau. Es gibt ein Wehr kurz vor der Hochleitung, das in jener Nacht abgesperrt war, weil wir einen Riss entdeckt hatten. Der Kanal sollte leer laufen, damit wir ihn ausbessern konnten. Aber jemand hat dieses Wehr wieder geöffnet.«

»Und somit Regulus ermordet?«

»Rufina, das würde ich nicht unterstellen. Der

Statthalter hat eine Untersuchung anberaumt und ist zu dem Ergebnis gekommen, es sei ein Unfall gewesen.«

»Glaubst du das auch?«

»Warum nicht? Eine Verkettung unglücklicher Zufälle – Regulus sucht aus welchen Gründen auch immer den Schutz im Inspektionsschacht. Ein anderer, der das nicht weiß, macht das Wehr auf.«

»Warum sollte sich irgendjemand an den Wehren vergreifen?«

»Jupiter, vielleicht war es sogar einer meiner Arbeiter, der nicht wusste, was wir vorhatten.«

»Du hast Halvor beschuldigt.«

»Ja, auch die Germanen spielen uns manchmal derartige Streiche.«

»Ich weiß nicht, Silvian. Ich weiß nicht. Ich glaube, Maurus wurde nicht durch Wölfe getötet, und es ist doch auch möglich, dass Regulus umgebracht worden ist. Beide sind im selben Gebiet umgekommen. Gibt es dort vielleicht eine Räuberbande? Der Wald scheint mir ein perfektes Versteck für derartiges Gelichter zu sein.«

»Regulus hatte seinen gefüllten Geldbeutel noch am Gürtel.«

»Er mag ihnen entflohen sein, versteckte sich im Kanal, und die Verfolger öffneten das Wehr, damit er sie nicht mehr anzeigen konnte.«

»Du wetzt deinen Geist gerne an solchen harten Granitbrocken, was?«

»Ja!« Rufina sah ihn trotzig an. »Du hast neulich selbst gesagt, Maurus habe einmal gegen zwei Strauchdiebe gekämpft.«

»Sie gibt es nicht mehr.«

»Ah ja?«

»Man hat sie zumindest nicht wieder gesehen.«

»Na gut. Aber wo waren denn deine Männer in jener Nacht, als Regulus in den Kanal stieg?«

»In ihrem Lager.«

»Nicht damit beschäftigt, den Kanal zu reparieren?«

»Er musste erst leer laufen, Rufina! Die Inspektion war für die frühen Morgenstunden angesetzt.«

»Wenn es einen Kampf im Wald gegeben hat, müsste es doch Spuren geben.«

»Rufina, lass es sein. Wir haben an jenem Tag so viel Ärger gehabt. Glaubst du, da hätte irgendjemand noch nach Spuren gesucht? Die Leute des Statthalters kamen tags darauf mit ihren Fragen, aber es hat sich nichts ergeben.«

Rufina ritt weiter, in Gedanken versunken. Von der zärtlichen Stimmung der letzten Nacht war nicht mehr viel zwischen ihnen übrig geblieben. Silvian weigerte sich, wahrscheinlich aus gutem Grund, über ihre Theorien nachzudenken. Sie vermutete, weil es einerseits seine Arbeit und auch seine Leute belasten würde, wenn man allzu tief nachforschen würde, was die drei Toten an der Leitung bedeuteten, andererseits, weil er vielleicht nicht wollte, dass sie an Maurus dachte. Der Baumeister war ein Mann der Tat, er kümmerte sich um die gegenwärtigen Dinge, löste Probleme und half, wenn Not am Mann – oder an der Frau – war. Aber das Hintergründige scheute er. So, wie er auch Wolfrune scheute.

Zufrieden mit ihrer Beurteilung des Mannes neben sich wischte Rufina eine Haarsträhne aus dem Gesicht. Der Tag begann, warm zu werden, und ihr wurde es allmählich ungemütlich. Es war drei Jahre her, seit sie längere Strecken zu Pferde gesessen hatte, und sie merkte, wie der Stoff ihrer Leinenhose ihre Haut aufrieb.

»Hier, Rufina, biegt der Kanal nach Norden ab, siehst du?«, machte Silvian sie aufmerksam. Er hatte ihr das Schweigen nicht übel genommen. »Wir können jetzt die Straße benutzen, es ist etwas kürzer, und es gibt Rasthäuser.«

»Keine schlechte Idee. Meine Oberschenkel…«

»Ja, ich kann es mir denken.« Er ritt näher an sie heran und strich ihr mit der Hand über den Arm. »Wir machen bald eine Pause. Ich habe vorsichtshalber eine Salbe mitgenommen!«

Sie lächelte ihn an. Ein Mann der Praxis. Und fürsorglich.

Sie waren noch etwa drei weitere Meilen auf der breiten, viel befahrenen Straße geritten, als sich eine der Stationen zeigte. Hier konnte man die Pferde wechseln oder die eigenen ausruhen und füttern lassen und auch selbst eine Mahlzeit zu sich nehmen. Silvian holte gefüllte Brottaschen und Wein für sie. Aber die Gaststube war laut und überfüllt, weshalb sie mit ihrer Verpflegung einen Feldweg hinaufgingen und sich am grasbewachsenen Rand eines Weizenfeldes niederließen. Von hier konnten sie den Verkehr beobachten, der unablässig zwischen der Colonia und den südlichen Ortschaften floss. Karren, mit Fässern, Körben oder Hühnerkäfigen beladen, wurden von trägen Ochsen gezogen, geschlossene Reisewagen von Pferdegespannen, Lastträger mit ihren Kiepen benutzten das Pflaster ebenso wie ein Trupp Legionäre in Uniformen, vollständig bewaffnet und gerüstet. Ein Kurierreiter in vollem Galopp überholte auf dem Reitpfad neben der Straße alle langsameren Gefährte.

»Ich habe schon bessere Pasteten gegessen!«, bemerkte Silvian. »Und auch schon weitaus besseren Wein getrunken.«

»Gute Köche und Bäcker haben sie an diesen Mansio nicht. Sie haben es gar nicht nötig, stelle ich mir vor. Die Leute essen sowieso, was sie bekommen können. Wenigstens sättigt es.«

»Das ist aber auch das Einzige, was man ihm zugute halten kann.« Silvian spülte den Rest seiner Mahlzeit mit einem großen Schluck gewässerten, ziemlich sauren Wein hinunter und holte dann einen kleinen Tiegel aus seiner Tasche. »Reib dir die Beine damit ein, ein bisschen hilft es.« Dann lächelte er sie herausfordernd an: »Oder soll ich es für dich tun?«

Rufina grinste zurück.

»Wir würden ein hübsches Schauspiel für die Passanten bieten.«

Er nickte, und sie verschwand hinter ein paar Büschen, um sich zu verarzten. Als sie zurückkam, lag Silvian auf dem Rücken und kaute auf einem Grashalm. Sie setzte sich zu ihm und kitzelte ihn mit einer Löwenzahnblüte an der Nase.

»Wie weit ist es noch bis zur Colonia?«

»Fünfzehn oder sechzehn Meilen. Wir sind ziemlich genau auf halber Strecke. Hältst du es noch durch?«

»Ich denke schon.«

»Wir ruhen uns hier noch ein Weilchen aus. Dann reiten wir zu Halvors Dorf, und dort werden wir eine weitere Rast machen.«

Rufina streckte sich neben ihm im warmen Gras aus, und er schob seinen Arm unter ihren Nacken. Dankbar döste Rufina vor sich hin, bis Silvian sie weckte. Die Sonne hatte den Zenit überschritten, und er meinte: »Die Pferde müssten jetzt ausgeruht sein. Machen wir uns wieder auf den Weg.«

Sie erreichten das Germanendorf am frühen Nachmittag. Es war eine ländliche Ansiedlung mit strohgedeckten Häusern, Kleintierpferchen, Heuschobern und einigen Handwerkerhütten. Ein Töpfer hatte seine Schüsseln und Krüge zum Trocknen in die Sonne gestellt, an einer Leine hingen frisch gefärbte Leinentücher, ein Mann schnitzte an einer Heugabel, zwei Frauen rupften Hühner, Kinder balgten sich mit Johlen und Geschrei, eine Alte flocht, im Schatten sitzend, eine Binsenmatte. Sie alle sahen auf, als die beiden Reiter eintrafen. Silvian schien bekannt zu sein, es flogen Grußworte hin und her, und eines der Kinder rannte los, um Halvor zu holen.

»Wir haben Glück, Rufina, er ist heute von der Jagd gekommen.«

Rufina stieg vom Pferd und fühlte sich steifbeinig. Sie bewegte sich wohl auch so, denn mit einem mitfühlenden und merklich erstaunten Blick begrüßte sie der hochgewachsene Germane.

»Welch unerwarteter Besuch! Ein beschwerlicher Ritt, kleine Domina?«

»Eine ungewohnte Fortbewegungsart. Doch lange nicht so unbequem wie in einem Tragekorb!«

»Ja, ich hörte es. Doch du hast offensichtlich eine Möglichkeit gefunden, deinen Häschern zu entkommen. Erstaunlich! Ist das der Grund, warum ihr hier seid?«

»Ja, Halvor.«

»Dann kommt mit in mein Haus, eine Erfrischung wird euch gut tun.«

Er führte sie in eines der größeren Häuser und wies ihnen den Platz auf den hölzernen Bänken an. Ein sehr junges Mädchen brachte ihnen Becher und einen Krug voll Met.

»Du hast sie gefunden, Silvian?«

»Umgekehrt, Rufina hat mich gefunden. Am besten erzählt sie dir selbst, was passiert ist. Und stellt ihre Fragen.«

Halvor nickte und hörte dann konzentriert zu.

»Ja, ich war vor zwei Tagen in der Colonia. Man sprach von fast nichts anderem als von der Entführung der Frau des Statthalters. Und mit ihr die Patrona der Therme.«

»Mehr hast du nicht gehört?«

»Nein. Aber ich hatte auch Geschäfte zu erledigen, das Geschwätz in den Gassen kümmert mich wenig.«

»Sabina Gallina ist befreit, die vier Männer sind dabei umgebracht worden.«

Halvor starrte Rufina einen Moment lang an.

»Das wusste ich nicht.«

Sie holte Erkmars Fibel aus der Tasche und legte sie auf den Tisch vor sich.

»Kennst du den Träger dieser Fibel?«

Er besah sie sich sehr genau, schüttelte dann aber den Kopf.

»Möglich. Es ist eine eindrucksvolle Arbeit, sehr schwer und sehr kostbar. Ihr Träger muss vermögend gewesen sein.«

»An Gold.«

»Worauf willst du hinaus, Silvian?«

»Das weißt du sehr wohl.«

Halvor schüttelte den Kopf. »Ich kenne ihn nicht.«

»Erkmar, Holdger, Aswin und Thorolf hießen sie, und sie stammen aus einem kleinen Dorf bei Belgica.«

»Nicht mein Gebiet, Silvian, das weißt du ganz genau. Mir tut es Leid, dass sie sich zu dieser Sache entschlossen haben. Es tut mir ebenfalls Leid, dass du dadurch solchen Beschwernissen ausgesetzt warst, Aurelia Rufina. Aber ich kann dir nicht helfen.«

»Kennst du den Statthalter?«

»Ich habe einmal mit ihm gesprochen. Wegen der Tributzahlungen.«

»Hat er dir zugehört?«

»Er hat versprochen, sich um die Angelegenheit zu kümmern.«

»Glaubst du, er tut es?«

»Er schien mir ein gerechter Mann zu sein. Wenn du vermutest, ich hegte einen Groll gegen ihn und hätte deshalb sein Weib entführen lassen, irrst du, kleine Domina.«

»Aswin hat sich mit deiner Tochter getroffen.«

»Meine Tochter trifft sich mit vielen Männern. Mit mir nicht mehr!«

Das klang sehr endgültig, und Rufina ahnte, sie würde an dieser Stelle keine weitere Auskunft erhalten. Es musste wohl einen erbitterten Streit zwischen Vater und Tochter gegeben haben. Sie wechselte das Thema.

»Silvian, zeig ihm den Ring.«

Silvian nickte und verließ den Raum, um den Sklavenring zu holen.

»Es gab einen weiteren Toten im Wald. Ich habe seine Überreste gefunden. Er hat schon eine ganze Weile dort gelegen.«

»Du hast eine schlimme Zeit hinter dir.«

Rufina zuckte mit den Schultern. Silvian kam zurück und legte den eisernen Ring vor Halvor.

»Ein Sklave Acacius, von einem Herren namens Antonius Sextus. Hast du von ihm schon mal was gehört?«

»Umgang mit Herren, die Sklaven halten, habe ich nicht. Nein, weder der Tote noch sein Besitzer sind mir bekannt. Sklaven entlaufen, sie tun gut daran. Aber der Wald kann mörderisch sein, wenn man sich nicht auskennt. Du hast es selbst erlebt, Aurelia Rufina.«

»Das habe ich mir auch gesagt. Es war ein Versuch. Vielleicht sogar ein törichter. Eine andere Frage, Halvor. An dem Tag, als wir uns im Wasserkastell getroffen haben, da ist in der Nacht ein Mann in den Kanal gestiegen oder geworfen worden. Erinnerst du dich?«

»Ja, Regulus, ein Diener des Statthalters. Glaubst du, es gibt eine Verbindung zwischen der Entführung und seinem Tod?«

»Könnte es nicht sein? Erst der Diener des Statthalters, dann seine Gattin… Habt ihr in der Nacht nichts bemerkt?«

Der Germane sah sie lange nachdenklich an.

»Warum, Aurelia Rufina?«

»Weil mein Mann ebenfalls in dieser Gegend zu Tode gekommen ist.«

»Wir machen Jagd auf Wildschweine, Rehe, gelegentlich auf Wölfe – nie auf Menschen, wenn du das meinst.«

Sie sah ihm gerade in die Augen, und er hielt ihrem Blick stand.

»Und andere?«

»Nicht meine Leute.«

»Und andere?«

Halvor seufzte.

»Du bist ein hartnäckiges Weib, Aurelia Rufina. Also gut. Ja, wir haben etwas gesehen. Nicht ich selbst, aber zwei meiner Männer, die vom Rhein zurückkamen.«

»Schwer mit Fellen beladen?«

Er hob die Schultern. »Jedenfalls haben sie Geräusche gehört und sich wohlweislich verborgen. Es gab einen Kampf, das ist richtig. Ein Mann wurde von zwei anderen verfolgt, es blitzten Messer. Der Verfolgte schien gewandt, er entkam und verbarg sich hinter dem Einstiegsschacht am Kanal. Er muss ihn wohl geprüft und festgestellt haben, dass der Kanal trockengefallen war, denn als sich die Verfolger näherten, kletterte er hinunter. Die beiden sahen seine Spuren, berieten sich kurz, dann öffneten sie das Wehr.«

»Wer war es?«

»Keine Ahnung, Silvian. Meine beiden Leute kannten sie nicht. Buschräuber? Diebe der Landstraße? Persönliche Feinde von Regulus?«

»Immerhin, Silvian, ich habe Recht gehabt. Es war Mord!«

»Ja, Rufina. Aber was nützt es uns, das zu wissen?«

»Es bestätigt meinen Verdacht. Auch Maurus wurde ermordet.«

»Dein Mann ist ein Opfer der Wölfe geworden!«, sagte Halvor mit Bestimmtheit. »Du glaubst besser nichts anderes. Und das, was ich dir eben erzählt habe, vergisst du auch am besten.«

»Ich kann und will nicht vergessen. Ich will die Wahrheit wissen.«

»Du solltest doch gewarnt sein, kleine Domina.«

»Die Entführung galt nicht mir.«

»Aurelia Rufina, stell keine Fragen mehr!«

»Warum nicht?«

Halvor sah sie kopfschüttelnd an. Silvian aber legte ihr den Arm um die Schultern.

»Warum hörst du nicht auf einen Rat, wenn man ihn dir gibt?«

Rufina rückte von dem Baumeister ab und fragte

noch einmal mit unsagbar trauriger Stimme: »Was ist Maurus passiert, Halvor?«

»Er ist von Wölfen angefallen worden. Und nun, Aurelia Rufina, werde ich für einen Wagen sorgen, der dich in die Stadt bringt. Deine Familie wird glücklich sein, dich wiederzusehen.«

Er erhob sich und verließ den Raum.

»Silvian, er weiß etwas.«

»Das nehme ich auch an. Aber er wird nichts sagen. Halvor ist ein Mann, der Verantwortung nicht auf die leichte Schulter nimmt. Wenn er jemanden schützen will, dann tut er es.«

»Er schützt den Mörder meines Mannes!«

»Wenn das so ist, dann hat er einen guten Grund dafür. Wahrscheinlich will er damit auch dich schützen.«

Verzweifelt barg Rufina das Gesicht in den Händen.

Ein Eselskarren stand bereit, als Halvor sie aus dem Haus bat. Rufina war mehr als bereit, neben dem vierschrötigen jungen Mann Platz zu nehmen. Ihre Beine schmerzten nach der Rast nur umso mehr. Doch als sie sich von dem Germanen verabschiedete, stellte sie noch eine Frage.

»Kennst du Wolfrune, Halvor?«

Ein seltsames Lächeln huschte über sein bärtiges Gesicht.

»Natürlich.«

»Sie hat gesagt, ich könne möglicherweise ein Unglück abwenden.«

»Hoffen wir es.«

»Sie hat auch gesagt, das Gold sei euer Unglück.«

»Wie wahr, kleine Domina.«

»Seht auch ihr euch vor, Halvor. Kommt nicht in

die Stadt. Stellt Wachen um euer Dorf auf. Ich habe ein sehr ungutes Gefühl. Wer immer Sabina Gallina befreit hat, tat es mit unnötiger Gewalt und Grausamkeit. Wer weiß, wie alles zusammenhängt.«

»Aurelia Rufina, ich nehme deinen Rat an. Wenn du schon nicht aufhören kannst, Fragen zu stellen, so tu es nicht jetzt. Hab Geduld, kleine Domina. Bitte.«

»Ich will sehen.«

Silvian ritt neben dem Karren her, das zweite Pferd hatte er bei Halvor gelassen.

»Ich muss morgen zurück, Rufina. Aber ich werde so schnell wie möglich wieder in die Colonia kommen. Wirst du mich empfangen?«

»Ja, Silvian!«, antwortete sie müde. Den Rest des Weges schwiegen sie.

19. Kapitel

Lemuria,
das Fest der hungrigen Toten

Wenig begehren die Toten;
sie ziehen die Frömmigkeit reichen Gaben vor;
unten die Styx kennt keinen gierigen Gott.

OVID, DE FASTI

Fünf Tage zuvor war Lemuria, das Fest der hungrigen Toten, angebrochen. Die breite Straße, die von Süden zu den Mauern der Colonia führte, wurde von den Gräbern der verstorbenen Bürger gesäumt. Manche waren wie gepflegte Gärtchen angelegt, andere marmorbedeckt mit hoch aufstrebenden Obelisken, jene der reichen Familien zierten gar kleine Tempel. Fromme Erben hatten Altäre aufgestellt, weniger fromme oder ärmere lediglich einfache Gedenksteine.

Alle aber hatten in diesen Tagen Opfergaben erhalten, Kuchen, Brot, in Wein geweicht, süße Früchte, manch eine Leckerei, die der Verstorbene zu Lebzeiten geliebt hatte, lag in Schälchen und Schüsselchen auf den Gräbern.

Der Mond erweckte die umherhuschenden Schatten zwischen den Gräbern zum Leben. Einer dieser Schatten war sehr hungrig, und als er sein eigenes Grab erreicht hatte, erfreute er sich an den reichen Gaben, die er dort vorfand. Vor allem die getrockneten Aprikosen verzehrte er mit großem Genuss und dachte mit schmerzhafter Sehnsucht an die Spenderin. Doch er aß hastig, denn immer wieder lauschte er in die silberne Mondnacht hinaus. Wann endlich würde sein Gefährte erscheinen?

Nichts rührte sich, außer den anderen hungrigen Geistern, die sich, in Lumpen gehüllt, mit den Gedenksteinen und Säulen verschmolzen, an den Opfergaben gütlich taten.

Als die Mitte der Nacht überschritten war und der volle Mond sich zum Horizont neigte, verschwanden auch sie. Nur der eine wanderte noch immer suchend und wartend an den Gräberreihen entlang. Er begann zu zweifeln, ob seine Botschaft abgeliefert worden war. Gedankenverloren starrte er auf das ferne Tor, das in die Stadt hineinführte. Sollte er es wagen? Doch dann entschied er sich dagegen. Die Gefahr war zu groß. Er hatte Wissen erworben, das ihn mehr als vorsichtig gemacht hatte gegenüber einem Mann, der vor Jahren seinen Bruder ermordet hatte, um in den Genuss seines Erbes zu kommen. Einem machtgierigen, skrupellosen Mann, dessen Tat von seiner Familie zwar vertuscht worden war, die ihn aber gezwungen hatte, Amt, Würden und Bindungen aufzugeben und ohne Besitz in das ferne Germanien zu ziehen. Wenn jener Mann erfuhr, dass er nicht ruhig in seinem Grab lag, dann würde er dafür sorgen, diesen Umstand schnellstmöglich herzustellen.

Je länger er darüber nachdachte, desto größer wurden seine Bedenken. Es musste etwas geschehen sein! Seinen Begleiter auf der langen Reise, der zwei Wochen vor ihm aufgebrochen war, hinderte etwas daran, an dem verabredeten Treffpunkt zu erscheinen. Noch nicht einmal eine Botschaft hatte er an der ausgemachten Stelle hinterlassen.

Schließlich traf er eine Entscheidung. Er würde in die Wälder gehen, dort hatte er verlässliche Freunde, die ihm helfen konnten, all die Dinge zu erfahren, die sich in den drei Monaten seiner Abwesenheit ereignet hatten. Doch bevor er sein Bündel aufnahm, kehrte er noch einmal zu seinem eigenen Grab zurück.

»Aurum id fortuna invenitur, natura ingenium bonum«, hatte man ihm auf den schlichten Stein gemeißelt und mit roter Farbe ausgelegt. »Gold erhält man vom Glück. Die Natur aber schenkt die gute Veranlagung.«

Er lächelte. Eine Inschrift, die zu der Rolle passte, die er spielte. Dann aber wurde er ernst, als er las: »Diesen Stein setzte Aurelia Rufina ihrem geliebten Ehemann, der den Wölfen zum Opfer fiel.«

Langsam fuhr er mit den Fingern die Buchstaben nach, den Namen der Aurelia Rufina aber berührte er mit besonderer Zärtlichkeit. Dann fiel sein Blick auf die kleine steinerne Urne, die, bekränzt von duftenden Veilchen, am Fuß des Steines stand. Neugierig öffnete er sie. Nicht weitere Getreidekörner oder Weihrauch lagen darin, sondern ein dicker, seidiger Strang roter Haare.

Er kniete nieder, und mit stiller Ehrfurcht berührte er das Haaropfer.

Es war nicht der Morgentau, der seine Wangen feucht werden ließ, als er leise: »Füchschen, mein Füchschen!« flüsterte.

Das Blütenkränzchen aber steckte er ein, als er sich endlich erhob, um im Schutz der Wälder zu verschwinden.

20. Kapitel

Haarbänder

Das Haar der einen möge auf beide Schultern herabwallen;
eine andere möge ihr Haar zurückbinden
nach Art der hochgeschürzten Diana.
OVID, ARS AMATORIA

Maura und Crispus reagierten als Erste, als sie in den Raum trat.

»Mama!«, schrien sie und stürzten auf sie zu. Rufina nahm beide gleichzeitig in die Arme und drückte sie fest an sich.

»Ich hab doch gewusst, du hast dich nur versteckt«, jubelte Crispus, und Maura schnupfte unter Tränen: »Und ich dachte, du wärst tot.«

»Nein, ich bin ganz lebendig. Nur ein bisschen zerkratzt und erschöpft.«

»Mama, wo warst du? Bist du wirklich entführt worden? Warum hast du Männerkleider an?«

Ihr Sohn sprudelte über vor Wissbegier, und ganz sacht machte sich Rufina aus der Umklammerung ihrer Kinder los. Fulcinia war aufgestanden und zog die beiden ein wenig zur Seite.

»Den Göttern sei Dank, du bist wieder hier! Setz dich. Auch du, Silvian.«

»Ich werde euch besser alleine lassen. Ich habe noch in der Stadt zu tun.«

Er sah aus, als hätte er Rufina gerne noch mal umarmt, aber sie machte eine abwehrende Geste, und so zog er sich zurück.

Müde ließ sie sich auf die Liege fallen und atmete tief durch.

»Ja, ich bin wieder zu Hause.«

»Was hast du angestellt? Warum bist du nicht mit Sabina Gallina zurückgekommen?«, fragte Crassus barsch.

»Ich habe einen Weg gefunden, meinen Entführern vorher zu entkommen.«

»Was für ein Leichtsinn! Du hättest dir doch denken können, dass man euch befreien würde.«

»Sicher, aber es ergab sich eine andere Möglichkeit.«

»Du handelst immer so kopflos, Rufina! Lampronius Meles hat die Frau des Statthalters schon gestern nach Hause gebracht.«

Rufina setzte sich ruckartig auf.

»Lampronius Meles?«

Fulcinia antwortete mit einem sehr feinen Lächeln: »Er ist der Held der Stadt.«

»Das kann ich mir denken.« Rufina schüttelte sich, als sie an die vier Toten dachte. Lampronius Meles also war dieser Grausamkeit fähig gewesen.

»Hat der Statthalter ihn geschickt?«

»Er hat selbst die entscheidende Spur gefunden. Aber ich denke, Rufina, ich begleite dich jetzt in die Therme. Die Männer sind fort, und du brauchst dringend ein heißes Bad.«

»Ja, Mama, du riechst nach Pferd. Wir kommen auch mit.«

»Ihr bleibt hier und helft, für eure Mutter ein besonders leckeres Essen auf den Tisch zu bringen, bis wir fertig sind.«

Fulcinia rief die Dienerin und befahl ihr, frische Kleider ins Bad zu schaffen. Dann half sie der humpelnden Rufina in die leeren Räume der Therme.

Warm war es noch immer, auch wenn die Heizer die Feuer bereits eingedämmt hatten. Im Tepidarium legte Rufina die staubigen Sachen ab und löste auch die Verbände von den Füßen. Die Wunden waren recht gut verheilt, und auch die Schrammen an Armen und Beinen schmerzten nicht mehr. Dennoch ölte sie sich mit großer Vorsicht ein und genoss es anschließend, von der Dienerin mit heißem Wasser übergossen zu werden. Mit rosenduftender Seife, dieser erfreulichen Erfindung der Gallier, ließ sie sich dann die Haare waschen. Währenddessen erzählte Fulcinia ihr, was in den vergangenen Tagen geschehen war.

»Es gab eine gewaltige Aufregung, natürlich, und als der Statthalter von Novaesium zurückkam, erfolgte eine große Suchaktion, geleitet von den Vigilen. Sie führte zu nichts. Wir nahmen zwar an, ihr müsstet in Körben fortgetragen worden sein, aber Tragkörbe unterschiedlichsten Inhaltes werden ständig durch die Straßen und auch durch die Stadttore getragen.«

»Wie ist Meles auf die Idee gekommen, dort zu suchen, wo sie uns hingebracht haben?«

»Er hatte von vorneherein den Verdacht, es könnten Germanen gewesen sein, die euch entführt hatten. Er fand einen Dolch mit Runenschnitzereien am Heft. Seine Vermutung ging dahin, sie könnten auf die hohen Tributzahlungen mit einer Lösegeldforderung reagieren. Das ist dann ja auch eingetreten.«

»Ach ja, wann denn?«

»Sie kam drei Tage später. Wie es heißt, auf sehr geheimnisvolle Weise. Ein Schreiben tauchte an der Pforte des Hauses von Maenius Claudus auf. Zufällig war Lampronius Meles gerade bei ihm. Er berichtete es uns anschließend. Überhaupt verhielt er sich in der ganzen Angelegenheit sehr hilfreich. Er hat sich unter anderem erboten, mit seinen eigenen Leuten die Germanen zu befragen, zu denen er angeblich ein gutes Verhältnis hat. An jenem Tag, als die Forderung kam, wollte er einen Mann aus Belgica in der Stadt erkannt haben.«

»Woher kennt er die Bewohner von Belgica?«

»Sein Landgut liegt in der Nähe. Er glaubte, dieser Mann könne etwas mit der Entführung zu tun haben, und machte dem Statthalter den Vorschlag, mit einigen seiner Leute dorthin zu reisen, um Erkundigungen einzuziehen. Wie sich zeigte, fand er Sabina Gallina. Dich hingegen nicht.«

»Nein, ich bin zwei Tage zuvor entkommen. Ist Sabina Gallina unversehrt?«

»Körperlich ist sie es wohl, aber es heißt, sie sei unsagbar erschöpft.«

»Ich werde sie morgen aufsuchen. Ist das Sudatorium noch warm?«

»Ich sehe nach.«

Im Schwitzraum brannte das Kohlefeuer in den Heizschalen, und Fulcinia hatte frische, aromatische Kräuter in die Glut gelegt, als Rufina hineintrat.

»Lass mich eine Weile alleine, Fulcinia. Ich bin müde.«

»Schon gut. Ich hole dich, wenn das Essen fertig ist.«

Rufina wollte für sich sein, um darüber nachzudenken, was sie ihrer Familie erzählen sollte. Die Wahrheit, natürlich, aber sicher nicht alle Einzelheiten. Erkmars Tod, die Nacht mit Silvian, Wolfrunes Weisungen – das waren Dinge, die nur sie selbst etwas angingen. In der Hitze des Schwitzraumes entspannten sich allmählich ihre verkrampften Muskeln, und auch die Gedanken flossen leichter. Silvian galten etliche davon.

Dass sie die Dinge, über die sie nicht hatte sprechen wollen, dann doch in der Nacht Fulcinia anvertraute, hatte seine Ursache in den beklemmenden Albträumen, aus denen ihre ältere Freundin sie weckte. Lange saßen sie auf dem Bett und redeten, und erst, als die rosenfingrige Aurora den Horizont berührte, schlummerte Rufina getröstet ein.

Faustillius, der Haushofmeister, empfing Rufina am nächsten Vormittag mit großer Höflichkeit. Er entschuldigte seine Herrin, sie leide unter einem schweren Nervenfieber und sei noch nicht ganz wiederhergestellt. Aber er sei sich sicher, die Domina würde einem kurzen Besuch nicht abgeneigt sein, wenn Aurelia Rufina es denn vermeiden könne, sie aufzuregen.

Rufina versprach, Sabina Gallina nicht zu beunruhigen, und folgte dem würdigen Mann durch die exquisit ausgestalteten Räume der Villa. Die Hausherrin lag in einem luftigen Zimmer auf einem breiten Ruhelager, gestützt durch Polster und seidene Kissen. Duftende Frühlingsblumen waren in weiten Schalen arrangiert, auf einem Tischchen standen delikate Glaspokale und Schüsselchen voller süßer Walderdbeeren. Zwei Dienerinnen kauerten in der Ecke, bereit, bei jedem Wimpernzucken ihrer Herrin aufzuspringen und ihre Wünsche zu erfüllen.

Sabina selbst lag apathisch in den Decken, das Haar nachlässig gelöst, die Augen geschlossen, einen schmerzlichen Zug um den Mund. Ihre füllige Gestalt wirkte kraftlos, schlaff die ausgestreckten Glieder. Bei Rufinas Eintritt regte sie sich nicht. Erst als sie näher trat und sie leise anredete, hob die Leidende mühsam die Lider.

Doch in diesem Augenblick kam Leben in ihr Gesicht. Ein hasserfüllter Blick traf Rufina mit Macht, worauf ihr beinahe der Atem stockte. Dann begann Sabina Gallina zu kreischen.

»Du wagst es, mich hier aufzusuchen? Du treulose Ratte! Du hast mich schutzlos den gemeinen Männern ausgeliefert. Ganz alleine hast du mich gelassen!«

»Aber Sabina Gallina, ich habe dir doch erklärt…«

»Ja, ja, du hast behauptet, du wolltest Hilfe holen. Was für eine schäbige Ausrede. Du selbst hast doch dafür gesorgt, dass man mich brutal verschleppt hat. Ich habe tagelang nichts zu essen bekommen! Du hast mich in der Kälte, unbekleidet und frierend zurückgelassen. Mit einem verletzten Fuß. Bei Männern, die mich ständig mit ihren lüsternen Blicken verfolgt haben.«

»Sabina Gallina, ich…«

»Versuch gar nicht erst, eine Ausrede zu erfinden. Du hast mit den Barbaren unter einer Decke gesteckt. Nie wieder komme ich in deine Therme. Nie wieder! Und keiner, den ich kenne, wird je wieder ein Bad bei dir nehmen. Man ist ja bei dir seines Lebens nicht sicher!«

»Es ist aber…«

»Und dass du es nur weißt, ich selbst wäre nie auf den Gedanken gekommen, dein schmuddeliges Bad aufzusuchen, wenn mein Gatte es mir nicht befohlen hätte!«

Rufina fehlten die Worte. Fassungslos starrte sie die aufgeplusterte Frau an, die rot angelaufen war und jetzt nur noch unzusammenhängende, kollernde Töne von sich gab. Sie schien dem Ersticken nahe zu sein. Da fasste Rufina sich und fuhr die beiden Dienerinnen an, die mit runden Augen die Szene verfolgt hatten.

»Helft eurer Herrin! Ihr seht doch, sie hat einen Anfall!«

Die beiden erwiesen sich als völlig überfordert mit der Aufgabe. Sabina Gallina zeterte und wehrte sich gegen jede Form der Beruhigung.

»Du bist Aurelia Rufina?«, fragte eine Männerstimme.

Rufina drehte sich um. Ein kleinwüchsiger Mann mit einem erstaunlich großen Kopf war hinter sie getreten. Seine braunen Haare waren von Grau durchzogen und lichteten sich an den Schläfen, sein Gesicht wirkte nichtssagend, nur seine Augen verrieten einen klaren, vermutlich sogar kalten Verstand.

»Ja, die bin ich, Praefectus Maenius Claudus.«

»Kaltes Wasser, würde ich vorschlagen. In dem Krug dort.«

Erleichtert nickte Rufina, nahm den schweren Krug und goss mit Schwung den kühlen Inhalt über die hysterisch gackernde Sabina Gallina.

Das Geräusch verstummte.

»Wir überlassen meine Gattin nun ihren beiden Dienerinnen. Folge mir bitte, Aurelia Rufina. Ich habe mit dir zu reden.«

Rufina erkannte jetzt, warum Claudus nicht selbst eingeschritten war. Er musste sich beim Gehen schwer auf einen Stock stützen. Ganz offensichtlich war seine rechte Hüfte stark deformiert, und sein Gang war unsicher und schwankend. Er führte sie in einen prächtig ausgestalteten Wohnraum, dessen kunstvoll angelegte Wandmalereien den Eindruck erweckten, sich in einem weit größeren, offenen Gebäude zu befinden. Nur wenige, sehr zierliche Möbelstücke standen auf dem wundervoll gearbeiteten Mosaikboden in warmen braunen, elfenbeinweißen und terrakottaroten Farben.

»Nimm Platz, diese Sessel sind bequemer, als sie aussehen.«

Maenius Claudus vollführte eine lässige Handbewegung, und ein Diener kam lautlos herbeigeeilt, um Körbchen mit Gebäck und eingelegten Honigfrüchten aufzutischen und goldenen Wein in klare, kunstvoll geschliffene Gläser zu gießen.

Rufina nahm einen der kleinen Kuchen und knabberte daran. Sie fühlte sich ein wenig befangen diesem mächtigen Mann gegenüber. Er kannte nur die Schilderung seiner Gemahlin von der Überwältigung in der Therme und der anschließenden Entführung. Sie fragte sich, welche Vorwürfe sie jetzt erwarteten.

»Du musst verzeihen, Aurelia Rufina, dass mein Weib derart überzogen reagierte. Sie wird morgen nach Aqua Grannis abreisen, um dort die Heilbäder zu besuchen. Ihre Gesundheit ist stark angegriffen und ihr Geisteszustand erschüttert.«

»Das tut mir Leid.«

»Warum? Es ist doch nicht deine Schuld. Gallina wurde Zeit ihres Lebens sehr behütet. Die raue Wirklichkeit kennen zu lernen, ist eine völlig neue Erfahrung für sie. Sie ist dem nicht gewachsen. Anders als du.«

»Wohl bekommen ist mir diese raue Wirklichkeit auch nicht«, murmelte Rufina.

»Nein, aber wie es scheint, hast du die ganze Zeit die Fäden des Geschicks in den Händen behalten. Ja, du hast sogar an den einen oder anderen selbst gezogen.«

»Willst du damit andeuten, ich hätte diese Entführung geplant?«

»Trink den Wein, er kühlt dein Feuer! Nein, diese Andeutung liegt mir vollkommen fern. Man sagte mir, du habest dich aus eigener Kraft befreit, um Hilfe zu holen. Das ist eine bemerkenswerte Leistung.«

»Ich weiß nicht. Ich hätte besser warten sollen, scheint mir.«

»Ich habe den Eindruck, geduldiges Abwarten gehört nicht zu deinen hervorstechendsten Eigenschaften.«

Der trockene Tonfall, mit dem diese Feststellung geäußert wurde, brachte Rufina zum Lachen.

»Nein, nicht zu meinen hervorstechendsten. Man nennt mich gelegentlich kopflos und leichtsinnig.«

»Ich persönlich bewundere Personen, die eine Gelegenheit ergreifen, wenn sie günstig ist.«

Rufina sah ihm ins Gesicht und las darin Ehrlichkeit. Sie ergriff auch diese Gelegenheit.

»Hast du wirklich Sabina Gallina zu mir in die Therme geschickt?«

»Natürlich.«

»Warum?«

»Weil unser Hypocaustum repariert werden musste.«

»Warum gerade meine Therme?«

»Sie hat den Ruf, recht angenehm zu sein.« Er lächelte sie kurz an. »Du brauchst dir wegen Gallinas Drohung keine Sorgen zu machen. Die Frauen werden weiterhin zu dir kommen. Gallinas Worte haben nur die Wände gehört.«

Sie nickte, dann sagte sie: »Regulus ist ermordet worden.«

Wenn Maenius Claudus durch die Äußerung überrascht wurde, so merkte man es ihm nicht an.

»Vermutlich.«

»Sicher.«

»Betrifft dich das?«

»Eigentlich nicht, aber ...«

»Dann vergiss es.« Er bewegte noch einmal die Hand, und ein weiterer Diener kam herbeigeeilt.

»Du hattest Unannehmlichkeiten, die durch meine Gattin entstanden sind. Erlaube mir, dir dies als Ausgleich zu geben. Nun wirst du mich entschuldigen müssen, andere Termine warten auf mich.«

Maenius Claudus erhob sich und hinkte, ohne weiteren Gruß, aus dem Raum. Der Diener legte einen schweren Geldbeutel auf den Tisch und verbeugte sich höflich.

»Wenn du mir bitte folgen würdest ...«

Derart unhöflich abgefertigt, wollte Rufina eigentlich den Beutel liegen lassen, aber dann überlegte sie es sich doch anders. Sie steckte ihn ein.

Der Diener begleitete sie bis nach Hause, entweder um sicherzugehen, dass sie wirklich aus dem Haus des Statthalters verschwand oder weil er sie mit ihrer wertvollen Last nicht ungeschützt durch die Straßen der Stadt gehen lassen wollte.

Noch immer knurrig, betrat Rufina ihr Arbeitszimmer und öffnete den Beutel. Sie zählte die Goldstücke. Es war eine Summe, die mindestens vier Monatseinnahmen darstellte. Das war zwar erfreulich, aber irgendwie hatte sie das Gefühl, man wolle damit ihr Schweigen erkaufen.

»Kann er ja versuchen, der Maenius Claudus!«, sagte sie laut zu sich selbst. »Klappt aber nicht!«

Sie hatte schon lange keine Goldmünzen in der Hand gehabt. Der Aureus war einhundert Sesterzen wert. Das Gold hatte seinen eigenen Reiz. Eingehend betrachtete sie die Bilder auf den Münzen. Die meisten zeigten das Porträt von Nerva, des jetzigen Kaisers Traianus' Adoptivvater, und auf der Rückseite die einander schüttelnden Hände mit der Aufschrift

Concordia. Einige andere aber hatten auch das hakennasige Profil des Galba aufzuweisen. Zwei von den Aurei Nervas waren weniger klar in ihrer Prägung, entweder waren sie schon durch viele Hände gegangen oder die Prägestempel waren bei der Herstellung abgenutzt. Doch da sie schwer und warm in ihrer Hand lagen, kümmerte Rufina sich nicht besonders darum.

Sie nahm eine der Goldmünzen an sich und steckte sie in den kleinen Geldbeutel an ihrem Gürtel. Sie würde zum Geldwechsler gehen und sie eintauschen. Goldmünzen nützten wenig für die Einkäufe, die sie zu tätigen hatte. Die restliche Summe verschloss sie sorgfältig in der schweren Truhe, in der sie ihre Geschäftsunterlagen aufbewahrte. Dann suchte sie ihre Kinder auf, die im Nebenraum unter Fulcinias sanfter Weisung eine Fabel lasen.

»Wir haben uns einen Feiertag verdient, denke ich. Wollen wir zusammen zum Forum gehen?«

Jubel beantwortete diesen Vorschlag, und selbst Fulcinia ließ sich anstecken.

»Ja, ich werde euch begleiten«, sagte sie, und Rufina sah sie erfreut an. Bisher hatte die ehemalige Vestalin das Haus nur äußerst selten und dann auch nur in einer verhängten Sänfte verlassen.

»Nun, dann holt eure Umhänge.«

Fulcinia sah plötzlich verunsichert auf ihre dunkle Stola.

»Meinst du, ich kann in dieser Kleidung auf die Straße gehen?«

»Aber selbstverständlich. Das dunkle Grau sieht zwar sehr nüchtern aus, aber wenn du magst, leihe ich dir meine ockerfarbene Palla.«

Die ansonsten so würdevolle Fulcinia schwieg einen Moment, und Rufina befürchtete schon, sie würde doch beschließen, im Haus zu bleiben. Aber sie täuschte sich.

»Ja, ich werde es probieren.«

An Mauras Tunika musste nur noch wenig gezupft werden, das Mädchen war geschickt im Anlegen ihrer Kleidung und auch im Frisieren ihrer schönen, schwarzen Locken. Crispus hingegen, der seine kurze Jungentoga angelegt hatte, sah aus, als hätte er sich einfach nur in dem Stoff gewälzt. Rufina kniete vor ihm hin und ordnete die Falten zu einem anmutigen Fall. Wehmütig erinnerte sie sich dabei an die seltenen Gelegenheiten, an denen Maurus die Toga angelegt hatte. Auch er wies keinerlei Talent darin auf, sie mit Geschick zu arrangieren, und hatte es sich von ihr gefallen lassen, dass sie ihm die Stoffbahn richtete.

»Lass nur, Mama, er verwurschtelt sie doch gleich wieder«, bemerkte Maura, als Rufina ihren Sohn mit kritischem Blick musterte.

»Das fürchte ich auch.«

Fulcinia hingegen erregte Mauras Bewunderung. Das farbige Gewand schien aus ihr eine ganz andere Frau zu machen. Sie wirkte wie eine schöne Statue, jede Falte und Falbel saß, wie sie sitzen musste, und die fließenden Bewegungen, die ihr eigen waren, brachten den eleganten Fall der Palla erst recht zum Ausdruck. Über die Haare hatte sie einen durchsichtigen schwarzen Schleier gelegt, auch er perfekt gerichtet.

Der Weg zum Forum war nicht weit und angenehm zu gehen. Die breiten Straßen der Stadt waren gepflastert und wurden täglich gereinigt. Ein frühlingshafter Sonnenschein ließ die weiß gekalkten Häuserfronten erstrahlen und die roten Ziegeldächer aufleuchten. Andere Fußgänger begegneten ihnen,

Sänftenträger eilten vorbei, Träger schleppten ihre Lasten, ein Offizier in glänzender Uniform stauchte zwei Legionäre zusammen, die sich in Begleitung geschminkter Mädchen befanden. Fulcinia und Rufina gingen voraus, ihnen folgten die Kinder, und hinter ihnen trottete die Dienerin mit ihrem Korb.

Das Forum wurde im Westen begrenzt durch eine weit gestreckte, halbrunde Säulenhalle, die in ihrem Scheitelpunkt von einem Triumphbogen durchbrochen war. Um den offenen Platz davor hatten sich unter den Kolonnaden Händler und Handwerker, Tavernenbesitzer und Dienstleister angesiedelt. Unzählige Menschen waren an diesem schönen Tag versammelt, manche in kleinen Gruppen debattierend, andere geschäftig mit ihren Besorgungen unterwegs, wieder andere müßig bummelnd. Sie suchten als Erstes einen Geldwechsler auf, der ihren Aureus zu vernünftigen Konditionen in silberne Denare und Sesterzen wechselte. Dann zog ein Kammmacher Rufinas Aufmerksamkeit auf sich. Auf der Theke, die zur Straße hin geöffnet war, lagen sorgfältig geschnitzte Kämme aus Elfenbein und Horn, poliertem Holz oder schwarzem Gagat. Aber dann wandte sie sich doch unentschlossen ab und folgte Maura, die einen sehnsüchtigen Blick auf die Auslagen eines Edelsteinschleifers geworfen hatte. Hier lagen in Körbchen funkelnde, bunte Steine, die man sich zu Ketten oder Armbändern aufziehen lassen konnte. Zwei kleine Mädchen im Hintergrund des Ladens fädelten eifrig die Perlen auf, während der Besitzer ein wachsames Auge auf seine Ware hielt.

»Möchtest du eine Halskette haben, Maura?«

»Oh ja!«

»Dann such dir etwas aus. Wenn es nicht zu teuer ist, sollst du sie haben.«

»Aber mach schnell, das ist so langweiliger Wei-
berkram hier«, maulte Crispus.

»Würde dir der Schnitzer mit seinen Holzpferden
und Übungsschwertern besser gefallen?«, fragte Fulcinia höflich nach.

»Mann, klar, viel besser!«

»Dann werden wir jetzt sehen, was uns dieser
kunstreiche Mann anbieten kann.«

Die beiden wurden von Rufina mit einem kurzen
Winken verabschiedet. Maura indessen hatte sehr
schnell ihre Wahl getroffen.

»Das sind Rheinkiesel!«, erklärte der Verkäufer
und ließ die transparenten, glitzernden Steinchen
durch die Hand rieseln. »Man findet sie am Ufer des
Stromes. Poliert und geschliffen sind sie ein wunderschöner Schmuck. Man kann sie auch mit diesen
dunkelroten Granaten kombinieren oder dem mar-
morierten Rosenstein.«

»Ich hätte gerne ein Kettchen nur aus den Kieseln«,
bat Maura, und ihre Mutter nickte.

»Was würde das denn kosten?«

Als der Preis genannt wurde, machte Rufina ein
entsetztes Gesicht.

»Aber nein! Das ist ja ungeheuerlich für ein paar
Kiesel vom Rheinufer. Tut mir Leid, Maura, das
kann ich nicht ausgeben.«

»Ooooh, Mama.«

Rufina schüttelte den Kopf.

»Nein, Liebes, du weißt, ich muss das Holz bezahlen, das Wasser, die Pacht, unseren Haushalt und so
weiter.«

»Aber es wird doch wohl ein kleines Extra für deine Tochter übrig sein, Domina«, wollte der Händler
sie überreden.

»Ich würde ja gerne, aber zu dem Preis …« Mit

einem unsäglich traurigen Blick nannte sie den Wert, den sie höchstens, aber auch allerhöchstens von ihrem schmalen Einkommen abzwacken konnte. Dabei trat sie Maura ganz unauffällig auf den Fuß, damit sie sich heraushielt.

»Vielleicht könnten wir die Kette etwas kürzer machen, immerhin ist deine Tochter sehr zierlich. Wenn wir zehn Perlen weniger nehmen, wird es natürlich billiger.«

Es entspann sich ein lebhaftes Feilschen, an dessen Ende nun der Händler einen unsäglich traurigen Blick zur Schau stellte, aber dann doch bereit war, für die Hälfte des erstgenannten Preises die Kette aufzufädeln und sogar noch mit einer Schließe aus Bronze zu versehen. Dafür nahm ihm Rufina noch ein paar bunt glasierte Tonmurmeln ab, die er, wie er sagte, von seinem Bruder, dem Töpfer, in Kommission genommen hatte. Flink stellten die Mädchen die Kette dann zusammen, während Rufina die Münzen abzählte und noch ein wenig über das angenehme Wetter plauderte. Dann legte Maura glücklich den glitzernden Halsschmuck an, und sie machten sich auf die Suche nach Fulcinia. Crispus, stolzer Besitzer eines Holzschwertes, beklagte sich empört: »Tante Fulcinia wollte dem Mann gleich den ganzen Preis zahlen. Stell dir das nur vor, Mama.«

»Ich nehme an, du hast die Sache in die Hand genommen, mein Sohn!«

»Das kannst du aber glauben.«

Fulcinia hatte verlegen den Schleier vor das Gesicht gezogen, aber Rufina erkannte, dass sie nur eine ungeheure Erheiterung verbergen wollte.

»Ich bin nicht sehr gut in diesen Dingen«, sagte sie und musste dann kichern. »Von deinem Sohn habe ich heute eine lebenswichtige Lektion gelernt.«

Maura grinste.

»Du hättest Mama erst mal erleben müssen. Der arme Edelsteinschleifer hätte fast noch seine Tunika ausgezogen, um sie uns zu schenken, so gerührt hat sie ihn mit unserer edlen Armut.«

»Nun ja, Handeln ist eine Kunst, die gepflegt werden muss.«

»Eine, die du beherrschst, ich nicht.«

»Nun, ich denke, bei Vestalinnen besteht die Notwendigkeit nicht, sie zu erlernen.«

»Wie so vieles, was das Leben im Alltag betrifft. Aber es gefällt mir, Rufina. Ich werde mir auch das langsam aneignen.«

Sie schlenderten weiter, begutachteten kostbare Seidenstoffe und bestickte Borten, schnupperten an exotischen Duftölen, ließen bei dem Schleiermacher hauchzarte Gewebe durch ihre Hände gleiten – Rufina konnte einem lindgrünen nicht widerstehen – und kauften den Kindern süße Kuchen. Sie bewunderten pflichtschuldig mit Crispus schimmernde Dolch- und Stilettklingen, martialische Lederwaren und genagelte Sandalen.

Dann verlockten Rufina die Auslagen eines Goldschmiedes anzuhalten, während Fulcinia sich nebenan einigen Glaswaren widmete. Dorovitrix war ein Gallier, der sehr zarte Goldkettchen und hübsche Siegelringe zu fertigen wusste. Ein halbes Dutzend von ihnen hatte er auf einem Tablett auf der Theke zur Straße hin ausgestellt. Sie trugen blaue und rote Gemmen mit winzigen, aber exakt ausgeführten Motiven. Crispus und Maura bewunderten sie, während Rufina in das Innere des Raumes spähte. Die wirklich kostbaren Gegenstände würde der Goldschmied nur im Hinterzimmer vorzeigen. Aber auf einem Podest neben der rückwärtigen Tür stand eine goldene

Statue. Ein flügelfüßiger Merkur, soweit sie erkennen konnte, mit Hahn in Begleitung und Geldbeutel in der Hand. Um den Hals aber trug er den gallischen Torques.

Dorovitrix bemerkte ihren Blick und holte die Figurine nach vorne, damit sie sie näher betrachten konnte. Offensichtlich hoffte er darauf, sie zu verkaufen.

»Gefällt sie dir, Domina?

»Es ist Merkur, nicht wahr?«

»Der Gott des Handels und der Reisen.«

»Warum trägt er einen Ring um den Hals?«

Der Gallier lächelte sie verschmitzt an und erklärte: »Eure Götter sind den unseren nicht unähnlich. Auch wir haben einen, der die Reisenden beschützt und wohlwollend den Handel fördert. Warum soll ich nicht beide in derselben Figur ehren. Der Torques macht diese kostbare Statue auch für meine Landsleute attraktiv.«

»Besteht er aus reinem Gold?«

»Aber nein, nein. Eine Bronzeseele hat der Gott, doch golden ist seine Haut. Aus reinem Gold wäre er wohl unerschwinglich für die meisten meiner Kunden.«

»Da hast du wohl Recht. Nun, im Augenblick kann ich mir aber leider noch nicht einmal einen vergoldeten Merkur leisten. Aber es ist eine schöne Arbeit.«

Sie verließen den Stand und fanden sich plötzlich einem bekannten Gesicht gegenüber.

»Valeria Gratia, sei gegrüßt.«

Die Tochter des Bürgermeisters lächelte sie freundlich an und grüßte zurück.

»Ein wunderschöner Tag zum Bummeln, nicht wahr?«, meinte sie und wies den kleinen Jungen an ihrer Hand an, ebenfalls seine Höflichkeitsbezeugung zu machen.

Rufina war ein wenig verblüfft. Der Dreijährige war ein strammes Kerlchen mit einem sehr aufgeweckten Gesicht. Das aber war von dicken, goldblonden Locken umgeben.

»Valerius Martianus, mein kleiner Bruder«, stellte ihn Valeria Gratia vor. »Ein echter Schlingel! Ich hörte, du hast ein schreckliches Abenteuer erlebt, Aurelia Rufina. Es freut mich, dich wohlbehalten wiederzusehen.«

Rufina nickte, sah aber keinen Anlass, mehr über die letzten Tage zu sagen, und Valeria Gratia war so feinfühlig, nicht weiter zu fragen. Sie schwatzten eine Weile über das Angebot auf dem Markt und trennten sich dann, um ihre unterschiedlichen Wege fortzusetzen.

»Ich brauche noch ein paar Bänder für meine Haare«, stellte Rufina fest. »Ich habe unterwegs fast alle verloren.«

»Eins haben wir gefunden, Mama. An dem Tag, als du verschwunden bist. Es lag vor Erlas Laden!«

»Ja, und darum haben wir gedacht, du spielst nur Verstecken mit uns!«

»Richtig. Und dann hat der Meles auch noch den Dolch im Ruheraum gefunden.«

»Hast du das Band extra verloren?«

»Nein, Crispus. Das muss sich gelöst haben, als sie uns fortgeschleppt haben.«

Rufina lenkte ihre Schritte zu einer Händlerin, die bunte Woll-, Leinen- und sogar Seidenbänder anbot. Seide war allerdings unerschwinglich, auch wenn sie einen kleinen Moment in Versuchung war. Die mit feinen Goldfäden zusammengedrehten Schnüre würden sogar aus ihren kurzen Haaren eine vornehme

Frisur machen. Dann nahm sie doch die einfachen braunen Bänder, die sie gewöhnlich verwendete. Fulcinia aber überredete sie schließlich, auch noch einige in lichtem Grün zu wählen, die zu ihrem Schleier passten.

»Gehen wir zum Hafen hinunter?«, bat Crispus, nachdem die Geschäfte, die der weiblichen Eitelkeit dienten, abgeschlossen waren.

»Nein, heute nicht. Ich denke, wir machen uns auf den Heimweg.«

»Schade ...«

Sie tätigten noch einige notwendige Einkäufe für den Haushalt und verließen das Forum. Während des Rückwegs begannen Rufinas Gedanken Kapriolen zu schlagen. Nach einem besonders gewagten Überschlag fragte sie plötzlich: »Fulcinia, hat Meles den Dolch wirklich im Ruheraum gefunden?«

»Ich wartete auf ihn, als er mit Faustillius die Therme durchsuchte. Es muss wohl so sein.«

»Daraus habt ihr geschlossen, wir seien dort überwältigt worden?«

»Warum nicht? Es standen ja zu dieser Zeit auch zwei Körbe vor dem Holzlager. Man hätte euch ungesehen durch den Seitengang und das Lager hinausschaffen können.«

»Aber das Haarband lag vor Erlas Laden.«

»Du könntest es auch schon an einem anderen Tag dort verloren haben.«

»Könnte ich. Aber mir fehlte eines, als ich wieder zu mir kam. Seltsam, Fulcinia, wir waren im Salbraum, Sabina und ich. Und der liegt neben Erlas Stand. Warum sollte uns jemand quer durch die ganze Therme schleppen, um uns vor dem Holzlager in die Körbe zu stecken?«

»Im Salbraum?«

»Ja, wir waren ganz alleine, die anderen hatten schon ihr Bad genommen, aber Sabina Gallina bestand darauf, vorher noch von mir massiert zu werden, weil Erlas Tochter an jenem Tag krank war.«

Fulcinia sah Rufina irritiert an. Dann meinte sie: »Na gut, wir haben eben nur Schlussfolgerungen gezogen. Falsche zwar, aber dennoch waren es nun mal Germanen, die euch entführt haben.«

»Ich frage mich nur, wie sie unbemerkt in den Salbraum kommen konnten.«

»Durch Erlas Laden vielleicht?«

»Das würde zumindest auf eine Mitwisserin hindeuten.«

»Nicht unbedingt. Sie war nämlich im Ruheraum und hat ihre Waren präsentiert.«

»Und hat gefällig die Tür zur Straße hin aufgelassen …?«

Die beiden Frauen sahen sich nachdenklich an. Die Stände, die sie verpachtet hatten, waren alle von der Straße aus zugänglich, damit die Händler nicht durch die Räume des Bades gehen mussten, wenn sie ihre Waren entluden.

»Recht wahrscheinlich, Rufina. Erlas Laden liegt günstig, weil man ihn von den anderen Ständen aus nicht einsehen kann. Aber die Körbe … Angeblich hat einer der Heizer sie gesehen, sich aber nichts dabei gedacht, weil am Morgen Holz geliefert worden war.«

»Wir werden mit Erla wohl noch mal ein Wörtchen zu reden haben. Wenn sie mit in dieses Komplott verwickelt war, dann muss sie zur Verantwortung gezogen werden.«

»Ich werde mit ihr reden. Und mit dem Heizer ebenfalls.«

Rufina war einverstanden. Fulcinia würde auf

das Haupt der Salbenhändlerin den Zorn der flammenden Göttin herabbeschwören. Welche Macht sie über die Menschen hatte, wenn sie in die Rolle der Priesterin schlüpfte, wusste sie selbst nur zu gut. Die Heizer im Praefurnium lagen ihr ohnehin zu Füßen.

Sie hatten ihr Heim erreicht, und Rufina war noch immer in Gedanken versunken. Noch etwas nagte an ihr. Ein Erinnerungsfetzen, eine Kleinigkeit, die nicht passen wollte.

»Patrona, Lampronius Meles wollte dich sprechen!«, richtete ihr Paula aus, als sie kurz darauf in die Therme ging, um Erla aufzusuchen. »Nasus sagt, dieser alte Gladiator habe schon wieder vorgesprochen.«

»Ich will den Lampronius Meles aber nicht sprechen, und Nasus weiß ganz genau, es gibt für Burrus keine Arbeit bei uns.« Doch da fiel ihr wieder etwas ein, das sie gerne geklärt haben wollte. »Ach nein, ruf mir Nasus doch mal her!«

Der Laufjunge schlüpfte davon, und kurz darauf fand sich der Bademeister in der Eingangshalle ein.

»Ja, er kommt alle paar Tage her. Ich kriege es nicht in seinen dicken Schädel rein, dass er hier nicht mehr benötigt wird, Patrona. Aber vielleicht solltest du es dir doch noch mal durch den Kopf gehen lassen. Er ist ein kräftiger, kundiger Mann, und wir haben jetzt wieder so viele Gäste, ich könnte gut Hilfe brauchen. Im Gymnasium wäre er auch einsetzbar. Manche der Männer messen sich gerne an solch alten Kämpen wie ihm.«

»Wenn er wieder auftaucht, sag ihm, ich will mit ihm reden, Nasus. Wenn er nicht zu viel Lohn fordert, bin ich möglicherweise bereit, ihn wieder anzustellen.«

»Das wäre nicht schlecht, Patrona. Er … er ist dir sehr ergeben, weißt du.«

»Gut, wir werden sehen.«

Nasus kehrte zu seiner Arbeit zurück, und Rufina bat den Jungen, die Salbenhändlerin zu holen.

Erla kam beflissen herbeigeeilt.

»Patrona, wie gut, dich gesund wiederzusehen!«, rief sie, und ihr ganzes Wesen strahlte Freundlichkeit aus. Es fiel Rufina schwer, sich vorzustellen, diese herzliche Frau könnte etwas mit der Entführung zu tun gehabt haben, aber sie wappnete sich gegen ihre Gefühle. Das Auftreten konnte täuschen.

»Ich bin ebenfalls froh. Ist deine Tochter inzwischen wieder gesund und geht ihren Aufgaben nach?«

»Natürlich, Patrona. Es war nur ein Tag, den sie unpässlich war.«

»Gut. Erla, wenn der Gong heute Abend das Ende der Badezeit ankündigt, dann bleib doch bitte noch einen Moment hier, wir müssen noch etwas besprechen.«

»Bist du mit irgendetwas nicht zufrieden, Patrona?«

»Ich bin zufrieden, aber es gibt ein paar offene Fragen, die wir klären müssen. Warte also.«

»Ja, sicher. Soll Tertius auch hierbleiben?«

»Der Junge nicht, nein.«

Erla wirkte ein wenig verunsichert und hätte wohl auch gerne Näheres erfahren, ging aber dann zögernd zurück zu ihrem Stand. Auch Rufina wollte die Halle verlassen, als Lampronius Meles aus dem Apodyterium trat.

»Ah, ich habe gehört, du seiest hier, Aurelia Rufina. Meine Liebe, welch eine furchtbare Sache!«

Mit ausgestreckten Händen ging er auf sie zu, und

288

Rufina hatte Mühe, nicht unhöflich zurückzuweichen.

»Es ist vorbei, Lampronius Meles. Sprechen wir nicht mehr davon.«

»Nein, natürlich nicht. Ich bin sicher, jeder will von dir wissen, wie es dir ergangen ist. Du musst ja Unsagbares durchgemacht haben. Sabina Gallina war völlig zusammengebrochen, als wir sie fanden. Schön, dass du dich so schnell erholt hast.«

»Sie ist zarter als ich. Ihr Mann schickt sie zur Genesung in ein Heilbad.«

»Du solltest sie begleiten.«

»Ich habe mein eigenes Bad.«

»Natürlich. Aber dir würde es doch bestimmt gut tun, einmal richtig verwöhnt zu werden. Ach, Rufina, warum erhörst du mich nicht? Ich habe ein wunderschönes Landgut, und die große Badeanlage wird gerade fertig gestellt. Ich persönlich würde mich darum kümmern, dich zu verwöhnen.«

»Ich möchte mich nicht wiederholen müssen, Lampronius Meles. Du kennst meine Haltung!«

»Noch immer so ablehnend, Rufina? Sogar nach diesem schrecklichen Vorfall?«

»Es ändert nichts. Ich bin zufrieden, meine Therme zu führen.«

»Auch eine Villa stellt hohe Anforderungen. Ich werde viele Gäste haben, langweilen würdest du dich bestimmt nicht.«

Eigentlich wollte Rufina dieses Argument nie nennen, doch die Beharrlichkeit des Mannes machte sie ungeduldig. Also sagte sie: »Nein. Lampronius Meles, kannst du es nicht verstehen? Ich bin erst seit drei Monaten Witwe. Ich habe den Verlust meines Mannes noch nicht verwunden. Er steht noch immer an erster Stelle für mich. Bedränge mich nicht weiter.«

»Rufina, du wirst mir doch nicht ernsthaft versichern wollen, Maurus sei dir ein angemessener Gatte gewesen. Der Mann war ein Schwätzer, ein Gimpel, ein Wichtigtuer.«

»Ich war es zufrieden, seine Frau zu sein. Vielleicht hast du dich in ihm getäuscht, Lampronius Meles.«

Es erschien ihr, als ob Meles' attraktives Männergesicht plötzlich von einer hässlichen Härte überzogen wurde, als er sagte: »So? Habe ich mich in ihm getäuscht? Nun gut, ich will mich nicht mit seinem Schatten messen müssen.«

Mit einer schnellen Drehung wandte er sich ab und gab den beiden Sklaven, die ihm auf Schritt und Tritt folgten, ein Zeichen, er wünsche die Therme zu verlassen.

»Da hast du dir einen Feind gemacht, Patrona!«, flüsterte Paula, als er draußen war und Rufina noch immer wie angewurzelt dastand.

»Ja, aber ... Versteht er denn nicht? Er beleidigt Maurus und erwartet, ich würde ihm daraufhin zu Füßen sinken.«

»Er ist kein Mensch, der einen Vergleich schätzt. Schon gar nicht mit einem Mann wie Maurus.«

»Wie meinst du das?«

»Patrona, Maurus war ein begehrenswerter Mann, ein äußerst gut aussehender. Aber, pardon, Patrona, er war sehr dunkel. Solche Menschen benutzt Lampronius Meles allenfalls als Sklaven.«

»Dann wundert es mich umso mehr, wie sehr er sich um mich bemüht. Er müsste nämlich, wenn ich seinen Antrag annähme, auch meine Kinder akzeptieren.«

»Ich glaube nicht, dass er darauf je einen Gedanken verschwendet hat.«

Rufina gab ein hässliches Lachen von sich. Dann

wurde sie wieder ernst. Das Bild der vier Erschlagenen tauchte wieder vor ihren Augen auf. Nein, Lampronius Meles war der letzte Mann der Welt, den sie heiraten würde.

»Crassus, als Maurus damals vor sechs Jahren zum ersten Mal nach Germanien gereist ist, was hatte er da für einen Auftrag von dir?«

»Warum willst du das denn nun schon wieder wissen?«

»Weil ich nicht nur ein mageres und zähes, sondern auch ein neugieriges Huhn bin. Antworte mir einfach!«

Crassus hatte in einem Codex gelesen und legte ihn jetzt unwillig zur Seite.

»Ich erinnere mich nicht mehr genau. Aber ich glaube, er hatte die verrückte Idee, es könne bei den nördlichen Barbaren einen beachtlichen Absatzmarkt für unser Olivenöl geben, und er wollte den besten Transportweg herausfinden. Schwachköpfige Idee, die Barbaren verwenden für alles ihr ranziges Schweineschmalz.«

»Weißt du, ob er zufällig in der Gruppe von Marcillia Rubea gereist ist?«

»Wer ist das denn nun schon wieder?«

»Sie sollte die Flaminica werden, ihr zukünftiger Gatte wartete in Colonia Traiana[1] auf ihn.«

»Warum, um alles in der Welt – ach, ich verstehe. Du meinst, mein nichtsnutziger Sohn hatte ein Verhältnis mit ihr?«

»Nein. Oder, vielleicht doch. Aber das ist nicht wichtig.«

»Das ist dir nicht wichtig?«

---

[1] Xanten

»Nein. Marcillia Rubea wurde hier entführt. Sie sollte befreit werden, und es gab einen Kampf mit Toten und Verwundeten. Maurus kam verwundet zurück.«

»Auf Reisen geht man immer ein Risiko ein. Ja, glaubst du denn, eine zukünftige Flaminica würde einen Mann wie Maurus auch nur ansehen?«

»Ich habe deinen Sohn immer gerne angesehen, Crassus.«

Crassus zuckte mit den Schultern.

»Du schon.«

»Du scheinst seine Mutter auch ganz gerne angesehen zu haben. Und nicht nur das. Sonst hätte sie dir Maurus ja nicht geboren.«

»Sie war ein ganz anderer Charakter. Stolz, mutig, selbstbewusst.«

»Es heißt, die zukünftige Flaminica sei in Begleitung eines dunkelhäutigen Mannes gereist. Es heißt auch, er habe an ihrer Befreiung teilgehabt.«

»Maurus ist nicht der einzige Mann mit dunkler Haut. Ja glaubst du denn, er sei in der Lage gewesen, mit einem anderen Mann zu kämpfen? Er war ein Feigling, mein Sohn. Er hat sich doch lieber dreimal beleidigen und demütigen lassen, als einmal zurückzuschlagen.«

»Was den größeren Mut beweist.« Rufina funkelte Crassus wütend an und sagte mit Bestimmtheit: »Aber ja, inzwischen glaube ich, er war durchaus in der Lage, sich seiner Haut zu wehren. Es gab andere Situationen, in denen er es tat.«

»Ach nee? Sind dir Gerüchte über Wirtshauskeilereien zu Ohren gekommen?«

»Nein. Ein Raubüberfall im Wald. Also, Crassus, mit wem und warum ist Maurus damals nach Germanien gereist?«

»Keine Ahnung. Er wollte es. Der Einzige, von dem ich weiß, dass er mit ihm gezockelt ist, das ist dieser alte Legionsknochen von Burrus, der hier gelegentlich vor dem Haus rumlungert.«

»Legionär? Ich dachte, er sei Gladiator.«

»Meinetwegen auch das. So, und mehr kann ich dir auch nicht sagen.«

»Du hast mir schon sehr geholfen, Crassus. Und jetzt werde ich Irene bitten, uns das Essen zu bringen.«

»Endlich hast du mal eine gute Idee, Rufina.«

Crassus stand auf und sah ihr nach, als sie den Raum verließ. Er räusperte sich, und sie drehte sich noch mal um.

»Grämst du dich sehr um ihn?«

Rufina sah ihm ganz ruhig in die Augen. Aber sie konnte es nicht vermeiden, dass sie ihr feucht wurden, als sie leise flüsterte: »Ja, Schwiegervater.«

Vollends betroffen war sie, als er ebenso leise antwortete: »Ich auch.«

Schnell verließ sie den Raum.

Fulcinia hatte Schweißperlen auf der Oberlippe, als sie später in die Wohnung kam. Rufina bemerkte es und reichte ihr einen Becher kühlen Wein.

»Wir wollen in mein Zimmer gehen, Rufina.«

»Ich komme sofort. Ihr zwei geht jetzt zu Bett!«, befahl sie ihren Kindern, die mit Crassus zusammen in ein Brettspiel vertieft waren.

»Gleich, Mama!«

»Ich gewinne gerade, so lange können sie noch aufbleiben!«, wandte auch ihr Großvater ein.

»Na, meinethalben.«

Fulcinia legte den Schleier ab und wischte sich über das Gesicht.

»Oh, ich habe gar nicht gemerkt, wie warm es im Sudatorium noch war.«

»Na, wenn du dich auch in vollständiger Kleidung darin aufhältst ...«

»Es schien mir der passende Raum.«

»Ich verstehe. Die Kohleschalen, nicht wahr?«

Fulcinia nickte.

»Ja, das Feuer zeigt auch bei den Barbaren seine Wirkung. Aber, Rufina, Erla hat nichts mit der Entführung zu tun. Allenfalls indirekt, denn ich habe den Verdacht, sie wurde unwissentlich benutzt.«

»Das würde mich freuen, ich habe sie nämlich bislang für eine anständige Person gehalten.«

»Das ist sie auch. Nun ja, ich habe ihr ein wenig Furcht eingeflößt, und sie hat mir sehr aufrichtig geantwortet.«

»Hast du ihr anschließend die Furcht auch wieder genommen, oder muss ich mich nach einer neuen Salbenhändlerin umschauen?«

»Es hat mir etwas Mühe bereitet, aber ich habe sie schließlich dann doch davon überzeugen können, nicht als Menschenopfer auf dem Brandaltar meiner Herrin ausersehen zu sein.«

»Deine Methoden sind wie immer ausnehmend subtil.«

»Ich fürchte, ich ging ein wenig gewalttätig mit ihrer Seele um.«

»Das meinte ich damit.«

»Oh. Ich sollte wohl auch allmählich deine Art von Humor begreifen.«

Rufina lächelte sie an.

»Wirst du schon. Und nun – wie wurde sie ausgenutzt und durch wen?«

»Man hat sie, als du mit Sabina Gallina in den Salbraum gingst, in den Ruheraum gebeten. Das kann

Zufall gewesen sein oder auch nicht. Die Tür zur Straße hat sie jedoch nicht geöffnet. Der Riegel war vorgelegt, sagt sie. Die Dienerin, die sie gerufen hatte, konnte sie keiner Herrin zuordnen. Sie will mich oder dich aber auf sie aufmerksam machen, wenn sie sie wieder sieht.«

»Also gut, sie war nicht da, als wer auch immer zu uns kam und uns bewusstlos machte. Dieser Jemand kann uns dann ungestört durch ihren Laden getragen, die Tür von innen geöffnet und auf die Straße gebracht haben. Wobei ich mein Haarband verlor.«

»Richtig. Die Körbe können genauso gut dort gestanden haben. Denn ich habe noch einmal die Heizer befragt. Rufina – etwas gibt mir zu denken. Keiner von ihnen will von Lampronius Meles befragt worden sein.«

Rufina nickte nur und bat: »Weiter.«

»Erla war in einer Sache hingegen unehrlich. Ihre Tochter war an jenem Tag nicht krank. Im Gegenteil, sie war äußerst munter. So munter, dass sie die Nacht zuvor und den halben folgenden Tag außer Haus verbracht hat. Bei einem Mann.«

»Das erklärt Erlas sorgenvolle Miene.«

»Sie hatte die schlimmsten Befürchtungen, richtig. Sie hat ihrer Tochter anschließend eine gewaltige Szene gemacht und ihr verboten, sich noch einmal mit diesem Mann zu treffen. Das Mädchen scheint aber sowieso keine Lust mehr dazu zu verspüren. Er hat sie wohl nicht sehr liebevoll behandelt.«

Rufina zupfte an ihren Haaren und zog ein Band heraus. Nachdenklich drehte sie es zwischen den Fingern hin und her.

»Weit hergeholt könnte man sich vorstellen, Fulcinia, dieser Mann habe Erlas Tochter absichtlich verführt, damit sie an dem Vormittag nicht in der Therme erschien und ich damit die Aufgabe übernehmen musste, die Gattin des Statthalters zu massieren. Jemand, der Sabina Gallinas Gewohnheiten gut kennt, konnte sich ausrechnen, dass das passiert.«

»Was bedeuten würde, man wollte deiner ebenfalls habhaft werden.«

»Nicht unbedingt. Vermutlich wollte man nur sichergehen, so wenig Leute wie möglich um Sabina Gallina herum vorzufinden. Erlas Tochter hätte sie schon früher massiert, als sich die anderen auch noch im Tepidarium aufgehalten haben.«

»Beides ist denkbar.«

Die zwei Frauen sahen sich einen Augenblick ratlos an. Dann sagten sie beide gleichzeitig: »Der Mann!«

»Richtig, Fulcinia, wir sollten herausfinden, wer der Verführer des Mädchens war. Hat Erla keinen Namen genannt?«

»Doch. Aber mir sagt er nichts. Tremerus nannte sie ihn.«

»Ein Römer also, kein Germane. Und ohne Gentilnamen? Ein Freigelassener?«

»Eine Vermutung. Wir sollten ihn finden, nicht wahr?«

»Das wird uns schwer fallen. Aber ich habe eine Idee.«

»Welche?«

»Der ehemalige Gladiator wird das für uns tun. Burrus. Der Bademeister sagt, er brauche Hilfe bei seiner Arbeit, und ich will ihn wieder einstellen. Maurus hat ihn, glaube ich, geschätzt. Nasus sagt, er sei mir sehr ergeben.«

»Gut, wir sind auf verlässliche Freunde angewiesen. Denn die Möglichkeit, dass der Anschlag auch dir galt, ist noch immer vorhanden.«

»Richtig. Da ist noch etwas, das nicht zusammen-passt, Fulcinia.«

»Der Dolch im Ruheraum?«

»Richtig. Aber nicht nur, weil wir aus dem entge-gengesetzten Ende des Gebäudes entführt wurden, sondern weil alle vier Germanen, die Gallina und mich trugen, ihre Dolche bei sich hatten. Ich habe Erinnerung an jeden einzelnen, weil jeder einmal mit dem seinen hantiert hat. Von diesen vieren hat ihn keiner in der Therme verloren.«

»Es könnte ihn ein anderer zuvor dort verloren haben.«

»Jemand, der mit der Sache nichts zu tun hatte. Oder der einen Verdacht auf die Germanen lenken wollte? Die Männer, die uns entführten, leben nicht mehr. Sie können uns nicht mehr sagen, wer sie be-auftragt hat.«

Sie schwiegen, dann meinte Fulcinia: »Rufina, du spinnst ein furchtbares Netz.«

»Ich weiß. Und ich habe das schreckliche Gefühl, es hängt alles mit einer Sache zusammen, die Mau-rus betrifft.«

Fulcinia seufzte.

»Ich habe die Göttin heute schon zu lange be-müht, sonst würde ich jetzt die Feuer entzünden. Es hilft mir, Klarheit zu finden.«

»›Die Fackel ist jedem Lebenden durch ihr Feuer vertraut,

sie ist klar und hell, sie brennt meistens,

wenn die Gemeinen im Saale ruhen‹«, zitierte Ru-fina.

Verblüfft starrte Fulcinia sie an. Dann wiederholte sie leise den Vers.

»Was ist das?«, fragte sie dann.

»Die Rune Kenaz.«

»Ich bin erstaunt. Ich wusste nicht, wie weise sie sind.«

»Wolfrune ist weise. So wie du auch. Wenn dieser Albtraum hier vorüber ist, dann werde ich dafür sorgen, dass ihr beide euch kennen lernt.«

»Was sein soll, wird geschehen.«

»Das hat sie auch gesagt.«

Fulcinia lächelte ihr feines Lächeln, und dann sagte sie: »Es war ein lehrreicher Tag für mich, Rufina. Ich bin dir dankbar.«

»Aber Fulcinia, wofür?«

»Das wirst du auch noch herausfinden. Nun eine gute Nacht. Wenn du böse Träume hast, scheu dich nicht, mich zu wecken.«

21. Kapitel

Ein unerwarteter Beschützer

Ich habe keine Angst mehr vor Totengeistern,
die bei Nacht umherflattern,
keine Angst vor Händen,
die mir nach dem Leben trachten.

OVID, AMORES

Rufina hatte keine bösen Träume. Sie fühlte sich sogar wunderbar erholt am nächsten Morgen, und das kleine Pflänzchen in ihrem Herzen, das im Wald zu sprießen begonnen hatte, schien neue, junge Knospen entwickelt zu haben.

»Dieses narbige Subjekt ist wieder da!«, verkündete Eghild, als Rufina ins Gymnasium kam. Sie und Burrus hegten eine wohlgepflegte Hassliebe zueinander, die aus ihrer beider Gleichartigkeit herrührte.

»Ich habe selbst darum gebeten. Du wirst dich zukünftig wieder mit ihm abfinden müssen.«

»Ich teile den Raum nicht mit ihm. Er stinkt. Nach Zwiebeln.«

»Er wird dir nicht im Weg sein. Wo ist er?«

»Draußen am Holzlager.«

Rufina, nur in der kurzen Tunika, die sie bei ihren Übungen trug, eilte zurück und zog sich schicklich an. Der Laufbursche hatte den Gladiator in den Aufenthaltsraum der Heizer gebeten, und hier traf sie ihn nun.

»Patrona, ich danke dir für deine Güte.«

Der gedrungene, kahlköpfige Mann verbeugte sich mit großer Ehrerbietung vor ihr.

»Schon gut, Burrus. Es lief hier eine Zeit lang ziemlich schlecht.«

»Ich weiß. Es macht nichts. Ich habe im Hafen gearbeitet. Jetzt hast du wieder eine Aufgabe für mich?«

»Mehrere, Burrus. Zum einen möchte Nasus nachmittags einen Helfer in den Baderäumen.«

»Buckel schrubben? Na gut, kann auch nicht schlimmer sein als Fischkörbe schleppen.«

»Du wirst feststellen, dass die Geruchsentwicklung deiner Kundschaft geringer ist als die der Fische.«

Burrus grinste.

»Bei manchen bin ich da nicht so sicher. Aber es ist recht, Patrona. Was noch?«

»Wenn jemand mit dir üben will, kannst du deine eigenen Termine und Preise vereinbaren. Sprich dich mit Eghild ab.«

»Du willst mir eine Tortur versüßen?«

»Eghild ist meist nur am Vormittag da. Ihr könnt euch also aus dem Weg gehen.«

»Schade. Ich streite so gerne mit dieser ruppigen Barbarin.«

»Ich fürchte, das beruht auf Gegenseitigkeit. Vielleicht solltest du sie heiraten.«

»Davor bewahre mich die grundgütige Juno Pronubia.«

»Wird sie wahrscheinlich. Es sind auch ein paar Ausbesserungsarbeiten in der Therme durchzuführen. Es müssen Risse verputzt und der Anstrich erneuert werden. Kannst du das übernehmen?«

»Solange du keine Wandmalereien von mir verlangst.«

»Gut, du bekommst deinen alten Lohn, mehr kann ich im Moment noch nicht entbehren.«

»Du brauchst mir nichts zu zahlen, Patrona. Ich komme mit dem Gymnasium schon zurecht.«

»Du bekommst deinen Lohn. Und nun, Burrus, habe ich noch ein paar Fragen.«

»Stell sie, hoffentlich kann ich sie beantworten.«

»Kennst du einen Mann namens Tremerus?«

»Nein, leider nicht. Soll ich ihn ausfindig machen?«

»Ja. Er hat die Tochter unserer Salbenhändlerin verführt. Aber mach es unauffällig, er sollte es nicht bemerken. Kannst du das?«

»Natürlich, Patrona.«

Rufina hoffte es, sie hatte Burrus bisher als ein recht dumpfes Muskelpaket eingestuft und war angenehm überrascht, dass er sich so wacker in der Unterhaltung schlug.

»Burrus, wie lange kanntest du Maurus?«

»Seit er hier ist.«

»Seit wann ist das?«

»Hast du dein Gedächtnis verloren, Patrona?«

»Nein, mein Freund. Beantworte meine Frage.«

»Als dein Freund?«

»Genau.«

»Seit er hier ist.«

»Also seit sechs Jahren?«

»Patrona, du *hast* dein Gedächtnis verloren. Aber das macht nichts. Du bist noch hübscher geworden, seit ich dich das letzte Mal sah.«

»Hast du Marcillia Rubea gekannt?«

Burrus' zerhauene Züge verzogen sich beinahe liebevoll. Einen Moment lang glaubte Rufina, er würde ihr wieder eine ausweichende Antwort geben, aber dann sagte er weich: »Sie war nicht seine Geliebte.«

Rufina biss sich auf die Lippen, weil ein lange an ihr nagender Schmerz so plötzlich erlosch.

»Danke, Burrus.«

»Patrona, du bist älter geworden in den vergangenen drei Monaten. Und die Trauer hat dich weise werden lassen. Ich werde auf dich aufpassen. Mein Leben für dein Leben, Aurelia Rufina.«

Mit einem seltsamen Gefühl sah sie den Gladiator an. Er wirkte bedrückt und schuldbewusst. Plötzlich kam ihr die Erkenntnis.

»Du hast es die ganze Zeit versucht, nicht wahr?«

»Ja, aber du wolltest mich ja nicht hier haben, darum war es schwer. Sie hätten dich nie entführen können, wenn ich in der Nähe gewesen wäre.«

Sie stand auf und legte ihm die Hand auf die Schulter. Dankbar sah er zu ihr auf.

»Vertraust du mir, Patrona?«

»Ja, ich vertraue dir.«

»Dann ist es gut.«

Sie setzte sich wieder hin und sah ihn nachdenklich an. Dann sagte sie: »Burrus, ich will wissen, wer dahinter steckt.«

»Ich verspreche dir, es herauszufinden. Aber du wirst mir mehr erzählen müssen als das, was die Gerüchte sagen.«

»Nicht hier.«

»Nein, nicht hier. Wann und wo?«

»Komm heute, wenn es dunkel ist, an die Tür von Cyprianus' Weinstand. Ich mache dir dann auf.« Mit einem Lächeln, das Burrus endgültig zu ihrem Sklaven machte, fügte sie hinzu: »Er wird uns den einen oder anderen Becher verzeihen, den wir aus seinen Amphoren zapfen.«

Als die Nacht hereingebrochen war und ihre Familie und Diener in tiefem Schlaf lagen, huschte Rufina, eine dunkle Palla um sich gehüllt, durch die finsteren

Räume des Apodyteriums, der Eingangshalle und des Salbraums, trat in den Gang vor Erlas Stand, schob den Vorhang zur Seite, der den Bereich der Händler und den Durchgang zum Caldarium trennte, und eilte zu dem Raum, den der Weinhändler gepachtet hatte. Nur ein schwaches, flackerndes Handlicht beleuchtete ihren Weg. Sie stellte es ab, um den Riegel der Tür aufzuschieben. In der Straße war alles ruhig, und sie lauschte. Ein leises Scharren weckte ihre Aufmerksamkeit, und aus der Dunkelheit löste sich ein noch schwärzerer Schatten.

»Patrona?«, wisperte es.

»Komm.«

Burrus schlüpfte lautlos durch die Tür, die Rufina sofort hinter ihm schloss. Dann wollte sie eine zweite Lampe entzünden, aber er winkte ab.

»So wenig Licht wie möglich, Patrona. Der Becher findet seinen Weg schon zum Mund.«

Sie lachte leise und füllte zwei Pokale mit unverdünntem, rotem Wein.

»Möge deine Gesundheit immer gut sein, Patrona, und Liebe dein Herz wärmen.«

Er trank ihr zu, aber sie schüttelte den Kopf.

»Lass nur, Burrus. Ich will dir berichten.«

Der Gladiator lauschte höchst konzentriert, dann und wann stellte er eine unerwartete Frage, deren Sinn ihr nicht ganz klar war, die sie aber so präzise wie möglich beantwortete. Schließlich kam sie zu den Entdeckungen und Schlussfolgerungen, die sie bereits gezogen hatte.

»Ja, Aurelia Rufina, an deinen Überlegungen ist etwas dran. Die Germanen haben dich nicht aus eigenem Antrieb entführt. Ich habe einen Verdacht, aber ich kann nichts beweisen.«

»Welchen?«

»Hast du nicht selbst gesagt, Lampronius Meles habe recht großzügig aus wenigen, sehr falschen Fakten sehr richtige Schlüsse gezogen?«

Rufina verschluckte sich an ihrem Wein und musste husten. Dann sagte sie ein sehr unflätiges Wort, und Burrus lachte.

Als sie wieder sprechen konnte, klang ihre Stimme grimmig.

»Auf ihn fiel mein erster Verdacht, als ich in diesem widerlichen Korb aufwachte. Er hat mir mehrfach Heiratsanträge gemacht. Ich glaubte, er hätte die Absicht, mich mit Gewalt auf sein Gut zu schleppen, um mich willig zu machen. Aber als ich dann Sabina Gallina bei mir entdeckte, verwarf ich die Idee wieder. Aber – Burrus, welchen Sinn macht das?«

»Keinen, außer er wollte zwei Fliegen mit einer Klappe schlagen. Zumindest haben euch die Männer schon in die Nähe seines Gutes gebracht.«

»Dann muss ich also wirklich annehmen, ich wurde mit voller Absicht entführt.« Rufina zitterte plötzlich. »Burrus, jetzt habe ich Angst.«

»Und ich weiß jetzt Bescheid. Dir wird nichts mehr passieren, Patrona.«

»Er ist grausam. Er ist skrupellos. Wenn er mich haben will, wird er mich kriegen. Und ich habe ihn heute verärgert.«

»In welcher Weise?«

Sie erzählte ihm von dem nachmittäglichen Wortwechsel, und diesmal benutzte Burrus nach einem Moment des Schweigens den sehr hässlichen Ausdruck.

»Ich weiß, ihn mit Maurus zu vergleichen, war nicht sehr vernünftig.«

»Nicht der Vergleich ist es, Patrona. Zu sagen, du

hieltest Maurus nicht für einen Tölpel, ist das Problem.«

»Burrus!«

Der Gladiator sah sie sehr ernst an.

»Maurus spielte gerne den Einfältigen.«

»So weit bin ich inzwischen auch gekommen. Er ist in etwas Gefährliches verwickelt worden, wie damals, auf seiner ersten Reise nach Germanien, nicht wahr?«

»Ja.«

»Er ist ermordet worden.«

»Mit großer Sicherheit.«

»Von Lampronius?«

»Das kann ich nicht beweisen, Patrona.«

»Hat es etwas mit seiner Vergangenheit zu tun?«

»Nein, das Kapitel ist abgeschlossen. Patrona, ich weiß nur unwesentlich mehr als du. Uns beiden ist klar, was für ein gefährlicher Mann Lampronius ist, und wir vermuten, er könnte Maurus durchschaut haben. Vielleicht hat er Angst, Maurus könnte etwas über ihn gewusst haben, was nicht publik werden sollte. Deshalb wollte er dich wahrscheinlich unbedingt in seine Gewalt bringen.«

»Ja, als seine Frau auf einem entlegenen Landgut – wer weiß, was da alles geschehen kann.«

»Nun hast du ihm diese Lösung verbaut. Gleichzeitig hast du ihm zu verstehen gegeben, du wüsstest zumindest von den verborgenen Fähigkeiten deines Mannes. Und daher vielleicht sogar mehr über ihn, als ihm lieb sein kann. Du wirst sehr vorsichtig sein müssen, Patrona.«

»Ja, das werde ich.«

»Ich habe etwas Erfahrung als Leibwächter. Aber du wirst hin und wieder auf meine Anweisungen hören müssen.«

»Wenn es geht, Burrus.«

»Hast du noch jemanden, dem du absolut vertrauen kannst?«

»Fulcinia. Eghild wahrscheinlich, Nasus. Und natürlich Silvian.«

»Den Baumeister?«

»Ich habe dir bei meinem Bericht vorhin eine Kleinigkeit verschwiegen.«

»Eigentlich nicht. Du hast zwei Nächte in seiner Hütte geschlafen.«

Sie senkte den Kopf.

»Ich bin niemand, der darüber richten könnte, Patrona. Auch ich halte Lucillius Silvian für einen sehr anständigen Mann. Aber binde dich nicht zu fest an ihn. Es mag dir ein Trost sein, in seinen Armen zu liegen, aber Trost ist nicht Liebe.«

»Vielleicht reicht das aber schon.«

»Du wirst deine Trauer überwinden, dann bedarfst du des Trostes nicht mehr. Ich wollte dir das nur zu bedenken geben.«

»Für einen ehemaligen Gladiator bist du ein ungewöhnlich feinfühliger Mann, Burrus.«

»Ich habe kämpfen gelernt, Patrona, und überleben. Beides kann man nur, wenn man sehr feine Gefühle entwickelt. Besonders um Letzteres zu gewährleisten.«

»Da hast du wohl Recht. Das versucht mir Eghild auch immer einzubläuen.«

»Wusste gar nicht, dass die Barbarin solche Erkenntnisse hat«, grummelte Burrus, und Rufina konnte schon wieder lächeln. »Schön, ab morgen kümmere ich mich um dich. Ich werde eine Möglichkeit finden, in deiner Nähe zu bleiben. Vielleicht werde ich noch einen weiteren Mann benötigen. Ich sage dir dann Bescheid.«

»Danke, Burrus. Bis morgen.«

In dieser Nacht fand Rufina nicht viel Schlaf. Immer wieder fragte sie in die Dunkelheit: »Maurus, welchem Geheimnis warst du auf der Spur?«

Rufina schnaufte sehr unweiblich, als sie aus der letzten Kniebeuge hochkam. Noch war sie ganz alleine im Gymnasium. Die Frauen kamen erst langsam ins Bad geschlendert und zogen sich noch um. Sie fragte sich, warum Eghild noch nicht eingetroffen war. Die Germanin pflegte gewöhnlich eine der Ersten zu sein, die ihren Dienst antrat. Die Sonnenuhr zeigte schon die dritte Stunde nach Sonnenaufgang an, als sie schließlich eintraf.

»Du hast deine Gymnastik schon gemacht?«, fragte sie kurz angebunden, und Rufina nickte. Eghild würde Gründe gehabt haben, warum sie später kam, sie war ansonsten zuverlässig, also fragte sie nicht weiter nach.

»Machen wir Übung mit kurzem Messer.«

»Gut.«

Sie übten Angriff und Verteidigung, umschlichen einander mit aufmerksamer Gespanntheit, und mehr als einmal musste Rufina dem hölzernen Dolch mit einem schnellen Sprung zur Seite ausweichen. Doch erschien ihr ihre Partnerin an diesem Morgen einigermaßen schwerfällig. Nach einigen spielerischen Ausfällen gelang es ihr, Eghild mit einem schnellen Seitwärtsschritt aus dem Gleichgewicht zu bringen. Ein Tritt gegen das Standbein brachte sie zu Fall, und Rufina stürzte sich mit einem triumphierenden kleinen Schrei auf sie, um ihr das Messer auf die Brust zu setzen.

Normalerweise hätte sie jetzt eine knurrige Anerkennung zu hören bekommen, doch die blieb aus.

Eghild war grau im Gesicht, und ein schmerzliches Stöhnen brachte Rufina dazu, sofort von ihr abzulassen.

»Habe ich dir wehgetan, Eghild? Bist du verletzt?«

»Nicht schlimm!«, keuchte sie, blieb aber am Boden liegen.

»Eghild, etwas stimmt nicht mit dir!«

»Kleiner Unfall gestern Abend. Hilf mir auf.«

»Oh nein, du bleibst liegen. Du bist blass und hast Schmerzen. Wo?«

Eghild hatte die Augen geschlossen und stöhnte noch mal.

»Rippen.«

Rufina zog ihr die Tunika hoch und betrachtete entsetzt die blauen und grünen Quetschungen und die abgeschürfte Haut.

»Das war kein Unfall, das war eine Prügelei.« Sie stieß einen gellenden Pfiff aus, und der Laufbursche aus dem Eingangsbereich kam in das Gymnasium gepoltert.

»Ist Viatronix, der Arzt, schon da?«

»Ja, Patrona.«

»Bitte ihn her. Möglichst schnell!«

»Keinen Arzt!«, keuchte Eghild.

»Ganz bestimmt einen. Und zwar einen gallischen. Der wird dir gefallen!«

»Nein! Ich habe kein Geld für Arzt.«

»Aber ich. Nun sei still, Eghild.«

Viatronix, der Arzt, der dreimal in der Woche seine Sprechstunde in der Therme hielt, war ein grauhaariger, hagerer Mann mit tief liegenden Augen. Er wirkte oft mürrisch, war aber sehr versiert und hatte feinfühlige Hände, wenn er Wunden versorgte oder Operationen durchführte. Rufina selbst hatte seine Dienste schon zweimal in Anspruch genommen, und auch Crispus, der gerne von Bäumen fiel, die zu hoch für seine Kletterkünste waren, hatte er kundig verarztet. Ein Blick auf Eghilds Regenbogenrippen, und er nickte.

»Bringen wir sie in meinen Behandlungsraum.«

Vorsichtig halfen sie der Verletzten auf und stützten sie die wenigen Schritte zu Viatronix' Kämmerchen. Dort legten sie sie auf eine Kline, und er tastete sie sorgfältig ab.

»Zwei Rippen gebrochen! Mit wem hast du dich angelegt, Eghild? Mit einer römischen Belagerungsmaschine?«

»Unfall. Sonst nichts.«

»Na, wenn du es sagst… Ich habe Salben für die Wunden und werde dir einen festen Verband anlegen. Dann ruhst du heute aus.«

»Muss nach Hause.«

»Du kannst nicht gehen.«

»Bin doch auch hergekommen!«

Rufina wusste, wie stur Eghild sein konnte und überlegte einen Moment. Dann meinte sie: »Du legst dich in mein Zimmer bis heute Mittag. Dann kommt Burrus, er wird dich nach Hause begleiten.«

Hätte Viatronix nicht gerade seinen Verband festgewickelt, hätte Eghild wohl protestiert, so aber murrte sie nur leise. Immerhin half ihr die Bandage, sich aufzusetzen und gestützt auf Rufina zum Wohnhaus hinüberzugehen. Als sie auf dem Bett lag, setzte sich Rufina zu ihr und fragte noch einmal nach: »Was für Probleme hast du? Mit einem Mann?«

Eghild schüttelte den Kopf.

»Bist du überfallen worden?«

»Kümmere dich nicht darum.«

Doch Rufina, die sich in den letzten Tagen sehr

viele Gedanken gemacht hatte, blieb hartnäckig. Was, wenn auch diese Gewaltanwendung etwas mit dem zu tun hatte, was ihr selbst widerfahren war?

»Eghild, ich habe dich, kurz bevor ich entführt wurde, nach einigen Leuten gefragt. Hat es damit zu tun?«

»Nein. Es ging um meinen Bruder.«

»Den Seilmacher? Hat er ...«

»Er ist ein Dummkopf. Er weiß, die Nächte sind viel zu kurz.«

»Er hat etwas Verbotenes getan?« Plötzlich hatte Rufina eine Vision. Sie grinste Eghild an: »Hat er im Rhein Felle gewaschen?«

Wider Erwarten grinste Eghild zurück.

»Schon gut, ich verrate das niemandem.«

»Er macht es manchmal. Seile bringen nicht viel Geld. Er wollte eine Kuh für mich kaufen.«

»Was ist passiert? Haben ihn die Legionäre erwischt?«

»Nein. Es gibt ein paar Männer. Leben in den Wäldern. Wissen von den Fellen und nehmen sich, was sie finden. Er versucht, sie zu hindern. Sie schlagen ihn. Ich schlage die Männer. Sie laufen weg, aber Felle verloren.«

»Eine Räuberbande im Wald! Was für Männer sind das? Von deinem Stamm?«

»Alle Möglichen, auch Römer und Gallier. Wir können nichts gegen sie tun. Sie sind grausam. Stehlen Vieh, überfallen Reisende, holen Gold. Manchmal auch junge Mädchen.«

»Habt ihr oft unter diesen Überfällen zu leiden?«

»Wir zahlen regelmäßig Tribut an sie. Sie kommen selten, wir sind zu arm. Wir wohnen zu dicht an der Stadt. Wir sind vorsichtig. Nur mein Bruder, der Dummkopf, nicht.«

»Er hat es wohl gut gemeint, wenn er dir doch eine Kuh kaufen wollte. Ist er auch verletzt?«

»Nicht sehr, nur ein Zahn ausgeschlagen. Und ein blaues Auge.«

»Ruh dich aus, Eghild. Ich komme um die Mittagsstunde zurück, und dann sehen wir weiter.«

Eghild musste sich wohl doch schlechter fühlen, als sie zugab – sie gehorchte, ohne weiter zu murren. Rufina ging ihren Pflichten nach, aber die Geschichte mit den im Wald lebenden Vaganten stimmte sie kritisch. Auch Silvian hatte ihr von den Strauchdieben berichtet. Sie hatte wohl wahrhaftig mehr Glück als Verstand gehabt, als sie ihren Entführern entwischt war.

Zwei Sänftenträger warteten vor dem Haus, und kurz nachdem der Gong den Beginn der Männerbadezeit angekündigt hatte, halfen sie Eghild auf den Sitz.

»Ich begleite dich ein Stück, ich möchte an den Gräbern vorbeigehen.«

»Nichts dergleichen wirst du tun, Patrona«, ließ sich Burrus vernehmen, der pünktlich seinen Dienst antrat.

»Aber Burrus, es ist heller Tag. Es ist nicht weit, und die Gräber liegen an einer belebten Straße.«

»Eben drum.«

»Dann komm eben mit.«

Begeistert sah der alte Gladiator nicht aus, aber Eghild, deren Wohlbefinden sich durch ein paar Stunden Ruhe merklich erhöht hatte, bedachte ihn mit einer ätzenden Bemerkung. Also schloss er sich dem kleinen Trupp an, nicht ohne seiner Widersacherin ein paar verächtliche Kommentare zu Gehör zu bringen. Sie bezogen sich vornehmlich auf die Bequemlichkeit zimperlicher Damen, die sich in Sänften tragen ließen. Rufina unterließ es, ihn über den Sachverhalt aufzuklären. Zu sehr genossen die beiden Streithähne ihr Gespräch.

Sie wanderten zum Südtor hinaus, durch das die breite Straße aus Richtung Bonna führte. Wie in allen römischen Städten üblich, zogen sich am Rand dieser Straße die Grabfelder hin, deren Gedenksteine vom Ruhm der Verstorbenen kündeten. Oder zumindest von ihren Verdiensten oder Verdienstmöglichkeiten. Die meisten waren gut gepflegt, die Lemuria hatten erst vor gut einer Woche ihr Ende gefunden, und noch lagen Blumenkränze und kleine Opfergaben an den Stelen und Statuen. Das Grab, das Rufina besuchen wollte, befand sich etwa eine halbe Meile vor den Mauern der Stadt. Es war ein junges Grab, und es enthielt nicht viel mehr als eine Urne mit ein paar blutigen Kleidungsfetzen.

Je näher sie der Stätte kamen, desto stiller und in sich gekehrter wurde sie. Es hatte keine große Beisetzung gegeben, damals im Februar. Crassus war noch nicht bei ihnen gewesen, sie war mit Fulcinia, den Kindern und einigen Dienern dort hingezogen, hatte eigenhändig die Urne in das tiefe Loch versenkt und mit erstarrtem Gesicht zugehört, wie Fulcinia bei den gesenkten Fackeln die Totenklage sang. Sie hätte auch klagen müssen, weinen und jammern, doch der Mund war ihr trocken gewesen, und die Tränen wollten nicht fließen. Crispus und Maura hatten schon damals nicht einsehen wollen, dass sie am Grab ihres Vaters standen. Doch sie wirkten verloren und ungläubig an diesem trüben, dunklen Wintertag. Schließlich hatte Rufina mit bloßen Händen die eisig kalte Erde auf die Urne gehäuft. Auf das Grab hatte sie die Deckelschale gestellt, in die sie ihre hüftlangen Haare gelegt hatte. Dann hatte sie sich stumm abgewendet.

Erst fast zwei Monate später fand sie den Mut, wieder dorthin zurückzukehren, zusammen mit ihrem Schwiegervater. Der Steinmetz hatte den Gedenkstein aufgerichtet und auf den Sockel davor die Schale mit ihrem Haaropfer gestellt. Doch auch an diesem Tag waren ihre Augen trocken geblieben, und der Kloß in ihrem Hals hatte sie daran gehindert, laut ihre Gebete zu sprechen.

Das nächste Mal war sie zu den fünften Iden des Mai dort gewesen, dem zweiten Tag der Lemuria, und hatte Speiseopfer für den hungrigen Geist des Toten gebracht. Dieses Mal aber hatte sie zwar weinen können, doch für die Gebete fehlten ihr die Worte. Dafür hatte sie aus den wilden Veilchen, die am Wegesrand wuchsen, einen kleinen Kranz geflochten.

An dem heutigen Tag nun wollte sie endlich ihre Gebete sprechen.

Sie blieb an dem schlichten Gab stehen und verabschiedete sich von Eghild, nicht ohne ihr das Versprechen abzunehmen, erst wiederzukommen, wenn ihre Blessuren verheilt waren. Burrus jedoch blieb an ihrer Seite.

»Ich störe dich nicht, Patrona, aber ich will in deiner Nähe weilen. Verrichte du deine Gebete, ich behalte die Umgebung im Auge.«

»Schon gut, Burrus.«

Die Opferkuchen, die getrockneten Aprikosen, die eingelegten Oliven, alles das war verschwunden. Rufina war realistisch genug, nicht die Lemuren, sondern sehr körperliche Wesen für ihr Verschwinden verantwortlich zu machen. Es gab streuende Hunde – und hungrige Menschen. Auch das vertrocknete Blütenkränzchen hatte wohl der Wind verweht.

Sie stand lange vor dem Stein, das Haupt verhüllt, und versuchte, die Worte zu finden, die schicklich zu den Göttern gesandt wurden, wenn man am Grab eines Verstorbenen stand, doch wieder wollten sie ihr nicht über die Lippen kommen. Stattdessen hörte sie den Wind leise um die Grabmale wispern: »Füchschen, mein Füchschen.«

»Maurus, komm zu mir zurück!«, flüsterte sie, und heiß tropften die Tränen aus ihren Augen. »Ich hätte dir so viel zu sagen. Mein Liebster, ich habe so vieles jetzt erst von dir erfahren.«

Sie musste wohl einmal laut aufgeschluchzt haben, denn Burrus berührte sie sacht am Arm.

»Lass uns gehen, Patrona. Es tut dir zu weh.«

Rufina wischte sich mit dem Zipfel der Palla die Tränen vom Gesicht.

»Gleich, Burrus.«

Hinter den Gräbern begannen die Wiesen und Weiden. Dort pflückte sie einige Frühlingsblumen und flocht sie zu einem neuen Kranz. Sorglich legte sie ihn vor den Stein. Dann erst nahm sie den lebhaften Verkehr auf der Straße wahr.

»Patrona, lass uns reden. Hier hört uns niemand zu.«

»Ja, gut.«

Rufina war noch immer tief unglücklich, aber Burrus bestand darauf, dass sie zuhörte. Und ihre Aufmerksamkeit wurde wirklich geweckt, als er seinen Bericht über die Suche nach dem Mann beendete, der Erlas Tochter verführt hatte.

»Tremerus ist einer aus dem Klientel des Lampronius Meles. Er hat ihn vor vier Jahren als Sklaven aufgenommen, aber er hat sich vor kurzem freigekauft.«

»Dann muss er zu Geld gekommen sein.«

»Er verwaltet Meles' Finanzen. Ein recht kluger

Mann, auch jung und gut aussehend. Bei den Frauen beliebt, aber nicht gebunden.«

»Es bestätigt unseren Verdacht, nicht wahr, Burrus?«

»Ja, das könnte man so sagen.«

»Warum, Burrus, entführt ein reicher Mann wie Lampronius Meles die Gattin des Statthalters – und mich –, um uns anschließend zu befreien? Das ist doch vollkommen irrwitzig!«

»Für ihn offensichtlich nicht. Er wird einen Grund haben. Einen sehr guten, denn die ganze Aktion war sehr aufwändig.«

»Geld kann es nicht sein, er ist augenscheinlich reich genug, sich ein Landgut zu kaufen, und hat auch das notwendige Vermögen, um als Decurio nominiert zu werden.«

»Patrona – er kam erst vor vier Jahren in die Colonia.«

»So?«

»Damals war er noch nicht reich genug, um ein Landgut zu kaufen. Sonst hätte er es wohl getan.«

»Dann ist er hier zu Geld gekommen. Womit beschäftigt sich ein Mann wie Lampronius Meles eigentlich? Er treibt keinen Handel, er bekleidet kein Amt, er besaß bis jetzt kein Land ...«

»Du stellst kluge Fragen, Patrona, aber beantworten kann ich sie dir nicht.«

»Was weißt du von Regulus, Burrus?«

»Nicht viel mehr als du. Ich glaube nicht, dass er mit Lampronius zusammengearbeitet hat. Der Statthalter, heißt es, sucht sich seine Leute sehr handverlesen aus. Sie sind ihm gegenüber alle auch sehr loyal.«

»Er ist ebenfalls ermordet worden. In welchem Zusammenhang mag das alles stehen?«

Burrus schwieg eine lange Zeit, aber Rufina störte es nicht, sie hing ihren eigenen Gedanken nach, und die verschiedenen Steinchen aus Fakten und Vermutungen setzten sich allmählich zu einem seltsamen Mosaik zusammen. Noch war das entscheidende Motiv des Bildes nicht erkennbar, aber manche Muster bildeten sich heraus, wiederholten sich und gaben einen Rahmen. Einen aus Gold.

»Burrus, ich muss noch ein wenig mehr nachdenken. Sprechen wir uns morgen wieder. Es ist besser, du gehst jetzt an deine Arbeit. Ich habe das Gefühl, man sollte uns nicht zu oft zusammen sehen.«

»Ich halte mich im Hintergrund, aber, Patrona, es wäre mir lieber, ich könnte beständig in deiner Nähe sein. Mein Quartier am Hafen ist zu weit entfernt.«

»Ich werde Marius anweisen, dir einen Raum bei den Heizern zu richten, wenn dir das genügt.«

»Es genügt mir. Ich brauche nicht viel.«

Sie hatten die Therme erreicht, und Rufina verließ ihn grußlos, wie einen einfachen Bediensteten, der sie auf einem Weg begleitet hatte.

Fulcinia hatte einen schwarzen Rußstreifen auf der Nase, was ihrer würdevollen Erscheinung einen etwas absonderlichen Anstrich gab. Sie war dabei, das Kohlebecken in ihrem Zimmer zu reinigen. Rufina sah sie mit äußerster Verblüffung an, musste mit großer Anstrengung das in ihr aufschäumende Lachen unterdrücken und eilte in ihr Zimmer. Mit einem runden, polierten Silberspiegel kehrte sie zurück.

»Was ist, Rufina?«, fragte die Vestalin sanft. Rufina reichte ihr den Spiegel.

»Oh. Nun, es heißt, die Barbaren malen sich die Gesichter an, wenn sie in den Kampf ziehen. Es hat eine interessante Wirkung.«

»Beachte es, wenn du das nächste Mal die Götter beschwörst. Es könnte die Dramatik deiner Vorführung bedeutend erhöhen!«

Mit einem Lappen säuberte Fulcinia ihre Nase und schüttelte nachsichtig den Kopf über die kichernde Rufina.

»Es ist gut, dich damit zum Lachen gebracht zu haben. Ich hatte schon befürchtet, der Besuch am Grab würde dir schwer auf der Seele liegen.«

»Das tut er auch, Fulcinia«, sagte Rufina, nun wieder ernst. »Es wird noch lange dauern, bis der Schmerz erträglich wird.«

»Kann der Baumeister dir helfen?«

»Ein wenig.«

»Aber wird er es ertragen können, wenn deine Gedanken zu Maurus wandern?«

»Ich weiß es nicht. Aber ich muss ja nichts überstürzen, nicht wahr? Ich werde mit ihm darüber sprechen, wenn er wieder herkommt.«

»Ja, er hat Ehrlichkeit verdient.«

»Sag mal, Fulcinia, in deiner Zeit im Tempel, da hast du doch viele vornehme Familien kennen gelernt.«

»Sicher. Aber ich habe mich nicht um den Klatsch gekümmert.«

»Ich weiß. Trotzdem, kennst du die Lampronii?«

Fulcinia überlegte, während sie die Bronze sorgfältig polierte.

»Wir hatten eine Lampronia minor bei uns. Sie war schon eine alte Frau, als ich Priesterin wurde. Sie hatte nach ihrer aktiven Zeit den Tempel nicht verlassen. Die Familie war angesehen, soweit ich weiß, gab es zwei oder drei Senatoren, die recht ansehnliche Karrieren gemacht haben. Unter Domitian gab es eine Hinrichtung... Aber er hat ja am Ende seiner

Regierungszeit völlig irrational gehandelt. Das muss also nichts zu bedeuten haben.«

»Lampronius Meles ist dir aber nie begegnet?«

»Nein. Lebte er in Rom?«

»Burrus sagt, er ist erst seit vier Jahren hier in Germanien.«

»Wahrscheinlich hat er zuvor in anderen Provinzen seinen cursus honorum absolviert.«

»Er ist hier nicht mit einem Amt betraut.«

Fulcinia hielt im Putzen inne.

»Stimmt. Seltsam. Ich habe mir bisher keine Gedanken darüber gemacht. Sagte Crassus nicht neulich, er solle Decurio werden?«

»Ja, er wurde im März gewählt, und die frei gewordenen Stellen im Stadtrat werden im Juli neu besetzt.«

»Nun, da er jetzt ein Held ist, wird seiner Ernennung wohl nichts im Wege stehen. Rufina, ich weiß, ich bin in vielen Dingen des Alltagslebens sehr dumm. Aber wieso gibt sich ein römischer Senator mit einem Stadtratsposten in der Provinz zufrieden?«

»Weil er vielleicht kein Senator mehr war, als er herkam. Oder er kam her, weil er kein Senator mehr war. Immerhin braucht er dafür ein Vermögen von einer Million Sesterzen.«

»So, wie er sich aufführt, schwimmt er aber doch in Geld. Oder täusche ich mich?«

»Du täuschst dich nicht. Er ist als großzügig bekannt und führt ein aufwändiges Leben. Übrigens, dieser Tremerus gehört zu seinem Klientel, hat Burrus herausgefunden. Wir können wohl annehmen, die Entführung beruhte auf Lampronius Meles' Initiative.«

»Der jetzt als Held der Stadt dasteht und auf jeden Fall ins Decurium aufgenommen werden wird.«

Fulcinia starrte Rufina empört an. »Das ist ja kriminell!«

»Richtig. Ich frage mich nur, warum er das nötig hat.«

»Wenn das wirklich stimmt – ich kann es eigentlich kaum glauben –, dann sollte Maenius Claudus es wissen.«

»Richtig. Ich werde ihn noch einmal aufsuchen müssen. Begleitest du mich? Er war gestern sehr unhöflich zu mir.«

»Das wird er sich in meiner Gegenwart nicht erlauben.«

Rufina schwärzte einen Finger in der Asche und hielt ihn Fulcinia auffordernd grinsend an die Nase.

22. Kapitel

Agonalia, ein Opferfest

Einige Früchte, verstreut, wenige Körner von Salz,
Brot, in Wein geweicht und lose Veilchen…
OVID, DE FASTI

Als die Nacht ihre vollkommene Schwärze erreicht
hatte, stand ein Mann in einem dunklen Umhang
am westlichen Tor der Stadt. Die Kapuze hatte er
über den Kopf gezogen, und dem Wachtposten, der
zu ihm hinsah, wollte jäh das Herz stehen bleiben.
Die Gestalt hatte kein Gesicht! War es ein Geist, eine
der Manen, die ihn holen wollten, weil er die Ahnen
nicht gebührend genährt hatte?

Eine Hand wurde vorgestreckt, die Finger dunkel,
doch die Innenfläche hell. Ein elfenbeinernes Siegel
lag darin.

Der Wachtposten holte wieder Luft. Kein Geist, ein
dunkelhäutiger Mann. Einer, der im Auftrag höchster
Autoritäten reiste. Er öffnete ihm, ohne zu fragen, die
Pforte in dem geschlossenen Tor. Kaum war der Mann
hindurchgetreten, schien er auch schon wie vom Erdboden verschwunden zu sein. Mit einem leisen Schauder schloss der Posten den Eingang hinter ihm.

Lautlos, schnell, immer die Schatten und Nischen
nutzend, bewegte der Mann sich durch die Stadt voran. Noch konnten Passanten unterwegs sein, deren
Blicken er sich zu entziehen wünschte. Hinter dem
Praetorium schlüpfte er unter ein Peristyl einer statt-
lichen Villa, zählte die Säulen und Fenster ab und

klopfte dann leise eine bestimmte Folge an eine der gläsernen Scheiben.

Das Fenster wurde einen winzigen Spalt geöffnet.

»Wer bist du?«, flüsterte es.

»Des Herren dunkler Diener!«, kam es mit einem leisen Lachen.

»Gut, wir haben dich erwartet. Ich öffne dir den Hintereingang.«

Er wurde von dem Verwalter des Hauses in einen Seitenraum geführt und dort von dem Herrn empfangen. Doch nur wenige Worte der Begrüßung wurden gewechselt, dann begann er mit seinem Bericht.

»Hier sind die Aufzeichnungen, die Regulus dir hätte überbringen sollen. Sie betreffen jenen, über dessen Vergangenheit du informiert zu werden wünschtest. Er ist harmlos im Vergleich zu dem anderen.«

»Du weißt, was Regulus geschehen ist? Wir haben Untersuchungen angestellt, aber keine verlässliche Spur gefunden.«

»Ich schon. Nachdem er in der dritten Nacht der Lemuria nicht erschien, habe ich mich auf die Suche gemacht.«

»Verzeih, es waren Umstände eingetreten, just an diesem Tag...«

»Ich weiß, deine Gattin wurde entführt. Nun, ich wusste, welchen Weg er wählen würde, und fand so heraus, was sich abgespielt hat. Es wäre gut gegangen, hätte er nicht in Belgica vicus Rast machen müssen, da sein Pferd lahmte. Er war vorsichtig, aber an der Pferdewechselstation waren vier Männer. Einer verschwand sofort, als er eintraf, aber der Wirt erinnerte sich, wie es zu einem Streit zwischen ihm und den drei verbleibenden kam. Er verwies die Männer des Hauses. Regulus ist es gelungen, ihnen zu entfliehen, doch bei Bonna holten zwei ihn wieder ein. Dort, im Rasthaus, versuchte er ihnen wieder zu entkommen. Er ließ sein Gepäck zurück, das der Wirt an sich nahm, um die Zeche auszugleichen. Ich konnte es auslösen. In seinen Umhang eingenäht war der Bericht an dich. Gut, dass niemand ihn gefunden hat. In der Nähe von Waslicia scheinen die beiden Männer Regulus wieder erwischt zu haben. Goldwäscher haben sie beobachtet. Kurz vor der Stelle, wo die Wasserleitung Richtung Colonia abbiegt, stieg er, um sich vor ihnen zu verbergen, in einen Inspektionsschacht. Die Verfolger öffneten das Wehr. Den Rest kennst du.«

»Er war ein verdammt guter Mann.«

»Er war ein verdammt guter Freund.«

Sie schwiegen beide und gedachten des Mannes, der sein Leben eingesetzt hatte, um einer gerechten Sache zu dienen. Dann sagte der Hausherr schließlich: »Regulus' früherer Besitzer, Antonius Sextus, gehörte zu dem Freundeskreis jenes Mannes, den du gefährlich nennst.«

»Ja, Regulus erzählte es mir unterwegs. Er gehörte zwar zu seinen Freunden, doch er hat ihn ruiniert. Antonius verlor seinen Besitz und musste seine Sklaven verkaufen. Einer von ihnen kam zu dir – Regulus. Ein anderer namens Acacius zu Lampronius Meles. Zwischen den beiden Männern herrschte schon zu der Zeit, als sie beide dem Antonius Sextus dienten, eine erbitterte Feindschaft.«

»Lampronius wird der vierte Mann gewesen sein, der verschwunden ist. Das ist seine Art, die Drecksarbeit durch seine Sklaven erledigen zu lassen. Wenn Acacius bei ihm war, wird er ihm von Regulus und dir erzählt haben. Lampronius hat seine Schlüsse daraus gezogen. Wer weiß, vielleicht hat Regulus auch eine unbedachte Äußerung gemacht und sich verraten. Ich habe leider nicht herausfinden können, um was es bei der Auseinandersetzung in Belgica ging.«

»So sind es denn Mord und Bestechung, die wir Lampronius Meles zur Last legen können.«

»Mehr noch, fürchte ich. Aber ich habe noch keine Beweise.«

»Wirst du sie finden?«

»Bald. Ich kann mich zwar in der Stadt nicht frei bewegen. Aber ich habe Freunde.«

»Brauchst du Geld?«

»Könnte nicht schaden. Manche Erinnerung wird frischer, wenn eine Münze klimpert.«

Ein Beutel wurde auf den Tisch gelegt, der Mann öffnete ihn und ließ die Silber- und Goldmünzen durch die Finger gleiten. Dann legte er drei davon auf den Tisch.

»Gefälschte Aurei.«

»Ich weiß. Aber das Gold ist rein, und das Gewicht stimmt. Wir dulden es. Geld ist knapp in den Provinzen.«

»Wer stellt sie her?«

»Wir fragen nicht so genau nach.«

»Ich verstehe.«

»Wann kommst du wieder?«

»Morgen oder übermorgen.«

»Ich bin morgen in der Castra Bonnensia.«

»Gut, dann übermorgen.«

»Wenn du etwas brauchst – hier ist der Schlüssel für die hintere Tür.«

»Danke. Wie geht es deinem Weib?«

»Sie wird es überstehen. Ein verstörtes Huhn braucht Zeit, bis es wieder gackert. Aurelia Rufina hingegen hat einen ungewöhnlichen Charakter bewiesen. Nicht nur bei der Entführung. Sie hat seit deinem Tod die Therme ganz alleine geführt. Und nach ein bisschen Hilfe meinerseits sogar recht erfolgreich. Dein Vater ist übrigens bei ihr.«

»Ob er ihr eine Hilfe ist ...«

Maenius Claudus erlaubte sich eines seiner sehr seltenen Lächeln. Er kannte Crassus seit vielen Jahren aus den Erzählungen seines Freundes. Er kannte auch seine Einstellung zu seinem pflichtscheuen, leichtfertigen und antriebslosen Sohn.

»Wenn das hier geklärt ist, Claudus, werde ich nicht mehr für dich arbeiten.«

Wider Erwarten nickte der Statthalter zustimmend.

»Ich hatte es schon früher erwartet. Diesmal haben wir die Sache überzogen. Wir wollen in ein paar Monaten noch einmal darüber reden.«

Tiberius Fulcinius Maurus hob die Schultern.

»Wir werden sehen. Jetzt muss ich gehen. Es fängt bald an zu dämmern.«

Er zog den dunklen Umhang wieder um sich und schlüpfte durch die Tür in die Dunkelheit. Sie war nicht mehr vollkommen, die Sommernächte waren gefährlich kurz. Das erste Bleigrau kündete den baldigen Morgen an. Im Grunde hätte er es eilig haben müssen, in den Schutz der Wälder zurückzukehren. Doch dann, als er den Weg zum Westtor einschlug, ließ sich der Mann, der gewöhnlich alle Risiken zu meiden gewohnt war, zu einer vollkommen unvernünftigen Tat hinreißen. Er wandte seine Schritte zur Therme, eilte vom Hauptportal zur südlichen Ecke, fand den Eingang zum Wohnhaus und öffnete ihn leise, sehr leise. Die Treppenstufen, die nach oben in die Schlafgemächer führten, waren kaum zu erkennen, aber er kannte sich aus, und als er mit sachter Hand die Tür des einen Zimmers aufstieß, konnte er im ersten Dämmerlicht des Morgens das Bett erkennen.

Sie schlief, die kurzen, roten Locken kringelten sich um ihren Kopf und auf dem Polster. Eine Hand lag unter ihrer Wange, die andere neben ihr. Ruhig ging ihr Atem, und es rührte ihn, wie jung sie aussah. Jung, wie das Mädchen, das er vor neun Jahren geheiratet hatte. Doch die Decke war ein wenig verrutscht und entblößte einen sanft gerundeten Busen, dessen Spitze sich dunkel von der hellen Haut abhob. Ein zarter Hauch von Rosenduft umgab sie, und er erinnerte sich mit Wehmut daran, wie sehr sie es liebte, sich mit wohlriechendem Öl zu parfümieren.

Er stand regungslos vor ihrem Bett und kämpfte verzweifelt gegen das Verlangen an, sie zu wecken und ihr zu sagen, ihr Haaropfer sei unnötig gewesen. Er kämpfte auch gegen das Verlangen an, niederzuknien und sie um Verzeihung zu bitten für das Leid, das er ihr durch sein vermeintliches Ableben zugefügt hatte. Er kämpfte unsagbar hart gegen das Verlangen, sie in die Arme zu schließen, ihre zärtlich geschwungenen Lippen zu küssen, die weiche Rundung ihres Busens zu berühren und seine Hände über ihre seidige Haut gleiten zu lassen. Er kämpfte fast vergebens, bis er bemerkte, wie hell es im Raum wurde. So fuhr er ihr nur ganz leicht mit der Rückseite des Zeigefingers über die Wange.

Im nächsten Augenblick war er auch schon aus dem Zimmer verschwunden.

Nur ein Kränzchen aus vertrockneten Veilchen, das aus seiner Tunika gefallen war, raschelte leise über die Treppenstufen, als sich die Tür schloss.

23. Kapitel

Träumereien

Sag also, Deuter nächtlicher Gesichte,
wer immer du sein magst:
welche Botschaft bringen mir diese Traumbilder,
sofern etwas Wahres daran ist?

OVID, AMORES

Rufina träumte einen schönen Traum. Von einem kühlen Wind, der ihr durch die Haare strich, von blühenden Apfelbäumen und einer Sonne, die sich strahlend über den östlichen Hügeln erhob. Sie stand am Ufer des Rheines, der sich gemächlich durch das Tal wand und sich im glühenden Licht des Morgens zu einem Strom aus fließendem Gold verwandelte. Sie war nicht allein, und das war das Beglückendste in ihrem Traum. Maurus stand neben ihr und erfreute sich mit ihr an der Süße des beginnenden Tages.

»Füchschen!«, flüsterte er in ihr Haar und streichelte zart ihre Wange.

Ein leises Scharren weckte sie aus diesem Traum auf, und verwirrt starrte sie auf die Tür, von der das Geräusch gekommen zu sein schien. Dann seufzte sie und ließ sich zurück auf das Polster sinken. Es war nur ein Traum, doch als sie die Augen schloss, hoffte sie, ihn weiterzuträumen.

Es gelang ihr nicht.

»Du bist aber heute früh auf den Beinen!«, stellte Crassus fest.

»Ich konnte nicht mehr schlafen.« Rufina nahm das Tuch von den feuchten Haaren. Sie hatte schon eine Runde durch die Therme gemacht und dabei die Annehmlichkeiten der warmen und kalten Bäder genutzt. Dann hatte sie ihr morgendliches Mahl zu sich genommen und wollte sich anschließend um die Monatsabrechnung kümmern. Wie üblich würden heute auch der Pachteintreiber und der Ädil erscheinen, und auf deren Besuch freute sie sich nicht gerade.

»Du hast den Gladiator eingestellt!«, bemerkte Crassus und bediente sich wieder einmal reichlich am Honigtopf. »Kannst du dir das leisten?«

»Ich kann.«

»Der Lampronius hat gut gezahlt, was?«

»Er hat die verlangte Miete gezahlt und für die Schäden, die seine Gäste angerichtet haben.«

»Er ist großzügig, Rufina. Und dir zugetan. Ich habe ihn gestern noch auf dem Forum getroffen. Ich habe ihm erzählt, wie sehr du dich einem alten Mann wie mir annimmst.«

»Lügner.«

»Nein, habe ich wirklich!«

»Crassus, ich nehme mich deiner nicht an, ich füttere dich durch.«

»Schadet doch nicht, ein bisschen zu übertreiben. Er wird bald Decurio, Rufina. Seine Gattin wird zu den führenden Frauen in der Colonia gehören.«

»Crassus, das Thema ist durch!«

»Ist es der Baumeister? Dieser Lucillius Silvian, der dich zurückgebracht hat? Der ist ein armer Hund, wird von der Regierung bezahlt.«

»Crassus, ich bin mit dem, was dein Sohn mir an Geld gegeben hat, immer ganz gut ausgekommen. Ich brauche keine Villa auf dem Land und keinen protzigen Goldschmuck. Zumindest ist Silvian ein anständiger Mann. Er würde sicher gut für mich und meine Kinder sorgen. Aber auch da treffe ich meine Entscheidung alleine.«

»Ich reise nächsten Monat nach Ostia zurück, muss mich wieder um meine Geschäfte kümmern. Komm mit, Rufina. Du hast bei mir auch immer ein Heim.«

»Danke, Crassus. Aber ich möchte hier bleiben.«

»Alleine, ohne männlichen Schutz?«

»Hatte ich bisher einen?«

»Juno Monetas, was bist du verbittert! Ich dachte, du hieltest so viel von Maurus.«

»Hatte ich von Maurus gesprochen, Schwiegervater?«

Sie ließ ihn bei seinem süßen Brei sitzen und suchte ihren Arbeitsraum auf. Auf den Wachstäfelchen stellte sie ihre Einnahmen und Ausgaben gegenüber, rechnete mit Befriedigung den kleinen Überschuss aus, den sie erwirtschaftet hatte, und zählte dann das Geld für Pacht und Löhne ab. Da sich der Hosidius im vergangenen Monat über die kleinen Münzen beschwert hatte, wechselte sie die Sesterzen und Denare um und legte für ihn zwei Aurei bereit. Nicht die schönsten, sondern die, die so abgegriffen aussahen. Der Ädil würde diesmal hoffentlich nichts zu bemängeln finden, Burrus hatte noch am vergangenen Abend die notwendigen Reparaturen durchgeführt, die Risse und der abbröckelnde Putz waren beseitigt und frische Farbe aufgetragen.

Die kleine Katze, die sie als Silvestra erkannte, schlich sich lautlos ein und strich ihr schnurrend um die Beine. Sie hatte irgendeine kleine Beute gemacht, die sie mit stolz aufgerichtetem Schwanz zu präsentieren wünschte. Rufina tat ihr den Gefallen und bewunderte sie. Dann aber entdeckte sie, was es war – ein vertrockneter, ziemlich ramponierter Veilchenkranz. Mit spitzen Fingern entzog sie ihn dem Kätzchen und erhielt zur Strafe einen kleinen Kratzer. Während sie an der blutigen Stelle saugte, überschlugen sich ihre Gedanken. Sie erkannte darin die Opfergabe, die sie zu Lemuria auf Maurus' Grab gelegt hatte, denn die Blumen waren mit einem feinen Seidenbändchen zusammengebunden. Wie kamen sie ins Haus? Hatte sie am Vortag aus Versehen den Kranz mitgenommen? War er vielleicht an ihrer Palla hängen geblieben?

Dann kam die Erinnerung an den Traum, den feinen Luftzug, das leise Scharren der Zimmertür.

»Maurus!«, flüsterte sie, und wider alle Vernunft keimte eine kleine Hoffnung auf. »Maurus!«

Sehr sorgfältig legte sie das Kränzchen auf den Tisch. An seinen Tod durch die Wölfe konnte sie schon lange nicht mehr glauben, an seine Ermordung wollte sie nicht denken. An die Möglichkeit, er könne doch noch am Leben sein und sich aus einem unerfindlichen Grund versteckt halten, hatte sie bisher nicht gewagt zu glauben. Aber jetzt …?

Wenn er lebte, wenn er in dieser Nacht bei ihr gewesen war, dann würde er auch wiederkommen. Wenn er konnte. Lange saß sie in Gedanken versunken da, bis ein Zerren, Rascheln und Maunzen ihre Aufmerksamkeit auf sich zog.

»Frechdachs«, schimpfte sie gutmütig und musste lachen, denn das neugierige Kätzchen war in die offene Truhe gesprungen, um den Inhalt sorgfältig zu beschnüffeln. Sie verschloss die Geldkassette und wollte sie in die Truhe zurückstellen, als sie sah, wie Silvestra mit einem Stück Stoff kämpfte. Klirrend fiel der Schmuck heraus, den sie darin eingewickelt hatte. Es war die Kette, die Lampronius Meles ihr aufgedrängt hatte. Sie holte sie hervor und betrachtete sie noch einmal mit großem Missvergnügen. Dabei war es eigentlich ein exquisit gefertigtes Stück. Sie folgte den kurvigen Umrissen der verschlungenen Ornamente aus Goldblech, deren Ränder mit feinsten Linien und Punkten begrenzt waren. Der Schmuck war so ganz anders gearbeitet als das fein gewebte Band aus dünnen Goldfäden, das Maurus ihr geschenkt hatte, doch nicht weniger schön. Wahrscheinlich auch von erheblich höherem Wert, denn es lag weit schwerer in ihrer Hand. Warum hatte ihr Lampronius nur ein so kostbares Geschenk gemacht? Und vor allem – was sollte sie nun damit tun? Zurückgeben konnte sie es ihm nicht mehr. Sie hatte ihn schon einmal beleidigt, eine solche Handlung würde er wie einen Schlag ins Gesicht empfinden. Es zu tragen wäre vollkommen unmöglich, es würde ihm ihre Bereitschaft signalisieren, seiner Werbung stattgeben zu wollen. Es ungenutzt in der Truhe liegen zu lassen, bedeutete, gutes Gold zu verschwenden. Es hieß auch, ein gutes Stück Goldschmiedearbeit, ein kleines Kunstwerk, versteckt zu halten.

Sie hielt die Kette noch einmal hoch und ließ das Licht auf dem Gold schimmern.

»Dorovitrix!«, sagte sie halblaut. »Vielleicht stammt das Halsband sogar von ihm.« Sie erinnerte sich zwar nicht daran, bei dem Gallier derartigen Schmuck in seiner Auslage gesehen zu haben, aber so viele gallische Goldschmiede gab es nicht in der Stadt. Wenn es wirklich aus seiner Werkstatt stammte, würde er es vielleicht zu einem guten Preis zurücknehmen. Wenn sie das in Schwierigkeiten geratene Weibchen spielte, würde er möglicherweise sogar darüber den

Mund halten. Sie beschloss, ihn in den nächsten Tagen aufzusuchen.

Dann wurden ihr der Ädil und der Pachteintreiber gemeldet, und sie nahm ihre Haltung als achtbare Patrona wieder an. Hosidius bemäkelte zwar die beiden Goldstücke, ließ sich aber überreden, sie anzunehmen. Der Ädil äußerte sich sogar lobend über die Sanierungsmaßnahmen und machte Rufina schöne Augen, während er plaudernd durch die Baderäumlichkeiten ging.

Dann kamen die Frauen, der Alltag nahm seinen Lauf.

Rufina fand Zeit, einen Laufjungen zum Haus des Statthalters zu schicken, erhielt aber die Botschaft, Maenius Claudus besuche an diesem Tag die Castra Bonnensia und würde erst am darauffolgenden Tag in den Abendstunden zurückerwartet. Es bestünde aber eine Möglichkeit, dann vorzusprechen.

Am späten Nachmittag ließ Lucillius Silvian sich melden, und Rufina, die mit Maura und einer Schneiderin beschäftigt war, die dem rasch wachsenden Mädchen zwei neue Tuniken anmessen sollte, sprang erfreut auf.

Er sah gut aus, der Baumeister. Er hatte für seinen Besuch sogar die weiße Toga des freien römischen Bürgers angelegt, der Barbier hatte sein Bestes getan, um sein Gesicht von jedem Bartschatten zu befreien und seine widerspenstigen Haare in ordentliche Locken zu legen.

»Wie geht es dir, Rufina? Ich sehe, du stehst schon wieder fest auf deinen Füßen!«

»Die Blasen und Schrammen sind abgeheilt. Ich kenne da einen guten Arzt in der Wildnis.«

Sie bot ihm einen Platz auf der Liege an und setzte

sich zu ihm. Verwundert bemerkte sie seine Verlegenheit.

»Erzähl mir, was gibt es Neues von der Wasserleitung? Ich habe schon lange keine Hasen mehr im Caldarium gehabt!«

»Im Augenblick scheint alles in Ordnung zu sein. Sogar die Barbaren spielen uns keine Streiche mehr.«

»Ach übrigens, es treibt sich wirklich eine Gaunerbande in der Gegend herum. Wusstest du das? Sie haben den Bruder von Eghild und auch sie selbst böse verprügelt. Es scheint, sie nehmen den heimlichen Goldwäschern die Beute ab.«

»Ich habe Gerüchte gehört, ja. Aber in die Nähe unserer Lager trauen sie sich nicht. Wohl aus gutem Grund. Unsere Arbeiter sind harte Männer, die Pickel und Schaufel recht gut zu handhaben wissen.«

»Du hast einmal davon gesprochen, Maurus habe sich mit zwei Strauchdieben angelegt.«

»Vor über zwei Jahren. Wenn sie einer Bande angehört haben, werden die das wohl als Warnung verstanden haben. Ich habe übrigens inzwischen versucht herauszufinden, wer der Antonius Sextus ist, aber hier kennt ihn niemand. Wahrscheinlich ein Durchreisender. Und der Sklave hat eine Gelegenheit genutzt, zu entwischen.«

»Antonius Sextus?«, fragte Crassus, der angelockt von den Stimmen in der Tür stand und Silvian neugierig musterte. Rufina sah wieder das Wort »armer Hund« in seinen Augen stehen und biss sich auf die Lippen, um ernst zu bleiben. Crassus war in seinem ungeschickten Bemühen um ihre Zukunft manchmal wirklich erheiternd.

»Kennst du ihn, Schwiegervater?«

»Sicher. War mal ein ganz begüterter Mann, aber ein Spieler. Hat sein Vermögen verloren. Kurz vor

Ende von Domitians Herrschaft. Waren verrückte Zeiten damals.«

»Dann wird er wohl auch seine Sklaven verkauft haben.«

»Er hat alles verkauft, beinahe hätte er sich auch selbst verkaufen müssen, aber irgendjemand hat ihm dann doch wieder auf die Füße geholfen.«

»Dann mag der Sklave wem auch immer gehört haben. Sein neuer Besitzer hat nur das Halsband nicht neu beschriftet«, meinte Silvian, und Rufina, die bemerkte, dass Crassus es sich gerne bei ihnen gemütlich gemacht hätte, erinnerte ihren Schwiegervater an die Beschaffung eines neuen Lehrbuchs für die Kinder, um das er sich kümmern wollte.

Nicht ohne Zögern verließ er den Raum, und Silvian sah ihm nachdenklich hinterher.

»Er ist oft auf dem Forum anzutreffen.«

»Ich weiß, er ist vermutlich inzwischen mit der halben Stadt bekannt. Das ist schon in Ordnung, Silvian. Er hat sein Lebtag viel gearbeitet. Soll er sich hier etwas Müßiggang gönnen.«

»Er spricht dort viel von dir. Sehr lobend. Wie häuslich und wie hübsch du bist. Wie sehr du um den guten Ruf deiner Therme besorgt bist. Und wie aufopfernd du dich um ihn kümmerst.«

»Das kann ich mir vorstellen. Er hat sich in den Kopf gesetzt, mich mit einem reichen Mann zu verheiraten, und nach dem scheint er auf dem Forum Ausschau zu halten. Wenn ihn nicht eine hübsche Frau davon abhält.«

»Er sollte sich mehr um dich kümmern!«

»Da seien aber alle Götter vor!«, kicherte Rufina. »Bloß nicht noch mehr.«

Silvian druckste einen Augenblick herum und sagte dann: »Ich bin nicht reich, Rufina …«

»Ich weiß, Silvian.«

»Aber ich… nun ja, Rufina, ich habe nachgedacht. Ich meine… also ich könnte ein kleines Haus am Stadtrand… also das könnte ich schon kaufen. Meine Arbeit kann ich so einteilen, dass ich wirklich nur immer drei, vier Tage fort sein müsste.«

»Lucillius Silvian?«

Der Baumeister stand auf und zog die Falten seiner Toga zurecht.

»Aurelia Rufina, ich… mh… also… mh. Also, Aurelia Rufina, würdest du mich heiraten wollen?«

Rufina stand ebenfalls auf und ging zu ihm. Sie legte ihm die Arme um den Nacken und sah ihm in die Augen: »Ich träume noch beinahe jede Nacht von Maurus, und es wäre nicht gerecht dir gegenüber.«

Die Toga, ein würdiges und sehr voluminöses Kleidungsstück, das die Tendenz hatte, bei hastigen Bewegungen sehr unelegant zu verrutschen, hinderte Silvian daran, Rufina in eine überzeugende, heftige Umarmung zu ziehen.

»Man sagt, die Zeit heile die Wunden. Wenn es so weit ist, wirst du es mich wissen lassen?«

»Das werde ich.«

Er lächelte sie an.

»Als du nachgedacht hast, Silvian, hast du auch meine beiden Kinder mit in deine Betrachtungen einbezogen?«

»Natürlich. Das ist doch kein Hinderungsgrund.«

»Es sind sehr liebe und kluge Kinder, Silvian, aber sie haben eine Schwierigkeit. Ihre Hautfarbe, verstehst du? Sie wird dich immer daran erinnern, dass es nicht deine Kinder sind.«

»Es sind deine. Und, Rufina, ich liebe dich.«

Ein bisschen traurig legte sie den Kopf an seine Schulter. Ja, Silvian liebte sie. Bestimmt aufrichtig und mit Zärtlichkeit. Aber warum hätte sie so gerne die Worte einmal von Maurus gehört? Er hatte das nie zu ihr gesagt. Er fand sie niedlich, wie ein junges Füchschen, das war alles, was sie wusste. Er hatte auch ihrer Arbeit Respekt entgegengebracht und sie für ihre umsichtige Haushaltsführung gelobt. Aber Liebe, die hatte er wohl nie für sie verspürt.

Sie war nahe daran, Silvian ihr Einverständnis zu erklären. Als seine Frau würde sie der Einsamkeit entfliehen können. Nachts vor allem, und die Erinnerung an die gemeinsam verbrachten Stunden in der Hütte, draußen im Wald, ließ eine heiße Welle in ihr aufbranden. Ja, auch das würde er ihr bieten. Zärtlichkeit, Leidenschaft und ein gestilltes Verlangen. Aber wenn Maurus noch lebte … Wenn Maurus noch lebte, dann würde sie bei ihm bleiben. Trotz allem. Und versuchen, seine Liebe zu gewinnen.

Silvian hatte den Arm um ihre Schultern gelegt und sie ganz ruhig festgehalten. Er merkte, wie sie mit der Entscheidung rang, und wollte nicht stören. Er hoffte.

Dann hob sie den Kopf.

»Warte noch ein paar Monate, Silvian.«

Enttäuscht, wenn auch nicht völlig, nickte er.

»Natürlich.« Er ließ seinen Arm sinken und gab sie frei. »Aber ich möchte dich hin und wieder sehen, Rufina. Ich werde dir auch nicht lästig fallen.«

»Ich weiß. Komm vorbei, wann immer du Zeit hast. Du solltest auch die Kinder ein bisschen besser kennen lernen. Und Fulcinia.«

»Fulcinia?«

»Die Cousine meines Schwiegervaters. Du hast sie schon gesehen, aber sie ist sehr zurückhaltend.«

»Eine ältere Dame mit grauen Strähnen im Haar? Ich erinnere mich.«

»So alt ist sie nicht, Silvian. Sie hat ungefähr dein Alter. Und – fühlst du dich wie ein älterer Herr?«

Er lachte, und die Verlegenheit fiel von ihm ab. Es war gesagt, was gesagt werden musste, und es hatte keine völlige Ablehnung gegeben.

»Hast du vielleicht Lust, mich mit ihr zusammen ins Theater zu begleiten?«

»Ich war, ehrlich gesagt, hier noch nie im Theater. Ich glaube, das wäre eine gute Idee. Ich werde sie fragen.«

Fulcinia wehrte zunächst zwar ab, gab sich dann aber einen Ruck und beschloss mitzukommen. Zu dritt verbrachten sie eine angenehme Zeit, und als sie nach Hause kamen, war die Sonne schon fast zum Rande des Horizonts gewandert. Silvian verabschiedete sich, und die beiden Frauen betraten die Wohnung. Crispus und Maura spielten mit den Kätzchen und wurden angewiesen, die Betten aufzusuchen.

»Ist euer Großvater hier?«

»Nein, Mama. Er ist heute Nachmittag weggegangen, um unsere Bücher zu kaufen.«

»Und nicht zum Abendessen zurückgekommen?«

»Nein, Mama. Er hat bestimmt einen Freund gefunden, der ein reiches Gastmahl ausrichtet!«, fügte Maura altklug hinzu. »Er gibt doch immer so an mit seinen kultivierten Freunden.«

»Kindermund!«, wisperte Fulcinia, und Rufina hatte Mühe, einen ernsten Verweis auszusprechen.

Auch die Köchin Irene hatte Crassus nicht zum Essen kommen sehen, und ein Hauch von Sorge beschlich Rufina. Fulcinia sah es ihrem Gesicht an und meinte: »Er ist ein erwachsener Mann. Sein Bett wird er schon noch finden.«

»Du weißt, warum ich Angst habe.«

»Du meinst, wegen Lampronius? Der wird sich

jetzt nicht noch in irgendwelche Machenschaften verwickeln. Er muss seinen Ruf als heldenhafter Befreier der Sabina aufrechterhalten. Im Übrigen, was sollte er mit einem solchen alten Kauz wie Crassus anfangen?«

»Ja, ja. Ich sehe Gespenster. Entschuldige.«

»Silvian ist dir sehr zugetan, nicht wahr?«

»Er will mich heiraten.«

»Und du?«

»Vielleicht. Irgendwann.«

Sie nahmen noch einen kleinen Imbiss zu sich und plauderten über die Tragödie, die sie gesehen hatten. Fulcinia, die belesenere, erklärte Rufina die Feinheiten des Stückes, und darüber verging die Zeit. Sie hatten schon die Lampen angezündet, als es an der Tür pochte. Es war Tertius, der zu Rufinas Überraschung von ihrer Dienerin hereingeführt wurde.

»Patrona, der Hosidius schickt mich. Er hat deinen Schwiegervater in einer Gosse am Hafen gefunden.«

»Tertius! Was ist mit ihm?«

»Nun, er meint, er ist ziemlich betrunken. Ob du ihn holen kannst? Er sei ein bisschen grob geworden, als man ihm helfen wollte.«

»Das kann ich mir vorstellen. Weißt du, wo er sich befindet?«

»An der Taverne ›Zur Galeere‹.«

»Danke, Tertius. Ich werde mich sofort darum kümmern. Läufst du bitte nach hinten zum Quartier der Heizer und bittest Burrus, zu mir zu kommen?«

»Arg viel Lauferei für einen Abend!«, sagte Tertius mit einem verschämten Grinsen.

»Der Hosidius hat dir nichts dafür gegeben?«

»Er sagt, es sei dein Schwiegervater.«

Rufina drückte dem Jungen einen Sesterz in die Hand, und er eilte glücklich davon.

»Crassus!«, knurrte Rufina. »Seinen Sohn hat er einen Leichtfuß und Liederjan genannt. Aber er führt sich auf wie ein alter Satyr.«

»Die pflegen sich nicht in Hafenkaschemmen herumzutreiben«, stellte Fulcinia nüchtern fest. »Ich werde ihm morgen ins Gewissen reden.«

»Er wird morgen einen Kater haben.«

»Umso wirkungsvoller!«

Burrus klopfte an die Tür und blieb höflich im Eingang stehen.

»Du wünschst mich zu sprechen, Patrona?«

»Crassus liegt irgendwo am Hafen hinter einer Schenke, die sich die ›Galeere‹ nennt, in der Gosse. Wir müssen ihn nach Hause bringen. Du kennst dich doch im Hafen aus?«

»Natürlich, Patrona. Ein übler Laden. Ich bringe ihn dir nach Hause.«

»Ich komme mit. Er kann störrisch sein.«

»Es wäre besser, du bliebest hier. Ich schaffe das schon alleine.«

»Du kennst Crassus nicht. Er wird Aufsehen erregen. Er muss schon etwas renitent geworden sein. Ausgerechnet der Pachteintreiber hat ihn in diesem Zustand gefunden.«

»Patrona!«

»Burrus, ich bin kein kleines Kind mehr.«

Ihre Augen blitzten auf, und der Gladiator schüttelte den Kopf. »Wenn du unbedingt willst. Aber wenn du einen Dolch hast, nimm ihn mit.«

»Ich habe. Ich komme sofort.«

Sie lief in ihr Zimmer, legte eilig den Schmuck ab, den sie noch vom Nachmittag her trug, und steckte das kleine, sehr spitze Messer in ihren Gürtel. Dann legte sie die dunkelbraune Palla über, und kurz darauf eilte sie an Burrus' Seite Richtung Hafen.

Es war noch nicht ganz dunkel geworden, und der Himmel leuchtete violett vom Widerschein des Sonnenuntergangs. Hinter den Fenstern waren die ersten Lichter angegangen, vor manchen offenen Türen unter den Säulengängen saßen plaudernde Grüppchen, und auf dem Forum brannten in hohen Schalen pechgetränkte Holzscheite, die den Platz erhellten. Noch waren Menschen unterwegs, manche von Fackelträgern begleitet, andere auf Wegen, die sie nicht so gerne beleuchtet sehen wollten. Dirnen gingen ihrem nächtlichen Geschäft nach, und eine Gruppe Legionäre grölte ein missstimmiges Lied.

Hinter dem Forum, Richtung Hafen, wurde es dunkler, und Rufina war froh, Burrus an ihrer Seite zu wissen.

»Na, Kumpel, ein hübsches Vögelchen für die Nacht gefangen!«, rief ihnen ein Mann zu, und Burrus sandte ihm einen zornigen Blick.

»Lass nur, es ist vielleicht ganz gut, wenn sie mich für dein Liebchen halten.«

Er gab nur ein unwirsches Knurren von sich.

»Was mag Crassus nur in diese Gegend geführt haben? Er ist doch sonst immer so darauf bedacht, sich in feiner Gesellschaft aufzuhalten?«, fragte sich Rufina laut.

»Es gibt hier interessante Unterhaltungsmöglichkeiten. Die auch die feine Gesellschaft gelegentlich genießt.«

»Ah ja.«

»Da vorne ist die ›Galeere‹.«

Sie gingen einmal, zweimal um das Haus herum, aber Crassus fanden sie nicht.

»Vielleicht hat ihn ein anderer nach Hause gebracht«, mutmaßte Rufina.

»Schwerlich nach Hause. Die Taschen werden sie ihm ausgeräumt haben. Hoffen wir, es hat ihn niemand in den Rhein geworfen.«

»Und wenn er aufgewacht und wieder in die Kneipe gegangen ist?«

»Dann wird er auch den Weg nach Hause finden. Schon gut, Patrona, schon gut!«, murrte Burrus, als sich Rufina anschickte, die Taverne zu betreten. »Aber bleib hier im Dunkeln stehen.«

Burrus kam zurück und schüttelte den Kopf. »Er war vor einer geraumen Weile dort. In Begleitung zweier Männer, die der Wirt nicht kannte. Sie hatten reichlich gezecht. Dann sind sie gegangen. Seither hat er ihn nicht mehr gesehen.«

»Was machen wir nun?«

»Dich nach Hause bringen. Ich werde mich anschließend alleine umhören. Es war ein Fehler von dir, mitzukommen. Ich habe ein ungutes Gefühl. Weg hier!«

Er nahm sie am Arm und zog sie mit sich.

Sein Gefühl hatte ihn nicht getrogen.

»Patrona, jemand folgt uns. So schnell wie möglich zum Forum, wo es hell ist.«

Rufina spürte Angst aufsteigen und griff nach dem Dolch in ihrem Gürtel. Burrus schritt so eilig aus, sie musste laufen, um mithalten zu können, und ihr Atem ging heftig.

Der Angriff kam unerwartet. Aus einer dunklen Nische sprang sie eine Gestalt an und brachte sie zu Fall. Sie schlug hart mit dem Rücken auf dem Pflaster auf, sodass ihr die Luft wegblieb. Der Mann griff ihr nach dem Hals und wollte zudrücken, aber irgendeine Macht hob ihn plötzlich von ihr, und ließ ihn gegen die Hauswand krachen.

»Lauf, Patrona.«

Es schienen ihr Ewigkeiten zu vergehen, bis sie wieder auf den Beinen war. Endlich stand sie und nahm das Keuchen der Kämpfenden wahr. Mit ungeheurer Anstrengung setzte sie die Beine in Bewegung und versuchte zu fliehen. Es war möglich, doch schnell kam sie nicht voran. Die lange Tunika störte sie. Sie raffte sie im Laufen über die Knie hoch. Eine Sandale saß zu locker und hinderte sie bei jedem Schritt. Doch sie fester zu binden, traute sie sich nicht. Zudem war es finster in den Seitenstraßen, und sie wusste nicht recht, wo sie sich befand. Dann hörte sie die Schritte hinter sich. In der irrigen Annahme, es sei Burrus, blieb sie kurz stehen und drehte sich um. Er war größer als Burrus, bei weitem nicht so untersetzt, und er hatte lange Beine. Ihm würde sie nie entkommen. Verzweifelt drückte sie sich hinter eine Säule und hoffte, er würde sie nicht entdecken. Das Messer hatte sie aus der Scheide gezogen und hielt es in der rechten Hand, bereit, ihn mit dem Dolch an einer geeigneten Stelle zu treffen, sodass es ihn wenigstens lange genug aufhalten würde, um sie entwischen zu lassen. Von Eghild wusste sie, wie schwer es war, einen Menschen mit dem Messer zu töten.

Er hatte sie entdeckt. Nur noch wenige Schritte trennten sie voneinander.

Doch er kam nicht dazu, sie auch nur zu berühren. Ein flatternder Schatten war plötzlich neben ihm. Es gab ein widerliches Geräusch, und der Mann brach zusammen. Der Schatten jedoch verschwand ebenfalls, bevor Rufina ihn auch nur erkannte. Stattdessen hörte sie Burrus nach ihr rufen.

Vorsichtig ging sie in seine Richtung.

»Hier, Burrus!«

Er kam auf sie zu, schnaufend, den Dolch noch in der Hand.

»Bist du unverletzt?«

»Ja, und du?«

»Kleiner Kratzer. Weg hier!«

Er stieß noch mal mit den Fuß an den am Boden Liegenden, doch der zeigte keine Reaktion.

Diesmal ereichten sie unbehelligt das Forum und eilten dann auf den geraden, breiten Straßen zur Therme. Kein Wort fiel zwischen ihnen, bis sie die Tür hinter sich geschlossen hatten.

Fulcinia empfing sie.

»Rufina, bist du gefallen?«, fragte sie, und Rufina sah auf ihre schmutzigen Kleider hinunter. »Hast du dir wehgetan?«

»Ein bisschen, nicht schlimm. Was ist mit Crassus?«

»Er ist von ein paar Trinkkumpanen nach Hause gebracht worden. Ich habe ihn ins Bett geschafft.«

»Morgen wird er glauben, im Hades aufzuwachen. Dafür werde ich sorgen!«, fauchte Rufina.

»Nein, dafür werde ich sorgen. Auf meine – wie nanntest du es – subtile Art. Ich verspreche dir, das wird er nie wieder tun.«

»Wir sind überfallen worden, Fulcinia.«

»Heilige Vesta!«

»Aber gerettet worden. Burrus, wer hat mir geholfen?«

»Ich weiß es nicht. Ich habe den einen, der dich zu Fall gebracht hat, mit einem Tritt zur Seite befördert, aber da sprang schon der Nächste auf mich zu. Ich hatte alle Hände voll zu tun, ihm beizubringen, sich nicht mit einem Thraces[1] anzulegen.«

»Hat er es gelernt?«

»Ja, aber es wird ihm nicht mehr viel nützen.«

---

[1] Gladiator, der mit dem thrakischen Sicheldolch kämpft

»Du hast ihn umgebracht?«

»Sonst hätte er mich umgebracht.«

»Wer hat mich verfolgt?«

»Der andere, er kam verdammt schnell wieder auf die Beine.«

»Wer immer da aus der Dunkelheit kam, hat ihn vermutlich auch umgebracht. Was sollen wir nur tun? Die Vigilen benachrichtigen?«

»Patrona, lass das doch die Sorge desjenigen sein, der sie hinter uns her gejagt hat.«

Rufina schluckte.

»Das waren gedungene Mörder, glaubst du?«

»Ich glaube, sie haben deinen Schwiegervater benutzt, um dich aus dem Haus zu locken. Mit mir haben sie vermutlich nicht gerechnet.«

»Ein passender Unfall, nicht wahr? Die Thermenpächterin läuft alleine in der Hafengegend herum. Kein Wunder, wenn sie da in Schwierigkeiten gerät!«

»Richtig, leicht zu arrangieren, wenn man weiß, wie impulsiv du reagierst!« Fulcinia legte ihr die Hand auf den Arm. »Übermorgen sprechen wir mit dem Statthalter.«

»Verschließ die Tür gut, Patrona. Wenn es recht ist, schlafe ich heute unten im Eingang. Eine Decke und ein Polster genügen mir.«

»Ja, danke, Burrus. Ich gehe jetzt in mein Zimmer. Lasst mich alleine.« Aber dann drehte sie sich noch einmal zu dem Gladiator um und fragte leise: »Der Helfer – Burrus, kann er es gewesen sein?«

Burrus sah sie nachdenklich an und hob dann etwas ratlos die Schultern.

»Erheben sich die Manen aus den Gräbern, Patrona?«

»Manchmal will es so scheinen.«

343

»Mach dir keine falschen Hoffnungen. Die Enttäuschung könnte noch viel größer sein.«

»Schlaf gut, Burrus. Und – danke.«

Er brummte verlegen und nahm die Decken, die Fulcinia ihm brachte.

Rufina betrat ihr Zimmer, legte ihre Kleider ab und schlüpfte unter die Decke. Erst als sie im Dunkeln lag, schlug die Angst über ihr zusammen, und sie begann zu zittern.

Der Schlüssel drehte sich leise im Schloss der Eingangstür, und Burrus sprang auf, um den Eindringling den Dolch in den Leib zu jagen. Es gelang ihm nicht. Ein harter Griff fing seinen Arm ab.

»Hast du mich selbst gelehrt, Alter!«

Der Dolch fiel auf das Polster und blieb darin aufrecht stecken.

»Patron!«

Es war nur ein heiseres Keuchen, das dem Gladiator entfuhr.

»Von den Schatten zurückgekehrt. Gute Arbeit, heute Nacht, Burrus.«

»Du warst es?«

»Ich war es. Ich war hinter den beiden her, seit sie sich an Crassus hängten.«

Sie sprachen leise, fast lautlos. Burrus hatte seine Überraschung überwunden. Er war wieder in der Lage, logisch zu denken. Und das erstaunlich schnell.

»Wer sind sie?«

»Lampronius' Handlanger. Seine Sklaven.«

»Dachte ich mir. Er ist hinter der Patrona her. Er glaubt, du hättest etwas über ihn herausgefunden, und sie wüsste es ebenfalls.«

»Ich habe etwas über ihn herausgefunden, aber woher sollte sie das wissen?«

»Sie ist eine verdammt kluge Frau, Patron. Aber es wäre wahrscheinlich ganz gut, wenn sie wüsste, dass du lebst. Vielleicht ist sie dann vorsichtiger.«

Burrus merkte, wie sein Gegenüber zögerte.

»Geh hoch, Patron. Sie ist tapfer, aber sie ist solche Situationen nicht gewöhnt.«

»Ich werde sie noch mehr erschrecken.«

»Nein. Ich glaube, sie ahnt es wohl schon. Sie hat die Geschichte mit den Wölfen nicht geglaubt. Geh, Patron. Ich wache.«

Leise stieg der Herr des Hauses die Treppe zu den Schlafräumen empor.

Rufina hatte einen Zipfel ihrer Decke zu einem festen Strick zusammengedreht und klammerte sich daran. Die Knie zum Kinn gezogen und ganz klein zusammengerollt lag sie da, als ob ihr diese Haltung Schutz bieten würde. Es war nur ein Gedanke in ihr: »Wenn Lampronius mich haben will, kriegt er mich!«

Die Tür scharrte leise, und sie zuckte zusammen. Unfähig, auch nur zu atmen, geschweige denn, einen Schrei auszustoßen, starrte sie auf den Mann, der leise eintrat.

»Nicht erschrecken. Keine Angst. Ich bin es, Füchschen!«

Ein erstickter Laut entfuhr ihr. Dann ließ sie den Deckenzipfel los und verlor das Bewusstsein.

Als sie wieder zu sich kam, brannte ein kleines Licht, und ihr Mann saß auf ihrem Bett, das Gesicht nahe über das ihre gebeugt.

»Maurus!«, flüsterte sie leise. »Wirklich?«

»Ja, ganz wirklich, ganz körperlich. Ich bin kein Geist.«

Sie hob die Hand, um seine Wange zu berühren.

Er lächelte sie an und schloss die Augen bei dieser sanften Liebkosung.

»Maurus!«

Die Hand glitt in seinen Nacken und zog ihn ein ganz kleines bisschen nach unten. Er öffnete die Augen wieder und sah in die ihren.

»Du warst gestern Nacht schon einmal hier.«

»Ja.«

»Und du warst das vorhin.«

»Ja.«

»Ich habe mich schon töricht genannt, plötzlich diese Hoffnung zu haben.« Sie ließ ihn los und richtete sich auf dem Polster auf. »Warum bist du gekommen?«

»Ich ...«

Die Decke rutschte ihr von den Schultern, sie wirkte klein und hilflos, und er brachte seinen Satz nicht zu Ende. Er zog sie an sich und vergrub seine Finger in ihren kurzen Locken.

»Füchschen«, flüsterte er, und sie begann zu weinen.

Er wollte sie nur halten, trösten, ihr helfen, den Schrecken der Nacht und seiner Rückkehr zu verwinden, doch ihre warme, weiche Haut verlockte seine Hände, darüber zu streichen. Während er das tat, legte sie die Arme um seinen Hals. Mit einem letzten kleinen Schluchzer drückte sie sich an ihn.

»Nicht, Füchschen. Nicht.«

Er schob sie ein Stückchen von sich.

»Doch, Maurus.«

»Du musst doch Schmerzen von dem Sturz haben.«

»Jetzt nicht mehr!«

Sie klammerte sich fester an ihn.

»Kleine, ich ...«

»Ich bin klein, ja, aber ich bin ein Weib. Fühlst du das nicht?«

Er beugte sich vor, und seine Stirn berührt die ihre. Er blieb still, fühlte das Beben ihres zarten Körpers unter seinen Händen und nahm den warmen Duft nach Rosen und Weiblichkeit wahr, der sie umgab. Halb erstickt flüsterte er: »Doch. Doch, viel zu sehr.«

»Dann behandle mich nicht wie ein Kind, Maurus.«

Maurus sah den flackernden Schein der kleinen Lampe über ihre Haut huschen und stöhnte leise auf. Mit beiden Händen umfasste er Rufinas Gesicht, streichelte dann über ihre Augenbrauen und ihre Wangen und suchte mit seinen Lippen ihren Mund.

Sie waren süßer, als er geträumt hatte, weicher und verlockender. Ihre Zungenspitze spielte an seinen Lippen, und ihre Hände zogen ihn ins Polster nieder. Er küsste ihre Augenlider und fand einen Weg entlang der Wange zu den blauen Adern zwischen Kehle und Ohrläppchen. Ihre Finger hingegen suchten die bloße Haut seiner Arme und erreichten seine Schultern unter der Tunika.

»Lass mich deine Haut spüren«, flüsterte sie. »Nicht nur mit den Händen.«

Vorsichtig machte er sich los, mit schnellen, geschmeidigen Bewegungen legte er seine Kleider ab und kam zu ihr ins Bett. Mit einem stürmischen Seufzer schmiegte sie sich an ihn.

»Füchschen, nicht so heftig.«

»Doch. Doch, Maurus.«

»Ich will dir nicht wehtun.«

»Du tust mir nicht weh, Maurus. Du bist wieder hier. Ich kann es noch nicht ganz glauben. Maurus, ich muss dich fühlen. Ganz und gar.«

Als er an die sehnsuchtsvollen Tage dachte, die er fern von ihr verbracht hatte, kapitulierte er schließlich.

»Ja, ich muss es auch.«

Mit einer wilden Leidenschaft nahm er sie und verlor sich in der pulsierenden Dunkelheit, die ihm ihr Schoß gewährte. Es war kein zarter Liebesakt, es war eine Notwendigkeit, und es war weniger beglückend als schmerzhaft. Doch beide, erschöpft von der Gewalt der Gefühle, lagen schließlich friedlich nebeneinander. Er hatte sie an seine Seite gezogen, ihr Kopf lag in der Beuge seines rechten Armes, seine andere Hand ruhte auf ihrer Hüfte. Sie hatte ihr Bein über seinem Bauch angewinkelt, den Arm quer über seine Brust gelegt und ihre Fingerspitzen in den drahtigen, krausen Haaren seines Nackens vergraben. Ihre Lider waren gesenkt, und der Fächer ihrer Wimpern berührte ihre Wangen. Aber Maurus wusste, sie schlief nicht. Nun, da das heftige Feuer zu warmer Glut heruntergebrannt war, wäre es an der Zeit gewesen, Erklärungen zu geben. Er spürte ihre Gedanken, als ob sie sie laut ausgesprochen hätte, doch er fand es unsagbar schwierig, einen Anfang zu finden. Zu vieles war noch in der Schwebe. Um alles erklären zu können, bedurfte es, so glaubte er, mehr als nur die kurzen Stunden, die die Nacht ihm noch Schutz bot.

»Du wirst gleich wieder fortgehen, nicht wahr?«

Er strich ihr über die kurzen Locken, liebevoll, wie um Verzeihung bittend.

»Ja, Rufina, noch bevor die Dämmerung beginnt.«

»Du hast einen gefährlichen Auftrag, das weiß ich.«

»Ja. Und ich habe mich heute Nacht schon zu sehr exponiert.«

»Kannst du irgendwann wiederkommen?«

»In der kommenden Nacht. Wir müssen miteinander reden, Rufina.«

»O ja, das müssen wir.«

Sie strich mit der Handfläche über seine Brust und erfreute sich an der warmen, lebendigen, dunklen Haut. Sie war glatt, Maurus hatte schon immer die wenigen Härchen sorgsam ausgezupft, wie er es auch im Gesicht von Jugend an getan hatte. Entlang der Rippen fühlte sie den kleinen Wulst, den die Narbe seiner alten Verletzung hinterlassen hatte, dann aber ließ sie ihre Hand über seinem Herzen liegen und ertastete mit ihr den steten Schlag. Ein wenig verblüfft stellte sie fest, dass er sich beschleunigte, als sie sich näher an ihn drängte. Sie beschloss, sie würden in der kommenden Nacht nicht nur miteinander reden.

»Die Kinder – sind sie gesund, Füchschen?«

»Ja, Maurus. Sie wollten nie so recht an deinen Tod glauben.«

»Sag es ihnen noch nicht.«

»Nein, natürlich nicht. Obwohl …«

»Ich weiß, trotzdem.«

»Ist gut. Niemand wird es wissen.«

»Doch, Rufina. Ich habe Burrus unten getroffen. Du weißt, du kannst ihm vertrauen?«

»Ja, sicher.«

»Er wird auf dich aufpassen, aber du wirst selbst auch vorsichtig sein müssen. Ich wünschte, ich könnte dich mitnehmen, aber was ich zu tun habe, ist schon alleine schwierig.«

»Wo bist du tagsüber.«

»Im Wald.«

»Bei Halvor?«

Er sah sie erstaunt an.

»Ja, bei Halvor.«

»Er wusste schon, dass du lebst, als ich bei ihm war, nicht?«

»Ja.«

»Und ich habe ihm unterstellt, er wolle irgendwelche Verbrecher beschützen.«

»Es hat ihm sehr Leid getan, dich belügen zu müssen. Er hat eine ziemliche Achtung vor dir.«

»Ich mag ihn.«

Maurus streichelte ihr Gesicht und löste sich dann vorsichtig aus ihrer Umarmung.

»Ich komme nach Einbruch der Dunkelheit, Füchschen.«

»Ich werde auf dich warten.«

»Aber bitte nicht im Bett!«

»Nein?«

»Nein, Aurelia Rufina. Nein! Ich muss dir viel erklären.«

Genauso flink, wie er sich seiner Kleider entledigt hatte, legte er sie auch wieder an.

»Schlaf noch ein bisschen, Füchschen.«

24. Kapitel

Runenrat: Kenaz

Schäme dich nicht, das Hemd auszuziehen
und Schenkel auf Schenkel zu ertragen;
dort lass sein Zünglein sich tief
in deine Purpurlippen verstecken,
lass Amor in tausend Stellungen
der Venus Werk gestalten;
da soll kein Liebeslaut,
kein Freudenwort ungesagt bleiben,
da soll das Bettgestell
in lüsterner Schwingung erbeben.

OVID, AMORES

Es hatte niemand etwas von dem nächtlichen Besuch gemerkt. Er hätte wahrhaft ein Geist aus dem Reich der Schatten sein können, der das Haus betreten und lautlos wieder verlassen hatte. Doch als Rufina am Morgen ihre bloßen Füße auf den Boden setzte, fühlte sie ein leichtes Brennen in ihrem Unterleib. Als sie sich daraufhin an seine Umarmung erinnerte, breitete sich eine köstliche Wärme in ihr aus. Er war bei ihr gewesen, er hatte sie nicht mehr als Kind behandelt.

Rufina gab sich am Morgen alle Mühe, sich nicht das Glück anmerken zu lassen, das sie darüber empfand, dass Maurus noch lebte. Sie ging ihrer Arbeit wie gewohnt nach, aber immer wieder wanderten ihre Gedanken zur kommenden Nacht hin. Einmal, als sie geistesabwesend aus dem Fenster schaute, meinte ihre Dienerin: »Patrona, du siehst aus, als wärest du verliebt. Kommt der Baumeister heute wieder?«

»Was? Oh! Ach…« Sie fasste sich sehr schnell wieder und schüttelte den Kopf. »Nein, er hat im Wasserkastell zu tun. Und verliebt bin ich nicht in ihn. Merk dir das!«

Aber sie fühlte sich verliebt wie damals, als sie Maurus angetraut worden war, und wie ein verliebtes Mädchen schmiedete sie Pläne für die Nacht. Irene, die Köchin, beklagte sich bitterlich, dem gebratenen Huhn seien zwei Beine abhanden gekommen. Sie verdächtigte Crassus, den sie als Vielfraß eingestuft hatte. Das war eine haltlose Beschuldigung, die ihr Rufina jedoch klugerweise nicht widerlegte, obwohl Crassus der Aufnahme fester Nahrung an diesem Tag nicht sehr aufgeschlossen gegenüberstand. Er lag in seinem Zimmer, eine Decke verdunkelte das Fenster, und ein nasser Lappen, getränkt in Efeuwasser, kühlte eine schmerzende Stirn. Noch nicht einmal Fulcinia hatte den Mut gefunden, ihm ihre sanfte Strafpredigt angedeihen zu lassen.

»Es muss entweder ein ungeheures Quantum gewesen sein, das er getrunken hat, oder ein Wein von recht minderer Qualität.«

»Ein ungeheures Quantum Wein minderer Qualität, wenn du mich fragst. Ich gönne es ihm«, antwortete Rufina grimmig und nahm den Krug ausgezeichneten Weins an sich, der in der Küche stand. Fulcinia fragte nicht, wozu sie ihn benötigte. Und die eingelegten Oliven, zwei herzhafte Würste, ein weißes Brot, eine Ecke eines milden Schafskäses und die getrockneten Aprikosen, die Maurus so liebte, wanderten auch im Laufe des Tages in Rufinas Schlafzimmer. Aus der Kleidertruhe holte sie frisch gewaschene Kleider und dankte sich selbst dafür, Maurus'

Sachen nicht alle bereits weggegeben zu haben. Sie selbst kramte in ihrer Truhe herum, um für die Nacht ein hübsches Gewand zu finden. Dabei fielen ihr auch die zierlichen Ohrringe in die Hand, die aus der Wasserleitung gespült worden waren. Wieder legte sich ein Mosaiksteinchen an seinen Platz. Sie setzte sich auf die Bettkante und fügte ihr Wissen zusammen. Maurus musste zusammen mit Regulus aufgebrochen sein. Er hatte ihm dann irgendwann die Ohrringe für sie mitgegeben. Mit einem verzückten Lächeln besah sie sich die Schmuckstücke und beschloss, sie am Abend anzulegen. Dann aber verfolgte sie den Gedanken weiter und kam zu der wahrhaft erstaunlichen Erkenntnis, ihr Mann müsse offensichtlich ebenso für den Statthalter tätig sein, wie Regulus es war. Wenn Maurus am Abend zuvor schon die Sklaven von Lampronius verfolgt hatte, dann hatte sein jetziger gefährlicher Auftrag etwas mit dem zukünftigen Decurio zu tun. Was, das würde sie hoffentlich noch diese Nacht erfahren.

Die Zeit bis dahin schien ihr unsagbar langsam zu vergehen, und sie war nicht ausschließlich von Vorfreude geprägt. Manches Mal noch machten sie die Erinnerungen an den nächtlichen Überfall erschaudern, und sie setzte den ganzen Tag über keinen Fuß vor die Tür.

Später am Nachmittag stattete sie Erla noch einen Besuch ab und erkundigte sich nach Tertius. Sie wollte sicher sein, dass er wirklich von Hosidius und nicht etwa von Lampronius geschickt worden war. Die Salbenhändlerin war scheu und beflissen ihr gegenüber, Fulcinias Befragung hatte einen nachhaltigen Eindruck hinterlassen. Tertius wurde am Ohr herbeigezerrt und musste detailliert Auskunft über sein Tun und Treiben am vorherigen Abend geben.

Es war das, was man bei einem unternehmungslustigen Jungen zu erwarten hatte, der es sich zur Aufgabe gemacht hatte, die eine oder andere Sesterze zum Unterhalt der Familie beizutragen. Er hatte mit seinen Freunden am Stadttor gewartet, um den Reisenden den Weg zu Unterkunft oder Geselligkeit zu zeigen, Pferde zu halten, und, wie Rufina mit Anerkennung bemerkte, auf die gepflegte Therme hinzuweisen, die mit großen Annehmlichkeiten aufzuwarten hatte. Bei Einbruch der Dämmerung verdingten die Halbwüchsigen sich auch gerne als Fackelträger. In dieser Funktion hatte er Hosidius den Dienst erwiesen, ihm aus einem nicht ganz einwandfreien Lokal in der Hafengegend, bei dem er die Pacht zu kassieren hatte, heimzuleuchten. Dabei war er hinter der ›Galeere‹ von zwei Männern angesprochen worden, die ihn auf den in der Gasse liegenden Mann hinwiesen. Sie taten empört über das sittenlose Benehmen in der Stadt und gingen anschließend fort. Hosidius aber erkannte Crassus, dem er in den Tavernen am Forum schon begegnet war, und Tertius selbst hatte ihn darauf hingewiesen, er sei der Schwiegervater der Thermenpächterin. Hosidius, dieser Geizkragen, hatte ihm barsch befohlen, der Pächterin den Umstand mitzuteilen, ihr Verwandter befände sich in höchst zweifelhaften Umständen. Mehr wusste der Junge auch nicht. Rufina hingegen lobte ihn noch einmal für seine Hilfe, und anschließend erstand sie von Erla einen hübschen Glasflakon in Form eines Vögelchens. Das Öl darin duftete nach Rosen und Jasmin.

Als sie versonnen daran schnupperte, fiel ihr Blick auf die rote Wandnische gegenüber dem Stand. Eine kleine, weiße Figur stand darin, Merkur mit dem gallischen Halsband, der von zwei schwarzen Fin-

gerabdrücken auf seiner Brust und seinem knacki-
gen Hinterteil verunziert war. Rufina erinnerte sich
daran, diesen göttlichen Herren, den Crispus aus der
Unterwelt der Thermen heraufbefördert hatte, hier
abgestellt zu haben. Doch die Ereignisse, die inzwischen eingetreten waren, hatten sie vergessen lassen, dass er darauf wartete, gesäubert zu werden.
Sie langte in die Nische und hob die Figur hoch, um
sie mitzunehmen. Wieder erstaunte sie das hohe Gewicht, und als sie an eine ähnliche Statue dachte, die
sie bei Dorovitrix gesehen hatte, mutmaßte sie, er
könne vielleicht auch aus Metall bestehen, sei aber
aus welchen Gründen auch immer mit weißem Gips
überzogen worden. Als sie an den Flecken rieb, verschmierte sich der Ruß nur noch mehr. Also brachte
sie die Statue, zusammen mit dem Parfümfläschchen,
in ihr Zimmer und holte sich eine Schüssel Wasser
und einen Lappen. Mit dem feuchten Tuch rieb sie
heftig an den schwarzen Stellen. Der Ruß löste sich,
mit ihm aber auch die weiße Farbe. Starr vor Staunen betrachtete Rufina den goldenen Schimmer, der
darunter zum Vorschein kam.

»Parzen und Lemuren!«, entfuhr es ihr. Aber dann
fiel ihr Dorovitrix' Erklärung ein, er vergolde lediglich Bronzefiguren. Wahrscheinlich war auch der
zweite Überzug nur dünn aufgetragen. Aber warum
hatte man den Merkur mit weißer Farbe überzogen?
Und wieso hatte er im Hypocaustum gelegen? Gut,
er mochte bei dem Erdstoß vor einem Monat um-
gekippt und durch den Spalt zwischen den Bodenplatten nach unten gerollt sein. Aber sie konnte sich
beim besten Willen nicht daran erinnern, diese Figur
jemals in der Therme gesehen zu haben.

Mit ein bisschen Geschick gelang es ihr, die weiße,
wasserlösliche Farbe wieder so weit zu verschmie-

ren, dass der goldene Untergrund verdeckt war. Dann legte sie den flügelfüßigen Gott der Kaufleute und Diebe in ihre Kleidertruhe. Sie würde Maurus fragen, ob er sich an ihn erinnern konnte.

Crassus tauchte am Abend aus seinem Zimmer auf, und Maura stellte mit der Scharfsichtigkeit einer Achtjährigen fest, ihr Großvater sähe seinem eigenen Manen recht ähnlich.

»Ich fühle mich auch wie ein Totengeist«, nuschelte er und ließ sich schwer auf einen Sessel fallen.

»Glaub nicht, ich könnte auch nur eine Spur von Mitgefühl für dich aufbringen, Schwiegervater.«

»Brauchst du auch nicht. Ich bin gestraft genug. Solche Kopfschmerzen habe ich noch nie in meinem Leben gehabt.«

»Lern was draus!«

»Du bist roh und unweiblich, Rufina.«

»Nein, nur vollkommen gleichgültig deinem selbstverschuldeten Leid gegenüber. Hast du die Bücher für die Kinder mitgebracht?«

»Bücher? Kinder?«

»Das war der Grund, weswegen du gestern ausgegangen bist. Erinnerst du dich?«

»Ja, Großvater, du wolltest uns die Fabeln des Aesop mitbringen«, erinnerte Crispus ihn.

»Äh… ja. Ich habe sie auch gekauft, aber… Habe ich sie nicht in euer Schulzimmer gelegt?«

»Sie werden in einer der zahlreichen Tavernen liegen, die du gestern besucht hast. Schade ums Geld!«, zische Rufina ihn an.

»Ich habe Freunde getroffen, da kann man sich doch nicht einfach so aus dem Staub machen.«

»Natürlich nicht, Schwiegervater. Gute Freunde muss man pflegen. So, wie sie dich auch gepflegt haben. Willst du etwas essen?«

Mit Ekel im Gesicht schüttelte Crassus seinen Kopf.

»Dann würde ich vorschlagen, du nimmst ein gründliches Bad und besuchst anschließend den Barbier. Du siehst noch immer aus, als hättest du die Nacht in der Gosse verbacht. Und riechen tust du wie der Wischlumpen eines Schenkenwirts. Ach ja, und den Eintritt in die Therme entrichtest du gefälligst auch!«

»Rufina!«

»Gäste, lieber Schwiegervater, die sich so benehmen wie du, werden bei mir nicht bevorzugt behandelt!«

»Und, lieber Cousin, wenn du dich ein wenig im Bad erfrischt hast, möchte ich einige Worte mit dir wechseln!« Fulcinias Stimme war mild und leise, sie klang so ganz anders als die herbe Sprache, derer sich Rufina bediente. In der Hoffnung, bei der älteren Frau Trost und Zuspruch zu finden, nickte Crassus und versprach, sich nach dem Bad bei ihr einzufinden.

Als er den Raum verlassen hatte, grinste Rufina, und auch Fulcinia zeigte ihr feines Lächeln.

»Mama, deine Augen funkeln. Ist was Schönes passiert?«

»Nein, eigentlich ist etwas Scheußliches passiert.«

»Großvater hat sich betrunken!«

»Richtig.«

»Darf man das nicht?«

»Man darf es schon, aber man muss es mit Anstand tun.«

Klug wie Maura war, schlussfolgerte sie: »Den Anstand wird ihm Tante Dignitas nachher beibringen. Armer Großvater.« Dann schmiegte sie sich an die Seite ihrer Mutter und kuschelte sich in ihren Arm. »Ich habe heute Nacht von Vater geträumt.«

»Ich auch, meine Kleine!«, antwortete Rufina und zog ihre Tochter eng an sich. Crispus wollte nicht nachstehen und kuschelte sich an ihre andere Seite. Fulcinia beobachtete mit Verwunderung, dass Rufinas Gesicht nicht wie sonst von Trauer überschattet war, sondern beinahe überirdisch zu leuchten schien.

Rufina hatte Burrus abends gesagt, er brauche nicht wieder an der Haustür zu schlafen.

»Ist gut, Patrona. Ich weiß schon. Kommt er heute Nacht wieder?«

»Ja.«

»Dann muss ich dir wohl keine gute Nacht wünschen.«

Sie lachte leise.

Wolken waren aufgezogen, und die Dunkelheit begann an diesem Frühlingsabend früher als gewöhnlich. Rufina war glücklich darüber. Sie zündete eine Kerze an, die in regelmäßigen Abständen Markierungen aufwies. Um etwa sechs dieser Ringe würde sie bis zum Morgengrauen herunterbrennen. Das Haus war still geworden, die Diener und die Kinder schliefen. Wie lange Fulcinia Crassus noch ins Gewissen geredet hatte, wusste Rufina nicht, aber vermutlich hatten beide sich jetzt auch zurückgezogen. Sie selbst aber hatte eine weiche, weiße Tunika angelegt und sie mit den silberdurchwirkten Bändern gegürtet. An ihren Ohrläppchen schaukelten die goldenen Ohrringe, das neu erworbene Duftöl hatte ihre Haut geschmeidig gemacht, ein dunkler Puderstrich betonte ihre Augen, und ein klein wenig rötliche Pomade machte ihre Lippen glänzen. Doch ihre Haare hatte sie nicht zu einer kunstvollen Frisur aufgesteckt. Sie lockten sich in ihrer eigensinnigen

Art um ihren Kopf, und Rufina fand sich hübsch in ihrem Silberspiegelchen.

Gläser und Weinkrug standen bereit, und in einem Korb warteten die heimlich zusammengesuchten Leckereien auf ihren Gast. Die Kerze brannte auf dem Tisch und füllte den Raum mit ihrem ruhigen, goldenen Schein. Rufina lehnte an den Polstern ihres Bettes und spielte nervös mit einem ihrer Haarbänder. Den ganzen Tag über war sie sicher gewesen, dass Maurus in der Nacht kommen würde, doch jetzt fielen ihr Dutzende von Möglichkeiten ein, warum er verhindert sein könnte. Die schlimmste von allen war, dass Lampronius oder seine Handlanger seiner habhaft geworden wären. Am liebsten hätte sie sich an ein Fenster gestellt und auf die Straße hinaus nach ihm Ausschau gehalten. Aber ihre Vernunft gebot ihr, sich besser nicht zu zeigen. Maurus brauchte den Schutz der Dunkelheit, sie wollte ihn nicht unnötig in Gefahr bringen.

Als die Kerzenflamme den ersten Ring erreicht hatte, war es schließlich so weit. Leise öffnete sich die Tür, und er trat in das Zimmer.

»Maurus!« Beinahe hätte sie laut seinen Namen gerufen. Sie stand auf und ging ihm entgegen.

»Was für ein hübscher Anblick du bist, Füchschen!«, sagte er und gab ihr einen schnellen Kuss auf die Wange. Dann legte er seinen Umhang ab und setzte sich in den Sessel, den Rufina zu dem Tisch gerückt hatte.

»Ich habe etwas Wein und Essen für dich. Und frische Kleider.«

»Das ist wunderbar. Ich bin hungrig.«

Sie öffnete den Korb und richtete ihm einen Teller mit Fleisch, Käse und Oliven. Er brach das Brot und aß mit sichtlichem Appetit. Rufina reichte ihm den Wein und setzte sich wieder auf ihr Bett.

»Ich denke, am besten erzähle ich dir inzwischen, was ich weiß, Maurus.«

»Tu das. Mir scheint, du hast mehr herausgefunden, als ich mir vorgestellt habe.«

»Möglich.«

Sie berichtete von Regulus, der in das Wasserkastell gespült worden war, ihren Zweifeln, ob es wirklich Wölfe waren, denen er zum Opfer gefallen war, von den Fragen, die sie gestellt hatte, von Sabina Gallina und der Entführung. Als sie von Wolfrune sprach, hielt sie plötzlich inne.

»Maurus, warst du ebenfalls bei ihr?«

Er nahm einen letzten Bissen Hühnerfleisch und nickte. Als er ihn hinuntergeschluckt hatte, antwortete er: »Auf dem Weg nach Rom. Sie hat uns die Runen geworfen. Hat sie etwas davon erzählt?«

»Oh nein. Auch sie weiß Geheimnisse zu hüten.« Rufina ließ dieses Thema auf sich beruhen. Das hatte Zeit bis später. Sie berichtete kurz, wie sie Silvian gefunden hatte und mit ihm die erschlagenen Germanen. »Ich hatte Halvor im Verdacht, Maurus. Aber als ich hierher zurückkam, gab es einige Widersprüche, und ich kam zu dem Schluss, Lampronius Meles müsse hinter dem Anschlag stecken. Er ... er hat mir mehrmals Heiratsanträge gemacht.«

Maurus nahm sich eine der getrockneten Aprikosen, betrachtete sie mit Genuss und fragte dann: »Und? Hast du es in Erwägung gezogen?«

Sie dachte daran, wie sehr ihr anfangs seine Bewunderung gefallen hatte, und wurde rot. Maurus biss in die Aprikose und lächelte sie an.

»Ein bisschen, nicht wahr? Es heißt, er sei bei den Frauen recht beliebt.«

»Bei mir nicht mehr.«

»Das kann ich mir jetzt vorstellen.«

»Aber, Maurus – warum hat er das getan? Ich meine, die Sabina entführt?«

»Du bist so weit gekommen, mein schlaues Füchschen. Jetzt zähle doch mal eins und eins zusammen.«

»Weil er sich dadurch den Statthalter zu Dank verpflichtet hat. Sicher. Aber warum?«

»Er ist machtgierig. Er will Decurio werden.«

»Aber er stammt aus einer Senatorenfamilie.«

»Ja, das habe ich ebenfalls herausgefunden. Aber mehr noch – Lampronius Meles, der zweite Sohn des Lampronius Honorius, hatte beim letzten Census Mühe, das vorgeschriebene Vermögen nachzuweisen. Er hat sich seine Karriere leicht gemacht, indem er sich Ämter gekauft hat. Das kostete ihn sehr viel Geld. Außerdem hat er einen sehr ausschweifenden Lebensstil gepflegt. Als es sich abzeichnete, er würde den Senatorenstatus nicht mehr halten können, hat er seinen älteren Bruder umgebracht, um an dessen Erbe zu gelangen. Er hat es wohl höchst geschickt angestellt, ein Unglück auf See, wie es hieß. Doch seine Schwägerin hatte an einen Unfall nicht glauben wollen und ein paar Widersprüche aufgedeckt. Ich glaube, sie kann von Glück sprechen, dass er sie nicht auch noch beseitigt hat. Sie hatte die Unterstützung eines Bekannten, mit dem sie ihrer Familie den Mord nachweisen konnte. Es wurde zwar vertuscht, aber die Lampronii haben Meles nahe gelegt, in eine ferne Provinz zu gehen, angeblich aus Gram um den Tod seines Bruders. Er kam mit kaum mehr als seiner Tunika auf dem Leib in Germanien an.«

»Und hier häufte er wieder ein Vermögen an, denn er ist als reicher Mann bekannt. Vermutlich erwarb er es nicht mit ehrlichen Mitteln.«

»Darauf kannst du die Therme verwetten!«

»Dennoch werden ihn die beiden Bürgermeister zum Decurio ernennen? So blind können die beiden doch nicht sein!«

»Man kann ihm nichts nachweisen, Rufina. Sidonius ist bestechlich. Seine Stimme wollte er kaufen. Damit, Rufina, fing alles an. Und zwar genau hier, in der Therme. Noch genauer, in der Latrine.«

Maurus erzählte, wie er die beiden belauscht hatte. Nicht zufällig, sondern ganz gezielt, denn er hatte den Auftrag erhalten, herauszufinden, ob sich Hirtius Sidonius der Korruption schuldig machte.

»Das Gespräch der beiden Latrinenbenutzer erbrachte mir den Beweis, aber sie entdeckten mich, und Meles gab seinen Sklaven den Befehl, mich auf der Stelle umzubringen. Einfach so. Er ist ein vollkommen skrupelloser Mann. Aber die beiden Sklaven waren nicht sehr geschickt, ich entkam ihnen und suchte Zuflucht im Haus eines Freundes.«

»Wo du auch Regulus trafst.«

»Richtig.«

»Du erhältst deine Aufträge von Maenius Claudus.«

»Ja. Ziehst du so schnell die richtigen Schlüsse oder denkst du so gründlich nach?«

»Dieser Umstand fiel mir eigentlich erst heute ein.«

»Du bist erstaunlich, Füchschen. Also, ich berichtete Claudus von dem Geschehen, und er schlug vor, ich solle für ein paar Monate aus der Stadt verschwinden. Regulus und ich beschlossen, nach Rom zu reisen und dort etwas Hintergrundmaterial zu den beiden Männern zu sammeln. Gegen Lampronius lag zu dem Zeitpunkt nichts wirklich Belastendes vor, aber Claudus hat einen guten Instinkt.«

»Darum habt ihr ein paar Kleider von dir zerrissen ...«

»Und ein armes Huhn geopfert, dessen Blut sie getränkt hat.« Maurus sah zu Rufina hin und zeigte ein bitteres Lächeln. »Du hast deine schönen Haare umsonst geopfert.«

»Ich habe es gerne getan. Es war das Einzige, was ich für dich noch tun konnte.« Die Erinnerung an den tiefen Schmerz ließ ihr trotz allen Dagegenankämpfens doch wieder die Augen feucht werden. Maurus sah es, und auch er hatte mit sich zu ringen. Aber die Nacht war zu kurz, zu viel war noch zu berichten. Wenn er sie jetzt in die Arme nahm, würde es wieder kein Halten geben. Grimmig biss er die Zähne zusammen und schaute von ihr weg.

»Ist schon gut, Maurus. Erzähl weiter.«

»Die ersten Meilen waren grauenvoll. Du erinnerst dich, es war eisig an diesen Tagen. Dann fing es an zu schneien. Es gab wirklich Wölfe. Aber bei Belgica vicus wagten wir es, die Straße zu benutzen. In Massilia kamen wir zu Beginn des März an. Da fanden wir die ersten wichtigen Hinweise. Hirtius Sidonius ist ein ausgemachter Dummkopf! Die Spuren, die er hinterlassen hat, gleichen Trampelpfaden.«

Er berichtete ihr von den Statuen aus den ägyptischen Gräbern und der Konkubine, von dem gefälligen Goldschmied und dem Mann, der ihm damals den Gefallen getan hatte, diese gefährliche Ware aus dem Land zu bringen und umarbeiten zu lassen.

»In Rom fand ich dann heraus, dass dieser Mann unser Meles war. Durch Regulus' Hilfe fand ich auch die Wahrheit heraus, denn der verwies mich an seinen früheren Herren, Antonius Sextus, den Meles ruiniert hatte, nachdem er seine Schwägerin bei der

Untersuchung des Unfalls ihres Mannes unterstützt hatte. Er war nicht eben gut auf ihn zu sprechen.«

»Ich fand die Leiche von Acacius in der Nähe der Wasserleitung«, sagte Rufina mit trockenem Mund.

»Du?«

»Als ich von Wolfrune den Weg zum Kanal suchte. Es … es war nicht mehr viel von ihm übrig. Aber der Ring wies ihn als Acacius, Eigentum des Antonius Sextus aus.«

»Das erklärt den Streit zwischen Regulus und den drei Männern in Belgica. Es waren also wirklich Lampronius' Leute. Ich habe in den vergangenen Tagen Regulus' Weg zurückverfolgt, aber es gab noch ein paar Unklarheiten. Nun schließt sich der Kreis. Regulus wird Acacius umgebracht haben. Was für ein Unglück mein Freund hatte.«

»Regulus war dein Freund?«

»Ja, ein guter.« Maurus schwieg einen Moment. Dann meinte er: »Nun, dann ist dieses Rätsel auch gelöst.«

»Das schon, aber andere nicht. Ich verstehe noch immer nicht, wieso Meles den Duumvir bestechen musste, wenn hier nichts gegen ihn vorlag.«

»Sidonius mag ein Einfaltspinsel sein, aber er kannte Meles und seine Fähigkeiten von früher. Freiwillig wird er ihn nicht in den Magistrat aufgenommen haben. So dumm ist noch nicht einmal er.«

»Er ist ein widerlicher Kerl, der seine Hände nicht bei sich behalten kann.« Rufina schüttelte sich, als sie an den betrunkenen Bürgermeister dachte, der Bella und sie so unziemlich behandelt hatte.

»Hat er dir etwas zu Leide getan?«

»Er fand, mir stünden hellhäutige Kinder besser zu Gesicht und bot sich an, dafür zu sorgen!«

Etwas wie ein schwarzes Glühen blitzte in Maurus'

Augen auf, und das war der Moment, in dem Rufina erkannte, dass ihr Gemahl wahrhaftig zu einem der gefährlichsten Männer gehörte.

»Ich werde ihn bei Gelegenheit darauf ansprechen«, meinte er ruhig, und Rufina hatte eine erschreckende Vision dieses Gespräches.

»Lass nur. Ich habe ihm fast das Handgelenk gebrochen. Seither ignoriert er mich. Was ist mit dem anderen Bürgermeister? Auch seine Stimme muss Meles erhalten.«

»Valerius Corvus? Rufina, der dürfte sich für Meles als sehr harter Knochen erwiesen haben. Unbestechlich, gerecht und hart wie Granit. Und mit einem messerscharfen Verstand gesegnet. Ein Lampronius Meles ist für ihn nicht mehr als ein Mehlwurm.«

»Aber mit der Empfehlung des Statthalters von Niedergermanien wird auch ein Valerius Corvus der Ernennung des Mehlwurms zum Decurio zustimmen müssen.«

»Das mag seine Rechnung gewesen sein.«

»Kannst du Meles' Verfehlungen beweisen?«

»Selbst mit deinen wertvollen Hinweisen noch nicht. Was Acacius, Regulus und die beiden anderen Männer anbelangt – das sind nur Vermutungen. Die Entführung? – Die vier Germanen sind tot. Der Überfall auf dich? Die beiden Männer sind sicher irgendwo im Rhein gelandet.«

»Ja, er ist gründlich, der Lampronius Meles. Aber es muss doch Spuren geben? Ich meine, auch die Art, wie er zu seinem neuen Vermögen gekommen ist, müsste man doch herausfinden.«

»Daran arbeite ich, Füchschen.«

Rufina räumte das restliche Essen wieder in den Korb, ließ aber die Aprikosen stehen. Dann goss sie Maurus noch ein Glas Wein ein.

»Willst du dir nicht die frischen Kleider anziehen?«

Er nickte, stand auf und drehte ihr den Rücken zu. Sie beobachtete ihn, wie er sich mit schnellen, anmutigen Bewegungen entkleidete und Hosen und Tunika überstreifte. Gürtel und Stiefel ließ er fort und setzte sich wieder.

»Was mir jetzt noch fehlt, ist ein heißes Bad. Die vergangenen Wochen habe ich mit kalten Bächen vorlieb nehmen müssen. Das Wasser ist zwar klar und rein, aber leider auch eisig.«

»Ich weiß, Maurus!«, kicherte Rufina. »Ich habe es auch ein paar Tage lang genossen.«

Er sah sie nachdenklich an. »Ja, du hast viel durchmachen müssen, Kleine.«

»Es war nicht so schlimm, jetzt, im Nachhinein betrachtet. Du bist wieder hier, Maurus. Das wiegt alles Schwere auf.«

»Tut es das? Ich bin doch derjenige, der dir Trauer und Leid verursacht hat.«

Sie stand auf und kniete dann vor seinem Sessel nieder.

»Du glaubst immer, ich ertrage Schmerzen nicht. Aber ich habe deine seltenen Besuche in meinem Bett ohne Klagen überstanden. Ich habe deine Kinder geboren, und das war bei Weitem schmerzhafter, doch auch zu ertragen. Ich habe auch deinen Tod beweint. Ich lebe noch immer. Und ich bin noch immer glücklich, dich anzusehen, Maurus.«

Er schob ihr ein Löckchen aus der Stirn und schaute sie lange an. Dann bemerkte er plötzlich das Glitzern an ihren Ohren. Heiser fragte er: »Woher hast du die Ohrringe?«

Sie lächelte traurig.

»Maura war der Meinung, du habest sie mir geschickt. Aber tatsächlich sind sie durch die Wasserleitung in das Caldarium gespült worden. An dem Tag, als wir Regulus fanden. Ich fürchte, er trug sie bei sich.«

»Er trug sie bei sich. Und auch einen Brief an dich.«

»Eine kleine Pergamentrolle, die durch das Wasser unleserlich geworden war, fand man bei ihm.«

Er berührte die Ohrringe mit dem Finger, sie schaukelten leicht.

»Zu den Veneralia kaufte ich sie für dich. Venus selbst mag ihre Hand über sie gehalten haben, da sie trotz aller Umstände dann doch ihren Weg zu dir gefunden haben.«

Rufina schmiegte ihr Gesicht in seine Hand.

»Nicht, Füchschen. Wir haben noch so viel zu bereden.«

»Wann musst du fort, Maurus?«

»Vor der Morgendämmerung.«

»Es ist noch lange hin. Sieh, die Kerze ist nur bis zum dritten Ring heruntergebrannt, die Mitte der Nacht ist eben erst vorbei.«

Sie legte ihm die Arme um den Nacken.

»Ich bin nicht so ausgehungert wie gestern, Rufina. Du musst das nicht tun.«

»Und wenn ich es will, Maurus?«, hauchte sie ihm ins Ohr.

»Dann…« Er küsste sie sanft, und ihre erwartungsvolle Erwiderung ließ seine Vorsicht dahinschmelzen. »Mein Honigmund, mein süßes Verlangen…«

Sein Kuss wurde drängender, und mit einer Hand stützte er ihren Nacken, als seine Zunge ihre Lippen teilte. Doch dann ließ er sie los und sah zu ihr nieder.

»Du sollst nicht vor mir knien, Rufina!«

Er hob sie hoch und setzte sie auf seinen Schoß.
Der geflochtene Sessel protestierte, aber Maurus
hielt sie fest und zog ihr Gesicht wieder zu sich.
Während ihre Lippen und Zungen zärtlich miteinander spielten, löste er mit wissenden Fingern die Knoten und Schleifen der Bänder, die ihre Tunika gürteten, und das weite Gewand fiel lose um ihren Körper. Rufina schmiegte den Kopf in seine Halsbeuge
und nahm seine Rechte, die ihren Nacken kraulte,
um sie zu ihrer Brust zu führen. Sie wollte ihn durch
den dünnen Stoff die Spitzen spüren lassen, die sich
hart zusammengezogen hatten.

Er atmete ein wenig schneller.

»Füchschen?«

Sie drückte ihre Hand auf die seine, damit er sie
nicht wieder fortnahm. Doch er beließ sie dort und
kostete das Gewicht aus, mit dem ihr Busen in ihrer
Innenfläche lag. Sehr langsam und mit großem Feingefühl begann er, ihn zu streicheln und zu reizen. Anfangs hatte sie noch an seinem Ohr geknabbert, jetzt
aber hielt sie still und genoss versunken seine Zärtlichkeiten. Nur einmal seufzte sie leise auf. Er zog sie
fester an sich und küsste sie abermals. Dann fanden
seine Finger den Weg durch die Ärmelöffnung der
Tunika, und er nahm die bloße Haut ihrer harten
Brustwarze zwischen die Finger.

»Maurus!«, flüsterte Rufina.

»Ja.«

Mit einem Schwung hob er sie hoch und trug sie
zum Bett. Sie lag noch kaum, da hatte er ihr schon
das Gewand abgestreift und legte auch seine Kleider
ab.

»Wie schön du bist, Maurus.«

Sie fuhr mit ihren beiden Händen über seine Brust,

seinen Bauch und seine Schenkel, als er neben ihr auf dem Polster kniete. Er lächelte sie an, und in dem Dämmerlicht des Zimmers blitzten seine Zähne hell in seinem dunklen Gesicht auf. Dann beugte er sich vor, um ihr von der Halsbeuge abwärts die Haut mit warmen Küssen zu bedecken, bis er wiederum die Spitzen ihrer Brust erreicht hatte. Hier verweilte er mit Muße, und nur einmal unterbrach er seine Liebkosung, als sie einen leisen Schrei ausstieß.

»Still, Füchschen. Weck nicht das Haus auf.«

»Nein. Ich versuch es.«

Aber sie atmete heftig und schmiegte sich an ihn. Dann nahm sie seine Hand und lenkte sie über die kleine Wölbung ihres straffen Bauches weiter hinunter. Maurus hob den Kopf und sah sie verwundert lächelnd an.

»Es scheint dich jemand gelehrt zu haben, die Kunst des Liebens zu genießen.«

Rufina spürte, wie sie dunkelrot wurde, ließ seine Hand los und biss sich auf die Lippe vor Scham.

»Ich … ich …«

»Ach, Füchschen, das ist doch nicht schlimm!«

Er streichelte ihren Bauch, wanderte mit seinen Fingern um den Bauchnabel herum und bewegte sie dann zielstrebig tiefer. Dort, wo das rotgoldene Vlies den Hügel der Venus bedeckte, suchte er sehr kundig Eingang zu den warmen, feuchten Tälern. Mit außerordentlicher Kunstfertigkeit brachte er sie dazu, sich unter seinen Berührungen zu winden und leise Laute des Entzückens auszustoßen. Als sie sich ihm drängender und fordernder entgegenhob, kam er zu ihr und fand seine eigene Befriedigung in jener heißen, weichen Tiefe, die ihn umschloss. Diesmal war sie es, die warnend stöhnte: »Psst, weck nicht das Haus auf.«

Er lag über ihr, bebend vor Lust und Lachen.

»Kenaz, die Flamme!«, flüsterte sie später verträumt.
Sie spürte, wie er zusammenzuckte. »Wolfrune muss
es gewusst haben. Die Fackel, die brennt, wenn die
Gemeinen im Saale ruhen.«

»Woher weißt du davon?«

»Sie sagte, mein Leben sei mit jenem verwoben,
dem sie auch diese Rune gezogen hat.«

Maurus küsste sie sanft.

»Du bist sehr leidenschaftlich. Ich habe das nie
wahrhaben wollen.« Zärtlich strich er ihr die wirren Locken aus der Stirn. »Es ist gut, nach Hause zu
kommen.«

Dann wurde sein Körper schwer, und sein Kopf
rutschte auf das Polster neben sie. Maurus schlief.
Mit einem nachsichtigen Lächeln zerrte Rufina das
Stückchen Decke über ihn, dessen sie habhaft werden konnte, und hielt ihn in ihrer Umarmung fest.
Sie selbst konnte nicht schlafen. Das war auch besser
so, denn einer von ihnen beiden musste auf die ver-
streichende Zeit achten.

Die Kerze war bis auf den letzten Stundenring
nach unten gebrannt, als sie ihn sacht über die Wange streichelte. Er war sofort wach.

»Ich werde gehen, Füchschen!«

»Gleich. Es ist noch eine kleine Weile hin bis zum
Morgengrauen. Ich muss noch ein wenig mit dir reden, Maurus.«

Er versuchte zwar, sich aus ihren Armen zu befrei-
en, aber sie hielt ihn fest.

»Wann schläfst du eigentlich?«

»Über Tag ein paar Stunden.«

»Es ist ein anstrengender Weg von Halvors Dorf
bis in die Stadt.«

»Ja, aber ein lohnender!«, lachte er leise und gab

es auf, gegen ihre Umarmung zu kämpfen. »Ich habe ein gutes Pferd vor der Stadt stehen.«

»Kommst du morgen wieder?«

»Ich denke schon. Aber du brauchst nicht wieder ein Festmahl für mich zu richten.«

»Das würde auch auffallen. Irene war sehr misstrauisch und hat deinen Vater beschuldigt, ihre Speisekammer geplündert zu haben.«

»Mein Vater! Mit dem werde ich noch ein Huhn zu rupfen haben!«

»Brauchst du nicht, Fulcinia hat ihn bereits auf sein Verhalten hingewiesen. Wie ich sie inzwischen kenne, wird er sich dabei gefühlt haben wie ein Opfertier auf dem heißen Rost. Sie kann sich sehr wirkungsvoll in die lebende Flamme verwandeln, wenn sie will.«

»Sie ist nicht umsonst fünf Jahre lang die Vestalis maxima gewesen.«

»Sie war die Oberste der Vestalinnen?«

»Ja, das war sie. Sie ist eine erstaunliche Frau.«

»Sie ist sehr tief in sich gefestigt. Und sie ist sehr mutig. Sie war mir eine Hilfe in den vergangenen Monaten, das werde ich ihr nie vergessen.«

»Wenn das alles vorbei ist, Rufina, werde ich auch ihr meinen Dank abstatten. Mein Vater hingegen ist dir wohl eher eine Last? Ich hätte es bedenken müssen, als ich ihm die Botschaft von meinem Ableben zukommen ließ.«

»Er hätte es früher oder später erfahren. Ich rechne es ihm schon hoch an, dass er sich sofort auf den Weg zu mir in die Colonia gemacht hat. Immerhin kümmert er sich ein wenig um die Kinder, und Fulcinia hat ihn überreden können, einige Aufgaben in der Therme zu übernehmen.«

Maurus' Körper in ihren Armen bebte vor unterdrückter Heiterkeit.

»Ihr habt ihn gut im Griff!«

»Nicht immer.«

Sie fuhr ihm durch die dichten, krausen Haare und hob sein Gesicht zu sich hoch, damit sie ihm in die Augen sehen konnte. Mit einem kleinen, sehr erinnerungsseligen Lächeln murmelte sie dann: »Dich hat man aber auch die Kunst des Liebens gelehrt, nicht wahr?«

Er hielt ihrem Blick stand. »Ja, Füchschen. Verzeih.«

»Warum? Heute, jetzt, hier, habe ich doch den Nutzen davon.«

Er legte seinen Kopf zwischen ihre Brüste, und sie streichelte ihn schweigend eine Weile. Dann zog sie ihre Hand fort und sagte: »Ich habe vorhin über ein paar Dinge gegrübelt. Können wir darüber reden?«

Mit gespielter Empörung hob er den Kopf von seinem weichen Lager und sah sie an.

»Du hast dabei gegrübelt? Dann habe ich offensichtlich nichts, aber auch gar nichts richtig gemacht!«

Rufina kicherte.

»Na ja… nachher.«

»Mh.«

»Du, Maurus, der Sidonius ist doch ein reicher Mann. Womit kann man den eigentlich bestechen?«

»Oh, darüber hast du nachgedacht? Eine sehr gute Frage. Ich kann sie inzwischen beantworten. Der Mann hat eine kindische Vorliebe für Statuen und Figürchen. Meles hat ihm eine ›in gewünschter Qualität‹ versprochen, ich vermute also, in Gold. Sie sollte angeblich in einer Nische vor der Latrine stehen.«

Rufina war so schnell aus dem Bett geglitten, dass

Maurus sich erstaunt aufsetzte. Sie war zu ihrer Kleidertruhe gegangen und wühlte darin, während er sich mit einigem Vergnügen an dem bezaubernden Anblick ergötzte, den sie von hinten bot. Aber dann verschlug es ihm den Atem, als sie ihm die Merkur-Statue in die Hand drückte.

»Crispus fand sie im Hypocaustum!«

»Was hat der Lausebengel denn da zu suchen?«

Rufina berichtete ihm von dem Erdstoß und seinen Folgen.

»Ich kenne sie. Ich habe sie an dem besagten Februartag gesehen, aber dann kamen die beiden Totschläger auf mich zu, und ich musste mich um andere Dinge kümmern.«

»Ich nehme an, sie ist heruntergefallen. Es gab einen Riss in den Bodenplatten hinter den Säulen. Durch den ist sie dann nach unten gefallen, nehme ich an.« Rufina schnippte plötzlich mit den Fingern und grinste. »Das würde auch erklären, warum der Duumvir am nächsten Tag noch nach dem Gong alleine im Bad blieb und auf allen vieren vor der Latrine herumkroch. Es war ein sehr undelikater Anblick, den er mir auf meinem Rundgang bot. Ich dachte, er würde die Standfestigkeit der Säule kontrollieren, weil der Ädil sich immer wieder darüber beschwert hat.«

Rufina griff nach ihrer Tunika und warf sie sich über.

»Schade, du bist nämlich ein sehr delikater Anblick. Aber Recht hast du.«

Auch Maurus stand auf und kleidete sich wieder an. Dann goss er sich und Rufina noch etwas Wein ein und reichte ihr das Glas.

»Du bist wirklich sehr klug, Füchschen.«

»Ich habe an der Figur herumgeputzt, weil Crispus

Flecken darauf hinterlassen hat. Sie ist aus Gold. Zumindest die Oberfläche ist es.«

»Sie wird schon durch und durch aus Gold sein. Es ist zumindest ein Beweisstück. Schade, ich würde sie Claudus gerne bringen, aber er ist heute nicht da. Kannst du sie noch einen Tag in deiner Truhe lassen? Hier wird sie wohl niemand suchen.«

»Hoffentlich nicht. Was mich zu einer weiteren Sache bringt, über die ich nachgedacht habe. Sag mal, würde Burrus sich wohl dazu herablassen, mir ein bisschen was von seiner Kampftechnik beizubringen? Ich meine, Eghild ist ja zum Üben ganz in Ordnung, sie kann ringen und mit dem Stock kämpfen, aber sie hat es wohl nie wirklich benötigt.«

»Wie kommst du darauf?«

»Na, oder es ist schon lange her. Sie ist vor zwei Tagen in eine Rauferei geraten und hat dabei den Kürzeren gezogen.«

Sie erzählte ihm auch von diesem Vorfall, und Maurus wurde mit einem Mal sehr ernst.

»Eine Bande, die den heimlichen Goldwäschern die Beute abnimmt. Sie sind also noch immer am Werk.«

»Du weißt, um wen es sich handelt?«

»Ich vermute es zumindest stark.«

»Sind es die, mit denen du dich auch schon mal angelegt hast?«

»Was weißt du denn davon?«

»Oh, der Baumeister Lucillius Silvian ließ die Bemerkung fallen, du seiest ein kampferfahrener Mann, und brachte das als Beispiel.«

»Er wollte mir damals zu Hilfe eilen, was anständig von ihm war.«

»Wie kam es dazu?«

Maurus schüttelte den Kopf.

»Ich bin dir wohl viele Erklärungen schuldig, Aurelia Rufina. Mehr, als ich in einer Nacht zu geben in der Lage bin. Also ganz kurz: Claudus hatte, gleich nachdem wir hier eintrafen, Beschwerden erhalten, es würden Reisende und Händler in der Nähe der Waldgebiete überfallen und ausgeraubt. Er gab mir den Auftrag, herauszufinden, wer dahinter steckt. Ich spielte den Lockvogel und ließ mich ebenfalls überfallen. Den beiden Strauchdieben redete ich dann sehr ernsthaft ins Gewissen, und seither meiden sie die Straßen. Es ist eine Gruppe von Gesetzlosen und Vaganten unterschiedlichster Herkunft. Einige sind aus ihren Sippen verstoßene Germanen oder Gallier, aber auch ein paar ehemalige Legionäre befinden sich darunter. Allerdings hat diese jämmerliche Bande jetzt wohl ein neues Tätigkeitsfeld gefunden und macht den Einheimischen das Leben schwer. Wer illegal Gold wäscht, hat kaum Möglichkeiten, sich über ihre Plündereien zu beklagen.«

»Sie zahlen ihnen Tribut.«

»Ein mieses Volk. Ich werde mit Claudus noch mal darüber sprechen. Alleine kann ich die Bande nicht ausheben, aber die Legion wird es können.«

»Wie hast du denn den Lockvogel gespielt?«

»Sei nicht so neugierig, Füchschen!«

»Doch, mein Gemahl.«

Er hob resignierend die Schultern und lächelte schief.

»Ich gab vor, ein reicher Lüstling zu sein, der mit seiner Gespielin die Einsamkeit einer hübschen Waldlichtung nutzen wollte.«

»Ah, und es fand sich eine willige Gespielin?«

»Mh, ja. Du kennst sie, die blonde Germanin. Oda.«

»Ach ja, Oda. Eine schöne Frau. Sie kommt häufiger in die Therme.«

Maurus aß die letzte Aprikose und sagte nichts mehr. Rufina verspürte einen kleinen Stich der Eifersucht, aber nur einen sehr kleinen.

Es schien, als ob Maurus nicht weiter darüber sprechen wollte, und sie kam auf ihre Ausgangsfrage zurück.

»Wird Burrus mit mir üben?«

»Ich denke schon. Aber es kann mit ihm recht rau zugehen.«

»Er wird mich schon nicht grün und blau prügeln!«

Rufina gähnte und fröstelte ein wenig.

»Füchschen, ich gehe jetzt. Es ist besser, du schläfst noch ein bisschen, sonst wundern sie sich morgen, warum du so dunkle Augenringe hast. Auch für mich ist es besser, wenn ich zurückkehre.«

»Was wirst du tagsüber machen?«

»Versuchen herauszufinden, wie Lampronius Meles zu seinem Vermögen gekommen ist.«

»Und wie willst du das tun?«

»Erst einmal, indem ich nachdenke und dann, indem ich Fragen stelle.«

»Wem?«

»Das weiß ich, wenn ich nachgedacht habe.«

Rufina zog die Decke über sich. Maurus stand auf und rollte seine fleckigen, geflickten Kleider zusammen.

»Ich nehme sie mit, dann musst du keine Ausrede erfinden, wie sie in dein Zimmer gekommen sind. Zum Kriechen durchs Unterholz sind sie allemal noch tauglich.«

»Ist gut!«, antwortete Rufina schläfrig.

Er trat an das Bett, beugte sich vor und gab ihr einen leichten Kuss.

»Du bist schon eine ungewöhnliche Frau. Mir

scheint, ich habe einen großen Fehler begangen. Schlaf gut, mein Füchschen.«

Er löschte die Kerze aus, die nun fast den letzten Ring erreicht hatte, und verschwand lautlos aus der Tür.

25. Kapitel

Goldhandel

...und geht nicht mit golddurchwirkten Kleidern belastet
an die Öffentlichkeit;
mit dem Prunk, der uns anlocken soll, verjagt ihr uns oft.

OVID, ARS AMATORIA

Das Zimmer war hell, als Rufina aufwachte. Die Geräusche, die von draußen hereindrangen, bedeuteten ihr, es müsse bereits später Vormittag sein. Dennoch blieb sie noch einen Moment liegen und streckte sich genüsslich in glücklicher Erinnerung an die Nacht. Dann aber sprang sie auf und beseitigte rasch alle Spuren, die Maurus' Besuch hinterlassen hatte. Es waren nicht viele, nur ein paar Brotkrümel, die beiden Weinpokale und der Korb mit den wenigen Resten der Mahlzeit. Sie schob ihn unter ihr Bett, sammelte die silberdurchwirkten Bänder auf und machte sich in einer kurzen Tunika auf den Weg in ihre eigenen Baderäume.

Als sie zurückkam, wartete ihre Dienerin auf sie.

»Ich soll dich nicht wecken, hat die Dame Fulcinia gesagt!«, verteidigte sie sich, bevor Rufina auch nur ein Wort sagen konnte. »Du hättest eine böse Nacht gehabt.«

»Schon gut, Fulcinia hat Recht!«

Rufina scheuchte die neugierige Frau aus dem Zimmer und machte sich selbst zurecht. Dann suchte sie nach Fulcinia und fand sie im Holzlager, wo sie den Heizern des Praefurniums Anweisungen gab.

Burrus stand im Hintergrund und grinste in sich hinein. Sie beendete ruhig ihre Aufgabe und ging dann auf Rufina zu.

»Gehen wir in mein Zimmer. Ich möchte mit dir reden.«

Dort angekommen, setzte sie sich in ihren Sessel und lächelte ihr feines Lächeln.

»Ich habe befohlen, dich nicht zu wecken, denn du hattest eine schlaflose Nacht.«

»Ja, danke.«

»Erst dachte ich, du habest wieder böse Träume. Darum warf ich einen Blick in dein Zimmer. Aber es sah mir nicht nach einem Albdruck aus. Auch wenn die Gestalt recht dunkel schien, die dein Bett belagerte.«

Rufina spürte die Röte in ihre Wangen steigen.

»Da ich nicht glaube, dass die Toten aus ihren Gräbern zurückkehren, wird es wohl ein sehr lebendiger Maurus gewesen sein. Keine Sorge, ich schweige darüber.«

»Er ist seit den Lemuria wieder hier. Es ... sind viele Geheimnisse damit verbunden.«

»Erzähl sie mir nicht. Aber wenn du Hilfe brauchst, sag es mir.«

»Im Augenblick nicht, aber möglicherweise komme ich darauf zurück. Was ist mit Crassus?«

»Er weiß, welche Schande er dir bereitete. Das mit dem Überfall habe ich ihm nicht erzählt. Aber ich habe ihn vor seinen Freunden auf dem Forum gewarnt und ihm nahe gelegt, sich nicht mehr mit bestimmten Leuten zu treffen. Er hat es eingesehen.«

»Das ist gut, Fulcinia, denn unser Verdacht hat sich bestätigt.«

»Dann sei vorsichtig, Rufina.«

»Werde ich sein. Aber ich kann mich hier nicht

vergraben, es gibt Dinge, die ich in der Stadt erledigen möchte.«

»Dann nimm Burrus mit. Er weiß es auch, nicht wahr?«

»Ja, er weiß es auch.«

»Kommt er wieder?«

»Heute Nacht.«

Fulcinia sah sie lange nachdenklich an und fragte dann: »Könnte man das, was ihr da tatet, als matrimoniale Pflichterfüllung bezeichnen?«

»Als was? Oh – wenn du im rechten Augenblick hereingeschaut hast, war es das wohl.«

»Mh. Ich bin zwar theoretisch über diese Pflicht informiert, aber nicht praktisch, wie du weißt. Ist es schmerzhaft?«

»Wenn man es richtig macht, nicht.« Rufina kämpfte gegen eine untergründig aufsprudelnde Heiterkeit an.

»Ich dachte wegen des Geräusches, das dein Gatte von sich gab. In einem Albtraum hast du auch schon derartige Laute ausgestoßen.«

Rufina biss sich auf die Lippen, um ernst zu bleiben.

»Gelegentlich erzeugt auch vollkommene Ekstase diese Reaktion.«

Fulcinia bedachte das einen Moment und nickte dann.

»Ja, in vollkommener Ekstase kann das geschehen. Ist die matrimoniale Pflichterfüllung mit Ekstase verbunden? Das war mir neu.«

»Doch ja …«

Das Kichern würgte Rufina in der Kehle, zu längeren Antworten war sie nicht fähig, Fulcinia jedoch entwickelte wissenschaftlichen Ehrgeiz und wollte wissen: »Ich frage mich, ob es dem Menschen angeboren ist, diese Ekstase zu erzeugen, oder ob man dazu Anleitung benötigt. Ich meine, wir haben eine Reihe Techniken zu lernen gehabt, um unseren Geist zu erheben.«

Mit Mühe gelang es Rufina, ihr ruhig zu antworten: »Nun, weißt du, wenn es dem Menschen nicht angeboren wäre, würden wir wohl nicht mehr existieren. Hingegen, Fulcinia – die Hände zu einem flehenden Gebet zu erheben, ist wohl auch angeboren. Den rechten Hymnus oder die Technik des mächtigen Zaubergesangs, die Carmen, hingegen einzusetzen, dazu bedarf es der gründlichen Ausbildung.«

»Ah, ich verstehe.«

Rufina hatte sich wieder gefangen, und sehr ernst antwortete sie: »Fulcinius Maurus beherrscht den Zaubergesang der Liebe meisterlich.«

»Das scheint mir so. Du siehst sehr glücklich aus.«

»Er hat sich verändert. Oder besser, er hat mir gegenüber eine seiner Masken abgelegt.«

»Das ist gut. Was willst du heute in der Stadt erledigen?«

»Den Goldschmied aufsuchen und ihm die Kette verkaufen, die Lampronius mir aufgedrängt hat.«

»Ist das klug?«

»Ich will sie nicht haben. Und das Geld dafür können wir brauchen.«

»Na gut.«

Fulcinia hob die Schultern und stand auf.

»Ich werde jetzt meinen Rundgang machen. Ich nehme an, im Bad war heute Morgen alles in Ordnung.«

»Ja, soweit ich es beurteilen konnte.«

Rufina machte sich also verspätet zu ihrem Kontrollgang auf, fand das Gymnasium leer und vermutete, Eghild kuriere noch ihre Blessuren aus. Paula lächelte ihr herzlich zu, die kleine Extrazahlung hatte eine nachhaltige Wirkung auf sie gehabt. Im Tepidarium und im Salbraum befanden sich noch einige Frauen, die sich von Erlas Tochter oder ihren Dienerinnen massieren ließen. Erla selbst wickelte gerade ein Geschäft mit einer kleinen, dunkelhäutigen Dienerin ab, die Salböl für ihre Herrin erstand. Sie gab Rufina ein Zeichen und deutete an, sie wolle mit ihr sprechen. Als das Mädchen gegangen war, trat Rufina an ihren Stand.

»Die Dienerin, die mich damals in den Ruheraum gebeten hat, ist wieder hier. Ich weiß aber noch immer nicht, wen sie begleitet.«

»Ich mache meinen Rundgang. Wie sieht sie aus?«

»Die übliche weiße Tunika, dunkle Haare, mit roten Bändern aufgebunden, eine etwas auffällige Nase. Du wirst sie leicht erkennen.«

»Danke, Erla.«

Rufina schob den Vorhang zur Seite, der den Bereich der anderen Händler und den großen Durchgang zum Caldarium von dem Tepidarium trennte, nickte Cyprianus zu und dem Pastetenverkäufer, schaute bei Barbaria, der Aufseherin, hinein, die in ihrem Kabäuschen saß und einen wachsamen Blick auf die Frauen und Kinder in dem großen Becken hatte.

Es waren einige bekannte Gesichter darunter, auch wenn Rufina nicht alle mit Namen kannte. Valeria Gratia war dabei, Camilla mit ihren Freundinnen, Oda mit einer brünetten, sehr stämmigen Begleiterin, die Gattin des Quaestors und zwei andere, deren Männer zum Decurium gehörten. Eine Gruppe von Dienerinnen saß in einer der Nischen zusammen, bereit, auf den Wink ihrer Herrinnen mit trockenen Tüchern, Badesandalen, Ölfläschchen oder Haarbürsten herbeizueilen und ihnen behilflich zu sein. Rufina erkannte diejenige, die Erla ihr geschildert hatte, nach unauffälliger Musterung. Eine nicht unattraktive Frau, noch nicht alt, vollbusig, aber mit einer ausgeprägten Hakennase. In wessen Diensten sie stand, konnte auch sie nicht herausfinden, und es hätte seltsam ausgesehen, wenn sie sie befragt hätte. Länger verweilen wollte sie ebenfalls nicht, also warf sie noch einen kritischen Blick in die weiteren Räume und kehrte dann zu Paula im Eingang zurück. Sie beschrieb ihr die Hakennasige und fragte, zu welcher der Damen sie gehörte.

»Kann ich dir nicht sagen. Ich achte nicht auf die Dienerinnen, die Frauen zahlen für sie, aber sie halten sich immer im Hintergrund.«

»Dann tu mir bitte einen Gefallen, Paula.«

»Gerne, Patrona.«

»Wenn die Damen das Bad verlassen, achte bitte darauf, mit wem diese Dienerin geht.«

»Ich kann sie auch fragen.«

»Nein. Nur beobachten.«

»Gut, mache ich.«

Rufina war froh über Paulas Hilfsbereitschaft, ohne weitere Neugier zu zeigen, und schickte Tertius los, Burrus zu holen, damit er sie in die Stadt begleitete.

Der Gladiator wartete an der Haustür auf sie, als sie, in ein sehr unscheinbares Gewand und eine alte Palla gekleidet, auf die Straße trat.

»Wohin, Patrona?«

»Dorovitrix, am Forum. Halte dich im Hintergrund.«

»Natürlich.«

Der Goldschmied hatte einen Kunden, und während er das Geschäft abwickelte, betrachtete Rufina noch einmal die Auslagen. Sie empfand Achtung für den Mann, denn die Kettchen, die dort lagen, bestanden aus winzigen, feinsten Gliedern, die herzustellen großes handwerkliches Geschick bedeutete. Bei einigen waren kleine, bunte Perlen eingefügt, andere hatten zarte goldene Anhängerchen. Es lag diesmal auch ein Paar Fibeln auf dem Tablett, die ihre Vermutung bestätigten. Die Arbeit aus Goldblech, feinst gepunzt, entsprach der ihres Halsschmuckes.

Der Kunde bezahlte und Dorovitrix wandte sich ihr zu.

»Nun, Domina, was gefällt dir von meinen hübschen Kleinigkeiten?«

»Oh, eigentlich alles. Du verstehst es, sehr zierlich zu arbeiten.«

»Die flinken Hände meiner Gemahlin und die scharfen Augen unserer Töchter helfen mir dabei.«

»Es sind wunderschöne Dinge, besonders diese Fibeln.«

»Gallische Arbeit, Domina. So wie wir sie schätzen. Nichts gegen die feinen römischen Filigranarbeiten, aber diese geschwungenen Linien, diese umeinander sich windenden Ranken, das hat bei uns Tradition. Möchtest du mehr davon sehen?«

»Hast du davon noch mehr?«

Dorovitrix betrachtete etwas abschätzend die an manchen Stellen fadenscheinige und ein wenig ausgefranste Palla seiner potentiellen Kundin und meinte etwas unsicher: »Nicht hier, aber wenn du mir nach hinten folgen wolltest, Domina …«

»Nun ja, eigentlich gerne.«

Dorovitrix rief einen Gehilfen herbei, der ein wachsames Auge auf den Stand halten sollte, und bat sie in die Hinterstube des Ladens. Rufina gab sich unsicher und stellte sich ein bisschen verlegen an. Der Goldschmied, über einen Kopf größer, sah nachdenklich zu ihr hinunter.

»Ich habe die Befürchtung, du kannst dir Schmuck dieser Art nicht leisten, kleine Domina. Aber ... wenn du etwas verkaufen möchtest, so können wir sicher auch darüber reden.«

Rufina seufzte wie erleichtert auf und sah ihn mit großen, sie hoffte ein bisschen traurigen, Augen an. Es war ihr eigentlich nicht recht, diesen Mann zu belügen, denn er machte auf sie einen väterlichen und gutmütigen Eindruck.

»Ja, nun ... Ich bin ein wenig in Schwierigkeiten. Vorübergehend natürlich nur. Ich dachte ...«

»Setz dich erst einmal hin. Im Sitzen redet es sich gemütlicher.« Er lächelte sie freundlich an und fragte dann: »Was hast du denn anzubieten?«

Ein wenig umständlich nestelte Rufina das Tuch aus ihrer Gürteltasche und faltete es auf dem Tisch auseinander. Das gallische Halsband schimmerte golden auf.

»Ich dachte, es stammt vielleicht aus deiner Werkstatt, Dorovitrix. Ich – mh – bekam es – mh – geschenkt.«

Der Goldschmied nahm es in die Hand und prüfte es eingehend.

»Ja, ich habe es vor ungefähr einem halben Jahr angefertigt und vor einem Monat verkauft.«

Rufina verschränkte verlegen die Hände im Schoß und senkte den Kopf.

»Es ist kein billiges Stück, und es würde deinen Hals ganz wundervoll schmücken, Domina.«

»Ich kann es nicht tragen«, flüsterte sie. »Mein Mann ...«

»Ah ja.«

»Ich muss für die Familie sorgen. Wir sind ein bisschen ins Hintertreffen geraten.«

»Ich erinnere mich. Du warst vergangene Woche schon einmal hier. Mit den beiden kleinen Haselnüssen. Sind es deine Geschwister?«

Rufina leugnete spontan jegliche Mutterschaft und nickte. Gut, wenn er sie für noch jünger hielt, als sie war.

»Sie sind meine Halbgeschwister, Vater hat eine Freigelassene zur Konkubine genommen.«

Was das Familienleben auch nicht eben einfacher machte, wollte sie Dorovitrix damit vermitteln.

»Ich nehme es zurück, Domina, zu fast genau dem Preis, den man mir dafür gezahlt hat.« Er nannte ihr einen Wert, und sie ließ, nicht ganz ungespielt, die Augen erfreut aufleuchten. »Kommst du damit über die Runden?«

»Ja, Dorovitrix. Es wird uns sehr helfen. Die Miete und so ...«

»Schön.«

Er händigte ihr das Geld aus, und, als ob sie dadurch mutiger geworden war, fischte sie aus ihrem Beutel ein zweites Schmuckstück heraus und legte es auf den Tisch. Sie hatte es im allerletzten Moment noch eingesteckt, warum, konnte sie nicht so recht sagen.

»Auch ein Geschenk?«

»Nein, ein Erbstück. Meines Vaters.«

Ihre roten Haare würden es glaubhaft machen, dass ein Einheimischer sie gezeugt hatte. Die schwere Adlerfibel lag mit funkelnden roten Augen zwischen ihnen.

»Germanische Arbeit. Nun ja, es gibt auch unter ihnen wahre Künstler, aber ich persönlich finde den Schmuck zu plump, zu auffällig. Es fehlt ihm die Eleganz.«

»Aber er hat Gewicht.«

»Wohl wahr.«

Kommentarlos steckte Rufina die Fibel, die sie von Erkmar erhalten hatte, wieder in ihren Beutel zurück.

»Du kannst es bei einem germanischen Kollegen versuchen.«

»Gibt es einen vertrauenswürdigen in der Stadt, Dorovitrix?«

»Nun, da wäre Albin am Nordtor. Aber er ist ein bisschen bärbeißig, wenn du verstehst, was ich meine. Und Swidger, vor der Stadt, im Osten. Mh, aber der – besser Albin.«

»Was ist mit Swidger?«

»Würde so ein Püppchen wie dich vermutlich übers Ohr hauen. Es heißt, er macht nicht immer ganz saubere Geschäfte. Also eher Albin. Der ist zwar unfreundlich, aber du bist ein süßes Ding, und möglicherweise taut er da ein wenig auf.«

»Danke, Dorovitrix.«

Rufina machte Anstalten, sich zu erheben, aber der Goldschmied schüttelte den Kopf.

»Hör zu, kleine Domina. Ich sehe es nicht gerne, wenn ein Mädchen wie du vor die Hunde geht. Hör auf den Rat eines Vaters dreier Töchter. Nimm dich vor deinem Liebhaber in Acht. Er ist ein gefährlicher Mann!«

Mit ungespieltem Entsetzen starrte Rufina ihn an.

»Es ist doch so schwer nicht zu erraten, Domina. Ich weiß, wer den Schmuck gekauft hat. Und du erzählst mir, du kannst ihn nicht tragen, weil dein Mann ihn nicht sehen darf. Mh?«

Rufina nickte ertappt. An dieser Schlussfolgerung war mehr Wahres dran, als er ahnte. Sie hatte Maurus von dem Geschenk nichts erzählt. Dann aber stammelte sie: »Warum ist er gefährlich, Dorovitrix?«

»Jeder Mann, der über ungemünztes Gold verfügt, ist auf seltsame Wege dazu gekommen.«

»Verfügt er?«

In ihrem Kopf fiel ein weiteres Mosaiksteinchen an seinen Platz.

»Ich will nicht mehr dazu sagen. Aber es wäre besser, du brichst deine Beziehung zu ihm ab. Besser für dich und deinen Mann und die beiden kleinen Haselnüsse.«

»Du hast wahrscheinlich Recht. Es wird ein bisschen wehtun. Aber – ja, du hast Recht, Dorovitrix.«

Sie stand auf, und er geleitete sie zur Tür. Dort in der Nische stand noch immer der vergoldete Merkur. Sie hielt inne, lächelte und fuhr ihm mit dem Zeigefinger über den geflügelten Hut.

»Hast du ihn schon mal in reinem Gold hergestellt?«

»Ja, einmal. Ein Sonderwunsch.«

»Nochmals danke, Dorovitrix.«

Burrus wartete vor dem Säulengang auf sie. Er blieb auf dem Rückweg respektvoll einige Schritte hinter ihr, aber an der Haustür winkte sie ihn hinein.

»Lampronius verfügt über große Mengen ungemünzten Goldes.«

»Schau an. Hat dir das der Goldschmied verraten?«

»Mehr oder weniger. Ich denke, er gibt es ihm, um Schmuck daraus zu fertigen. Oder kleine Statuen.«

»Blödsinn.«

»Was?«

»Patrona, du bist doch sonst nicht so schwer von Begriff. Schmuck ist ein Spielzeug, das er seinen Weibern um den Hals hängt. Mit Statuen stellt er seinen Wohlstand dar, aber bezahlen tut er mit Münzen.«

»Ja, aber der Goldschmied prägt doch keine Münzen.«

»Patrona, was unterscheidet denn das Porträt eines Herrschers von einem Blümchen auf einer Goldscheibe?«

Rufina ging in sich. Dann sagte sie: »Von Dorovitrix glaube ich es nicht.«

»Er tut es vielleicht nicht, aber andere werden sich ein solches Geschäft nicht entgehen lassen. Es ist doch nicht schwer – man macht einen Abguss von einer echten Münze, fertigt daraus einen Prägestempel und bearbeitet das Goldblech damit. Das sieht möglicherweise nicht ganz so exakt aus wie bei der echten Münze, ein wenig abgegriffen vielleicht, aber wer fragt schon danach? Du musst es ja nicht direkt zum Geldwechsler geben, um es umzutauschen.«

»Du hast ja interessante Kenntnisse, Burrus.«

»Man lebt und lernt!«

»Glaubst du, Meles ist so zu seinem Vermögen gekommen?«

»Wenn er genug reines Gold zur Verfügung hat – nicht auszuschließen.«

»Nun, damit werde ich Maurus weiterhelfen können«, sagte Rufina versonnen.

Es war schon über die Mittagszeit hinaus, und die Frauenbadezeit war vorüber. Paula jedoch hatte keine guten Nachrichten. Sie hatte die hakennasige Dienerin nicht das Bad verlassen sehen.

»Sie sind in einer ganzen Gruppe gegangen, schwatzend und kichernd. Dann hatte eine irgendwo ihre Sandalen verschlampt, die musste ich ihr erst noch suchen. Entschuldigung, Patrona, es war einfach nicht möglich.«

»Schon gut, achte morgen noch mal darauf.«

»Mach ich.«

Rufina nahm ein spätes Mahl zu sich und widmete sich wieder ihrer Tagesarbeit. Zwischendurch erlaubte sie sich allerdings, ihre Gedanken zu Maurus schweifen zu lassen. Immer wenn sie an die kommende Nacht dachte, fühlte sie kleine Hitzewellen von ihrem Bauch aufsteigen. Sie hatte unterwegs einen Topf getrockneter Aprikosen erstanden und schmuggelte wieder etwas Brot und Fleisch in ihr Zimmer, doch achtete sie diesmal darauf, Irene ihr Fehlen nicht bemerken zu lassen. Crassus war bedrückt durch das Haus geschlichen und hatte sich, als die Kinder von ihren Lektionen zurückkamen, mit ihnen beschäftigt. Wenn er wollte, konnte auch er ganz passabel unterrichten, und er wies sie in den Gebrauch des Abakus ein. Fulcinia berichtete ihr, Silvian sei während ihres Stadtgangs vorbeigekommen.

»Oh, Fulcinia!« Rufina sah sie verstört an. »An Silvian habe ich gar nicht mehr gedacht.«

»Das ist wahrscheinlich verständlich. Er hatte wenig Zeit, es gab wohl wieder ein Problem bei den Leitungen. Er wird morgen wiederkommen. Bis dahin solltest du dir überlegen, was du ihm sagen willst.«

»Nicht die Wahrheit, aber etwas, das nahe daran ist, denke ich. Er hat ein Recht auf Ehrlichkeit.«

Wieder hatte sie einen Grund mehr, zu grübeln.

Es war der kleine Laufbursche, der ihr die Botschaft von Burrus überbrachte.

»Du möchtest bitte zum Eingang vom Holzlager kommen, Patrona. Außen rum, hat Burrus gesagt.«

»Natürlich außen rum, Dummkopf. Wenn die Männer baden, gehe ich nicht durch die Räume.«

Burrus wartete auf sie an dem straßenseitigen Eingang zum Holzlager. Er zeigte auf die offene Tür.

»Das ist eine Schwachstelle in dieser Therme, Patrona«, brummte er missmutig. »Wenn jemand hinein will, kann er es von hier aus.«

»Wieso?«

»Diese Tür ist meist unverschlossen, weil die Heizer sich das Holz für das Praefurnium holen. Gut, Fulcinia hat angeordnet, es solle immer ein ausreichender Vorrat unter den Säulen gelagert werden, aber die Männer brauchen manchmal mehr oder andere Scheite. Also ist der Eingang offen. Komm mit, ich zeige es dir.«

Sie gingen durch die lange, schmale Lagerhalle, die intensiv nach Harz und Holz duftete. Späne lagen am Boden, und in Hauklötzen steckten Äxte. Sie mussten sich ihren Weg um grobe Körbe mit Scheiten und Kienspänen bahnen und kamen zu Säcken, gefüllt mit getrockneten, holzigen Kräutern und Holzkohle und Fässern mit Pech. Burrus wies auf eine weitere Tür.

»Da geht es in die Therme, durch den Ruheraum. Der Badaufseher lagert hier die Zutaten für die Becken im Sudatorium.«

»Der unbewachte Eingang ist übel, Burrus.«

»Richtig. Wer ein bisschen nachdenkt, kommt drauf. Aber das ist es nicht, was ich dir zeigen wollte, Patrona. Sieh mal ganz vorsichtig durch die Tür zur Therme. Es hängt zum Glück ein Vorhang auf der anderen Seite davor. Den musst du etwas aufschieben.«

Ganz leise öffnete Rufina die Tür und lüpfte den schweren, bestickten Stoff. Der Anblick, der sich ihr bot, war erstaunlich. Auf einer der Ruheliegen kniete eine Frau, silberblonde Haare fielen in Locken über ihren bloßen, sehr weißen Rücken. Unter ihrem fülligen Gesäß aber schauten braune Beine hervor. Es war ein Mann, der unter der Blonden lag, und sie war damit befasst, ihn mit einigen sehr ausgewählten Liebkosungen zu reizen. Er schien es zu genießen, wenn man den anfeuernden Schmeicheleien Glauben schenken konnte. Nicht nur diese beiden vergnügten sich in dem Raum, auch eine hakennasige Frau mit üppigem Busen lag eng umschlungen mit einem Mann auf einer Kline.

Rufina, abwechselnd empört, angewidert und neugierig, hielt die Luft an. Ganz vorsichtig und langsam ließ sie den Vorhang fallen und schloss die Tür. Auf leisen Sohlen umging sie die Körbe und trat aus der Tür auf die Straße.

»Burrus, ich glaube, dieses Rätsel ist nun auch gelöst.«

»Kennst du die Frauen?«

»Oda, die Germanin, und ihre Dienerin. Erla hat gestern Odas Dienerin wiedererkannt. Sie war es, die an dem Tag, als Sabina und ich entführt wurden, die Salbenhändlerin zu den Frauen in den Ruheraum gebeten hat. Wahrscheinlich war es Oda selbst, die uns überwältigt hat. Sie kennt sich mit solchen Dingen aus. Sie musste nur ihre Helfer vor der Tür postieren und konnte dann, mit ein wenig Verspätung, zu den anderen Frauen stoßen.«

»Dann wird es wohl so gewesen sein. Denn mit diesem Mann scheint sie auch nicht das erste Mal zusammen zu sein.«

»Nein, Lampronius Meles ist der großzügige Gönner, der sie mit Goldschmuck behängt wie einen Feldherrn nach der siegreichen Schlacht.«

»Sie hat sich durch diese Hintertür eingeschlichen.«

»Nein, ich glaube, sie ist einfach im Bad geblieben. Paula hat ihre Dienerin nicht hinausgehen sehen. Verdammt, wie oft haben sie das schon gemacht? Ich habe solchen Wert darauf gelegt, dass die Therme sich einen anständigen Ruf wahrt.«

»Vielleicht noch gar nicht so oft. Es mag ein weiterer Schlag gegen dich sein, um deinen Ruf zu ruinieren.«

Rufina nickte.

»Ja. Er will mich ruinieren. Aber er weiß nichts von Maurus.«

»Nein, er weiß nichts von Maurus!«, sagte auch Burrus grimmig.

Rufina ging unter den Säulen entlang bis zur Straßenecke. Dann hatte sie ihre Haltung wieder gewonnen und fragte den verdutzten Burrus: »Was die da taten, das gehört wohl nicht zur matrimonialen Pflichterfüllung, nicht wahr?«

»Zu was nicht?«

Rufina sann weiter, ohne auf seine Frage einzugehen: »Na ja, vielleicht nicht, aber es sah sehr lustvoll aus.«

Jetzt lachte Burrus plötzlich auf und sagte: »Ist es auch.«

Rufina grinste.

»Gut, dass er heute Nacht kommt. Ich habe viele Überraschungen für ihn.«

Aber er kam nicht.

26. Kapitel

Tochterliebe

Es würde zu weit führen aufzuzählen,
wie viel Sünde überall zu finden war.
Das Gerücht war sogar weniger schlimm
als die Wirklichkeit.

OVID, METAMORPHOSEN

Es war eine der längsten Nächte, die Rufina je durchwacht hatte. Lauschend versuchte sie jedes Geräusch zu deuten. Jedes Knarren des Holzes, jedes Klappern der Ziegel, jedes Heulen eines Hundes, jeder Schrei der jagenden Nachtvögel, jeder verhaltene Schritt auf dem Pflaster ließ sie hoffen. Zuerst war sie nur unruhig, dann kamen, in den finstersten Stunden, die erschreckenden Vorstellungen, was geschehen sein könnte. Einmal war sie versucht, Fulcinia aufzusuchen, aber dann blieb sie doch in ihrem Zimmer, noch immer wartend, bis sich die graue Dämmerung durch das Fenster stahl. Erschöpft fiel sie in einen oberflächlichen Schlummer, wachte aber sofort wieder auf, als sich im Haus die ersten Bewohner regten. Sie erhob sich, warf sich hastig eine Tunika über und hüllte sich in ihre wärmste Palla. Ihre Schritte führten sie durch die Palaestra, den Innenhof, zu den Quartieren der Heizer und Diener. Leise pochte sie an die Tür des Raumes, der Burrus zugewiesen worden war.

Er war sofort wach und fragte: »Ist etwas geschehen, Patrona?«

»Er ist nicht gekommen.«

»Das kann viele Gründe haben. Mach dir keine Sorgen um ihn. Er kann auf sich aufpassen.«

»Ich muss ihn sprechen, Burrus. Ich weiß zu viel.«

»Patrona, warte noch einen Tag.«

»Nein.«

Er schüttelte den Kopf und zog sich die Decke verschämt über seinen breiten, vernarbten Brustkorb.

»Er wird zu tun gehabt haben.«

»Ich habe Angst, Burrus. Ich will zu ihm.«

»Patrona! Du bringst dich in Gefahr.«

»Ich bin auch hier in Gefahr.«

Burrus sah sie an und nickte dann.

»Das stimmt allerdings. Weißt du denn, wo er ist?«

»Bei Halvor. Ich will zu ihm. Bitte, hilf mir, Burrus.«

»Was soll ich tun?«

»Ich brauche Männerkleidung und ein Pferd.«

»Du brauchst allenfalls Knabenkleidung. Und zwei Pferde. Ich komme mit.«

»Danke. Kannst du alles besorgen?«

»Natürlich. In welche Richtung müssen wir?«

»Südlich. Dorthin, wo die Wasserleitung mündet. Hier ist Geld, wird das reichen?«

Sie gab ihm den Beutel mit den Münzen, die sie von Dorovitrix erhalten hatte. Er schaute hinein und nickte.

»Mehr als genug. Gib mir deine Sandalen, Patrona.«

Verdutzt reichte sie ihm die Schuhe.

»Stiefel müssen passen. Ich brauche die richtige Größe«, erklärte er. »Ich denke, zur dritten Stunde können wir aufbrechen. Ich melde mich an der Wohnungstür, Patrona. Aber jetzt musst du von hier verschwinden, sonst gibt es Gerede.«

Rufina eilte barfuß zurück und suchte Fulcinia auf, die noch dabei war, ihre langen Haare auszubürsten.

»Du siehst übernächtigt aus. Und sehr sorgenvoll, Rufina.«

»Ich bin auch voller Sorge. Ich werde gleich aufbrechen und wahrscheinlich den ganzen Tag, vielleicht sogar die Nacht über, fortbleiben. Sag denen, die nach mir fragen, ich verhandele mit den Köhlern und Holzlieferanten und wolle bei Eghild vorbeischauen, um zu sehen, wie es ihr geht. Bei ihr übernachte ich auch.«

»Wo wirst du wirklich sein?«

»Bei Halvor. Er ist der Einzige, der wissen kann, warum Maurus nicht gekommen ist.«

»Was ist, wenn dir etwas geschieht?«

»Wenn ich bis morgen Mittag nicht wieder hier bin oder eine Botschaft geschickt habe, wirst du Maenius Claudus informieren müssen.«

»Den Statthalter, gut«, sagte Fulcinia, ohne Überraschung zu zeigen. »Was ist mit dem Baumeister?«

»Köhler, Holzschläger, Eghild.«

»Er könnte dich dort suchen. Er wird beunruhigt sein.«

Ja, das würde Silvian wohl sein, Fulcinia hatte Recht. Er hatte das starke Bedürfnis, sie zu beschützen.

»Es wird ihm wehtun, wenn er es auf diese Weise erfährt.«

»Es wird ihm immer wehtun. Er hat sich große Hoffnungen gemacht. Er sprach gestern davon.« Fulcinia hatte sich einen langen, schwarz-weißen Zopf geflochten.

»Trotzdem, notfalls musst du ihm die Wahrheit sagen. Und ihn hindern, mir zu folgen.«

»Gut, mache ich.«

Fulcinias unerschütterliche Ruhe übertrug sich auf Rufina, und ihr verkrampfter Körper entspannte sich ein wenig.

»Kommst du mit der Therme alleine zurecht?«

»Sicher. Crassus wird mir zur Hand gehen.«

»Versichere den Kindern, ich sei nur für eine kurze Zeit außer Haus.«

Auch hier nickte Fulcinia und steckte die letzte Flechte fest. Rufina fügte noch eine weitere Anweisung hinzu.

»In einer Kleidertruhe befindet sich in einen braunen Lappen eingewickelt eine goldene Statue. Mercurius. Wenn ich nicht wiederkommen sollte, musst du sie zu Claudus bringen. Es ist ein Beweisstück. Ich denke, er weiß, wofür.«

»Du begibst dich in große Gefahr, scheint mir.«

»Ich bin es bereits.«

»Ich wünschte, ich könnte dich begleiten.«

Rufina sah Fulcinia überrascht an. Die Augen der Vestalin funkelten vor Unternehmungsgeist.

»Du bist wichtig hier in der Therme.«

»Stimmt. Und jetzt solltest du ein reichliches Mahl zu dir nehmen, du hast einen anstrengenden Tag vor dir.«

»Ich habe keinen Hunger.«

»Du wirst trotzdem essen. Komm mit.«

Sie waren die Ersten in der Küche, Crassus und die Kinder schliefen noch. Fulcinias Gegenwart machte es Rufina sogar möglich, mehr als nur eine Schüssel Brei zu essen. Es schmeckte ihr zwar nicht, aber sie aß auch noch Brot mit Käse und ein paar von den getrockneten Aprikosen, die sie für Maurus erstanden hatte. Kurz darauf meldete sich Tertius an der Tür und lieferte für Rufina ein Bündel ab. Es enthielt Braces aus weichem Leder, Stiefel mit genagelten Sohlen, eine dunkle Tunika und einen kurzen, germanischen Umhang mit Kapuze. Sie zog die Kleider an und wickelte sich einen von Maurus' Ledergürteln zweimal um die Taille. Daran befestigte sie den Dolch in seiner Scheide, einen Beutel mit kleinen Münzen und Erkmars goldene Fibel.

Fulcinia war so vorausschauend gewesen, ihre Dienerin mit einem Auftrag fortzuschicken, und als Burrus kam, schlüpfte ein halbwüchsiger, rothaariger Germanenjunge aus dem Haus.

Trotz aller Anspannung musste Rufina das Schmunzeln des Gladiators erwidern.

»Steht mir gut, nicht wahr?«

»Pass nur auf, sonst laufen dir noch die Mädchen nach!«

»Wo sind die Pferde?«

»Vor dem Südtor. Kennst du den Weg zu Halvors Dorf?«

»Ich werde ihn finden. Wir nehmen die Straße nach Bonna. Etwa zwei Meilen vor Waslicia müssen wir einen Seitenweg nehmen.«

Sie schritten energisch aus, und bald hatten sie das Gräberfeld vor der Stadt erreicht. Hier, ein wenig abseits der Straße, hatte Burrus zwei stämmige Pferde an einen Baum gebunden.

»Ich reite nicht gerne auf diesen Viechern!«, brummte er und schwang sich ungeschickt auf den Rücken des einen. Rufina musste einen Grabstein missbrauchen, um auf das ihre zu kommen. Dann ritten sie los.

Es war noch immer trüb, und einmal wurden sie sogar von einem kurzen Schauer durchnässt. Doch kurz vor der Mittagsstunde, als sie schon den Karrenweg durch die Felder eingeschlagen hatten, kam die Sonne durch. In der Ferne sahen sie, wie sich über Baumwipfeln Rauch kräuselte, und Rufina sagte die ersten Worte, die sie seit Beginn des Rittes miteinander wechselten: »Da vorne ist es wohl schon. Ich erinnere mich, das Dorf ist von Wald umgeben.«

Burrus knurrte nur und trieb sein Pferd an.

Rufinas Erinnerung trog sie nicht, kaum eine Meile weiter erreichten sie die germanische Ansiedlung mit ihren strohgedeckten Häusern, Pferchen, Scheuern und Ställen. Die Frauen, die ihren häuslichen Tätigkeiten nachgingen, starrten Rufina neugierig an, und ein Alter kam auf sie zugehumpelt.

»Was wollt ihr?«, fragte er barsch.

»Ich muss zu Halvor. Ist er hier?«

»Nein.«

»Wo finde ich ihn?«

»Nirgends. Verschwindet.«

Der Mann drehte sich um und wollte weggehen. Rufina, noch immer voller Sorge und Ungeduld, wurde wütend.

»Bleib stehen!«, fauchte sie den Alten an, doch der warf ihr nur einen verächtlichen Blick über die Schulter zu.

Burrus stieg vom Pferd, und ging drohend auf ihn zu. Rufina zollte dem alten Mann widerwillig Respekt. Er zeigte keine Angst vor dem bulligen Gladiator. Sie glitt ebenfalls vom Pferd und mischte sich ein. Ihre Sprachkenntnisse waren nicht eben gut, aber Burrus machte Anstalten, sich in einer sehr universellen Art verständlich zu machen. Er hatte den weißhaarigen Germanen am Hals an der Tunika gepackt.

»Burrus, wir werden mehr erfahren, wenn wir höflich fragen. Lass ihn los.«

»Er ist unhöflich, Patrona.«

»Lass – ihn – los!«

Unwillig ließ er von dem Mann ab, und der betrachtete Rufina mit neu erwachtem Interesse.

»Du bist kein Mann.«

»Nein. Wo ist Halvor?«

»Was willst du von ihm?«

»Nachrichten bringen.«

»Mh. Oben an der Weide. Zäune ausbessern.«

Rufina verstand eher den Richtungshinweis als die Tätigkeit, aber sie dankte dem Mann und versuchte, wieder auf ihr Pferd zu kommen. Grinsend sah der Alte ihr zu, aber nach zwei vergeblichen Versuchen nahm er ihren Fuß und gab ihr einen Schwung, sodass sie oben landete.

»Danke.«

Sie fanden Halvor und drei weitere Männer in der angegebenen Richtung. Sie waren dabei, mit schweren Hämmern Zaunpfähle in den Boden zu schlagen. Halvor drehte sich um, als er sie kommen hörte, und schien einen Moment alarmiert. Die Art, wie er sein Arbeitsgerät in der Hand hielt, ließ sie vermuten, er könnte damit mehr als nur Holzpflöcke bearbeiten.

»Halvor, lass den Hammer sinken! Ich bin es, Aurelia Rufina.«

»Ein wenig verändert, kleine Domina. Warum bist du gekommen?«

»Ist er hier?«

Halvor sah sie offen an.

»Ja.«

»Den Göttern sei Dank.« Vor Erleichterung wäre sie fast vom Pferd gerutscht. »Ist er unverletzt?«

»Nicht ganz.«

»Kann ich zu ihm?«

»Könntest du schon. Aber ich fürchte, er wird böse mit dir sein. Du hättest nicht herkommen dürfen.«

»Das lass mein Problem sein. Wo finde ich ihn?«

»Ich begleite dich.«

Halvor gab den Männern ein paar Befehle und setzte sich mit langen Schritten in Bewegung. Er brachte sie zu einer Scheune am Rande des Dorfes.

»Stellt die Pferde hier rein, sie finden dort ihr Futter. Wer ist dein Begleiter?«

»Burrus, ein Freund von Maurus. Er beschützt mich.«

Die beiden Männer nickten einander zu.

»Er schläft oben, kleine Domina. Er war die ganze Nacht unterwegs. Willst du ihn wirklich stören?«

»Ich habe wichtige Nachrichten für ihn.«

»Na gut. Die Leiter hinauf, irgendwo im Heu.«

Rufina trat leise in die Scheune und stieg die hölzerne Leiter empor. Durch die Ritzen und Spalten der Bretterwände drang ein wenig Licht, und sie entdeckte in einer Mulde im trockenen Heu ein dunkles Bündel. Maurus lag, in eine verschlissene Decke eingehüllt, in tiefem Schlaf. Vorsichtig ging sie neben ihm auf die Knie und betrachtete ihren Mann. Er trug wieder die alte, schäbige Kleidung, und ihr Herz zog sich zusammen, ihn so abgerissen vorzufinden. In seinem kurz geschnittenen krausen Haar hatten sich einige Hälmchen und Nadeln verfangen. Es gab kleine, eng anliegende Ohren frei, aber an seiner Schläfe war ein Streifen Blut geronnen. Er berührte beinahe die geraden, schwarzen Brauen. Sie und auch die schön geschwungenen, vollen Lippen mochten wohl das Gesicht seiner Mutter geziert haben, doch die scharf geschnittene Nase hatte er eindeutig mit Crassus gemein. Er lag auf der Seite, und seine rechte Hand umfasste das Heft eines Dolches, aber an den Knöcheln war die Haut aufgeschürft. Es war zwar ein tiefer, aber kein ruhiger Schlaf, in den er gesunken war, denn dann und wann zuckte ein Nerv in seinem Gesicht, so als müsse er selbst im Traum noch höchste Wachsamkeit entwickeln.

Rufina bedauerte es, ihn zu wecken, doch sie hob schließlich die Hand, um ihm über die Wange zu streicheln. »Maurus!«, flüsterte sie.

Er war sofort wach, sprang auf, bereit, sein Leben teuer zu verkaufen. Dann erkannte er sie. Erstmals in ihrem Leben erlebte sie ihn außer sich vor Wut.

»Rufina! Bist du wahnsinnig!«

Sie erhob sich ebenfalls, hielt seinem zornigen Blick stand und fauchte ebenso wütend: »Ja, wahnsinnig vor Angst!«

»Was suchst du hier?«

»Dich. Maurus, ich habe schon einmal nächtelang auf dich gewartet. Das halte ich nicht noch mal durch!«

»Du hättest dir denken können, dass ich aufgehalten wurde.«

»Das hat man mir damals im Februar auch versucht einzureden.«

»Jupiter tonans, weißt du nicht, in welcher Gefahr du schwebst?«

»Doch, Maurus. Ich weiß auch, in welcher du schwebst.«

Sie funkelten einander an, und plötzlich wurde Maurus' Gesicht wieder ruhig. Es kräuselte sogar ein kleines Lächeln seine Mundwinkel.

»Irgendwann wird Crispus einmal so aussehen wie du jetzt, Füchschen. Ein aufgebrachter, renitenter Lausebengel.«

Rufina sah auf ihre Kleidung herunter und grinste zurück.

»Es ist praktisch, weißt du. Auf einem Pferd.«

»Du bist hergeritten?«

»Zusammen mit Burrus.«

»Setz dich. Alle guten Geister haben dich also doch noch nicht verlassen.«

Sie fanden nebeneinander auf der Decke Platz, und Rufina nahm Maurus' geschundene Hand in die ihre.

»Du hast dich geschlagen.«

»Ja.«

»Tut dir der Kopf weh?«

»Ja.«

Sie zog ihn zu sich in den Schoß und untersuchte mit feinfühligen Fingern die blutverkrustete Stelle. Die Wunde selbst war nicht schlimm, aber es hatte sich eine Beule gebildet. Er seufzte leise, als sie darüber fuhr.

»Tue ich dir weh?«

»Nein, es ist angenehm. Du hast kühle Hände.« Er ließ sich ihre Behandlung einen Augenblick lang mit geschlossenen Augen gefallen, dann setzte er sich wieder auf und sagte: »Ich habe ausgesprochenen Murks angerichtet diese Nacht.«

»Erzählst du es mir?«

»Bleibt mir wohl nichts anderes übrig.«

»Ich habe auch Neuigkeiten für dich. Aber erst du.«

»Ich habe den Seiler aufgesucht, Eghilds Bruder. Ich wollte Näheres über den Überfall wissen. Es muss dieselbe Bande sein, die vor zwei Jahren hier ihr Unwesen trieb.«

»Was hat dich dazu gebracht, dich nach ihnen zu erkundigen?«

»Meine Überlegung. Es war ein Versuch, eigentlich nur eine Vermutung, ein schwacher Verdacht.

Aber als du sagtest, sie nähmen den Goldwäschern die Beute ab und verlangten Tribut, kam mir der Gedanke, sie würden das sicher nicht aus eigenem Antrieb tun. Die Burschen, die ich damals kennen gelernt habe, waren reichlich tumbe Gesellen. Ein Mann wie Meles aber könnte sie verwenden. Ich wollte also mehr über sie erfahren, und von Eghilds Bruder bekam ich einen Hinweis, wo sie sich hauptsächlich herumtreiben. Ich lauerte ihnen auf und hatte sogar Glück. Es waren ihrer drei, und sie hatten irgendetwas erbeutet. Jedenfalls trugen sie Säcke auf dem Rücken. Ich folgte ihnen, doch nicht leise genug. Einer entdeckte mich, und ich wurde in ein Handgemenge verwickelt. Ich bekam einen Schlag auf den Kopf und war für einen Moment bewusstlos. Danach waren sie und ihre Beute wie vom Erdboden verschluckt. Ich habe den Rest der Nacht die Umgebung abgesucht, aber keine Spur von ihnen gefunden.«

»Wo war das denn?«

»Ewa drei, vier Meilen nordwestlich von hier, kurz vor dem Aquädukt.«

»Du hattest wirklich eine anstrengende Nacht.«

»Ja – und, Rufina, wenn diese Männer etwas mit Meles zu tun haben, dann weiß er jetzt, dass ich lebe und ihm auf der Spur bin.« Maurus legte ihr den Arm um die Schulter und drückte sie leicht an sich. »Vielleicht ist es sogar ganz gut, dass du hergekommen bist. Wer weiß, welche hässlichen Ideen er entwickelt.«

Einen Moment kostete Rufina die kleine Traulichkeit aus, dann richtete sie sich auf.

»Es *ist* gut, dass ich gekommen bin. Maurus, ich war gestern bei einem Goldschmied. Ich ... also, ich muss dir noch etwas sagen. Bitte zieh keine falschen Schlüsse daraus.«

»Das Geständnis einer zart erglühenden Ehefrau ist immer spannend anzuhören. Erzähle, rote Rufina!«

Sie berichtete ihm von der Orgie, die Meles in der Therme veranstaltet, und von dem Schmuck, den er ihr aufgedrängt hatte.

»Lohn der Sünde, süße Rufina?«

»Nein, Maurus.«

»Na gut, erzähl weiter. Was hat der Goldschmied damit zu tun?«

Sie berichtete auch das und war es zufrieden, in Maurus einen aufmerksamen Zuhörer zu haben.

»Ungemünztes Gold also. Zu Münzen geschlagen. Ich habe schon einige gefälschte Aurei in der Hand gehabt. Claudus sagt, man macht keinen großen Umstand darum, da Münzen hier in den Provinzen rar sind. Aber es ist natürlich ein Weg, um an ein Vermögen zu kommen. Wir können demnach fast sicher sein. Diese Bande hat etwas mit Meles zu tun. Ich frage mich, welcher Goldschmied sich dazu hergibt. Dorovitrix, meinst du, tut es nicht.«

»Vermutlich jener Swidger, den er erwähnte. Oder Albin. Das sind Germanen.«

»Ich werde es prüfen. Gute Arbeit, Füchschen.«

»Du bist mir nicht böse?«

»Ich sollte es wohl sein, wenn ich dir ein besserer Mann wäre, Rufina. Aber ich bin es nicht. Du bist sehr selbstständig geworden.«

Sie senkte schuldbewusst den Kopf. Ja, viel selbstständiger, als es einem treuen Weib anstand. Aber dann gewann ihr Sinn für Verantwortung wieder die Oberhand.

»Da ist noch etwas, das Burrus und ich herausgefunden haben. Es erklärt vermutlich die Art, wie Sabina Gallina und ich entführt wurden.«

Sie erzählte in sehr nüchternen Worten, wie sie

Oda mit Meles angetroffen hatte. Dabei konnte sie beobachten, wie die Miene ihres Mannes sich förmlich versteinerte.

»Das ist böse, Rufina. Das ist wirklich übel«, meinte er nach einer Weile.

»Ja, es tut mir Leid, aber ich musste dir das sagen. Oda war deine Geliebte, nicht wahr?«

»Viel schlimmer, Rufina. Sehr viel schlimmer. Oda ist Halvors Tochter.«

Rufina entfuhr ein unschönes Wort. Als sie sich wieder gefangen hatte, meinte sie: »Aswins Frau – er war einer der ermordeten Entführer – hat angedeutet, ihr Mann habe mit Halvors Tochter in Kontakt gestanden. Er war es auch, der die Bedingungen für die Entführung aushandelte. Ich wusste damals nicht, dass es Oda war.«

»Wir müssen mit Halvor sprechen! Und das wird hart.«

»Ich werde es tun, Maurus. Du schläfst besser noch ein bisschen.«

»Nein, Rufina. Ich bin jetzt viel zu wach.« Er stand auf und schüttelte sich die Heuhalme aus den Kleidern. Dann griff er das Bündel, das neben ihm lag, und meinte: »Du darfst mir bei einem kalten Bad behilflich sein. Komm mit.«

Sie traten aus der Scheune, und Maurus schlug Burrus freundschaftlich auf die Schulter. Dann haspelte er aus dem Brunnen einen Eimer Wasser hoch, entkleidete sich und ließ sich von Rufina mit dem kalten Nass übergießen. Sie sah noch weitere Schrammen und Prellungen, die er sich zugezogen hatte, sagte aber nichts weiter dazu. Dafür holte sie noch einen zweiten Eimer Wasser aus dem Brunnen.

Mit seiner fleckigen Tunika trocknete Maurus sich ab und zog die sauberen Kleider an.

»Ich werde zwei Tage im heißen Caldarium liegen bleiben, wenn das hier vorbei ist. Und tiegelweise Salböl auf meinem Körper verteilen.«

»Könnte ich dir dabei ebenfalls behilflich sein?«

»Ich lasse mich nicht von kleinen Jungen einsalben!«

»Na gut, dann wird Burrus das übernehmen, der ist ein gestandener Mann mit harten Händen. Das wird dir richtig gut tun!«

»Vielleicht sollte ich doch eine Ausnahme machen?«

Maurus zwinkerte Rufina unerwartet gut gelaunt zu. Aber als sie zu Halvors Haus gingen, wurden sie beide wieder ernst.

Halvor hörte ihnen mit zunehmend grimmiger Miene zu.

»Sie wollte unbedingt in der Stadt leben. Sie hat Haus und Hof verlassen, aber ich habe sie noch immer als meine Tochter betrachtet. Ich tue es auch jetzt noch. Ich übernehme die Verantwortung für ihr Handeln!«

»Halvor, das ist nicht nötig.«

»Doch, Aurelia Rufina. Ich muss an dir wieder gutmachen, was sie getan hat. Darum wird sie noch heute Rede und Antwort stehen.«

Er gab einem seiner Männer einen Befehl, und der verschwand auf der Stelle.

»Wird sie denn kommen?«

»Vielleicht nicht freiwillig, aber sie wird hier sein, noch bevor die Sonne untergegangen ist… Das verspreche ich.«

Halvor sorgte auch für ein kräftiges Mahl, und gesättigt von dunklem Brot, geräuchertem, fettem Schinken und Met, wurde Rufina von Müdigkeit überwältigt. Sie lehnte an Maurus' Schulter und schloss die Augen.

»Das Heu bietet ein weicheres Lager, Kleine!«, stellte Maurus fest. »Komm mit.«

Er nahm sie auf die Arme und trug sie zu der Scheune.

»Auf, die Leiter musst du schon selbst hochsteigen!«

Halb im Schlaf kletterte sie nach oben und ließ sich auf der Decke nieder. Maurus folgte ihr und deckte sie zu wie ein Kind. Sie war eingeschlafen, bevor sie es bemerkte. Er blieb neben ihr sitzen, betrachtete ihre erschöpften Züge und bekam eine Ahnung davon, was sie in den vergangenen Tagen und dann auch noch in der letzten Nacht durchgemacht hatte. Beschämt schob er ihr noch etwas mehr weiches Heu unter den Kopf. Sie war nur ein kleines Mädchen. Nein, verbesserte er sich – sie war eine zierliche, sehr zärtliche und liebevolle Frau. Er fragte sich, ob sie in ihm wohl mehr als den von ihren Eltern gewählten Gatten sah, dem man sie mit sechzehn angetraut hatte. Er hatte damals eher widerwillig zugestimmt, sie zu heiraten, denn er wusste, sein Hang zum Abenteuer würde ihn nicht zu einem verantwortungsvollen Ehemann machen. Dann hatten sie ihm dieses Kind zugeschoben, klein wie eine Dreizehnjährige, mit runden, verängstigten Augen. Inzwischen war sie kein Kind mehr, das war richtig. Sie war eine Frau, die drei Kinder geboren und eines davon verloren hatte. Sie war auch eine Frau, die sich offensichtlich einen Liebhaber genommen hatte. Er argwöhnte, es könne Meles gewesen sein, auch wenn sie es bestritt. Sie tat ihm Leid, und er hoffte, es möge ihr nicht zu tief gehen. Vielleicht hatte sie ihn deshalb mit so offenen Armen aufgenommen, weil sie Trost gesucht hatte. Nun, wenn er ihr den geben konnte, sollte sie ihn erhalten.

Ein paar Sonnenstrahlen fielen schräg durch die Ritzen der hölzernen Wand der Scheune, und Stäubchen tanzten in der Luft. Es gab für ihn nicht viel zu tun an diesem Nachmittag, doch der Abend mochte noch Aufregung bringen. Vorsichtig streckte Maurus sich neben Rufina aus, schob ihr seinen Arm unter den Kopf und zog sie ein wenig zu sich herüber. Leise maunzend kuschelte sie sich an ihn, wachte aber nicht auf.

»Schon gut, Füchschen!«, murmelte er und hielt sie fest. Dann schlief auch er ein, und diesmal war es ein erholsamer Schlummer, der sie beide umfangen hielt.

Rufe und Stimmengewirr weckten sie. Die Sonnenstrahlen fielen noch schräger durch die Ritzen, und die Tür zur Scheune knarrte, als jemand eintrat.

»Aufstehen, Rufina, es sieht so aus, als ob sich etwas tut.«

Sie streckte sich und fand ihre Lebensgeister durch den Schlaf im Heu merklich belebt.

»Hast du auch geschlafen?«

»Es blieb nicht aus, dein Schnaufen hat mich in seinen Bann gezogen!«

»Schnaufe ich im Schlaf?«

»Eigentlich maunzt du eher. Ah, Burrus, was gibt es?«

Der runde, haarlose Kopf des Gladiators erschien an der Leiter.

»Sie haben Oda geholt. Halvor meint, ihr solltet dabei sein, wenn er sie befragt. Im Nebenraum.«

Halvors Haus war das größte in der Ansiedlung, ein lang gestreckter Bau, in dem sich im vorderen Bereich die Ställe befanden, dann ein Raum mit einem zentralen Kamin, gefolgt von einem mit einer an der Wand umlaufenden Bank und Tischen. Eine Stiege führte hinauf, wo sich unter dem Dach vermutlich die Schlafstätten befanden. Burrus wies auf einen Platz an der Feuerstätte, von dem aus Maurus und Rufina ungesehen die Vorgänge im Gemeinschaftsraum verfolgen konnten.

Oda war in eine kostbare Stola gekleidet, hatte die silberblonden Haare zu einer komplizierten Frisur aufgesteckt und sich sorgfältig geschminkt. Sie sah schön und majestätisch aus. Sie war fast so groß wie ihr Vater und hielt sich sehr aufrecht. Halvor machte einen harten, bitteren Eindruck. Es hatte wohl schon einen heftigen Wortwechsel gegeben, denn Oda brachte eine zornige Entgegnung vor. Sehr leise übersetzte Maurus für Burrus und Rufina.

»Sie will nicht hier im Dorf versauern. Zwischen Kühen, Schweinen und Bauerntölpeln.«

»Es gab mehrere Männer, die dich heiraten wollten. Einflussreiche Sippenführer, ruhmbedeckte Krieger …«, erwiderte Halvor.

»Die in verlausten Holzhütten hausen, wie diese hier. Die nach Jauche riechen und sich mit Prügeleien vergnügen. Nein, Vater. Die Stadt bietet mir mehr Möglichkeiten!«

»Ich sehe es. Kostbaren Tand, Schmiere im Gesicht, Gold an den Gliedern. Dein Geliebter ist großzügig.«

»Mein Geliebter ist großzügig, richtig!«

»Wer ist es?«

»Das braucht dich nicht zu interessieren.«

»Oda, noch bin ich dein Vater. Gib mir Antwort!«

»Hast du mich deshalb mit Gewalt hierher schaffen lassen? Um mir Vorhaltungen zu machen? Ich wähle meine Männer selbst!«

»Und wen hast du gewählt?«

»Warum willst du das wissen?«

»Um herauszufinden, ob die Gerüchte auf Wahrheit beruhen.«

Oda stieß ein höhnisches Lachen aus. »Gerüchte!«

»Wer ist es?«

»Was nützt es dir, das zu wissen?«

»Tochter, wenn es stimmt, was ich hörte, dann lebst du mit einem Mörder und Verbrecher zusammen.«

»Pah, Verbrecher! Mörder! Er ist kein Feigling, wenn du das meinst. Er ist kein Weichling, der sich auf der Nase herumtanzen lässt. Du, gerade du, solltest das achten!«

»Oda, ist es Lampronius Meles?«

»Ach, das also sagt das Gerede?«

»Ist er es?«

»Ich werde mich nicht weiter mit dir darüber unterhalten, Vater.«

»Du wirst.«

Sie drehte sich um und wollte den Raum verlassen, aber Halvor packte sie hart am Arm.

»Ist er es?«

»Es geht dich nichts an!«

Mit Erschrecken sah Rufina, dass Halvor eine Peitsche ergriffen hatte und sie einmal böse durch die Luft pfeifen ließ.

Mit einem Auflachen quittierte Oda seine Drohung.

»Willst du mich auspeitschen wie einen arbeitsscheuen Knecht? Das wagst du nicht.«

»Nein?«

»Versuch es. Ich werde nicht mehr sagen, und ich werde zurückgehen in die Stadt.«

»Genau das wirst du nicht mehr tun, Tochter.«

Sie wandte sich zum Gehen, und die Peitsche
zischte auf ihren Rücken nieder. Sie zuckte zusammen, schrie aber nicht. Dafür machte sie einen weiteren Schritt zur Tür. Wieder traf sie ein Schlag, und
diesmal sank sie in die Knie.

»Du bleibst.«

»Nein«, kam es gepresst, und Oda versuchte wieder auf die Beine zu kommen.

»Oh doch.« Noch einmal schlug Halvor zu, und
das feine Gewebe der Stola riss. Die Tunika darunter
färbte sich rot. »Ich dulde nicht, dass meine Tochter
sich zum Handlanger von Mördern macht. Ich dulde nicht, dass meine Tochter die Sippe entehrt. Ich
dulde nicht, dass meine Tochter Verrat am eigenen
Volk verübt.«

Jedes Mal fuhr die Peitsche nieder, und jedes Mal
zuckte Rufina zusammen.

»Er muss aufhören«, flüsterte sie.

»Wir dürfen uns nicht einmischen!«, flüstere Maurus zurück.

»Ich dulde nicht, dass meine Tochter ihrer Mutter Schande bereitet!«, brüllte Halvor und schlug erneut zu.

Oda lag am Boden, ihre Haare hatten sich gelöst,
die Kleider hingen in Fetzen, ihr Rücken war von
blutigen Striemen gezeichnet. Sie gab einen wim-
mernden Laut von sich, aber Halvor schien nichts
zu bemerken. Er war in eine derart wütende Rase-
rei verfallen, die er nicht mehr kontrollieren konnte.
Rufina sprang auf und stürzte in den Nachbarraum.
Als der Germane den Arm zum nächsten Schlag erhob, stellte sie sich zwischen ihn und Oda. Sie bekam
seinen Unterarm auf die Schulter, und die Wucht des
Schlages machte sie taumeln.

»Hör auf, Halvor!«, sagte sie leise und griff nach der Peitsche.

Wütend sah er sie an und riss die Peitsche wieder an sich.

»Halt ein, Halvor. Du bringst Unglück über euch. Sie ist Blut von deinem Blut.«

»Sie hat uns entehrt!«

»Aber verflucht ist der Vater, der sein eigen Fleisch vernichtet. So lautete Wolfrunes Warnung.«

Halvor ließ die Peitsche sinken. Er war blass geworden. Dann wandte er sich ab, setzte sich auf eine Bank und schlug die Hände vor sein Gesicht.

Abgesehen von Odas leisem Schluchzen war es absolut still im Zimmer. Dann nahm Halvor die Hände herunter und sagte mit erschreckend tonloser Stimme: »Sie ist auch Wolfrunes Tochter.«

Es war nicht eigentlich Wut, die Rufina packte. Es war eine andere Art von Entschlossenheit, die in ihr aufstieg. Sie hatte etwas mit dem Keimling zu tun, der in jener Nacht in Wolfrunes Heim in ihr zu wachsen begonnen hatte und nun zu einer scharlachroten Blüte erblühte.

»Oda, hör mir zu«, sagte sie in einer sehr leisen, beherrschten Stimme. »Ich habe deine Mutter kennen gelernt als eine der weisesten Frauen unter der Sonne. Was immer du getan hast, den größten Verrat hast du an ihr begangen. Sie, die das Leben hütet, hast du mit deinen unbedachten Taten hintergangen.«

»Geh fort!«

»Du wirst mir zuhören, Oda. Denn dein Geliebter hat meinen Mann ermorden lassen.«

Oda sah zu ihr hoch und schrie auf. »Maurus? Nein!«

»Seither hat dein Geliebter mich mit seinen Heiratsanträgen verfolgt.«

413

Oda keuchte leise.

»Er hat mir Gold geschenkt, wie dir auch, um mich willig zu machen.«

»Nein.«

Es war nur ein Flüstern.

»Als ich mich weigerte, hat er dich dazu angestiftet, mich zu entführen.«

Oda schwieg.

»Ich habe mich befreit, seine Rechnung ging nicht auf. Vorgestern hat er versucht, mich zu ermorden.«

»Er ist kein Mörder.«

»Oh doch, und du hast ihm geholfen. Du hast den Tod von vier tapferen Männern zu verantworten!«

»Nein!«

»Aswin, Thorolf, Holdger und Erkmar sind von deinem Geliebten abgeschlachtet worden.«

»Nein. Du lügst!«

»Erkmar starb in meinen Armen.«

Rufina holte die Fibel aus dem Beutel und hielt sie so, dass Oda sie sehen musste.

Das erste Grauen schlich sich in Odas Augen.

»Dein Geliebter ist ein Mörder, und sein Vermögen erwarb er durch Vernichtung und Raub. Dich hat er benutzt! Dich, Wolfrunes Tochter – ein dummes, überhebliches Weib, dessen Gier nach Gold und Liebesrausch ein Unglück beschwor.«

Oda war vor Rufina zurückgewichen, als ob sie in einer dunklen Ecke Schutz suchen wollte. Sie zitterte, und die Tränen verschmierten ihre geschminkten Augen.

In diesem Augenblick betrat Maurus den Raum, und sie schrie noch einmal auf.

»Ich bin kein Geist aus dem Reich der Toten. Deinem Geliebten ist es nicht gelungen, mich umzubringen. Den Wölfen auch nicht. Aber alles sonst, was

Aurelia Rufina gesagt hat, ist wahr. Du hast sie im Bad überwältigt, du hast geholfen, sie zu entführen, stimmt es?«

»Ja.«

Es war kaum zu hören, aber Rufina genügte es. Sie drehte sich zu Halvor um, der sie fassungslos ansah.

»Sie wurde verführt, Halvor. Sei gnädig mit ihr. Sie ist noch jung.«

»Du bittest für sie, Aurelia Rufina?«

»Sie ist Blut von deinem Blut. Sie ist Wolfrunes Tochter. Sie kann so schlecht nicht sein.«

Der Germane erhob sich und stand mit gebeugten Schultern und gesenktem Kopf vor Rufina.

»Ich danke dir. Du hast ein wahrhaft großes Unglück abgewendet. Ich war nahe daran, meine eigene Tochter zu Tode zu peitschen.« Er drehte sich zu Oda um. »Steh auf!«

Maurus half ihr, auf die Füße zu kommen.

»Ich sollte dich verstoßen, Tochter, deinen Namen aus der Erinnerung der Sippe streichen. Aber die Domina sprach für dich, und so befehle ich dir, Folkher zu heiraten. Der Friese wird im nächsten Monat wieder vorbeikommen. Mit ihm wirst du in das Land seiner Väter ziehen. In den Norden, an das graue Meer. Er hat schon zweimal um dich angehalten. Du wirst ihm ein gehorsames Weib sein!«

»Ja, Vater.«

»Nun geh, wasch dein Gesicht und wechsle deine Kleider. Herlind wird deine Wunden behandeln.«

Eine grauhaarige Frau erschien in der Tür, so geschwind, dass Rufina sicher war, sie hatte draußen lauschend gewartet. Wie vermutlich einige andere auch. Sie führte Oda fort, und auch Halvor verließ den Raum. Dafür kam Burrus hinzu und musterte Rufina mit einer unbestimmten Achtung.

»Patron, du hast ein seltsames Weib. Für einen Augenblick schien sie mir weit größer als diese junge Walküre.«

»Es schien dir nicht nur so. Sie war es.«

Aber Maurus wirkte bedrückt und niedergeschlagen.

»War ich nicht, Maurus. Ich habe nur ... na ja, ich musste ihr doch bewusst machen, was sie angerichtet hat.«

»Du hast sehr weise gehandelt, Rufina, weiser als du denkst. Oda ist verführt worden, und ich trage einen Großteil der Schuld daran.«

»Wie das?«

»Damals, als ich für Claudus etwas über diese Bande herausfinden sollte, lebte sie noch hier auf dem Hof. Sie war ein strahlend schönes junges Weib, gerade achtzehn Jahre alt. Ich brauchte, wie du weißt, eine Partnerin für meine Rolle als reicher Dummkopf. Eine, die unerschrocken war und sich nötigenfalls auch ihrer Haut wehren konnte.« Er lachte bitter auf. »Als ich sie zum ersten Mal sah, lieferte sie sich mit einem jungen Raubein einen Übungskampf mit Holzschwertern und zerschlug das ihre auf seinem dicken Schädel. Sie willigte mit Freuden ein, die Scharade mit mir zu spielen.«

»Wusste Halvor davon?«

»Ja. Ich hatte seine Erlaubnis. Oda ist schwer zu bändigen, und er hat ihr immer einen gewissen Freiraum gelassen. Es war auch nur für einen Nachmittag, aber Oda hing sich anschließend an mich. Sie wollte unbedingt in die Colonia. Also lud ich sie ein, im Gymnasium tätig zu werden und dir Unterricht zu geben. Es war keine gute Idee.«

»Ich erinnere mich.«

»Danach habe ich sie aus den Augen verloren. Ich

hätte wohl besser auf sie achten müssen. Es wundert mich, dass Halvor keinen Groll gegen mich hegt.«

»Ich denke, er weiß, wie ungebärdig seine Tochter ist. Wie hättest du auf sie aufpassen können? Du hattest deine Aufgaben, die Therme und ein Weib und Kinder. Es wäre ihr sicher bald langweilig geworden.«

Maurus zog die Schultern hoch. Nach einer Weile des Schweigens zwischen ihnen sagte Rufina leise: »Sie ist sechs Jahre jünger als ich. Aber ein kleines Mädchen war sie nie für dich, nicht wahr?«

»Nein, das kam mir bei ihr nie in den Sinn.«

Rufina schloss die Augen und lehnte sich mit dem Rücken an die Wand. Mehr als früher tat die Eifersucht weh. Sie hätte gerne darüber gesprochen, sie hätte gerne den Kopf an seine Brust gelegt und sich trösten lassen. Aber er war aufgestanden und zum Fenster gegangen.

Maurus sah noch immer gedankenversunken hinaus in den Wald, als Halvor wieder zurückkam.

»Was werdet ihr jetzt tun?«, fragte er und stellte einen Krug Met auf den Tisch.

»Aufpassen. Meles wird Odas Verschwinden bald bemerken. Die Männer, die ich gestern verfolgt habe, werden ihm ebenfalls Meldung machen. Er kann sich ausrechnen, wo ich bin. Wenn wir Pech haben, rückt er mit seiner Mörderbande von Sklaven an.«

»Sie werden verwundert sein, was dann passiert.«

»Er ist hinterhältig.«

»Wir sind wachsam.«

Maurus rieb sich das Gesicht.

»Ich wünschte, mir würde etwas einfallen, was wir tun können.«

»Was ist mit Claudus?«, fragte Rufina. »Ich könnte zu ihm …«

»Du bleibst hier!«, kam es schneidend von ihrem Gatten.

»Gut.« Nach einer Weile, in der sie alle schweigend nachdachten, fragte sie: »Könnte Oda etwas über die Strauchdiebe und ihre Verbindung zu Meles wissen?«

»Wir werden sie fragen«, meinte Halvor und stand auf.

»Sie wird nichts sagen!«, brummelte Burrus.

Aber Maurus schüttelte den Kopf. »Sie wird. Ich glaube, sie hat in mehrfacher Hinsicht heute sehr schmerzhafte Erfahrungen gemacht.«

Halvor kam mit Oda zurück, die jetzt ihre Haare in schlichten Flechten trug und ein einfaches Gewand aus Wolle anhatte. Sie sah verstört, aber noch immer schön aus.

»Nein«, sagte sie. »Ich weiß nicht, ob er mit den Vaganten zusammenarbeitet. Ich kenne nur sein Haus in der Stadt und das Gut bei Belgica. Dort war ich aber nur einmal, und in die Colonia werden sie nicht kommen.«

»Zumindest nicht offen, das mag sein.«

Rufina hatte aber noch eine andere Idee.

»Er hat dir goldenen Schmuck geschenkt, schwere Ketten und Fibeln, wie ihr sie gerne tragt. Weißt du, welcher Goldschmied sie gefertigt hat?«

»Nein. Nein, nicht genau.«

»Nicht genau? Aber irgendwas könntest du wissen. Versuch uns zu helfen, Oda.«

»Er … er brachte mir zweimal Dinge mit, als er von der Villa kam.«

»Also von einem Goldschmied außerhalb der Stadt. Möglicherweise einem von dort. Aber es gibt auch jemanden, der näher wohnt. Halvor, kennst du einen Swidger?«

Der Germane verzog den Mund zu einem schiefen Lächeln.

»Wer von uns kennt ihn nicht?«

Maurus sagte nur ein Wort: »Aurei?«, und Halvor nickte kaum merklich.

Oda aber verstand, und ihre Finger krallten sich in den Stoff ihres Kleides.

»Ja, Oda, das scheint die Quelle seines Reichtums zu sein. Denn er kam ohne Besitz in die Colonia. Wir vermuten, jene Strauchdiebe, die eure eigenen Leute berauben, arbeiten für ihn.«

Rufina empfand so etwas wie Mitleid mit der schönen, stolzen Frau, die jetzt gebrochen schien. Sicher, sie war der Versuchung eines Lebens in Luxus und Reichtum erlegen, und sie hatte sich selbst Schaden zugefügt. Aber sie war auch unbeugsam und mutig gewesen, wenn sie diese Fähigkeiten auch für die falsche Sache – oder besser, den falschen Mann – eingesetzt hatte.

»Könnt ihr es ihm nachweisen?«, wollte sie wissen.

»Wenn wir einen seiner Handlanger erwischen würden oder die Beute fänden...«

»Rufina!«

Maurus sah sie warnend an und Halvor fügte hinzu: »Ich glaube, meine Tochter verlässt uns jetzt besser.«

»Nein, Halvor. Maurus, ich glaube, sie sollte es erfahren. Nur dann kann sie uns helfen.«

»Du vertraust ihr?«

»Ja.«

Oda sah Rufina seltsam an und nickte dann.

»Ja. Ich habe einen schrecklichen Fehler begangen.

Ich werde ihn nicht wiederholen. Ich übernehme die Verantwortung dafür. Was ich weiß, sollt ihr erfahren.«

Maurus nickte, Halvors Gesicht wurde etwas milder, nur Burrus knurrte unwillig vor sich hin. Rufina stupste ihn unter dem Tisch mit dem Fuß ans Schienbein, und er verstummte.

»Ich kenne nur die Sklaven und die paar Freigelassenen, die immer um ihn herum sind. Ich denke, es wird schwer sein, an sie heranzukommen. Sie sind gut ausgebildete Kämpfer. Ich habe sie bei ihren Übungen beobachtet. Meles selbst ist es übrigens auch.«

»Natürlich. Sie haben vier unserer Männer überwältigt. In Belgica«, bemerkte Halvor trocken, und Oda zuckte zusammen.

»Die Strauchdiebe werden leichter zu fassen sein«, meinte Maurus. »Wenn ich sie denn aufgestöbert kriege. Aber das wird schwierig. Sie müssen ein ungeheuer gutes Versteck haben.«

Halvor ließ sich noch einmal schildern, wie er sie gefunden und wo er ihre Spur wieder verloren hatte. Rufina hörte zu, und ein kleiner Gedankenfaden spann sich im Laufe seines Berichtes in ihrem Kopf zusammen. Während die Männer diskutierten, suchte sie ihr Wissen zusammen. Schließlich sagte sie in eine Gesprächspause hinein: »Die Wasserleitungen.«

»Bitte?«

»Die alten Wasserleitungen. Baumeister Silvian hat mir von ihnen erzählt. Es gibt drei Leitungen, die früher die Colonia mit Wasser aus den Bächen des Umlands versorgt haben. Sie sind jetzt stillgelegt, seit der Kanal aus der Eifel fertig ist. Sie münden dort, wo heute das Aquädukt beginnt, in einem Absetzbecken. Ich weiß nicht, wie groß sie sind, aber durch den neuen Kanal passt ein Mann durch.«

Die drei Männer und Oda starrten sie verblüfft an. Dann sagte Halvor: »Kleine Domina, man sollte dein Gewicht mit Gold aufwiegen.«

Maurus grinste erleichtert. »Ein schlaues Füchschen! Das würde das spurlose Verschwinden erklären. Ich denke, ich werde heute Nacht…«

»Nein, Maurus, das wirst du nicht.«

»Ich stimme der Domina zu. Nein, Maurus, das wirst du nicht alleine tun. Ich schlage vor, wir benachrichtigen noch heute Abend den Baumeister Silvian. Er soll auf dem schnellsten Weg herkommen und uns über den Zustand der Kanäle berichten. Es ist besser, wir wissen, wo man sie gefahrlos betreten kann, sonst könnten sie sich als Falle erweisen.«

»Du hast Recht, Halvor, ich war voreilig. Ich werde Unterstützung brauchen. Ich bin nicht so dumm, mich alleine einem so skrupellosen Mann wie Meles zu stellen.«

»Ich habe acht bis zehn Mann hier, die mit der Axt nicht nur Bäume fällen können.«

»Ich denke, ich kann über weitere verfügen. Aber dazu muss ich in die Colonia.«

»Das könnte jetzt auch gefährlich sein. Oda ist fort, und seine Gesellen aus dem Wald werden Meles von deiner gestrigen Aktion berichtet haben.«

»Dass ich fort bin, wird er nicht vor morgen erfahren.«

»Warum nicht, Oda?«

»Er ist heute zu einem Gelage bei Sidonius eingeladen. Das zieht sich immer bis zum Morgengrauen hin.«

»Das macht es leichter. Hoffen wir, er spricht dem ungemischten Wein kräftig zu.«

421

Rufina schüttelte den Kopf.

»Wird er nicht, Maurus. Er ist ein mäßiger Trinker. Er war an dem Tag nach der Orgie in der Therme ausgesprochen nüchtern und nicht verkatert. Anders als dein Vater!«

»Gut zu wissen«, sagte Maurus und fügte hinzu: »Ich werde also Claudus eine Nachricht überbringen. Sobald es dunkel ist.«

Halvor stand auf und meinte: »Ich werde den Baumeister aufsuchen. Kann ich dein Pferd ausleihen, Aurelia Rufina?«

»Sicher. Ich begleite dich zur Scheune.«

Er war ein wenig erstaunt, sagte aber nichts, bis sie außer Hörweite waren.

»Was ist, kleine Domina?«

»Baumeister Silvian… er weiß nichts von Maurus. Und er… Na ja, er…«

»Er ist dir sehr zugetan. Ich habe es bemerkt. Aber er ist auch ein Mann der Pflicht. Er wird uns seine Unterstützung nicht versagen. Du bleibst auf jeden Fall hier. Meine Männer werden dafür sorgen, dass kein Unbefugter das Dorf betritt. Wenn doch, so werden sie dich mit ihrem eigenen Leben schützen.«

»Danke, Halvor.«

Sie kehrte in das Haus zurück und fand Burrus und Maurus in ein Gespräch vertieft, Oda hingegen sprach mit einer füllingen Matrone am Kamin.

Maurus unterbrach seine Unterhaltung und beschied Rufina: »Burrus wird hierbleiben und auf dich Acht geben.«

»Ich werde den Patron begleiten und auf ihn Acht geben«, widersprach Burrus.

»Das ist gut, Burrus. Denn hier werden Halvors Leute Wache halten. Und, Maurus, wenn es irgendwie möglich ist, überbring Fulcinia eine Nachricht. Sonst wird sie sich ab morgen Sorgen um uns machen.«

»Fulcinia weiß, dass du hier bist? Weiß sie auch von mir? Du solltest es doch niemandem erzählen, Rufina!«

»Es ergab sich.«

»Wie das?«

»Die – äh – Geräusche der matrimonialen Pflichterfüllung hinterließen bei ihr den Eindruck, ein Albtraum habe mich heimgesucht. Sie öffnete die Zimmertür, um mich von ihm zu befreien.«

»Oh. Nun ja – empfandest du es als albtraumhaft?«

»Als traumhaft, doch.«

Maurus' Zähne blitzten, als er sie lachend ansah. Dann wurde er wieder ernst und sagte: »Gut, ich bringe ihr Nachricht. Sie ist eine vernünftige Person, und ich hoffe, sie wird Ruhe bewahren, selbst wenn ich mitten in der Nacht in ihr Zimmer dringe.«

Halvor kam, um ihnen mitzuteilen, er wolle sich jetzt auf den Weg machen.

»Ich werde zum Einbruch der Nacht wieder zurück sein. Wenn ich den Baumeister im Lager nicht treffe, wird ihm einer seiner Arbeiter Nachricht schicken. Für euch wird jetzt ein Essen gerichtet. Sauft mir nicht meinen ganzen Met weg.«

Rufina hatte sich nach Einbruch der Dämmerung ins Heu zurückgezogen, doch wieder fand sie keinen Schlaf. Halvor war zurückgekommen und hatte die Botschaft mitgebracht, Silvian und zwei seiner Leute wollten sich am Morgen zum Aquädukt aufmachen und sich dort mit kleinen Ausbesserungsarbeiten beschäftigen. Maurus hingegen war kurz vor

seiner Rückkehr mit Burrus in die Colonia aufgebrochen. Sie war froh, dass sich die Wolkendecke
am Abend wieder geschlossen hatte, die Nacht bot
ihnen so einen besseren Schutz. Halvor hatte einige
Männer zum Wachdienst bestimmt, trotzdem zuckte sie angstvoll zusammen, als es am Fuß der Leiter leise raschelte. Sie hatte sich, bis auf die Stiefel,
nicht entkleidet und griff nach dem Dolch an ihrem
Gürtel. Dann aber ließ sie das Heft los, denn es war
Odas blonder Kopf, der an der obersten Sprosse erschien.

»Ich dachte mir, du würdest ebenso wenig Schlaf
finden wie ich«, sagte sie leise.

»Komm hoch!«

Rufina war im Grunde dankbar für ihre Gesellschaft, und Oda breitete die Decke, die sie mitgebracht hatte, neben ihr aus. Sie lehnten sich beide mit
dem Rücken an die Wand und zogen die Beine an.

»Ich habe dir Abbitte zu leisten.«

»Ja, das denke ich auch.«

»Und ich habe dir auch Dank abzustatten, Aurelia
Rufina. Du hast mein Leben gerettet.«

»Wer weiß. Dein Vater wäre wohl zur Besinnung
gekommen.«

»Mein Vater ist ein schwieriger Mann. Er kann
gewalttätig sein. Er ist jähzornig. Doch er hätte
mich wahrscheinlich nicht umgebracht. Du hast
mein Leben auf andere Weise gerettet. Das weißt du
auch.«

»Selbstachtung ist ein zerbrechliches Gut.«

»Ich habe mich selbst betrogen. Ich habe dumm
und überheblich gehandelt. Damit hast du vollkommen Recht gehabt. Ich nehme die Strafe an, die mein
Vater für mich bestimmt hat. Sie wird zu ertragen
sein.«

»Die Ehe mit dem Mann, der um dich angehalten hat?«

»Folkher, der Friese. Er ist ein Stammesführer, bald doppelt so alt wie ich und hat bereits vier Kinder. Er ist zwar groß und stark, aber er wird wohl bald fett werden.« Sie lachte leise auf. »Und ich liebe schlanke, sehnige Männer.« Mit einem Seitenblick zu Rufina bemerkte sie: »Wie du auch.«

»Glaubst du?«

»Ich habe dir auch dafür Abbitte zu leisten, Aurelia Rufina.«

»Ja, auch dafür.«

»Hat er dir gesagt, wie wir uns kennen gelernt haben?«

»Maurus hat mir von den Strauchdieben erzählt, für die er den Lockvogel gespielt hat.«

»Ich war begeistert, als er mich dabeihaben wollte. Aber ich habe ihn falsch eingeschätzt. Überheblich wie ich war, dachte ich, er sei in mich verliebt. Nur weil er an jenem Nachmittag seine Rolle dann noch zu Ende gespielt hat. Dann, im Gymnasium, als du dazu kamst, hat er mir deutlich klar gemacht, es habe sich um eine einmalige Tändelei gehandelt. Es hat mich maßlos gekränkt.«

Rufina lehnte den Kopf zurück und schloss die Augen. Der gallige Geschmack der Eifersucht war verflogen.

»Jetzt habe ich dir ein Geschenk gemacht«, lachte Oda leise.

»Lampronius Meles sieht ihm ein bisschen ähnlich«, meinte Rufina, statt ihr eine Antwort zu geben.

»Ja, und er war mehr als bereit, sich mit mir zu schmücken. Und mich zu schmücken. Er ist auch ein raffinierter Liebhaber. Ich war lange wie im Rausch.«

»Jugend, Verliebtsein und Leidenschaft scheinen das zu bewirken.«

»Meine Mutter hat mich davor gewarnt. Ich habe nicht auf sie gehört.«

»Halvor ist mit Wolfrune nicht verheiratet, oder?«

»Nein, Wolfrune lebt ihr eigenes Leben. Vater hat Ingrun zur Frau genommen, als ich fünf Jahre alt war. Er holte mich von Mutter fort und ließ mich in seiner Familie aufwachsen. Wolfrune war ihm nicht böse darum. Ich besuchte sie dann und wann, und sie versuchte, mich ihr Wissen zu lehren. Es interessierte mich nicht besonders. Mir machte Raufen und Kämpfen mehr Freude als Kräuter sammeln und Runen werfen.«

»Ich habe große Achtung vor ihr empfunden.«

»Heute, Rufina, empfinde ich das auch. Ich werde die Tage, die ich noch hier bleibe, bei ihr verbringen.«

»Richte ihr meine Grüße aus.«

»Gewiss.«

»Ich werde sie auch noch einmal aufsuchen. Wenn diese Angelegenheit hier geklärt ist. Ich denke, es wird sie interessieren, welchen Weg das Schicksal genommen hat.«

»Sie hat dir die Runen geworfen?«

»Ja.«

»Hast du sie darum gebeten?«

»Ich wusste noch nicht einmal, dass es so etwas wie Runen gibt.«

»Erstaunlich. Sie tut es selten für einen Fremden.«

Sie saßen lange in Schweigen verbunden in der Dunkelheit. Es war ein freundliches Schweigen, in dem ihre Gedanken sich miteinander verwoben. Dann sprachen sie plötzlich beide gleichzeitig.

»Dein Rücken muss dir wehtun«, meinte Rufina.

»Ich begleite euch morgen zum Aquädukt. Und, ja, er tut weh, aber das wird mich nicht hindern. Es sind ein paar Striemen. Mit den Holzschwertern habe ich schon bösere Schrammen erhalten.«

»Ich bin schläfrig geworden, Oda.«

»Ja, ich gehe. Ich bin jetzt auch müde.«

Sie war fort, und Rufina rollte sich in ihre Decken. Irgendwann, als das Morgenlicht durch die Wand sickerte, wachte sie auf und spürte Maurus' Wärme neben sich. Zufrieden rückte sie näher an ihn heran. Er legte den Arm über sie.

»Oda war nicht deine Geliebte.«

»Doch, für einen Nachmittag.«

»Das macht nichts.«

»Nein?«

»Nein.«

Rufina legte ihren Kopf an seine Schulter und schlief wieder ein.

27. Kapitel

Dunkle Kanäle

Und die Schätze,
die man nahe bei den Schatten der Styx verborgen hatte,
gräbt man aus – Anreiz zu allem Bösen.

OVID, METAMORPHOSEN

»Ich hatte Glück, Aurelius Falco war bei Claudus. Er hatte eine Gruppe Legionäre dabei. Sie halten jetzt ein Auge auf Lampronius Meles.«

»Gut, dann machen wir uns auf den Weg zum Aquädukt!«

Halvor hatte fünf Männer neben sich stehen, die mit Äxten und Messern bewaffnet waren. Oda hatte auch Männerkleidung angezogen und trug eine Waffe. Sie gingen zu Fuß, denn die Germanen liebten das Reiten nicht, und die engen Waldpfade, die sie wählten, waren auch nicht besonders geeignet dafür. So führten sie die drei Pferde am Halfter mit. Als der Weg einmal ein wenig breiter wurde, kam Maurus an Rufinas Seite und sagte leise zu ihr: »Fulcinia ist bewundernswert. Sie war wach, als ich die Tür öffnete, und sagte: ›Für solche Aufträge ist diese Hautfarbe sehr nützlich, Maurus!‹«

Rufina gab ein kleines Glucksen von sich.

»Ja, sie beurteilt alles, was sie nicht kennt, mit dem Verstand. Derartige Situationen, wie sie sie in der letzten Zeit erleben muss, dürften kaum mit dem vergleichbar sein, was sie zuvor erlebt hat. Aber sie macht das wundervoll.«

»Oh ja. Sie hat auch den Kindern eine alte Geschichte erzählt, eine aus Ägypten. Von der Göttin Isis, die ihren Geliebten sucht, der von seinem Bruder ermordet wurde.«

»Warum denn das?«

»Sie findet den zerstückelten Leichnam und setzt ihn wieder zusammen. So kehrt er als ihr Gemahl ins Leben zurück.«

»Oh. Wie du.«

»Wenngleich es da ein paar delikate Unterschiede gibt. Aber die lass dir von ihr selber erzählen.«

Danach schwiegen sie, denn der Weg auf den Waldpfaden war anstrengend, und Rufina, die bei Weitem Kleinste in der Gesellschaft, brauchte ihren Atem, um mit den langen Beinen der anderen Schritt zu halten.

Die Sonne hatte ungefähr den Stand der dritten Stunde erreicht, als sie das alte Absetzbecken erreichten, auf dem nun der Pfeiler der Hochwasserleitung gründete. Lucillius Silvian und zwei Männer, alle in derbe Arbeitstuniken, Lederhosen und Stiefel gekleidet, saßen bei einem Morgenmahl beisammen. Der Baumeister erhob sich, als er die Ankömmlinge sah, und kam ihnen entgegen. Er nickte Halvor zu und drehte sich dann zu Maurus hin. Rufina, die neben ihm stand, fühlte sich verlegen und senkte den Blick.

»Fulcinius Maurus?«

»Ja, Baumeister Silvian.«

Zu Rufina gewandt, meinte er: »So hast du ihn nun wiedergefunden.«

In seinen Augen standen Trauer und Schmerz, und sie hatte Mühe, seinem Blick standzuhalten.

»Ja. Verzeih mir Silvian. Ich habe es nicht gewusst.«

Maurus aber sah von einem zum anderen und tiefes Verstehen zeichnete sich in seinen Zügen ab. Er legte dem Baumeister die Hand auf die Schulter und sagte: »Wir reden später drüber. Lass uns nun die Kanäle betrachten.«

Silvian straffte die Schultern und nickte.

»Was wollt ihr wissen?«

Maurus erklärte ihm noch einmal das wundersame Verschwinden der Strauchdiebe und Rufinas Vermutung. Silvian warf einen erstaunten Blick zu ihr hin.

»Ja, sie ist eine kluge Frau, Baumeister!«, meinte Halvor. »Ist es machbar?«

Silvian nickte.

»Wir haben schon einen Blick darauf geworfen. Der nördlichste Kanal ist nur eine enge Röhre, kaum einen Fuß breit. Man kann sie weder begehen noch größere Gegenstände darin unterbringen. Der mittlere Kanal ist noch kleiner und kommt überhaupt nicht in Frage. Die dritte Leitung aber ist beinahe anderthalb Fuß breit und über zwei Fuß hoch. Ein schlanker Mann kann hindurchkriechen. Wir sind den Verlauf abgegangen. In etwa einer halben Meile von hier befindet sich ein Einstiegsschacht, der zu Inspektionszwecken genutzt wurde.«

»Also konnten die Diebe darin ungesehen verschwinden und weiter oben aus dem Kanal aussteigen.«

»Ohne Zweifel. Und wenn der letzte die Säcke hinter sich hergezogen hat, haben sie sie dort auch herausgeholt. Oder aber sie liegen noch im Kanal. Es wäre ein gutes Versteck.«

»Ihr habt noch nicht hineingeschaut?«

»Wir haben unsere Reparaturarbeiten an der Hochleitung durchgeführt. Sollte uns jemand beobachtet haben, hat er keinen Verdacht geschöpft. Das allerdings mag jetzt anders aussehen, nachdem ihr angekommen seid.«

»Wir werden den Kanal untersuchen. Wo ist der Eintritt dazu? In dem Absetzbecken?«

»Vielleicht, ich glaube aber eher, sie sind dort hinten, wo die Haselbüsche stehen, hineingeschlüpft. Dort haben sie oder irgendwelche anderen einen Teil des Gewölbes entfernt, sodass die Rinne offen liegt.«

Sie gingen gemeinsam zu der Stelle, und Maurus nickte.

»Ja, hier habe ich ihre Spur verloren. Aber in der Dunkelheit ist mir diese Stelle nicht aufgefallen. Sie ist durch die Büsche gut getarnt.«

Er betrachtete den dunklen Eingang kritisch.

»Wir werden eine Lampe benötigen. Daran habe ich nicht gedacht.«

»Aber ich.«

»Gut, ich werde hineinkriechen und sehen, was sich findet.«

Abschätzend musterte ihn Silvian.

»Du hast breite Schultern, Maurus. Es geht zwar, aber du würdest dir eine Menge Schrammen holen. Ein kleinerer Mann hätte es leichter.«

»Da du sowieso schon etliche Schrammen und Prellungen abbekommen hast, Maurus, würde ich vorschlagen, ich übernehme diese Arbeit! Ich bin nun mal die Kleinste hier, und endlich ist das mal ein Vorteil!«

»Nein, Rufina!«

»Auf gar keinen Fall, Rufina!«

Maurus und Silvian schüttelten beide den Kopf.

»Aber warum denn nicht? Es wird wohl im Moment niemand darin auf mich lauern. Und wenn, hat er nicht viel Bewegungsfreiheit.«

»Sie ist nicht nur eine kluge, sondern auch eine mutige Frau!«, sagte Halvor. »Sie hat Recht.«

»Ich will nicht, dass du dich in Gefahr begibst!«, sagte Maurus hart, und Rufina sah ihn herausfordernd an.

»Ich möchte auch nicht, dass du dich in Gefahr begibst. Aber habe ich es dir je verboten?«

»Das ist etwas ganz anderes.«

»Ach ja?«

»Das ist keine Arbeit für eine Frau!«, mischte sich jetzt auch Silvian ein. »Es ist finster und schmutzig da drin.«

»Und Frauen haben Angst vor Dunkelheit und Schmutz, meinst du?«

Oda fing an zu lachen.

»Wenn ich so klein wäre wie Rufina, würde ich die Aufgabe gerne übernehmen. Wenn es darum geht, Männern ihre schmutzige Wäsche zu waschen, dann haben sie nie solche Bedenken.«

»Wie wahr!«, fauchte Rufina. »Also, gebt ihr mir jetzt eine Lampe, wir haben lange genug Zeit verschwendet.«

»Lasst sie machen!«, sagte auch Burrus. »Aber, Patrona, nimm ein langes Seil mit. Ich sehe, deine Männer haben so etwas, Baumeister. Dann können wir sie notfalls rausziehen.«

Widerwillig half Maurus ihr, das Seil um ihre Taille zu knoten, und Silvian reichte ihr eine brennende Öllampe.

»Sei vorsichtig, Füchschen, das ist ein gefährlicher Bau.«

»Ja, ja, ja.«

Sie kletterte in die Rinne und sah sich um. Zuerst wollte sie das kürzere Stück untersuchen, das nur wenige Schritte bis zum Absetzbecken führte. Sie ließ sich auf die Knie nieder und kroch, die Lampe vor sich haltend, hinein. Sie kam nur wenige Schritt weit, dann endete der Durchlass. Langsam bewegte sie sich wieder rückwärts.

»Es ist verschüttet. Ich versuche es in der anderen Richtung. Aber könnt ihr mir Lappen für die Hände geben, es liegen Steinsplitter auf dem Boden.«

Silvian rief seine Arbeiter, die Lederflecken bei der Arbeit benutzten, und reichte ihr zwei davon. Er half ihr auch, sie an den Handgelenken zu befestigen.

»Gut, zieht am Seil, wenn es ganz aufgerollt ist, dann komme ich zurück.«

Sie machte sich auf den Weg in den Kanal, und diesmal bekam sie doch ein wenig Angst vor dem eigenen Mut. Er war beklemmend eng und finster. Eine aufgescheuchte Ratte entfloh mit einem Quieken. Sie schob die flackernde kleine Lampe immer ein Stückchen vor sich her und bewegte sich auf allen vieren voran. Es gab Spuren der Benutzung. Hasenkot, Spinnweben, ein Raubtier hatte seine Beute hier verspeist und einen Haufen Knöchelchen hinterlassen. Dann fand sie einen Stofffetzen, einen abgerissenen Lederriemen und noch ein paar Schritte weiter einen Eisennagel. Mühsam schob sie sich weiter, und als der Kanal in einen langen Bogen überging, stieß sie auf die Säcke. Sie überlegte einen Moment. Rückwärts kriechen, das Licht mitnehmen und die Säcke mit sich zerren, war nicht gleichzeitig möglich. Aber dann bemerkte sie den Zug um ihre Taille. Es war in der Enge des Raumes schwierig, das Seil zu lösen, aber schließlich hatte sie es losgemacht und knotete es um den ersten Sack. Ohne Seil machte sie sich auf den Rückweg und kam, mit dem Hinterteil zuerst, aus dem Kanal heraus. Sie grinste triumphierend in die Runde.

»Holt das Seil ein!«, sagte sie, und Silvian wickelte es mit gleichmäßigem Zug um den Ellenbogen. Der Sack tauchte auf.

»Also wirklich! Hier haben sie es versteckt.«

»Es sind noch weitere Sachen darin. Gebt mir das Seil noch mal, ich hole auch sie.«

»Reicht nicht der eine?«

»Nein! Nun macht schon!«

Diesmal befestigte sie das Seilende nur lose am Handgelenk und kroch noch einmal in die Finsternis. Es gab noch einen Sack und einen Lederbeutel. Der war erstaunlich schwer, aber nicht so unförmig. Sie klemmte ihn sich unter ihren Gürtel.

Als sie zurückkam, hatten die Männer den Inhalt des ersten Sackes geprüft. Es war eines der langhaarigen Felle, in denen sich die Goldflimmer festgesetzt hatten.

»Eine hübsche Hand voll Gold ist das«, meinte Halvor fachkundig. »Muss an einer ergiebigen Stelle gelegen haben.«

»Dann wird in diesem Sack das Gleiche sein!«, sagte Rufina, als das Bündel am Seilende aus dem Kanal glitt. Sie löste den Beutel vom Gürtel. »Das hier fand ich ebenfalls.«

Sie reichte ihn Maurus, der ihn abschätzend in der Hand wog.

»Da ist etwas sehr viel Schwereres drin.«

Er entknotete die Lederbänder und zog den Beutel auf.

»Jupiter fulgur!«

Vorsichtig breitete er auf dem ersten Sack den Inhalt aus. Spangen, Armreifen, Ringe, Ketten – Gold und Silber funkelten im hellen Tageslicht.

»Die Tributzahlungen, die die Diebe erpresst haben, vermute ich.«

Sie starrten alle schweigend den goldenen Schatz an, dann füllte Maurus die Kleinode wieder in den Beutel.

»Sie werden zurückgegeben, aber zuerst muss ich sie dem Statthalter zeigen. Vertraust du mir, Halvor?«

»Ich vertraue dir.« Dann betrachtete er Rufina, die sich mit der lederumwickelten Hand die Locken aus der Stirn strich. Es verschönte ihr staubiges Gesicht nicht weiter. Ein breites Grinsen zog sich über seine Miene. »Es gibt bei uns die Vorstellung von Zwergen, die unter den Bergen leben und dort Gold zu Geschmeide schmieden. Jetzt weiß ich, dass es keine Mär ist.«

Die Germanen brachen in schallendes Gelächter aus, und auch die drei Römer mussten grinsen.

»Lacht ihr nur über mich«, schnaubte Rufina und wischte sich Spinnweben von den Kleidern.

»Aber du sagtest doch, du scheust den Schmutz nicht«, meinte Maurus trocken.

»Es gibt einen Bach dort hinten, da kannst du dich waschen!«, schlug Oda vor.

»Gleich. Was machen wir jetzt?«

»Ich würde mir gerne die Diebe vorknöpfen«, meinte Maurus, und Halvor schlug vor: »Ich komme mit, Maurus. Ich ahne, wo ich sie finden kann. Aurelia Rufina hingegen sollte mit Burrus zurück in die Stadt reiten. Das ist nun wirklich keine Aufgabe für eine Frau.«

Oda legte Rufina die Hand auf den Arm.

»Komm, ich begleite dich zum Bach. So kannst du nicht in die Colonia zurückkehren. Wartet auf uns, Vater.«

Halvor nickte, und die beiden Frauen gingen zu einem kleinen Gehölz. Als Rufina sich noch einmal umdrehte, sah sie, wie Maurus sich an Silvian wendete. Oda beobachtete es ebenfalls.

»Der Baumeister ist dein Geliebter.«

»Nein.«

»Oh doch.«

»Es ist anders, als du denkst.«

»Du warst bis vor kurzem eine Witwe. Ich verstehe schon. Hier ist es!«

Ein kleines Bächlein plätscherte zwischen blühenden Sträuchern, und Rufina blieb mit einem Ausruf des Erstaunens stehen.

»Es ist so hübsch hier!«

»Ja, es ist schön, und es ist ein Ort, den unsere Götter lieben.«

Sie berührte leicht die weißen, honigduftenden Dolden des Holunders. Der Schlehdorn war bereits verblüht und die Haselkätzchen waren auf den Boden gefallen, aber einige rosa Heckenrosen entfalteten soeben ihre Knospen. Das Ufer des Baches war von moosigen Steinen gesäumt, und das Wasser plätscherte klar und kalt über den Kies.

»Gib mir deine Kleider, ich schüttele den Staub aus.«

»Ja, danke.«

Rufina zog sich ohne Scheu aus, steckte einen Zeh in das Bachbett und schauderte.

»Verwöhntes Luxusweibchen! Ja, ja, die Becken in der Therme haben angenehmere Temperaturen«, spottete Oda.

Rufina nahm ihren Mut zusammen und ging bis in die Mitte des Wasserlaufes. Er reichte ihr bis über die Knie, und mit schnellen Bewegungen rieb sie sich den Schmutz von Armen, Schultern und Hals. Dann ging sie in die Hocke und spülte sich auch noch die Haare aus. Bibbernd stieg sie aus dem Bach und streifte sich mit den Händen die Wassertropfen ab. Mit den Fingern ordnete sie sich die wirren Locken. Zum Glück schien an diesem Tag die Sonne recht häufig durch die Wolken, und es war jetzt, am frühen Nachmittag, angenehm warm geworden. Rufina zog sich die Kleider über die feuchten Glieder und sah dann zu Oda hin, die sinnend über einigen Hölzchen brütete, die sie auf dem Moos ausgebreitet hatte.

»Was ist das?«

»Dieser Platz ist ein heiliger Ort«, murmelte Oda. »Die Büsche selbst haben mir die Runen geworfen.«

Rufina betrachtete die Ästchen, die sie zusammengesammelt hatte, und ein vages Wiedererkennen streifte sie.

»Ja, sie sehen aus wie eure Wahrsagezeichen. Ist es ein gutes oder ein schlechtes Omen?«

Oda seufzte: »Es ist das, was ich verdiene. Sieh hier – Isa, die Erstarrung, die Verblendung, die Blindheit. Der Holunderbusch sandte mir das Zeichen.«

Es war ein einfaches, ganz gerades Stückchen Holz, wie ein I des Alphabetes, das Rufina kannte.

»Diese ist Thurisaz, der Dorn. Vom Schwarzdorn gesandt. Der Verlust, der Schaden, die Grausamkeit. Das Unglück, das ich verursacht habe.«

Es war ein ebenfalls gerades Hölzchen, in dessen Mitte ein Dorn hervorragte.

»Und für die Zukunft weist mir Naudhiz den Weg, vom Haselbusch geworfen. Not und Elend werden mein Schicksal sein.«

Ein gerades Stöckchen hatte Verästelungen nach rechts unten und links oben.

Rufina starrte genauso betroffen auf die drei Hölzchen wie die junge Germanin. Dann aber fiel ihr ein, was ihr die Runenwerferin damals erklärt hatte.

»Wolfrune hat mir gesagt, die Zeichen seien selten klar. Sie zeigen die Richtung, die das Schicksal nimmt. Wer klug ist und die Muster erkennt, kann es wenden.«

»Ja, manche können es. Du hast es getan. Du bist eine starke Frau, Rufina. Ich bin es nicht.«

»Im Augenblick nicht, Oda. Vielleicht hat dich etwas in der Vergangenheit erstarren lassen. Dein selbst-süchtiger Wunsch nach Anerkennung und Gold. Aber den Schaden, den du angerichtet hast, versuchst du doch jetzt wieder zu heilen. Könnte dadurch nicht die Erstarrung deines Herzens gelöst werden?«

Oda drehte die Rune Naudhiz zwischen den Fingern.

»Ich kann mich nicht mehr genau an die Runenverse erinnern. Ich habe nie besonders gut zugehört, wenn Mutter sie mir erklärt hat. Aber du hast etwas angerührt, Rufina.« Sie legte das Ästchen vor sich und schloss die Augen. Dann flüsterte sie plötzlich:

»›Not beklemmt die Brust,
wenngleich sie den Menschenkindern dennoch oft
Hilfe und Erlösung wird,
wenn sie sie beizeiten beachten.‹«

Die wundersame Kraft, die in Rufina erblüht war, entfaltete sich zu ihrer vollen Größe. Der süße Duft des Holunders dehnte sich in ihrem Geist aus, das Tschilpen der Vögel und das Raunen des Bächleins, das Wispern der Blätter im Wind sandten ihr die Botschaft. So erkannte sie, wie Odas Lebensweg sich gestalten würde. Auch sie flüsterte, betroffen von der Sicht auf die Zukunft.

»So wird dein Schicksal wohl sein, die Zeichen der Not für dein zukünftiges Volk zu deuten und ihnen Rat zu geben, wie sie es wenden können. Eine Aufgabe, die sich dir stellt, und an der du wachsen wirst.«

Kalte, zitternde Finger umschlossen ihren Arm, und Oda starrte sie an.

»Nun weiß ich, dass auch du eine Seherin bist.«

»Nein, Oda, das bin ich nicht. Es ist der Genius Loci, der hier herrscht. Du hattest vollkommen Recht, es ist ein den Göttern geweihter Platz.«

»Ja, vielleicht. Aber, Rufina, du hast die Finsternis vertrieben. Ich werde die Aufgabe annehmen, die du mir benannt hast. Wolfrune wird mir helfen.«

»Das wird sie gewiss.«

Sorgsam steckte Oda die drei Runen in ihre Gürteltasche. Rufinas Blick aber fiel, als sie sich erheben wollte, auch auf ein Ästchen. Eines, an dessen Form sie sich erinnerte.

»Schau, dieses hier mag Kenaz sein!«

Es war ein Ästchen, aus dem im rechten Winkel ein anderes wuchs.

»Ja, Kenaz, die Flamme. Such die beiden anderen, Rufina.«

»Aber ich kenne sie doch gar nicht.«

»Du wirst sie erkennen, wenn du sie siehst.«

Sorgsam legte Oda die erste Rune auf das Moos. Rufina sah sich auf dem Boden um, und wie der Zufall es wollte, fand sie eine weitere, das einfache Kreuz, wie ein X ihrer Schrift geformt.

»Gebo heißt diese, nicht wahr?«

»Richtig. Das Geschenk.«

Noch einmal ließ sie ihre Augen über das trockene Laub und die kleinen Ästchen unter den Büschen schweifen, aber sie fand nichts, was ihren Blick anzog. Mit einem Schulterzucken wollte sie aufstehen und stützte sich mit der rechten Hand ab.

»Au!«

Sie hob den Arm und sah einen Dorn, der in ihre Handfläche eingedrungen war. Nicht tief, und nicht sehr schmerzhaft. Er saß oben an einem Zweiglein, und bevor sie ihn herausziehen konnte, lachte Oda auf.

»Da ist deine dritte Rune!« Sie nahm das Zeichen sacht von Rufinas Hand und legte es zu den anderen. »Wunjo, die Freude!«

»Und was hat das nun alles zu bedeuten, Oda?«

»Kannst du das nicht selbst deuten?«

»Diese beiden ersten hat Wolfrune mir geworfen. Sie hat Kenaz allerdings als die vierte Rune gezogen.«

»Die vierte? Das ist ungewöhnlich. Aber sie wird einen Grund gehabt haben. Wolfrune hat immer einen Grund.«

»Sicher. Sie sagte, mein Leben sei mit jenem verwoben, dem sie – oder vielleicht war es auch die Wölfin – diese Rune auch einmal als die vierte zugeordnet hat. In Licht und Klarheit. Und vermutlich auch in großer Leidenschaft.«

»Hat sie den Baumeister getroffen?«

»Auch, aber ihm hat sie die Runen nicht geworfen. Sie hat sie für Maurus befragt. Aber damals wusste ich noch nicht, dass er noch lebt. Es ist seltsam…«

»Große Leidenschaft?«

Rufina senkte mit einem verstohlenen Lächeln den Kopf und spürte die heiße Flamme aufsteigen.

»Die Rune hat wohl sehr wahr gesprochen, will mir scheinen. Schäm dich nicht deiner Leidenschaft, Rufina. Wenn sie in gleichem Maß erwidert wird, kann sie euch beiden große Erfüllung bringen. Sie ist ein Geschenk – Gebo. Doch Gebo bedeutet auch noch mehr, denn das Feuer schenkt auch Licht und Wärme und gart die Nahrung. Es ist dein Geschenk an ihn, ihm ein Heim zu geben.«

»Ein Heim dem heimatlosen Abenteurer.«

»Das ist ein Stück aus dem Runenvers, ich erinnere mich. Wie passend, Rufina. Und Wunjo, das ist die Freude, die jene verbreiten, die Macht und Segen und ein gutes Haus ihr Eigen nennen. Es sieht aus, als hättest du auch eine Aufgabe, Rufina. Aber du bist ja schon daran gewachsen und wirst es weiter tun.« Oda sammelte die Ästchen ein und reichte sie Rufina. »Bewahre sie gut. Nun wollen wir zu den Männern zurückkehren und hören, wie sie weiter vorgehen wollen.«

Silvian und seine beiden Arbeiter waren gegangen, Burrus hielt zwei Pferde am Zügel, das dritte stand neben Maurus.

»Burrus begleitet dich nach Hause, Rufina. Ich werde zu tun haben. Warte nicht auf mich. Ich schicke dir eine Botschaft, wenn sich etwas Neues ergeben hat.«

»Gut, Maurus.« Ihr Mann hielt sich ein wenig starr und von ihr entfernt, und als sie seinen Arm berührte, wich er ein wenig zurück. »Bist du mir böse?«

»Nein, natürlich nicht. Aber wir haben jetzt zu tun. Bis später.«

Er drehte sich um und schloss sich Halvor und seinen Männern an. Der wies seine Tochter kurz an: »Oda, du gehst mit Gernot zurück ins Dorf!«

»Ja, Vater.«

Burrus half Rufina auf ihr Pferd, und die Gruppe teilte sich.

28. Kapitel

Der Fallensteller

Schieb den Riegel von der Tür beiseite!
Andernfalls stürme ich das hochmütige Haus
mit Feuer und Schwert und einer Entschlossenheit,
die gefährlicher ist als die Fackel in meiner Hand.

OVID, AMORES

Lampronius Meles war beunruhigt. Die Nachricht, der Mann, den er totgeglaubt hatte, treibe sich offensichtlich in den Wäldern vor der Stadt herum, gefiel ihm nicht. Canio hatte ihm Bericht erstattet, und er würde wohl Recht haben, auch wenn er den Mann, der sie bis zum Versteck der Ware verfolgt hatte, nicht deutlich erkannt hatte. Aber so viele dunkelhäutige Männer gab es nicht in den nördlichen Provinzen. Als er damals in der Therme seinen Häschern entkommen war, hatte Meles sich schon geärgert. Aber er hatte angenommen, er sei in den Wald geflohen und dort wirklich von Wölfen angefallen worden. Nun gut, da hatte er ein übles Spiel gespielt. Er machte sich selbst den Vorwurf, den Schwarzen unterschätzt zu haben. Er warf sich auch vor, nicht schon die Möglichkeit seines Überlebens in Erwägung gezogen zu haben, als seine Leute ihn auf Regulus, diesen getreuen Freigelassenen des Statthalters, aufmerksam machten. Gut, sie hatten ihn unschädlich gemacht, und was immer er bei seinen Streifzügen herausgefunden hatte, war mit ihm im Kanal ersoffen. Aber er hätte sich denken können, dass er nicht alleine auf seiner Spur war.

Meles wanderte unruhig durch die große Halle seines Hauses. Das Gelage am Abend zuvor hatte er nicht besonders genießen können. Hirtius Sidonius gab ständig lästige Bemerkungen von sich. Er wollte endlich seine goldene Merkurstatue haben. Zwar hatte Meles ihm noch im Februar eine andere Goldfigur zukommen lassen, aber die Minerva war ihm zu klein, und vor allem, hatte er herumgenörgelt, fehlte ihm der Mercurius in seinem Pantheon. Meles hingegen war es im Moment etwas zu gefährlich, Dorovitrix schon wieder reines Gold zu liefern, um daraus die gleiche Statue gießen zu lassen. Man sollte die Leute nicht zu nachdenklich machen. Schon gar nicht in einer solch unsicheren Situation wie im Augenblick. Wenn denn wirklich dieser schwarze Schnüffler hinter seinen Männern im Wald her war, dann würde er über kurz oder lang auch auf die Münzen stoßen. Und ob Swidger, wenn er denn richtig bearbeitet wurde, den Mund halten würde, darauf konnte man sich nicht verlassen. Das wäre nun wirklich bedenklich. Eine Meldung bei den Duumviri oder gar beim Statthalter würde seine Hoffnungen, ins Dekurium aufgenommen zu werden, gründlich verderben. Wenn Falschmünzerei vielleicht auch geduldet wurde, es war noch immer ein Verbrechen, wenn es denn aufgedeckt wurde.

Meles blieb am Fenster stehen und schaute auf die Straße hinaus. Eine gute Lage hatte sein Haus wirklich. Direkt am Forum, nicht weit vom Praetorium, und auch nicht weit von der Pachttherme, die jetzt von der Rothaarigen geführt wurde.

Verdammt soll sie sein, die kleine Hexe! Sie hatte ihm die trauernde Witwe vorgespielt, aber vermutlich wusste sie die ganze Zeit über, dass ihr Mann sich irgendwo vor der Stadt versteckt hielt.

Dann war zu allem Überfluss auch noch Oda verschwunden. Angeblich mit zwei Männern aus ihrem Dorf zurückgekehrt zur heimischen Sippe. Es war nicht gerade ein schmerzlicher Verlust, aber sie war eine angenehme Gespielin, einfallsreich und bereitwillig, wenn auch ein wenig zu sehr auf reiche Geschenke erpicht. Ihresgleichen gab es indes viele. Bedenklich war das Zusammentreffen der Ereignisse. Hatte dieser Maurus sich mit den Germanen zusammengetan? Würde Oda Dinge ausplaudern, die ihm schaden könnten?

Man musste alles in Erwägung ziehen und achtsam sein. Sollte sich die Lage zuspitzen, blieb ihm vielleicht sogar nichts anderes übrig, als die Stadt zu verlassen. Er würde entsprechende Vorbereitungen treffen. So mittellos, wie zu der Zeit, als er in Germanien eintraf, würde er nicht fortziehen.

Aber bevor er die Flucht ergriff, gab es noch andere Möglichkeiten. Eine davon war sicher, den schwarzen Schnüffler nun endgültig aus dem Weg zu räumen.

Lampronius Meles bedachte auch diese Variante von allen Seiten und kam zu dem Schluss, es würde schwierig, wenn nicht unmöglich sein, den Mann in den Wäldern vor der Stadt aufzustöbern. Dennoch musste er dann und wann in die Colonia kommen, sei es, um Nachrichten zu erhalten, sei es, um sich Geld zu verschaffen oder eben auch nach seinem Weib zu sehen. Die kleine Schlampe schien ja mächtig an ihrem Gatten zu hängen. Sie war eine misstrauische und neugierige kleine Ziege. Wer weiß, über welche Informationen sie verfügte, und die Götter mochten wissen, was sie über ihre eigene Entführung herausgefunden hatte. Die eleganteste Lösung wäre, wenn er die beiden gemeinsam erwischen würde. Wo er das bewerkstelligen konnte, fiel ihm auch bald ein. Die beiden, so überlegte er, würden sich sicher nicht im Schoße der Familie treffen – die Kinder oder die Diener hätten sich bestimmt irgendwann verplaudert. Vermutlich hielt die Rothaarige auch ihnen gegenüber die Mär aufrecht, der Papa habe den Wölfen gemundet. Weit entfernt vom Haus aber würden sie sich auch nicht treffen und sicher auch nicht am lichten Tag. Aber da war ja noch die Therme. Ein wunderbar geeigneter Treffpunkt, unauffällig von der Straße über Seiteneingänge zu erreichen, leer in den Nachtstunden und für die Hausbewohner unbemerkt über die Palaestra zu betreten.

Gut, es bedeutete ein paar durchwachte Nachtstunden, das Gebäude zu beobachten. Aber das konnten bis auf Weiteres seine Sklaven übernehmen.

Nachdem er so weit die Lage beurteilt hatte, gab er ein paar kurze Anweisungen, die eiligst befolgt wurden. Anschließend begab er sich zum Bad in die Therme, kehrte in den Abendstunden zurück und wollte sich mit Freunden zu Tisch begeben, als er die Nachricht erhielt, das Lager im Kanal sei ausgeräumt worden.

Er zog die Konsequenz daraus.

Als die Dämmerung in Dunkelheit überging, eilten drei schwarz vermummte Gestalten durch die Straßen zur Therme. Einer der Männer war geschickt darin, Türschlösser zu öffnen. Er beschäftigte sich eine kleine Weile mit dem Eingang zum Holzlager. Danach brauchten sie nicht lange zu warten. Ein kleines, flackerndes Lichtchen erschien hinter den Fenstern, und Meles sagte zufrieden zu seinen Helfern: »Ihr bleibt hier draußen und fangt den Mann ab. Ich hole mir die rote Schlampe da drin!«

29. Kapitel

Gesalbt und geschmiert

Besiegte erheben sich wieder, und es fällt,
von dem man dächte, er werde niemals am Boden liegen.

OVID, AMORES

Rufina war am späten Nachmittag wieder zu Hause
eingetroffen und hatte das überdeutliche Missfallen
ihrer Dienerin über sich ergehen lassen müssen, die
sie wegen ihres Aufzugs ausschalt. Ihre unentwegten
Fragen beantwortete sie wortkarg und wies sie lediglich an, ihr die Haare ordentlich zu richten. Fulcinia
schien überzeugend ihre Abwesenheit begründet zu
haben, denn auch die Kinder wirkten nicht besonders beunruhigt. Sie setzte sich später mit ihnen zum
Essen zusammen und hörte sich die großen und kleinen Begebenheiten des Tagesablaufes an, während
sie hungrig ihre Pastete, gefüllt mit Wild und Linsen,
verspeiste. Crassus war immer noch recht gedrückter
Stimmung, auch wenn er aussah, als ob er ihr gerne
einige Vorhaltungen gemacht hätte. Fulcinia schob
dem einen Riegel vor, indem sie Rufina bat, mit ihr
einige geschäftliche Angelegenheiten durchzuspre-
chen. So unterhielten sie sich über ein paar notwendige Verbesserungen am Heißwasserkessel, die Qualität der gelieferten Holzkohle, die Verwendung von
Pech für die Ausbesserungsarbeiten an den Fenstern,
die Schwierigkeit, würzige Hölzer für das Sudatorium zu bekommen und die schlampige Arbeit der
Putzfrauen.

»Du hast dich außerordentlich intensiv um den Ablauf gekümmert, während ich fort war. Das sollte ich häufiger tun. Mir fallen wohl manche Sachen gar nicht mehr auf.«

»Du hast dein Augenmerk auf andere Dinge gerichtet. Ich habe gestern und heute erst bemerkt, wie viel es in einem solchen Bad zu tun gibt.«

Rufina gähnte und nickte dann zustimmend.

»Und damit ich das morgen wieder alles bewältigen kann, werde ich jetzt zu Bett gehen.«

Sie nahm ein Lämpchen, denn es begann, dunkel zu werden, und stieg zu ihrem Schlafzimmer hinauf. Sie war todmüde und fiel auch sogleich, als sie auf dem Polster lag, in einen tiefen Schlaf.

Doch zu viel war in den letzten Tagen geschehen, und wilde Träume machten ihren Schlummer unruhig. Einer verfolgte sie besonders intensiv. Es war die Szene, die Oda und Meles im Ruheraum zeigte und die sie vom Holzlager aus beobachtet hatte. Aus ihr wachte sie mit einem unbestimmten Gefühl des Unbehagens auf. Erst konnte sie sich nicht recht erinnern, warum das so war, aber dann plötzlich fiel es ihr ein.

Die Tür zum Holzlager – war sie abgeschlossen? Keiner von ihnen hatte an diesem Abend die Runde durch die Therme gemacht.

Beunruhigt tastete Rufina nach ihren Sachen, zog sich die kurze Tunika über, nahm ihren Schlüsselbund und schlich sich barfuß zur Küche hinunter. Dort, an der Herdglut, entzündete sie den Docht ihres Lämpchens wieder und huschte aus der Hintertür auf das Peristyl, das sich um den Innenhof zog. Es war ruhig geworden in den Straßen, und sie vermutete, die Mitte der Nacht müsse schon vorüber sein. Durch die verglaste Tür, die zum Eingangsbereich führte, trat sie in die Therme ein und begann ihren Rundgang. Dabei entzündete sie im Vorübergehen ein paar Lichter, um nicht nur auf die Handlampe angewiesen zu sein. Viel Helligkeit spendeten die kleinen Tonlampen jedoch nicht. Sie kontrollierte durch Berühren, ob die Riegel der Fenster vorgeschoben waren, das Eingangstor selbst fand sie verschlossen und auch die Türen, die zu den Ständen der Händler führten. Dann durchquerte sie das Caldarium. Der Boden war abgekühlt, die Becken waren leer gelaufen. Doch es gab noch die eine oder andere feuchte Lache, und einmal wäre sie fast auf den glatten Marmorplatten ausgerutscht. Es roch nach Holzfeuer und leicht nach Salböl, auch nach etwas verschüttetem Wein, und der strenge Geruch von Knoblauch und Zwiebeln entströmte einer angebissenen Pastete, die sorglos in eine Ecke geworfen worden war. Es war alles still, das Gurgeln des Wassers, das tagsüber ständig zu hören war, war verstummt, nur die Holzbalken, die Dach und Decke trugen, knackten leise.

Ein Luftzug ließ sie plötzlich im Schritt innehalten. Irgendwo hatte sich eine Tür geöffnet. Wie erstarrt lauschte sie. War da nicht das Geräusch von Sandalen zu hören?

Das Flämmchen flackerte in einem weiteren Luftzug auf. Instinktiv hielt sie die Hand vor die unruhige Flamme. Dann drehte sie sich um und versuchte, das Dunkel der Halle zu durchdringen.

Eine Hand legte sich über ihren Mund, die andere presste sich fest um ihre Taille. Ihr Rücken wurde an einen warmen Körper gedrückt. Die Lampe fiel ihr aus der Hand und rollte in das leere Becken, wo sie mit einem Klappern verlosch.

Rufina versuchte verzweifelt, sich aus der Um-

klammerung zu lösen, aber der Griff war unbarm-
herzig fest. Noch nicht einmal in die Finger beißen
konnte sie ihrem Widersacher.

»Mach nur weiter, Schätzchen, das fühlt sich an-
regend an!«, sagte eine Stimme hinter ihr. »Wir können das gerne fortsetzen. Mich gelüstet schon seit einiger Zeit danach, deinen süßen Leib zu kosten.«

Sie erkannte die Stimme, und wie eine Stichflam-
me loderte die Angst in ihr auf.

Lampronius Meles!

Sich zu wehren erschöpft in solchem Fall nur die
Kräfte, fiel ihr ein, und sie machte sich schlaff in seinen Armen. Vielleicht konnte sie ihm eine Ohnmacht
vorspielen.

»Aber, aber! So zart besaitet?«

Sie ließ ihre Knie unter sich zusammenknicken
und rutschte damit ein Stückchen nach unten. Er
ließ sich täuschen und nahm die Hand von ihrem
Mund. Dafür betastete er ihre Brüste. Leider war
auch die kurze Tunika hochgerutscht, und sie merkte mit steigendem Unbehagen, wie er darunter griff.
Es kostete sie eine geradezu unmenschliche Anstrengung, sich nicht zu regen. Angestrengt überlegte sie
eine Fluchtmöglichkeit. Meles schnaufte. Er würde
die Gelegenheit nicht verstreichen lassen, sie zu vergewaltigen. Inzwischen hatte er sie auf den Boden
gelegt und machte Anstalten, sich zwischen ihre Beine zu knien.

Unter halb geschlossenen Lidern beobachtete sie
seine Bewegungen. Nur wenig Licht spendete die
kleine Lampe am Fenster, sie erahnte mehr, als sie
sah. Doch das galt auch für ihn. Als er sich vor-
beugte, zog sie das rechte Bein an und stieß es mit
einer blitzartigen Bewegung vor.

Das Keuchen verriet ihr, dass sie ihn zumindest

schmerzhaft getroffen hatte. Schneller als sie es von sich selbst geglaubt hatte, kam sie wieder auf die Beine. »Zu Burrus!«, war ihr erster Gedanke. Doch als sie zur Tür lief, die in die Palaestra führte, rutschte sie noch einmal fast aus, und dann erkannte sie Meles' Silhouette vor dem Fenster. Sie drehte sich um und rannte zum Ruheraum, um über das Holzlager nach draußen zu kommen. Er folgte ihr dicht.

»Nur nicht in eine Nische!«, warnte sie eine innere Stimme. »Auf die Straße und um Hilfe schreien!«

Aber wieder schnitt er ihr den Weg ab.

Sie lief um das Kaltwasserbecken und hörte, wie er sich den Fuß an der Umrandung anstieß. Dadurch gewann sie einen kleinen Vorsprung. Das Bad war ihr vertraut, sie wusste um die Ecken und Vorsprünge, und ein Hauch von Hoffnung keimte in ihr auf. Haken schlagend huschte sie um Becken und Bänke und ereichte den Salbraum. Sie schlängelte sich zwischen den Liegen hindurch, wäre dennoch noch einmal beinahe ausgeglitten und hielt sich an einem Bord fest.

Auf dem Bord stand ein großer Tiegel mit Salböl. Im selben Moment kam ihr die rettende Idee. Sie ergriff ihn und lief aus der Tür, die zu den Ständen der Händler führte. Meles hatte ebenfalls den Salbraum erreicht. Sie hörte sein heftiges Atmen. Rasch leerte sie den Tiegel auf dem Marmorboden aus und rannte weiter bis zu dem letzten Stand – den vom Weinhändler Cyprianus. Entweder gelang es ihr, hier die Tür zu entriegeln und auf die Straße zu gelangen, oder…

Meles bog um die Ecke, um ihr durch den Gang zu folgen. Seine Sandalen verloren den Halt auf dem schmierigen Boden, er rutschte, wild mit den Armen rudernd. Mit Befriedigung sah Rufina ihn, die Füße voraus, niederfallen und mit dem Hinterkopf auf den Steinfliesen aufschlagen.

Die Amphore war noch fast ganz voll, die sie ihm über den Schädel schlug.

Dann allerdings blieb sie einen Moment zitternd neben ihm stehen.

»Tu was, du dummes Huhn«, schalt sie sich dann selbst. »Wenn er aufwacht, fängt alles von vorne an.«

Sie betrachtete ihn, soweit das im Dunkel möglich war, und bemerkte, wie ein Faden Blut aus seinen Haaren sickerte. Hastig tastete sie nach seinem Gürtel und löste ihn. Sie nahm ihre Kraft zusammen, drehte den Bewusstlosen um und benutzte den Ledergurt, um seine Arme oberhalb der Ellenbogen fest auf dem Rücken zusammenzuschnüren. Dann sah sie sich nach weiteren Bändern um und fand bei Viatronix, dem Arzt, Lederbinden, mit denen er Gelenke stilllegte. Mit einer von ihnen band sie Meles die Füße zusammen.

Dann aber wurde ihre Aufmerksamkeit von Geräuschen auf der Straße abgelenkt. Stiefelklappern, ein Befehl, Schreie. Wieder packte sie das Entsetzen. Sie saß in der Falle, denn wenn sie durch den öligen Gang lief, würde sie nicht weit kommen. Wenn sie jedoch auf die Straße trat – wer wusste, was sich da gerade abspielte?

Stimmen ertönten in den Baderäumen, Schritte trampelten, Licht fiel aus der Tür vom Salbraum, und sie erkannte Maurus, der auf sie zulaufen wollte.

»Vorsicht, glatt!«, rief sie ihm entgehen, aber er hörte nicht auf ihre Warnung, sondern machte seinen ersten Schritt auf den glitschigen Marmor.

Er fiel auf seinen Hintern und gab eine ganz ungewohnte Sammlung blumiger Flüche von sich. Zwei Legionäre tauchten hinter ihm auf und blieben klugerweise an Ort und Stelle stehen.

»Rufina!«

Maurus rappelte sich auf und kam vorsichtig zu ihr. Mit Entsetzen im Blick sah er sie an.

»Füchschen, bist du verletzt? Du blutest!«

»Ich? Nein.«

Er zog sie an sich und hielt sie fest, und mit einem erleichterten Aufseufzen lehnte sie sich an seine Brust und überließ sich der Wärme, die sie umfing.

»Füchschen, hast du Schmerzen?«

»Nein. Mir geht es gut.«

»Aber du bist voller Blut…«

»Nein, das ist Rotwein.«

Er schob sie ein Stückchen von sich.

»Oh.«

»Ich werde ihn Cyprianus bezahlen!«

»Rufina, was soll das heißen?«

»Meine einzige Möglichkeit, Maurus. Er war hinter mir her.«

»Wer?«

»Der hier!«

Sie deutete auf das Bündel Meles.

Maurus ließ sie zu ihrem Bedauern ganz los und beugte sich darüber.

»Jupiter dolchineus! Lampronius! Wie…?«

»Ich hatte vergessen, die Türen zu kontrollieren, darum bin ich noch mal aufgestanden, um nachzusehen. Er muss durch das Holzlager gekommen sein.«

»Richtig, die Tür war offen. Aber wie hast du ihn überwältigt?«

»Ich bin ihm entwischt. Aber dann fiel mir das Salböl ein. Na ja, du hast ja gesehen, wie es wirkt. Zur

Sicherheit habe ich ihm die Amphore auf den Kopf gehauen.«

»Füchschen!« Maurus stand vor ihr, und in seinem dunklen Gesicht blitzten plötzlich seine weißen Zähne auf. »Füchschen, du bist einmalig!«

Sie musste ebenfalls lächeln, aber dann wurde sie wieder ernst.

»Wieso sind die Legionäre hier?«

»Sie hatten den Auftrag, Lampronius' Haus zu beobachten. Als er es verließ, benachrichtigten sie uns. Und als ich hörte, er sei auf dem Weg zur Therme, nahm ich mir sechs Mann und eilte hierher. Vor der Tür standen seine beiden Sklaven. Wir haben sie uns geschnappt. Aber ich hatte befürchtet, er selbst sei geflohen.« Zu den beiden Soldaten gewandt, meinte er: »Nehmt ihn mit. Mein Weib hat ihn schon ordentlich für euch verschnürt.«

Sehr vorsichtig, um nicht in das glitschige Salböl zu treten, kamen die beiden Männer näher. Sie packten Meles bei den Füßen und zogen ihn durch den Gang.

»Wird im Kerker die Atmosphäre verbessern, so wie der nach kostbarem Öl duftet«, bemerkte der eine. Der andere fügte mit einem bewundernden Blick auf Rufina hinzu: »Du hast nicht nur ein mutiges, sondern auch ein schönes Weib, Fulcinius Maurus. Man kann dich nur beneiden.«

Erst jetzt schien Maurus den Aufzug wahrzunehmen, in dem Rufina vor ihm stand. Es war ein sehr kurzes Hemd, das sie trug, und es klebte eng an ihrem Körper, nass von Wein. Er verstellte den Legionären unverzüglich die Sicht und fuhr sie an: »Macht, dass ihr rauskommt!«

»Nichts für ungut, Dominus!«

Dann waren sie alleine, und Rufina begann trotz der lauen Nacht zu frösteln.

»Bleibst du hier, Maurus?«

»Nein, Rufina. Ich muss zurück zu Claudus. Wir haben viel zu tun. Ich werde die Nacht bei ihm bleiben. Aber möglicherweise musst du morgen dazukommen, um deine Aussage zu machen. Dann bring bitte die Statue mit.«

»Ach ja, den Mercurius. Natürlich.«

»Reinige ihn, wenn du kannst.«

»Mache ich.«

»Und nun bringe ich dich zum Haus hinüber.«

Er blieb dicht an ihrer Seite, als sie durch den Innenhof gingen, und als sie vor der Tür standen, streichelte er noch einmal über ihre Wange.

»Füchschen, ich verspreche dir, deinem Glück nie im Weg zu stehen.«

»Aber Maurus …«

»Du brauchst mir nichts zu erklären. Geh hinein, du frierst.«

»Gute Nacht, Maurus.«

»Es wird eine gute Nacht!«, sagte er plötzlich grimmig.

30. Kapitel

Das Tribunal

Er wenigstens hat die verdiente Strafe erlitten –
macht euch darüber keine Sorgen!

OVID, METAMORPHOSEN

Sie legte den klebrigen, feuchten Kittel ab und suchte sich aus ihrer Truhe eine wollene Tunika heraus, die sie gewöhnlich des Winters trug. Dann setzte sie sich auf die Bettkante und blies das Licht aus. Aber es war die Dunkelheit, in der mit einem Mal die Angst wieder hochkam, die sie ausgestanden hatte. Mit klappernden Zähnen schlich sie aus ihrem Zimmer und klopfte leise an Fulcinias Tür.

»Komm herein, Rufina!«, antwortete es leise.

Fulcinia saß aufrecht in ihrem Bett.

»Ich dachte mir schon, dass du noch einmal zu mir kommst. Setz dich neben mich.«

Rufina nahm auf der Liege Platz, und Fulcinia breitete die Decke über sie.

»Was ist passiert?«

Mit einem langen, zitternden Atemzug lehnte sich Rufina an das Rückenpolster und fing an zu erzählen. Von Maurus, der in eine Schlägerei geraten war, von Halvor und seinem unbeherrschten Zorn, von dem engen, finsteren Kanal, durch den sie gekrochen war, von ihrer panischen Angst in der dunklen Therme, der Flucht und der Art, wie sie Meles schließlich überwältigt hatte.

Fulcinia enthielt sich jeden Kommentars, und Rufina war ihr dankbar dafür. Sie hatte alles gesagt, was zu sagen war, weder Ausrufe des Entsetzens noch mitfühlende Bemerkungen würden etwas ändern. Sie hatte beängstigende Dinge durchgemacht, und sie hatte gehandelt, wie sie hatte handeln müssen. Nicht aus Tapferkeit, sondern aus Notwendigkeit. Es war angenehm, jetzt schweigen zu können und zu wissen, eine Freundin an ihrer Seite teilte das Erlebte mit ihr. Doch schlafen mochte sie noch nicht, und in der vertrauensvollen Stimmung, die zwischen ihnen beiden jetzt herrschte, erlaubte sich Rufina die Frage, die sie schon lange bewegte, die sie aber nie zu stellen gewagt hatte.

»Fulcinia, warum hast du den Tempel verlassen?«

Leises, melodisches Lachen war die Antwort. Dann hörte sie die Vestalis maxima mit ihrer tiefen, sanften Stimme antworten: »Weil die heilige Flamme mir dazu geraten hat.«

»Die Vesta selbst?«

»Die Göttin selbst. Zumindest sehe ich das so. Ich will es dir erklären, Rufina, denn ich glaube, du verstehst es. Du bist seltsam weise für deine Jugend und wirst mich nicht als Verrückte abtun.« Sie hielt einen Moment inne, um die richtigen Worte zu suchen. Dann fuhr sie fort: »Wir werden als Kinder in den Dienst gerufen. Wir lernen alles, was mit dem Kult des Herdfeuers zusammenhängt, alle Sagen und Geschichten, alle Hymnen und Gesänge, alle kultischen Handlungen und die Hilfsmittel, die man benötigt, um den Göttern zu dienen und die Menschen zu beeindrucken. Was uns jedoch niemand lehrte, ist, wirklich das Wesen der heiligen Flamme zu erkennen. Wir Vestalinnen sind nicht mehr und nicht weniger Techniker als Baumeister Silvian, der das Wasser von den Quellen bis in die Colonia leitet. Das

Wesen des Wassers ist dem Kanalbauer verschlossen, aber er beherrscht die Materie zum Nutzen des Volkes. Wie wir das Feuer zum Nutzen des Volkes hüten und beherrschen.«

»Fulcinia, ich fürchte, das geht anderen Priestern ähnlich. Vor allem den Flamines, die den göttlichen Kaisern dienen.«

»Wohl wahr! Vieles ist nichts als Schauspielerei. Nur wenige erkennen das Wesen eines Gottes.«

»Du hast es erkannt, glaube ich, denn sonst hättest du nicht behauptet, du seiest noch immer eine Vestalin, nicht wahr?«

»Ja, ich habe es erkannt, und deshalb diene ich meiner Herrin. Daran wird sich bis an mein Lebensende nichts ändern. Weißt du, ich saß eines Nachts vor dem ewigen Feuer und dachte über meine Zukunft nach. Ohne dass ich etwas dazutat, erfüllte mich die heilige Flamme mit ihrem Licht. Ich kann es dir nicht beschreiben, Rufina, wie es war. Doch danach war ich verwandelt. So, wie das Feuer alle Materie verwandelt, das Flüchtige zu grauer Asche brennt und die reine Substanz geläutert übrig lässt. Mir erschloss sich der Sinn der Hymnen und der heiligen Worte, und meine Stimme wurde zum Donnerhall. Ich spüre seither die Macht des Feuers in mir, heiß, strahlend hell – und vernichtend.« Sie schwieg einen Moment, dann sagte sie: »Nach jener Nacht hatte ich eine weiße Strähne in meinem Haar. Ich nahm es als Zeichen.«

»Es sieht außerordentlich attraktiv aus, Fulcinia. Aber man könnte annehmen, du wärst gerade deshalb nach dieser Erkenntnis im Tempel geblieben.«

»Das Leben dort hätte die Flamme erstickt. Oder in die falschen Bahnen geleitet. Sie wollten mich behalten, denn meine Carmen ließen die Menschen in

Tränen ausbrechen, und wenn ich die Flamme entfachte, erhob sie sich brüllend wie ein feuerspeiender Drache. Ich war wirksam, um das Publikum anzulocken und ihm Spenden aus der Tasche zu ziehen.«

»Ich verstehe. Du wolltest deine Gabe nicht zum Erhaschen billiger Effekte einsetzen.«

»Richtig. Ich verzichte lieber darauf. Ich kann die Macht einsetzen, Rufina, aber ich tue es nicht.«

»Aber ich habe dich schon als Priesterin erlebt, und das hat mich tief beeindruckt. So wie Erla auch und Crassus, denke ich.«

»Taschenspielertricks, die jede Priesterin beherrscht. Mehr oder weniger. Nein, Rufina, ich habe es nur ein einziges Mal für mich selbst eingesetzt. Ich habe die heilige Flamme in mich gerufen, als der Pontifex maximus mich überreden wollte, im Tempel zu bleiben. Er verzichtete anschließend darauf.«

Rufinas unheiliger Sinn für das Lächerliche brach durch, und sie kicherte: »Ich nehme an, er ist mit angesengter Toga davongestürzt.«

Fulcinia bemerkte trocken: »Sie qualmte noch, als er das Kapitol erreichte. Er war der Feuerschale zu nahe gekommen.«

»Ah ja!« Rufina kostete einen Augenblick das Bild aus und stellte dann fest: »Du hast dich also in das bürgerliche Dasein begeben, um deiner Herrin auf deine Weise zu dienen?«

»So ist es. Und ich muss sagen, Rufina, ich bin glücklich damit. Ich bin glücklich, die Macht zu haben und sie nicht einsetzen zu müssen. Das Leben unter normalen Menschen ist so aufregend. Es ist sehr nett von dir und Maurus, mich daran teilhaben zu lassen. Ich denke, ich bin manchmal eine rechte Last, gerade für dich. Ich verstehe nichts von Geld, vom Handeln, von der Art, wie man sich anzieht, schminkt und frisiert. Vor allem bin ich ungeschickt im gesellschaftlichen Umgang. Ich habe immer Angst, die Menschen, die mir begegnen, zu verschrecken. Es ist furchtbar, Rufina. Wenn mich jemand ärgert, kann ich sehr heftig werden. Und dann habe ich auch keine Kontrolle über die Flamme mehr.«

»Deshalb machst du dich zur kleinen, grauen Maus. Grundgütige Minerva! Und ich dachte, du seiest schüchtern.«

»Nein, das bin ich eigentlich nicht«, meinte Fulcinia nachdenklich. »Nein, nicht wirklich.«

Von haltlosem Gelächter geschüttelt, rutschte Rufina beinahe von der Bettstatt.

Fulcinia jedoch blieb gelassen, und mit tiefem Ernst sagte sie, als Rufina sich wieder gefangen hatte: »Ich glaube, du lachst mich nicht aus.«

»Nein, Fulcinia. Ganz bestimmt nicht. Ich lache über das Absurde im Leben.«

»Ja, das siehst du häufiger als ich. Das werde ich noch lernen. Ich habe im Übrigen den Verdacht, Rufina, auch du gebietest über eine innere Flamme. Ich verrate dir kein Geheimnis, wenn ich dir anvertraue, dass die göttliche Flamme im Menschen sein Wille ist. Deiner ist stark, Rufina. Aber du hast ihn viel besser im Griff als ich. Du gibst ihm Raum, statt ihn zu verstecken. Mir hat meine Ausbildung im Tempel vermutlich viel zu viele Grenzen gesetzt und Hemmungen auferlegt.«

Rufina tat etwas, das sie noch nie zuvor gemacht hatte. Sie umarmte Fulcinia fest und gab ihr einen zarten Kuss auf die Wange.

»Ich glaube, du wirst alles lernen, was nötig ist. Du wirst alles gut machen, was du tun möchtest. Ich werde jetzt sehr gut schlafen.«

»Ich auch«, seufzte Fulcinia. »Ich auch.«

Der Bote kam um die dritte Stunde. Sehr höflich bat er Aurelia Rufina, sich bei seinem Herrn, Maenius Claudus, dem Statthalter von Niedergermanien, einzufinden.

Rufina, die diese Aufforderung erwartet hatte, hatte sich am Morgen besondere Mühe mit ihrem Aussehen gegeben, und nichts erinnerte mehr an den staubigen Halbwüchsigen, der tags zuvor aus den Wäldern zurückgekommen war. Ihre roten Locken waren glänzend gebürstet und sorgfältig aufgebunden, sie hatte sich nicht geschminkt, aber ein reines, sorgsam gefälteltes, dunkelgrünes Gewand angezogen und ihre beste Palla umgelegt. In einem Bündel trug sie die inzwischen golden glänzende Statue mit sich.

Der Bote führte sie zum Praetorium und geleitete sie in die Halle. Rufina war noch nie in dem Verwaltungsgebäude gewesen und war beeindruckt von seiner architektonischen Strenge. In zwei rot verputzten Nischen standen die weißen Marmorfiguren der Caesaren Traian und Nerva, dazwischen saßen, vor den Fenstern, die zum Innenhof führten, einige Männer in weißen, andere in purpurgesäumten Togen und schienen in äußerst ernste Gespräche vertieft. Als der Bote sie ankündigte, stand einer der Männer auf und kam auf sie zu. Erstaunt erkannte sie Maurus, den die Falten seiner Toga elegant umhüllten. Er musste wohl ihren Gesichtsausdruck richtig gedeutet haben, denn mit einem kleinen Lächeln empfing er sie.

»Claudus' Kammerdiener ist ein Künstler des Faltenwurfs.«

»Ich fragte mich schon... Du siehst umwerfend aus, Maurus.«

»Und du bist ein sehr adrettes Füchschen. Hast du die Statue dabei?«

»Natürlich.«

»Komm, ich mache dich mit den Herren bekannt.«

Sie folgte ihm und war sich der Augenpaare bewusst, die neugierig auf ihr ruhten.

»Maenius Claudus, glaube ich, hast du schon kennen gelernt.«

»Praefectus! Ich grüße dich.«

Rufina machte eine ehrerbietige Verbeugung, und Claudus wischte sie mit einer Handbewegung fort.

»Keine Förmlichkeit, Aurelia Rufina. Ich habe dir in vielerlei Hinsicht Abbitte zu leisten. Aber darüber wollen wir später sprechen.«

»Der Duumvir Titus Valerius Corvus.«

Maurus wies auf den grauhaarigen, bärtigen Mann mit einer quer über das Gesicht laufenden Narbe. Ein Stock aus schwarzem Holz mit einem Elfenbeinkopf stand neben ihm, und er stütze sich darauf, als er aufstand, um sie zu begrüßen. Im ersten Moment war sie entsetzt von der Brutalität, die sein zerstörtes Gesicht auszustrahlen schien, aber dann konzentrierte sie sich auf die unversehrte Seite und war fasziniert. Vage ging ihr durch den Kopf, er müsse, so beherrscht er auch immer aufzutreten wusste, ein Mann von großer innerer Tiefe und Empfindung sein.

»Lucius Aurelius Falco, der Kommandant der Legio I Minerva in Castra Bonnensia.«

»Aurelia Rufina, meine Verlobte Valeria Gratia sprach schon von dir. Sie bat mich, darüber nachzudenken, wo in meiner weitläufigen Familie du anzusiedeln bist. Aber auch darüber können wir später sprechen.«

Rufina empfand eine sofortige Sympathie für den dunkelhaarigen Mann mit der scharfen Nase, auch wenn er einen durchdringenden Blick zu Eigen hatte. Burrus, in eine Toga gewickelt ein höchst ungewohnter Anblick, nickte ihr mit einem kläglichen Lächeln zu. Ihm lag dieses Kleidungsstück überhaupt nicht.

»Nimm Platz, Aurelia Rufina. Wir befinden darüber, in welcher Weise wir Anklage erheben sollen«, meinte Maenius Claudus und nahm ihr das Bündel ab, um es neben sich auf die Bank zu legen. »Aber zuvor würden wir gerne einige Erläuterungen aus deinem Mund hören.«

Ein Diener eilte lautlos an ihre Seite und schenkte ihr verdünnten Wein in einen kostbaren Glaspokal ein. Sie war ihm nach kurzer Zeit dankbar dafür, denn alle drei Herren hatten zahlreiche Fragen an sie, die sowohl die Ereignisse in der Therme, die Entführung, ihre eigenen Vermutungen und vor allem den vergangenen Tag und die Ereignisse der Nacht betrafen. Rufina bemühte sich, alles so genau wie möglich zu beantworten, und nahm dabei halb bewusst zwei Schreiber wahr, die eifrig ihre Worte mitkritzelten.

»Das war sehr hilfreich, Aurelia Rufina. Nun gibt es einige Zeugen, die wir befragen möchten. Es wird eventuell etwas unangenehm, aber es wäre sehr hilfreich, wenn du bleiben könntest. Dennoch verstehe ich durchaus, wenn du es vorziehst, der Konfrontation nicht beizuwohnen.«

»Ich werde bleiben, Maenius Claudus.«

»Danke.« Er rief den Legionären am Eingang zu: »Bringt den Goldschmied!«

Er stellte die Merkur-Statue auf einen Tisch, dann führten zwei uniformierte Soldaten Dorovitrix vor. Rufina sog scharf den Atem ein. Das hatte sie nicht erwartet. Der Goldschmied sah unglücklich aus, und als er sie erkannte, zog so etwas wie bittere Resignation über sein Gesicht.

Valerius Corvus ergriff das Wort.

»Goldschmied, du erkennst diese Statue?«

»Ja, Duumvir.«

»Du hast sie gefertigt.«

»Ja.«

»Aus Gold, dessen Herkunft, wie du sehr wohl wusstest, aus illegalen Quellen stammt.«

»Ja.«

»Du hast keine Meldung darüber gemacht.«

»Nein.«

»Dir ist klar, dass du dich damit der Beihilfe zu einem Verbrechen schuldig gemacht hast.«

»Ja.«

»Wie oft hast du derartiges Gold angenommen?«

»Dreimal.«

»Was hast du daraus hergestellt?«

»Diese Figur, eine Minerva-Statue und ein schweres Halsgeschmeide.«

»Münzen?«

»Nein, nie.«

»Wer hat dir das Gold gebracht?«

»Der Sklave eines angesehenen Herrn.«

»Du nimmst Aufträge von Sklaven entgegen?«

»Ich habe nur das Rohmaterial von ihm entgegengenommen.«

»Den Auftrag hat dir also der Herr selbst erteilt.«

»Ja.«

»Nenne uns seinen Namen.«

Dorovitrix schluckte schwer.

»Goldschmied, du hast gegen die Gesetze verstoßen. Du weißt sehr genau, das Gold ist, wie alle Bodenschätze der Provinz, Eigentum des römischen Kaisers. Der Kerker ist dir gewiss.«

463

Valerius Corvus' Worte klangen kalt und streng, und Rufina sah, wie Dorovitrix geradezu tödlich blass wurde. Sie konnte nicht länger ruhig bleiben.

»Valerius Corvus, Dorovitrix mag gegen die Gesetze verstoßen haben, aber mir gegenüber hat er sich als ehrenwerter Mann verhalten.«

Ein harter Blick des Duumvir traf Rufina, aber sie hielt ihm Stand.

»Er hat sich in der Sache nicht ehrenwert verhalten!«, bemerkte er nüchtern.

»Das mag sein. Aber er gab einer hilflosen jungen Frau, die in Not schien, den gerechten Gegenwert für ein Schmuckstück, das sie zu versetzen sich gezwungen sah. Er gab ihr ebenso den väterlichen Rat, sich von dem Mann fern zu halten, der diesen Schmuck erstanden und ihr geschenkt hatte.«

»Ach ja? Warum das, Aurelia Rufina?«

»Ich … ich ließ ihn in der Annahme, der Geber sei mein Geliebter. Er warnte mich zudem, der Mann sei gefährlich, weil er über ungemünztes Gold verfügte. Auch ich, Valerius Corvus, habe mich also der Mitwisserschaft schuldig gemacht, denn ich habe diesen Umstand nicht dem Magistrat gemeldet.«

»So ist das also!«

Das entstellte Gesicht des Duumvir sah grimmig aus, und Dorovitrix sagte mit heiserer Stimme: »Die junge Frau trifft keine Schuld. Wenn, dann bin ich es, der falsch gehandelt hat.«

Rufina ließ sich nicht von dem Einwurf beirren. Sie fuhr fort: »Und, Valerius Corvus, vielleicht solltest du Folgendes mit in Betracht ziehen: Dorovitrix wusste sehr wohl, welche Gefahr von seinem Kunden ausging. Ihn des illegalen Goldbesitzes anzuklagen, hätte ihn und seine Familie in große Schwierigkeiten bringen können.«

Maenius Claudus und der Duumvir tauschten einen Blick, dann zeigte Valerius Corvus plötzlich ein seltsam wehmütiges Lächeln.

»Hast du zufällig gallische Vorfahren, Aurelia Rufina?«

»Nein, Valerius Corvus. Mein Vater und meine Mutter sind römische Bürger. Warum?«

»Du erinnerst mich an eine Barbarin, die ich sehr schätzte. Auch sie hat mein Urteil nur zu gerne angezweifelt. Nun ja, Aurelia Rufina, du sprichst also für diesen Goldschmied, weil er sich dir gegenüber in väterlicher Manier verhalten hat.« Er war wieder sehr ernst geworden und überlegte einen Moment. Dann sagte er: »Ich habe gelernt, auf die Worte einer Frau zu hören, auch wenn die Argumente häufig der Logik entbehren. Der Logik des festgeschriebenen Gesetzes.«

Valerius Corvus blickte zu Maurus, der eine völlig unbewegte Miene aufgesetzt hatte, und zu Aurelius Falco, der angelegentlich aus dem Fenster in den Hof starrte. Auch Maenius Claudus schien tief in seine Fingerspitzen versunken zu sein, die sich vor seiner Brust berührten. Als er feststellte, dass niemand ihm zu Hilfe kam, neigte er den Kopf und sagte: »Aurelia Rufina, bitte den Goldschmied, bei der Gerichtsverhandlung den Namen des Mannes zu nennen und seine Aussage zu beschwören«, sagte er schließlich.

Rufina sah Dorovitrix an und schüttelte den Kopf. Dann sagte sie mit einem kleinen, Verzeihung heischenden Lächeln: »Es tut mir Leid, dich belogen zu haben, Dorovitrix. Ich tat es nicht gerne, aber auch ich hatte meine Gründe.«

Die breite Brust des Goldschmieds hob und senkte sich unter seinen schweren Atemzügen. Dann aber sagte er mit klarer Stimme: »Ich werde den Namen nennen und meine Aussage beschwören, Duumvir.«

»Gut. Wir werden von einer Anklage absehen. Du wirst das Gericht als freier Mann verlassen. Aber wenn mir noch einmal zu Ohren kommt, dass du illegales Gold verarbeitest, wird dir auch die Fürsprache einer Frau nicht helfen.«

Dorovitrix schloss die Augen vor Erleichterung. Er kniete vor Rufina nieder und sagte leise: »Danke, kleine Domina. Ich hatte damals wirklich Angst um dich.« Mit einem raschen Seitenblick auf Maurus fügte er mit einem Lächeln hinzu: »Die beiden kleinen Haselnüsse sind deine Kinder, nicht wahr?«

»Ja, Dorovitrix, das sind sie.«

»Das ist gut, Kinder sind ein Segen.«

Er erhob sich, verbeugte sich vor den Anwesenden und verließ unbehelligt durch die Legionäre den Raum.

Aurelius Falco grinste Rufina offen an.

»In meiner weit verzweigten Familie dürfte sich durchaus der eine oder andere gallische Barbar eingefunden haben.«

»Nun, soweit ich es beurteilen kann, nicht in der meinen. Wenn du auf meine Haarfarbe anspielst, Aurelius Falco, so bin ich eine Laune der Natur.«

»Eine seltsame Laune, meine Liebe. Sie scheint sich nicht nur in der Haarfarbe zu manifestieren. Ich habe eine ganze Zeit lang mit keltischen Auxiliartruppen zu tun gehabt, musst du wissen. Aber ich will weder deinem Vater noch deiner Mutter Unrecht tun.«

»Eure Familiengeschichte kann warten«, beschied Maenius Claudus sie kurz. »Ruft den germanischen Goldschmied herein!«

Ein Unteroffizier in klirrender Montur und schwingendem Federbusch am Helm kam statt dessen forsch in den Raum marschiert und machte Aurelius Falco seine Meldung. Swidger war nicht auffindbar, seine Werkstatt verlassen, sein Handwerkszeug verschwunden. Rufina sah zu Maurus hin, der ihren Blick mit einem winzigen Heben der Schultern erwiderte. Sie ahnten es beide. Halvor würde Swidger einen Hinweis gegeben haben, und irgendwo in den tiefen Wäldern harrte nun ein germanischer Goldschmied aus, bis sich die Wogen des Prozesses gelegt hatten.

»Nun, da kann man nichts machen. Wir werden andere Beweise erbringen.« Claudus deckte die Merkurstatue wieder mit dem Tuch zu und sagte zu Maurus: »Schau doch mal eine Weile aus dem Fenster, mit bedecktem Haupt.«

Maurus stand auf und zog sich das freie Ende der Toga über die schwarzen Haare, wie man es gewöhnlich zum Gebet tat. Er war von hinten nicht zu erkennen.

Der Statthalter befahl: »Den Duumvir Hirtius Sidonius!«

Die purpurgesäumte Toga umwallte die fette Gestalt des zweiten Bürgermeisters, als er mit erhobenem Haupt und leicht beleidigter Miene eintrat.

»Praefectus! Corvus!«

Dem Statthalter und dem Ratskollegen galt sein knapper Gruß, Aurelius Falco, Maurus und Rufina ignorierte er. Er ließ sich auf einen Sessel fallen, wischte sich den Schweiß von der Stirn und schnippte einem Diener zu, damit er ihm Wein einschenkte.

»Du kennst den Lampronius Meles gut, nicht wahr, Sidonius?«, begann diesmal Maenius Claudus das Gespräch.

»Ach, was heißt schon gut? Wir begegnen einander gelegentlich.«

467

»Gerne auch in der Therme, wie ich hörte?«

»Natürlich. Dort trifft man immer allerlei Leute.«

»Dann kennst du sicher auch den Pächter der Therme, Sidonius?«

Ein klein wenig unbehaglich rutschte der Dicke auf seinem Sessel umher.

»Möglich, dass er mir dort über den Weg gelaufen ist.«

»Du würdest ihn sicher wiedererkennen, wenn du ihn siehst?«

»Sicher nicht, es heißt, er sei tot. Diese Frau da«, er wies mit dem Kinn zu Rufina, »versucht derzeit, den Laden am Laufen zu halten.«

»Ja, Aurelia Rufina betreibt seit Februar die Therme. Sie ist seit den vierten Iden des Februaris gezwungen, das zu tun.«

»Ach ja? Spielt das Datum eine Rolle?«

»Gewissermaßen sogar eine recht wichtige, Sidonius. Das ist nämlich der Tag, an dem dir diese Figur hier übergeben werden sollte.«

Claudus zog mit einem Ruck den Stoff von der goldenen Statue, und Sidonius sprang auf: »Ach, da ist ja der Mercurius, den ich für meine Sammlung haben wollte!«

Rufina biss sich auf die Lippen. Konnte ein Mann so dumm sein?

Offensichtlich hatte in diesem Moment auch Sidonius gemerkt, was er gesagt hatte, und verhaspelte sich in wirre Ausflüchte, die darauf hinausliefen, er habe eine ähnliche Figur in Auftrag gegeben, die aber bisher noch nicht geliefert wurde.

»Bei wem in Auftrag gegeben?«

»Was weiß ich? Bei einem Goldschmied natürlich!«

»Du weißt nicht, wen du damit beauftragt hast?«

»Ich müsste meinen Quaestor fragen. Er erledigt solche Dinge für mich.«

»Wir werden ihn befragen! Oder du erinnerst dich selbst.«

»Was soll das Ganze eigentlich?«, begehrte der Duumvir auf und erhob sich halb von seinem Sitz.

»Wollte dir vielleicht nicht auch jemand diese Statue zum Geschenk machen?«

»Warum sollte mir jemand derart kostbare Geschenke machen?«

»Nun, aus Dankbarkeit wahrscheinlich.«

Sidonius ignorierte die Frage, er hatte nach der Figur gegriffen und befingerte sie gierig.

»Eine wirklich schöne Arbeit!«, sagte er. »Woher habt ihr sie eigentlich, Claudus?«

»Aurelia Rufina fand sie in der Therme. In der Nähe der Latrinen.«

»Das ist ja seltsam. Genau da habe ich sie gesucht!«

Das Schweigen war abgrundtief im Raum. Sogar das Griffelkratzen der Schreiber hatte aufgehört.

Maurus drehte sich um. Die Toga, die er über sein Haupt gezogen hatte, überschattete sein dunkles Gesicht und verlieh ihm das gespenstische Aussehen eines Kopflosen.

Sidonius wurde dunkelrot im Gesicht, sein Mund öffnete sich und seine Augen traten beinahe aus den Höhlen. Mit dumpfer Stimme begann Maurus seine Rede.

»Im Reich der Schatten, Hirtius Sidonius, sieht man viele Dinge, die den Lebenden verborgen bleiben. Mir sind die Usheptis begegnet, die für die Verstorbenen die Arbeiten übernehmen, und die goldenen Sargwächterinnen eines ägyptischen Edlen – Nephthys, Isis, Selket und Neith. Und sie verwandelten sich in Flora und Fortuna, Venus und Concordia ...«

Sidonius keuchte, er schien keine Luft mehr zu bekommen.

»Ja, man hört in Rom von Goldschmieden, die sich der Beute von Grabräubern annehmen. Doch die Geister jener Beraubten sind unruhig, Hirtius Sidonius. Sie verlangen nach Rache! Genau wie die Geister der Erschlagenen!«

Es war mehr ein Quieken als ein Schrei, das dem Duumvir entfuhr.

Maurus schlug den Stoff zurück, der seinen Kopf verhüllt hatte, und sprach mit Donnerstimme auf ihn ein: »Du hast meinen Tod befohlen, Hirtius Sidonius! Ich bin gekommen, um Gerechtigkeit zu verlangen!«

Sidonius biss sich auf die Fingerknöchel, und seine Fettmassen bebten vor Entsetzen.

»Gestehe, Decimus Hirtius Sidonius. Das ist deine einzige Rettung. Was verlangte Lampronius Meles als Gegenwert für den goldenen Mercurius, den Gott der Händler und der Diebe?«

»Er ... er wollte doch nur ...« Sidonius' Stimme hatte sich vor Angst ins Falsett erhoben, und atemlos krähte er: » ... also bloß ein bisschen Wohlwollen. Meine Empfehlung wollte er. Weil er doch Decurio werden wollte.«

Kalt klangen Valerius Corvus' Worte: »Er hat deine Stimme gekauft!«

»Nein, nein, so war es nicht. Nur eine Empfehlung.«

»Und wie wollte er meine ›Empfehlung‹ erlangen?«

»W ... weiß ich nicht.«

Die Röte war aus Sidonius' Gesicht verschwunden, er war jetzt blass und hatte Schweißperlen auf der Stirn.

Maenius Claudus betrachtete ihn mit Widerwillen.

»Hirtius Sidonius, ich habe Fulcinius Maurus im vergangenen Jahr beauftragt, dich zu beobachten, denn mir sind Gerüchte zu Ohren gekommen, du würdest dein Amt mit Korruption und Bestechlichkeit führen. Dass dem so ist, hat er bestätigt. Er hat dich in flagranti ertappt, in der Latrine, zusammen mit Lampronius Meles. Er hat Nachforschungen in Rom und Massilia angestellt und deine unrühmliche Vergangenheit aufgedeckt. Wir sind über alle deine Machenschaften informiert.« Er schwieg einen Moment und ließ seine Worte wirken. Dann fuhr er mit unbewegter Stimme fort: »Du hast Verbrechen begangen. Doch du hast, bedauerlicherweise, ein hohes Amt in der Colonia. Wir wollen dem Ansehen des Römischen Reiches nicht dadurch schaden, dass wir dich öffentlich vor Gericht stellen und dich der Habgier und der Dummheit anklagen. Du wirst aus Gesundheitsgründen dein Amt niederlegen und bis zum Sonnenuntergang die Stadt verlassen haben. Wir werden darauf achten, dass du nicht mehr als eine Tunika zum Wechseln mit dir führst. Haben wir uns verstanden?«

»Ja ... aber ...«

»Haben wir uns verstanden, Sidonius Hirtius? Bis heute Abend bist du aus der Colonia verschwunden!«

Wenn ein Mensch sich je ungerecht behandelt gefühlt hatte, dann der ehemalige Duumvir. Er sah zutiefst beleidigt aus.

In der folgenden Stille hob Valerius Corvus noch einmal den Kopf und sah Rufina an.

»Wenn jemand das Urteil ändern kann, Sidonius, dann Aurelia Rufina.«

»Die Thermenpächterin? Was hat sie überhaupt hier zu suchen? Ich unterwerfe mich doch nicht dem Urteil einer kleinen Hure aus dem Badehaus!«

»Du wirst dich dem Urteil einer höchst ehrenwerten Dame unterwerfen. Aurelia Rufina? Hat Hirtius Sidonius sich dir in ähnlich väterlicher Art empfohlen wie der Goldschmied?«

Rufina dachte an den Nachmittag, als der Duumvir trunken in der Therme aufgetaucht war, und schüttelte sich vor Abscheu.

»Als väterlich, Valerius Corvus, kann ich sein Betragen nicht bezeichnen. Er hat versucht, meine Masseurin zu vergewaltigen, hat anschließend mich in beleidigender Weise begrapscht und die dunkle Hautfarbe meiner Kinder und meines Gatten geschmäht. Ich finde euer Urteil sehr milde.«

»Auf welche Art wünschst du es zu verschärfen, Aurelia Rufina?«

Sie schüttelte den Kopf und meinte: »Damals hätte ich ihm gerne in sein lüsternes Gesicht geschlagen, doch da ich auf ihn als Gast der Therme aus wirtschaftlichen Gründen nicht verzichten konnte, musste ich es unterlassen. Jetzt, Valerius Corvus, ist mein Zorn verraucht. Ich bin froh, wenn er die Stadt verlässt.«

»Mein Zorn ist es noch nicht!«, sagte Burrus plötzlich und stand auf. »Gestattet mir zu vollziehen, was meine Patrona sich gewünscht hat.«

Maenius Claudus nickte, und Burrus, der kampferprobte Gladiator, schlug Sidonius heftig seine harte Hand ins Gesicht. Dessen Kopf schlug an den Sesselrücken und seine Nase begann zu bluten. Dann setzte Burrus sich ungerührt wieder auf seinen Platz.

»Ich wäre dankbar, wenn ich mich von der Berührung reinigen könnte«, sagte er ruhig.

Ein Diener brachte umgehend ein Becken mit Wasser und ein Tuch, und Burrus wusch sich gründlich die Hände.

Claudus winkte inzwischen zwei Legionäre herbei.

»Schafft ihn raus, bereitet seinen Aufbruch vor!«

Rufina trank von ihrem Wein, die Szene, die sie eben erleben musste, hatte sie ein wenig aufgewühlt. Etwas beklommen fragte sie sich, was wohl noch geschehen würde. Geradezu entsetzt war sie, als als Nächstes Halvor vor den Statthalter trat.

»Du hast dich bereit erklärt, die Aussage im Namen deiner Tochter Oda zu machen, berichtete man mir«, sagte Maenius Claudus.

»Ja. Meine Tochter hat ein Unrecht begangen und ist nach den Gesetzen unserer Sippe gerichtet worden. Sie wird zur Sommersonnenwende die Provinz verlassen. Aber wenn es notwendig ist, wird sie vor eurem Gericht aussagen. Doch ich bitte darum, sie nicht ein zweites Mal zu strafen.«

»Sie hat die Entführung der Sabina Gallina und der Aurelia Rufina mit zu verantworten.«

»Ja, das hat sie.«

Maenius Claudus klopfte die Fingerspitzen seiner beiden Hände zusammen und dachte nach. Rufina wusste nicht, wie sie das Verhalten der Männer einschätzen sollte. Fiel die Germanin Oda unter die römische Gerichtsbarkeit? Sie war eine Einheimische, keine Sklavin oder Freigelassene. Doch sie hatte sich eines Verbrechens an römischen Bürgern schuldig gemacht. Vermutlich lag es im Ermessen des Statthalters, der auch der höchste Richter der Provinz war, wie er mit ihr verfahren würde.

»Nun gut, Halvor. Wir brauchen ihre Aussage in dem Prozess, und wir können sie vor dem Publikum nicht ungestraft davonkommen lassen. Sie sollte das Land möglichst bald verlassen, wenn es geht. Du weißt, wie der Pöbel reagieren kann.«

Halvor nickte.

»Wir werden sie in Fesseln vor den Richter bringen, aber den Vollzug der Strafe werden wir deiner Sippe überlassen. Halte das dann, wie du es für richtig empfindest.«

Halvor nickte abermals und meinte: »Das ist eine großmütige Regelung. Ihr werdet keinen Anlass zur Sorge haben.«

Als Halvor gegangen war, wandte sich Maenius Claudus an Rufina: »Wir haben jetzt zwei Gesellen übelster Herkunft zu befragen. Willst du dabeibleiben?«

»Ja, Maenius Claudus.«

»Dann bringt die Männer herein.«

Es waren zwei abgerissene Gestalten, denen man den unerquicklichen Aufenthalt im Kerker ansah. Auch die Spuren ihrer nicht ganz gewaltlosen Ergreifung prägten ihren Auftritt. Sie waren in Ketten und wurden roh von den Legionären auf die Knie gestoßen, als sie vor Rufina und den Männern angekommen waren.

»Canio, ein römischer Deserteur, und Argan, ein von seinem Clan ausgestoßener Gallier. Halvor und Maurus haben sie gestern in den Wäldern hinter der Wasserleitung aufgestöbert und überwältigt.«

Die Aussage der beiden kam nicht besonders flüssig. Sie waren verstockt und im Grunde auch ziemlich dumm. Aber schließlich war allen Beteiligten klar, in welcher Beziehung sie zu Lampronius Meles standen. Vor sechs Jahren nämlich hatten sie zusammen mit vier weiteren Männern ähnlicher Vergangenheit einen Reisewagen überfallen, von dem sie sich reiche Beute versprachen. Doch der Überfall schlug fehl, denn der Insasse des Gefährtes brachte mit einem schnellen Dolchstoß den Anführer um. Er nahm allerdings nicht die Verfolgung der Bande auf, statt dessen fassten seine beiden Sklaven sich zwei der Mitglieder, und er fragte sie über ihr Tun aus. Bislang hatte die weitgehend unorganisierte Gruppe gelegentlich dilettantische Raubzüge unternommen, die ihnen gerade eben das Überleben fern von den Dörfern ermöglichte. Doch unter der Leitung des zwar nicht wohlhabenden, doch durchaus ideenreichen Römers, dem daran lag, bevor er in der Colonia Fuß fasste, schnell zu einem angemessenen Lebensstandard zurückzukehren, wurden die Überfälle professioneller und ertragreicher. Vor allem, als er auf die Spur der einheimischen Goldwäscher stieß, die ihre Ausbeute sorglich vor den staatlichen Tributeintreibern zu verbergen wussten. Sie vermieden also künftig zumeist die viel befahrenen Straßen und plünderten statt dessen die Bewohner der Dörfer und Ansiedlungen aus, wobei sie es geschickt verstanden, deren Angst vor Entdeckung ihres illegalen Tuns auszunutzen. Ihr neuer Anführer war es auch, der einen Goldschmied fand, dem er die Kunst der Münzherstellung vermittelte. Er war es schließlich, der den praktischen Nutzen der stillgelegten Kanäle erkannte.

Diesmal wurde Rufinas Meinung nicht gefragt. Die Diebe waren so vieler Verbrechen schuldig, dass der Tod ihnen gewiss war. Als sie fortgebracht worden waren, schüttelte Maenius Claudus betrübt den Kopf.

»Ich bedauere es sehr, Maurus, damals nicht auf

deinen Rat gehört zu haben. Wir hätten schon vor Jahren die Bande zerschlagen müssen. Nun ja, wir machen alle Fehler.«

»Die Zusammenhänge waren uns damals nicht klar, Claudus. Und deine Politik, sich so wenig wie möglich in das Leben der Einheimischen einzumischen, hat sich bisher immer bewährt.«

»Gut. Nun werden wir uns dem Angeklagten zuwenden müssen.«

Lampronius Meles war in Fesseln gelegt und wurde von vier bewaffneten Legionären begleitet. Von dem eleganten, wohlgepflegten Lebemann war keine Spur mehr zu erkennen. Er war schmutzig, sein Haar blutverkrustet, die Wangen unrasiert, die Kleider zerrissen. Doch er hielt sich noch immer aufrecht. Ohne eine Reaktion zu zeigen, hörte er sich die Anschuldigungen an, die Maenius Claudus in sachlicher Form und kühler Präzision vorbrachte. Er nahm auch unbewegt zur Kenntnis, dass ihm in wenigen Tagen der Prozess gemacht werden würde. Erst als er aufgefordert wurde, Stellung zu nehmen, hob er die Augen, blickte in die Runde, drehte sich zu Rufina hin, und mit einem hasserfüllten Blick spuckte er ihr mitten ins Gesicht.

Bevor die Legionäre Lampronius zurückreißen konnten, war Maurus schon aufgesprungen und hatte ihm mit einer derartigen Gewalt die Faust auf das Kinn geschlagen, dass er hinterrücks zu Boden stürzte und bewusstlos liegen blieb. Sofort danach kniete Maurus neben Rufina nieder und sagte: »Wasser!«

Eiligst reichte man ihm das Wasserbecken, und eigenhändig wischte er ihr den Speichel von den Wangen.

»Füchschen, das hätte nicht passieren dürfen.«

»Schon gut, Maurus.« Sie nahm ihm den Lappen

aus der Hand und trocknete sich das Gesicht ab. »Auch das ist nur Schmutz.«

»Aber ein besonders widerlicher!«

Maurus erhob sich und zerrte an seiner Toga. Von dem eleganten Faltenwurf war nichts mehr übrig geblieben, sie hing wie ein zerdrücktes Betttuch um ihn herum. Aber niemand schien es zu bemerken.

Ein Diener schenkte Rufina unvermischten, süßen Rotwein ein, und sie trank ihn dankbar in kleinen Schlucken. Die Legionäre hatten Lampronius Meles weggebracht und die Türen der Halle geschlossen.

»Eine üble Angelegenheit, die du da aufgeklärt hast, Fulcinius Maurus«, fasste Aurelius Falco das Geschehen des Nachmittags zusammen.

»Ja, eine verworrene und gewalttätige Angelegenheit, die leider sehr viele Opfer gefordert hat«, stimmte der Statthalter zu. »Du, und vor allem auch Aurelia Rufina, habt euch Gefahren ausgesetzt. Dir, Rufina, war ich sogar gezwungen, Trauer und Schmerz zu verursachen. Ich bedaure es zutiefst. Dir, Tiberius Fulcinius Maurus, schulde ich großen Dank. Wir werden über eine großzügige finanzielle Regelung nachdenken.«

Maurus richtete sich in seinem Sessel auf.

»Was immer du zu zahlen gedenkst, übergib es Aurelia Rufina. Ich werde die Stadt und auch deinen Dienst verlassen.«

»Wie bitte?«

Maenius Claudus sah ehrlich überrascht aus.

»Aurelia Rufina hat während der Zeit meiner Abwesenheit als – äh – Verstorbener einen besseren Mann gefunden als mich, der sie zu heiraten wünscht. Ich erkläre hiermit alle meine Rechte als Ehemann für erloschen. Ich gebe dich frei, Rufina, damit du dein Glück findest.«

»Maurus, du hast in meinen Diensten wahrlich oft den Trottel gespielt – dass du wirklich einer bist, ist mir neu«, entfuhr es Claudus.

Rufina fühlte sich, als habe diesmal *ihr* jemand eine Amphore über den Kopf geschlagen. Sie starrte ihren Mann fassungslos an, und als er sich erhob, um den Raum zu verlassen, stand ihr nur eine dünne, kleine Stimme zur Verfügung. Aber sie war ausreichend.

»Fulcinius Maurus!«

Er blieb stehen.

»Du willst von mir gehen. Gut, das kann ich nicht verhindern, nach dem, was geschehen ist. Aber wir werden gemeinsam die Bedingungen aushandeln, unter denen du mich verlässt!« Ihre Stimme wurde lauter, als sich die Wut Bahn brach. »Die Kinder sollen dich nicht zu Gesicht bekommen und sich falsche Hoffnungen machen. Darum wirst du heute Abend nach Einbruch der Dunkelheit zu mir kommen.« Sie stand auf, um ihren Worten noch mehr Kraft zu verleihen. »Und dann wirst du morgen deinem Vater und auch Maura und Crispus erklären, wozu du dich entschieden hast.«

Maurus wirkte ein wenig verstört, und es war Valerius Corvus, der das Wort ergriff.

»Genau das wirst du tun, Fulcinius Maurus. Es ist das Mindeste, was du einer Frau wie Aurelia Rufina schuldest!«

»Gut, ich komme, Rufina.«

»Ich erwarte dich in meinem Zimmer! Verspäte dich nicht!«

Er nickte und ging dann aus dem Raum.

Rufina aber schlug die Hände vor das Gesicht und kämpfte gegen ein trockenes Schluchzen an.

Ein starker Arm legte sich um ihre Schultern und zog sie an eine breite Brust.

»Keine Sorge, Aurelia Rufina. Du bist Frau genug, diesen jungen Tölpel davon zu überzeugen, dass er mit dir reines Gold gefunden hat. Hast du nicht bemerkt, wie sehr er sich um dich sorgt?«

Rufina sah auf und hatte Valerius Corvus' zerstörtes Gesicht vor sich. Warum sie ihn je für brutal und hart hatte halten können, verwunderte sie jetzt nur noch. Es lag große Sanftheit und Zuneigung darin, und ihr begannen die Tränen aus den Augen zu stürzen.

»Es war der Baumeister!«, schnupfte sie.

»Willst du ihn denn heiraten?«

»Nein, nein. Er ... er will es. Er hat mit Maurus gesprochen.«

»Ich habe unendlich viel Vertrauen in deine Überzeugungskraft, Rufina. Auch mich hat einmal eine goldhaarige Barbarin von meiner Verblendung geheilt. Es scheint gar nicht so schwer zu sein.«

Rufina wischte sich die Tränen von den Wangen und sah ihn fragend an.

»Sie ist gestorben. Und es wird keinen Tag mehr in meinem Leben geben, an dem ich nicht um sie trauere.«

Er nahm seine Arme von ihr, denn Rufina hatte sich wieder in der Gewalt. Aurelius Falco war zu ihr getreten und meinte: »Meine Verwandte, ich würde mich sehr freuen, wenn du in den nächsten Tagen Valeria Gratia und mich besuchen würdest. Meine Verlobte schätzt dich sehr und würde dich gerne näher kennen lernen. Außerdem müssen wir beide ja noch unseren gemeinsamen Stammbaum erforschen.«

»Danke, ja. Ich werde gerne kommen.«

»Ich glaube auch, du wirst dich mit meiner Tochter gut verstehen«, stimmte Valerius Corvus zu.

479

»Wenn sich Sabina, das Hühnchen, wieder erholt
hat, werden wir ein Fest geben, zu dem du herzlich
willkommen bist! Lass mich wissen, Aurelia Rufina,
was du bei Maurus erreicht hast. Auch ich bin im
Grunde fest davon überzeugt, er wird seine großartige Selbstverleugnung recht schnell aufgeben.«

Dann nahm er Rufina etwas beiseite und vertraute
ihr an, was Valerius Corvus und er für Maurus planten.

Kurz darauf wurde ein Diener gerufen, der sie nach
Hause geleiten sollte, und als sie sich verabschiedete,
konnte sie schon wieder ein kleines Lächeln auf ihre
Lippen zaubern.

31. Kapitel

Der bittersüße Duft
der Sehnsucht

*Was man mühelos bekommt,
ist eine schlechte Nahrung für die Liebe.
Man muss unter die frohen Liebesspiele
ab und zu eine Zurückweisung einstreuen.*

OVID, ARS AMATORIA

»Und dann hat er gesagt, er gibt mich frei, Fulcinia. Damit ich Silvian heiraten kann.«

»Mh.«

»Ich habe gesagt, wir müssen die Bedingungen der Scheidung aushandeln. Aber ich will Silvian gar nicht heiraten.«

»Ich weiß.«

Rufina und Fulcinia saßen in geflochtenen Sesseln auf der von Säulen umgebenen Veranda und betrachteten das Leben auf der sonnigen Straße, das an diesem Maitag von frühlingshafter Heiterkeit geprägt war. Kinder spielten juchzend mit Reifen und Murmeln oder jagten einander in wilden Römer-und-Barbaren-Spielen um die Häuserecken, Mädchen in leichten Tuniken und bunten Obergewändern ließen sich von der Blumenfrau Kränze winden und schmückten unter Kichern ihre Haare damit. Männer, die geschäftig vorübereilten, hielten in ihrem Schritt inne, um ihnen bewundernde Blicke zu schenken, und manches Scherzwort flog zwischen ihnen hin und her. Die Luft schien von Liebeslust zu schwirren.

»Fulcinia, ich möchte, dass Maurus bei mir bleibt. Aber er ist offensichtlich davon überzeugt, Silvian würde mein ganzes Glück bedeuten.«

»Sind Männer so dumm?«

»Sieht ja so aus, nicht?«

Fulcinia legte die Hände im Schoß zusammen und versank in Nachdenken. Rufina fragte sich wieder einmal, welch unerwartete Gedankengänge und Schlüsse sie vollzog.

»Also«, begann sie und runzelte ein wenig die Stirn. »Also, eigentlich darf ich ja nicht darüber sprechen. Aber ich denke, besondere Situationen bedürfen besonderer Maßnahmen.«

Rufina spitzte die Ohren und in ihre Augenwinkel schlich sich ein Lächeln. Fulcinia enttäuschte sie nie.

»Besondere Maßnahmen, ja, das habe ich mir auch schon gedacht. Aber welche?«

»Eine Priesterin oder ein Priester hat gewöhnlich Hilfsmittel, um die Menschen dazu zu bringen, sich dem Göttlichen zu öffnen. Man bereitet mit ihnen den Weg zum Glauben – oder, in manchen Fällen – zur Selbsterkenntnis vor. Das ist es ja wohl, was du bei deinem Ehemann erreichen möchtest. Nicht wahr?«

»Na ja, Maurus ist nicht eben ein gläubiger Mensch. Ich habe den Eindruck, er dient den Göttern nur aus Gewohnheit. Natürlich bringt er an den entsprechenden Feiertagen die passenden Opfer und spricht die Worte, die sie gerne hören wollen. Aber ob er wirklich ihren Beistand erfleht, weiß ich nicht.«

»Ja, er ist nicht leicht zu beeindrucken. Das ist mir völlig klar. Aber ich denke, hier liegt der Fall anders. Sieh mal, wer wirklich in Not ist, dessen Gebet wird ganz selbstverständlich von großer Eindringlichkeit sein, und seine Hingabe an die Gottheit ist so gut wie vollständig. Du hast selbst erkannt, das flehende Erheben der Hände ist uns angeboren. Auch wenn Maurus in seinem sonstigen Leben nüchtern und ohne ihren Beistand zurechtkommt, in Verwirrung wird auch er Halt suchen, und den Halt versprechen uns die Götter.«

»Aber er ist nicht in Not.«

»Doch, ich denke schon. Er wird zutiefst unglücklich darüber sein, dich freigegeben zu haben.«

»Bist du sicher?«

»Nun, die letzten Nächte...«

Rufina zuckte mit den Schultern.

»Das hat nicht immer etwas mit Liebe zu tun, weißt du.«

»Mh.« Sie betrachtete ihre ruhigen Hände. »Trotzdem!«, sagte sie dann. »Er mag dich. Er mag auch die Kinder sehr. Es wird ihm schwer fallen, euch zu verlassen. Und«, sie betrachtete Rufina wieder mit ihrem feinen Lächeln, »er ist wahrscheinlich wegen deines Verhältnisses zu Silvian verletzt oder eifersüchtig und deshalb von seinem Edelmut, dich für ihn freizugeben, überwältigt.«

Rufina konnte es nicht verhindern, sie musste glucksen. Ihr Gesicht hellte sich auf, und sie meinte: »Ja, daran klammert er sich jetzt wohl. Weil er damit meinem angeblichen Glück nicht im Wege steht.«

»Ganz richtig. Darum muss er selbst zu der Erkenntnis kommen, dass er lieber bei dir bleiben möchte. Erkenntnisprozesse kann man aber unterstützen. Unsere ganzen Rituale sind darauf ausgerichtet.«

»Ich kann schwerlich eine Zeremonie durchführen und ihn mit Weihrauchschwaden und dumpfen Gesängen betören, wenn du das meinst.«

»Doch, nur musst du diese Dinge der Situation angemessen einsetzen. Wichtig ist vor allem, bezwingende Bilder in ihm zu wecken. Wir Priesterinnen arbeiten gerne mit Entsetzen und Grauen, um dann göttlichen Rat und Trost anzubieten. Ein simpler Trick zwar, und diese neue Christensekte arbeitet gerne damit. Die Mithras-Anhänger genauso. Warum nicht auch du?«

»In Angst und Schrecken versetzen und ihm dann göttlichen Trost und Verzeihung spenden?«

»Warum nicht?«

»Soll ich mir schwarze Aschestreifen ins Gesicht malen und meine Haare zum Gorgonenhaupt frisieren?«

»Aber nein, Rufina. Viel subtiler – wie du es nennst. Die schrecklichen Bilder müssen in seinem Inneren entstehen. Du hast doch schon ganz instinktiv die richtige Maßnahme eingeleitet. Die Konditionen der Trennung, die du mit ihm aushandeln willst, sind es. Überlege sie dir gut, gestalte sie für ihn so grausam wie möglich. Lass ihn die Bedingungen schriftlich festhalten.«

»Mh!«, sagte Rufina jetzt. »Mh!«

»Gleichzeitig setzt du Weihrauch und Musik ein, um seinen Geist zu öffnen und seine Gefühle heraufzubeschwören.«

»Nein. Oder doch, aber in anderer Form.« Rufinas Augen glitzerten. »Erla ist die Antwort auf diese Frage. Und der Gewandschneider. Begleitest du mich, Fulcinia? Ich habe das dringende Bedürfnis, für die heutige Zeremonie ein passendes Gewand zu erstehen.«

»Ach ja, sehr gut, ein prachtvoller Ornat hebt die Priesterin immer über das Maß des Menschlichen hinaus.«

Sie riefen die Dienerin, legten sich leichte Umhänge um und nahmen in der warmen Spätnachmittagssonne den Weg zum Forum. Es war weniger ein Ornat, den Rufina im Sinn hatte, doch um äußerst kostspielige Kleidungsstücke handelte es sich schon. Anerkennend befühlte Fulcinia in dem Laden der Schneiderin die fast durchsichtige weiße Seide der weit geschnittenen Tunika, deren Halsausschnitt und Armöffnungen sehr zierlich mit safrangelben Seiden- und haardünnen Goldfäden bestickt waren. Das passende Obergewand aus schwerer, matt glänzender Seide aus den Provinzen des Ostens war ebenfalls in kostbarem Safrangelb gefärbt, geschmackvoll, aber nicht zu üppig bestickt und gab einen schönen Effekt zu Rufinas kupferroten Locken. Sie zahlten mit Goldstücken.

»Ich war fast versucht, mir ebenfalls eine solche Stola zu kaufen«, bemerkte Fulcinia. »Diese in dem matten Rot…«

»Wollen wir zurückgehen?«

»Ach nein, wozu?«

»Süße Venus, wozu braucht eine Frau wohl ein so prachtvolles Kleid? Um sich schön zu fühlen, natürlich.«

»Mh!«

Rufina besuchte als Nächstes die Salbenhändlerin in der Therme, und hier führte sie ein tiefsinniges Gespräch, in dem Erla ihre ganze Wertschätzung errang.

»Du möchtest ein Duftöl haben, das Gefühle weckt, sagst du. Welche Gefühle, Patrona?«

Ein wenig druckste Rufina, denn sie mochte ihre Absicht der Germanin nicht offen erklären. Aber Erla hatte ein gutes Gespür für die Wünsche ihrer Kundinnen.

»Lust und Leidenschaft?«

»Na ja, nicht nur.«

»Nicht nur. Eher nur das Verlangen? Willst du ihn ein wenig hinhalten?«

»Ein bisschen, ja.«

»Und ihn anschließend halten?«

»Ja.«

»Oh, da sind wir zu einem wichtigen Punkt gekommen. Verzeih, Patrona, ist es eine ernste Beziehung?«

Rufina nickte.

»Eine sehr ernsthafte, scheint mir. Wenn ich es nicht besser wüsste, würde ich sagen, du suchst eine Duftmischung, mit der eine Frau ihren Mann zurückerobern will.«

Rufina schlug die Augen nieder.

Erla sprach sehr leise: »Dein Mann, so heißt es, verschwand in den Wäldern. Unsere Wälder bergen ihre Geheimnisse. Doch die Blätter flüstern so manches.«

Rufina sagte nichts, aber sie wusste um ihre rosigen Wangen.

Erla griff nach einem leeren Glasfläschchen, um das sich kunstvoll weiße Schlangenfäden wanden, und drehte sich dann zu dem Bord um, auf dem ihre Parfümöle und Salben standen. Sie wählte mit zielgerichteten Griffen etliche aus und stellte sie auf die Theke vor sich.

»Du liebst den Duft der Rose, und der wird ihm auch an dir vertraut sein, nicht wahr?«

»Ja, ich glaube schon.«

»Du bist jedoch nicht nur die sanfte Rose, sondern auch eine Frau von kühlem Verstand, darum werde ich auch noch ein wenig von der strahlenden Frische der Limone beifügen.«

Sie ließ Rufina an der Essenz schnuppern, und sie stimmte erfreut zu.

»Und nun, Patrona, werden wir unter die Oberfläche gehen. Zunächst einmal haben wir hier das Öl der wilden Orangenblüte, für die bittere Süße der Sehnsucht.«

Rufina zerrieb ein feines Tröpfchen davon zwischen ihren Fingen, und ihre Augen wurden weich.

»Ja, die bittere Süße der Sehnsucht. Wie gut ich die kenne.«

Erla nickte.

»Kennen nicht alle, die lieben, diesen Duft?«

Sie goss ein wohl abgemessenes Quantum in die Glasflasche und mischte den Inhalt sorgfältig.

»Noch tiefer darunter, Patrona, wollen wir das heimliche Versprechen erfüllter Sehnsucht und die schwelende Glut der Leidenschaft mischen. Ist das recht?«

»Ja, Erla. Tu auch das hinzu. Was nimmst du?«

»Den Extrakt der Zimtrinde, warm und verführerisch.«

Weitere Tröpfchen wurden in die Flasche gefüllt.

»Und nun, noch viel, viel tiefer die Essenz der Angelika, mit ihrer schweren, weiblichen Süße und einem Hauch von Schärfe. Sie, wie keine andere, spendet den Trost des Heimkommens.«

»Du bist eine Künstlerin, Erla.«

Die Germanin lächelte.

»Manche nennen mich eine Hexe oder Zauberin. Künstlerin ist mir lieber. Und Patrona, nun verrate mir, welchen Duft ich dem Salböl deines Geliebten beimischen soll.«

Rufina sah sie erstaunt an.

»Ich werde schwerlich die Möglichkeit haben, es ihm zu schicken.«

»Du wirst schon eine Möglichkeit finden, es ihm selbst in die Haut zu massieren.«

Die Vorstellung, Maurus' dunkle Haut mit duftender Salbe einzureiben, machte Rufina einen kurzen Moment schwindelig vor Verlangen.

»Also, Patrona, welche Vorstellung verbindet deine Nase mit ihm?«

Mit geschlossenen Augen, aber ohne zu zögern, murmelte sie: »Wie warmer Honigkuchen, doch nicht nur süß, sondern wie Nuss und Holz, wie der dunkle Wald, herb und würzig, manchmal von verdeckter Strenge, und dann wieder unerwartet sanft wie Balsam und zu Tränen rührend.«

»Was für ein Liebesgedicht, Patrona! Ich will es dir zusammenmischen. Ein Duft für einen Mann wie von warmer Myrrhe und harzigem Olibanum, mit der Schärfe von Zedernblättern und der balsamischen Süße von Nelke und Eichenmoos.«

Ein Tiegelchen mit geschmeidiger, weißer Salbe wanderte zu dem Fläschchen in Rufinas Tasche.

Als die Dämmerung hereinbrach, spät an diesem sonnigen Tag, saß Rufina umhüllt von weicher Seide auf ihrem Ruhelager und las beim Licht der mehrflammigen Wandleuchte in einer Schriftrolle, um sich die Zeit zu vertreiben. Sie hatte keinen Schmuck angelegt, doch die Haare mit golddurchwirkten Bändern hochgebunden. Sparsam hatte sie sich geschminkt und mit dem duftenden Öl eingerieben. Auf dem runden Tischchen hatte sie Schreibutensilien bereitgelegt und ein Schüsselchen getrockneter Aprikosen. Sie hatte auch sehr sorgsam die Menge Öl in den Lampen dosiert und eine zusätzliche Kerze angezündet.

Auf der Straße hörte man noch Stimmen der Flaneure, die den lauen Abend nutzten, doch im Haus war es still geworden. Die Kinder schliefen, die Dienstboten hatten sich zurückgezogen, nur der kleine Kater Tigris war noch auf der Pirsch. Er streckte seine vorwitzige Nase durch die angelehnte Tür, schlängelte sich ins Zimmer und sprang mit einem Schnurren auf die Polster der Liege. Rufina streichelte das kleine Tier, und wohlig rollte Tigris sich zu einem Kringel zusammen, um in seine wilden Katzenträume zu versinken.

Die Haustür knarrte leise, und Rufina rollte ihren Lesestoff zusammen.

Maurus betrat lautlos ihren Raum. Er hatte die Toga wieder einigermaßen ordentlich angelegt und sah ernst drein.

»Danke, dass du gekommen bist, Maurus!«, begrüßte ihn Rufina ohne ein Lächeln. Sie wies auf den Sessel am Tisch hin.

»Natürlich, Rufina. Ich verstehe doch, du willst alles vernünftig geregelt haben.«

Sie erhob sich von dem Lager und ging zu ihm. Beiläufig zupfte sie eine verrutschte Falte auf seiner Schulter zurecht und setzte sich dann in den zweiten Sessel.

»Gut, fangen wir mit dem Finanziellen an. Meine Eltern haben dir damals meine Mitgift ausgezahlt. Da du es bist, der mich zu verlassen wünscht, wirst du sie mir in voller Höhe zurückerstatten.«

»Natürlich.«

»Sehr gut. Ich habe den Wunsch, die Therme weiterzuführen, damit mein Lebensunterhalt gesichert ist. Noch läuft der Pachtvertrag auf deinen Namen. Du wirst ihn gleich morgen auf mich umschreiben lassen.«

»Willst du wirklich die Therme weiterführen. Ich dachte…«

»Ich will meine Zukunft so gut wie möglich absichern, Maurus. Ich habe zwei Kinder, für die ich zu sorgen habe. Außerdem macht mir die Arbeit Spaß. Also bitte sprich mit dem Eigentümer.«

»Ich werde tun, was ich kann.«

»Maenius Claudus wird sich notfalls für dich verwenden, denke ich.«

Maurus nickte. Er sah nicht glücklich drein.

»Derzeit zahlt dein Vater die Kosten für die Ausbildung meiner Kinder. Dazu ist er nach unserer Scheidung nicht mehr verpflichtet. Du wirst diese Kosten in voller Höhe übernehmen.«

»Setz den Betrag fest. Auch für das, was sie ansonsten noch benötigen.«

Rufina nannte ihm eine Summe und fügte dann hinzu: »Du hast mir im Verlauf unserer Ehe einige Schmuckstücke geschenkt. Ich gedenke sie zu behalten.«

»Selbstverständlich.«

Rufina stand wieder auf, umrundete den Tisch und blieb dicht neben ihrem Mann stehen. Mit einer raschen Handbewegung rückte sie Maurus das Schälchen mit den Aprikosen in Griffnähe. Aber er nahm keine davon, sondern sah ihr nur mit einem todunglücklichen Blick nach, als sie anschließend, von einen leichten Hauch von Rosenduft umweht, im Raum auf und ab ging.

»Kommen wir noch einmal zu den Kindern. Ich habe darüber nachgedacht und bin zu dem Schluss gekommen, sie erfahren am besten gar nicht erst, dass du noch lebst. Du darfst sie folglich nie wieder sehen.«

»Ja … ja, vielleicht ist es das Beste so.«

»Sie werden auch deinen Namen nicht mehr tragen, sollte ich mich je wieder verheiraten. Bedauerlicherweise werden sie aber wohl nie ihre Herkunft leugnen können. Mir wird etwas einfallen.«

»Sicher.«

»Du wirst deinem Vater die Angelegenheit auseinandersetzen. Er hat ein Recht, von deinem Überleben zu wissen. Ihn hat die Nachricht deines Todes zutiefst geschmerzt.«

Maurus ließ die Schultern hängen. Feines Limonenaroma schien aus den seidigen Falten des Gewandes zu strömen, das mit einem zarten Rascheln bei jeder Bewegung um ihren Körper floss.

»Ich werde morgen deine Sachen aus den Truhen entfernen und sie zu Claudus bringen lassen.«

»Ja, ist in Ordnung.«

»Die Einrichtung der Wohnung bleibt mir jedoch erhalten. Vollständig.«

»Natürlich.«

»Das wäre, glaube ich, zunächst alles. Hast du genug Geld, um deinen Verpflichtungen nachzukommen?«

»Ich werde es zur Verfügung haben.«

»Gut. Hier liegt Schreibzeug. Ich möchte die Vereinbarung schriftlich haben, Maurus.«

Sie stand wieder so dicht neben ihm, und die warme Seide ihres Kleides berührte seinen bloßen Arm. Der bittersüße Duft der Sehnsucht umschmeichelte ihn.

Als Maurus zu der bronzenen Schreibfeder griff, fand Tigris es an der Zeit, die Ruhepause zu beenden und vom Bett zu hüpfen. Er sah den Fremden in seinem Revier und fauchte ihn an.

»Bei Mercurius, was ist das?«, entfuhr es Maurus.

»Tigris, so hat Crispus ihn genannt. Silvian hat den Kindern zwei kleine Kätzchen aus dem Wald mitgebracht.«

Der Kater stand maunzend an der Tür, und Rufina öffnete ihm pflichtbewusst. Maurus hatte die Feder wieder niedergelegt und sah sie an.

»Mögen die Kinder ihn?«

»Silvian? Ich denke schon. Ist das wichtig?«

»Es … nun, es sind ja auch meine Kinder. Ich möchte auch sie glücklich wissen.«

»Du hast jeden Anspruch auf sie verloren, wenn du mich verlässt, Maurus. Das haben wir soeben besprochen.«

Er starrte das Pergament an, auf das er ihre Vereinbarung schreiben sollte, aber er rührte keinen Finger. Rufina stand jetzt hinter ihm und legte die verrutschte Toga wieder in schöne Falten. Ihre Finger streiften dabei wie zufällig seinen Nacken.

»Brauchst du mehr Licht zum Schreiben, Maurus?«, fragte sie leise in sein Ohr.

Er schloss die Augen und lehnte den Kopf zurück. Ganz natürlich ruhte er dabei an ihrem Busen. Warm umgab ihn der verführerische Geruch der Zimtrinde.

»Rufina …!«

»Ja, Maurus?«, flüsterte sie.

»Rufina, ich … ich verlasse dich nicht gerne …«

»Nein, Maurus?«

»Aber Silvian ist ein besserer Mann als ich. Zuverlässig, verantwortungsbewusst, liebevoll. Du wirst glücklich mit ihm sein, nicht wahr?«

»Wenn du meinst, Maurus.«

»Ich habe dir von Anfang an nur Sorgen bereitet. Und Schmerzen, Rufina.«

»Ja, du bist ein heimatloser Abenteurer, ich weiß.«

Er schwieg eine Weile, seinen Kopf noch immer an sie gelehnt, und ihre Hände ruhten jetzt auf seinen Schultern. Sanft massierte sie seine angespannten

Nackenmuskeln. Ein Lämpchen verlosch, und auch ein zweites flackerte nur noch in seinem Restchen Öl.

»Rufina.« Seine Stimme war heiser geworden. »Rufina.«

Maurus löste sich von ihr, stützte die Ellenbogen auf den Tisch und barg das Gesicht in den Händen. Sie strich mit einem leisen Rascheln ihres Gewandes an ihm vorbei und setzte sich wieder in ihren Sessel. Dabei löschte der leichte Lufthauch auch das letzte Flämmchen aus. Nun brannte nur noch die Stundenkerze. Sie vertrieb kaum die Dunkelheit in dem Raum, der zart nach Rosen und Limonen, nach bittersüßen Orangenblüten und warmem Zimt duftete.

»Rufina …!«, kam es gequält von Maurus.

Sie blieb ganz still sitzen, und nur die schimmernde Seide, die sich über ihrer Brust hob und senkte, zeigte, dass sie atmete.

In dem Baum vor dem Haus begann eine Nachtigall ihr melodienreiches Lied zu singen.

Maurus nahm das Gesicht aus den Händen und betrachtete wehmütig seine Frau.

»Du bist so schön, Füchschen«, flüsterte er.

Sie senkte die Lider und lächelte traurig.

Venus, die Sanfte, die Beschützerin der Liebenden, die seine Verzweiflung bemerkte und von seinem innigen Geständnis wusste, schlich sich auf leisen Sohlen in den Raum. Sie erkannte sein Elend und hatte Erbarmen. Mit einem kleinen Schubs beförderte sie den Hilfesuchenden auf seine Knie.

Dort angekommen, hob Maurus den Kopf zu Rufina, und mit flehenden Augen bat er: »Bleib bei mir, Füchschen. Bitte.«

Sie fuhr ihm mit ihren Fingern durch das dichte, krause Haar, sagte aber noch immer nichts.

»Ja, Rufina, ich bin ein umherziehender Abenteurer. Aber ich bin immer gerne zu dir zurückgekommen. Wenn ich dich verliere, verliere ich wirklich jede Heimat.«

Sie schwieg weiterhin, aber ihre Finger lösten sich aus seinen Haaren. Bevor sie sie zurückziehen konnte, ergriff er ihre Hand und legte sie an seine Wange.

»Sag, was ich tun kann, um dich glücklich zu machen.«

Die atemlose Stille dauerte an. Auf den Straßen war es ruhig geworden, der Nachtwind schwieg, und selbst die Nachtigall hatte ihr Lied beendet.

Und dann, als ob er alle Hoffnung aufgegeben hätte, legte Maurus seinen Kopf in Rufinas Schoß und flüsterte mit gebrochener Stimme. »Ich liebe dich doch so.«

Sacht wischte sie ihm die Träne von der Wange und streichelte ihn zärtlich.

»Ich bin deine Frau, Maurus. Ich wollte nie etwas anderes sein.«

Ein zitterndes Seufzen antwortete ihr.

»Mein Liebster.«

Sie verharrten so eine langsam vertropfende Zeit, in sich versunken, in einem unnennbaren Austausch von Gedanken und Gefühlen.

Dann aber erhob Maurus sich und zog Rufina zu sich hoch. Die Toga war ihm von den Schultern geglitten, er schüttelte auch den restlichen Stoff ab und trug nur noch seine Tunika. Aber dadurch waren seine Arme nun auch frei, und er umarmte sie mit großer Zärtlichkeit.

Später hielt er sie noch immer in den Armen, als sie sich entspannt von der Liebe zufrieden an ihn kuschelte. Doch einschlafen konnte sie nicht.

»Maurus, da ist noch etwas, worüber wir sprechen müssen.«

»Was denn, mein Füchschen? Hast du Angst, ich könnte es dir nachtragen?«

»Vielleicht, ja. Ich möchte, dass du es verstehst. Da ist noch mehr, nicht nur die eine Nacht mit Silvian. Damals, im Wald, nachdem wir die erschlagenen Germanen gefunden haben. Ich war so unglücklich.«

»Meinst du, ich kann das nicht nachfühlen?«

»Maurus, ich habe einen Mann umgebracht. Einen tapferen, wehrlosen Mann. Ich kann es nicht vergessen.«

»Halvor und Silvian haben es mir erzählt. Er hieß Erkmar, und er hat dir seine Fibel geschenkt, nicht wahr?«

Sie nickte.

»Rufina, glaub mir, du hättest Erkmar ohne seine Einwilligung nicht töten können, selbst in seinem verletzten Zustand hätte er sich gegen den Druck deiner Hände wehren können.«

Sie klammerte sich etwas fester an ihn, und er streichelte ihre Haare.

»Wolfrune hat es mir vorhergesagt.«

»Wolfrune ist eine weise Frau. Wir wollen sie gemeinsam aufsuchen, Rufina. Ich möchte ihr sagen, wie sich ihre Omen bewahrheitet haben.«

Rufina nickte und schmunzelte bei der Vorstellung plötzlich in der Dunkelheit. Er bemerkte es an ihrer Stimme, als sie sagte: »Wenn sie uns gemeinsam sieht, wird ihr das Antwort genug sein. Ich muss dir bei Gelegenheit etwas über die Rune Gebo erzählen.« Aber dann wurde sie wieder ernst. »Trotzdem – da ist noch ein Problem, Maurus. Möglicherweise sogar ein großes.«

»Auch große Probleme lassen sich lösen. Was bereitet dir Sorge, meine Geliebte?«

»Wenn diese eine Nacht mit Silvian ... nun ja, du weißt doch, wie leicht ich empfange. Es war mit dir ... Immer nur einmal ...«

»Befürchtest du, schwanger zu sein?«

»Wäre doch möglich.«

»Ja und? Das ist doch nun wirklich kein Problem, Füchschen. Das Kind könnte ja auch von mir sein. Ich werde es auf jeden Fall als das meine anerkennen.«

»Aber Maurus – wenn es ein weißhäutiges Kind ist?«

Er lachte leise.

»Weißt du, Rufina, wenn ein Valerius Corvus einen blondgelockten kleinen Jungen als seinen Sohn anerkennt, obwohl er wie auch Ulpia Rosina schwarzhaarig sind, dann kann ich ja wohl auch ein hellhäutiges Kind als mein Eigen betrachten.«

»Ich habe den Kleinen gesehen. Aber – er ist der Sohn, den er mit seiner Geliebten hatte. Sein eigenes Kind.«

»Nein, Füchschen, es ist der Sohn von Ulpia Rosina und ihrem gallischen Geliebten.«

»Oh ...!«

»Und was sollte ich weniger großmütig sein als der Duumvir?«

»Nun, es könnte deiner Karriere schaden.«

»Meiner Karriere? Rufina, ich habe Claudus den Dienst aufgekündigt, und ich werde wohl jetzt in den Olivenhandel meines Vaters einsteigen. Dabei kann ein Kind, welcher Hautfarbe auch immer, mir nicht schaden.«

Rufina ließ ihre Finger wie kleine Käferfüße über Maurus' Rippen krabbeln, und er fing sie mit einem leisen Lachen ab.

»Maurus, wie bist du eigentlich zu einem Freund wie Maenius Claudus gekommen?«

»Das ist eine lange Geschichte, Füchschen. Bist du nicht müde?«

»Nein, überhaupt nicht. Bitte, Liebster, erzähl sie mir.«

Er rückte sich etwas bequemer in den Polstern zurecht und begann: »Ich war gerade achtzehn geworden. Vater hatte seit einigen Monaten versucht, mich in das Geschäft einzuweisen, und ich lernte allerlei über die Art, wie man kaufmännische Dinge abwickelt. Ich lernte auch einiges über Crassus dabei.« Maurus lachte leise. »Weißt du, mein Vater hat einen überragenden Riecher für gute Oliven. Er kann einen Baum beurteilen, wenn die Früchte noch grün sind, und sagen, welcher Art das Öl wird. Doch weder kann er Menschen besonders gut einschätzen, noch hat er ein vernünftiges Verständnis für finanzielle Abwicklungen.«

Rufina kicherte. »Stimmt!«

»Andere hatten das auch herausgefunden. Als ich eines Tages die Abrechnungen prüfte, entdeckte ich fehlende Gelder. Ein Kapitän, der unsere Ware in die Provinzen verschiffte, hatte Unterschlagungen vorgenommen.«

»Ich hätte das wahrscheinlich auch entdeckt. Crassus war heilfroh, als ich ihm die Buchhaltung abgenommen habe. Er hat wirklich kein Talent für Zahlen.«

»Du schon, mein schlaues Füchschen. Das machte mir manchmal das Leben ziemlich schwer!«

»Ja, es fiel mir schon sehr früh auf, dass immer ein bisschen mehr Geld da war, als wir eigentlich mit dem Olivenhandel oder hier mit der Therme verdienen konnten. Du hast mir immer etwas von Gewin-

nen aus Glücksspielen vorgemacht. Oder von Gaben
netter Freunde.« In der von der Kerze spärlich erhellten Dunkelheit sah Rufina Maurus' Zähne in einem
verschämten Grinsen aufblitzen. »Wie du wirklich
dazu kamst, wirst du mir sicher jetzt erklären. Erzähl weiter. Was hast du gemacht, nachdem du entdeckt hast, dass dein Vater betrogen wurde?«

»Ich machte mich auf den Weg zum Hafen in Ostia,
wo ich mich nach dem Kapitän des Schiffes erkundigte. Es hieß, er sei ein hartgesottener Kerl, aber,
Rufina, ich hatte damals schon erkannt, es hat jeder Mensch auch eine kleine Schwäche. Ich habe einen Instinkt dafür, andere richtig einzuschätzen.«
Er hielt inne und berührte ihr Ohrläppchen sanft
mit den Lippen. Eine Gänsehaut zog sich über ihre
Arme. »Nur bei dir scheint diese Gabe vollkommen
versagt zu haben.«

»Vielleicht auch nicht, Maurus. Wahrscheinlich
hast du sogar klüger gehandelt, als wir beide wussten. Ich war wirklich noch sehr jung, als wir heirateten. Ich war in dich verliebt, vom ersten Moment an.
Aber wärest du mir damals mit der gleichen Leidenschaft begegnet wie heute, hätte ich die Trennungen
von dir nur viel schwerer ertragen können, und die
Erfahrung gallebitterer Eifersucht hätte mir das Leben erschwert. So habe ich versucht, dir nicht im
Weg zu sein, dich zu verstehen und dir zu gefallen.
Ich wollte deine Freundschaft erringen, da ich deine
Liebe nicht wecken konnte. Das ist mühsamer, aber
ich dachte, es könnte dauerhafter sein als ein paar
lustvolle Nächte.«

»Als meine Freundin hast du dich immer erwiesen. Gerade in den letzten Tagen, mein Herz. Aber,
Füchschen, du hast meine Liebe schon geweckt, als
du den Schleier von deinen Haaren gezogen hast.

Aber deine ängstlichen Kinderaugen haben mir damals verboten, sie dir zu beweisen.«

»Der gelbrote Brautschleier auf meinen roten Haaren… Maurus, ich hatte solche Angst, du würdest mich hässlich finden.«

»War er wirklich gelbrot?«

Rufina lachte leise und legte ein Bein über die seinen, um ihm näher zu sein.

»Jede Braut trägt einen solchen, und die Schwarzhaarigen sehen atemberaubend damit aus.«

»Füchschen, ich hatte auch Angst, du könntest mich hässlich finden.«

Sie schnaufte leise und streichelte seine nackte Brust.

»Nicht einen Lidschlag lang.«

»Wie blind ich war.«

»Ein bisschen vielleicht. Aber jetzt erzähle weiter von dem Kapitän. Was hast du über ihn herausgefunden?«

Maurus lachte leise auf. »Oh, der Schlawiner hatte nur vor einem Angst, und das war sein Weib. Ich fand es ziemlich schnell heraus. Er hatte seine Frau nämlich nur geheiratet, weil sie die jüngere Tochter des Schiffseigners war. Er mochte sie nicht. Sie war eine selbstständige, belesene Dame, die ihn seine Tölpelhaftigkeit spüren ließ. Er hingegen vergnügte sich gerne mit den leicht behemdeten Liebchen der Hafenkneipen, wollte aber nicht, dass seine Frau oder gar der Schwiegervater das herausfanden. Ich besuchte ihn also in seiner Kajüte, den kleinen, rundlichen Kapitän, und stellte ihn zur Rede. Als er zu leugnen begann, legte ich ihm die gefälschten Dokumente vor. Er machte den Fehler, zu versuchen, sie mir zu entwenden, also musste ich ihn an seinen Stuhl fesseln. Dann berechnete ich ihm den Verlust, den Crassus durch ihn erlitten hatte, und bat ihn, mir den Fehlbetrag auszuhändigen. Der Kapitän war zäh, er weigerte sich, und ich musste ihn mit dem Wissen um seine Seitensprünge und andere Verfehlungen konfrontieren. Ich wies ihn sanft darauf hin, Crassus könnte eventuell mit seinem Schwiegervater in Kontakt treten. Das half. Der Kapitän sagte mir, wo er seine Geldkassette aufbewahrte, ich zählte säuberlich die Summe in Münzen ab und quittierte sie ihm mit vollem Namen. Dann legte ich ein Messer in Griffweite und entfernte mich vom Schiff.«

»Erpressung, Maurus?«

»Ein bisschen Druck an der richtigen Stelle.« Er ließ seine Hand über Rufinas hübsch gerundetes Hinterteil gleiten. Sie war nahe davor, zu vergessen, was sie wissen wollte, doch dann riss sie sich zusammen und fragte weiter.

»Wie kommt Claudus ins Spiel?«

»Kurz danach, Füchschen. Als ich nämlich durch die dunklen Gassen von Ostia ging, um zu meiner Herberge zu kommen, stieß ich mit einem Mann zusammen, der vor zwei Halsabschneidern floh. Ich fand, zwei gegen einen stellen ein unausgewogenes Verhältnis dar, und hier handelte es sich auch noch um ein Opfer, das mit einer Gehbehinderung zu kämpfen hatte. Ich stellte also dem einen Verfolger ein Bein. Er fiel ungeschickt gegen meine Faust und landete auf dem Boden, was dem Verfolgten die Gelegenheit verschaffte, dem anderen seinen Stock in die Rippen zu stoßen.«

»Bemerkenswert.«

»Nur insoweit, als wir beide dadurch die Möglichkeit bekamen, den Abstand zwischen uns und den beiden Gaunern zu vergrößern. Den Mann, den ich gerettet hatte, wollte ich eigentlich nicht weiter begleiten, doch er bat mich dringend, mit ihm zu kommen. Erst dachte ich, er habe Angst und brauche einen Beschützer. Also spielte ich den dümmlichen Freigelassenen und trottete mundfaul neben ihm her. Ich erwartete, lediglich ein Geldstück vor der Tür seines Hauses in die Hand gedrückt zu bekommen, aber er bat mich einzutreten. Das erstaunte mich, und ich weigerte mich, meiner Rolle entsprechend, ihm zu folgen. Aber er sagte nur: ›Junge, du bist nicht so ein Trottel, wie du vorgibst zu sein. Komm rein und trink einen Becher Wein mit mir.‹«

»Ein Hinkender also. Maenius Claudus?«

»Eben der. Er hatte bei dem Zusammenstoß den Beutel, prall voll mit Geldstücken, bei mir bemerkt, und das zusammen mit seiner Rettung ließ ihn schlussfolgern, ich sei eher ein wohlhabender Jüngling als ein durchtriebener Krimineller oder ein trotteliger Sklave. Im Gegensatz zu Crassus war dieser Mann von außerordentlichem Scharfblick, was das Einschätzen von anderen Menschen anbelangt. Er brachte mich dazu, ihm zu erzählen, was mich bei Dunkelheit in den Hafen trieb.«

»War er damals schon ein Mann von Macht und Ansehen?«

»Damals noch nicht, aber auf dem besten Weg dahin. Er hatte seinen cursus honorem gerade begonnen und sollte im nächsten Jahr die Quästur erhalten. Es gefiel ihm, wie ich den Kapitän behandelt hatte. Er bat mich, für ihn zu arbeiten.«

»Ich verstehe nicht recht, Maurus. Maenius Claudus gilt als außerordentlich integerer Mann. Ich kann mir nicht vorstellen, dass er jemanden erpressen könnte.«

»Kann er auch nicht. Claudus ist ein ehrenwerter Mann, der es sich zum Ziel gesetzt hat, in seinem

Zuständigkeitsbereich jede Form von Korruption zu unterbinden. Das war zu Zeiten Domitians übrigens durchaus gewünscht. Der Caesar selbst hat sich ja in seinen ersten Regierungsjahren darum bemüht, korrupte Statthalter und bestechliche Richter aus dem Amt zu entfernen. Wir haben gemeinsam etliche Fälle aufgedeckt. Ich spielte dabei immer die Rolle des dümmlichen Sklaven oder Freigelassenen, was mir auf Grund meiner Hautfarbe gerne abgenommen wurde. Für Vater war ich der Faulpelz und Herumtreiber, der schlampig den Geschäften nachging, oft ziellos durch die Welt bummelte und auf seine Kosten lebte.«

»Das hast du nie. Zumindest nicht, solange ich die Abrechnungen für deinen Vater machte.«

»Nein, Claudus entlohnte mich reich für meine Dienste. Das war nicht schwierig zu verheimlichen, denn wie gesagt, Crassus hat kein Verhältnis zum Geld. Aber als du, Füchschen, anfingst nachzurechnen, musste ich mir eine Menge einfallen lassen.«

»Das Erbe eines Freundes.«

»Mh.«

»Das Pferderennen!«

»Mh.«

»Vermittlungsgebühren für verschiedene Geschäfte.«

»Mh.«

»Glückspielgewinne, Wetten und erschnorrtes Geld …«

»Entschuldige, Rufina. Ich werde dich nie wieder belügen. Ich habe es nicht gerne getan. Aber du und die Kinder solltet alles zum Leben habt, was ihr braucht.«

Rufina knabberte an Maurus' Schulter, ließ aber dann von ihm ab.

»Ja, jetzt wird mir einiges klarer, Maurus. Ich nehme an, Claudus hat dir, als er zum Statthalter in Germania inferior ernannt wurde, vorgeschlagen, die Therme zu pachten.«

»Ja, eine wunderbare Brutstätte für Gerüchte und unsaubere Geschäfte.«

»Wie wahr!«

»Die Pacht war eigentlich nie fällig, oder?«

»Doch, das alles lief seinen richtigen Weg. Nur zahlte Claudus mir ein zusätzliches Gehalt. Als wir meinen Tod inszenierten, versprach er mir, sich darum zu kümmern, dass du immer genügend Geld hattest, bis ich wieder ungefährdet auftauchen konnte. Aber du hast Cyprianus ja immer die überschüssige Summe zurückgezahlt. Damit konnte er nicht rechnen. Aber glaub' mir, es hat dir in seinen Augen zu höchster Ehre gereicht. Er erfuhr erst durch Gerüchte davon, dass die Therme zugemacht werden sollte, weil du die Pacht nicht mehr aufbringen konntest, da die Kunden wegblieben. Also schickte er Sabina Gallina mit ihren Freundinnen zu dir, um den Laden wieder ins Gespräch zu bringen.«

»Das ist ihr gelungen. Aber ich frage mich wirklich, und nicht zum ersten Mal, was ein so kluger und scharfsinniger Mann wie Claudus an einem so kindlichen Gemüt wie dem Huhn Sabina finden kann.«

»Nichts, meine Liebste. Er wäre besser mit einem Weib wie dir verheiratet. Ich denke, das würde ihm viel mehr Spaß machen. Aber er kriegt dich nicht.«

»Nein?«

»Nein!«

»Na ja, Sabina bewundert ihn maßlos, vielleicht ist es das, was er erwartet.«

»Ich weiß es nicht. Er behandelt sie mit großer

Nachsicht, wie ein Kind. Aber ich glaube, Faustillius und ich sind die Einzigen, die von der innigen und schon Jahre andauernden Beziehung zu einer höchst gebildeten Dame wissen.«

»Du weißt es?«

»Ich kenne sie sogar. Eigentlich habe ich die beiden nämlich zusammengebracht.«

»Ah, also zur Erpressung auch noch Kupplergeschäfte.« Seine Finger neckten ihre Brustspitzen, und sie fügte hinzu: »Und eine stattliche Sammlung ausgesuchter Liebeserfahrungen.«

»Ein rechter Strolch, dein Gatte!«

»Mh.«

Sie richtete sich halb auf und setzte sich über ihn. Vom Tischchen neben dem Bett nahm sie den kleinen Tiegel mit der Duftsalbe, die Erla ihr bereitet hatte, und rieb ihre Hände damit ein. Mit großem Vergnügen begann sie, ihm Schultern und Brust damit zu salben und sich dann langsam abwärts vorzuarbeiten.

»Rufina?!«

»Während deiner Abwesenheit gab es einen kleinen personellen Engpass bei den Masseurinnen. Also musste ich mir gewisse Fähigkeiten aneignen.«

Er lachte und packte sie bei den Hüften.

»Nicht eben solche, die man von einem sittsamen Eheweib erwarten dürfte.«

»Hättest du lieber ein sittsames Eheweib?«

»Die unsittlichen sind sehr viel unterhaltsamer. Mach weiter, Liebste. Es fühlt sich göttlich an.«

Es war schon heller Tag, als sie erwachten. Es wurde schließlich Mittag, bis Rufina, gebadet, geschminkt und sorgfältig frisiert, in den Essraum trat. Fulcinia hatte dort mit Maura und Crispus bereits Platz genommen, und Crassus, der noch mit der Köchin über die Anzahl Würste diskutiert hatte, die sie zubereiten sollte, kam eben in das Zimmer.

»Mama, du siehst so hübsch aus. Ist ein besonderer Tag? Gehen wir in den Tempel?«

»Nein, Maura, wir bleiben erst einmal hier. Aber es ist ein besonderer Tag.« Rufina setzte sich zu ihren Kindern und legte ihnen die Arme um die Schultern. »Ich denke, ihr werdet sehr überrascht sein. Ehrlich, ich war es auch. Aber schaut, wer von einer langen Reise zurückgekommen ist.«

Maurus trat durch die Tür.

Einen Moment lang waren die beiden Kinder sehr still, dann aber sagte Maura: »Ich hab es dir doch immer gesagt, Mama, aber du wolltest es ja nicht glauben.«

Crispus hingegen, fasziniert von der Geschichte, die Fulcinia ihnen von der Göttin Isis und ihrem ermordeten Geliebten Osiris erzählt hatte, fragte: »Mama, hast du ihn gesucht und wieder zusammengesetzt?«

»So ähnlich, mein Sohn!«, antwortete Maurus und schloss die beiden heftig in die Arme.

Crassus aber war blass geworden und rang nach Atem. Geistesgegenwärtig reichte Fulcinia ihm einen Becher Wein. Dann beobachtete sie, wie Maurus seiner Tochter die Tränen vom Gesicht wischte, liebevoll auf sie einsprach und sich schließlich Crispus' unersättlicher Wissbegier widmen musste.

»Papa?«

»Ja?«

»Ist er … ist deiner jetzt wie bei Osiris auch aus Gold?«

Rufina schüttelte den Kopf und meinte: »Crispus, was stellst du für dumme Fragen?«

»Sie ist gar nicht so dumm«, kam ihm Fulcinia mit ihrer sanften, ein wenig belehrenden Stimme zu Hilfe. »Sie zeigt nur, wie gut er sich den Mythos gemerkt hat. Osiris wurde zerstückelt, und Isis fand alle Teile wieder, bis auf eines. Das Glied des Gottes blieb verschwunden, und so fertigte sie ihm eines aus reinem Gold.«

Es war ein recht ungewöhnlicher Laut, der sich Rufinas fest zusammengebissenen Lippen entrang. Und Maurus grinste sie unverhohlen an.

»Lasst das frivole Getue!«, fuhr Crassus plötzlich dazwischen. »Maurus, was soll diese Scharade? Wo hast du dich diesmal herumgetrieben? Wie konntest du deine Familie so schmählich im Stich lassen?«

»Ich war in Rom, Vater. In Geschäften.«

»Nicht in gewinnbringenden, denke ich. Dein Weib hat sich hier tagtäglich abgerackert, um über die Runden zu kommen. Der Aufgabe als Latrinenpächter warst du wohl schon wieder überdrüssig, was?«

»Nun, wenn ich es richtig verstanden habe, ist Rufina sowieso viel geschickter darin, die Therme zu führen, als ich.«

»Und – was wirst du also zukünftig machen? Ihr auf der Tasche liegen?«

»Nein, Schwiegervater, das wird er nicht!«, mischte sich jetzt Rufina ein. Sie trat an die Seite ihres Mannes und legte ihre Hand auf seinen Arm. »Nein, Schwiegervater. Ich denke, er könnte die Aufgabe annehmen, die Maenius Claudus ihm zugedacht hat.«

»Der *Statthalter*? Der Statthalter hat meinem trotteligen Sohn eine Aufgabe zugedacht?«

Leise sagte Maurus zu Rufina: »Ich übernehme keine Aufgaben mehr für ihn, Füchschen. Das habe ich dir doch versprochen.«

»Diese schon, denke ich.«

»Was weißt du mehr als ich, Rufina?«

Sie zwinkerte ihm zu und dachte an den Vorschlag, den Claudus am vergangenen Tag gemacht hatte, als sie sich von ihm verabschiedet hatte.

»Nun, Schwiegervater, dieser Lampronius Meles, den du so sehr schätzt, hat sich als Verbrecher übelster Art erwiesen. Er versuchte auf sehr schmutzige Weise, sich die Stimmen der Duumviri zu kaufen, damit sie ihn zum Decurio ernennen.«

»Das Neueste, was ich höre!«, murrte Crassus, der sich etwas darauf einbildete, über alle Gerüchte immer als Erster informiert zu sein. »Und was hat das mit Maurus zu tun?«

»Na ja, Meles kann nun nicht mehr Decurio werden. Darum haben Valerius Corvus und Maenius Claudus vor, Maurus dieses Amt anzubieten, wenn er sich der Wahl stellt.«

»Füchschen?«

Maurus war ganz offensichtlich überrascht.

»Ich weiß, ich weiß, du wirst einen guten Kammerdiener brauchen. Ich bin gewiss nicht in der Lage, eine Toga mit Purpursaum richtig zu ordnen.«

Er sah sie an, und ein breites Lächeln zog sich über sein Gesicht.

»Das hört sich ziemlich verrückt an, Füchschen. Willst du denn, dass ich annehme?«

»Wenn es dir nicht schadet, dass ich die Therme weiterführe.«

»Solange du deine Aufgabe als Masseurin nur ganz ausgewählten Kunden gewährst.«

»Maurus…!«

Er wurde wieder ernst.

»Es ist sehr ehrenvoll.«

»Ja, aber Claudus wird auch seinen Nutzen davon haben.«

»Ich habe noch nie erlebt, dass er etwas ohne Hintergedanken macht. Ich überlege es mir, Füchschen.«

»Gut, und dann rede mit ihm.«

Fulcinia hatte Crassus einen weiteren Becher Wein eingegossen. Aber er nippte nur daran und schüttelte dann den Kopf, als ob er Spinnweben loswerden wollte.

»Sohn?«

»Ja, Vater?«

»Du arbeitest für Maenius Claudus?«

»Seit fast zwanzig Jahren, Vater.«

»Und als was?«

»Als sein Trottel natürlich.«

Crassus machte kehrt und ging ohne ein weiteres Wort aus dem Raum.

»Du hast ihn vernichtet, Maurus«, stellte Fulcinia ruhig fest.

»Ja, das habe ich wohl. Ich habe der Schmach der vergangenen sechsunddreißig Jahre noch eine besonders große hinzugefügt.«

»Ja, du hast ihm klar gemacht, wie falsch er dich eingeschätzt hat.«

»Ich werde gehen und ihn um Verzeihung bitten.«

»Das lässt du besser sein. Er wird sich schnell genug mit einem erfolgreichen Sohn abfinden. Ich will mir gar nicht ausmalen, wie unerträglich das wird, wenn er überall mit ›mein Sohn, der Decurio‹ hausieren geht.«

»Ich hingegen bin mir sicher, der Geruch dieser köstlichen Würste wird ihn sogleich aus seiner Kammer locken«, sagte Rufina lächelnd und setzte sich auf ihre Kline. Maurus legte sich hintr sie, und zufrieden lehnte sie sich ein wenig an ihn.

Zum ersten Mal seit Monaten schien ihr die Zukunft sonnig wie der lichte Maitag.

Dass ein Leben mit einem heimatlosen Abenteurer, selbst wenn er jetzt sesshaft werden würde, viele Schatten aus der Vergangenheit heraufbeschwören konnte, war ihr zwar vage bewusst, aber im Augenblick wollte sie daran nicht denken.

blanvalet

Andrea Schacht bei Blanvalet

»Ein temporeicher historischer Krimi

mit viel Humor!«

Bunte

36466

www.blanvalet-verlag.de

blanvalet

Andrea Schacht bei Blanvalet

»Ein wunderbar atmosphärisch dichter
Mittelalterkrimi mit einer hinreißenden Heldin!«
MDR

36780

Lesen Sie mehr unter:
www.andrea-schacht.de